Hef Buthe, geboren 1946,
war Kriegsreporter in Vietnam,
Nicaragua und dem Nahen Osten.
Später gründete er eine erfolgreiche
Beraterfirma in Hongkong.
Heute wohnt er wieder in Deutschland
und widmet sich dem Schreiben
von Thrillern.
Besuchen Sie den Autor auf seiner Webseite
www.hef-buthe.de

Weitere Titel des Autors:

Das Erbe der Loge
Im Schatten des Münsters
Der brennende Dornbusch
Die Büßer von Mallorca

Herf Buthe

SAIGON BERLIN

Thriller

BASTEI LÜBBE TASCHENBUCH

BASTEI LÜBBE TASCHENBUCH
Band 16 514

1. Auflage: Dezember 2010

Eine Übereinstimmung mit lebenden oder bereits verstorbenen Personen ist nicht beabsichtigt und wäre rein zufällig.

Bastei Lübbe Taschenbuch in der Bastei Lübbe GmbH & Co. KG

Originalausgabe

Lektorat: Helmut W. Pesch
Titelillustration: Artwork HildenDesign unter Verwendung von Motiven von © Phil Date/shutterstock; S. Hanusch/shutterstock und wangyangcn/iStockphoto
Umschlaggestaltung: HildenDesign, München
Autorenfoto: © privat
Satz: Urban SatzKonzept, Düsseldorf
Gesetzt aus der Garamond
Druck und Verarbeitung: Norhaven
Printed in Denmark
ISBN 978-3-404-16514-8

PROLOG

Ich bin eins fünfundachtzig groß. Volles Haar da, wo es hingehört. Auch im Gesicht. Beruf: Journalist. Übergewichtig, geschieden nach deutschem Recht. Und dennoch verheiratet nach buddhistischem Glauben mit einer Wasserpuppenspielerin aus Vietnam. Und ich habe ein Problem …

Es ist ein kleiner Eintrag in jedem Kalender der Welt. Ein Tag. Ein einziger beschissener Tag im Jahr, der mich in unregelmäßigen Abständen mit einer beginnenden Katastrophe drangsaliert. Das Tückische an diesem Tag ist, dass er sich immer wieder Zeit nimmt bis zum nächsten Knall. Meist Jahre. Mich nie vorwarnt. Als sei dieses Datum unauflöslich mit meinem Schicksal verknüpft.

Der 26. Dezember.

An diesem Tag hatte meine nicht ganz freiwillige Laufbahn als Kriegsreporter im Vietnamkrieg begonnen. Das war 1968.

Am 26. Dezember hatte die Karriere mit dem Reporter für Kriege ein abruptes Ende gefunden. Das war 1970. Ich sage bewusst nicht Kriegsreporter. Denn Reporter im landläufigen Sinn bin ich immer noch. Nur von Kriegen habe ich genug.

Am 26. Dezember 1977 hatte mir meine Frau einen Zettel auf dem Küchentisch hinterlassen, dass sie von mir die Nase voll hatte. Die Visitenkarte ihres Anwalts lag gleich dabei.

Jetzt war es wieder so weit.

Am 26. Dezember 1989.

ERSTES KAPITEL

Berlin, 26. Dezember 1989

Mein Gefühl warnte mit Sodbrennen. Auch dieser Tag konnte nicht gut gehen. Langsam rollte ich über die Bösebrücke dem Grenzübergang Bornholmer Straße in Ostberlin entgegen. Mit einem Leihwagen der Mercedes-Klasse. War der Name der Brücke schon das Omen?

Die Grenzübergänge der Deutschen Demokratischen Volksrepublik, im Westjargon kurz »DDR« genannt, waren seit wenigen Tagen für den Reiseverkehr in jeder Richtung offen. Sagte die Presse. Hoffentlich wusste das auch die Gegenseite. Da war ich mir nicht sicher.

Die entgegenkommenden Trabbis mit ihren knatternden Zweitaktmotoren wirkten etwas beruhigend. »Diedadrüben«, wie wir im Westen die Ostdeutschen flapsig nannten, schienen es wahr gemacht zu haben. Die Mauer hatte Löcher, gewaltige Löcher bekommen. Und ich steuerte auf eines davon zu. Nur die Richtung stimmte nicht. Alles verließ den Staat, und ich wollte hinein. Hinein wegen meiner Vergangenheit. Zurück wegen einer dubiosen Information, der ich keinerlei Wert beigemessen hätte, wenn das Problem nicht vor neunzehn Jahren entstanden wäre. Am 26. Dezember 1970.

Dieser Termin war freilich etwas schwammig; es hätte auch ein paar Tage vorher oder nachher sein können. Das war jetzt aber egal. Der Termin hatte mich eingeholt. Und heute war wieder der sechsundzwanzigste Dezember.

Das Wetter wurde immer schlechter. Regen mischte sich mit

Schnee. Das Bordsystem blinkte. Es gab über den Außenfühler dieses Luxuswagens Alarm vor Straßenglätte.

Die Blinkleuchte war aber auch das Einzige, das etwas Farbe in den Tag und in meine Laune brachte.

Der stärker werdende Schneefall verstärkte den Eindruck der tristen Betonklötze, die sich dieser marode Staat um seine Grenzen gebaut hatte. Panzersperren, die es in langsamem Tempo zu umrunden galt. Sie kamen mir wie der sinnlose Versuch an der Küste der Normandie vor, die Invasion der Alliierten aufzuhalten. Vergeudung von Volksvermögen in Form von Stahl und Beton. Nun waren diese Sperren nutzlos und zu einem bösen Witz geworden. Zille hätte seine zynische Freude daran gehabt. Aber niemand schien sie entfernen zu wollen.

Genauso sinnlos kam mir der Grenzer vor, der sich die Füße in seinen Stiefeln warm zu treten versuchte.

»Papiere!«

Ein »Bitte« war von dem Mann nicht zu erwarten. Das war Kasernenhofton. Von oben nach unten. Ich ließ das Fenster nur einen Spalt herunter und reichte ihm meinen Pass. Der Kerl hatte sich schon jetzt mit seinem Ton meine ungeteilte Abneigung gesichert. Gegen alles, was Uniform trug und mich unfreundlich behandelte, war ich inzwischen allergisch. Wenn du aus einem Rindviech ein gehorsames Werkzeug machen willst, steck es in eine Uniform, das war der Spruch meiner Großmutter. Und die war Jahrgang achtzehnhundert-und-was-weiß-ich.

Die schmelzenden Schneeflocken tropften von seinem Mützenschirm in mein Dokument. Sie würden die Visa-Einträge, Zeitzeugen meiner Tätigkeit, aufweichen und damit unleserlich machen. Von Asien über die USA und Russland war alles dabei, sich in Tintenkleckse zu verwandeln. Der Ärger mit anderen Grenzkontrollen war vorprogrammiert.

»Was wollen Sie von mir? Visum und Zwangsumtausch sind

doch seit dem 24.12. abgeschafft. Was steht ihr hier überhaupt noch rum?« Ich wurde wütend und versuchte dem Mann meinen Pass zu entreißen. Er zog ihn weg und sah mich mit einer Mischung aus Verbitterung und Entrüstung an.

»Ich habe noch keine Dienstanweisung. Solange bleibt es, wie es ist.« Die Marionette in Grün zog die Mütze tiefer ins Gesicht. »Sie steigen jetzt mal schön aus und folgen mir. Wenn Sie Ärger machen, dann ...« Seine rechte Hand fuhr an das Pistolenkoppel.

Alles hatte sich geändert. In der Presse. Die Grenzen zur DDR waren offen, hatten wir alle stolz verkündet. Tausende von Bürgern dieses Staates hatten es in den letzten Tagen ausgenutzt. Dass ein »Wessi« wie ich hineinwollte, schien in diese Holzköpfe nicht hineinzugehen. Wieder ein Staatsfeind. Nun reisten sie schon offiziell in einer hochkapitalistischen Karosse ein.

»Aussteigen, sagte ich«, wiederholte sich der Mann. Er wurde nervös. Es war wohl besser, seiner Anweisung zu folgen. Die Idee, nach seinem Namen und Dienstgrad für eine Beschwerde zu fragen, verwarf ich. Mein Problem war ein ganz anderes. Und dazu benötigte ich die Staatsmacht in diesem Ghetto mit Löchern vielleicht noch.

»Da rein«, deutete er auf ein lang gestrecktes Gebäude, von dem die Farbe abblätterte. Wie hier alles abzublättern schien. Nur die Staatsmacht zeigte Fassade. Hoffentlich fand sich mal jemand, der denen den Kragen umdrehte. Aber nicht sofort. Erst wollte ich mein Anliegen geklärt wissen.

Die Wachstube war genauso, wie ich sie in schlechten Filmen gesehen hatte. Vier Holzschreibtische aus Wehrmachtsbeständen. Quietschende Drehstühle aus denselben Beständen und demselben Material. Zwei Bakelit-Telefone mit Wählscheibe. Eines grau. Eines rot. Keine Sprechfunkgeräte. Die Obrigkeit hatte offensichtlich Angst, dass ihre Grenzer damit Kontakt in den Westen aufnehmen konnten. Also, Informationen alle schön an der Strippe weitergeben! Sonst laufen die Wachmänner uns auch noch weg. An der Garderobe baumelten ein paar Kalaschnikows. Drei Männer in Uniform. Einer rauchte. Einer las Zeitung, kaute dabei seine Wurststulle. Der dritte drückte sich vor einem Rasierspiegel Pickel im Gesicht aus.

Ein mit »Plaste« bezogener Tresen, hinter dem sich alle verschanzten. Ein propangasbetriebener Ofen sorgte für eine tropische Temperatur, die wiederum für blinde Scheiben sorgte, an denen das Kondenswasser herabrann. Es müffelte nach Schweiß und Rauch.

»Schichtführer, ich habe hier einen etwas renitenten Westler, mit dem ich nicht klarkomme. Der Mann kommt mir suspekt vor.«

Der Angesprochene zog die Augenbrauen hoch. »Schon gut. Auf Posten zurück. Seinen Pass.«

Mein Dokument wanderte über den Tresen. Der Stullekauende nahm es und reichte es an den Mann weiter. Jetzt waren auch noch Fettflecken darin.

»Herr Peter Stösser ... das sind Sie?« Der Schichtführer erhob sich. Er versuchte seine Uniformjacke zu schließen. Ein Knopf sprang ab, der nächste hing an einem einzigen Faden. Er gab den Versuch auf und zog sich die Hosenträger zurecht. Auflösungserscheinungen an allen Ecken, tröstete mich mein Gefühl.

»Das Foto stimmt aber nicht mehr mit Ihnen überein. Da werden Sie an jeder Grenze Probleme haben. Was sind Sie von Beruf?«

Der Schichtführer blätterte in meinem Pass. Seine Stimme hatte einen wohltönenden Bass. Nicht unsympathisch. Ein glatt rasiertes, fleischiges Gesicht. Eine Nase, die schon in einige Gläser geschaut hatte. Ein Rest von Haaren, die sich wie ein weißer Lorbeerkranz um seinen Hinterkopf kringelten.

»Was ist Ihr Beruf?«, wiederholte er.

Was war mein Beruf? Es war eigentlich mehr eine Berufung. Was sollte ich sagen? Wenn die beiden Grenzer in ihre Listen schauten, dann wussten sie es. Ich stand bestimmt darauf als »Persona non grata«. Nicht erwünscht.

»Journalist.«

»Soso, Journalist«, meinte mein Gegenüber nickend und blätterte weiter in meinen Visa-Einträgen.

»Sie sind viel herumgekommen. USA, Singapur, Hongkong, Malaysia, Indonesien, Japan, Sowjetunion.« Er klappte das Dokument zu. »Davon habe ich als junger Mann auch mal geträumt. Und was wollen Sie jetzt hier?«

Seine blauen Augen fixierten mich. Es war kein feindseliger Blick. Sie strahlten einfach nur Neugier aus. So, als betrachte man eine seltsame Spezies im Käfig.

Eine pampige Antwort kroch in mir hoch. In der Art: Das geht dich einen Scheißdreck an! Ich schluckte sie wieder herunter, bevor sie mir über die Lippen kam.

»Ich suche jemanden.«

Der Wachhabende richtete sich auf. Zündete sich eine neue Zigarette an. Sie roch nach schwarzem russischem Tabak. Billigware der übelsten Sorte.

»Beruflich oder privat?«

»Macht das einen Unterschied?«, wurde ich jetzt doch unfreundlich.

Der Mann nickte. Reichte mir die Hand. Es war ein fester Händedruck. »Hauptwachtmeister Steiger«, stellte er sich vor. »Ja, das macht einen Unterschied. Journalisten haben wir nicht so gerne. Sie verstehen. Daher sind meine Leute auch etwas nervös. Aber privat ... da ließe sich drüber reden. Haben Sie Verwandte hier? Oder sonst jemanden, der Ihnen nahesteht?«

Die beiden Figuren mit Zeitung und Rasierspiegel grinsten. Sagten aber nichts.

Verwandte? Sollte ich jetzt lachen, heulen oder einen Wutanfall bekommen? Was ging das diesen Beamten an, wer mir wie nahestand?

Halt die Klappe. Zügel dich, mahnte mein Bauchgefühl. *Der Hauptwachtmeister baut dir eine Brücke. Und das meint er ehrlich.*

Hoffentlich hatte mein zweites Ich recht. Es blieb mir nichts anderes übrig, als ihm zu trauen oder jetzt einen Kampf mit mir selbst auszufechten. Denn meine Ratio war anderer Meinung. Der Mann war nicht wirklich freundlich. Er wollte nur keinen Ärger …

»Ich suche meine Tochter«, sagte ich schroff. »Die muss hier irgendwo in Ostberlin stecken.«

Nun war es heraus. Jetzt war es an mir ein Zigarillo anzustecken. Ich hielt Steiger einladend die Packung hin. Er nahm eins, roch daran, nickte und steckte es in die Hemdtasche.

»Ihre Tochter? Es hat wohl keinen Sinn zu fragen, wo die wohnt, wenn Sie selbst sie schon suchen. Oder?«

Nein. Das hatte überhaupt keinen Sinn. Ich hatte nicht die geringste Ahnung, wo ich anfangen sollte. Nur dass sie hier in dieser Stadt in Schwierigkeiten steckte war alles, was mir der anonyme Anrufer vor Tagen mitgeteilt hatte. Woher er das wusste und wie er an meine Telefonnummer im Verlag gekommen war, war mir schleierhaft. Er hatte keine meiner Fragen beantwortet. Nur gesagt, wenn ich sie lebend wiedersehen wollte, solle ich um genau diese Zeit den Grenzübergang Bornholmer Straße nehmen und mein Autotelefon eingeschaltet lassen. Den Fahrzeugtyp, den ich anmieten sollte, hatte er vorgegeben. Mercedes S-Klasse. Farbe: grünmetallic.

»Da sind Sie allerdings hier falsch. Für entlaufene Kinder sind wir nicht zuständig«, meinte der Wachtmeister lächelnd. Es sah fast verständnisvoll aus. Seine Kollegen grinsten verschwörerisch.

»Ich schreibe Ihnen auf, wohin Sie sich wenden müssen. Dann können Sie passieren.«

Mit einem Bleistift kritzelte er etwas auf einen Zettel und steckte ihn in meinen Pass.

»Gute Fahrt und viel Glück«, hatte er mir noch nachgerufen.

Jetzt schneite es in dicken Flocken.

»Sie müssen noch ein starkes Vertrauen in die Obrigkeit haben«, bemerkte ein weiterer Grenzer, der unter dem Vordach des Gebäudes Schutz gesucht hatte.

»Warum?« Ich drehte mich um. Ging die paar Schritte zurück und schlug den Mantelkragen hoch.

Der junge Mann trat von einem Bein auf das andere. Es war kalt geworden.

Er grinste, wie nur ein Wissender mit Hintergedanken grinste. Das kannte ich aus meiner Vergangenheit.

»Was kostet denn so ’ne teure Telefonzelle der S-Klasse, in der es dauernd piept? Fünfzigtausend? Hunderttausend … Westmark?«

Woher sollte ich das wissen? Es war ein Leihwagen. In diesen Preiskategorien bewegte ich mich freiwillig nicht.

»Im Sperrgebiet geht das ja noch, dass man den Wagen nicht abschließt und den Zündschlüssel stecken lässt. Aber außerhalb würde ich mich das nicht trauen. Wir haben uns eine Menge Gesindel eingefangen, die nicht lange fackeln. Dann ist Ihr Luxuswagen weg.«

»Aha, und danke für den Rat«, knurrte ich und wandte mich zum Gehen.

»Achten Sie auf die Schlitzaugen. Die klauen Ihnen den Mantel, ohne dass Sie es merken. Dann sind Sie nämlich schon tot …«, rief er mir nach. Dann fiel die Autotür ins Schloss, und die Wagenheizung setzte ein.

Raus hier aus diesem Wahnsinn! Einen anderen Wunsch hatte ich nicht.

Je weiter ich in die Stadt nach Osten kam, umso kürzer wurde der Balken im Telefondisplay, der die Stärke der Verbindung anzeigte, und schließlich gab er ganz den Geist auf. Das war es dann wohl. Ich war abgeschnitten vom Rest der Welt. Nur noch auf einen vagen Hinweis auf die Existenz meiner Tochter angewiesen. Und ich hatte einen Zettel, den mir der Hauptwachtmeister in den Pass gelegt hatte.

An einer Bushaltestelle suchte ich mir eine Parkmöglichkeit und blätterte in meinem Pass. Es wurde langsam dunkel und der Schneefall heftiger. Ich brauchte einen Anlaufpunkt. Und wenn es nur für eine Nacht war. Diese Grenzüberschreitungsprozedur wollte ich mir heute nicht mehr antun. Das hielten meine Nerven nicht mehr aus, ohne einen Kurzschluss zu bekommen. Und davon hatte ich reichlich in meinem Leben gehabt. Jedes Mal mit verheerender Wirkung … für mich.

Der handgekritzelte Zettel dieses Hauptwachtmeisters fiel mir in den Schoß. Hoffentlich war da eine Stelle, an der ich ansetzen konnte. Es gab nicht Schlimmeres, als in einer fremden Stadt nach etwas zu suchen, von dem man nicht wusste, wo es sein könnte. Ein Hotel. Einen Treffpunkt. Ein Ziel, warum man sich diese lange Reise von Köln nach Berlin antat. Mein Ziel war es, meine Tochter zu finden. Mehr nicht. Kolumbus musste sich ähnlich gefühlt haben, als er den langen Seeweg nach Indien gesucht hatte. Er hatte nur geahnt, dass es nach Westen gehen könnte. Meine Richtung war die entgegengesetzte. Aber auch ich hatte, wie Kolumbus, zumindest eine vage Ahnung. »Schlitzaugen« hatte der Grenzer als mögliche Gefahr für diese Luxuskarosse genannt. Meine Tochter fiel unter diese weit verbreitete Definition einer Menschenrasse. Sie war ein Schlitzauge.

Die Information des Wachtmeisters half mir freilich auch nicht viel weiter.

Jahnstadion. Heute 19 Uhr.

Mehr stand nicht auf dem Zettel.

Was sollte das? Wo war hier ein Jahnstadion und, vor allem, wo fand ich bei diesem Wetter eine Unterkunft? Meine Orientierung ließ stark zu wünschen übrig. Schnee von oben. Alles grau. Keine Anhaltspunkte. Kaum Straßenbeleuchtung. Nur der Bus hinter mir blökte mit seinem Horn. Ich stand auf seiner Ausfahrspur. Warum hatte er überhaupt die Haltestelle angefahren? Niemand stieg ein. Niemand stieg aus. Aber vielleicht konnte mir der Fahrer helfen.

»Jahnstadion. Watt wolln se denn da?«, berlinerte er. »Da is' momentan keen Spiel. Die spinnen doch zurzeit alle hier. Können se mal Ihre Scheese aus meiner Spur bewegen. Sonst mach ich noch 'nen Kratzer dran.«

Der Bus war leer. Waren schon so viele abgehauen? Hatten sie in den Westen rübergemacht, wie man in Berlin sagte?

»Watt is'? Ik hab 'nen Fahrplan einzuhalten«, knurrte er mich an.

»Ich habe mich verfahren. Wo finde ich diese Nacht ein Hotel?«, versuchte ich die andere, höflichere Schiene.

Der Mann kratzte sich kurz am Doppelkinn. »In dieser Ecke finden se jarantiert keen Hotel. Aber frajen se mal bei Olja. Oljas Imbiss. Zwei Haltestellen weeter. Dann rechts. Und nochma' zwee Haltestellen. Die wees hier allet. Grüßen se se von mir. Linje 25. Denn wees se schon Bescheid.«

Die Sicht wurde schlechter. Ich folgte den angegebenen Orientierungspunkten. Zwei Haltestellen geradeaus. Zwei rechts. Stimmte. Aus einem alten Campingwagen mit einem überdimensionalen Vorbau aus Brettern drang Licht. Ein Blechschild wies es aus. *Bei Olga.* Eine handgemalte Tafel machte auf das »Tagesmenü« aufmerksam. Bratwurst mit Schrippe oder Pommes. Eins zehn. Die Buchstaben von Rollmops und Soleier strebten mit der Nässe langsam dem unteren Tafelrand entgegen. Die Kreide löste sich auf. Von den Buletten war nur noch »-etten« zu erkennen.

Vier Männer, in Kapokjacken der russischen Armee eingemummt, diskutierten heftig an einem der drei Stehtische. Bier und eine Flasche Wodka bildeten den Mittelpunkt. »Die Verlierer und die Bonzen verlassen jetzt reihenweise die Republik. Und was bleibt uns?« Das Gespräch brach ab, als ich die Bude betrat. Der provisorische Vorraum wurde von einem Gasbrenner leidlich erwärmt. Vier nackte Glühbirnen als Innenbeleuchtung des als Grill umgebauten Wohnwagens, eine dralle Wirtin mit einer Grillzange. Zwei Kühlschränke. Eine Friteuse. Pappteller und Pappbecher. Ein Glas mit Soleiern. Eines mit Gurken. Zwei Plastikflaschen. Auf jeder klebte ein handgeschriebener Zettel, der Auskunft über den Inhalt gab. Senf und Majo.

»Ich suche das Jahnstadion – und eine Unterkunft für die Nacht«, wandte ich mich an die fünf Menschen. Deren Blicke zogen mich geradezu aus. Ein Wessi! Die Augen tasteten abwechselnd mich und den Wagen ab, den ich vor diesem Gebilde von Wodka-Häuslichkeit geparkt hatte.

Die Wirtin legte ihre nicht geringe Oberweite über den grob gezimmerten Ausschank.

»Was trinken und essen Sie? Hier ist kein Auskunftsbüro. Und 'ne Wartehalle sind wir auch nicht.«

Die Stimmung war nicht gut. Ich hätte den Mercedes woanders parken sollen. Nun war es zu spät. Entweder ich trat den Rückzug an, oder ...

»Eine Runde für die Herren und für mich eine Bratwurst.«

Das Gesicht der Frau wurde freundlicher. »Na, das nenne ich doch mal spendabel.«

Eine Stunde später war ich den Betrag, der in Ostmark ausgewiesen war, in westdeutscher Währung los. Eine Flasche Wodka, acht Bier, eine Wurst und vier Frikadellen. Und kalte Füße hatte ich auch.

»Was ist nun, Jupp? Unser Freund aus dem Westen hatte 'ne Frage«, fuhr die Frau einen »meiner« Gäste an. Der Wodka schien bei ihm keine Wirkung zu zeigen. Ruhig qualmte er eines meiner Zigarillos.

»Mit einer Wurst und 'ner Schrippe lasse ich mich bestechen.« Seine Kumpane, die schon deutlich Schlagseite zeigten, lachten. So gut es eben noch ging. Jupp schien hier der Platzhirsch zu sein. Und dieser verdammte Schnee blieb liegen. Es wurde Zeit, dass ich etwas auf die Reihe bekam.

»›Linie 25‹ hat mich hierhergeschickt«, warf ich beiläufig ein. Hoffentlich half das. Hier spürte ich nur Ablehnung. Bonzen, wie sie gesagt hatten. Die Verlierer der plötzlichen Grenzöffnung mochten keine vermeintlichen Gewinnler, die gleich mit dicken Autos vorfuhren.

»Das Jahnstadion. Was wollen Sie da? Das Ding ist zu. Da spielt seit Wochen keiner mehr. Die da oben nehmen einem jede Freude.«

»Halt die Klappe«, fuhr ihn einer seiner Kumpel an. »Wissen wir, wer dieser feine Pinkel mit seinem dicken Mercedes ist?«

Jupp wackelte mit dem Kopf. »Ist mir egal. Das Stadion ist keine geheime Kommandosache. Und zu ist zu. Und ein Hotel gibt's hier auch nicht.«

»Jupp. Du redest zu viel«, kam als Antwort.

»So, tue ich? Und woher weiß dieser Mann etwas von der Linie 25?« Jupps Faust donnerte auf die Tischplatte. Die Becher hüpften. Aber sie waren leer und fielen um.

»Es gibt eine Kneipe, die heißt *Zum Jahnstadion*. Die müsste aufhaben«, mischte sich die Wirtin ein, die bis dahin unseren

Gesprächen unbeteiligt zugehört und den Grill geschrubbt hatte. Die Wurst war wirklich gut gewesen, und bis sieben Uhr hatte ich noch Zeit. Fünf kalte Frikadellen wechselten vom Hersteller zum Käufer. In Westmark.

»Ein Zimmer hätte ich für Sie frei. Ist nicht so doll. Aber für 'ne Nacht würde es gehen. Ich bin übrigens Olga. Und dieser Schreihals Jupp ist mein Mann. Können Sie sich vorstellen, mit so 'nem Kerl dreißig Jahre verheiratet zu sein?«

Die rundliche Frau wischte sich die Hände ab. Es war mehr ein Reflex als ein Reinigungsvorgang. Sie reichte mir die Hand aus ihrem Wurstkommandostand.

»Das waren mindestens 32 Jahre zu viel«, knurrte Jupp. Seine Saufkumpane johlten Beifall. Olga schien das zu kennen. Sie putzte weiter.

»Sie können sich das mit dem Zimmer ja noch überlegen. Zwanzig Mark die Nacht mit Frühstück. Das Bad können Sie auch benutzen, wenn diese Schnarchnase von Mann aus dem Haus und uff de Arbeet is. Grenzer, wenn Sie verstehen. An der Chausseestraße. Geht auf Schicht. Die haben alle Muffensausen, dass se bald nicht mehr gebraucht werden. Was glauben Sie, warum ich mich hier so abrackere?«

Ich ließ ihre fettige Hand los und nickte stumm. Mein nicht einzuordnender Termin rückte näher. Den Treffpunkt auf dem Zettel hatte ich immer noch nicht ausfindig gemacht. Linie 25 spukte mir im Kopf herum. Was hatte die Information gebracht? Es war ein Lockvogelangebot eines Busfahrers gewesen. Jemand, der bestimmt mit ihm verwandt oder verschwägert war, hatte ihn beauftragt, einen Bonzen aus dem Westen zu einer Bruchbude in einer Seitenstraße zu locken, um ihm dort harte Westmark aus der Tasche zu ziehen. Die Männer waren inzwischen so betrunken, dass sie sich nur noch lallend in irgendwelchen Hasstiraden gegen Gott und Vaterland ergossen.

Ein undefinierbarer grüner Kastenwagen knatterte ins Licht.

Der Wind hatte gedreht. Der Schnee hatte seinen Fall von vertikal in horizontal geändert.

Eine vermummte Gestalt stieg aus. Zog sich die Kapuze seines Parkas über das Gesicht. Drehte sich gegen die Schneewand. Ich musste warten. Der Wagen blockierte den Mercedes. Eine Tür quietschte und schlug blechern wieder zu.

»Frau Olga, die Lieferung.«

Der Mensch im Parka war ein Mann. Er trug einige Sperrholzkisten mit Gemüse herein. Setzte sie ab, klopfte sich den Schnee ab und überflog den Inhalt der Kisten anhand eines Zettels. Nickte. »Acht fünfzig macht das.«

Olga überprüfte alles.

»Musst du immer mit diesen Schlitzaugen Geschäfte machen? Die sind doch noch größere Gauner als die Stasi«, gurgelte Jupp. Er hatte jetzt ernsthafte Probleme, sich auf den Beinen zu halten. Seine Saufkumpane lagen bereits auf ihren Unterarmen und schnarchten.

»Halt die Klappe. Morgen gibt's bei diesem Wetter Eintopf. Und die Schlitzaugen sind nun mal billiger als unsere. Die wollen nur noch Westmark. Und wie sollen wir das machen, wenn wir nur den Ostschrott einnehmen? Danke, Junge.« Sie zahlte. In Ostmark.

Das war vielleicht eine Möglichkeit, doch noch mein Ziel um 19.00 Uhr zu finden. Ich kramte den Rest meiner verschütteten Vietnamesischkenntnisse zusammen.

»Jow. Ayng theyn la yi?« Was ungefähr so viel heißen sollte wie: Hallo, wie ist dein Name?

Der junge Mann hielt auf dem Weg zu seiner Rostlaube von Lieferwagen mitten im Schritt inne. Stützte sich kurz auf der Motorhaube des Mercedes ab. Streichelte den Schnee von der Haube. Er verstand mich. Er war Vietnamese.

»Phong Luc.« Er schaute auf. »Und außerdem sprechen Sie einen beschissenen Mekong-Dialekt«, kam die Antwort in nahezu akzentfreiem Deutsch. »Also, was wollen Sie von mir? Sind Sie ein Ami? Oder von der Ausländerpolizei? Ich habe nichts zu verbergen. Ich bin Student mit einem Stipendium hier in der DDR. Wollen Sie meine Papiere sehen?«

Phong wurde nervös. Nervös wie alle jungen Vietnamesen, die ich leidvoll kennengelernt hatte, wenn sie mit einer Langnase zusammenprallten. Ihnen steckte das Leid aller Okkupationen ihres Landes über Jahrhunderte in den Erbanlagen. Demut. Gehorsam. So hatten sie sich ihr Land durch Verweigerung zurückerobert. Wenn es nicht anders gegangen war, dann durch Maulwurftaktik. Tief unter der Erde ihrer Heimat.

Es krachte und klirrte. Olga schrie auf. Phong lief in den Imbiss, ich folgte ihm. Jupp hatte es mithilfe seiner betrunkenen Kumpanen fertig gebracht, den Stehtisch umzulegen. Wie eine zappelnde Schildkröte lag er auf dem Rücken und erbrach die von mir teuer bezahlten Bratwürste.

»So eine Scheiße«, fluchte Olga. »Der hat um drei Uhr Dienst. Könnt ihr starken Männer mir nicht helfen, den Kerl ins Bett zu schleifen?« Der Blick der nicht mehr jungen Frau war flehend und meine Zeit knapp. Was war wichtiger? Ich oder er?

»Ist nicht das erste Mal. Wir tragen ihn hoch. Zweiter Stock«, kommentierte Phong und nahm die Beine von Jupp wie die Griffe einer Schubkarre, die gezogen wurde. Da niemand anderer Anstalt machte zu helfen, nahm ich den schwereren Rest. Vielleicht hatte ich dafür ja mit Phong einen Zugang zu etwas gefunden, das mir helfen oder zumindest eine Ahnung geben konnte, wo ich nach meiner Tochter zu suchen hatte.

»Steckt den besoffenen Kerl in die Badewanne«, kommentierte Olga. »Der versaut mir sonst alles. Und außerdem muss ich ihn zum Dienstbeginn nüchtern kriegen.« Sie putzte und räumte weiter auf. Die anderen Saufkumpane halfen sich gegenseitig hoch.

»Ja, schon gut. Mal wieder alles auf eure Deckel … und meine Knochen. Herrgott, wie kann man nur so viel saufen! Und alles für diese wertlose Ostmark!«, schimpfte sie hinter dem torkelnden Haufen her, der bei dem Schneetreiben einen Geruchssinn wie ein Hund haben musste, um nach Hause zu finden.

Phong hatte gut gedacht. Er hatte die Beine genommen, ich trug den Rest von Jupp. Er ging voran. Ich hatte treppauf das gesamte Gewicht eines betrunkenen Grenzers zu schleppen. Er stank nach Alkohol, Erbrochenem und nach fehlender Reinlichkeit im Allgemeinen.

»Was studieren Sie?«, keuchte ich, als ich mich mit dem Teil meiner Last die Stufen hinaufmühte.

»Was wohl? Deutsch. Sonst müssten wir uns in einem komischen Kauderwelsch unterhalten«, kam es knapp zurück. »Und Maschinenbau«, ergänzte Phong. Wir hievten den schnarchenden Jupp in die nächste Etage. Der Hausgang müffelte genauso wie der Kerl in meinen Armen.

»Kennen Sie vietnamesische Mädchen, die hier auch studieren?« Langsam wurde mir Jupp zu schwer. Ich legte meinen Teil von ihm auf dem Treppenansatz ab. Nun zog das gesamte Gewicht an Phongs Schubkarrengriff. Er ließ die Beine fallen und drehte sich um. Stützte sich am Handlauf ab.

»Was soll das heißen, ob ich Vietnamesinnen kenne?«

Da war er wieder dieser Hass, den ich so oft hatte spüren müssen. Der Hass auf jeden, der dieses Volk versucht hatte zu unterdrücken und auszubeuten. Sie waren stolz. Und je mehr man sie in die Enge trieb, umso gefährlicher wurden sie. Wie hatte ein Kollege gesagt: Treibe nie eine Horde Ratten wie die Vietcong in die Enge. Sie sterben sogar für einen einzigen Biss, den sie dir vorher noch zufügen können. Und sie beißen verdammt schnell zu.

»Ich suche meine Tochter. Sie ist Halbvietnamesin und muss hier in Berlin sein.«

Phong pfiff durch die Zähne. Setzte sich auf die Stufen und zündete eine Zigarette an. Jupp schnarchte in der unbequemen Position, in der wir ihn abgelegt hatten.

»Daher sprichst du Mekong-Dialekt. Du warst in Vietnam? Wann?«

»Dezember '8 bis Juli 70.«

Phong biss sich auf die Unterlippe. Er rang mit sich. Aber das sah ein Europäer nicht, wenn er diese Mentalität nicht kannte.

»Dann könntest du meinen Vater getötet haben. Warum sollte ich dir nun helfen?«

Wieder Hass. So kam ich nicht weiter. Es war keine gute Idee von mir gewesen, mich als Kriegsveteran zu erkennen gegeben zu haben. Ich hätte es besser wissen müssen.

Jupp drehte sich auf die Seite und rutschte ein paar Stufen ab. Erbrach sich erneut.

»Können wir den erst in der Badewanne deponieren und dann weiterreden?«

Phong nickte unmerklich und nahm den ganzen Grenzer gekonnt über die Schulter. So, wie ein Soldat einen verwundeten Kameraden aus der Kampflinie schleppte und ihn gleichzeitig als Kugelfang benutzte. Der zierliche Vietnamese schleppte einen hundert Kilo schweren, betrunkenen Mann hinauf. Wuchtete ihn unsanft in die Badewanne. Die starrte vor Dreck. Wie die ganze Wohnung, wie ich flüchtig wahrnahm. Hier würde ich nicht übernachten. Da war ich mir sicher. Und wenn ich die Nacht noch in den Westen zurückmusste, um mir die Nervenprobe des Grenzübergangs morgen noch mal anzutun.

»Wie viele Geschwister hast du? Wie alt bist du?« Es war wieder einmal ein Versuch an den jungen Mann zu kommen. Asiaten liebten es, erst über ihre Familie zu sprechen.

Phong sprang vor mir die Stufen hinab.

»Alter? *Hai muoi ba.*« Also dreiundzwanzig. »Geschwister? Vier ältere Brüder. Die sind im Krieg alle umgekommen.

Danach hat meine Mutter wieder geheiratet. Seither kommen nur noch Schwestern. Drei. Zwei studieren in der DDR. So, wie ich. Und wie alt bist du?«

Dazu sagte ich besser nichts.

»Frau Olga. Jupp ist da, wohin Sie ihn haben wollten.«

Olga nickte. Sie hatte aufgeräumt und die Außenbeleuchtung ausgeschaltet.

»Nehmt das. Ist nur eine Kleinigkeit. Das konnte ich heute nicht verkaufen.« Sie drückte uns zwei braune Tüten in die Hand und weinte. Es war ein leises, bebendes Weinen. Sie hätte wohl lieber geschrien. Aber das schien man den alten Menschen in diesem diktatorischen System ausgetrieben zu haben.

»Junge, zeige diesem Westler den Weg. Er sucht die Kneipe *Zum Jahnstadion*. Du wohnst doch da in der Nähe. Machst du das?«

Phong sah kurz in die Tüte. Ich roch, was darin war. Warme Buletten und kalte Bratwürstchen. Oder umgekehrt.

Ohne weitere Regungen hatte Phong sein Auto umgeparkt und sich dann auf den Beifahrersitz des Mercedes geschwungen. Wie ich Asiaten kannte, war es sinnlos zu fragen, warum er seinen vergammelten Lieferwagen einfach hier stehen ließ. Er würde ihn sich schon wiederholen, wenn er ihn brauchte.

Mit knappen Kommentaren dirigierte er mich durch die verschneiten Straßen. Hier würde ich allein nie wieder rausfinden. Kaum Spuren von Fahrzeugen im Scheinwerferlicht. Die geringe Straßenbeleuchtung drang kaum bis zum Boden.

»Das meinst du doch nicht ernst, dass ich einen deiner Familie getötet haben könnte?« Ich war jetzt endgültig vom Sie auf das Du übergegangen. Die vietnamesische Sprache kannte kein Sie. Der Angesprochene definierte sich aus dem Zusammenhang und der Stimmlage des Sprechenden.

»Im Krieg hat jeder jeden umgebracht. Auch wenn er es nicht selbst war. Es war alles Mord, der andere wieder zum Mord animiert hat. Somit sind alle schuldig.«

Der junge Mann begann mir zu gefallen. Er war in dem Alter in eine kalte, fremde Welt zum Studieren gegangen, in dem ich in eine warme, fremde Welt als Reporter gezogen war. Unbedarft. Unzufrieden mit allem, gegen alles, aber süchtig, mich als Weltverbesserer beweisen zu können.

»Beruhigt es dich, dass ich fast sieben Monate in einem Lager des Vietcongs verbringen durfte? Als Reporter, der nur über die Unmenschlichkeiten in eurem, in deinem Land berichtet hatte? Meine Kollegen und ich haben dafür gesorgt, dass die Öffentlichkeit informiert wurde, dass dieser Krieg sinnlos war. So wie alle Kriege sinnlos sind. Durch uns hattet ihr die Jugend der ganzen Welt auf eurer Seite. Sonst hätten euch die Amis doch noch in die Steinzeit gebombt.«

Phong suchte sich einen anderen Sender im Autoradio. Er verstand. Ich kannte sein Land. Aber er würde niemals eine Regung von sich geben, wie ich sie gerade provoziert hatte.

»Wir sind da. Dort drüben ist das Lokal.«

Durch das Schneetreiben leuchtete eine Reklame, der ein paar Glühbirnen ausgegangen waren. »–um Ja-----dion« war noch vom eigentlichen Namen zu entziffern. Phong machte keine Anstalten auszusteigen.

»Wie heißt deine Tochter? Wie kann man sie erkennen? Wie alt? Hat sie besondere Kennzeichen? Sonst kann ich sie nicht finden.« Er lehnte den Kopf an die Scheibe, als wolle er sich zum Schlafen legen.

Ich legte meinen Kopf auf das Lenkrad. Atmete tief durch. Phongs Fragen hatte ich nicht erwartet. Er hatte meine Situation schneller umgesetzt, als ich das hätte erhoffen können. Erhoffen von einem noch sehr jungen Mann.

»The-Maria Chu-Stösser, geboren im Dezember 1969«,

mehr konnte ich nicht sagen. »Wie sie aussieht, weiß ich nicht.«

Was ich als meine Tochter bezeichnete, war eigentlich ein Bastard. Eine Mischung verschiedener Kulturen, die aus einer Notgemeinschaft entstanden war. Ich hatte mich nie um sie kümmern können so wie ein Vater, der von der Arbeit nach Hause kommt und sich erst einmal mit seinem Kind beschäftigt. Die Last des Tages dabei vergisst. Ich war nie da gewesen, wo ein heranwachsender Mensch eine Familie gebraucht hätte. Wenn ich ehrlich bin, hatte ich mich jeder Verantwortung entzogen. Ich war damals selbst noch ein Kind gewesen. Ein böses, zorniges Kind von 22 Jahren. Solche brauchten die Regierungen. Mit den informationsgeilen Medien im Schlepptau, um Soldaten oder Reporter in den Krieg zu schicken. In den großen, blutigen Sandkasten.

»Dann ist deine Tochter jetzt zwanzig. Aber der Name ist nur teilweise vietnamesisch; damit werden wir sie finden. Wenn sie noch in Berlin ist und der Sampan sie nicht schon als Hure verkauft hat.«

Hure? Meine Tochter? Wer war der Sampan? Ein Sampan war eigentlich ein vietnamesisches Hausboot auf den Seitenarmen des Saigon- und Mekong-Flusses. Oder der Vater einer Familie.

Phong wimmelte meine Fragen mit einer Handbewegung ab. »Du hast in der Kneipe einen Termin. Geh. Ich bleibe hier. Sonst heißt es wieder, dass die Vietnamesen ein Auto gestohlen haben. Lass den Motor laufen, sonst wird mir kalt, und ich bin ohne Musik. Ich esse die Reste von Olga und werde auf dich warten. Dann werden wir eine Lösung finden.«

Alle Alarmanlagen in mir gaben Laut. Ich sollte einem Vietcong ein hunderttausend Westmark teures Auto mit laufendem Motor überlassen? Das schrie geradezu nach Diebstahl.

»Ich weiß, was du denkst«, murmelte Phong. »Aber, wenn

du schon eine Tochter aus unserem Land in deinem Land suchen musst … wo soll das hinführen? Vertrau mir einfach. Wenn dein Auto nachher trotzdem weg sein sollte, dann hat mich der Sampan auch geholt. Und dann gibt es auch für deine Tochter keine Rettung mehr.« Phong raschelte in Olgas Tüte und förderte Buletten und eine Tube Senf zutage, die er auf dem Armaturenbrett über den Beheizungsschlitzen der Windschutzscheibe aufreihte. Praktisch denken konnten sie, diese Vietnamesen …

»Wer ist der Sampan?«

Phong stellte den Suchlauf im Radio ein. Das Leuchtdisplay lief durch. Bei »soul« drückte er die Stopptaste.

»Das weiß niemand außer den Opfern. Und die werden nie wieder gefunden. Dem Vernehmen nach muss er im Krieg gewesen sein. Er spricht unsere Dialekte perfekt, scheint aber einen französischen und deutschen Pass zu haben. Handelt mit allem, was Geld bringt: Rauschgift, Waffen, junge Mädchen. Er kontrolliert die Kneipenszene, in der Russen und Bonzen aus dem Westen verkehren. Mehr weiß ich nicht. Solch einen Menschen kann ich mir von der Erfahrung meines Alters und meinen finanziellen Mitteln nicht leisten. Geh endlich. Sonst ist dein Tank bald leer.«

Ich stieg aus. Etwas anderes blieb mir nicht übrig. Sonst hatte ich keine Chance mehr, der »Einladung« des Grenzers Hauptwachtmeister Steiger zu folgen. Oder war es eine Vorladung? Ich saß aber auch zwischen allen Stühlen, die ich hatte finden können.

Ich beugte mich noch einmal in den Wagen zurück. »Du bist doch nicht so ahnungslos, wie du tust!« Phong kaute eine kalte Bratwurst. Die Buletten brutzelten über der Scheibenheizung. Der Autoverleih würde seine Freude haben. »Wenn ich zurückkomme, will ich mehr wissen. Benutze von mir aus das Autotelefon … wenn das Ding geht. Aber gib mir eine Antwort.«

»Das Telefon funktioniert …«, hörte ich noch, bevor die Tür ins Schloss fiel.

Es wollte nicht aufhören zu schneien. Die Tür zum »Jahnstadion« quietschte in den Angeln. Wie hier alles nur noch irgendwelche Zerfallsgeräusche von sich zu geben schien.

Es war 20.15 Uhr. Ich war weit über die Zeit.

Ein Qualmgemenge schlug mir entgegen. Stinkender Zigarettenrauch und Schweiß von schwitzenden alten Menschen. Vor sich hinmüffelnde Jacken, die nicht trocknen wollten. Verbranntes Gebratenes und ein betäubender Lärm von sich überkreuzenden Diskussionen.

»Sie sind spät dran. Ist meine Schuld. Ich hätte Ihnen bei diesem Wetter eine bessere Wegbeschreibung geben sollen.«

Der Hauptwachtmeister saß allein an einem Ecktisch. Im blauen Trainingsanzug und einem selbst gestrickten Schal um den Hals. Er wischte sich den Mund mit einem Taschentuch ab. Die Reste von Senf auf seinem Teller zeugten von einer Bratwurst oder einer Bulette, die da mal drauf gelegen haben mussten.

»Aber mehr Informationen konnte ich Ihnen zu meiner eigenen Sicherheit in der Kürze leider nicht geben. Rauchen Sie?« Er klopfte eine dieser stinkenden Zigaretten aus der Pappschachtel.

Ich wehrte ab. Bot ihm ein Zigarillo von mir an.

»Dann trinken Sie aber etwas. Mollie, ein Gedeck für meinen Gast!«, brüllte er durch den Gastraum.

In Anbetracht, dass ich diese Ecke Deutschlands heute Nacht noch um jeden Preis verlassen wollte, wehrte ich ab.

»Einen Kaffee bitte. Ich muss noch fahren.«

Steiger stutzte, blies den Rauch meines Zigarillos von sich und lachte lauthals.

»Herr Stösser. Erstens: Was glauben Sie, warum die Wirtin hier Mollie heißt? Weil ihr Kaffee genauso schmeckt. Zweitens: Wohin wollen Sie denn heute noch? Der Wetterbericht sagt noch stärkeren Schneefall voraus. Und in den Westen kommen Sie heute Nacht nicht mehr. Die Grenzen sind aus Sicherheitsgründen bis sieben Uhr zu. Also, trinken Sie lieber ein Gedeck. Wir brauchen nur um die Ecke zu laufen. Ich habe noch ein Zimmer in der Mansarde frei. Es ist sauber«, setzte er fast entschuldigend hinzu. Kannte er die Verhältnisse bei Bratwurst-Olga? In diesem Staat schien jeder über jeden alles zu wissen. Hoffentlich legte mich der Vietcong im Auto nicht rein.

»Sie wollten mir einen Hinweis geben, wie ich meine Tochter wiederfinden kann?« Es war an der Zeit, dass ich den Smalltalk in Bahnen lenkte, die mir weiterhalfen.

Der Hauptwachtmeister nickte und stürzte seinen Korn hinunter. Reichte mir die Hand. »Steiger. Sag einfach Ewald zu mir. Und deinen Vornamen kenne ich ja. Hast du noch eines von diesen vorzüglichen Zigarillos?«

Der Lärm in der Kneipe wurde unerträglich. Mehr und mehr Menschen drängten sich in den kleinen Raum. Alle rochen wie nasse Hunde. Sie brachten die Luftfeuchtigkeit von draußen mit in den überheizten Raum. Kalte Nässe in einem warmen Raum. Das war für mich ein widerlicher, vergangenheitsbelasteter Erinnerungswert.

»Sie ... ich meine du, Ewald, wolltest mir etwas über meine Tochter sagen«, versuchte ich endlich eine Linie in unser trautes Zusammensein zu bekommen. Dieser Vietcong in meinem Wagen machte mich nervös.

Ewald Steiger nickte bedächtig. Kramte in seinen ausgebeulten Hosen. Asche krümelte von seinem, meinem Zigarillo.

»Erkennst du auf diesem Foto jemanden?«

Es war ein Farbfoto. *Orwo Film* stand auf der Rückseite. Es zeigte mehrere junge Frauen auf einer Bühne. Verkleidet. In

Kostümen. Mehr konnte ich damit nicht anfangen. Ich schüttelte den Kopf.

»Nein? Du kannst niemand darauf erkennen? Was bist du nur für ein Vater. Das ist sie …« Er deutete auf eine Gestalt, die in Stulpenstiefeln, einem Federbuschhut und einem Degen alle anderen überragte.

»Deine Tochter. Und das da ist meine Tochter.«

Sein Finger fuhr die Reihen der maskierten Mädchen entlang und tippte auf eine schlanke Gestalt, die im körperengen Anzug einer Maus steckte. Nur an ihren deutlichen Wölbungen über der Brust war sie als Frau zu erkennen.

»Es war bei einer Aufführung der Kunstschule für die jungen Pioniere. Das machten sie gerne. Da ist die Kritik noch nicht so scharf. Die Jungen lassen sich mehr von den Körpern der jungen Weiber als von ihrem Können ablenken.«

Ewald lächelte. Es sah wehmütig aus. Er hauchte einen Kuss auf das Foto und steckte es wieder ein.

»Woher wissen Sie … ich meine du …?« Ich konnte mich an das Du gegenüber einem DDR-Grenzer einfach nicht gewöhnen. »Ich meine, woher weißt du, dass das meine Tochter ist?«

Ewald brüllte: »Noch ein Gedeck für uns!«, kramte weiter in seinen ausgebeulten Taschen und förderte einen Zettel zutage. Er ließ ihn gefaltet vor sich liegen und wartete auf das Gedeck.

»Hast du noch eines von diesen köstlichen Zigarillos?«

Ich hatte. Meine Reisetasche enthielt mehr Tabakwaren als saubere Wäsche. Ein Hemd konnte man notfalls ein paar Tage anlassen. Ein Glimmstängel war nach dem Anzünden unwiederbringlich dahin.

Genüsslich zog er den Rauch ein. Spülte ihn durch die Bronchien. Blies den Qualm wie ein Drache durch die Nüstern. Kippte den Korn in einem Zug hinterher.

»Als ich deinen Pass sah und du sagtest, dass du deine Tochter suchst, wurde mir einiges klar.« Das Bier folgte.

»Wer ist schon Journalist und heißt Peter-Maria Stösser? Hat Dutzende von Visa aus Asien in seinem Pass? Schau mal ...« Er schob mir den zusammengefalteten Zettel über den Tisch.

»Das ist die offizielle Anmeldung für Untermieter, wenn jemand einen hier aufnimmt.«

Ich entfaltete das gelochte und mit dem Stempel einer Behörde beglaubigte Papier.

1987 war als Datum vermerkt. Meine Augen wanderten von unten nach oben. Da stand:

Geschlecht des Mieters: Weiblich.
Geboren: 12. 12. 1969
Herkunft: Vietnam
Geburtsort: Ho-Chi-Minh-Stadt
Religion: Keine
Beruf: Studentin
Name: Chu
Vorname: The-Maria

Ich faltete den Zettel wieder zusammen und schob ihn über den Tisch zurück. Ja, das konnte meine Tochter sein.

»Wie kommst du da dran?«

Ewald sah zum Fenster hinaus. Es war beschlagen. Kondenswasser suchte sich in feinen Perlen den Weg zur Fensterbank, auf der ein paar verdorrte Pflanzen ihre letzten Stunden fristeten. Der Schneefall hatte sich verstärkt. Hier kam ich heute nicht mehr weg.

Der Mercedes verwandelte sich langsam in ein Edel-Iglu. Aber er war noch da. Und der Motor lief, wie ich am weißen Auspuffqualm sehen konnte.

»Deine Tochter war mit meiner auf der Kunstschule. Und

das ist ihr Meldezettel. Sie hat bei mir in der Mansarde gewohnt«, brummte Ewald abwesend.

»Was heißt ›hat‹?« Ich versuchte zweierlei unter Kontrolle zu behalten: erstens meine Überraschung und zweitens den Wutausbruch, der regelmäßig meine Hilflosigkeit durch Aggressivität zu vertuschen versuchte. Böse medizinische Zungen nennen das Cholerik.

»Weil eines von den beiden Mädchen definitiv nicht mehr lebt. Meins ...«

Ewald fummelte sich mit seinen dicken Fingern ein weiteres Zigarillo aus der Schachtel, die ich gleich hatte auf dem Tisch liegen lassen.

»Ich war in dieser Vorstellung. Ich habe die Mädchen hingebracht und Erinnerungsfotos gemacht. Danach sind wir noch mit der Truppe in der Theaterkantine gewesen. Das Ensemble wollte noch etwas für sich sein. Warum nicht? Die jungen Damen sind ja alle nach dem Gesetz volljährig.«

Er bestellte noch zwei Gedecke. Wenn das so weiterging, schaffte ich es nur noch auf allen vieren in mein Mercedes-Iglu.

»Beide kamen in der Nacht nicht nach Hause ...«, fuhr Ewald stockend fort. »In der nächsten und übernächsten auch nicht. Na ja, habe ich mir gedacht, die lassen sich ja ohnehin nichts mehr sagen. Lass sie machen. Nach drei Tagen schaltete ich meine Kameraden ein. Das war nicht normal. Diese Unruhe, die einen Vater packt, sie trieb mich um. Den Kindern musste etwas passiert sein. Und dann kommst du an den Grenzübergang und suchst deine Tochter.«

Das musste ich erst verdauen. Auf der blinden Suche nach meiner Tochter, traf ich genau auf den Mann, der sie seit zwei Jahren beherbergte. War das ein gutes oder schlechtes Omen?

»Ja und? Was ist aus den beiden geworden, wenn du schon deine ganze Vopo-Organisation eingeschaltet hast?«

Ewald rauchte Kette. Bald musste ich an mein Gepäck, um Nachschub zu holen.

»Meine Tochter lebt nicht mehr. Alles, was meine Kollegen von der Volkspolizei, die ihr Wessis Vopo nennt, herausfanden, ist, dass beide Mädchen gegen 23 Uhr von ihren Freunden am Theater abgeholt wurden.«

Ewald stockte. Bestellte nur noch Korn für sich.

»Was heißt, deine Tochter ist tot?«, hakte ich nach. Eine böse, unbestimmte Ahnung kroch mir in die Gegend des Sonnengeflechts. Ein untrügliches Zeichen, dass hier etwas äußerst Unangenehmes auf mich wartete. Sonst hätte mich der Unbekannte nicht hierhergelockt, um nach meiner Tochter zu suchen.

»Wenige Tage später hat man sie aus der Spree gefischt. Man hat sie mehrfach vergewaltigt, ihr die Kehle durchgeschnitten und sie regelrecht weggeworfen.«

Ewald sah durch mich hindurch. Er hatte keine Tränen mehr. Es war nur noch ein sturer Geradeausblick. Wie der eines Grenzers. Leblos. Er hatte aufgegeben.

»Lebt deine Frau noch?«, versuchte ich eine Brücke zu bauen. Ich musste wissen, was er über den Verbleib meiner Tochter herausgefunden hatte, nachdem er schon den ganzen Polizeiapparat nach der Suche von zwei Freundinnen angekurbelt hatte.

»Nein. Meine Tochter war die Letzte meiner Familie. Mein ganzer Trost, meine Hoffnung …«, er atmete tief durch und beugte sich verschwörerisch über den Tisch, »ist, dass dieser ganze Spuk bald ein Ende hat. Dann gehe ich in Rente und ziehe zu meinem älteren Bruder nach Köln. Der war schlauer. Ist schon vor zwanzig Jahren abgehauen. Meine Frau wollte damals das Risiko nicht eingehen. Und ich hatte einen sicheren Beruf. Na ja, damit ist jetzt wohl sowieso Schluss. Und die Aussichten sind mau. Wer nimmt einen alten Stasi-Beamten noch? Hör dich doch nur mal um. Alle wollen nur noch rüber. Und hier bricht inzwischen die Anarchie aus. Die ehemaligen Bruderstaaten schicken schon ihre Truppen: Russen-, Tschechen-, Polen-, Chinesen- und Vietnammafia. Die haben inzwischen das Land übernommen. Aber keiner unternimmt mehr was dagegen. Wir kassieren langsam mehr Geld von denen als vom Staat. Nur damit wir die Grenzen noch offener halten, als sie es jetzt schon sind. Ihr im Westen werdet euch noch wundern, was da auf euch zukommt. Da waren die Hunnen ein freundliches Völkchen. Mollie, noch ein Gedeck!«

»Was ist aus den Nachforschungen über meine Tochter herausgekommen?«, hakte ich jetzt etwas ungehalten nach.

Ewald lachte höhnisch. »Du glaubst doch nicht, dass sich hier jemand wegen einer Vietnamesin Gedanken macht. Nichts ist dabei rausgekommen. Sie wurde nicht in der Spree gefunden. Vermisst. Vermutlich außer Landes. Das war alles. Ermittlungen eingestellt.«

Mein Gehirn begann sein eigenes Süppchen zu kochen. Ich bekam Kopfschmerzen. Ein Teufel, der Vergangenheit hieß, begann meine Erinnerungen aufzukochen. Noch rührte er, damit die Grundsubstanz nicht ansetzte. Egal, wie er rührte, es würde in jedem Fall eine bittere und trotzdem verbrannte Brühe dabei herauskommen.

»Sagt dir der Name ›Sampan‹ etwas?«

Ewald löste sich aus seinen Erinnerungen. Sein Gesicht nahm wieder menschliche Formen an.

»Sampan?« Sein Kopf wanderte in seine stützenden Hände. »Da war mal was. Während der Untersuchung des Mordes an meiner Tochter. Aber was? Ich bin zu betrunken, um mich daran erinnern zu können.« Er schob mir den Anmeldezettel zu. »Das Zimmer deiner Tochter kannst du haben. Meine Adresse steht drauf. Ist bis zum Jahresende bezahlt. Und wie gesagt, deine Tochter war sehr ordentlich und sauber. Da liegt nichts rum ... so wie bei meiner Tochter.« Nun kämpfte er doch noch mit den Tränen. Der Alkohol tat seine Wirkung. Die Trostmenge war überschritten und kippte in das Verzweiflungstief um.

»Kannst du mal kommen? Telefon ...«, sagte jemand, tippte mir auf die Schulter und verschwand sofort wieder.

Ewald hob wackelnd den Kopf. »Das war doch Phong. Was macht der denn hier? Oder sehe ich schon Gespenster?«

Ich steckte den Meldezettel ein. Das einzige offizielle Beweisstück, dass es meine Tochter hier gab. Geben musste. Dann bezahlte ich in Westmark und schlug den Kragen hoch.

»Du fährst nicht mehr. Du bist betrunken. Und da verstehen die hier keinen Spaß«, entschied Phong und dirigierte mich auf den Beifahrersitz. Es roch wie in Olgas Grill. Die Buletten waren von den Lüftungsschlitzen verschwunden. Der Duft war geblieben.

Ich nahm den Hörer des Autotelefons.

»Ja ...?«, knurrte ich.

Eine Stimme hustete am anderen Ende. »Ach, ist ja nett, dass ich dich mal erwische. Deine Tochter scheint dir nicht viel wert zu sein.« Ein heiseres Lachen folgte. Die Stimme rauchte. Blies den Qualm in das Mikrofon.

»Wer sind Sie? Wo ist meine Tochter? Was wollen Sie von ihr und mir?«

Ein ächzendes Lachen folgte. Es hörte sich an, als übte ein Rabe die menschlichen Laute.

»Ach Peter. Reg dich nicht auf. Deiner Tochter geht's gut. Sie ist hübsch. Sehr hübsch. Die Kundschaft steht, oder soll ich sagen, liegt bei ihr schon Schlange. Sie ist ihr Geld wert. In einer Stunde. Im *Sans Soucis*. Komm ja nicht wieder zu spät.« Dann war die Verbindung unterbrochen.

»Hast du den Kerl angerufen?«

Phong schüttelte den Kopf.

»Nein. Es piepste plötzlich. Da habe ich abgenommen.«

Ich musste ihm glauben.

»Wo ist das ›Sans Soucis‹? Und *was* ist das? Da müssen wir in einer Stunde sein.«

Phong legte die Hände in den Schoß. Im rötlichen Licht der Armaturenbeleuchtung kam mir seine versteinerte Miene bekannt vor. Mein Gehirnteufel war dabei die Erinnerungssuppe zum Sieden zu bringen.

»Wo das *Sans Soucis* ist, weiß ich. In einer Stunde, das ist selbst bei diesem Wetter kein Problem«, zischte er, ohne die Lippen zu bewegen. »Was es ist, das weiß ich allerdings nicht. Ausländer ohne harte Währung haben dort keinen Zugang.« Dann schwieg er und wühlte den Mercedes aus dem Schneehaufen, als hätte er nie etwas anderes getan.

Er folgte einer verschneiten Straße nach der anderen. Es war sinnlos, hier nach einem Orientierungspunkt zu suchen. Wie im Urwald. Alles sah gleich aus.

»Woher kennst du Hauptwachtmeister Steiger?«

»Kenne ich nicht«, kam es knapp und konzentriert zurück.

»Aber er kennt dich. Woher?«

»Weil The bei ihm wohnt. Da muss er mich ein paar Mal gesehen haben.«

Ich stellte den Sitz in Ruheposition und faltete die Hände über dem Bauch. *Ruhig Blut*, versuchte ich die langsam brodelnde Suppe nicht überkochen zu lassen.

»Du bist also mit meiner Tochter befreundet. Du hast sie vom Theater abgeholt. Was geschah danach?«

»Ich wusste nicht, dass sie einen Vater hat. Sie hat nie über dich gesprochen. Mehr weiß ich nicht.«

»Aber du hast mit ihr geschlafen?«

Wieder dieser blöde Versuch eines eifersüchtigen Vaters, Geschehenes ungeschehen zu machen, weil einfach nicht sein konnte, was nicht sein durfte.

»Nein. Du weißt, wie spröde vietnamesische Mädchen sind. Ohne Zustimmung der Familie geht nichts. Und sie hat keine Familie.«

Ja, ich wusste sehr wohl, wie Frauen aus dem Mekong-Gebiet sein konnten. Stolz und unerbittlich, wenn es um die Familienehre ging. Und gegen die hatte ich Tölpel auf das Schändlichste verstoßen. Ich konnte mir sicher sein, dass ich keinen Platz auf dem Familienaltar der Chus haben würde. Auf dem standen alle Familienmitglieder des Clans seit über hundert Jahren. Und sie wurden an ihrem jeweiligen Todestag geehrt, als wären sie gerade geboren.

Phong steuerte den Wagen konzentriert durch die Straßen von Berlin. Winterdienst schien man hier nicht zu kennen. Es schneite noch stärker.

»Du hast The-Maria aber vom Theater abgeholt. Was passierte dann?«

Phong schien sich an allem Möglichen zu orientieren, um den Weg zu finden – verschneiten Litfaßsäulen, Ampeln, Bäume, Mülltonnen. Ich hatte längst aufgegeben zu fragen, wo wir waren.

»Ich hatte mit The-Maria ausgemacht, dass ich sie und ihre Freundin auf meiner letzten Tour mitnehme und nach Hause bringe. Ich war ein paar Minuten zu spät dran. Ein Kunde hatte mich mit einer Reklamation aufgehalten. Es regnete ...«

Dann schwieg er wieder.

Es war zum Aus-der-Haut-Fahren. Ich kannte so ziemlich alle möglichen Asiaten. Alle redeten sie ohne Unterlass. Nur den Vietnamesen und Kambodschanern musste man jedes Wort aus dem Leib prügeln. Gegenüber anderen ethnischen Gruppen und Rassen gaben sie nie mehr preis, als sie für unbedingt nötig hielten.

»Und was war dann? Verdammt noch mal, rede endlich.«

»Ich sah nur noch, wie die beiden Frauen in eine schwarze

Limousine russischer Bauart einstiegen.« Wieder schwieg Phong und suchte einen neuen Anhaltspunkt auf dem Weg. Wie ein Pfadfinder.

»Ja und dann?« Ich wurde ungehalten. Das war manchmal die einzige Sprache, die sie verstanden: dass eine »Langnase« wütend wurde.

»Ich bin dem schwarzen Wagen gefolgt. Wollte wissen, wohin er fährt.«

»Und wohin fuhr der schwarze Wagen?«

Phong steuerte ein Wohngebiet an, das von der edleren Sorte zu sein schien. Keine Wohnblocks. Alte Villen mit Gärten. Hier standen die Laternen auch dichter. Er ließ den Wagen an einer Kreuzung ausrollen und stellte den Motor ab.

»Wir sind da. Das *Sans Soucis*. Da hat man die Mädchen hingebracht. Und wenn du den Schnee wegmachst, da steht der schwarze Wagen. Die Nummer habe ich mir gemerkt.« Er deutete auf eine Reihe parkender Fahrzeuge.

»Die Stunde ist fast um. Du solltest deinen Termin wahrnehmen. Ich warte hier genau eine Stunde. Wenn du dann nicht wieder hier bist, rufe ich *meine* Leute.« Seine Hand deutete auf das Autotelefon.

Hörte ich plötzlich so etwas wie Hass in seiner Stimme? War hier ein Krieg im Gang? Und ich mal wieder mittendrin?

Ich nickte. »Willst du hier einen Bandenkrieg anzetteln? Du bist in einem fremden Land nur Gast. Was willst du denn ausrichten, wenn ich in einer Stunde nicht zurück bin?«

Phong suchte einen Sender im Autoradio. Auf SFB wurde er fündig. Ein Lied aus den späten 70ern. Boney M., »Ma' Baker«. Das Lied über eine gewalttätige Mutter mit ihren Söhnen, die sie zu Mördern und Dieben ausgebildet hatte, die raubend und mordend durch die USA der 30er gezogen waren.

»Versuche es erst einmal friedlich. Wenn nicht, dann versuche nur eins. Rauszukommen«, presste Phong zwischen den

Lippen hervor. »Das zweite Haus um die Ecke. Da musst du hin.«

Es hatte keinen Sinn, mit ihm zu diskutieren. Er liebte es, in Rätseln zu sprechen. Wie die Mutter meiner Tochter. Sie setzte auch immer mehr voraus, als ein Europäer nachzuhalten vermochte, um die Orakel zu verstehen. Geheimnisvolle, vieldeutige Aussagen, die anstatt einer vernünftigen Antwort auf eine Frage als sprachlich schön verkleidetes Märchen zurückkamen. Oder als Drohung. Und wehe, man konnte beide nicht auseinanderhalten.

»Du kannst trotzdem nicht unbewaffnet da hinein.«

Phong wickelte ein Tuch auseinander. »Such dir eine aus.«

Das Haus war durch einen Vorgarten zu erreichen. Verschneite Büsche. Ein verschneiter Weg, über den in den letzten Stunden niemand mehr gegangen war. Eine alte Villa mit Fenstern mit leicht gebogenem Sturz. So als würde ein steinerner, grau verputzter Mensch die Augenbrauen anheben, sahen sie den Besucher an. Eine müde Laterne aus Schmiedeeisen über dem Eingang. Ein Messingschild. *Villa Sans Soucis.* Eine Klingel. Sonst nichts.

Ich drückte auf den kleinen Knopf. Eine Glocke im Inneren dingdongte. Schritte. Eine Klappe in der Tür öffnete sich. »Wer sind Sie?«

»Peter Stösser. Ich habe einen Termin hier.« Die Klappe wurde verriegelt. Ich wartete. Mir war kalt, obwohl es nur knapp um den Gefrierpunkt sein musste. Phong hatte die Klimaanlage im Wagen auf dreißig Grad gestellt. Er fror auch. Das fiel mir jetzt erst auf.

Die Tür öffnete sich. Fiel sofort hinter mir wieder ins Schloss. Grobe Hände tasteten mich ab. Blieben an einer Stelle haften. Tasteten erneut.

»Was ist das?«

»Nasenspray. Ich bin erkältet.«

Der Grobian nickte und steckte die kleine Sprühflasche an ihren Platz in meiner rechten Manteltasche zurück.

»Der Chef erwartet Sie. Im Keller. Kommen Sie.«

Wir durchquerten einen Raum, der wie ein plüschiger Kontaktraum für Nutten und deren Freier ausgestattet war. Rot. Grün. Sofas. Beistelltische mit Messingleuchtern. Dicke Teppiche, die jeden Schritt schluckten. Es roch nach kaltem Rauch, Alkohol und einer Mischung von abgestandenen Parfüms, deren Rezeptur sich kein noch so begnadeter Chemiker hätte ausdenken können. Das Ganze hier war ein Puff, keine Frage. Wahrscheinlich war ich bloß zu früh dran.

Der Grobian ging voran. Eine Treppe hinab. Einen Gang entlang. Mehrere Türen mit kleinen Clownsmasken aus Porzellan bezeichneten die Räume der Lustbarkeit. Keine schlechte Idee, befand ich. Besser als Nummern.

»Hier hinein.«

Mein Begleiter, wenn man ihn höflich als solchen bezeichnen wollte, öffnete eine Stahltür und schob mich in den Raum. Dann war Schluss. Das Schloss wurde hinter mir verriegelt. Der Raum war dunkel. Ich war eingesperrt. Im Reflex tasteten meine Hände am Türrahmen entlang. Jeder Raum hatte links oder rechts davon einen Lichtschalter. Dieser nicht. Nur Plüschbezug. Der Geruch war widerlich und brachte meine Suppe der Vergangenheit langsam zum Kochen. Schweiß gemischt mit allen Ausdünstungen, die ein Mensch haben konnte. Lust, Angst, Sucht und Blut. Es roch nach Gummi und Leder.

Ein Lachen klang aus mehreren Lautsprechern. Gleichzeitig sprang eine Batterie von Scheinwerfern an.

»Na ist doch schön, mal einen alten Kameraden wiederzusehen«, dröhnte es aus allen Ecken. »Muss man dich immer so lange bitten, bis du für einen guten Freund etwas tust?«

Es dauerte ein paar Sekunden, bis sich meine Augen an das schummrige Licht gewöhnt hatten.

»Sieh dich ruhig um. Kommt nicht oft vor, dass ein Vater den Arbeitsplatz seiner Tochter inspiziert.« Ein böses Lachen folgte.

Es war eine Folterkammer. Ausgestattet mit allem, was sich Sadisten ausdenken konnten. Dies war der Sado-Maso-Keller eines Clubs.

»Wer bist du und was willst du?« Ich setzte mich auf eine Streckbank und zündete ein Zigarillo an. Bei dem Mief kam es auf den zusätzlichen Tabakqualm nicht mehr an.

Die Stimme am Mikrofon rauchte auch. Ich suchte nach der Kamera, mit der er mich beobachtete. Da war keine. Nur ein Spiegel.

»Warum versteckst du dich hinter einem Spiegel? Komm raus. Dann können wir reden.«

Ein heiseres Lachen folgte. »Warum sollte ich rauskommen? Du kennst mich doch. Brauchst nur auf meine Forderungen einzugehen, dann kannst du deine Wasserpuppenspielerin noch vor Dienstantritt mitnehmen. So einfach ist das.«

Diesen Ausdruck hatte ich nur einmal in meinem Leben gehört. Mit einem französischen Akzent. Und das war 1968 gewesen. An einem 26. Dezember in Saigon.

»La Troux? Bist du Gauner das?«

»Das wirst du nie rausfinden ...« Ein kurzer Hustenanfall folgte.

»Krieg ich hier auch was zu trinken?« Mir kam eine böse Ahnung, wer dahinterstecken konnte. Aber solange er sich nicht zu erkennen gab, gab es mehrere Möglichkeiten. Es waren zu viele gewesen, die von mir wussten. Damals ...

»Bediene dich. Im Hackklotz für die Enthauptungen ist ein Barfach. Deine Whiskeymarke dürfte dabei sein. Du nimmst ja kein Eis, soweit ich mich erinnere.«

Ich umrundete den Klotz. Da war keine Bar.

»Zieh einfach an dem Ring. Dann geht er auf.«

Er ging auf. Klappte einfach auseinander. Begleitet von einem schallenden Gelächter aus den Lautsprechern.

»Die Kunden lieben es, auf ihrer Marke enthauptet zu werden. Ein schönes Spielzeug. Findest du nicht auch?«

Dazu sagte ich besser nichts. Ein Glas sparte ich mir. Nahm die ganze Flasche. Vielleicht klappte es so, den Unbekannten aus seinem Versteck zu locken.

»Und wenn ich jetzt mal muss? In welches Requisit pinkle ich dann?«

Der Spiegel sprang auf. »Ist an alles gedacht. Bitte bedien dich. Ist nicht wie im Lager.«

Die Stimme kannte das Lager. Das reduzierte zumindest die Möglichkeiten. Aber es waren immer noch zu viele, die in Betracht kamen. Er gab sich nicht zu erkennen. Warum nicht?

Das Bad hinter dem Spiegel war eine sanitäre Fortsetzung der Folterkammer. Badewanne, Duschen mit Handschellen und Würgeeisen.

»Na, gefällt dir der Arbeitsplatz deiner Tochter?«

Ich lehnte die Spiegeltür nur an und setzte mich wieder auf die Folterbank.

»Was willst du? Was muss ich tun, um meine Tochter hier rauszuholen? Ich könnte die Polizei rufen.« Den Nachsatz hätte ich mir besser erspart. Ein gewaltiges, von den Lautsprechern verstärktes Lachen dröhnte durch den Raum. Brach sich an den diversen Foltergeräten und den Gittern eines Käfigs.

»Die Grenzen sind offen. Gut für alle Geknechteten in diesem Staat. Weniger gut für mein Geschäft. Die Bonzen suchen sich neue Studios im Westen. Ihre untergebenen Polizisten auch. Vergiss es also, auf deren Hilfe zu bauen. Nur kosten die mich langsam ein Schweinegeld. Also muss ich mir auch neue Bereiche suchen, um zu überleben. Wenn da nicht ein kleines Problem wäre. Und um das zu lösen, brauche ich dich.«

Mir musste etwas einfallen, um hier herauszukommen. Die Stimme meinte es ernst. Und einschüchtern ließ er sich offensichtlich nicht. Wie hatte Hauptwachtmeister Steiger in seinem beginnenden Alkoholtran gesagt? Die Mafia zahlt inzwischen besser als der Staat.

»Ich trau dir nicht. Ich habe auch etwas zu verlieren. Beweise mir, wer du bist. Sonst kannst du meine Tochter behalten. Sie ist dann nicht mehr mein Kind. Weißt du, warum?«

Einen eigentlich unbedeutenden, aber doch entscheidenden Moment war nur ein hektisches Atmen über die Lautsprecher zu hören.

»Ich will Beweise für deine Existenz. Sonst kannst du jedes Geschäft mit mir vergessen«, brüllte ich in den Raum. »Schneide meiner Tochter den Hals durch und wirf sie in die Spree. Das hast du doch schon einmal mit ihrer Freundin getan. Die passte deinen Kunden wohl nicht in den Kram. Oder kannte sie jemanden von deinen Parteibonzen und musste deshalb weg?«

Die Lautsprecher atmeten schwer.

»Mach die Tür auf. Ich gehe. Das Geschäft kannst du vergessen.« Wütend trat ich den Spiegel zum Bad ein. Nahm die Scherben und zerschnitt das Polster der Folterbank. Als Nächstes waren die Kalotten der Lautsprecher meinem Wutanfall ausgesetzt. Eine nach der anderen gab unter meinen Hieben ihren Geist auf. Nur diese verdammte Kamera war nicht zu finden. Mich hatte die Zerstörungswut gepackt. Was konnte ich hier noch zerkleinern?

»Du bist genauso hilflos wie damals«, tönte die Stimme. »Deine Aggressivität im Einsatz hat dir schon damals den Namen ›Ratte‹ eingebracht. Glaubst du vielleicht, ich bin nicht auf dich vorbereitet? Du kannst kaputtmachen, was du willst. Es steigert nur den Preis für The-Maria. Und du würdest deine Tochter nie aufgeben. Dafür hast du zu viel erleiden müssen, um sie überhaupt zu bekommen. Also spiel hier nicht den Rambo. Geh ... sonst überlege ich es mir noch und deine Tochter ist heute Nacht nicht die Domina, sondern das Opfer.«

Das Licht erlosch. Die Tür wurde entriegelt.

»Sie haben etwas vergessen«, sagte der Grobian, der die Tür öffnete, und wedelte mit einem Schlüssel in der einen Hand und einer Pistole in der anderen.

»Was soll das?« Mir reichte diese Demonstration von Macht und Gewalt, die sich seit 1968 permanent durch mein Leben zu ziehen schien. Mal in dieser, mal in jener Form. Mal regelmäßig, mal abwartend lauernd. Dann sprang sie mich aber ohne Vorwarnung aus dem Hinterhalt an. Meinem Pass nach war ich noch ein junger Mann von 43 Jahren. Aber meine Nerven hatten inzwischen die Konsistenz der eines Hundertjährigen. Nämlich überhaupt keine mehr.

»Das sind Ihre Autoschlüssel«, sagte der Türsteher lächelnd. »Und die Waffe habe ich mir erlaubt zu entladen. Das ist kein Spielzeug für einen Vietcong. Den finden Sie übrigens im Kofferraum. Halten Sie sich ab 12.00 Uhr morgen bereit. Der Chef ruft Sie im Auto an. Also sehen Sie zu, dass der Mercedes nicht geklaut wird. Ist ein übles Pflaster hier.«

Die Spuren im Schnee hatten sich vervielfacht. Die Gäste kamen. Meine Laune war auf dem Nullpunkt. Ich schlug den Kragen hoch und drehte mich noch einmal um. »Wie heißt Ihr Chef eigentlich? Ich sollte schon wissen, wer mich anruft.«

»Wie er wirklich heißt, braucht Sie nicht zu interessieren. Für Sie heißt er nur Sampan. Das wird genügen.« Die Eingangstür fiel ins Schloss. Der Schneefall hatte aufgehört. Ich hatte einen Autoschlüssel und eine entladene Pistole in der Tasche. Hoffentlich war der Wagen noch an seiner Stelle.

Dieser Sampan musste einer aus unserer Truppe von Journalisten in Vietnam sein. Er kannte zu viele Details, er musste es selbst miterlebt haben. Die Wasserpuppenspielerin. Meine Tochter. Meine Aggressivität im Job, wie in der Verteidigung meiner kleinen Familie. Ja, die Kollegen hatten mich damals, das war nun über einundzwanzig Jahre her, schnell akzeptiert. Ich wollte besser sein als sie, die sich nach einigen Jahren Kriegsberichterstattung langsam den gemütlicheren Teil an den Bars ausgesucht hatten. Sie hatten mir den Teil der vermeintlich besseren Aufträge zugeschanzt. Dabei hatte ich nur ihre Drecksarbeit gemacht. Das hatte ich aber zu spät erkannt. Viel zu spät.

»Oh, oh. Da hat dir aber jemand gehörig eins über die Rübe gegeben.«

Ewald Steiger, der Hauptwachtmeister, war wieder halbwegs nüchtern und versuchte Phongs Platzwunde am Kopf zu verarzten. Die Küchenuhr zeigte, dass es schon nach Mitternacht war. Der Sampan hatte mit seinem Gehilfen ganze Arbeit geleistet. Phong hatte ich im Kofferraum gefunden. Mit gefesselten Händen und zugeklebtem Mund. Wie er trotzdem noch fahren konnte und den Weg zum Haus von Ewald gefunden hatte, würde für mich ein Rätsel bleiben. Aber sie waren zäh, dieses Vietnamesen. Die musst du mindestens dreimal totschlagen, sonst wirkt das bei denen nicht … hatte mir ein Kollege gesagt.

»Mir geht das Verbandszeug aus«, stöhnte Ewald. »In deinem Luxuskarren muss doch noch welches sein. Los hol es. Sonst müssen wir unseren Kleinen noch ins Krankenhaus bringen.«

»Der Wagen darf nicht ohne Aufsicht bleiben«, presste Phong zwischen den zusammengebissenen Lippen hervor. »Ich muss telefonieren. Ich brauche meine Leute.«

»Du brauchst jetzt mal nur Kopfschmerztabletten, einen Verband, der hält, und Schlaf. Sonst nichts«, knurrte Ewald. »Was ist? Das Verbandszeug!«

Ich brachte den Erste-Hilfe-Kasten. Und noch etwas.

»Kann mir mal einer sagen, wie das in den Kofferraum des Mercedes kommt und was das ist?«

Ewald besah sich das Päckchen kurz und räumte das Verbandszeug aus. »Erst den Kopf. Dann den Rest. Unser vietnamesischer Freund wird uns das schon erklären. Sieht nach einer verdammten Schweinerei aus.«

Phong zuckte kaum, als ihm Ewald die Wunde mit Jod eingepinselt hatte. Der Verband hielt.

»Ihr habt die bessere Qualität. Kein Wunder, dass in diesem Staat niemand mehr bleiben will. Also, nimm mal besser gleich vier von unseren Schmerztabletten. Eine wird schon wirken.« Phong schluckte das Zeug ohne Widerstand. Schüttelte sich und stand schwankend auf. Eine Gehirnerschütterung war das mindeste, das ihm jemand zugefügt hatte.

»Das Telefon. Ich muss telefonieren«, jammerte er, als ging es um sein Leben.

»Im Flur. Wo ein Telefon hingehört«, knurrte Ewald kopfschüttelnd und besah sich das Päckchen, das ich im Kofferraum gefunden hatte. Befühlte es und roch daran. Es sah wie ein Pfund Mehl in einer Plastikverpackung aus.

Phong war am Telefon im Gang lauter, als ich ihn bisher kannte. Er sprach schnell. Ich verstand ihn nicht.

»Meine Leute passen heute Nacht auf den Wagen auf.« Er ließ sich schwer atmend wieder an den Küchentisch fallen. Besah sich das Päckchen und ritzte einen Schlitz mit dem Fingernagel in die Hülle. Weißes Pulver rieselte heraus.

»Reinstes Opium.« Er schnüffelte an der Substanz. »Darum geht es. Und die wollen mich damit reinziehen, als Preis für The-Maria. Ein Vietnamese gegen eine Vietnamesin. Kein schlechtes Geschäft. Und ein unbescholtener Westdeutscher bringt das Zeug unkontrolliert über die Grenze.«

Ewald tauchte einen Finger in das Pulver und leckte daran.

»Wirkt aber nicht so wie Alkohol«, stellte er trocken fest.

»Das ist kein Kokain. Opium muss noch aufbereitet werden.« Phong hüllte das Päckchen in eine alte Tageszeitung.

»Verstehe ich nicht«, knurrte Ewald. »Peter bekommt den Hinweis, dass du im Kofferraum eingesperrt bist. Die mussten doch wissen, dass jemand auch dieses Zeug da findet. Was ist das überhaupt wert?«

Phong stützte seinen verbundenen Kopf in die Hände. »Wert? Wenn es absolut rein ist, um die einhunderttausend Mark. Westmark. Und bezwecken tun die genau das, was ein Europäer nicht begreifen kann. Wir haben es bei dem Sampan mit einem Asiaten zu tun. Nur die denken so. Sonst hätte ich meine Pistole nicht zurückbekommen.«

»Pistole?« Ewald schreckte aus seinen Gedanken hoch. Er wurde zum Polizisten. »Was haben vietnamesische Studenten in unserm Staat mit Pistolen zu tun? Und so jemanden habe ich mit meiner Tochter herumlaufen lassen?«

»Nun gib mal Ruhe. Deine Tochter lebt nicht mehr«, griff ich in den aufkommenden Zorn des alten Grenzers ein. »Meine vielleicht auch bald nicht mehr, wenn wir nicht eine Lösung finden.«

Ich verstand, was Phong meinte. Obwohl ich mir nicht sicher war, dass der Sampan ein Vietnamese war. Er musste einer von uns gewesen sein. Nur wer? Wir waren zwölf Reporter gewesen. Zwölf Ratten, die auf die Einsätze mit den Amerikanern lungerten, um Geld zu verdienen. Wir hatten uns selbst »the Rat Pack« genannt, frei nach Frank Sinatra und seinen Kumpanen. Das Rattenpack. Jeder hatte versucht, den lukrativeren Einsatz zu ergattern. Wer nicht zurückkam, für den wurde schnell von seiner Redaktion ein Ersatz geschickt. Unbedarft und ohne Kriegserfahrung. Hauptsache, es gab einen »Korrespondenten vor Ort«, wie man uns so überbewertend betitelte, wenn unsere Berichte via Fernsehen schönschaurige Bilder in die Wohnzimmer der Welt flimmerten oder unsere Fotos auf den Titelseiten der Boulevardpresse prangten.

Und ich war einer von diesen »Greenhorns«, diesen Jünglingen, gewesen, der einen ausgebrannten Kollegen zu ersetzen hatte. Aber das war verdammt lange her. Oder auch nicht, wie es den Anschein hatte.

»Ich verstehe eure Andeutungen nicht«, grummelte Ewald. »Was hat das mit so einer teuren Ware da zu tun? Sollt ihr die weiterverkaufen? Die verschenken doch nicht mal so eben Opium für hunderttausend Mark?«

Phong stützte sich auf der Tischplatte hoch.

»Ich muss in fünf Stunden Gemüse einkaufen. Sonst schaffe ich meine Bestellungen heute nicht. Ich gehe schlafen. Lass dir das von dem Asienexperten erklären. Er weiß, was ich damit meine. Sonst glaubt mir ja niemand.«

Phong fiel einfach um.

»Da habe ich mir ja 'ne schöne Scheiße eingebrockt«, fluchte Ewald. »Los, hilf mir. Dann schläft er eben im Bett meiner Tochter. Da kennt er wenigstens den Geruch. Vielleicht hilft ihm das.«

Phong war leicht wie eine Feder. Der Hauptwachtmeister hatte ihn selbst zugedeckt und eine Weile betrachtet. Wie einen Sohn, den er nie gehabt hatte. Der junge Mann war sofort eingeschlafen. Ewald hatte eine Leselampe brennen lassen, das Deckenlicht ausgeschaltet und die Tür äußerst behutsam geschlossen.

»Und du schläfst heute auch hier. Im Bett deiner Tochter, und du wirst mir vorher erklären, warum ich so viel Rauschgift in der Küche habe und was das bedeuten soll. Haben die Asiaten sie nicht alle?«

Das war für Ewald, den ostdeutschen Beamten, ein paar Nummern zu groß. Es würde für jeden nichtkriminellen Europäer unverständlich bleiben.

Ich versuchte eine Erklärung. Sie versandete am Boden einer Flasche Korn und einer Zigarilloschachtel. Es war ihm mit jedem Schluck weniger klarzumachen, dass die asiatische Mafia anders dachte. Dieses Indiz eines Opiumbeutels, über das sich jeder Fahnder gefreut hätte, war nichts anderes, als die Aussage: Wir haben viel davon. Mit jedem Gramm, das wir dir schenken, wird die Freiheit deiner Tochter teurer. Also tu, was wir wollen. Du wirst reichlich dafür bezahlt. Wirf es weg oder verkaufe es. Wir haben deine Tochter.

»Puuh.« Ewald kratzte sich in seinen wenigen Haaren. »Dann habe ich mit euch beiden ja einen dicken Fehler gemacht. Jetzt habe ich zwei Hilfsmafiosi unter meinem Dach. Schöne Scheiße! Haben die sich fein ausgedacht.«

Die nächste Flasche wurde entkorkt.

»Naja, Personenkontrollen gibt's nicht mehr. Aber Fahrzeugkontrollen schon noch. Werde mir morgen – ach nee, ist ja schon heute – mal die Fahrzeuge an der Grenze näher ansehen und meine westdeutschen Kollegen informieren.« Er lachte wie über einen gelungenen Streich. Zündete sich noch ein Zigarillo an. Ich würde das bessere Geschäft machen, wenn ich diese Tabakrollen hierher importierte.

»Genau das wollen die. Die wollen, dass du alles auffliegen lässt.«

Ewalds korngetränkten Augen sahen mich ungläubig an.

»Ich gebe doch meinem Feind keine Argumente in die Hand. Sind das alles Selbstmörder? Verstehe ich nicht. Ich glaube, ich gehe jetzt mal ins Bett.« Mühsam, sehr mühsam stemmte er sich vom Küchentisch hoch.

»Das soll einer verstehen. Nach welchem Prinzip denken denn diese Menschen?« Er stolperte rückwärts und fing sich am Herd.

»Wenn du deinen Feind besiegen willst, dann hilf ihm gegen seine Feinde.«

Mehr sagte ich jetzt besser nicht mehr. Es wurde Zeit, diesen langen Tag unter dem Mantel des Schlafs zu begraben.

»So ein Schwachsinn«, knurrte Ewald. »Meinem Feind zu helfen, um noch einen Feind zu besiegen? Hier ist der Schlüssel zur Mansarde. Vierter Stock. Gleich rechts. Gute Nacht. Für Frühstück musst du schon selbst sorgen. Bin kein Hotel. Aber die Kneipe hat ab neun Uhr auf. Da gibt's was.«

Vierter Stock. Da wohnte ich in der Kölner Südstadt auch schon seit Jahren. Nur solch ein Treppenhaus würde bei mir zur Mietminderung führen. Hier war bestimmt seit hundert Jahren nichts mehr gemacht worden. Die Bombenteppiche der letzten Kriegstage hatte dieses Haus mehr zufällig überstanden. Die Risse in den Wänden wirkten schon wie Jahresringe. Alles roch muffig und hatte Schimmel angesetzt. Vielleicht waren es diese Sporen, die alles noch zusammenhielten. Sie umklammerten sich gegenseitig, um nicht in die Kälte da draußen zu stürzen. Dort waren sie unwiederbringlich verloren. Ein reiner Überlebenskampf von drinnen gegen draußen.

Vorsichtig, als könne ich jemand stören, schloss ich die Tür auf und suchte einen Lichtschalter. Da war keiner, den ich kannte. Es war einer, bei dem man noch einen Knebel drehen musste. Das war ein Fabrikat aus dem 19. Jahrhundert.

Außer einer gusseisernen Heizung, die vor sich hingluckste und keine Wärme abgab, störte mich sofort eins: Hier war Opium geraucht worden. Die Utensilien lagen auf einem kleinen Rattantisch neben einer Matratze auf dem Boden. Meine

Tochter rauchte Opium. Das war also der Seitenhieb dieses unsichtbaren Betreibers des *Sans Soucis* gewesen. Er hatte sie mit dem Zeug in der Hand.

Ich sah mich in dem kleinen Raum weiter um. Ewald hatte recht. Sauber war es. Überall Regale, wie sie Studenten bevorzugten. Billig zu beschaffen. Leicht zu transportieren und aufzubauen. Und eine Truhe. Wie The-Maria die von Vietnam hierherbekommen hatte, war mir ein Rätsel. Es war die Truhe ihrer Mutter. Reich mit Szenen aus der Mythologie versehen. Unterglasurmalerei. Drachen. Bäume. Vögel und viele Blumen. Fachleute nannten es Chinalack. Es war der Altar, den gläubige Buddhisten als einziges Möbel dauerhaft mit sich herumschleppten. Er wurde von einer Generation auf die andere vererbt. Hier ruhte der Mittelpunkt der Erinnerung an die Familie. In einem kleinen Möbelstück. Gespickt mit Kerzenhaltern und Fotorahmen.

Warum hatte eine Zwanzigjährige dieses Vermächtnis? Es stand ihr noch nicht zu. Nur, wenn das letzte direkte Familienmitglied nicht mehr lebte ...

»Tief durchatmen, Peter.« Ich ließ mich in den einzigen Stuhl im Zimmer fallen. Sollte ich auch eine Pfeife probieren? Rohmaterial dazu lag genug in der Küche herum. Aber vier Stockwerke? Nein. Dazu hatte ich keine Lust mehr. Der Tag reichte mir.

The-Maria war seit zwei Jahren in der DDR. Und sie hatte damals schon den Familienschrein dabeigehabt. Anders war das nicht möglich. Die Behörden ließen für Studenten nur das herein, was sie sofort und als persönliche Gegenstände deklarieren konnten.

Demnach musste ihre Mutter tot sein. Die Frau, die The-Maria geboren und mir das Leben gerettet hatte.

Ich besah mir die Fotos. Sie hatten alle einen silbernen Klapprahmen. Die Großeltern von The-Maria. Ob mütterlicher- oder väterlicherseits, hatte ich nie herausfinden können.

Die Mutter ... Kleiner Drache ... und ich.

Es war ein seltsames Gefühl, mein eigenes Konterfei in der Hand zu halten. Ich nahm das Foto aus dem Rahmen. Drehte es um. Es war ein sehr altes Bild. »Silvester 1968« hatte jemand auf die Rückseite gekritzelt. Der Hintergrund wies langsam Stockflecken auf. Das Fotopapier würde mich nicht mehr überleben. Es war durch die Jahrzehnte und eine schlechte Fixation hart an die Grenze seines Daseins geraten. Und ich? War ich auch bald so weit? War dieses zerbröckelnde Papier direkt mit meinem Leben verbunden?

Mit dem Foto im Arm schlief ich auf einer Matratze in einer heruntergekommenen Mansarde in irgendeinem Stadtteil von Ostberlin ein. Wenigstens hatte man mich auf dem Hausaltar berücksichtigt. Ich war noch nicht abgeschrieben. Als Mensch und Vater. Jemand hielt mich in Ehren. Ausgerechnet ein Mensch, dem ich keine Zeit meines Lebens gewidmet hatte. Damals. Es war plötzlich alles damals.

»Ich hole dich da raus. Egal, was es mich kostet, und in welcher Scheiße du steckst. Du bist meine Tochter. Ich mache alles wieder gut.«

Mit diesem Gedanken versank ich in einen Schlaf, der noch einige Albträume nach sich ziehen würde. Aber das wusste ich zu dem Zeitpunkt noch nicht. Ich kuschelte mich an ein altes Foto und nahm die Schlafpose eines Fötus ein. Auf der Matratze meiner so fremden Tochter. Würden wir unsere seelischen Wunden jemals heilen können, die uns damals getrennt hatten? Und wenn, wie? Ich wusste es nicht. Würde ich die Ahnen ihrer Familie besänftigen, vielleicht versöhnen können? Es roch nach Opium. Das war ein schlechtes Zeichen.

Krieg. Es war alles nur Krieg. Auch zwischen geliebten Menschen. Wir waren niemals Herr unserer Sinne, wenn die Situation es nicht zuließ.

ZWEITES KAPITEL

Saigon, 26. Dezember 1968

Der Empfangschef im Hotel Continental, Saigon, Catinat-Straße, blätterte meinen Pass durch. Er hatte nur eine Hand. Die rechte war ihm abhandengekommen. Abgerissen durch Sprengstoff. Die dunklen Narben im verbliebenen Unterarm deuteten darauf hin.

»Gepäck?«

Ich deutete auf meinen etwa 20 Kilo schweren Seesack und meine Kameraausrüstung.

»Einhundertfünfundzwanzig. Erster Stock. Frühstück nur auf Bestellung und gegen Bezahlung. Für den Service wie Bad, Wäsche, Putzen sind Sie selbst verantwortlich. Ich behalte den Kreditbrief Ihres Verlags hier. Guten Aufenthalt.«

Unfreundlicher ging es nicht mehr. Ich war müde. Ein Zweiunddreißigstundenflug hatte mich aus Mittelamerika über Hawaii hierher gebracht. Mit einer Akkreditierung als Kriegsreporter. Zweiundzwanzig Jahre alt. Der Bürgerkrieg in Nicaragua hatte mir schnell beigebracht, dass man nie zu jung zum Sterben ist. Und hier schien wirklich Krieg zu herrschen.

Ausgebrannte Fahrzeuge säumten die Straßen vom Flughafen hierher. Jemand hatte sie einfach auf die Seite geschoben. Überall amerikanische GIs und Soldaten der ARVN, der südvietnamesischen Armee. Ich wusste nicht viel über das Land. Nur, dass es schon unter der Kolonialherrschaft der Franzosen gelitten hatte und die Amerikaner aus Furcht vor dem Kommunismus deren Erbe angetreten hatten.

Das Hotel Continental lag an einer größeren Straßenkreuzung mit einem Springbrunnen. Es war im französischen Kolonialstil des neunzehnten Jahrhunderts erbaut. Drei Stockwerke an der Front, zwei zu den umlaufenden Straßen. Das Erdgeschoss war den repräsentativen Aufgaben vorbehalten. Restaurants, Bars und alles, was Gäste so brauchten, um sich außerhalb ihrer Zimmer zu tummeln.

Die Fenster waren mit Brettern vernagelt. Die Fassade sah wie ein gestrandeter Walfisch aus, dem Tausende von Haifischen im Sterben noch das Fell herausgebissen hatten.

»Ich suche meinen Kollegen Klaus … äh. Schikowski, Klaus.« Ich erinnerte mich, dass Asiaten ihren Familiennamen immer zuerst nannten.

Der Mann am Empfang sah noch nicht einmal in seine Kladde, um festzustellen, ob es den hier gab.

»In der Bar. Wo er immer ist.« Mehr sagte er nicht. Er hinkte zum nächsten Gast, der auch mit einem Seesack, wie mit einem Hund an der Leine, hereingestolpert kam.

Der passte nun überhaupt nicht hierher. Noch größer als ich, schwarze Hautfarbe.

»*Washington Post*«, hörte ich noch und machte mich auf die Suche nach dem Kollegen, den ich ablösen sollte.

Die Bar war nicht schwer zu finden. Klaus Schikowski auch nicht. Den Kerl hatte ich nur ein paar Mal gesehen. Aber Wunderdinge als Reporter von ihm im Verlag gehört. Sein Alter war schwer zu schätzen. Er war schon seit 1963 als Kriegsreporter unterwegs. Klein. Drahtig, mit einer Adlernase im Gesicht.

Ein Glas genügte ihm nicht. Es musste gleich eine Flasche Whiskey sein, die vor ihm auf dem Tresen stand. Ansonsten war er damit beschäftigt, an einer Frau herumzufummeln, die ihm zu Diensten zu sein schien.

»Ablösung«, sagte ich und klopfte ihm auf die Schulter. Er roch nach Schweiß. Nach sehr altem Schweiß. Auf seiner

Kampfuniform der amerikanischen Armee hatten sich an den exponierten Stellen weiße Kristalle im Stoff gebildet. Salz, das der Körper in diesem Klima ausschwitzte.

Klaus ließ von dem Mädchen ab und schlug in einer Drehbewegung zu. Mir wurde schwarz vor Augen.

»Fass mich nie wieder von hinten an! Warum kommst du Arschloch eine Woche zu spät?«

Ich versuchte zu schlucken. Es ging nicht. Sein Rundumschlag hatte mich genau an der linken Halsschlagader getroffen. Ich lag auf einem der Sofas in der Bar. Alles drehte sich noch ein wenig. Der Schwarze von der *Washington Post* beugte sich über mich.

»Habe es gesehen. Mein Freund, ich glaube, du musst noch viel lernen. Dein Kumpel ist ein Nahkämpfer. Berühre die nie von hinten. Komm. Steh auf. Ich spendiere uns einen Drink.«

Klaus und sein Mädchen waren verschwunden. Die leere Flasche und ein gutes Dutzend Zigaretten im Aschenbecher waren der einzige Beweis, dass ich ihn gesehen hatte.

»Wie kann ein Schwarzer einen jüdischen Namen haben?«

Brian Eppstein zuckte mit den Schultern. »Woher soll ich das wissen? Gab ja nicht immer Krieg zwischen Weiß, Schwarz, Christen, Juden. Hat sich halt irgendwann mal so ergeben. So einfach könnte das Leben sein.« Er prostete mir zu. Mit einem Strohhut kam er mir vor wie eine Figur aus *Onkel Toms Hütte*. Massig an Gestalt. Muskelbepackte Arme, die dicker als meine Oberschenkel waren. Den Ansatz eines weißen Bartes. Gutmütige braune Augen. Hände wie Bratpfannen.

Er nahm einen Schluck von seinem Whiskey. »Sollst du den Giftzwerg ablösen?«

»Ja. Und du? Wen löst du ab?«

Brian sah fast wehmütig in sein Glas.

»Rauchst du?« Ich hielt ihm eine meiner kostbaren Havanna-Zigarren hin.

»Eigentlich will ich mir das abgewöhnen. Aber bei denen kann ich nicht nein sagen.« Zwei Finger, so dick wie die Zigarre, prüften das Deckblatt.

»Nein. Ich löse niemand mehr ab. Ich ersetze jemanden. Wir haben seit vier Wochen kein Lebenszeichen mehr von ihm. Vermutlich hopsgegangen.«

Wir stierten weiter vor uns hin. Der schwappende Whiskey im Glas war die einzige Bewegung, die wir uns zumuteten.

Brian stieg von seinem Hocker, ohne wirklich aufzustehen. Nahm seinen Seesack wie ein totes Schwein unter den Arm und nickte.

»So jung wie du habe ich auch mal angefangen. Bald werde ich fünfzig und hab schon über den halben Indochinakrieg bis 1954 berichtet. Ich bin Frankokanadier. Daher kenne ich das Land und die reichlich französisch geprägten Menschen. Mit einer chinesischen Vergangenheit und einer Zukunft, um die sie als eigenständiges Volk seit Jahrhunderten kämpfen. Und sie werden gewinnen. Da bin ich mir sicher.«

»Was machst du in deinem Alter dann noch hier?«, hakte ich recht schnippisch nach.

Brian drehte sich kurz um. Ich hätte den schweren Seesack fallen lassen. Er hielt ihn unter dem Arm, als wären zwanzig Kilo kein Gewicht.

»Hast du Kinder?«

Ich schüttelte den Kopf. Damit konnte ich noch nicht dienen.

»Dann schaff dir auch keine an. Nur darum muss ich wieder arbeiten.« Nun setzte er den Sack doch ab und kam zurück.

Ich überschlug die Daten. Wenn Brian jetzt fünfzig war, dann...

»Ich mag jetzt nichts mehr trinken. Aber ich war schon in Deutschland, als deine Eltern noch nicht mal an dich gedacht haben. Kennst du Heidelberg?«

Es hörte sich lustig an, wie er die Stadt aussprach: *Haidelbörg.*

»Ich war 1944 in der Normandie bei der Invasion dabei«, fuhr er fort, als wollte er mir eine Geschichtslektion halten, »um dieses Scheiß-Europa von den Nazis zu befreien. Und was machen wir jetzt schon wieder in einem Krieg?«

Brian ließ das tote Schwein von Seesack liegen, wo er es abgesetzt hatte. Kam die paar Schritte zurück und zog sich einen Barhocker heran.

»Junger Mann, wenn du noch keine Familie hast... geh nach Hause. Du hast hier nichts zu suchen.«

Er roch an mir und nickte, als habe ich eine Prüfung bestanden. Oder war ich für ihn durchgefallen?

»Du hast ein schlechtes Karma.« Brian nippte an seinem Glas und schwieg.

»Ich stinke nach dem langen Flug. Aber kann man Karma riechen?«

Der schwarze Riese nickte bedächtig.

»Riechen? Ob man ein Karma riechen kann? Nicht jeder vielleicht. Aber ich kann es. Der Mann, den du ablöst, hinterlässt dir das Tor zur Hölle. Seinen Beruf als Journalist hat er schon lange gegen bessere Geschäfte eingetauscht. Und die werden dir noch gewaltig Ärger machen. Ich kenne die Sorte von Mensch. Glaub mir, einem alten Kriegsreporter.«

Worte, Ratschläge und wieder nur Worte. Ich war hier, um meinen ersten großen Job zu machen. Und daran würden mich auch mein Karma, wenn es das gab, und dieser Klaus Schikowski nicht hindern.

»Ich sehe, dass du wild entschlossen bist.« Brian sah mich lächelnd von der Seite an. »Na gut. Dann willst du wenigstens am Leben bleiben. Mach, was du für richtig hältst, um nicht als Feigling zu gelten. Ich habe auch mal so angefangen. Ich verstehe dich sogar. Aber nimm einen Rat von einem älteren Mann an. Such dir 'ne Cong. Sonst kommst du hier nicht wieder raus.«

Mit einem *»So long!«* nahm er sein Schwein von Seesack wieder unter den Arm. Dann war er weg. Ein schwarzer Riese mit seinen ganzen Habseligkeiten unter einem Arm. So, als trüge ich mal so eben mein Bettzeug mit mir herum. Auf einem ungewissen Weg, um seine Familie zu ernähren. Er hatte zwei Ziele. Sein Zuhause und sein Zimmer. Ich nur eins.

»Sind Sie neu hier, Sir?« Der Barkeeper putzte eifrig Gläser. Es war außer mir niemand mehr an der Bar. Ich nickte. Er schenkte nach. »Geht aufs Haus. Ich bin Thieu. Von Mittag bis Mitternacht immer für Sie da. Sie bevorzugen Bourbon? Welches Zimmer haben Sie?«

Der kleine Mann konzentrierte sich auf seinen einzigen Gast. Mich. Und das mit Vehemenz.

»Was ist hier los?« Ich deutete auf die vernagelten Fenster, die mal einen schönen Ausblick auf den Platz mit dem Springbrunnen geboten haben mussten.

Thieu polierte weiter ungenutzte Gläser und zuckte mit den Schultern. »Ist schon fast elf Monate her. Der Vietcong war plötzlich in der Stadt, und es hat böse Kämpfe gegeben. Man spricht von einigen zehntausend Toten. Sie haben alles zu Klump geschossen. Es gibt zurzeit kein Glas, um die Fenster zu reparieren.« Er polierte weiter. Glas um Glas. Es war eine mechanische Bewegung; er dachte sich nichts dabei.

»Welches Zimmer?«, fragte er noch einmal.

»125. Warum? Ist das wichtig?«

Thieu nahm sich den Belegungsplan des Hotels vor. Sein

Finger fuhr über die Spalten. Er schüttelte den Kopf und schenkte mir nach.

»Das ist kein gutes Zimmer.« Mehr sagte er nicht und verschwand in einem Hinterraum.

»Thieu, was heißt hier ›kein gutes Zimmer‹?«, brüllte ich überlaut hinter ihm her. »Und was ist eine Cong?«

Der Barkeeper steckte kurz den Kopf aus der Schwingtür und prüfte, ob es neue Gäste gab. Es gab keine.

Es raschelte und klapperte. Er trug einen Teller auf. Es sah wie gegrillte Würmer aus.

»Vorsicht. Das ist scharf. Vertreibt aber sofort jeden bösen Alkoholgeist.«

»Und erhöht damit deinen Umsatz«, konterte ich.

Thieu nickte und lächelte. »Ich bin hier, um Geld zu verdienen. Ich habe auch eine Familie zu ernähren.«

Der Barkeeper polierte die Gläser, die er schon zweimal bearbeitet hatte, aufs Neue.

»Kannst du mir meine Fragen beantworten?«, versuchte ich sein stockendes Abweichen irgendwie in meine Richtung zu lenken.

Er polierte weiter. Langsam wurde es nervtötend, ihm zuzusehen. Ich trank aus und erhob mich. »Schreib alles auf das Zimmer. Das macht ihr doch hier so. Oder?«

Jetzt war mein Seesack dran, um auf »125« gewuchtet zu werden. Aber der stand noch an der Rezeption.

»Sir«, rief mich Thieu zurück. »Sir, Sie sollten mit dem Begriff ›Cong‹ äußerst sparsam umgehen. Unsere Geheimpolizei hat überall ihre Ohren. Das sind die Staatsfeinde aus dem Norden. Kommunisten. Und die weiblichen ›Congs‹ sind deren Agenten hier in Saigon. Also seien Sie vorsichtig. Sie sind die Nutten, die sich an die Amerikaner heranmachen, um sich deren Marschbefehle zu erschlafen.«

Thieu polierte weiter Gläser.

Unschlüssig, was ich jetzt mit diesen Bruchstücken von Informationen anfangen sollte, setzte ich mich wieder.

»Hat das etwas mit meinem Zimmer zu tun?«

Thieu gab mir Feuer. Er nickte. »Ja, Sir. Sie sollten sich ein anderes geben lassen. Denn die Congs sind alle weiblich. Die männlichen nennen sich Vietcong. Oder, wie die Amerikaner sagen ... Charlies.«

»Charlies? Was soll das denn bedeuten?« Ich bestellte besser noch einen Drink.

Thieu geizte nicht mit der Flasche. »Sie sind wirklich noch nicht lange hier, Sir. Die Besatzungstruppen nennen den Vietcong im Funkcode: VC – Victor Charlie. Daher reden alle Gäste hier nur von ›Charly‹ oder den ›Charlies‹. Von den Congs spricht man hier besser nicht. Darf ich das noch auf Zimmer 125 notieren?«

»Das ist die Strafe für dein Zuspätkommen. Jetzt kann ich noch eine Woche hier bleiben. Dann sieh mal zu, wie du den Saustall aufgeräumt bekommst.«

Klaus Schikowski lehnte in der Tür. Er war betrunken oder bekifft. Aber er lachte mit einer blechernen Stimme. Die Hände hatte er in seiner zerbeulten Kampfhose versenkt.

»Die Fotos von seinen Resten sind auf dem Weg zum Verlag. Habe ich gemacht. Ein Franzose. Irgendjemand hat ihn als Verräter angesehen und hier in seine Einzelteile zerlegt. Gekonnt gemacht. Der Täter muss Metzger gewesen sein.«

Klaus grinste wie ein Aasgeier. Er stieß sich vom Türrahmen ab.

»Schlaf gut. Und willkommen in der Hölle.« Er rutschte im Türrahmen abwärts und ging in die Hocke.

Wie ein Metzger arbeitet, wusste ich nicht. Auch nicht, was ich mir von den Ergebnissen vorzustellen hatte. Wurst, Schnitzel, Filets und Ähnliches, was man als Kunde eben beim Metzger kaufte. Aber eins wusste ich aus den paar Monaten, die ich über einen mittelamerikanischen Bürgerkrieg zu berichten versucht hatte: Der Mensch hier war nicht von einem Metzger zerlegt worden. Jemand hatte ihn gesprengt. Schlicht und einfach in die Luft gejagt. Zwei Handgranaten reichten, um solch eine Sauerei anzurichten. Und niemand hatte sie weggemacht. Hier konnte ich nicht bleiben.

»Merkst du was? Du hast noch eine Menge zu lernen.« Klaus sah unter seinen über den Knien verschlungenen Armen hindurch. »Such dir nie eine Vietnamesin. Sonst geht es dir wie dem, der hier überall klebt.« Ein hysterisches Lachen folgte. So ähnlich hatte ich das mal bei einer Aufführung von *Faust* gehört, nachdem Mephisto Fausts Seele endlich gekauft hatte. Das musste in Düsseldorf gewesen sein.

»Du kannst momentan bei mir schlafen. Wenn du mir hochhilfst. Ich bin besoffen. Muss in ein paar Stunden in den Einsatz. Hab dir ohnehin noch einiges zu erklären, sonst überlebst du Grünschnabel hier keine vierundzwanzig Stunden.«

Ich half ihm hoch.

»Der Typ, der hier überall klebt, hatte ungefähr deine Statur. Schau mal im Schrank nach. Seine Anzüge müssten dir passen. So kannst du hier deinen Job nicht machen.«

Ich tat wie geheißen. Mit meinen derzeitigen Klamotten würde ich auffallen wie ein Pfau inmitten einer Wildschweinherde. Sie passten. Tarnanzüge des Militärs.

»Wer war der Mann, in dessen Kleidung ich stecke?«

Klaus schüttelte seinen betrunkenen Kopf. »Ist das wichtig? Nach dir und mir wird auch kein Schwein fragen, wenn es so weit ist.«

Und ich schlief. Ich versuchte es zumindest, bis meine Erschöpfung ein Erbarmen hatte.

Auf einem steinernen Fußboden. Mit einem abgrundtief

schnarchenden Kollegen und seiner Freundin, die ich schon in der Bar gesehen hatte. Sie jaulte im Schlaf wie ein kleiner Hund.

Da war ich also. In einer anderen Welt. Auf fremde Informationen angewiesen, von Menschen, denen ich nicht traute. Auf dem Boden der Tatsachen. In einem Hotelzimmer, das es zu Millionen auf der Welt gab. Doppelbett mit Nachttischen an jeder Seite. Kleiderschrank. Waschbecken. Mehr nicht. Der Ventilator über mir war das einzig vertraute Geräusch. *Wisch, wisch* zerschnitten die Flügel die alkoholgeschwängerte Ausdünstung von drei Menschen. Ich war zugedeckt mit meinen Kleidern. Als Kopfkissen diente der Seesack, in dem ich die Unterhosen als leidliches Polster gelassen hatte.

Meine Träume waren schlecht. Jemand verfolgte mich. Ich kannte ihn nicht, aber er drohte damit, mein Blut in alle Flüsse der Welt zu gießen. Der Verfolger trat mich mit seinen Armeestiefeln. Ich versuchte ihn abzuwehren …

»Peter … du musst aufwachen. Sonst ist das Bad nicht mehr frei.« Ich versuchte mich umzudrehen. Es ging nicht. Jemand stand auf meinem Arm. Mühsam versuchte ich meine verklebten Augen zu öffnen.

»Was ist los? Bad nicht mehr frei?« Meine Stimme klang hohl und gurgelnd. Ein nackter Fuß stand auf meinem Arm. Es war der einer Frau.

»Die Badordnung verlangt es so. Wenn du duschen und dich rasieren willst, musst du sofort ins Bad. Dritte Tür links.«

Ich verstand kein Wort, um was es ging. Schälte mich aus meinen Hemden und Hosen und stand mechanisch auf. Eine Ordnung rief. Egal welche. Ich wäre ein schlechter Deutscher, wenn mich dieses Wort nicht zu einer irgendwie gearteten Handlung bewegen würde. Verstehen war Nebensache.

»Klaus wartet auf dich. Ihr müsst euch das Bad heute teilen. Sonst kannst du erst morgen wieder hinein.«

Meine Uhr zeigte erst vier Uhr. Dritte Tür links hatte das Mädchen gesagt.

»Mach zu«, empfing mich Klaus. »Du hast noch fünfzehn Minuten. Dann ist der Kollege dran.« Er schabte sich die Schamhaare ab. Sah meinen Blick und grinste.

»Würde ich dir auch raten. Möglichst wenig Haare am Körper. Die Sackratten der Vietcong lieben unser Blut und unsere Urwälder im Gesicht und in der Hose. Und das DDT-Pulver stinkt abscheulich.« Er lachte und schabte weiter um sein bestes Stück. Trieb mich zur Eile an.

»Die Haare auf dem Kopf schneidet dir gleich Chi. Dann muss ich mit dir reden.«

Klaus saß auf der Bettkante und brutzelte Spiegeleier über einem Gaskocher. Chi stutzte mein Kopfhaar. Auf Anweisung von Klaus. Um die Haare unten, an meinem besten Stück, wollte ich mich beim nächsten Bad doch besser selbst kümmern.

»Hör zu, du Greenhorn«, mümmelte Klaus mit vollem Mund. »Du hast eine Woche zu lang gebraucht, um mich abzulösen. Das kann Chi das Leben kosten.«

Ja, ich hatte eine Woche zu lange gebraucht, um nach Saigon zu kommen. Aber der Transfer des Kreditbriefes für mich hatte alles verzögert. Und ohne Geld war ich auf Hawaii hängen geblieben. Aber es hatte keinen Sinn, diesem Haudegen etwas zu erklären. Also zuckte ich nur entschuldigend die Schultern.

»Du hättest dieses Zimmer übernehmen sollen.« Er grinste und warf Chi einen Kuss zu. »Natürlich ohne Inhalt. Den musst du dir schon selbst suchen. Sonst kannst du noch nicht einmal aufs Klo. Hier bestimmen die Weiber, wer was wann und wo darf.«

Mein Seesack war gepackt und ordentlich geschnürt. Die

Kampfuniform des Mannes, der in seinem Zimmer klebte, war gebügelt und hing am Schrank. Meine Schuhe waren geputzt.

»Merkst du was?« Klaus nahm einen großen Schluck Whiskey aus der Flasche. Es war fünf Uhr morgens. »In diesem Hotel leben zweihundertfünfzig Journalisten. Kapierst du, was das für eine Logistik ist?«

Chi schnitt weiter auf meinem Kopf herum. Den Haarresten auf dem Boden nach konnte da nicht mehr viel übrig geblieben sein.

»Jede Etage hat nur zwei Toiletten und zwei Bäder. Jedes an einem Ende. Die Erbauer müssen die größten Schweine der Welt gewesen sein. Bettpfannen-Klassizismus. Man kann es auch noch schlimmer ausdrücken. Aber egal. Demnach müssen sich 250 Leute vierundzwanzig Toiletten und Bäder teilen.«

Chi wischte mir den Kopf ab, hielt mir einen Spiegel vor. Der war leer. Da war kein Haar mehr auf meinem Kopf. Klaus grinste noch nicht einmal. »Wächst schon nach«, knurrte er.

»Chi ist nach vietnamesischem Recht meine Frau. Und sie wird mich nach Deutschland begleiten. Nur ist durch deine Verspätung ihr Ausreisevisum verfallen. Kapierst du das?«

Wie sollte ich das begreifen. Ich verstand noch nicht einmal, warum ich überhaupt hier war. Klaus schüttelte den Kopf und stopfte sein Hemd in die Hose.

»Na schön. Nicht zu ändern. Ich muss weg. Chi wird sich um 'ne Frau für dich kümmern. Sonst kannst du in den Garten scheißen und im Springbrunnen baden.«

Klaus schulterte seinen Kamerabeutel. Hängte das, was man noch landläufig als Stahlhelm bezeichnete, über den Knauf seines etwas groß geratenen Messers am Koppel. Er gab Chi einen flüchtigen Kuss.

»Sieh zu, dass du spätestens heute ein neues Zimmer und übermorgen 'ne Frau hast. Sonst ...« Mehr sagte er nicht.

Chi lächelte etwas. Hatte das mit dem Abgang von Klaus zu tun? Ich saß auf meinem Seesack und versuchte meine Situation und die unverhohlenen Drohungen meines Kollegen in irgendein für mich passendes Schema einzusortieren.

»Was sollte das, Chi?«

Sie zuckte mit den Schultern und lächelte. »Er bezahlt. Er befiehlt. Und ich bin zufrieden. Können wir eine Frau für dich suchen gehen?«

Irgendetwas schien hier an meinem Verständnis vorbeizugehen. Ich kratzte mich an der oberen Stelle, an der mal Haare gewesen waren. In Europa gingen die Studenten auf die Straße. Die Mao-Bibel war ihr neues Gebetbuch, Ho Chi Minh der neue Gott. Beide waren, wie alle Götter, weit weg. Aus der Distanz war es leichter, ihre Ideen misszuverstehen. Die Frauen versuchten sich in und durch die APO zu emanzipieren, und hier waren sie zufrieden, wenn sie bezahlt wurden. Es schien selbstverständlich zu sein, dass es so und nicht anders war. Offensichtlich war es eine höhere Bildungsstufe, eine Langnase als Versorger zu ergattern.

»Ich weiß, was du denkst«, sagte Chi und setzte sich neben mich auf den Boden. »Ich war Studentin für Englisch und Geschichte. Bis unser Vater von den Vietcong als Verräter hingerichtet wurde.« Sie faltete ihre Beine zum Lotussitz. Wie das jemans aushalten konnte, würde ich noch lernen müssen.

»Mein Vater war ein hoher Parteifunktionär und Professor in Shanghai«, fuhr sie fort. »Er hatte nur den Fehler gemacht, auf der falschen Seite zu sein, als Mao die Kulturrevolution voranpeitschte und alle Intellektuellen in Lager steckte. Ho Chi Minh, Onkel Ho, wie er hier genannt wird, ist sein Handlanger. Er kriegt seine Waffen aus dem Norden. Stellvertreterkrieg nennt man das, glaube ich. Früher hießen seine Truppen Viet Minh, heute Vietcong. Da gibt es für uns keinen Unterschied. Wir stecken zwischen allen Fronten.«

Ihre schlanken Finger ruhten auf ihren Schenkeln, die in einer Jeans steckten.

»Unsere Familie musste fliehen. So leben wir seit Jahren zwischen allen Grenzen und haben uns als Gäste in diesem Land in das chinesische Viertel Cholon zurückgezogen.« Sie atmete tief durch. »Na ja, seither warte ich mit meinen Geschwistern darauf, dass sich etwas ändert. Aber da ist wohl mit dem jetzigen Krieg nicht viel zu erwarten. Außer dass wir durch ein wenig Ackerbau und die Dienste für ausländische Soldaten versuchen, unsere Familien zu ernähren.«

Ich schluckte. Die Hintergründe dieses Krieges hatte ich nicht verstanden. Noch nicht und würde sie vielleicht auch nie verstehen. In meinem Alter galt es nur den Auftrag erfolgreich zu erfüllen. Den Auftrag, der mich bezahlte.

»Du hast noch Familie in Cholon?«

Chi nickte. »Ja. Ein paar Schwestern. Aber die sind entweder zu alt oder zu jung für dich. Du bist ein Milchbart. Keine von denen würde dich wirklich ernst nehmen. Auch nicht gegen Bezahlung. Du hast ein schlechtes Alter. Nicht mehr Kind. Noch nicht Mann.«

Ich besah mir die Frau näher, die das sagte. Chi war älter, als es auf den ersten Blick aussah. Vielleicht zehn, zwanzig Jahre älter als ich. Wer wollte das schon so genau wissen? Sie gehörte zu Klaus.

Also ein schlechtes Karma, wie Brian gesagt hatte. Beinhaltete seine Definition die von Chi?

»Warum, zum Teufel, braucht man hier ausgerechnet eine Frau, die sich um alles kümmert. Kann ich das nicht selbst machen?«

Mir war nicht nach Sklavenhalterei. Und schon gar nicht gegen Bezahlung. Da kam ich mir wie ein Zuhälter vor.

Chi sammelte die Reste meiner Haarpracht vom Boden auf. Sortierte die Wäsche von Klaus.

»Nein. Eigentlich ja, wenn dies ein normales Hotel wäre. Aber es ist es nicht.« Sie machte das Bett und räumte die Frühstücksutensilien von Klaus fort.

»Dieses Hotel war mal das beste in Saigon. Bis die Franzosen ihren Krieg hier verloren und die Amerikaner kamen. Der Inhaber blieb. Ein reicher Franzose. Er gibt Journalisten aus aller Welt eine miese Unterkunft. Kassiert dafür von deren Auftraggebern. Für den Rest haben die sogenannten Gäste für jeden Service extra zu zahlen. Bis 1964 einer der GIs auf die Idee kam, wenn ich schon für alles extra zahlen muss, dann kann meine Nutte auch gleich hier wohnen. Die ist versorgt. Und er war es auch.«

Chi bügelte Hemden und faltete sie militärisch auf Spindmaß zusammen.

»Das hat sich hier so eingebürgert, dass du, wenn du alles selbst machen willst, keine Chance hast, gegen zweihundertfünfzig Frauen anzukommen.« Sie lächelte fast bedauernd. »Oder du bist homosexuell und suchst dir einen Mann. Dann seid ihr immerhin schon zu zweit.«

Nun lachte sie. Ein helles Lachen mit einem verzweifelten Tremolo.

»Hör zu. Du hast hier keine Chance. Das hat dir Klaus schon gesagt. Du musst ihn ablösen. Wir gehen nach Deutschland. Du musst dich selbst darum kümmern, wo und wie du deinen Job als Reporter machen kannst. Hier will euch niemand haben. Wer lässt sich schon bei seinem schmutzigen Geschäft fotografieren. Und wenn du dann von den Truppen mit in den Einsatz genommen wirst, wer soll sich dann um deine Wäsche oder deine Wunden kümmern, wenn du aus dem Einsatz zurückkommst? Deine Frau oder Freundin in Deutschland? Wer beschafft dir das Frühstück? Deine Mahlzeiten, wenn du nach Wochen mal wieder ein paar Tage Ruhe haben willst?«

Sie bügelte ungerührt weiter. Spülte die Bratpfanne. Putzte das wenige Mobiliar im Raum.

Ich saß immer noch auf meinem Seesack.

»Also doch eine Frau?« Ich murmelte das mehr für mich. So hatte ich mir meinen Auftrag nicht vorgestellt. Da war ich etwas zu blauäugig gewesen. Schickes Hotel. Service. Hier und da einen Einsatz, zu dem ich von der kämpfenden Truppe eingeladen würde. Genau das Gegenteil schien die Realität zu sein.

»Was soll dieses Zimmer 125? Ich schlafe in keinem Grab, das nicht renoviert wurde. Und in einem Schlachthaus schon überhaupt nicht. Wozu zahle ich hier überhaupt?«

Der alte Mann an der Rezeption sah mich mit grauen Augen an. Er blätterte in seiner Kladde. Schüttelte mit dem Kopf.

»Tut mir leid, Sir. Es ist momentan kein anderes frei. Warten Sie bis heute Abend. Jeden Tag kommt einer Ihrer Kollegen weniger zurück. Wenn er draußen stirbt, haben Sie nicht die Sauerei im Zimmer. Aber ich werde mich bemühen, jemand zu finden, der wenigstens putzt. Ich könnte Ihnen ein gutes Mädchen empfehlen.«

»Ich will kein Mädchen. Ich will ein anständiges Zimmer«, wurde ich laut und hieb auf den Tresen ein. »Sonst suche ich mir ein anderes Hotel.«

Der alte Mann schmunzelte und gab mir meinen Kreditbrief zurück.

Das Hotel hatte bereits die sechs Monate abgebucht, für die ich hier vorgesehen war. Das Geld war weg, und der Verlag würde kaum Verständnis dafür haben, dass ich keine Ergebnisse brachte, weil mir das Hotel nicht passte.

Wütend stapfte ich durch die Gartenanlage, die mehr hermachte als das Gebäude. Im lang gestreckten »U« des Innenhofs rauschten Palmwedel im Wind. Sitzgruppen erinnerten an bessere Zeiten. Rasen. Blumen. Auf dieser Seite waren keine Fenster zerstört. Bis hier schien der Krieg nicht gekommen zu sein. Die Welt da draußen und die Welt da drinnen. Wie sah es mit den Menschen aus? Wie viel von dem, was sie zeigten, war draußen oder drinnen? Chi hatte recht. Ich war noch ein Milchbart. Einer, dem die Situation schon seine Haarpracht geklaut hatte.

»Probleme?«

Eine schwarze Pranke legte sich auf meine Schulter.

»Schön ruhig hier.« Brian lächelte. »Habe schon von dem Zimmerproblem gehört. Da soll sich jemand auf 125 in die Luft geblasen haben.«

Er ließ sich in eine der altertümlichen Sitzgruppen fallen. Die knirschte unter seinem Gewicht, gab aber nicht nach.

»Ich brauche dich … wenn du mitmachst.«

Ein warmer Wind fegte wie durch einen Kamin durch den Gebäudekomplex. Die Palmen rauschten und schlugen mit ihren Wedeln. Die Blumen duckten sich.

»Mein Restbestand. Original Havanna.« Brian schob eine Sperrholzkiste über den Tisch, der keinen Service bekommen würde.

Wir rauchten. Mehr nicht. Für die Jahreszeit war es zu warm. Ich schwitzte. Mein Seesack stand an der Rezeption, wo ich ihn wütend stehen gelassen hatte.

»Du bist in der gleichen Situation, in der ich schon vor vielen Jahren war. Mach dir nichts draus. Nur dieser Krieg ist anders. Die Menschen sind anders. Die Befehlshaber sind anders. Und unser Job als Journalist ist anders.«

Brian schwieg und rauchte. Hatte er nicht gesagt, er wollte es sich abgewöhnen?

»Der, den du ablösen sollst, ist ein Schwein. Ich habe mich über ihn informiert.«

Brian wehrte meine Fragen mit einer Handbewegung ab.

»Wir haben noch ein solches in unseren Reihen. Machst du mit? Ich brauche deine Hilfe. Du bist noch unversaut.«

Das war eine harte Aussage. Chi hatte mich in die Altersklasse eingereiht, die für Frauen nicht zu gebrauchen war. Der schwarze Riese brauchte mich. Für was?

Brian pfiff durch die Finger.

Kein Personal, hatte der alte Mann an der Rezeption gesagt. Kein Personal, um mein Zimmer von Leichenresten zu säubern. Brian hob nur die Faust. Zu wem sah ich nicht. Aber es war jemand hinter mir.

Brian lächelte. Nickte kurz.

»Du solltest für mich arbeiten. Du bist unterbezahlt und der, den du ablösen sollst, ist ohnehin nichts wert. Oder hat er dich mit auf einen Einsatz genommen?«

Nein, das hatte Klaus nicht getan. Er hatte mich in die groben Feinheiten des Hotels eingewiesen. Mehr nicht.

»Wie bestellt, Sir.« Ein Ober in weißem Overall stellte uns eine Flasche Whiskey ohne Eis auf den wackeligen Rattantisch. Es war Thieu, der Barkeeper. Aber es war noch nicht zwölf Uhr. Er zwinkerte mir zu und zog sich zurück.

»Es gehört sich aber so, dass man seine Ablösung einweist. Es sei denn der Einweiser ist tot.« Brian prostete mir zu. Rauchte die Havanna. Wer war dieses Monstrum von Mensch? Er schien jede Spielregel zu beherrschen, die ein Krieg verlangte. Chi hatte recht. Ich war ein Milchbart. Meine paar Monate im mittelamerikanischen Bürgerkrieg hatten mich nicht wirklich vorbereitet. Nicht auf das hier.

»Warum sollte ich meinen Auftraggeber wechseln?«

Brian lächelte. »Weil du noch sehr jung und unerfahren bist. Die verheizen dich einfach. Dein Kollege weiß das und nimmt sein Mädchen mit. Und dann? Du arbeitest für zu wenig Geld. Ich kenne deinen Verlag.«

Brian rauchte und genoss den Whiskey. Zitterte seine Hand? Ja, sie zitterte.

Ich setzte mich in die wackelige Sitzgruppe. Sie knirschte, aber brach auch unter mir nicht zusammen.

»Wer bist du?« Diese Frage stellte ich nicht gerne. Der andere war und blieb der andere. So lange, bis er selbst von sich sprach. Das stand dem Gesetz des Journalisten, alles wissen zu wollen, alles wissen zu müssen, diametral entgegen. Aber kein Journalist würde jemals einen Kollegen aushorchen. Das war ein ungeschriebenes Gesetz.

Brian knotete seine Finger wie die Fangarme eines Oktopus zusammen. Zog die Stirn in Falten.

»Du bist noch neu und jung. Ich war schon im Indochinakrieg hier. Zur Zeit der Franzosen. Die haben damals auch nichts verstanden. Dieses Land ist von außen nicht zu befrieden. Vielleicht hilft unsere Berichterstattung, dass niemand mehr in den Krieg geht. Aber auch nur vielleicht«, murmelte der schwarze Gigant.

Ich verstand ihn. Aber von Begreifen konnte keine Rede sein.

»Warum sollte ich meinen Auftraggeber wechseln?«

Brian sah zum Himmel. Wolken flogen sehr schnell vorbei. Die Palmen wehten im stärker werdenden Wind.

»Es gibt ein Unwetter. Das ist in diesen Breiten normal. Vielleicht kommt der Monsun dieses Jahr früher als sonst. Aber, was ist in diesem Land noch normal?« Er zündete sich eine neue Zigarre an. Trank den Whiskey aus der Flasche. Verschluckte sich und hustete.

»Ich habe ein Zimmer für dich. Sieh mal nach oben.« Brian deutete auf den Ostflügel des Hotels, der nur zweistöckig war. »Da, wo das Fenster gerade offen steht, kannst du einziehen. Es ist ruhiger als im Haupthaus. Du hättest den Blick auf diesen Garten.«

»Wessen Zimmer? Die Rezeption sagt …«

Brian nickte. »Die Rezeption weiß nicht, dass ich meinen Sohn ersetze. Daher mein Angebot.«

Er las in meinem Gesicht, dass ich reichlich verwirrt war. Ein mühsames Lächeln huschte über seine Lippen.

»So ist es. Ich habe vor wenigen Tagen die Bestätigung bekommen, dass mein Sohn tot ist. Tot, weil er unbedingt in meine Fußstapfen als Journalist treten wollte. Sein Platz ist frei.«

Brian sagte das fast ohne Regung. Der massige Körper schien einiges schlucken zu können. Hatte er eine größere Seele als andere? Dann musste ich noch viel lernen.

»Er war ein Querkopf. Wollte es mir beweisen. Meldete sich freiwillig, um in diesen Krieg zu gehen.«

Wieder Schweigen. Die Luft war schwer vom heranziehenden Gewitter.

»Vor ein paar Wochen bekam ich von der Redaktion die Meldung, dass er seit seinem letzten Einsatz vermisst wird.« Brian atmete tief durch. Die ersten lautlosen Blitze zuckten am Himmel.

»Dann, vor einer Woche, bekam ich den üblichen Brief … ›in treuer Pflichterfüllung für sein Vaterland gefallen‹ und der ganze Mist, der von Schreibtischtätern standardmäßig reingeschrieben wird. Selbst die Unterschrift ist inzwischen ein Stempel. Baff und weg damit.« Er hieb auf den Tisch, der nun doch zusammenbrach. Die Flasche konnte ich gerade noch retten.

Seine Kaumuskeln spielten, als zermalmten sie böse Gedanken.

»Ein Vater hofft doch immer, dass es sich um ein Versehen handelt. Ein Missverständnis. Das kann doch nicht sein, dass der einzige Sohn tot sein soll. Warum ausgerechnet mein Sohn? Gestorben wofür? Für welches Vaterland? Wer außer den Vietnamesen stirbt denn hier für sein Vaterland? Mein Sohn ist hier gefallen, wo er nichts zu suchen hatte. Was haben wir überhaupt hier zu suchen?«

Das war eine gute Frage. Ich war ein Abenteurer, wollte gute Fotos machen, Geld damit verdienen. Ans Sterben dachte ich nicht. Jeder Tod für andere war sinnlos. Warum gab es Soldaten? Was wollten die hier überhaupt? Kommunisten bekämpfen, wie die Presse immer tönte? Was, zur Hölle, war ein Kommunist? Genauso konnte ich fragen, was, zum Teufel, ein Christ ist? Konnten Christen Kommunisten sein? Oder umgekehrt? Eine genauso bescheuerte Frage, wie die, die ich Brian gern gestellt hätte.

»Warum gibst du dann nicht Ruhe?«, fragte ich. »Willst du deinem Sohn folgen? Wer garantiert dir, dass du deinen Sohn überlebst? Du forderst dein Schicksal ganz schön heraus.«

Der schwarze Riese trat die Reste des Tisches von sich.

»Ich weiß auch nicht. Wir Journalisten müssen alle eine Macke haben. Lebt dein Vater noch?«

Die Frage stellte ich mir nicht mehr. Nach meinem Abitur war ich von meinem verkorksten Zuhause abgehauen. Ich war meine kleine Ein-Mann-Familie.

»Keine Ahnung.«

Es fing an zu regnen. Brian nickte. »Na gut. Dann adoptiere ich dich ab sofort. Als Journalist natürlich. Los. Wir müssen weg. In wenigen Minuten ersaufen wir hier.«

Er hatte das Wort »ersaufen« noch nicht richtig ausgesprochen, da ging ein Wolkenbruch der besonderen Art nieder. Den Riesen schien das nicht zu stören. Er stand auf, verließ den Garten, ging durch die Hotellobby, dann auf der anderen Seite wieder nach draußen. Ich folgte. Ich war adoptiert. Mit großen Schritten überquerte er den Platz vor dem Hotel. Das Wasser stand mir bis an die Knöchel. Brian schien das nicht zu interessieren, dass wir hier stehend ersoffen.

Er stieß die Tür zu einem Café auf und schüttelte sich wie ein nasser Hund. Und das war noch untertrieben. Ich hatte nach den wenigen Metern keinen trockenen Faden mehr am Leib. Warum war ich nicht im Hotel geblieben? Was wollte er hier?

»Café *L'Étoile*« stand auf den Gedeckkarten. Zum Stern. Alles roch nach Schweiß, Rauch, Kaffee und Schimmel.

»Was wollen wir hier?«

Brian sah sich um. Was er suchte, schien nicht da zu sein. Wir suchten uns einen Platz an einem Fenster, das nicht mit Brettern vernagelt war.

Er bestellte. Kaffee mit Whiskey verstand ich noch. Die andere Bestellung, *Konshu* oder so ähnlich, nicht. Die Bedienung nickte. Sie schien es zu verstehen.

»Sag mal, du Jüngling, was willst du hier?« Brian knetete wieder seine Finger. »Wir Journalisten haben, gemessen an der kämpfenden Truppe, mehr als achtzig Prozent Ausfälle. Also überlege es dir, ob du mit einer Wahrscheinlichkeit von zwanzig Prozent hier wieder lebend rauskommen willst.«

Das Mädchen brachte etwas, das wie eine Wasserpfeife aussah.

Zwanzig Prozent. Das war nicht viel. So hatte ich unsere Verluste in meinem Beruf noch nie gesehen.

Brian zündete den Inhalt unter dem oberen Messingdeckel an. Unter dem Glaskolben glomm ein kleines Feuer. Das Ding hatte zwei Mundstücke, die irgendwie mit dieser Apparatur verbunden waren.

»Nimm. Auch das musst du kennenlernen, wenn du hier deinen Job machen willst.« Er gab mir eines der Mundstücke. Ich zog den Rauch ein. Es schmeckte mild. So mild, wie der etwas würzige Dampf eines frisch aufgebrühten Tees.

»Was ist das?«

Brian trank Kaffee und schmauchte an seinem Schlauch.

»Opium. Trink niemals Alkohol dazu. Dann geht es dir gut.«

Ich dachte an den Whiskey, den er soeben noch heruntergekippt hatte.

»Und was machen wir hier?« Der Regen hatte sich noch verstärkt, als müsse er seine ganze Niederschlagsmenge pro Jahr in wenigen Stunden loswerden.

»Warten«, brummte Brian. »Ich muss einen Auftrag haben. Sonst kann ich nicht meine hiesige Frau, die noch eine Familie durchfüttert, und meine vier Töchter in den USA ernähren.«

Einen Auftrag. Was war das? Ich hatte einen Auftrag vom Verlag, aber wie ich an die Umsetzung desselben kommen sollte, hatte mir niemand gesagt. Wo bitte geht's hier zum Krieg, über den ich berichten soll? Ich wusste es nicht.

»Ich ersetze einen toten Sohn. Du löst ein Arschloch ab, das schon seit Monaten mehr Rauschgifthändler als Soldaten gesehen hat.«

Brian zog sich einen Stuhl heran und legte seine langen Beine hoch. Der Regen verstärkte sich noch. Das Hotel war hinter der Wasserwand nicht mehr zu erkennen.

»Suchen wir uns gemeinsam einen Auftrag? Ich weiß, wie es geht. Du noch nicht. Außerdem brauchst du im Hotel eine Frau. Sonst rennst du deine ganze Zeit hungrig, mit verdreckten Klamotten und vor allem ohne Liebe herum. Hoppelst von einer Hure zur anderen, um dann jedes Mal eine andere Geschlechtskrankheit behandeln lassen zu müssen. Willst du das?«

Ich wusste überhaupt nicht, was ich wollte. Nur was ich sollte. Und dazu fehlte mir schlicht und einfach die Erfahrung.

Das Zeug, das ich inhalierte, beruhigte. Es entspannte. Ich hatte mir es schlimmer vorgestellt.

»Das ist die Touristenversion«, knurrte Brian. »Nimm es nie

pur. Dann kannst du dich vergessen. Dein Leben hängt dann nur noch daran. Aber es ist ein gutes Zahlungsmittel. Keine Kursverluste, keine Wechselgebühren und Abnehmer ohne Ende – wenn du sie findest.« Er grinste. »Das ist die einzige Hürde, die es zu nehmen gilt. Aber auch nicht besonders hoch. Die Abnehmer finden dich. Und wenn es mit einem Messer zwischen den Rippen endet. Deinen Rippen.«

Er lachte. Es war ein böses bis zynisches Lachen.

Der Regen ließ so schnell nach, wie er gekommen war. Als hätte es ihn nie gegeben. Nur seine glänzenden Spuren auf den Straßen hatte er nicht mitgenommen. Das Wasser suchte sich irgendwo gurgelnd seine Wege. Den Rest erledigte die Sonne, die alles eindampfte.

»Auf wen wartest du hier?«

Brian nahm die Füße vom Stuhl. Die Touristen-Opium-Pfeife war ausgeraucht. Ich fühlte mich leicht beschwingt.

»Auf den Sampan. Das größte menschliche Schwein, das hier herumläuft. Aber niemand bringt ihn um, da ihn jeder braucht. Es ist doch immer der gleiche Mist. Du musst nur früh genug an einem Schauplatz sein, dann bist du der König.«

Der schwarze Riese bestellte noch zwei Kaffee. Das Lokal leerte sich langsam. Die Sonne brannte wieder.

Brian beobachtete den Platz. Kniff die Augenlider zusammen. Er war angespannt.

»Sollte ich etwas wissen?«, hakte ich ein. Irgendetwas stimmte hier nicht. Brian nickte nachdenklich.

»Vielleicht solltest du etwas wissen. Ist besser so ... für den Sampan bist du mein Sohn aus einer anderen Ehe. Einer Ehe mit einer Weißen.«

»Wie bitte?« Das war mir zu weit hergeholt. »Spinnst du jetzt komplett?« Ich wurde sauer. Brian war mindestens doppelt so alt wie ich. Aber ein Junge war ich längst nicht mehr.

»Da kommt er. Du hältst das Maul. Die fünfhundert Dollar

für dich bezahle ich. Sonst hängen wir hier noch Wochen rum, um einen Einsatz zu bekommen. Die Militärs sind nach dem Auftauchen des Vietcong hier in der Stadt sehr nervös geworden. Bei denen liegen die Nerven blank. Das ist keine gute Zeit für unsere Berufsgruppe, um Geld zu verdienen.«

»Fünfhundert Dollar? Für was?«

Brian schüttelte unmerklich den Kopf.

»Davon lebt er. Unter anderem. Pro Einsatz fünfhundert Dollar. Ein mieses Geschäft. Aber was willst du machen? Sonst verdienen wir auch kein Geld. Wir sind eben seine Huren. Er der Zuhälter.«

»Warum muss ich zahlen, um mit achtzigprozentiger Wahrscheinlichkeit zu sterben? Ich denke nicht daran.« Das »Touristen-Opium« schien schnell seine Wirkung zu verlieren. Ich war sauer. Stinksauer.

»*Bonjour, messieurs.* Tut mir leid. Der Regen.«

Der Mensch, den Brian »Sampan« nannte, war mir nicht sympathisch. Er hatte ein widerliches, schwabbelndes Krötengesicht. Kurze, fette Finger. Einen Dreitagebart.

»Willkommen, Brian. Willst du dich auch noch auf deine alten Tage umbringen lassen?«

Die Pranken von Brian umschlossen die Hände des Mannes.

»Wir brauchen deine Hilfe. Was ist hier los?«

Der Mann, der offensichtlich die französische Sprache bevorzugte, überging Brians Frage, deutete auf mich.

»Wer ist der junge Mann? Den hast du mir nicht angekündigt.«

Der schwarze Koloss sah mich warnend an. Ich nickte. Es war besser so.

»Du weißt doch, dass mein Sohn gefallen ist. Dieser junge Mann ist mein Überbleibsel aus einer Verbindung in Haidelbörg. Er hat mich um Hilfe gebeten.«

Die Kröte studierte mich. Mir war nicht wohl. Dem Mann war nicht zu trauen. Seine Augen trieften. Seine ganze Ausstrahlung war negativ, aber herrisch.

»Sie sind Franzose?«, ging ich zum Angriff über.

Der Mann nickte. »Auch das. Und wer sind Sie?«

Mir war unwohl. Was sollte ich darauf antworten? Es war wie im Gymnasium, wenn der Lehrer mich strafend angesehen hatte, warum ich als Klassenprimus die Klassenarbeit in Deutsch über Hegel und Kant versaubeutelt hatte.

»Zweitausend Dollar. Sonst wird das nichts.«

Brian ballte die Fäuste.

»Warum das Doppelte? Das war nicht ausgemacht.«

Der französische Frosch lächelte nur hämisch.

»Weil ihr beiden lügt. Der junge Mann ist Peter Stösser. In Köln geboren. Er ist hier, um einen gewissen Klaus Schikowski abzulösen. Der Typ schuldet mir noch zweitausend Dollar. Daher. Und wenn ihr nicht zahlt, dann könnt ihr eure Einsätze vergessen. Weder die Amis noch die Generäle der südvietnamesischen Nationalarmee nehmen nach dem Schock der TET-Offensive der Vietcong freiwillig noch einen Journalisten mit.«

Der kleine Mann verschränkte die Hände über dem Bauch und lehnte sich zurück. Er wartete. Brian dachte nach. Ich versuchte möglichst wenig zu denken. Denn ich verstand die Regeln des Spiels nicht, das sich hier zu einem Kampf auszuweiten drohte.

Brian legte sein Gesicht in Falten. Er machte erst gar nicht den Versuch, mich für die Schulden meines Kollegen verantwortlich zu machen.

»Du bist doch mit deinem Kamerateam auf einer Spur. Nimm uns mit. Dann bekommst du zehntausend.«

Die Kröte wabbelte mit den Halslappen. Damit hatte er nicht gerechnet. Ich auch nicht, und ich schüttelte den Kopf. Es war mehr das aufsteigende Bewusstsein, was ein Kriegsreporter verdienen musste, um mal eben das Wort »zehntausend« aussprechen zu können. Ich war wirklich unterbezahlt und dachte an meinen Kreditbrief.

»Du bist immer noch unschlagbar. Woher weißt du das?«, knurrte die Kröte.

Brian lächelte. Er hatte gewonnen.

»Darf ich vorstellen: Peter Stösser. Deutscher Journalist. Pierre La Troux. In Deutschland geboren, als Sohn eines französischen Diplomaten in Indochina und einer vietnamesischen Hure. Er spricht alle Sprachen perfekt und ist das größte herumlaufende Stinktier unseres Berufes. Arbeitet für mehrere Verlage und Fernsehsender als Freibeuter.«

La Troux machte noch nicht einmal den Versuch, sich gegen diese böse Aussage zu wehren. Er lächelte nur.

»Zehntausend. Angenommen. Aber das dauert noch etwas. Ich gebe euch Bescheid. Wohnst du wieder bei deiner Schwiegermutter auf dem Mekong?«

Dann war er weg, ohne den Kaffee angerührt zu haben.

Brian lächelte und sah diesem dubiosen La Troux nach. Zog sich den Stuhl heran, auf dem diese Kröte gerade gesessen hatte, und legte die Beine wieder hoch.

Mein Gefühl tobte zwischen den Gehirnhälften. Diesen Auftritt zweier Kriegsveteranen vermochte ich nicht zu deuten. Brian grinste zufrieden, als hätte er eine Schlacht gewonnen.

»Was sollte das jetzt? Zehntausend Dollar, und du wohnst bei deiner Schwiegermutter? Wer ist der Kerl überhaupt? Warum hast du ein Zimmer im Hotel?«

»Halt die Klappe«, fuhr mir Brian ins Wort. Er bestellte neuen Kaffee. »Ich kann dir nicht alles auf einmal erzählen. Du musst lernen zuzuhören und zu beobachten. Sonst bist du hier sehr schnell ein toter Mann. Vor allem, wenn du La Troux nicht kennst. Hast du noch eine Havanna? Die kann ich jetzt gebrauchen.«

Wir rauchten und sahen auf den Platz, auf dem das Wasser langsam verdampfte.

»Mein Sohn lebt noch. Ich fühle es. Und La Troux ist der Einzige, der mir helfen kann. Daher kann er seinen Preis bestimmen. Deswegen die Summe. Er hat sie angenommen. Also weiß er, wo er ist. Sonst hätte er abgelehnt. Das wäre ihm zu heiß gewesen. Wer in diesem Krieg sein Geld nicht wert ist, verschwindet schnell von der Bildfläche.«

Dazu sagte ich besser nichts. Wir rauchten weiter. Brian schien keine Lust mehr auf Kommunikation zu haben.

»Dann habe ich ja wieder kein Zimmer mehr«, versuchte ich mein Dilemma im Hotel zu klären.

»Doch. Du ziehst in das Zimmer meines Sohnes. Um vier Uhr hole ich dich zum Einsatz ab. Esse nicht so viel und schlaf dich aus. Frag einfach nach dem Zimmer von Mike Eppstein.«

»Wir haben einen Einsatz? Ich dachte dieser La Troux ...?«

Brian grinste wieder. »Denk nicht so viel. Für Einsätze im Sinne unserer Brötchengeber sorge ich schon selbst. Diesen Franzosen kenne ich schon länger, als er sich selbst. Ein Spiel. Es ist alles nur ein böses Spiel. Hau endlich ab. Um vier Uhr morgen früh. Hörst du?«

Die Luft auf dem Platz stand wie der Mief in einer Sauna nach einem Aufguss. Dann sah ich etwas, das mich interessierte. Es schwamm auf der Wasseroberfläche des Springbrunnens. Ein kleiner Drache. So sah es wenigstens aus. Und der war mit Fäden verbunden, die an zehn Fingern hingen. Und die gehörten einer jungen Frau. Mit schwarzem Haar. In einer schwarzen Arbeitskluft.

Sie spielte mit dem Puppendrachen, der etwa einen halben Meter lang war. Bunt bemalt. Die Fäden bewegten den Kopf, das Maul, den Körper, die Beine und den Schwanz getrennt voneinander. Es sah aus, als lebe er. Ich setzte mich dazu und staunte. Der jungen Frau schien es zu gefallen, einen Zuschauer zu haben. Sie trieb immer wildere Scherze mit diesem schwimmenden Holzstück. Das Maul biss mich in die Hand, die ich ins Wasser gehalten hatte. Zerrte an meinen Fingern, als wollten sie mich hineinziehen.

»Sie ist eine Wasserpuppenspielerin. Sehr selten. Und taubstumm«, tönte es über mir. La Troux. Er grinste und wackelte mit seinen Kinnlappen.

»Das Wasserpuppenspiel kommt aus Nordvietnam. Ich würde die Finger von diesem Mädchen lassen. Denn das Spiel darf eigentlich nur von Männern betrieben werden.« Mit einem »wir sehen uns sicher noch« verschwand er, wie er gekommen war. Im Irgendwo. Drei Paar Augen sahen diesem undurchsichtigen Mann nach. Meine, die des Mädchens und die des schwimmenden Drachen. Ihre Finger hatten ihn so gedreht, dass er La Troux nachsah und mit den Kiefern klapperte. Sein Schwanz schlug wütend im Wasser.

Ein Schützenpanzer rumpelte über den Platz. Flankiert von zwei Jeeps, die mit schweren Maschinengewehren bestückt waren. Drei Lastwagen mit Soldaten folgten.

»Ausweise.« Ein Militärpolizist klopfte mir auf die Schulter. Ein Kollege sicherte mit der Maschinenpistole.

»Und die da auch ...«, deutete er auf die Wasserpuppenspielerin, die sich nicht beirren ließ. Für sie schien es keinen Krieg, keine Soldaten und keine Polizisten zu geben. Sie spielte. Der Drache sah nur kurz aus dem Wasser, um weiterzuschwimmen. An zehn Fingern.

»Lasst sie in Ruhe. Die gehören zu mir.« Brians Pranke quetschte die Schulter des Polizisten. Er hielt dem Mann einen Ausweis vor, den ich nicht sehen konnte.

»Wir machen nur unseren Dienst, Sir«, sagten die beiden

und zogen sich in ihren Jeep zurück, der aber nicht weiterfuhr.

»Da hast du dir aber was ganz Exquisites angelacht.« Er zog Schuhe und Strümpfe aus und hielt die Zehen ins Wasser. Der Drache attackierte die Gliedmaßen sofort. Brian lachte. Es kitzelte.

»So ein weibliches Exemplar von Spielerin wirst du in Vietnam nicht noch einmal finden. Das ist Männersache. *So long.* Um vier Uhr.«

Die Socken stopfte er sich in die ausgebeulten Taschen, verknüpfte die Schnürsenkel der Schuhe miteinander und hängte sich das Paar um den Nacken. Barfuß bestieg er den Jeep der wartenden Militärpolizei.

Der Drache sah dem schwarzen Riesen nach und wackelte mit dem Schwanz.

»Kannst du wirklich nicht hören und sprechen?« Das Fabeltier schwamm ruhig vor sich hin. Ich wiederholte mich in allen Sprachen, die ich kannte. Vietnamesisch war nicht dabei. Bei Französisch zuckte der Schwanz.

»Du verstehst also doch was?«

Das Holztier fuhr eine Runde und nickte mit dem Kopf. Sperrte das Maul weit auf und ruderte mit den Beinen.

»Du kannst mich verstehen. Kannst du auch sprechen?«

Der Drache drehte eine wilde Runde und biss mir in die Hand. Es tat weh. Diese Holzzähne waren spitzer, als sie aussahen. Ich zog die Hand aus dem Wasser.

»Ich bin Peter und wohne da drüben.« Ich deutete auf das Hotel. »Wenn du mir noch sagst, wie dein Name ist, können wir Freunde werden.«

Der Drache schüttelte den Kopf. Sie verstand mich.

»Na schön, wenn du mich brauchst, weißt du, wo du mich findest.« Ich gab es auf. So fand ich keine Frau. Schon gar nicht, wenn sie mit einem hölzernen, schwimmenden Drachen spielte.

Das Zimmer von Mike Eppstein sah ordentlich aus. Die Kleider hingen an ihrem Platz. Die Wäsche ordentlich im einzigen Schrank gestapelt. Das Bett war gemacht. Nur das Rasierzeug fehlte. Es sah etwas weniger chaotisch als bei Klaus Schikowski aus. Und diesen Raum wies mir Brian zu? Was hatte er vor?

Dass er ahnte, sein Sohn könnte noch leben? Na ja. Jeder Vater, jede Mutter hatte schon irgendwo und irgendwann eine solche Ahnung gehabt. Ich würde mich wahrscheinlich auch als Vater an eine solche Hoffnung klammern. Aber Brian?

Nach der Ausweiskontrolle hatte sich der Militärpolizist etwas seltsam verhalten. Zu seltsam für meinen Geschmack. Er hatte kurz salutiert und dann im Jeep gewartet, bis Brian eingestiegen war. So, als habe sich der Polizist dafür entschuldigt, dass er einen wesentlich Ranghöheren nicht sofort erkannt hatte.

Es war mir peinlich. Aber wenn ich hier schlafen sollte, wollte ich die Ordnung in diesem Zimmer studieren. Wie jede Ordnung hatte sie ein System. Und die zu stören, war mir von Kindesbeinen an ausgetrieben worden. Aber jede Ordnung trug eine Handschrift dessen, der sie ordnete. Eine Zwickmühle der Geschlechter. Aber unumgänglich. Der Stärkere setzte sich durch. Wer war die Ordnungsmacht in diesem Raum? Dass die Konkubinen im Hotel die Federführung hatten, hatte mir Klaus mit seiner Chinesin Chi schnell begreiflich gemacht.

»Wohnst du hier?«

Die Wasserpuppenspielerin stand mit ihrem tropfenden, einen halben Meter großen Drachen plötzlich im Raum. Sie sprach Französisch. Sie war höchstens drei Drachen groß. Aber sie lächelte.

»Ich weiß noch nicht...«, murmelte ich. »Was machst du denn hier? Ich denke du kannst nicht sprechen und hören.«

Sie lächelte noch mehr. Ein schönes, gewinnendes Lächeln. Sie setzte den Drachen auf den Boden und ordnete die Führungsfäden sorgsam nach ihrer Bedeutung. So, wie ein Puppenspieler seine Figuren für die nächste Aufführung vorbereitete. Da durfte es auch keine verknoteten Fäden geben.

»Du brauchst in diesem Hotel Hilfe, sonst kannst du nicht baden. Ich brauche Hilfe, sonst kann ich meine Eltern nicht ernähren. Du hast es mir doch angeboten. Oder lügt ihr Langnasen alle?«

Ich atmete tief durch und setzte mich auf das Bett. Die junge Frau putzte den Drachen mit einem Handtuch. Räumte den Kleiderschrank um. So, dass meine Sachen auch noch Platz darin fanden. In den nunmehr leeren Seesack stopfte sie den Drachen und deponierte ihn auf dem Schrank.

»Wer bist du? Hast du auch einen Namen?« Diese kleine Person weiblichen Geschlechts legte ein Tempo an den Tag, dass mir schwindelig wurde. Sie räumte auf. Sie räumte um. Putzte das Waschbecken.

»Ja, ich habe einen Namen. Aber den haben mir andere gegeben.« Sie putze weiter.

»Und wie ist der Name, den dir andere gegeben haben?«

Sie hörte auf zu putzen. Endlich. Sie kam mir wie meine Mutter vor, die ständig auf Fleckenjagd war.

»Mein Soldat ist tot. Ich brauche den Job hier, und du brauchst mich. Den Namen, den man mir gegeben hat, erfährst du in der Bar. Heute sind fünf deiner Kollegen zurückgekommen. Fünf von acht. Frag die, wie ich heiße. Ich kümmere mich darum, dass du baden kannst. Um drei Uhr hast du dein Frühstück. Einverstanden?«

War ich einverstanden, einfach von einer Frau in drei Drachengrößen überrumpelt zu werden?

Es war ein höflicher Hinauswurf aus einem fremden Zimmer, das sie nach ihrem Belieben umräumte. Aber ... »Woher weißt du von meinem Einsatz?«

Sie lächelte. »Hier weiß jeder alles. Besonders der Franzose und dein schwarzer Freund. Nun geh endlich in die Bar, wo Journalisten hingehören. Ich muss das Bett frisch beziehen.«

Es duftete nach Kaffee und gebratenen Eiern. Meine Uhr zeigte, dass es kurz vor drei war.

»Du hast Zeit genug, um danach noch zwanzig Minuten in Ruhe das Bad zu benutzen.«

Der kleine weibliche Drache sah mich lächelnd an. Sie hatte, wie selbstverständlich, in meinem Bett geschlafen.

Mein Kopf brummte. Ich hatte mit den Kollegen zu viel getrunken. Diese Mengen war ich nicht gewohnt. Aber ich hatte auch die Warnung vor dieser Frau erhalten. Sie war bekannt im Hotel. Dafür, dass die Männer, die sie betreute, alle nicht aus ihren Einsätzen zurückgekommen waren. Sie hatte den Namen »Khmer« von meinen Kollegen erhalten. Eine Khmer. Also Kambodschanerin. Zigeunerin. Bombenlegerin. Amazone und somit wehrhaft.

»Woher kommst du? Und wie ist dein wirklicher Name?«, versuchte ich Ordnung in meinen verschlafenen Kopf zu bringen. Mechanisch sortierte ich meine Kameras. Prüfte, ob genug Filme da waren. Die Batterien funktionierten.

»Sie haben dir meinen Namen gesagt?«

»Nein, nur eine Volkszugehörigkeit. Wenn du hier bleiben willst, muss ich wissen, wer du bist. Wie alt du bist. Sonst gebe ich dir einen Namen und werfe dich hinaus.«

Sie setzte sich neben mich auf das Bett und hielt mir eine Tasse heißen Kaffee hin. Die Eier mit Speck brutzelten auf einem Gaskocher vor sich hin. Woher sie das hatte, war mir ein Rätsel. War ich so betrunken gewesen, oder sie so flink, das in der Nacht zu besorgen?

»Ich weiß, dass deine Leute mich für eine Khmer halten.

So nennen sie mich auch.« Sie schmunzelte. »Gib du mir einen Namen. Er wird hoffentlich schöner als die bisherigen sein.«

»Schöner als wie viele vorher?« Sollten meine ausgelaugten und erschöpften Kollegen an der Bar, die sich den Einsatz von mehreren Wochen aus den Knochen soffen, recht haben? Diese Frau war undurchsichtig.

Die kleine Frau lächelte, als habe sie diese Frage erwartet. Schaufelte mir die Speckeier auf einen Teller.

»Einen schöneren eben. Für die einen bin ich eine Khmer, für die anderen eine Cong. Für wieder andere bin ich ... nichts. Geboren bin ich im Mekong-Delta. Vor zwanzig Jahren. Dafür kann ich aber nichts. Die politischen Grenzen haben andere gezogen.«

Ich kaute und trank Kaffee. Sie sah nur interessiert zu und sortierte meine Kleider.

Einen Namen geben? Wie einem Kind? Einem Kind, das schon Kaffee kochte und mit dem Gaskocher umzugehen wusste? Hier tat sich eine völlig neue Mentalität für mich auf. Oder verschloss sie sich dadurch?

»Würde dir ›Kleiner Drache‹ gefallen?«

Sie lächelte. »Das ist ein sehr schöner Name. Der beste, den ich bisher hatte. Ich werde dich mit meiner Mutter bekannt machen und du wirst deinen ersten Einsatz überleben. Der letzte Soldat hat mich Mistvieh genannt. Er hat es nicht überlebt. Ist das ein böser Name in euren Sprachen?«

Ihre braunen Augen sahen mich forschend an.

Ich nickte stumm. »Aber ich bin kein Soldat. Ich bin Journalist.«

Kleiner Drache räumte das Geschirr ins Waschbecken. »Ist das ein Unterschied? Journalist? Soldat? Ihr geht alle dahin, wo geschossen wird. Da ist euer Beruf doch egal. Es wird geschossen. Und wer dorthin geht, ist für mich Soldat.«

Sie setzte einen blechernen Teekessel auf den Gaskocher.

Gefüllt mit Wasser. Sie sah meinen Blick, was das werden sollte.

»Ich brauche heißes Wasser zum Saubermachen. Kennt ihr das nicht in eurem Land?« Ich nickte.

»Kannst du mir Geld hier lassen? Meine Familie. Deine Kleider müssen gereinigt werden und auch hier im Hotel ist nicht alles umsonst.«

Kleiner Drache stieg auf das Bett und umarmte mich.

»Du bist jetzt für mich ›Großer Drache‹.« Sie suchte meinen Mund. Ihre Lippen saugten sich fest.

»Komm zurück. Meine und deine Familie wartet auf dich. Und nimm das ...«

Von irgendwoher zauberte sie ein Bündel aus Reisstroh. Der Inhalt: ein gewaltiges Messer.

»Das brauchst du, um die Dosen der Armee aufzumachen. Sonst kommst du nicht an den Inhalt und wirst verhungern.«

»Habe schon gehört, dass du dich gut eingelebt hast«, empfing mich Brian vor dem Hotel. »Nimm das. Es ist Vorschrift.« Ein Stahlhelm, ein wesentlich kleineres Messer und eine Binde, die mich als »Presse« zu erkennen gab, wechselten den Besitzer.

Brian war in Armeeuniform. Ein grünes Barett auf dem massigen Schädel. Die Schulterklappen wiesen ihn als Major aus. Er verfolgte meine Musterung und grinste. »Eigentlich bin ich Oberst. Aber nur im Ruhestand. Also backen wir kleinere Brötchen. Der Major muss hier reichen.« Er gab dem Fahrer des Jeeps Anweisungen in vietnamesisch.

Wir fuhren aus der Stadt Richtung Norden. Die Sonne streckte ihre ersten Fühler über den Horizont. Mein erster Einsatz fing ja gut an.

»Der Helm ist für den Kopf. Die Binde nur fürs Protokoll«,

knurrte der schwarze Riese. »Habe noch keine Vietcong-Granate gesehen, die sich an diesem Armstreifen gestört hat. Die Kerle können alle nicht lesen. Aber schießen können sie verdammt gut.« Dann schwieg er wieder und trank aus einem Flachmann. Den Ausbuchtungen seiner Uniform nach zu urteilen hatte er noch mehr davon bei sich.

»Woher weißt du, dass ich mich schon eingelebt habe? Warst du bei deiner Schwiegermutter?«

Wir überholten einen Militärkonvoi, der die gleiche Richtung hatte. Es ratterte und stank.

»Du bist wie mein Sohn. Du fragst zu viel. Und sag mir nicht, dass das dein Job sei. Bin selbst Journalist. Aber ein anderer. Du bist nur ein Zeitungsmensch, und dazu noch ein sehr junger. Also halte die Klappe, wenn du es dir mit mir nicht verscherzen willst.«

Die Straße wurde holpriger. Der Fahrer umrundete Löcher, die Granaten in die Fahrbahn gerissen hatten. Die Sonne ging auf und beleuchtete eine andere Welt. Rötlich glänzten die Wasserflächen links und rechts der Straße. Aus ihnen lugten kleine Spitzen hervor. Ein Bauer trieb seinen Büffel durch die Fläche. Beide strengten sich an. Mensch und Tier. Der eine zog etwas, der andere dirigierte es nach Leibeskräften.

»Reisbauern«, kommentierte Brian. »Aus denen machen die Charlies neue Vietcong, indem sie ihre Felder zerstören. Wie soll man da noch Gut und Böse unterscheiden? Die müssen was zum Essen haben. Sie haben Familien. Das ist doch alles ein Schwachsinn, was wir hier tun. Nur weil wir uns vor dem Kommunismus schützen müssen? So ein Quatsch. Auch Kommunisten müssen essen, atmen und scheißen.« Dann schwieg er wieder und trank.

Es war eine schöne Landschaft. Es war wie die Fahrt durch wohlgeordnete Fischteiche, die von kleinen Dämmen begrenzt waren. Nur zeigte jeder kleine Docht, der wie ein U-Boot-

Sehrohr aus dem Wasser ragte an, dass er bereit war Nahrung zu spenden. Reis.

Nur eines störte das friedliche Bild ... ausgebrannte Militärfahrzeuge, die teilweise in die Teiche gefahren waren um dort zu verglühen.

Hier hatte eine Schlacht getobt.

Brian sah zum Himmel. »Gutes Flugwetter. Aber auch ideal für die Vietcong. Sie sehen uns sofort. Nebel wäre mir lieber. Also mach dich auf was gefasst.«

Am blauen Himmel zogen Kondensstreifen ihre Bahnen Richtung Nordwesten.

»B-52-Bomber«, knurrte Brian. »Sie machen mal wieder ein paar Quadratkilometer mit Napalm platt. Bringen wird das nichts. Die Charlies müssen sich unter der Erde vergraben haben. Sie sind nach ihrem Einfall in Saigon nicht mehr aufzufinden. Wir können doch nicht alle getötet haben? Aber niemand weiß, wo sie stecken. Und das macht mir Sorgen. Guerillas sind schwer zu bekämpfen.«

Die Kondensstreifen am Himmel zogen meine Gedanken mit sich. Wer war dieser Brian Eppstein? Ein Oberst, ein Colonel im Ruhestand, der als Major der amerikanischen Truppen unterwegs war? Wie ging das? Gerne hätte ich seinen Ausweis gesehen, den er den Polizisten am Springbrunnen gezeigt hatte. Die hatten sich sofort und höflich, fast ehrerbietig in ihren Jeep zurückgezogen und auf ihn gewartet. Er konnte nur eine Sonderaufgabe haben. Das flüsterten mir selbst die wenigen Erfahrungen als junger Journalist zu. Aber welche?

»Warum bist du Oberst, also die letzte Stufe vor einem General? Aber als Major unterwegs?« Es war ein Versuch, diesen zwar sympathischen, aber inzwischen undurchschaubaren Mann, zu einer Aussage zu drängen.

Der Jeep bog in ein Waldgebiet ab.

»Warum nennst du die Wasserpuppenspielerin Kleiner Drache und sie dich Großer Drache?«

Er schien alles zu wissen und über jede meiner Bewegungen informiert zu sein. Mit Kleiner Drache hatte ich mir offensichtlich eine Laus in den nicht mehr vorhandenen Pelz gesetzt.

»Du bist beim Geheimdienst?«

Brian gab keine Antwort.

Wir passierten ein Sperrgebiet, das von Erdwällen und Wachtürmen geschützt war. Aus jedem Erdhügel schauten Maschinengewehrläufe in die Landschaft. Panzermotoren dröhnten. Die Rotoren von Hubschraubern verbreiteten ein sirrendes Geräusch. Brian winkte wieder mit seinem Ausweis. Die Wachhabenden salutierten und meldeten unsere Ankunft über Feldtelefon.

Der Jeep hielt in einer Staubwolke vor einem ... ja, was war das eigentlich?

Ein Maulwurfshügel mit einer Bretterverschalung. Zwei Fenster. Eine Tür. Mehr war nicht zu sehen. So, als habe sich ein Igel für den Winterschlaf eine Eigenheimfassade geleistet.

»Hallo Brian. Hat man dich degradiert?« Der kleine Mann grinste hinter seinem grob gezimmerten Schreibtisch. Die Asche krümelte von seiner Zigarette im Mundwinkel auf eine Karte. Schwarze, wenige Haare. Ein scharf geschnittenes Gesicht. Die Schulterklappen auf seinem durchschwitzten Hemd wiesen ihn als Oberst der südvietnamesischen Nationalarmee aus.

»Setzt euch. Wer ist der junge Mann? Kann ich ihm trauen?« Er deutete auf mich. Eine zweite Zigarette verkokelte im Aschenbecher. Er hustete. Hinter ihm war an der Wand eine Karte mit Nägeln aufgespannt, die das hiesige Umfeld im Detail und Vietnam im Ganzen zeigte. Rote, blaue und schwarze Linien zeigten strategische Punkte, die ich nicht verstand.

»Ja, Oberst Nguen. Man hat mich degradiert. Daher bin ich Ihnen unterstellt und hoffe auf Ihre Hilfe.«

Entweder war Brian saudumm, was ich bisher nicht hatte feststellen können, oder superschlau. Er war schwarz. Aber in einem fremden Land. Somit hatte er sich verwandelt. Seine Größe konnte er nicht ändern. Er war mindestens drei Köpfe größer und hundert Kilo schwerer, als dieser Oberst. Also hatte er sich ihm im Rang unterstellt. Raffiniert. Anders konnte ich das nicht bezeichnen.

»Und der junge Mann hier«, Brians Pranke legte sich väterlich auf meine Schulter, »also, dieser junge Mann hier sucht seinen Freund. Meinen Sohn. Er ist auch bei der *Washington Post*.«

Die Augen des vietnamesischen Obersts verengten sich. Sie durchleuchteten mich. Dann nickte er.

»Na schön. Wie geht es deiner Familie? Deiner Schwiegermutter? Lebt sie immer noch auf dem Sampan im Mekong-Delta?«

Es verging eine halbe Stunde, bis beide ihre Familiengeschichten ausgetauscht und dabei eine Flasche Reisschnaps getrunken hatten. Sie kannten sich bereits aus dem Indochinakrieg. Sie waren Blutsbrüder. Jeder hatte jedem schon einmal das Leben gerettet.

Befehle des Obersts bellten durch den Erdbunker. Karten und Luftbildaufnahmen wurden herbeigeschafft. Was gesprochen wurde, verstand ich nicht. Es war eine hohe, scharfe und schnelle Sprache. Brian schien sie zu verstehen. Die beiden unterhielten sich und sichteten das Material.

Er ließ sich wieder auf den wackeligen Hocker fallen. Der Oberst schenkte Schnaps nach und bot amerikanische Zigaretten an.

»Scheißspiel«, knurrte Brian. Er sortierte die Fotos um und deutete auf einen Punkt, der für mich nur wie eine Lichtung in einem beliebigen Urwald aussah.

»Wo ist das Problem?«, versuchte ich die Deutung des Fingers zu erkunden.

Brian atmete tief durch. Der Oberst nickte besorgt.

»Das Foto ist schon ein paar Wochen alt. Oberst Nguen und seine Militärs sind der Meinung, dass es sich um ein Gefangenenlager des Vietcong handelt.«

»Verstehe ich nicht. Dann greift das doch an und holt die Leute da raus!«, prustete ich los. »Ihr macht doch den Urwald jetzt schon platt. Wo klemmt es denn damit?« Mein weißer Finger schubste den schwarzen Finger von Brian vom Foto.

»Weil das Kambodscha ist, das sich nicht im Krieg befindet. Das wäre ein Politikum ohnegleichen. Es geht einfach nicht. Zumindest so nicht.« Brian holte einen seiner Flachmänner aus der Uniform. Der Oberst lächelte und rauchte.

»Hast du für meinen jungen Kollegen aus Deutschland nicht einen Einsatz? Er ist hier um zu arbeiten, Ergebnisse bei seinen Chefs abzuliefern.«

Der Oberst rauchte und fixierte mich durch den Tabakqualm. Wedelte ihn beiseite.

»So. Aus Deutschland ist er. Die haben doch auch einen zweigeteilten Staat. Rechts die Kommunisten, links die Kapitalisten.« Ngnuen sprach nur mit Brian. Ich schien für den kleinen Oberst kein Gesprächspartner zu sein. Ich existierte. Aber nicht für ihn. Er nahm mich nur der Höflichkeit wegen wahr.

»Das ist nicht so einfach mit einem Einsatz, bevor dein deutscher Freund nicht durch die Sicherheitsprüfung unseres und eures Geheimdienstes gelaufen ist. Das müsstest du aber wissen.«

Brian lächelte. Es war ein unmerkliches Lächeln.

»Kennst du mich?«

Der Oberst nahm die Papiere, die ihm Brian über den Tisch schob. Studierte sie. Schob zwei davon zurück. Eines behielt er.

»Ihr nennt uns Schlitzaugen. Aber ihr seid Schlitzohren. Na gut. Dein Kollege soll seinen Einsatz bekommen.«

Brian steckte die restlichen Papiere wieder ein und schmunzelte. Der Oberst telefonierte.

Ich verstand nichts.

»Was war das denn?« Brian trabte neben mir her. Oder es war umgekehrt: Ich folgte ihm wie ein kleinerer Hund.

Wellblechbaracke reihte sich an Wellblechbaracke. Es wurde warm. Es roch nach Benzin und Moder. Soldaten reparierten Fahrzeuge, Waffen, Hubschrauber. Aus einem Zelt drangen Essensdüfte. Aus dem anderen, dem mit dem weit sichtbaren roten Kreuz, eine Schwade, die nach Desinfektionsmitteln roch. Ein Schwein schrie, das einem Koch ins Messer gelaufen war. Auch ein Mensch schrie. Sie amputierten ihm gerade ein Bein.

»Was das war?«, nahm Brian meine Frage auf. »Das war für den Oberst eine Zusage der kanadischen Regierung, dass er und seine Familie dort sofort und ohne weitere Formalitäten einreisen kann. Wenn er will.«

»Und die anderen Papiere?«

Brian lächelte wieder nur. »Du fragst zu viel. Komm. Wir suchen dir jetzt einen schönen Einsatz aus. Einen mit null Chancen, ihn zu überleben. Das macht doch den Reiz für einen richtigen Reporter aus. Oder?«

Ich schluckte. Reiz ja. Aber ich hatte mir noch nicht bewusst gemacht, dass es Himmelfahrtskommandos wirklich gab. Einsätze, in denen die Rückkehrmöglichkeit tatsächlich nahezu bei null lag. Aber das wussten die, die dorthingeschickt wurden, in den seltensten Fällen. Brian sagte es mir wenigstens. Oder machte er Spaß? Ich konnte es nur hoffen.

Gezielt steuerte er ein Wellblechhalle an, als kenne er sich hier aus. Die Tür stand offen. Ein Offizier der amerikanischen Armee hielt einen Vortrag. Brian wies mir einen Klappstuhl in der hintersten Reihe zu und strebte wie ein Berg auf den Vortragenden zu. Der unterbrach seine Rede. Plauderte mit Brian. Nickte und deutete in meine Richtung. Da war niemand außer mir.

»Leute, wir haben einen Gast aus Westdeutschland. Wer nimmt ihn heute mit?« Ein Gemurmel unter den Soldaten hob an, um gleich wieder zu verebben.

Zwei Hände hoben sich.

»Er ist aber Journalist«, setzte der Vortragende an. Eine Hand verschwand. Die andere blieb oben.

Brian nickte. Er sah zufrieden aus. »Du bekommst deinen Auftrag. Aber geh besser hinaus. Dies ist eine Lagebesprechung. Da haben Zivilisten nichts zu suchen. Warte einfach auf deinen Kutscher vor der Tür.«

Kutscher? Was war das denn für ein Begriff?

Der Lärm über dem Gelände wurde unerträglich. Mehrere Hubschrauber landeten. Zwei zogen dunkle Rauchfahnen hinter sich her. Einer fiel wie ein Stein vom Himmel. Befehle, Signale und Schreie erhöhten das Stakkato. Soldaten rannten. Ärztliches Personal lief mit zusammengefalteten Tragen.

Ich suchte mir einen zur Bank umgebauten Baum. Was wollte ich hier? Hier herrschte das Chaos. Meine Erfahrung aus dem Bürgerkrieg in Nicaragua löste sich in nichts auf. So hatte ich das nicht erlebt. Hier herrschte offener, blutiger Krieg. Mein Magen erinnerte mich, dass er gleich zu kotzen gedachte.

»Du wirst mit der Truppe fliegen, die die gelandete gerade ablöst. Gut genug für eine erfolgreiche Karriere eines jungen Journalisten?«

Brian drückte den Baumstamm etwas tiefer. Er rauchte und hielt mir einen seiner Flachmänner hin. Er musste literweise Whiskey mit sich herumtragen.

Ich trank und sagte besser nichts. Sah nur dem Desaster zu, wie die Sanitäter einen stöhnenden Körper nach dem anderen an uns vorbeitrugen.

»War ein guter Einsatz. Die meisten sind lebend zurückgekommen. Wirst auch Glück haben. Bekommst nur den wagemutigsten Kutscher der Kompanie. Er fliegt etwas wild. Aber er kann mit seiner Kiste genial umgehen. Also viel Glück. Und denk daran, wozu du hier bist. Zum Berichten und Fotografieren.«

Seine Pranke tätschelte mich fast. Er verschwand wieder in der Baracke. Wie ein Bär in der Höhle. Er war undurchschaubar. Er wusste mehr, als er sagte. Gefragt werden wollte er aber auch nicht. Woher hatte er so schnell die Namen erfahren, auf die sich meine Wasserpuppenspielerin und ich geeinigt hatten? Kleiner Drache. Großer Drache. Aber Verlogenheit ließ sich auch hinter Aufrichtigkeit verstecken, das hatte ich inzwischen gelernt. Was von beidem war er?

Ich gab mich damit zufrieden, dass er als Mensch sympathisch war. Der Rest würde sich ergeben. Hoffte ich.

»Sie sind der Deutsche?« Ein schlanker Mann in Kampfuniform baute sich vor mir auf. Ich nickte. Er gab mir die Hand.

»Leutnant Oliver. Sie fliegen in meiner Staffel mit. Nehmen Sie nur Ihre Kameras mit. Mehr brauchen Sie nicht.«

Mit strammen Schritten eilte er voraus. Umrundete die vor wenigen Minuten gelandeten Hubschrauber. Sie rochen nach Benzin und Schießpulver. Bei einigen fehlten Stücke im Rumpf.

»Beschuss. Kriegen wir auch«, kommentierte er meine forschenden Blicke. Ich fotografierte. Aber was? Löcher. Das wurde so nichts. Oliver grinste und schüttelte den Kopf.

»Ihr Journalisten seid schon ein komisches Volk. Könnt ihr nicht mal was fotografieren, das noch heil ist?«

»Dann gäbe es keine Soldaten und Kriege mehr«, konterte ich.

Der Leutnant blieb stehen und musterte mich. »Wie alt bist du?«

Wir tauschten die Daten aus. Er war genauso alt wie ich und in Texas geboren. Berufssoldat in Ermanglung einer vernünftigen Ausbildung. Nun flog er Kampfhubschrauber. Nach dem Krieg träumte er von einer Karriere auf diesen Fluggeräten im zivilen Bereich. Als Ölbohrinselversorger oder so. Da ließe sich viel Geld verdienen. Ungefährlicher sei das zwar auch nicht. Man müsse eben nicht mehr gegen die Vietcong, sondern gegen das Wetter kämpfen. Das Wetter sei ihm lieber, das könne man besser einschätzen.

»Du fliegst mit mir. Bist ein ehrlicher Kerl. Hast aber noch keine Ahnung. So habe ich auch mal angefangen. Komm.«

Im Laufschritt erreichten wir eine Rotte von zwölf Hubschraubern, die ihre Rotoren starteten.

»Moment«, hielt ich den Leutnant an der Schulter fest. »Warum lehnt einer der Piloten ab, mich mitzunehmen und du sagst zu?« Die Rotoren begannen einen ohrenbetäubenden Lärm zu machen.

Leutnant Oliver lächelte. »Würdest du dich in meiner Situation der Bitte des einflussreichsten Niggers ... sorry: *Farbigen* der CIA in Vietnam widersetzen? Willst du jetzt mit oder nicht?«

Der Hubschrauber startete. Auf jeder Seite hing ein Bordschütze hinter seinem Maschinengewehr aus der geöffneten Luke. Knapp oberhalb der Landekufen waren Raketenwerfer angebracht. Mit den Schützen, zwei Piloten, waren zwölf Leute an Bord. Die GIs machten es sich auf dem Boden der rüttelnden und lärmenden Plattform bequem. Jeder setzte sich auf seinen Helm, wie auf eine Nachtpfanne. Ich fotografierte die Formation der anderen Fluggeräte um uns. Meinen Helm hatte ich vorschriftsmäßig da, wo er hingehörte. Auf dem Kopf. Eine Verständigung war bei diesem Lärm ohne Kopfhörer und Mikro nicht möglich. Und die hatten nur die Piloten und die beiden Schützen.

Die Formation flog Richtung Nordwesten. Die Wälder unter uns wurden immer dichter. Nebel stieg aus dem Blätterwald auf. Ich fotografierte. Das waren schöne, friedliche Bilder.

Die Soldaten dösten vor sich hin. Die Bordschützen rauchten und quatschten mit den Piloten. Eine Gruppe von Kampfflugzeugen überholte uns. Warf wenige Kilometer vor uns grell leuchtende Markierungen ab, denen Bomben folgten, deren Explosionsflammen weiß gleißend aus den Baumkronen hochschossen.

Oliver drückte die Maschine tiefer. Bis auf Baumwipfelhöhe. Die anderen folgten ...

»Ist das nicht mal ein süßer weißer Arsch?« Die Stimme kam von irgendwoher.

Ich versuchte eine Orientierung zu finden. Tastete um mich. Ich lag auf dem Bauch. Es war warm. Ich hatte keine Hose an. Versuchte mich umzudrehen.

»Nein mein Lieber, das lässt du die nächsten Tage mal besser bleiben«, kommandierte die Stimme. Sie war weiblich, aber von einer außergewöhnlichen Resonanz. Jemand lachte. Der war nun wieder männlich.

»Du siehst wirklich zum Piepen aus. Ein Held wird von vorne erschossen und nicht durch die Arschbacke.«

Brian und die ebenfalls farbige Krankenschwester brachen in schallendes Gelächter aus.

Ich versuchte mich zu erinnern, was geschehen war.

Die Hubschrauber hatten ihre Raketen in das markierte Gebiet gefeuert. Oliver hatte seine Maschine wie ein Derwisch durch die Baumkronen hinuntergeprügelt. Die GIs waren hinausgesprungen. Ich hatte fotografiert. Dann war der Drehflügler ohne Rücksicht auf die Rotorblätter wieder durch die Bäume aufgestiegen. Ein Schlag, wie der Tritt eines Esels, im Gesäßbereich. Es tat nicht weh. Es wurde nur warm. Etwas Warmes lief mir am Bein hinab. Ich tat es als Schweiß ab und ging meinem Auftrag nach.

»Nun weißt du, warum man sich im Einsatz auf seinen Helm setzt. Beschuss von unten, klar? Ein paar Zentimeter weiter, und der Vietcong hätte dir die Eier abgeschossen. Kannst von Glück sagen, dass du überhaupt wieder hier bist. Oliver hat es auch erwischt. Aber nicht an so einer delikaten Stelle. Er hat das zerschossene Ding noch bis hierher gebracht. Ein grandioser Pilot.«

Dann verabschiedete er sich mit ein paar tröstlichen Worten. Was er unter tröstlich verstand. Ich sei momentan nicht normal transportfähig. Die Ärzte würden sich um mich kümmern. Ich hätte einen seltenen Fall von Verletzung. Mit Ärschen von Soldaten würden sie sich aber auskennen. Nur meinen müsse man noch im Auge behalten. Wie meinte er das?

Zwei Tage später.

»Woher weißt du, dass Major Eppstein bei der CIA ist?«

Oliver versuchte den Kopf zu bewegen. Sein Verband hinderte ihn mehr als der, den ich am anderen Ende des Körpers trug. Inzwischen konnte ich wieder sitzen. Auf einem aufgeblasenen Schlauch, der eigentlich die Bestimmung zum Inhalt eines Autoreifens gehabt hatte. Meine schwarze Krankenschwester hatte sich rührend und auffällig häufig um meinen »schönen, weißen Arsch« gekümmert und war jedes Mal in Entzückung geraten ... über die genähte Wunde und den Heilungsprozess. Mit einem Klaps auf die gesunde Pobacke und einem breiten Grinsen hatte sie den Befund notiert. Einen Arzt hatte ich seit der Operation nicht mehr gesehen.

Dass ein weißer Hintern auch eine Art von Bestechung sein konnte, war mir bis dahin neu gewesen. Ich würde nie Sonne an dieses unschätzbare »Zahlungsmittel« kommen lassen.

Oliver versuchte mit aufgesprungenen Lippen zu lächeln. Es gelang nicht.

»Wie ich das sehe«, murmelte er, »kämpfen wir inzwischen gegen Gespenster. Die Vietcong scheuen jeden offenen Kampf. Sie verschwinden einfach. Tauchen auf, schlagen zu und sind wieder weg. Was willst du gegen Gespenster denn anderes einsetzen als die CIA?«

»Das beantwortet meine Frage nicht«, knurrte ich und dachte an mein Bett im Hotel. Diese Feldliegen waren nichts für einen Verletzten.

»Kannst du mir die mal anzünden?« Oliver hielt mir Zigaretten hin. Ich nahm zwei Lucky Strike und zündete sie an. Er konnte seine nur mit den Zähnen halten. Seine Lippen streikten. Wir sahen den startenden und landenden Hubschraubern zu. Er war unglücklich, nicht in einem davon zu sitzen. Diese knatternden Dinger schienen sein Leben zu sein. Irgendwann würde seine Maschine den Namen einer Frau tragen. Aber auch nur die Maschine. Dass er sein Herz an einen Menschen verlieren würde, konnte ich mir nicht vorstellen.

»Oberst Eppstein«, fuhr er mühsam fort, »ist bekannt für seine Brutalität und Raffinesse. Warum er hier als Major auftaucht, kann nur mit diesem unsympathischen Oberst Ngnuen von den Südvietnamesen zu tun haben. Aber das ist typisch für Eppstein. Groß, schwarz, und doch macht er sich unsichtbar, indem er sich im Rang kleiner macht. Schon hat er alles, was er will.«

Eine Formation von Drehflüglern kam zurück. Zwei qualmten. Oliver zählte durch. »Vier fehlen. Dafür, dass der Cong nicht sichtbar ist, richtet er einen ganz schönen Schaden an. Von wegen, wir machen diese Schlitzaugen platt.«

Er schüttelte mühsam den Kopf. Es war mehr ein Wackeln des Oberkörpers. Die Sonne ging unter.

»Jetzt kommt keiner mehr. Totalverlust.«

»Die Frage … meine Frage«, wurde ich ungemütlich. Ich konnte nicht mehr sitzen.

»Ach ja, Eppstein.« Oliver kam ins Jetzt zurück. »Er ist in den Staaten dafür bekannt, dass er sich in den Ausbildungscamps der Luftwaffe die Besten eines jeden Jahrgangs aussucht. Die kommen dann zu einer Spezialausbildung der CIA.«

Der Lärm im Camp ebbte ab. Zikaden begannen ihr Abendkonzert. Es war müßig Oliver zu fragen, ob Brian Eppstein auch ihn ausgesucht hatte.

Die schwarze Krankenschwester war besonders liebevoll gewesen. Nach der üblichen Prozedur hatte sie mir einen Minireifenschlauch besorgt und gemeint, dass ich langsam auch auf dem Rücken schlafen könne, auf dem Schlauch.

Mich hatte Eppstein bestimmt nicht wegen meiner verborgenen Fähigkeiten ausgewählt. Wenn ich zu etwas ungeeignet war, dann zum Geheimdienstmann.

DRITTES KAPITEL

Ostberlin, 27. Dezember 1989

The-Marias Futonbett war nicht für meine Masse ausgelegt. Meine Narbe am Hintern schmerzte. Ich hatte schlecht geschlafen und noch schlechter geträumt.

Zwölf Uhr am Autotelefon, hatte der Grobian vom *Sans Soucis* gesagt. Ich stellte das Foto auf den Familienschrein zurück. Mehr als eine Katzenwäsche war nicht möglich. Die sanitäre Einrichtung erinnerte mich an Saigon. Das Hotel. Das Zimmer. Kleiner Drache und ein Ergebnis, um das ich hier kämpfen musste. Ob ich den Kampf gewinnen würde? Ich wusste es nicht. Der Gegner war genauso unsichtbar, aber allgegenwärtig, wie damals die Truppen des Vietcong.

Jetzt hatte ich noch eine Stunde. Mir war nach einer größeren Menge Kaffee. Die Kneipe sollte laut Aussage von Ewald Steiger schon offen haben. Nun musste nur noch der Mercedes an seinem Platz sein. Hoffentlich war er es.

»Kaffee gefällig?«

Ewald fing mich im Hausgang ab. Grinste. »Ich habe meinen Dienst getauscht. Komm, wir müssen reden. Aber mehr als Spiegeleier und Kommissbrot kann ich dir nicht anbieten. Bin ja kein …«

»… Hotel«, vollendete ich seinen Satz.

Er beobachtete mich. »Schmecken Ost-Eier anders als West-Eier?«

Ich schüttelte den Kopf. Die Bemerkung, dass Ost-Kaffee kaum mit West-Kaffee zu vergleichen war, verkniff ich mir allerdings.

»Deine Nobelkarosse ist noch da. Ich habe sie freigeschaufelt. Phong hat sein Wort gehalten. Nur der Stern ist weg.« Ewald zuckte mit den Schultern und legte die Stirn in Falten, als habe er das zu verantworten. »Das ist eine Trophäe für die jungen Leute. Sie montieren sich dann ihren Traum von Luxus auf ihre Trabbis. Das darf man nicht so eng sehen.«

Eine Insignie des Luxus war weg. Ich sah es nicht so eng. Es war ein Leihwagen. Hauptsache, das Telefon war noch in dieser Karosse. Wie auf die Nabelschnur in einer Informationswüste waren nun zwei Kontrahenten auf diese Verbindung angewiesen. Nur, dass ich die schwächere Position hatte, passte mir nicht.

Ich hatte Hunger. Ewald breitete eine neue Pfanne Rührei zu und schnitt Hartwurst hinein. Sah mir stirnrunzelnd beim Essen zu. Etwas bedrückte ihn. Er wartete, bis mein Teller leer war, räumte das Geschirr ab und gab mir Feuer für das erste Zigarillo des Tages. Das musste sein. Sonst funktionierte meine Verdauungsmaschinerie nicht.

»Was soll jetzt mit dem Päckchen Opium passieren? Du weißt, dass ich dich deswegen verhaften müsste.«

»Und du weißt, dass es nicht mein Päckchen ist«, konterte ich.

Ewald nickte.

»Das ist auch ein Grund, es nicht zu tun. Aber melden müsste ich es. Auf den Besitz einer solchen Menge steht in der Deutschen Demokratischen Republik lebenslanges Gefängnis. Verstehst du?«

Ich verstand sehr wohl. Ewald schwankte als treuer Beamter zwischen Pflicht und Ungehorsam. Der Pflicht, etwas melden zu müssen. Egal, was es war. Es musste gemeldet werden.

»Das Opium, wenn es denn welches ist, kommt doch aus eurer DDR. Also beschlagnahme es. Melde einen dicken Fund. Vielleicht wirst du dann noch befördert.«

Ewald schüttelte den Kopf und zündete sich eine seiner russischen Papyrossi, dieser stinkenden Zigaretten, an.

»Du weißt doch, dass das sinnlos ist. Hier ist alles in Auflösung begriffen. Beschlagnahme ich das Zeug, kriegt es sofort jemand in die Finger, der damit richtig Geld macht. Daran gehen wir hier doch kaputt. Jeder wirtschaftet nur in die eigene Tasche.«

Ewald brühte frischen Kaffee auf. Noch fünfzehn Minuten bis zum Anruf. Ich ging den Wagen inspizieren. Die Wut des Himmels war offenbar verraucht. Kein Schneefall mehr. Blauer Himmel. Der Motor sprang klaglos an. Das Markensymbol auf der Haube fehlte tatsächlich. Ich schaltete die Klimaanlage zu. So kam die Wärme schneller.

»Na? Das spielt sich ja langsam ein, dass hier mal Termine eingehalten werden.«

Es war eine andere Stimme am Autotelefon als die, die ich aus den Lautsprechern in diesem SM-Etablissement gehört hatte.

»Wie geht es meiner Tochter? Sonst lege ich sofort wieder auf und fahre in den Westen zurück«, grummelte ich. Mir war kalt. Der schlechteste Kaffee war mir momentan lieber, als in einem Auto zu sitzen, das nicht auftauen wollte.

Die Modulation der Stimme veränderte sich. Sie klang verzerrt oder künstlich. Und plötzlich deutlich höher. Beinahe fistelnd.

»Deiner Tochter geht es gut. Solange sie ihren Stoff bekommt. Aber den entziehe ich ihr, wenn du nicht machst, was ich will. Dann findest du sie auch in der Spree, und du bist wertlos für mich. Also entscheide dich: für oder gegen sie. Du hast den Stoff, um ihr helfen zu können. Von mir bekommt sie ab sofort nichts mehr, bis du den Auftrag erfüllt hast. In einer Stunde rufe ich dich wieder an. Dann will ich deine Antwort, und ich verbinde dich dann mit deiner lallenden Tochter, die schon unter den ersten Entzugserscheinungen leiden dürfte.«

Das Gespräch wurde abgebrochen.

Ich war völlig gelähmt. Starrte durch die langsam auftauenden Fensterscheiben auf eine Gegend, die mich an das Ruhrgebiet kurz nach dem Krieg erinnerte. Der Schnee kaschierte es mehr schlecht als recht. Marode Hausfassaden so weit mein Blick reichte.

»Und?«, fragte Ewald und legte die Stirn in Dackelfalten.

»Das Zeug hier ist für meine Tochter.« Mehr zu sagen war ich nicht in der Lage.

Ewald grübelte. Schenkte Kaffee nach.

»Das ist aber eine ziemliche Scheiße. Der Unbekannte hat dich damit in der Hand.« Einen Moment überlegte er und spülte das Geschirr ab. »Hat er gesagt, was er damit bezweckt?«

»In einer Stunde muss ich mich entschieden haben. Frag mich nicht, wofür. Auf jeden Fall für oder gegen meine Tochter«, murmelte ich und schlürfte den schlechten Kaffee. Das Telefon im Flur gab einen blechernen Laut von sich. Ewald nahm den Hörer ab. Sagte nicht viel, nickte und legte wieder auf.

Er schenkte Kaffee nach. Ein Gebräu, von dem nur die Blase wach wurde.

»Ich hab mich mal umgehört. Unter Kollegen, wenn du verstehst, was ich meine. Über das *Sans Soucis*.«

Seine Finger trommelten nervös auf das Plastiktuch über dem Küchentisch. Etwas passte ihm nicht.

»Ich höre. Aber bitte keine weiteren Probleme.« Meine Gedanken waren ganz woanders.

Ewald schob die Lippen vor. Die Asche seiner Zigarette gehorchte der Schwerkraft.

»Ja ...«, murmelte er und wischte die Krümel von der Plastetischdecke. »Was soll ich sagen? Dieses Etablissement namens *Sans Soucis* gibt es nicht.«

»Wie bitte?«, schnappte ich. »Das darf doch wohl nicht wahr sein. Phong und ich waren dort. Was wird hier gespielt?«

Ewald atmete tief durch und hantierte in der Küche herum.

»Wie soll ich das einem Westdeutschen erklären? Es ist nun mal so.«

Er starrte in seine leere Tasse. Ich umrundete den Küchentisch drei Mal. Bis es ihm zu bunt wurde.

»Setz dich gefälligst hin. Mit einem Sputnik kann ich nicht reden. Du machst mich ganz nervös.«

Ich setzte mich.

»Ich habe meine Tochter, die Freundin deiner Tochter, verloren. Also halte mich nicht für einen Blödmann. Ich bin genauso daran interessiert zu erfahren, was geschehen ist. Aber ...« Ewald drehte die Tasse in den Händen. Seine Backenmuskeln arbeiteten. Die Finger bewegten sich unruhig.

»Aber was?« Meine Nervosität nahm zu. Ich lebte nur noch für den nächsten Anruf.

»Aber ...«, begann er sehr leise, ohne mich anzusehen, »ich bin nur ein kleiner Grenzer, der, wenn hier alles zu Ende ist, seinen Posten verlieren wird. Und was danach passiert? Ich weiß es nicht. Ihr Westdeutschen habt mit unserer Vergangenheit noch ein paar Hühnchen zu rupfen.«

Ewald kramte im Küchenschrank. Es sah hilflos aus. Er holte ein Fotoalbum hervor, legte es fast andächtig auf den Tisch und drehte es zu mir hin.

»Sieh es dir an. Vielleicht verstehst du dann einiges.«

Er rauchte und schwieg. Ich blätterte. Es waren uralte Fotos, die von Klebeecken an ihrem Platz gehalten wurden, deren Beschichtung teilweise schon in Verwesung übergegangen war.

Es war die Geschichte einer Familie. Soldaten, nichts als Soldaten. Mal in der Uniform der SS, mal in russischer Uniform, mal in DDR-Uniform, und … ich stoppte. Blätterte zurück.

»Moment mal. Wer von euch war bei der nordvietnamesischen Armee?«

Ewald nahm das Album an sich und verstaute es wieder an seinem Platz im Küchenschrank.

»Mein jüngerer Bruder. Sehr linientreu. Er war Ausbilder bei der nordvietnamesischen Armee und später bei den von euch so bezeichneten Vietcong. Nahkampf. Tunnelbau. Logistik. Er war ein Spitzenmann auf dem Gebiet. Ich habe ihn bewundert. Er ist … *war* damals mein Vorbild. Hat auf Bauingenieur studieren können. Und ich? Ein Kolchosebauer, der es nie über die Volksschule hinausgebracht hat. Endstation … Armee. Stasi, Volkspolizei. Dabei wollte ich auch mal raus, und nicht nur an die Ostsee oder ans Schwarze Meer. Wer will da schon jedes Jahr Urlaub machen?«

Er sah zum Küchenfenster hinaus. Das einzig Freundliche waren die Sonne und der blaue Himmel. Zweitaktmotoren knatterten über die verschneite Straße. Auf den Fenstersimsen vor traurigen Fensterhöhlen mit noch traurigeren Vorhängen dahinter bemühte sich der Schnee den Häusern wenigstens etwas von seiner grauen Tristesse zu nehmen.

Ewald knöpfte seine Uniformhose zu und streifte die Hosenträger über, die vorher wie Affenschaukeln links und rechts an ihm heruntergehangen hatten.

»Ägypten. Afrika. Kuba. China. Überall war mein Bruder. Er hat mir Fotos und Postkarten geschickt. Sogar in Farbe. Willst du sie sehen?«

Ich schüttelte den Kopf. Darauf war ich nicht wild. Und meine moralische Verfassung bot auch keinen Spielraum mehr für sonderliche Höflichkeit. Mein Kopf war nicht in anderen Ländern. Er war hier und hatte Probleme.

»Du sprichst von deinem Bruder in der Vergangenheit. Wo ist er jetzt?«

Ewald verzog kurz das Gesicht und zündete sich eine neue Zigarette an. Sah auf die Uhr, die über dem Küchenschrank vor sich hintickte.

»Er wurde 1974 als vermisst gemeldet. Nun habe ich nur noch meinen älteren Bruder in Köln.«

Ich murmelte etwas, was sich nach einer Beileidsbekundung anhören sollte. Ich musste in den Wagen. Die Stunde war bald um. »Ich warte noch zwanzig Minuten. Dann muss ich zum Dienst«, rief er mir nach. Ich drehte mich kurz um.

»Er war in Vietnam? Wie hieß er?« Mir fiel etwas ein.

»Steiger. So wie ich. Sein Vorname war Georg. Georg Steiger. Warum willst du das wissen?«

Ich winkte ab. »Schon gut. Nur so. Ich kannte ein paar DDR-Berater in Vietnam.«

Sein Bruder war erst 1974 als vermisst gemeldet worden? Da stimmte etwas nicht. Jemand hielt jemanden für blöd. Mich oder Ewald? Oder war es Absicht?

Wenn sein Bruder der gewesen war, der 1969 bei seinem Versuch, mich zu erledigen, vor meinen Augen erschossen worden war, dann hatte ich ein moralisches Problem.

»Ach, wie schön, deine Stimme zu hören. Du hast dich sicher für deine Tochter entschieden.«

Die Stimme war eindeutig künstlich verzerrt. Nun war nicht einmal mehr festzustellen, ob sie männlich oder weiblich war.

»Du hast dich über uns erkundigt?« Ein raues Lachen folgte, begleitet von einem Hustenanfall. »Das hättest du besser bleiben lassen. Aber wenn du schon weißt, dass es uns offiziell nicht gibt, dann weißt du ja, zu was wir fähig sind. Wie ist deine Antwort. Ja oder nein?«

Ja oder nein zu was? Die Gegenseite stellte mir eine Forderung, von der ich nicht wusste, was sie bedeutete.

»Ja oder nein? Noch einmal frage ich nicht.« Die verzerrte Stimme wurde ungeduldig. Sie schien unter Zeitdruck zu stehen.

»Ich will erst mit meiner Tochter sprechen.«

Abermals erklang ein böses Lachen.

»Nein. Du gibst mir erst eine Antwort. Davon hängt ab, ob deine Tochter diesen Tag überlebt. Du hast einen Fehler zu viel gemacht. Das können wir uns nicht leisten.«

Ich hatte keine Wahl, ich musste klein beigeben. Ewalds Versuch, mehr über das *Sans Soucis* zu erfahren, schien Kreise gezogen zu haben.

»Als Erstes fährst du mal zurück nach Westberlin ...«

»Du siehst ja beschissen aus. Komm, trink einen Korn«, sagte er und schob er mir den Küchenstuhl unter. »Erzähl mal. Was hat der Anrufer gesagt?«

Meine Gedanken fuhren Achterbahn. Ewald zog seine Uniformjacke und den Wintermantel an. Schnallte das Koppel mit der Pistole um. Sah auf die Uhr. Er musste zum Dienst.

Sollte ich ihm sagen, was ich tun sollte, um meine Tochter zu retten? Konnte ich ihm überhaupt vertrauen, nachdem der oder die Entführer schon über seinen Versuch, etwas über das *Sans Soucis* zu erfahren, informiert waren? Aber wen hatte ich sonst noch? Hier im Osten? Und Ewald hatte seine Tochter bereits verloren. Was sollte ihn noch erpressbar machen? Er besaß nichts mehr, nur seine alte Wohnung und seine Ehre. Er war ein aufrechtes Schlitzohr, das nach der Maueröffnung plötzlich zwischen alle Welten geraten war. Es war besser, ihm das Gespräch zu schildern, bevor auch er noch in irgendeine Falle lief.

Er hatte zugehört, ohne Fragen zu stellen. Nur beständig mit dem Kopf genickt. Seine Finger trommelten unablässig auf die Tischplatte.

»Na schön.« Er richtete sich auf. Schob das Koppel zurecht. »Wir haben einen oder mehrere Verräter in unseren Reihen. Die Mafia zahlt besser als der Staat. Das war zu befürchten. Komm, ich fahre voraus, damit du den Grenzübergang Chausseestraße pünktlich überqueren kannst. Das ist doch eine ganz miese Sorte von Gangstern. Die testen nicht unsere Kontrollen. Die wollen wissen, was sie einem Wessi zumuten können.«

Ewald knatterte mit seinem Wartburg voraus. Ich folgte im Schritttempo. Der Wagen fühlte sich irgendwie schwammig und schwerfällig an. So, als hätte ich ein paar hundert Kilo mehr an Bord. Aber der Kofferraum war leer, wie ich festgestellt hatte.

Ewald hielt kurz vor dem mit Panzersperren gespickten Grenzübergang Chausseestraße an und stieg aus, um bei mir einzusteigen.

»In deinem Wagen ist es wärmer«, meinte er und rieb sich die Hände. »Du hast noch fünfzehn Minuten, wenn die Zeit stimmt, die dieser dubiose Anrufer genannt hat.« Er zündete zwei Zigaretten an und reichte mir eine.

»Du kommst am besten wieder über den Grenzübergang zurück, den du kennst. Ich schiebe da heute Dienst. Da wird dir diesmal niemand mehr Fragen stellen.«

»Und wenn ich nicht zurückkomme?«

Der Grenzer sah mich an, als habe ich eine Kriegserklärung ausgesprochen.

»Spinnst du? Du hast deine Tochter noch nicht wieder. Die wirst du hier wohl nicht verrecken lassen, oder? Du kommst zurück und wohnst vorerst bei mir. Du wärst ein schlechter Journalist und ein noch schlechterer Vater, wenn nicht. Außerdem …« Er stieg aus. »Du hast ein dickes, schweres Problem. Auch wenn dieser Luxusschlitten einen Niveauausgleich hat, er liegt verdammt tief.« Er schlug die Tür zu.

»Moment, was soll das heißen?«, brüllte ich ihm nach.

Ewald drehte sich kurz um. »Frag nicht. Ist besser, wenn du es nicht weißt. Auf unserer Seite wird dich niemand aufhalten. Fahr einfach langsam durch und halte deinen Pass hoch. Wir sehen uns.« Dann knatterte sein Wartburg in die Stadt zurück.

Ein dickes, schweres Problem? Hatte man mir den Wagen etwa beladen, während Phongs Leute auf ihn aufgepasst hatten? Ich durfte nicht daran denken, was es sein konnte. Es gab jetzt kein Zurück mehr. Die verzerrte Stimme hatte nur gesagt, dass ich nach erfolgreicher Grenzpassage weitere Anweisungen über das Autotelefon erhalten würde. Ich wurde von ihm oder seinen Leuten beobachtet. Anders konnte er nicht wissen, ob und wie erfolgreich ich die Grenzen passiert hatte. Wenn überhaupt.

Ewalds Andeutung ersparte mir die Heizung. Ich kam ins Schwitzen bei dem Gedanken, dass der Wagen in allen Hohlräumen mit Rauschgift vollgestopft worden war. Phong. Er hatte den Schlüssel über Nacht behalten, den ich heute Morgen auf dem Küchentisch gefunden hatte. Ich war wirklich ein Schwachkopf. Das war alles eingefädelt. Auch, dass man ihn niedergeschlagen und in den Kofferraum gesperrt hatte. Woher konnte er sonst das *Sans Soucis* kennen, wenn es das für die Behörden nicht offiziell gab? Oder logen die Behörden? Waren alle von der Mafia geschmiert?

Im Schritttempo umrundete ich die Betonsperren. Die Grenzer standen in der Sonne. Rauchten. Einige hatten ihre Kalaschnikows umgehängt, als gäbe es hier noch etwas zu verteidigen. Ich hielt meinen Pass aus dem Fenster und rollte weiter. Eine Trillerpfeife ertönte. Ich hatte nur noch wenige Meter bis zum Westen. Ein Grenzer hetzte hinter mir her. Das fehlte mir noch, dass der jetzt den Wagen filzte. Mein Hemd war langsam schweißgetränkt.

»Sie sind doch der Mann von gestern Abend. Der das Jahnstadion gesucht hat?« Er beugte sich in den Wagen. »Ich bin Jupp. Erinnern Sie sich noch? Sie haben mich doch mit diesem Schlitzauge in die Wohnung getragen.«

Nüchtern sah der Mann anders aus. Ich nickte pflichtgemäß.

»Sie sind heute Abend Olgas Gast. Als kleines Dankeschön. Sie kommen doch, oder? Es gibt den besten Gemüseeintopf von Berlin. Und wenn Sie uns nicht mehr finden ... nur nach der Linie 25 fragen. Gute Fahrt!« Dann war er wieder auf seinen Posten gerannt.

Puh. Ich atmete tief durch. Jetzt stand mir die westdeutsche Kontrolle bevor. Auch hier rollte ich langsam an. Zwei gelangweilte Grenzschützer, ohne Waffen, stellten sich mir in den Weg.

»Papiere bitte und Kofferraum öffnen.«

»Wozu?«, begehrte ich auf. »Ich bin Westdeutscher, und der Wagen ist im Westen gemietet. Was soll das? Sind nicht schon längst alle aus dem Osten abgehauen, die rüberwollten?«

Einer der Männer prüfte meine Papiere. Der andere durchsuchte den Kofferraum.

»Eben. Es sind zu viele. Darunter ist auch jede Menge Gesindel, das wir hier auch nicht haben wollen.« Er reichte mir den Pass zurück. Der Kollege schloss den Kofferraum und nickte.

»Danke. Sie können fahren. Aber ... den Wagen sollten Sie bald mal untersuchen lassen. Mit der Niveauregelung stimmt was nicht. Da setzen Sie an jedem Bordstein auf.« Er salutierte andeutungsweise.

Jetzt war ich nass bis auf die Unterwäsche und die Socken. Jeder einigermaßen geschulte Beamte würde mir schon an der Transpiration ansehen, dass ich etwas zu verbergen hatte. Nur was? Das wusste ich selbst nicht. Eine beschissene Situation. Anders konnte ich das nicht bezeichnen. Aber ich war wieder in dem Teil der Republik, den Tausende von DDR-Bürgern für erstrebenswert hielten. Hunderte hatten an dieser Grenze ihr Leben riskiert, um hinüberzukommen. Viele waren gescheitert. Und ich? Was machte ich jetzt mit dieser tief hängenden Luxuskarosse hier? Ich suchte mir eine Würstchenbude, vor der ich parken konnte. Aß, trank, rauchte und fror. Den Wagen ließ ich keinen Bissen, keinen Schluck aus den Augen. Ohne den Stern auf der Haube sah er fast wie ein gestrandeter Wal aus.

Das Telefon meldete sich.

»Na geht doch«, meldete sich die verzerrte Stimme. »Wusste, dass man sich auf dich noch verlassen kann. Du fährst jetzt zum Grunewald, Forsthaus Paulsborn. Da wartest du auf weitere Anweisungen.«

»Und wenn nicht? Wenn ich diesen Wagen einfach zur Polizei fahre, die mal überprüft, warum der Niveauausgleich nicht mehr funktioniert?« Es war noch nicht einmal Trotz, der mich das sagen ließ. Ich war inzwischen genauso berechnend wie die unbekannte Gegenseite. Und die musste ich provozieren, sonst behielt sie The-Maria weiterhin als Druckmittel gegen mich in der Hand. Ich musste unbequem werden. Und das schnell.

Die Stimme schwieg einen Moment. Die Leitung stand noch. Ich hörte Stimmen im Hintergrund.

»Fahr zum Grunewald oder zur nächsten Polizei. Das ist deine Entscheidung. Du befindest dich auf einer Testfahrt, damit ich deine Ernsthaftigkeit überprüfen kann, ob du deine vietnamesische Tochter überhaupt wiederhaben willst. Wenn du zur Polizei fährst, wird sie nichts anderes als eine Menge Streusalz und ein paar Stunden später die Leiche von The-Maria finden.« Damit war das Gespräch beendet, und meine Gedanken begannen Kreise zu ziehen.

Streusalz. Wer kam denn auf solch eine perfide Idee? Es war, wie Ewald vermutet hatte. Es war eine reine Überprüfung der Kontrollmechanismen am Grenzübergang. Wie würden die auf einen am Boden schleifenden Mercedes reagieren? Freundlich, wie ich feststellen musste. Fast mitleidig. Niemand würde von den Grenzern in Zukunft Verdacht schöpfen, wenn der Wagen wieder, dieses Mal mit »richtiger« Ware beladen, über die Grenze gekrochen kam. Oder waren sie bestochen? Daher die zwingende Vorgabe, welchen Grenzübergang ich jeweils zu benutzen hatte? Lief hier noch ein anderes Spiel, für das ich als Ablenkung eingespannt wurde? Wer war der Mensch hinter den Kameras im SM-Studio und dem Stimmverzerrer? Er kannte mich. Wollte aber selbst nicht in Erscheinung treten. Also kannte ich ihn auch.

Ich kannte aus meiner Zeit in Vietnam nur einen, den die Kollegen »Sampan« genannt hatten. Ich wischte den Gedanken beiseite. Der war zu alt. Lebte vielleicht nicht mehr. Oder doch noch?

»Scheißtyp«, fluchte ich und machte mich auf, das Ziel zu finden. Das Leben einer jungen Frau gegen Streusalz? Das war ein schlechtes Geschäft.

Die Klimaanlage hatte ich auf höchste Temperatur gestellt. Irgendwie mussten meine durchschwitzten Kleider trocken werden, bevor ich mir den Tod holte. Die Richtung Grunewald hatte ich mir von einem Taxifahrer erklären lassen. Er hatte mir die Strecke sogar kurz skizziert. A 100, den Schildern nach Zehlendorf folgen, Hohenzollerndamm, dann auf die

Clayallee. Der folgen, bis das Schild »Forsthaus Paulsborn« rechts ab wies. Hier waren die Straßen vom Schnee befreit und mit Salz bestreut. Der Verkehr war mäßig.

Etwas juckte mich im Nacken. Ein untrügliches Zeichen, dass sich etwas hinter mir tat. Ein weißer Golf folgte mir. Er war zusammen mit mir über den Grenzübergang Chausseestraße gerollt. Ich hatte ihm keine weitere Beachtung geschenkt.

»Du spinnst langsam«, versuchte ich mich zu beruhigen. »Du leidest an Verfolgungswahn.«

Wie viele weiße Golf mit DDR-Nummer gibt es?, hieb meine logische Gehirnhälfte dazwischen. *Wie will der Unbekannte dich denn anders kontrollieren, als dir einen Beobachter auf den Hals zu hetzen?*

Ich wurde langsamer. Der Golf auch. Ich beschleunigte. Der Golf auch. Jetzt reichte es mir, und ich fuhr auf den Standstreifen. Hielt an. Der Golf fuhr weiter.

Na siehste. Allet nur Spinnerei, berlinerte die rechte Gehirnhälfte.

Wer hatte nun recht? War es nicht eine Spinnerei, mit Streusalz in den Hohlräumen eines Wagens durch die Berliner Umgebung zu kutschieren? Salz war schwerer als Rauschgift, rechnete ich hoch. Wenn das, was als Mineral im Wagen stecken sollte, Opium war, dann fuhr ich hier ein paar Millionen Mark spazieren.

Der Grenzer vom Vortag hatte wieder Dienst an der Bornholmer Straße. Wieder die gleiche Prozedur. Aussteigen. Pass. Mitkommen. Ich hatte es auf der Rückfahrt drangegeben, mich noch über irgendetwas zu wundern. Nur war mir langsam klarer geworden, was hier für ein Spiel getrieben wurde. Alles was mir nur noch fehlte, war der Drahtzieher hinter allem – und meine Tochter.

Hauptwachtmeister Ewald Steiger blätterte in meinem Pass, als kenne er mich nicht. Er reichte ihn zurück und zog sich seinen Wintermantel ohne Waffenkoppel an.

»Machen Sie Pause. Trinken Sie Kaffee. Ich kümmere mich selbst um diesen Herrn«, wies er den Grenzer an.

»Fahren Sie den Wagen rechts ran. Ich habe Befehl, ihn zu durchsuchen.« Er sprach es laut. Die Besatzung im Büro musste ihn hören.

»In welcher verdammten Scheiße steckst du?«, knurrte er draußen und durchsuchte den Wagen. Es war mehr eine Geste für seine Kollegen als eine wirkliche Durchsuchung. »Wir haben schon wieder einen Toten. Phong ist mit abgeschlagenem Kopf in der Nähe dieses Etablissements gefunden worden.« Ewald kroch auf und unter den Beifahrersitz. »Die Methode ist nicht russisch. Da steckt die Vietnam-Mafia hinter. Die enthaupten ihre abtrünnigen Leute.«

Er kramte weiter. »Außerdem scheinst du komplett lebensmüde zu sein. So bekommst du deine Tochter auch nur noch als Tote zurück. Also, was soll der Scheiß? Das ist doch nicht der Wagen von heute Mittag?«

»Wie kommst du da drauf? Natürlich ist das derselbe Wagen«, versuchte ich zu lügen.

Ewald ging um den Mercedes S-Klasse, grünmetallic, herum und schüttelte den Kopf. »Halt mich nicht für blöd. Mein Kollege von der Chausseestraße hat mich über den Zustand des Wagens informiert, in dem du ausgereist bist. Ihr habt unsere Regierung überschätzt. Aber versuche das nicht mit uns kleinen Beamten. Das Kennzeichen stimmt«, murmelte er. »Unser Werkstattmeister sagte, dass die Reparatur der Niveauregulierung bei diesem Wagen mindestens zwei Tage dauert. Und diese scheint ja wieder zu funktionieren. Also, wo ist das Zeug, das in dem Wagen war.«

Ich zuckte die Schultern. »Du hast mich doch darauf aufmerksam gemacht, dass etwas mit dem Wagen nicht stimmte. Die Regulierung hat sich von selbst erholt. Eben deutsche Wertarbeit.«

Ewald nahm die Hände aus dem Mantel und nickte. »Na schön. Und der geklaute Stern auf der Haube hat sich von selbst ersetzt?« Er spielte mit dem Markenzeichen. Ich fluchte innerlich. Das Ding war so selbstverständlich, dass ich daran nicht gedacht hatte, dass der bei dem ausgetauschten Wagen gefehlt hatte.

»Um neunzehn Uhr, wie gehabt, *Zum Jahnstadion*. Fahr jetzt.« Kopfschüttelnd zog er sich in sein Büro zurück.

Die Grenzen waren noch nicht für jedermann so durchlässig, wie ich das im Rest Europas kannte. Die Grenzöffnung war einfach nur ein Schwächeanfall und somit das Zugeständnis eines zusammenbrechenden Regimes. Aber die Kontrollmechanismen der Stasi-Beamten waren noch aktiv. Auch wenn Ewald auf meiner Seite zu stehen schien, so richtig von Herzen war er nicht dabei. Ich musste vorsichtig sein. Vielleicht verband uns nur die Freundschaft unserer Töchter. Und seine war tot. Das konnte genauso gut ins Gegenteil umschlagen. Meine Tochter hat sich für deine geopfert. Warum lebt deine noch? Wir teilen den Schmerz und lassen deine auch verrecken. Das würde ein Vater, eine Mutter zwar nie sagen. Aber die Gefahr, dass sie instinktiv so handelten hatte ich oft genug erlebt.

Geteiltes Leid ist halbes Leid, sagt ein deutsches Sprichwort. Es hatte, wie alles, zwei Seiten, von denen man es betrachten konnte. Und meine Seite hatte einen Makel ... The-Maria war ein Halbblut. Nichts wert, wie Ewald vor wenigen Stunden gesagt hatte. Verfahren eingestellt. Wer interessierte sich schon für eine Vietnamesin?

Bis 19.00 Uhr waren es noch zwei Stunden. Ich fuhr die Haltespur des Busses an und überlegte. Mein Nacken kribbelte wieder. Sollte ich vorher bei Olgas Würstchenbude vorbeifahren? Ich verwarf das. Wenn sich die Grenzer schon genauestens über die Zustände von zwei gleichen Wagen informiert hatten, dann konnte ich jetzt keine Fragen gebrauchen, die ich nicht beantworten konnte.

Die verzerrte Stimme hatte mich auf den Parkplatz des Forsthauses Paulsborn befohlen. Dort hatte ein identischer Mercedes mit Autotelefon gestanden. Ich hatte bei meiner durchhängenden Karosse die Schlüssel steckengelassen und war in den anderen Wagen umgestiegen, bei dem auch der Zündschlüssel steckte, und hatte den Rückweg angetreten. Als Grenzübergang war mir wieder die Bornholmer Straße zugewiesen worden. Weitere Anweisungen sollten folgen. Dass beide Wagen das gleiche Kennzeichen hatten, war mir entgangen.

Ich wartete. Auf was, war mir nicht ganz klar. Das hing davon ab, ob die Linie 25 ihren Fahrplan einhielt. Und sie hielt. Die Scheinwerfer blinkten auf. Die Hupe drohte wütend. Ein weißer Golf fuhr an uns vorbei.

»Watt is, Männeken? Hasse det Jahnstadion imma noch nich jefunden?«

Der Busfahrer war derselbe wie vergangenen Abend.

»Doch. Danke für den Hinweis auf Olgas Wurstpalast. War eine gute Idee. Aber ich suche noch etwas.« Ich wedelte mit einem Fünfzigmarkschein.

»Wo kann ik helfen? Weest ja, wir Buskutscher kennen allet.« Seine Augen verfolgten den Schein.

»Ich suche ein ganz verrufenes Etablissement. *Sans Soucis* oder so ähnlich. Wo finde ich das?«

Der Busfahrer schnalzte mit der Zunge und besah mich von oben bis unten. Grinste.

»Gibt es das überhaupt, oder hat mich ein Geschäftsfreund nur reingelegt? Es muss hier in der Nähe sein.«

Der Busfahrer nickte. »Jehört hab ik schon davon. Wenne noch 'nen Fuffi drufflejst, frach ik mal in der Zentrale nach.«

19.00 Uhr. *Zum Jahnstadion.*

Ich war pünktlich. Ewald nicht. Die Kneipe war wieder voll. Voll mit diskutierenden Männern, Rauch, Nässe und Schweiß.

»Wie jestern? Een oder zwee Jedecke?« Mollie machte sich erst gar nicht die Mühe, hinter dem Tresen hervorzukommen. Sie brüllte es einfach durch den Schankraum. Ich hob zwei Finger.

Ewald kam in Dienstkleidung. Das Pistolenkoppel legte er auf den Tisch, den Mantel über eine Stuhllehne. »Ist das ein Scheißtag«, fluchte er und schüttete sein Gedeck in zwei Zügen hinunter. Eine Papyrossi folgte, begleitet von einem zweiten Gedeck. Dann wurde er ruhiger. Atmete tief durch.

»Ich glaube, diese Unbekannten haben einen dicken Fehler gemacht. Das könnte deine Chance sein.« Dann schwieg er für einen Moment und sah den Rauchkringeln nach, die sich in der gläsernen Kugelleuchte über dem Tisch fingen und darin kreisten, um endlich die Öffnung nach oben an der Halterung zu finden.

Er hieb mit der Faust auf den Tisch. »Du sagst mir jetzt verdammt noch mal, was dein Auftrag im Westen war. Das hat mit den Autos zu tun.«

Nun schwieg ich. Trank und rauchte. Sollte ich ihm meine Bedenken gegen ihn verraten?

»So geht das nicht«, polterte Ewald los. »Das war ein Test, den andere, professionellere als du, jetzt fortsetzen. Deine Tochter ist inzwischen wertlos für sie geworden. Wenn ich nicht aufgepasst hätte. Also rede endlich.«

»Erst du. Auf was hast du aufgepasst? Was ist das Ergebnis?« Nun sprach der Journalist, der vielleicht anders als ein Stasi-Beamter geschult war, aber im Laufe seines Lebens seine eigenen Techniken zur Meinungsfindung erarbeitet hatte.

»Sturer Bock!«, knurrte Ewald. Er bestellte Soleier, Schrippen und Buletten.

»Nachdem du mit Stern zurückkamst, habe ich die anderen Übergänge informiert, auf einen Mercedes ohne Stern zu achten. Zwei gleiche Kennzeichen, das stank schon zum Himmel.« Er kaute und rauchte zur gleichen Zeit.

»Ja und?« Ich kaute und trank ebenfalls.

»Ja und?«, äffte er mich mit vollem Mund nach. »Entweder die schmuggeln Mercedes-Limousinen oder deren Inhalt. Auf jeden Fall haben heute noch zwei weitere, absolut gleiche, grünmetallic S-Klassen an zwei weiteren Übergängen die Grenze in Richtung Osten passiert. Einer davon ohne Stern und mit intakter Niveauregulierung.«

»Ja und? Ist eben deutsche Wertarbeit. Sagte ich doch.«

Ewald lachte mit vollem Mund. »Du willst mich immer noch für dumm verkaufen. Das mag ich nicht. Auch wenn ich nur ein dummer Ossi für euch bin. Also, soll ich dir helfen oder nicht? Denk an deine Tochter.«

Ich dachte an nichts anderes.

»Also. Auf was bist du gekommen?«

Ewald leckte sich die Finger und rülpste.

»Die probieren mit mehreren gleichen Fahrzeugen aus, wo die westdeutschen Kontrollen am schwächsten sind.« Er grinste, als habe er eine Schlacht gewonnen. »Daher haben meine Kollegen die beiden einreisenden Wagen mal sehr genau unter die Lupe genommen. Wir haben alles auseinandergenommen ... aber nichts gefunden.«

Ich zuckte mit den Schultern. »Was wolltet ihr denn finden?«

Ewald lachte lauthals. Schnäuzte sich und bestellte nach.

»Ich habe falsch gedacht. Die kontrollieren die Sicherheitsmaßnahmen in beiden Richtungen. Rüber die Ware, zurück den Gegenwert. Und der kann nur in Devisen bestehen. Kostbare westliche Devisen. Denn Rubel und Ostmark sind nicht mehr das Papier wert, auf dem es gedruckt wird. Aber das Rauschgift bekommen sie noch nahezu unkontrolliert über unsere Ostgrenzen. Und das sehr billig. Noch. Wer immer die sind, sie müssen jetzt schnell handeln, bevor sich hier alles konsolidiert. Verstehst du?«

Bevor ich diese Konstellation durchdenken konnte, wurde es schlagartig ruhig im Lokal.

»Sie hätten besser meine Einladung angenommen. Die Buletten hier taugen nichts. Darf ich bitten?«

Ewald nickte dem Mann in Uniform mit Pistolenhalfter zu. Zwei Volkspolizisten schirmten unseren Tisch zusätzlich ab.

»Herr Stösser, darf ich um Ihren Autoschlüssel bitten?«

Ewald nickte mir zu. »Du kennst ja Jupp. Gib ihm einfach den Schlüssel. Du bekommst den Wagen zurück. Wir müssen nur nachsehen, was drin ist.«

Das kam zu überraschend für mich. Einen Moment atmete ich tief die miefige Luft in der Kneipe ein. Die Kommunikation zwischen den Schergen schien ungebrochen zu sein. Jeder wusste über jeden und von jedem alles.

»Und wenn nicht?« Jetzt wollte ich wissen, wer wo stand. Dass ich mich auf einem autonomen Staatsgebiet befand, zumindest nach DDR-Auffassung, war mir klar. Aber wo stand Ewald?

Der zog die Stirn in Falten, als habe er meinen Widerstand geahnt. Lächelte leicht und wedelte mit der Hand.

»Verschwindet. Ihr macht den ganzen Umsatz von Mollie kaputt. Wartet draußen und passt auf den Wagen auf. Ich rede mit Herrn Stösser.«

Die drei Uniformierten zogen sich widerspruchslos zurück. Welche Befugnisse hatte Ewald, einen ranggleichen Kollegen vor die Tür zu scheuchen?

»Mach jetzt bitte keine Schwierigkeiten«, sagte er und beugte sich über den Tisch. Er flüsterte. Der Lärm in der Kneipe stieg wieder auf den alten Pegel. »Ich weiß, dass es dir um deine Tochter geht. Und der Tod meiner Tochter scheint damit im direkten Zusammenhang zu stehen. Aber …« Er zündete sich die x-te Zigarette an. »Aber wir kommen so nicht an die Hintermänner ran. Wir müssen sie über ihre Lieferungen schnappen. Sonst können wir es vergessen. Die werden von allen möglichen Parteibonzen gedeckt, die von ihnen bestochen werden.«

»Die Ratten verlassen das sinkende Schiff?«

Ewald nickte. »Ja und kassieren mithilfe der Mafia noch ordentlich ab. Also, entweder ich bekomme den Autoschlüssel jetzt freiwillig, oder der Wagen wird abgeschleppt und du verschwindest für ein paar Tage hinter Gittern.«

Es war zwecklos, weiter Widerstand zu leisten und mir Ewalds Wohlwollen zu verscherzen. Er war und blieb Beamter.

Mollie brachte den draußen wartenden Uniformierten den Schlüssel auf einem Tablett. Mit einer Flasche Korn. Und kam grinsend zurück. »Scheißwetter. Es schneit schon wieder. So kann der liebe Gott mal wieder alle Spuren verwischen. Ist wohl auch gut so. Eine Runde aufs Haus.«

Ewald legte einen Zwanziger Ost auf den Tisch. Ich legte einen Zwanziger West dazu. Er schüttelte den Kopf. »Ihr Westler müsst noch viel lernen. Nimm dein Geld. Du bist mein Gast. Sonst beleidigst du mich. Es geht hier nicht um Geld. Es geht um unsere Töchter. Verdammt noch mal. Glaubt ihr denn, alles kaufen zu können?«

Der Schnee knirschte unter den Sohlen. Ich trabte neben einem bewaffneten Grenzer her, der die Hände bis zu den Ellenbogen in seinen Manteltaschen vergraben hatte.

»Wir haben es eindeutig mit der Vietnamesen-Mafia zu tun. Du warst doch dort. Was fällt dir dazu ein?«

Darüber grübelte ich schon die ganze Zeit nach. Alles, was mir im Kopf herumspukte, war der Name »Sampan«. Phong hatte ihn das erste Mal benutzt. Nun war er tot. Wer war dieser geheimnisvolle Mensch, der hier in Ostberlin offensichtlich den Drogenhandel an sich zu reißen begann? Die Stasi schien davon zu wissen. Nur, wie ich Ewald verstanden hatte, standen der Obrigkeit noch höhere Dienstgrade im Weg, die dabei waren ihr Scherflein möglichst schnell in Sicherheit zu bringen.

»Scheiße. Denk nach, was damals in Vietnam war. Einer von deinen alten Kumpels muss dich kennen, sonst hätte er dich nicht als Kurier ausgesucht.«

Ewald, der kleine sture Grenzer, war nicht so weltfremd, wie ich ihn anfangs eingeschätzt hatte. Seine Schlüsse waren logisch und zwingend. Nur trauen konnte ich ihm immer noch nicht. Diese Art von Vertrauen hatte man mir abgewöhnt.

»Und was passiert, wenn deine ... eure Leute das in dem Mercedes finden, was du vermutest?«

Ewald zog die Schultern hoch. »Vorerst mal nichts. Du und dein Auftraggeber bekommen den Wagen unberührt zurück und wir warten ab.«

»Mo... Moment mal«, protestierte ich. »Soll ich für diesen Sampan oder wer auch immer dahintersteckt weiter den Kurier spielen? Denn darauf läuft es doch hinaus.«

Ewald nickte und schloss die Haustür auf. »Sieht so aus. Aber anders kommen wir an die nicht ran. Hast aber den Vorteil auf deiner Seite. Die Grenzer lassen dich auf unserer Seite in Ruhe.«

»Na, klasse. Im Osten nichts Neues«, knurrte ich und schloss den Eingang.

In dieser Nacht träumte ich schlecht. Nach ein paar Korn in Ewalds Küche und langen Diskussionen war ich in das zu weiche Bett meiner Tochter gekrochen. Hatte vier Kerzen auf dem Familienschrein angezündet. War niedergekniet, wie ich es bei Kleiner Drache Abend für Abend gesehen hatte. Hatte die Hände aneinandergelegt und mich verneigt. Ein Gebet wollte mir nicht einfallen. Ich wusste nicht, welcher Gottheit dieser Schrein gewidmet war. Beleidigen wollte ich keine von den möglichen. Also ließ ich es besser.

VIERTES KAPITEL

Saigon, 30. Dezember 1968

Ein Armeelastwagen, voll mit verwundeten, aber gehfähigen Soldaten, hatte mich nach Saigon zurückgebracht. Meine schwarze Krankenschwester hatte es sich nicht nehmen lassen, ein Foto von meinem »weißen Arsch« zu machen. Das würde sie in ihr Poesiealbum kleben. Dafür hatte sie mir zum Abschied einen Stock geschenkt, der aus einer knorrigen Baumwurzel bestand. Er war ein Kunstwerk der Natur. Die Wurzel hatte sich mehrfach um sich selbst gewunden. Wie ein Mensch, der nicht wusste, wohin er sollte oder wollte.

Ich hinkte auf das Hotel zu. Stoppte auf dem Platz und änderte die Richtung.

»Hat dein Drache auch einen Namen?«

Kleiner Drache hatte die Füße im Wasser des Brunnens. Es war warm. Feuchtheiß. Sie sah kurz auf und ließ den Drachen weitere Runden schwimmen. Es sah wie ein Begrüßungszeremoniell aus. Das Holztier zog wilde Kreise. Paddelte mit den Füßen. Schlug mit dem Schwanz wie ein Hund, der seinen Herrn freudig begrüßte.

»Mittlerer Drache«, antwortete sie kurz und spielte weiter. Ich sah dem Spiel zu. Es war faszinierend, was sie mit dieser fünfzig Zentimeter langen Holzkonstruktion machte.

»Du bist verwundet?«

Ich sah an meinem Wurzelstock hinab und nickte stumm.

»Das Hotel leert sich langsam. In der Zeit deiner Abwesenheit sind wieder zehn Reporter nicht zurückgekommen.«

Der Krieg wurde härter. Das hatte ich selbst erfahren müssen. Auch wenn es zunächst meine eigene Dummheit war und ich ihn nur wenige Minuten oberhalb des Blätterwaldes hatte beobachten können.

»Komm. Ich muss duschen und habe Hunger.«

»Nein, nein, Sir. Die kommt hier nicht mehr rein«, wehrte der Empfangschef ab. Kleiner Drache hatte ihren tropfenden mittleren Drachen unter dem Arm und sah sich mit braunen Augen um, als ginge sie das alles nichts an.

»Und warum nicht? Sie gehört zu mir, und sie bleibt bei mir.«

Der Empfangschef verdrehte die Augen. »Sir, das geht nicht. Diese Frau ist gewalttätig. Sie vertreibt die Frauen der anderen Gäste.«

»Stimmt das?« Ich beugte mich zu Kleiner Drache hinüber. Sie zuckte mit den Schultern. Der Holzdrache tropfte aus seinen vielen Holzschuppen.

»Sie geht mit einem Buschmesser auf die anderen Frauen los, nur damit das Bad zu einer bestimmten Zeit für Sie frei ist. Zwei hat sie schon so schwer verletzt, dass sie ins Lazarett mussten. So geht das nicht. Haben wir nicht schon Krieg genug? Da will ich nicht noch einen hier im Hotel haben.«

»Wie ich höre, gehen Ihnen langsam die Gäste aus«, sagte ich und beugte mich über den Tresen. »Wenn sie hier nicht mehr bleiben kann, dann gehe ich auch. Und zwar sofort und fordere die abgebuchte Summe zurück. Oder soll ich die Militärpolizei zur Klärung rufen?«

»Du hast noch eine Stunde, bis das Bad frei ist. Gib mir Geld. Ich besorge uns ein Auto. Wir sind bei meiner Mutter eingeladen. Da muss ich etwas mitbringen.«

Kein Lächeln. Kein Danke. Sie hatte es als selbstverständlich gesehen, dass ich ihre vermeintlichen Rechte als mein Mädchen verteidigt und durchgesetzt hatte. Dafür, dass sie mit Waffen das Bad für mich freigekämpft hatte. Ob ich da war oder nicht. Das sollte verstehen, wer wollte. War ich nun ihr Besitz oder sie meiner? Meine westlichen Vorstellungen waren hier fehl am Platz. Hier galt nur Haben und Nichthaben, Sein oder Nichtsein.

»Ich bin zur Badezeit wieder zurück. Mit der Wunde kannst du nicht baden. Wir müssen eine andere Lösung finden.«

Sie hatte mir den Drachen als Pfand überlassen. Dann war sie weg.

Ich hatte ihr hundert Dollar gegeben. Das war eine Menge Geld für dieses Land, und ich grübelte, wie ich meine belichteten Filme nach Deutschland bekommen konnte. Das hatte mir bisher noch niemand verraten.

Es klopfte. Ich war auf dem Bett eingedöst.

»Du bist zurück?« Brian Eppstein setzte sich aufs Bett und wedelte mit einer Whiskeyflasche.

»Tut mir leid, dass du gleich so eine schlechte Erfahrung in deinem ersten Einsatz machen musstest.« Er grinste. »Aber nun weißt du, wozu ein Helm alles gut ist. Besser jetzt, als ...« Er brach ab und entkorkte die Flasche.

»Dein Schikowski«, fuhr er fort, »ist nicht von seinem Einsatz zurückgekommen. Sein Mädchen, die Chinesin Chi, läuft langsam Amok. Du solltest ihr aus dem Weg gehen. Sie macht dich für alles verantwortlich, weil du zu spät gekommen bist, um ihn abzulösen.«

»Interessiert mich nicht. Die Weiber hier spinnen doch alle«, knurrte ich und trank einen Schluck. »Sag mir lieber, wie ich meine Filme an den Verlag loswerde.«

Brian lächelte und zeigte noch oben.

»Einen Stock höher. Da findest du zwei komplett ausgestattete Büros der *Washington Post* und der *Times*. Die haben Telex, über das du mit deinem Verlag korrespondieren kannst, und Kuriere, die die Filme an ihre Bestimmungsorte transferieren. Hat dir das dein Verlag nicht gesagt?«

Nein. Das hatte man mir nicht gesagt. Ich war auch für den Verlag ein Milchbart, der sich entweder selbst durchkämpfte, oder kein großer Verlust sein würde, wenn die Kugeln lebensnotwendigere Teile als einen weißen Arsch trafen.

»Gib mir die Filme. Ich sorge dafür, dass dein Verlag sie bekommt.« Brian lächelte erstmals ohne die zynischen Falten um seine Mundwinkel.

»Weißt du was?« Der schwarze Koloss erhob sich von der Bettkante und steckte zehn Filmdosen von mir ein. »Du überlebst hier nur mit Kleiner Drache. Geh den Chinesen aus dem Weg. Sie sind zu hart für dein Gemüt. Die Vietnamesinnen sind fordernder, aber weicher im Gefühl. Auch wenn sie es nicht zeigen. Dein Kleiner Drache kämpft, wie ich gehört habe, schon ums Bad für dich.« Er nahm noch einen Schluck und stellte die Flasche neben das Bett. »Vertraue ihr einfach. Eine andere Chance hast du hier nicht. Ich kümmere mich um einen neuen Auftrag.« In der Tür drehte er sich noch einmal um. »Du solltest dich mal um die Auffüllung deines Kreditbriefes kümmern. Wirst noch 'ne Menge Geld brauchen.«

»Woher weißt du von meinem Kreditbrief?«, rief ich ihm nach.

Er grinste. »Ich bin dein Pate hier, bis ich meinen Sohn gefunden habe. Hast du das vergessen?«

Brian zog die Tür leise hinter sich zu. Mit meinen Filmen. Meiner ersten und einzigen Ausbeute hier als Kriegsreporter. Und das mit einer Wunde an einer sensiblen Stelle. So hatte ich mir das nicht vorgestellt. Was hatte ich mir überhaupt vorgestellt? Wenn ich es mal gewusst hatte, dann hatte es mein Gehirn ersatzlos gestrichen.

Kreditbrief auffüllen. Hatte ich schon zehntausend Dollar ausgegeben? In dieser Höhe war mein Limit vom Verlag ausgestellt. Eine unvorstellbare Summe. Das waren vierzigtausend Mark in Deutschland. *Scheiße!*, war alles, was mir momentan dazu einfiel. Ich musste das Telex der *Washington Post* oder der *Times* im oberen Stock benutzen, um im Verlag um mehr Geld zu betteln. Zu liefern hatte ich noch nichts. Außer ein paar nichts sagenden Szenen von meinem missglückten Einsatz.

Vielleicht sollte ich der schwarzen Schwester das Foto von meinem weißen Arsch abkaufen. Die Leser hätten dann wenigstens etwas zu lachen. Die Redaktion weniger.

Ich verwarf den Gedanken. Fand ihn aber sehr menschlich und hinkte in die Büros der amerikanischen Presse. Ich brauchte Geld. Jetzt war all mein Lügenpotential gefragt.

Zwei Stunden musste ich warten. Es klappte. Die Gegenbestätigung kam per Lochstreifen. Der Verlag hatte mir noch mal zehntausend bewilligt. Der Originalbrief folgte per Kurier.

»Großer Drache ...«

Ich war eingeschlafen.

»Das Bad ist jetzt für dich da. Ich habe es geputzt. Komm endlich. Diese Chinesinnen werden langsam unerträglich. Lange kann ich es nicht mehr verteidigen.«

Sie ging durch die Korridore voraus. Unter dem linken Arm ein Bündel Kleider, unter dem rechten eine Tüte. Auf dem Rücken ein Buschmesser in Ninja-Version.

Ich hinkte hinterher. »Was nimmst du da mit ins Bad?«

Kleiner Drache drehte sich nur kurz um, als habe ich die dümmste Frage der Welt gestellt.

»Wenn du badest, muss auch deine Wäsche gewaschen werden. Und Waschpulver ist knapp und teuer. Das muss alles zur gleichen Zeit passieren.«

Alles zur gleichen Zeit. Ich würde in Waschpulver baden. Auf die Idee wäre noch nicht einmal meine Mutter gekommen, und die war eine sehr sparsame Frau gewesen.

Kleiner Drache verriegelte die Tür mit dem Buschmesser. Es fehlte der Schlüssel zum Bad. Sie zog sich aus, half mir aus den Kleidern und in die Badewanne. Wir waren nackt. Sie hatte einen schönen kleinen Körper. Als wenn sie es geübt hätte, regulierte sie die Temperatur der Dusche über die beiden Wasserhähne. Die Wäsche lag mit in der Badewanne, die aus dem 19. Jahrhundert stammen musste. Aus dem sich stauenden Gemisch von Wasser und Waschpulver feuchtete sie einen überdimensionalen Schwamm an und wusch mich und sich. Dabei stapfte sie auf der Wäsche herum, aus der eine schwarze Brühe quoll. Mir wurde ganz anders. Vorwiegend in dem Bereich, den die Splitter knapp verfehlt hatten.

Es war eine unruhige Nacht.

Neujahr in Saigon. Ein neues Jahr war angebrochen.

Die Vietnamesen sahen unbeteiligt zu. Ihr buddhistisches Fest lag dieses Mal sechs Wochen später. Wer feierte, war Ausländer. Und die schossen mit allem in den Himmel, was der Krieg an Pyrotechnik hergab. Ob es hell oder schon dunkel war, war egal. Hauptsache Lärm. Als würde der Krieg nicht reichen. Ich hatte nur ein Bedürfnis: Ruhe zu haben.

Die Nacht war anstrengend gewesen. Solch einen Wildfang hatte ich im Bett noch nicht erlebt. So, als legte sie es darauf an, sofort ein Kind von mir zu bekommen. Dabei war sie so leicht, dass meine Wunde es kaum spürte.

Es duftete nach Kaffee. Mühsam öffnete ich die Augen.

Kleiner Drache hatte alles im Griff. Das Zimmer sah wie eine Trockenkammer in einer Wäscherei aus. Meine und ihre Kleider hingen auf Schnüren, die sie vom Fenster zum Kleiderschrank gespannt hatte.

Schon war sie wieder in Aktion.

»Ich muss mir deine Wunde ansehen«, erklärte sie und befahl mir, mich auf den Bauch zu drehen.

Sie rupfte die Pflaster ab. Es tat weh.

»Das ist nicht gut gemacht. Es ist entzündet«, kommentierte sie das Ergebnis, das ich nicht sehen konnte. »Wir werden gleich zu meiner Mutter fahren. Die kennt sich besser damit aus.«

Vor dem Hotel wartete ein Simca, der seine besten Zeiten schon längst hinter sich hatte. Rost hatte sich durch alle Kotflügel gefressen. Im Krieg schien der Wagen auch gewesen zu sein. Einschusslöcher, um die die Farbe abgeplatzt war, zeugten von einem langen Autoleben.

»Mein jüngster Bruder«, stellte mir Kleiner Drache den jungen Mann vor, der uns als Fahrer dienen sollte.

Der junge Mann war noch keine dreizehn. Und der fuhr Auto? Das konnte was werden. Kleiner Drache sah meine geringschätzigen Blicke.

»Er ist noch sehr jung. Aber so können ihn die Vietcong noch nicht gebrauchen. Fahren kann er aber sehr gut. Die älteren Brüder haben sie alle mitgenommen und Krieger daraus gemacht.«

»Wie bitte?« Jetzt musste ich mich setzen und suchte mir eine kleine Mauer. »Verstehe ich das richtig? Deine Brüder sind beim Vietcong?«

Kleiner Drache setzte sich zu mir. Ihr Bruder öffnete die Motorhaube und überprüfte etwas.

»Was soll denn eine Familie mit vier Söhnen machen? Die Armee will uns nicht. Für die sind wir Aussätzige. Der Vietcong kommt über die kambodschanische Grenze. Ermordet jeden Mann. Vergewaltigt die Frauen und zerstört unsere Felder, wenn die wehrfähigen Männer nicht bei ihm mitmachen. Das war schon unter den Chinesen, den Japanern und den Franzosen so. Man hat uns nur ausgebeutet. Und keiner weiß mehr wozu und wofür. Wir, die Khmer, sind die Zigeuner dieses Landes. Uns gibt es nicht. Uns wird es nie geben.«

Der Bruder rief etwas, das ich nicht verstand.

»Was will er?«

Kleiner Drache schüttelte ärgerlich den Kopf. »Manchmal ist er wirklich noch zu jung. Wir brauchen Benzin.«

»Und wo bekommen wir das her?«, versuchte ich die Situation zu sondieren.

Kleiner Drache lachte. »Wir suchen uns ein paar Armeejeeps vor einem Puff. Die haben immer Reservekanister. Das reicht für einen ganzen Monat. Bis die das merken, haben sie schon wieder eine Schlacht verloren.« Kleiner Drache lächelte verschmitzt. »Wir ersetzen die Kanister natürlich sofort ... mit Wasser.«

Das war ein Krieg, den niemand gewinnen konnte, der nicht mit Leib und Seele in diesem Land lebte. Ich versuchte auf dem Rücksitz eine Position zu finden, die mein »weißer Arsch« möglichst schmerzfrei überstand.

»Wohin fahren wir?«

Kleiner Drache kroch zwischen den Sitzen hindurch und kuschelte sich an mich.

»Sagte ich doch. Zu meiner Familie.«

Ich gab es auf, weiterzufragen. Es kam, wie es kommen musste. Brian hatte gesagt, dass mein Karma schlecht sei. Sollte er recht behalten? Nun war ich auf dem Weg, eine Khmer-Vietcong-Familie kennenzulernen. Und die ganze internationale Meute von Journalisten versuchte einen vor das Mikrofon oder die Kamera zu bekommen. War mein Karma doch nicht so miserabel? Nur …

»Sag mal, hat dein vorheriger Freund in Zimmer 125 gelebt?«

Kleiner Drache hob kurz den Kopf. Sah mich mit ihren braunen, großen Augen an. »Ist das wichtig?«

»Ob das wichtig ist …?« Ich verschluckte mich und hustete. Mein Vorgänger auf 125 war infolge einer oder mehrerer Handgranaten als menschliche Fetzen an den Wänden und der Decke des Zimmers gelandet. Und dieses kleine weibliche Wesen fragte, ob das wichtig sei.

»Ja, das ist wichtig.«

Kleiner Drache kuschelte sich weiter an mich, als bereite sie einen besonders schönen Abend im Bett vor.

»Er war ein Scheißkerl.« Mehr sagte sie nicht.

Ihr minderjähriger Bruder fuhr wie der Teufel. Der Wagen schlug bei jedem Loch bis auf meine Wunde durch.

Mit der Leichtigkeit eines Taschendiebs hatte der Bruder von Kleiner Drache die geparkten Armeejeeps im Chinesenviertel Cholon ihrer Reservekanister beraubt und sie gegen identische Behältnisse aus seinem Kofferraum ausgetauscht. Alles hatte nur Sekunden gedauert. Außerhalb der Stadt verwendete er eine zusammengerollte Zeitung als Trichter, um den Simca aufzufüllen. Alles sah so leicht und tausendmal geübt aus. Kleiner Drache hatte Schmiere gestanden. Ich schwitzte und hatte dem Spiel nahezu teilnahmslos zugesehen und ein paar Fotos gemacht, die aber den wahren Sachverhalt so nicht dokumentieren würden. Ein junger Mann nahm ein paar Reservekanister von irgendwelchen Armeefahrzeugen. Das war alles. Nichts sagend. So nichts sagend wie die Landschaft, durch die wir fuhren.

Dem Sonnenstand nach fuhren wir nach Südwesten. Wir verließen die Randbezirke von Saigon und folgten einer Straße, die mehr einem Feldweg glich. Ärmliche Hütten wechselten sich mit Reisfeldern ab. Einige Bauern hingen mehr hinter dem Wasserbüffel, als dass sie den Pflug führten. Ausnahmslos alte Männer. Zerstörte Fahrzeuge. Zerstörte Strommasten, von denen die Drähte wie die Beine einer erschlagenen Spinne herabhingen. Hütten, die immer primitiver wurden. Wo vor einer Stunde noch Lehmmauern das Fundament gebildet hatten, war jetzt nur noch Reisstroh das Baumaterial.

»Wir nähern uns meiner Heimat«, kommentierte Kleiner Drache meine Blicke. »Es wird noch schlimmer. Dann weißt du, in welchem Luxus du lebst.«

Luxus? Dieses alte Hotel? Das war schon nahezu unerträglich. Ich nickte nur. Verkniff mir jede Bemerkung. Es konnte eine Beleidigung sein. Ich konzentrierte mich auf meine Pobacke. Die Wunde blutete durch die Hose, wie ich beiläufig an meinen Fingern feststellen konnte, die die Stelle abtasteten.

Kleiner Drache sah es und trieb ihren Bruder zu einer noch halsbrecherischeren Fahrt an. Dem schien es Spaß zu machen, das alte Auto in seine Einzelteile zu zerlegen. Der rechte Kotflügel widerstand den Erschütterungen nicht mehr und flog davon.

Kleiner Drache streichelte meine Hand. »Wir besorgen uns ein neues Auto. Es stehen genug herum. Benzin haben wir jetzt reichlich.«

Ich nickte stumm und sah aus den verdreckten Fenstern. Es gab von allem genug. Zerstörte Fahrzeuge. Herumliegende Ausrüstungsgegenstände von Militärs. Selbst Gewehre lagen achtlos in den Gräben. Man musste sie nur aufheben und sich die passende Munition dazu suchen. Dann konnte jeder seinen Privatkrieg eröffnen. Aber niemand schien daran Interesse zu haben. So lagen sie im Schmutz und rosteten.

»Du sollst dich auf den Bauch legen«, übersetzte Kleiner Drache das Geschnarre ihrer Mutter. »Sie will sich deine Wunde ansehen.«

Ein alter Mann, den sie mir als ihren Vater vorgestellt hatte, stützte sich auf einen ähnlichen Stock wie den, den ich benutzte. Er saß im Eingang der Hütte und rauchte eine Opiumpfeife. Sagte nichts. Sah nur zu. Die Pfeife hing zwischen den wenigen Zähnen, die er noch hatte. Sie waren gelb und teilweise abgebrochen.

»Du sollst so liegen bleiben. Mutter bereitet einen Kräuteraufguss, damit die Entzündung zurückgeht«, übersetzte Kleiner Drache. »Dann bekommst du eine Binde, die zwei Tage darauf bleiben muss.«

Mir sollte es recht sein. Die Liege war zwar unbequem. Aber eine andere gab es in der Hütte nicht. Ich schlief ein. Das Gackern der Hühner war das letzte Geräusch, das ich bewusst wahrnahm

Ich schreckte hoch. Die Hühner waren immer noch da. Der alte Mann auch. Jemand fummelte mir zwischen den Beinen herum.

»Das geht nicht«, protestierte ich.

Kleiner Drache drückte meinen Kopf auf die Liege. »Das geht. Mutter macht das schon. Sie kennt sich damit aus.« Es war zum Wahnsinnigwerden. Die Weiber verbanden mich wie einen Säugling in Windeln. Zwischen den Beinen, über den Po, wickelten alles zweimal um den Bauch und steckten den Zipfel in die Binde. Wie sollte ich jetzt noch in eine Hose kommen? Ich sah, bestenfalls, untenherum wie ein Fakir aus.

»Das bleibt jetzt zwei Tage drauf. Kannst dir ja ruhig in die Hose machen«, kommentierte Kleiner Drache und lächelte noch nicht einmal.

Die Frauen meinten das ernst.

»Mutter hat dir eine Paste aus Kräutern gemacht. Das heilt.

In einer Woche kannst du wieder Soldat spielen. Komm, ich muss mit dir reden.« Die Mutter band mir einen Sarong um die Hüften. Jetzt kam ich mir nicht mehr ganz so lächerlich vor und sah mich um.

Es war heiß und feucht. Der Wind säuselte unter dem Sarong. Diese Bekleidung wäre ohne Windeln gar nicht einmal so schlecht.

Die Hütte stand auf einem künstlichen, etwa dreißig mal dreißig Meter großen Hügel. Von hier führten vier Dämme zu vier Reisfeldern, die sich in verschiedenen Wachstumsstadien befanden. Der Platz war mit Schrottautos zugestellt, in denen die Hühner nisteten.

Kleiner Drache hob die Hand gegen das Licht. Deutete nach Westen. »Dort die Schatten, das sind die Hügel, von denen jedes Unheil ausgeht. Dort liegt Kambodscha. Zwei Kilometer, und du betrittst ein anderes Land. Dort haben sich die Vietcong Pfade gebaut, die ihr als Ho-Chi-Minh-Pfade bezeichnet. Aber bisher ist es euch noch nicht gelungen, sie zu zerstören. Das geht auch nicht. Aber ihr kapiert das einfach nicht.«

Sie vollführte eine umfassende Geste, der ich nur mühsam folgen konnte.

»Das waren alles mal Felder meiner Vorfahren. Und jetzt?« Sie riss ein paar Grashalme aus und setzte sich auf die Böschung. Sah der untergehenden Sonne nach.

»Jetzt was?«

»Die Felder gehören inzwischen denen, die Waffen haben. Sie kommen hierher. Überfallen uns. Rauben unsere Vorräte. Und wenn wir keine mehr haben, weil schon jemand vorher mit Waffen da war, dann nehmen sie die jungen Männer mit. Vergewaltigen Hühner und alte Frauen. Schweine zu halten lohnt sich schon nicht mehr. Sie sind selbst welche.«

Die Sonne ging in einem kitschigen Rosa unter. Die Hügel jenseits der Grenze wurden als Scherenschnitte noch höher.

»Es gibt Regen«, erklärte Kleiner Drache die Wolkenformation, die sich über uns zusammenbraute. Für mich waren das normale Wolken an einem nicht ganz normalen Abendhimmel.

»Lass uns etwas essen gehen. Es gibt Huhn mit Reis. Dir zu Ehren. Und dann suchen wir uns ein Auto, in dem wir schlafen können.«

In mir jagte eine Frage die andere. Nur war es höflich, als Gast diese Fragen zu stellen? Vielleicht war es noch zu früh. Ich verkniff sie mir besser. Wichtiger war, wie ich die Nacht ohne nasse Windel überstehen würde.

Ein Pulk Pelikane landete im seichten Wasser der Reisfelder. Eine Rotte von Kampfhubschraubern knatterte Richtung Vietnam. Einer qualmte. Er würde seine Basis nicht mehr erreichen. Die Sonne verbarg diesen Tag hinter den Hügeln Kambodschas.

Wir setzten uns vor die Hütte auf einen halbierten Baumstamm, der als Bank diente. Der Vater setzte sich dazu und sprach mit Kleiner Drache. Dabei verzog er keine Falte im Gesicht. Im Licht der wenigen Kerzen, die leicht im Wind flackerten, sah er wie eine Mumie aus. Gerne hätte ich Kleiner Drache gefragt, wie alt er war. Ich ließ es. Die Mutter hantierte an einem freistehenden Lehmofen, der nach oben in einem Kamin aus alten Auspufftöpfen mündete. Hier wurde nichts weggeworfen. Die Autowracks dienten wohl auch als Ersatzteillager für gestohlene fahrbare Untersätze.

»Mein Vater sagt, dass du zur Familie gehören könntest«, übersetzte sie.

Bei dieser Formulierung wurde ich misstrauisch. »Wenn was?«

Kleiner Drache lächelte, aber nur ein wenig, und rang nach einer Formulierung.

»Na ja, Vater meint, dass der Büffel doch etwas sehr alt ist, um noch die Felder zu bewirtschaften. Essen kann man ihn auch nicht mehr.«

Die überlebenden Hühner waren in den Autowracks verschwunden. Eine seltsame Stille trat ein. Nur das Reisstroh im Ofen knisterte und beleuchtete die Mutter, die an mehreren Woks hantierte, wie in einem Puppentheater.

»Und was kostet so ein Vieh?«

Kleiner Drache fragte nach. »Um die hundertfünfzig Dollar. Zwei Jungtiere könnte er auf zweihundert herunterhandeln.«

»Und die klauen euch die Vietcong nicht?«

»Nein. Keine Büffel, kein Reis. Dann müssen sie auch hungern.«

Brian hatte mich gewarnt, dass ich noch viel Geld brauchen würde. So hatte ich mir das nicht vorgestellt. Aber ich hatte mir auf den zu erwartenden neuen Kreditbrief vom Hotel fünfhundert Dollar in kleinen Scheinen geliehen. Was sollte ich jetzt machen? Büffel kaufen? Ich war Gast und hatte nichts mitgebracht, außer einer blutenden Wunde und Hunger.

»Gib mir bitte meine Jacke.«

Das Essen war köstlich. Ich konnte mich nicht erinnern jemals Hühner gegessen zu haben, die mir im Mund zergangen waren. Mutter und Vater strahlten. Schnatterten um die Wette. Kleiner Drache lächelte nur. Streichelte meine Hand. Ich war dreihundert Dollar ärmer. Das musste mir ihre Gastfreundschaft wert sein.

Der kleine Bruder hatte ein neues, altes Auto aufgetrieben. Einen Peugeot 404. Der sah zwar besser als der Simca aus, dafür machte er mehr Krach. Der Auspuff fehlte.

»Wohin fahren sie?« Wir saßen auf der Bank und blinzelten in die Sonne. Geschlafen hatten wir auf der Pritsche eines zerschossenen Lieferwagens. Der Regen war in der Nacht über das Land hinweggefegt. Ich hatte die Ladetüren geschlossen und dem Trommeln der Regentropfen auf dem Dach zugehört. Es roch nach Hühnermist.

»Vater kauft die Büffel, und mein kleiner Bruder bringt Lebensmittel und einen Gast aus dem Ort mit. Der wird dich interessieren. Er spricht deine Sprache. Aber vorher will Mutter deinen Verband wechseln. Komm mit.«

Es war die gleiche Prozedur wie beim Windelwechseln. Die Mutter betastete die Wunde und nickte.

»Die Wunde heilt gut«, übersetzte Kleiner Drache. »Morgen kannst du wieder in deine Hose. Mutter hat sie gewaschen.«

Wann hatte sie das denn gemacht? Es war besser, nicht zu fragen. Land und Leute kamen mir langsam unheimlich vor. Sie waren überall und nirgendwo. Freundlich aber fordernd. Hatte man ihr Vertrauen gewonnen, was offensichtlich besser über Geld zu erreichen war, dann adoptierten sie einen. Ganz einfach und so nebenbei wurde man der Familie einverleibt. Wie das mit einer möglichen Trennung aussehen würde, darüber traute ich mir keine Gedanken zu machen. Das Zimmer 125 im Hotel schwebte vor mir. War das die Scheidung auf vietnamesisch?

Zwei Stunden lang hatte ich den Frauen zugesehen. Die Mutter trieb den alten Büffel durch ein noch nicht eingesätes Reisfeld. Mit einer Hand führte sie den Holzpflug. Mit der anderen hieb sie auf das Tier ein. So, als wolle sie ihm klarmachen: Du hast ausgedient. Gib dein Letztes. Sonst bist du endgültig wertlos und wirst durch jüngere Kollegen ersetzt. Es war wie im Berufsleben.

Kleiner Drache fegte den Hof. Ein noch sinnloseres Unterfangen. Der Staub war nach dem Regen aneinandergebacken, wie Streuselkuchenbelag. Aber in wenigen Minuten hatte die Sonne das Bindemittel in nichts aufgelöst. Es wurden wieder unzählige Staubkörner. Die konnte man hinfegen, wohin man wollte. Der Wind würde sie immer und immer wieder zurückbringen. So, wie die Möwen der alten Frau hinter einem zum Ausschlachten verurteilten Wasserbüffel im Reisfeld folgten. Die Vögel fanden im aufgewühlten Untergrund immer etwas. Die alte Frau würde noch viel Arbeit haben, bis sie etwas ernten konnte.

War mein Beruf als Kriegsreporter nicht mit Möwen vergleichbar? Ich wollte mich mit dem Gedanken nicht weiter beschäftigen. Denn meine Berufsgruppe war schlimmer als Möwen. Wir waren Aasgeier.

Ein Schwarm Flamingos zog nach Westen. Eine Rotte Kampfhubschrauber nach Osten. Begleitet von waffenstarrenden Kampfflugzeugen. Sie griffen ein Ziel jenseits der Grenze an. Die Detonationen folgten dem Schall im Abstand von wenigen Sekunden.

Kleiner Drache fegte weiter ihre sinnlosen Staubkörner von einer Seite zur anderen. Die Mutter hatte es befohlen. Also war es zu tun. »Leben pur«, knurrte ich als junger Mensch. Und was wusste ich schon davon?

Der röhrende Peugeot war schon aus der Ferne zu hören. Zu sehen war er nur an der Staubwolke, die ihm wie ein Ghibbli, ein Staubsturm, folgte. Der junge Mann jagte über die Reisfelddämme, als sei jemand hinter ihm her.

Der Büffel zog weiter seine Kreise. Kleiner Drache ließ den Besen fallen. Der Peugeot bremste in einer Staubwolke und machte ihre ganzen Bemühungen zunichte, den Platz zu säubern.

Zwei Gestalten stiegen aus. Kleiner Drache eilte einer von ihnen entgegen und verneigte sich kurz mit zusammengelegten Händen. Hakte sich bei der anderen Gestalt unter, die sich bei dem langsam herabrieselnden Staub als Mann entpuppte.

Er trug eine orangefarbene Kutte. Ein kahl geschorener Kopf. Sandalen an schmutzigen Füßen. Einen Jutesack über der Schulter.

Beide kamen auf mich zu. Der kleine Bruder entlud das Auto. Die Mutter hatte den Büffel da stehen lassen, wo er war. Der rührte sich nicht von der Stelle und wedelte mit dem Schwanz nach Fliegen.

»Darf ich dir den Bruder meines Vaters vorstellen: Gnong Duc. Er ist Mönch in einem Zen-Kloster.« Kleiner Drache hielt einen Schritt Abstand. Ich erhob mich. Legte die Handflächen aneinander und verbeugte mich kurz. Der Mann war altersmäßig nicht einzuschätzen. Wie alle hier entweder älter aussahen, als sie waren, oder nie alterten.

»Sie sind der Deutsche?« Er sprach Deutsch. Musterte kurz mein erstauntes Gesicht und umarmte die Mutter, die schnatternd in seine Arme fiel.

Kleiner Drache zuckte nur mit den Schultern und beeilte sich, Tee zu machen.

Ich setzte mich wieder und konzentrierte mich auf den Himmel, an dem heute einiges los war. In großer Höhe zogen B-52-Bomber ihre Bahn Richtung Osten. Sie würden wieder einige hundert Tonnen Bomben in irgendeinem Urwald abwerfen. Blind und ohne Kontrolle, ob das Sinn machte. Hauptsache, man zeigte Präsenz.

»Kraniche ziehen keine Wolken hinter sich her.« Der Mönch hatte sich unbemerkt neben mich gesetzt. Einen Tontopf mit dampfendem Tee zwischen den rauen Händen. Folgte meinem Blick, als ich den Bombern nachsah.

»Das ist kein gutes Zeichen, wenn ein Vogel Spuren am

Himmel hinterlässt. Es bedeutet Unheil.« Er sagte das alles in einem nur leicht gefärbten Deutsch.

Ich nickte und sagte nichts. Ich konnte mit diesem Mann nichts anfangen. Er war zu schnell in mein Leben getreten. Hatte mich verunsichert. Noch mehr, als ich es schon war. Mitten zwischen Reisfeldern. Einem dreizehnjährigen Kamikaze, der die Autos mehr flog als fuhr. Einer Bäuerin, die mich wie ein Baby wickelte, und einem Bauern, der mit meinem Geld auf der Suche nach Jungbüffeln war. Da passte ein Mönch nicht mehr zwischen.

»Hast du keinen anderen Beruf gelernt, als in den Krieg zu ziehen?«

Die Frage des Mönchs war leise und frei von Aggressivität. Er lächelte, als habe er mich nach dem Weg gefragt.

»Doch. Ich bin Zeitungsmann. Aber meinen Arbeitsplatz kann ich mir nicht aussuchen.«

Der Mann in der Kutte nickte nachdenklich.

»Dann könntest du auch Mönch sein. Wir können uns unseren Arbeitsplatz auch nicht aussuchen. Es ist genauso gefährlich wie dein Beruf. Aber schöner. Wir haben im Kloster eine Gemeinschaft. Eine Familie.«

»Und, was machst du dann hier?« Die Frage tat mir sofort leid. Aber sie war genauso wenig zurückzunehmen, wie man eine abgeworfene Bombe zurückholen konnte.

Der Mönch lächelte. »Ich mache gerade Außendienst. Das muss jeder von den Mönchen einmal im Jahr für drei Monate machen, um als Bettler durch das Land zu ziehen. Wir brauchen auch Geld.«

Nicht schon wieder, stöhnte ich in mich hinein. Kleiner Drache hatte sich einen Versorger geangelt. Nun kam die ganze Familie zusammen, um mich anzuzapfen. Jetzt war ich schon vom Büffel auf den Mönch gekommen. »Du wirst viel Geld brauchen«, hatte Brian gesagt. Und er war mit einer Vietnamesin verheiratet. Kein Wunder, dass er, egal für wen, zusätzlich arbeiten musste. Auch wenn es für die CIA war. Die zahlte wahrscheinlich besser als jede Zeitung. Aber zwei Familien auf zwei verschiedenen Kontinenten, das war schlimmer, als Alimente zu zahlen. Aber so weit war ich noch nicht.

»Wie viel brauchst du? Ich meine, dein Kloster?«

Der Mönch lächelte, als wäre mein unwirscher Ton an ihm vorbeigegangen.

»Nichts. Nur einmal in einem Hotel in Saigon baden. Den Rest erbettle ich mir schon.«

Es war zum Verzweifeln. Der Mann sprach Deutsch. Aber die Zwischentöne schien er nicht verstehen zu können ... oder zu wollen.

»Woher kommst du? Wohin gehst du? Warum sprichst du meine Sprache?« Ich besah mir den Mönch näher. Er strahlte etwas aus, das ich bisher nicht kannte. Souveränität. Ruhe und Freundlichkeit. Das Gesicht und die Kopfhaut braun gebrannt. Die Hände feingliedrig. Aber von harter Arbeit geprägt.

Er lächelte in den Teebecher und nickte.

»Ich wusste, dass ich dich mit meinen Sprachkenntnissen überrasche. Aber so kommt man mit fremden Kulturen schneller in Kontakt. Oder war es mit ... wie nennst du sie, Kleiner Drache ... anders? Würde sie nicht Französisch verstehen, würdet ihr euch nie verstanden haben.«

Der Mönch drehte die Tontasse wie eine Gebetsmühle in seinen Händen. Ein qualmendes Kampfflugzeug überflog in niedriger Höhe die Reisfelder. Der Pilot würde irgendwo zur Bruchlandung ansetzen müssen. Er suchte einen geeigneten Platz. Die Dämme um die Felder waren ein Hindernis für eine kontrollierte Landung.

»Kleiner Drache. Das ist ein schöner Name. Sie ist eine starke Frau. Wie ihre Mutter. Und sie beherrscht das Wasserpuppenspiel wie ein Mann.« Der Mönch lächelte in die Sonne. Ein angeschossenes Kriegsgerät schien ihn nicht zu interessieren.

»Ja, wo komme ich her? Wo will ich hin? Woher kenne ich mehrere Sprachen? Das sind gute Fragen.«

Dann schwieg er wieder. Die Mutter brachte neuen Tee und ging Kleiner Drache beim Ausladen des Peugeot helfen.

Zweihundert Dollar für Wasserbüffel. Einhundert schien der Vater dem Sohn gegeben zu haben, um die nötigsten Vorräte einzukaufen. Und der Kamikaze trieb jetzt den Büffel durch das Reisfeld. Bahn für Bahn. Hin und zurück. Hin und zurück. Haushalt war Frauensache. Der Büffel schien unter den Befehlen eines Mannes, auch wenn er erst dreizehn Jahre alt war, schneller zu laufen.

»Mein Bruder und ich haben unsere Eltern sehr früh verloren. Sumpffieber. Eine Tante lieferte uns bei den Mönchen von Sanmonorom ab. Sie konnte uns nicht ernähren. Dort wuchsen wir auf. Da war ich acht und mein Bruder vier Jahre alt. Mit dreizehn hatte mein Bruder das Kloster satt und machte sich allein in die Welt auf. Ich blieb.«

»Sanmonorom? Wo liegt das?«, fragte ich.

»Etwa einhundertfünfzig Kilometer nordwestlich von Saigon. Gleich hinter der Grenze von Vietnam nach Kambodscha. Wir sind das einzige verbliebene Zen-Kloster in dieser Region.«

»Was ist mit den anderen Klöstern?«

Ich hatte einiges über diese Klöster gelesen. Aber begriffen hatte ich ihre Philosophie nie. Sie beteten Buddha nicht an. Sie hatten überhaupt keine sakralen Gepflogenheiten. Sie waren Philosophen des eigenen Ichs. Wohltätig, aber sehr streitbar. Karate, diese Kampfsportart, sollte ihre Erfindung sein, damit sich die Wandermönche gegen Überfälle schützen konnten.

»Die anderen gibt es nicht mehr. Die politische und wirtschaftliche Situation lässt es schon seit der Franzosenzeit nicht mehr zu. Wir wurden entweder christlich unterwandert oder politisch verboten.«

Ein Karren mit zwei Büffeln kam den Damm entlanggeschlichen.

»Da ist mein Bruder.« Gnong Duc sprang auf und eilte dem Gespann entgegen.

Der alte Mann hatte es geschafft. Zwei Jungbüffel. Von einem Karren hatte er nichts gesagt. Oder hatte er mich bei den Preisangaben für die Tiere ...? Ich verbiss mir die Frage.

Auch der Karren war mit allerlei Werkzeugen bepackt. Dreihundert Dollar. Was waren dann die Büffel wert? So viel wie zwei Steaks in einem deutschen Supermarkt? Ich musste noch viel lernen.

Die Nacht war lang und warm. Der Tag hatte sich fast laut- und farblos verabschiedet. Langsam lernte ich die Wetterregeln. Abendrot bedeutete Regen.

Kleiner Drache und ihre Mutter hatten sich aus den Vorräten bedient. Schweinefüße mit Gemüse in einer Reissuppe mit Brot, das die Frauen im Lehmofen gebacken hatten. Eine Süßspeise aus Sojamus.

Alte Reifen wurden angezündet und dienten mit ihrem beißenden Geruch als Lagerfeuer. Die Familie redete und redete. Eine Flasche mit Reisschnaps machte die Runde.

Auch der Mönch rauchte Opium. Die Pfeife ging wie bei Indianern von Mund zu Mund. Die Kinder wurden nicht ausgespart. Sie machten die Arbeit der Erwachsenen. Also sollten sie auch an deren Lohn teilhaben. Die jungen Menschen waren hier viel älter als wir behüteten Europäer. Waren sie deshalb immer wieder in Kriege verwickelt worden, die sie nicht provoziert hatten?

Bei Gelegenheit würde ich das mit dem Mönch diskutieren. Vielleicht erfuhr ich dann mehr über ihn, als er momentan bereit war zu sagen.

Der Morgen hatte mit dem ersten Hahnenschrei begonnen. Kleiner Drache und ich hatten uns wieder die Lieferwagenpritsche mit Hühnermist geteilt. Der Mönch hatte vor dem Haus in Meditationsstellung geschlafen. Alles war vor mir auf den Beinen und schnatterte aufgeregt herum. Die Mutter besah sich kurz meine Wunde. Klebte eine Mullbinde darauf, die aussah, als sei sie in Sojasauce getränkt.

»Du kannst jetzt wieder ohne Windeln in deine Hose«, meinte Kleiner Drache. Der Mönch lächelte. Die Frauen bereiteten das Frühstück zu. Die vom Abend übrig gebliebene Reissuppe mit Hühnerinnereien. Die Hühner selbst sollte es später geben.

»Was ist denn hier los?«

Gnong Duc lächelte. »Es ist ein großer Tag für Kleiner Drache. Sie versucht als Wasserpuppenspielerin in die Männerdomäne einzudringen. In Chau Doc ist heute ein Wettbewerb am schwimmenden Markt für die Spieler aus der Region. Es geht um die Landesmeisterschaft in Da Nang. Hast du das schon mal gesehen?«

»Da Nang? Da ist doch Krieg.«

Der Mönch lächelte. »Ja, da ist Krieg. Aber der kann nicht ewig dauern. Es ist Tradition, dass dort die Meisterschaften ausgetragen werden. Wenn nicht heute, dann morgen. Kein Krieg der Welt kann diese Tradition unterbrechen. Er kann sie nur zeitlich verschieben. Mehr nicht. Auch wenn der Meister heute durch seine Nachkommen ersetzt werden muss, weil er krank oder inzwischen gestorben ist. Erst einmal muss der Titel gegen die lokalen Herausforderer verteidigt werden. Der Titel bleibt dann so lange in seiner Familie, bis es die Zeit für die Endausscheidung zulässt. Und mein Bruder war der letzte Meister von Gesamt-Vietnam. Er hat seine Ehre zu verteidigen.«

»Wann war das?«

Der Mönch überlegte. »Kann schon zwanzig Jahre her sein. Ich weiß es nicht mehr genau. Aber die Geschichte vergisst nichts.«

Ich setzte mich auf die Bank und sah der Hektik der Familie zu. Unter »Ehre« und »verteidigen« verstand ich etwas anderes, als mit schwimmenden Puppen zu spielen.

Die Männer schleppten ein Ungetüm aus der Hütte. Ich hatte es flüchtig bemerkt und für einen Teil der Dachkonstruktion gehalten, das den First stützte.

Es war ein Drache. Zwei Meter lang. So lang wie ein ausgewachsener Kaiman. Die Panzerung mit den aufgestellten Hornfortsätzen war feinste Holzarbeit. Bemalt in allen Farben des Regenbogens. Das mit Zähnen bewehrte Maul maß allein einen halben Meter. Wie wollten sie dieses Ungetüm transportieren? Und gar an Fäden im Wasser bewegen? Dazu hatte Kleiner Drache nicht die Kraft. Das Ding wog mindestens hundert Kilo und würde so weit ins Wasser eintauchen, dass es unlenkbar wurde.

Kleiner Drache überprüfte mit dem Vater die Gelenke. Schwanz und Kopf ließen sich horizontal und vertikal bewegen. Die Beine mit Krallen von Hühnern imitierten Schwimmbewegungen. Das Gebilde könnte in jedem Horrorfilm als Statist mitmachen. So wie es da im Staub lag, sah es wie ein dösendes Krokodil aus.

»Daran hat mein Bruder zehn Jahre gearbeitet«, berichtete der Mönch. »Die Führungen werden erst im Wasser angebracht. Dann ist es für die Herausforderer zu spät, sie noch zu kopieren. Und darin liegt das Geheimnis.« Er lächelte verschmitzt.

Kleiner Drache war mit der Überprüfung zufrieden und nickte.

Der Vater zog einen der Rückendorne heraus. Das Gebilde zerfiel in zwei jetzt besser zu transportierende Teile. Ich kam aus dem Staunen nicht mehr heraus. Das Ungetüm war hohl. Dadurch wurde sein vermeintliches Gewicht auf ein Minimum reduziert.

Gnong Duc, der Mönch, sah mir zu, wie ich dieses Wunderwerk in Augenschein nahm. Es war aus zwei Hohlschalen eines Baumes gefertigt.

Er nickte. »Ja, das ist schon eine einzigartige Kunst. Eigentlich gibt die der Vater nur an seinen ältesten Sohn weiter. Aber ...« Er hielt inne und half der Mutter, Körbe in den Peugeot zu tragen.

Es war eng im Auto. Der Drache und die Körbe waren im Kofferraum. Der Vater fuhr. Kleiner Drache sortierte auf dem Beifahrersitz Fäden, die an Holzkreuzen befestigt waren. Jedes Balkenkreuz hatte ein Gelenk. Die Mutter, der Mönch und ich saßen hinten. Der Lärm ohne Auspuff war nervtötend. Dafür fuhr der Vater, als transportierte er rohe Eier. Er umrundete jedes Schlagloch. Ein Ochsenkarren konnte nicht langsamer sein.

»Warum kommt der kleine Kamikaze nicht mit? Er ist doch der letzte Sohn. Warum übernimmt er nicht die Aufgabe der Schwester, die Familienehre zu verteidigen?«

Der Mönch nickte nachdenklich. »Wie soll man das einem Ausländer erklären? Mein Neffe, den du kleiner Kamikaze nennst, ist ein Dickschädel. Er hat sich geweigert, beim Bau des Drachen zu helfen. Er will Soldat werden. Dass ihn die Vietcong abgelehnt haben, hat ihn verbittert.« Gnong Duc seufzte. »Ist nicht zu ändern. So sind die Jungen nun mal in diesem

Alter. Aber zur Strafe muss er zu Hause bleiben und die Jungbüffel an den Pflug gewöhnen.«

»Ist das nicht eine sehr harte Strafe?«, wagte ich einen Einwand. »Er wäre doch sicher stolz darauf, wenn seine große Schwester den Titel verteidigt. Oder?«

Der Mönch schüttelte den Kopf. »Ich kann es dir nicht erklären. Es ist nun mal Tradition. Und wenn ihm noch seine Schwester vorgezogen wird, ist das die größte Strafe, die man einem jungen Mann antun kann.« Dann schwieg er.

Kleiner Drache hatte die Schnüre sortiert, sie um den Innenspiegel geknüpft und mit den Führungshölzern des Drachen sorgsam verbunden. Sie zog die Beine an sich, schloss die Augen und spielte die Führungszeremonie im Geist durch. Es war schon eine Augenweide, das Spiel ihrer Hände ohne Drachen zu sehen.

Sie schien das ganze Spiel im Wasser durchzugehen. Wie ein Rennfahrer die Rennstrecke mit jeder Faser seines Körpers durchging. Ihre Arme, ihr ganzer Körper waren in Ekstase versunken. Sie lebte mit und in dem Drachen. Sie war ein Drache, der im Wasser eine Geschichte zu erzählen wusste.

Nur welche, das wollte mir niemand verraten.

Die Straße wurde besser, die Bäume und Häuser dichter und gepflegter. Dafür wurden die Militärkontrollen dichter. An jeder Kreuzung wurden wir von Soldaten der südvietnamesischen Armee, die als Oberaufsicht einen amerikanischen Offizier im Hintergrund hatten, kontrolliert. Ausweise. Woher? Wohin und warum?

»Dies ist eine große Militärbasis. Hierher haben sich die Vietcong bisher noch nie gewagt«, erklärte der Mönch. »Die Amerikaner haben hier ihre Schnellboote auf dem Mekong stationiert, die weit flussauf fahren. Ein großer Flugplatz mit Hubschraubern, Kampflugzeugen, Panzern und Tausenden von Soldaten. Hier herrscht fast noch Frieden.« Er schmunzelte und putzte seine hölzerne Bettelschale. »Hast du mal fünf Dollar in Münzen?«

Also doch. Nun fing der andere Teil der Familie an, mich auch Geld zu kosten. Der Mönch war nur geschickter. Er fing klein an.

»Wozu?«

Gnong Duc lächelte milde. »Wie sieht eine leere Bettelschale aus? Dazu brauche ich ein paar Münzen als Köder. Ihr geht zum Drachenfest, und ich versuche von diesen vielen gelangweilten Soldaten Geld für unser Kloster zu erbetteln.« Er lächelte, als sei es das Selbstverständlichste der Welt, für etwas mit einer kleinen Holzschale betteln zu gehen.

Ich gab mich geschlagen und durchsuchte meine Taschen. Es kamen zwanzig Dollar in Münzen zusammen.

»Das wird sich verzehnfachen«, meinte er lächelnd, bat seinen Bruder anzuhalten und stieg aus.

»Wir sehen uns auf dem Markt«, sagte er, sich zurück in den Wagen beugend. »Ich bin sicher, dass Kleiner Drache gewinnen wird und die Ehre ihres Vaters verteidigt. Solch einen Drachen haben die anderen nicht.« Er schloss die Tür und schritt wie ein Fürst in seiner orangefarbenen Kutte mit vorgehaltener Bettelschale auf die Menschentrauben zu.

Ich schüttelte den Kopf. Wie sollte das ein Europäer verstehen? Ein Bettler war ein Bettler, dem man möglichst aus dem Weg ging. Es war einem peinlich, ihm ein Almosen zu geben. Wir vermuteten gleich Betrug und Schwäche dahinter. Wer bettelte, gehörte zur untersten sozialen Schicht. Er hatte versagt. Alles, was ich ihm gab, würde er doch nur versaufen.

Der Mönch sah es als Ehre an, betteln zu gehen. Er zeigte es durch seine Körperhaltung. Er bettelte nicht. Er »erbat« etwas. Mit einer Souveränität, die ich nur bewundern konnte.

Das musste ich mir genauer ansehen. Also stieg ich aus und folgte ihm.

»Willst du dir den Wettkampf nicht anschauen?«, fragte Kleiner Drache.

»Du gewinnst. Das weiß ich. Ich bin hier, um zu arbeiten. Wir sehen uns später.«

Ich folgte Gnong Duc im Abstand und fotografierte, was es zu fotografieren gab. Der Mönch wusste genau, wohin ihn seine Schale zu führen hatte. Einheimische sprach er nicht an. Die verbeugten sich nur ehrfurchtsvoll und gingen weiter. Er suchte sich Gruppen von amerikanischen GIs.

Die standen mit Bierdosen in der Hand herum und betrachteten gelangweilt das Geschehen. Plauderten und versuchten junge Frauen anzumachen. So, wie man eben als junger Mann in der Stärke der Gruppe versuchte, die Kameraden zu beeindrucken. Blöde Sprüche. Ein Klaps auf den Hintern einer jungen Vietnamesin. Gelächter, wenn es nicht funktionierte. Spott und Hohn der Kumpel. Noch mehr Bier.

Der Mönch steuerte auf die Gruppe zu. Seine Schale in Erwartungshaltung. Er klimperte mit meinen zwanzig Dollar Kleingeld. Er sprach mit den betrunkenen Soldaten. Sie lachten. Einer zerquetschte sein Bierdose. Legte sie in die Schale. Ein zweiter trat nach der Schale. Sie fiel zu Boden. Das Geld regnete in den Staub. Ich fotografierte. Der Mönch bückte sich. Ich lief den Soldaten nach.

»Hallo, Jungs.« Ich rannte auf die Gruppe zu. »Habt ihr gut gemacht.« Warum mir dieser blöde Spruch einfiel, war mehr ein innerer Reflex.

Die Soldaten blieben stehen und taxierten mich misstrauisch.

»Doch ehrlich. Diese Bettler verteidigt ihr mit eurem Leben. Lohnt sich das?«

Der Anführer, ein Sergeant und Wortführer, baute sich vor mir auf.

»Du hast doch keine Fotos davon gemacht?«

»Doch. Habe ich. Für die *Washington Post*. Die zu Hause wollen doch wissen, wie ihr euch hier als Beschützer durchsetzt.«

Ich hatte keinen trockenen Faden mehr am Leib. Wenn ich die Kraft gehabt hätte, ich hätte mir einen nach dem anderen vorgenommen und ihm die Knochen gebrochen. Aber sie waren zu viele.

»Lass das. Es hat keinen Sinn. Ich habe das Geld ja wieder zusammen.« Gnong Duc legte mir die Hand auf die Schulter. »Es gibt Gewinne und Verluste im Leben. Aber das wirst du auch noch lernen. Du hast dich nur unnötig in Gefahr gebracht. Lass das bitte in Zukunft. Meine Sammlung darf keine Opfer kosten. Sonst wären wir Räuber.«

Die Gruppe der Soldaten entfernte sich laut diskutierend. Einer löste sich aus dem Pulk und kam zurück. Suchte in seinen Taschen und legte einen zerknitterten Zehndollarschein in die Schale. Eilte zu seinen Kumpels zurück.

Der Mönch lächelte.

»Wie du siehst, gibt es in einer Herde von Wilden immer ein Schaf. Du brauchst nur Geduld. So. Nun lass mich weitersammeln. Geh du zum Markt. Wir treffen uns dort.«

Er steckte den Geldschein in seinen Jutesack und klapperte sich mit den Münzen durch die Menschenansammlungen.

Der Mann strahlte eine Ruhe und Gelassenheit aus, die mich verrückt machte. Ich sah, nein, *fühlte* noch nicht einmal einen Ansatzpunkt, diesen Menschen einzuordnen. Wo er war, war er. Und das war das Selbstverständlichste der Welt. Und trotzdem fiel er nie auf. Er war einfach da.

Der Markt war in dieser Kleinstadt nicht schwer zu finden. Meine Nase leitete mich und die Mopeds, die mir, mit Einkäufen beladen, aus seiner Richtung entgegenknatterten.

Eine Art Wochenmarkt. Chaos pur. Eine Marktordnung schien es nicht zu geben. Hunderte von Bauern und Händler hatten sich mit ihren Ständen ineinander verkeilt oder nutzten einen Stand gemeinsam.

Stand? Was war hier ein Stand? Irgendwelche abenteuerlichen Konstruktionen, die eine Plane hielten. Campingtische aus Armeebeständen, die sich leicht zusammenfalten ließen. Lebende Hühner. Tote Hühner. Lebende Singvögel. Tote Singvögel. Marinierte Schweinsköpfe, auf denen sich Tausend Fliegen tummelten. Frisches Obst und Gemüse. Garküchen, in denen Suppe und Eintopf jeder Art angeboten wurde. Es roch appetitlich.

Lebende und tote Schlangen. Heuschreckensuppe. Madensuppe. Seetangeintopf mit Schweinsfüßen.

Ich fotografierte. Wechselte Film um Film. Und stoppte an einem Stand. Die Mutter von Kleiner Drache lächelte mich an. Sie hatte auch einen kleinen Stand hier. Nun wusste ich bei ihrer Auslage, warum wir hierhergeschlichen waren. Eier. Sie verkaufte frische Eier. Und damit schien sie eine Marktlücke gefunden zu haben. Denn frische Eier hatte ich bisher nicht auf dem Markt gesehen. Sie winkte mir. Sagte etwas, was ich nicht verstand. Deutete auf den dampfenden Kessel, den sie über einem Gasbrenner erhitzte. Sie schöpfte daraus. Es dampfte und sah grün aus. Wie Spinat mit Eierstich.

»Das ist Mutters Spezialität. Seetang mit schwimmenden Eiern. Und wir haben den Wettbewerb gewonnen. Vater ist wieder Meister.« Kleiner Drache lachte am ganzen Körper, als hätte sie eine Schlacht gewonnen, die die Truppen noch zu gewinnen hofften.

»Wieso Vater? Du hast doch …«

»Ich habe nur den Drachen geführt. Vater hat ihn gebaut. Und wenn du es dir angesehen hättest, würdest du gesehen haben, dass bei der Aufführung niemand sieht, wer etwas führt. Die Spieler sind hinter einem Vorhang verborgen. Nur die Drachen zählen.«

Sie lachte. Es war ein glückliches, befreites Lachen. Alle lachten.

Wir aßen Seetangsuppe mit Eierstich. Die Mixtur schmeckte gut. Sie drang wie glühende Lava in den Magen ein. Mir wurde seltsam und heiß. Ich schwitzte.

Kleiner Drache brach in schallendes Lachen aus. »Da ist Schlange drin. Und die fördert den Stoffwechsel – und die Potenz.«

Der Vater grinste. Die Mutter grinste, nachdem Kleiner Drache übersetzt hatte.

Und noch jemand grinste. Gnong Duc. »Wie ich sehe und höre, hat jeder hier Erfolg gehabt. Hier hast du deine zwanzig Dollar zurück.«

Der Mönch hielt mir die Bettelschale mit seinem Startkapital, meinen zwanzig Dollar hin. Er lächelte nur. Es war ein zufriedenes Lächeln. Er hatte Erfolg gehabt.

»Behalte sie. Das ist meine Spende an dein Kloster.«

Gnong Duc verbeugte sich kurz. »Buddha wird dir dein schlechtes Karma verzeihen und dir helfen, es zu verbessern.«

Das war nun das zweite Mal, dass mir jemand ein schlechtes Karma andichtete. Was war das eigentlich? Woran merkten andere, dass ich es hatte? Und wie konnten sie es in gut und schlecht einordnen?

Der Mönch war wieder in der Menge verschwunden. Er wollte seine Sammelglückssträhne nicht abreißen lassen. Ihn konnte ich nicht fragen. Ich konnte überhaupt niemanden fragen, wenn ich mich umsah. Die Familie war weg.

Ich stand mit den unverkauften Eiern und dem Seetangeintopf allein am Stand. War das ein schlechtes Karma oder ein besser werdendes? Diese halbwertigen Aussagen und Andeutungen machten mich verrückt. Es war, als versuchte ich in einem Berg von Watte einen festen Punkt zu finden.

Was machte ich jetzt? Mit einer siedenden Suppe und noch vierzig Eiern?

Kunden sprachen mich an. Ich verstand nur, dass sie Suppe haben wollten. Sie hielten mir ihre eigenen Schalen hin. Eine kleine. Eine große und eine, die für die ganze Familie reichen würde. Was kostete das Zeug? Ich hatte keine Ahnung. Füllte auf und hielt meine Hand hin. Sie gaben mir Geld. Ob die Bezahlung angemessen war, konnte ich nicht nachvollziehen. Aber es war Geld.

Die betrunkenen GIs torkelten durch den Markt. Die, die ich fotografiert hatte, steuerten ausgerechnet auf mich zu.

»Hi, Kumpel«, tönte der Anführer. »Du bist doch bei der Presse. Könntest du mal ein paar Fotos von uns machen, auf denen wir nüchtern aussehen?«

»Ja, was sollen unsere Familien denn von uns halten, wenn die das von vorhin in der Zeitung sehen?«, murmelte der, der dem Mönch die zehn Dollar gegeben hatte.

»Wie soll ich das denn machen? Euch trieft der Alkohol ja schon aus allen Poren. So schlechte Filme gibt es nicht mehr, dass sich das vertuschen lässt.«

Die Gruppe beriet sich. Ich ging mit mir selbst zu Rate. Was konnte ich jetzt tun, bevor die Typen gewalttätig wurden? Ich hatte eine Idee.

»Na gut Jungs. Wenn ihr diese Suppe getrunken habt, ich haue euch noch vierzig Eier rein, dann seid ihr komplett nüchtern. Dann fotografiere ich euch.«

Wieder Beratung der Schnapsseligen, die sich mittlerweile gegenseitig stützen mussten.

»Ich garantiere, dass noch nicht einmal euer Vorgesetzter merkt, dass ihr was getrunken habt«, setzte ich als Verkaufsargument hinzu. Die Suppe und die Eier mussten weg. Und die Typen sollten mir für ihre Unverschämtheit gegenüber dem Mönch zahlen. Wenn sie das noch kapierten. Ich hoffte nicht. Aber ein schlechtes Gewissen schienen sie doch zu haben.

»Wie viel willst du für alles? Wir essen es. Aber du machst danach ein nüchternes Foto von uns. Versprochen?«

»Fünfzig Dollar ohne Topf. Und ihr müsst es hier essen. Ich fotografiere euch dabei.«

Wieder Beratung. Die Soldaten kramten in ihren Taschen. Legten zusammen.

»Gehen auch fünfundvierzig? Mehr haben wir nicht mehr.«

Die umstehenden Bauern und Händler feixten hinter vorgehaltenen Händen. Ich hatte die vierzig Eier in die heiße Suppe geschlagen und mir die größten Essschalen von den Standnachbarn geliehen. Sie hatten sie mir freiwillig gegeben. Ich brauchte noch nicht einmal ihre Sprache zu sprechen.

Die GIs aßen brav und schwitzten. Ich fotografierte einen ganzen Film voll. Alles um uns lachte. Die Soldaten auch. Sie waren unsicher. Sie löffelten Seetang mit Schlange und schwimmenden Eiern.

»Wo wart ihr? Ihr könnt mich doch nicht mit der Suppe alleinlassen«, knurrte ich Kleiner Drache an.

Gnong Duc sah in den Topf und schüttelte den Kopf.

»Offensichtlich doch. Wo ist das alles?«

»Vater musste seinen ersten Preis abholen. Fünftausend Dong«, erklärte Kleiner Drache.

»Und wie viel ist das in Dollar?«

»Etwa fünfzig Dollar. Ein schönes Geld. Das reicht für zwei Monate«, setzte der Mönch hinzu.

In welchen Dimensionen dachte ich? Fünfzig Dollar für zwei Monate. Ich hatte mehr als zehntausend in wenigen Tagen ausgegeben. Irgendwie stimmten die Relationen zwischen den Kulturen nicht. Was wollten die amerikanischen Truppen dann hier? Es gab keine Bodenschätze, die es zu erobern oder zu verteidigen galt. Es gab nur die Gefahr der Kommunisten, die aus Nord- und Südvietnam ein vereintes Land zu machen versuchten. Was war das für eine Gefahr, dass man sich solch eine Armee in einem fremden, eigentlich wertlosen Land, mit betrunkenen GIs leistete, um sie zu bekämpfen?

Ich drückte Kleiner Drache die fünfundvierzig Dollar und die paar Dong, die ich für die Suppe bekommen hatte, in die Hand.

»Und ihr bastelt zehn Jahre an einem Holztier für den Preis einer Suppe.« Kleiner Drache nahm das Geld. Sie wirkte betroffen. Nicht sehr fröhlich über diese zusätzliche Einnahme.

»Du kommst jetzt besser mit mir«, entschied der Mönch, hakte sich bei mir ein und zog mich aus dem Markt. Über die Hauptstraße in eine deutlich als BAR gekennzeichnete Kneipe.

»Mach das nie wieder. Du hast die Familie gedemütigt. Du musst wirklich an deinem Karma arbeiten. Es ist schlecht.«

Ich bestellte. Für mich einen Bourbon. Er wollte nur Tee mit Honig. Der Deckenventilator machte »Wisch … Wisch«. Ein paar betrunkene Soldaten versuchten eine dralle Bedienung mit Komplimenten zu betören. Sie spülte Gläser und lächelte nur.

Wisch … Wisch. Der Mönch schlürfte den Tee und sah mich forschend an. Ich sagte besser nichts mehr. Irgendwie war ich in einen kulturellen Fettnapf getreten. Was ich gut gemeint hatte, war falsch verstanden worden.

»Du fühlst dich falsch verstanden«, hob Gnong Duc an, als könne er meine Gedanken lesen. »Könnt ihr Europäer, ihr Amerikaner euch vorstellen, dass dieses Land eine jahrtausendealte Kultur hat? Dazu gehört es auch, Drachen schwimmfähig zu machen. Eine Kunst der besonderen Art. Dabei geht es nicht um Geld. Es geht um die Ehre. Aber das scheint ihr nicht begreifen zu können. Sonst hätten uns nicht ständig Europäer besetzt. Unsere Ländereien ausgebeutet. Die Bauern versklavt. Unsere Frauen geschändet. *Ihr* seid immer noch nicht aus dem Zeitalter des Völkermordes und der Sklaverei heraus. *Ihr* verkauft uns euer Wissen als die neuen Götter. Zwingt sie uns auf, indem ihr einen Topf Suppe mit einem Drachen vergleicht. Nur weil *ihr* mit der Suppe sofort Geld verdient. *Ihr* verdient mit allem sofort Geld. Und das lasst ihr uns fühlen. Dass wir erbärmlich für euch sind. Und das ist dein schlechtes Karma.«

Ein paar Minuten herrschte Schweigen. *Wisch ... Wisch.*

Dann legte Gnong Duc die Handflächen aneinander und verbeugte sich über dem Tisch. »Verzeih mir. Aber auch ein Zen-Mönch muss mal die Wahrheit sagen, die wir so empfinden. Wir sollten jetzt zu den Reisfeldern zurückfahren. Die Arbeit erledigt sich nicht von selbst.«

Die Eier waren nicht mehr im Kofferraum. Genauso fuhr der Vater von Kleiner Drache. Wie sein Sohn. Ein Kamikaze-Fahrer, der Schlaglöcher ignorierte. Wenn jetzt noch ein Auspuff am Wagen gewesen wäre, dann würde er spätestens nach zwanzig Kilometern wieder fehlen.

Der Mönch zählte seine Tageseinnahmen. Ich zählte mit. Zufrieden steckte er sie in den Jutesack. Er hatte aus meinem Kredit von zwanzig Dollar mehr als zweihundert gemacht. Wie er vorausgesagt hatte.

Der dürre Mann in seiner schmutzigen Kutte wurde mir unheimlich. Konnte er hellsehen? Gedanken lesen? Oder setzte er sich immer nur Ziele, von denen er wusste, dass er sie auf jeden Fall erreichen würde?

Ich sank seufzend auf dem durchgesessenen Rücksitz des

Peugeot zusammen. Niemand sprach mit mir. Alle sahen unbeteiligt in die Landschaft, die immer gleichförmiger wurde. Felder. Nichts als Felder. Zerstörte Autos. Demolierte Waffen, die zu nichts mehr zu gebrauchen waren. Schrott. Überall nur Schrott.

Der Wagen bog auf den Damm ein, der zur Hütte und den Feldern führte. Der Mönch döste. Ich schlief fast. Das Schnattern der anderen riss mich aus dem beginnenden Tiefschlaf.

Etwas stimmte nicht. Gnong Duc richtete sich auf und schnatterte mit. Ich sah nichts. Das Haus stand noch. Es brannte nirgends.

»Was ist los?«

Der Peugeot hielt in einer Staubwolke vor der Hütte. Alle sprangen aus dem Wagen, bevor ich etwas sehen konnte. Die Mutter eilte in die Hütte. Die anderen drei liefen den Damm entlang. Der Staub setzte sich. Ich sah nichts, außer, dass der alte Wasserbüffel friedlich auf dem Damm äste. Die beiden Jungbüffel waren links und rechts an ihn gebunden. Wohin er ging, mussten sie folgen. So war es wohl auch gedacht, um zu lernen, vor dem Pflug zu gehen. Der Pflug …

Die Mutter kam schreiend aus der Hütte. Rief den dreien etwas hinterher. Sie war aufgeregt. Wedelte mit einem Kasten. Hier stimmte wirklich etwas nicht. Ich lief hinter den anderen her.

Die Männer zerrten die Büffel wieder in das Wasser des Reisfeldes. Der Pflug war umgekippt. Die Zugseile zerschnitten. Kleiner Drache setzte sich in den Staub und schlang die Arme um die Knie.

»Es hat so kommen müssen«, murmelte sie. »Wenigstens hat er die Büffel freigemacht. Sonst wären sie im Wasser ersoffen, wenn sie sich hingelegt hätten.«

Ich verstand zwar ihre Worte. Aber nicht den Sinn. Ich hielt besser den Mund. Bei diesen Menschen wusste ich wirklich nicht mehr, wann ich etwas sagen und fragen konnte, ohne gleich wieder wegen meines schlechtes Karmas kritisiert zu werden.

Ich setzte mich zu ihr. Die beiden Männer knoteten den Pflug wieder an die Büffel. Die Arbeit duldete keinen Aufschub. Der Mönch stieg aus dem Feld. Der Schlamm hatte sein Mönchsgewand bis zu den Oberschenkeln von Orange in Braun verwandelt.

Gnong Duc atmete schwer. Setzte sich zu uns und beobachtete, wie der Vater mit den Tieren seine Bahnen zog.

»Das wird nichts mit dem Traum, einmal auf meiner Reise in einem Hotel baden zu können. Ich muss meinem Bruder helfen. Die Jungpflanzen müssen in den nächsten Stunden gesteckt werden. Noch vor Vollmond. Sonst wird das nichts.«

Mühsam stemmte er sich hoch und ging zum Haus.

»Was ist hier los? Kann ich helfen?«

Kleiner Drache sah ihrem Vater zu und schüttelte unmerklich den Kopf.

»Nein. Du kannst hier nicht helfen. Ich spreche noch mit Mutter. Dann fahren wir nach Saigon zurück.«

Die Kutte des Mönchs hing auf einer Leine. Der Schlamm musste trocknen. Dann fiel das Gröbste ab, bevor sie gewaschen werden konnte. Er selbst sah aus wie Millionen Reisbauern. Ein breitkrempiger Reisstrohhut, schwarze Hose, die ihm um die Beine schlotterte. Ein schwarzes Leinenhemd, das viel Bewegungsraum ließ. Barfuß.

Er saß auf der Bank und trank Tee. Kleiner Drache half der Mutter, das Auto auszuladen.

»Was ist los?« Ich setzte mich zu ihm.

»Eine Familientragödie. Aber nicht zu ändern. Der kleine Kamikaze ist weg. Und mit ihm die Pistole seines Vaters.«

Ich versuchte mir die Geschichte, so wie Kleiner Drache sie erzählt hatte, in Erinnerung zu rufen.

Demnach waren die älteren Brüder alle von Vietcong verschleppt und zum Dienst mit der Waffe gezwungen worden. Den kleinen Bruder hatten sie nicht mitgenommen, da er noch zu jung war.

»Die Vietcong?«, äußerte ich eine Vermutung und hoffte, nicht gleich wieder in ein Fettnäpfchen zu treten.

Der Mönch nickte. »Aber dieses Mal andersherum. Was die sich vorher mit Gewalt geholt haben, läuft ihnen jetzt selbst nach. Er will kein Bauer mehr sein, der wie ein Erwachsener arbeiten muss. Er sieht das Mannwerden nur darin, sich als Soldat der Befreiungsarmee anzuschließen. Dazu bringt er seine eigene Waffe mit.«

Der Mönch schüttelte leicht den Kopf, schlürfte den heißen Tee und blinzelte in die Sonne.

»Die Welt steht auf dem Kopf«, murmelte er. »Jetzt melden sich schon Kinder zu den Waffen. War das in deinem Land nicht auch schon mal so? 1945. Oder irre ich mich da?«

Nein. Er irrte sich nicht. Trotzdem würde ich das nie verstehen. Aber das gab ich besser nicht zu.

»Hör zu. Ich soll dir von der Mutter etwas ausrichten. Aber das darf Kleiner Drache niemals erfahren. Versprichst du mir das?«

»Ich höre ...«

Wie konnte ein solches Land und seine Menschen so kompliziert sein? Oder lag es an meinem europäischen Selbstverständnis? Gut. Wir hatten keine Zen-Mönche und auch keine Reisfelder. Krieg führten wir zurzeit auch nur auf den Papieren der Politiker. West gegen Ost. Hier aber war es Süd gegen Nord. Dies war doch nur ein Stellvertreterkrieg. Kapitalismus gegen Kommunismus. Ein Gefecht, das in Europa niemand mehr mit Waffen auszufechten wagen würde.

»Nimm Kleiner Drache zu dir. Sie darf nicht mehr hierher zurückkommen. Es ist zu gefährlich für eine junge Frau. Die Vietcong würden nur noch sie als begehrenswertes Opfer vorfinden. Das bedeutet ihren Tod. Dann wäre die gesamte Familie ausgelöscht. Das darf nicht sein. Hier nimm das. Und dann verschwindet von hier.«

Der Mönch drückte mir einen Zettel in die Hand. Ich konnte ihn nicht lesen. Er war in Vietnamesisch.

»Das ist ein Klosterbruder in Saigon. Er kann euch nach buddhistischem Recht trauen. Dann ist Kleiner Drache ihres Lebens sicher.«

Er legte die Handflächen aneinander. Verbeugte sich und klemmte sich einen Korb junger Reissetzlinge unter den Arm.

»Können wir? Ich habe das restliche Benzin noch eingepackt. Was wir nicht brauchen, können wir gut in Saigon verkaufen.«

Ich ließ den Zettel in der Hose verschwinden.

»Ja. Ja natürlich. Muss ich mich nicht von deinen Eltern verabschieden?«, stotterte ich und versuchte die Worte des Mönchs zu verstehen. Heiraten? Nach buddhistischem Recht? Himmel! Ich war erst zweiundzwanzig Jahre alt. Was sollte das in zwanzig Jahren werden? Ich gedachte meine Freiheit noch ein paar Jahre zu genießen. Und unter meiner zukünftigen Frau stellte ich mir etwas anderes vor als eine Kurtisane, die mir mit dem Buschmesser das Bad freikämpfte. Wenn ich denn überhaupt eine Vorstellung von meiner familiären Zukunft hatte, dann diese garantiert nicht. Wie würde das aussehen, wenn sich Kleiner Drache in der Kölner Innenstadt den Weg wie im Dschungel bahnte?

Ich fuhr. Kleiner Drache zeigte und erklärte mir, wo es langging.

Drachenbrotbaum rechts ab. Umgestürzte Palme links. Am ausgebrannten Panzer wieder rechts. Hinter dem Reisfeld mit dem notgelandeten Hubschrauber halblinks.

Fünf Stunden schwitzte ich und kurbelte am Lenkrad, bis wir das Hotel erreichten. Der Rücken und meine Wunde brannten. Ich hatte nur noch einen Wunsch, den mir Kleiner Drache ansah.

»Geh du erst einmal in die Bar. Ich kümmere mich um das Bad. Das haben wir beide nötig.«

Die Sonne ging unter. Die Lichter in der Bar an. Ein paar abgerissene Kollegen der internationalen Presse hackten auf Schreibmaschinen herum. Schlürften Bier, Whiskey und alles, was der Arzt verboten hatte.

»Wie immer, Sir? Bourbon pur?« Der Barkeeper Thieu stellte mir die Flasche hin und malte weiter auf einer Schiefertafel, die er zwischen den Gläserregalen aufgehängt hatte.

»Was wird das denn, wenn es fertig ist?«, knurrte ich. Ich schwitzte immer noch von der Fahrt nach, als hätte ich gerade mehrere Saunagänge hinter mir. Kunstvoll malte er den Rand der Tafel mit Blüten aus, zog die Blätter mit farbiger Kreide nach. Füllte sie mit einer anderen Farbe. Es sah wie ein Begrüßungskranz aus, den Ankömmlinge auf Hawaii von Hula-Mädchen um den Hals gehängt bekamen.

»Das wird die Ahnentafel der Journalisten, die hier gewohnt haben«, meinte er grinsend und zeichnete weiter kleine Blüten. Jetzt auf der freien Fläche.

»Aha. Ahnentafel. Du verewigst also die Journalisten, die du hier schon bewirtest hast?«

Thieu schüttelte den Kopf. »Nein Sir. Nur die, die tot sind und hier noch eine Rechnung offen haben.«

Er malte weiter und übertrug die Namen von einem Zettel auf die Tafel. Trug akribisch die offenen Beträge dahinter ein. Ich zählte sechsundsiebzig. Hinter einer Blüte kritzelte er: Schikowski, $ 650. Er war der Letzte auf der Tafel. Aber es blieb noch Platz frei.

»Den Scheiß wischt du mal schön wieder aus«, knurrte es hinter mir. »Wir sind doch hier nicht in einem Jagdgeschwader, das seine Abschüsse auf die Flugzeuge malt.«

Schikowski bediente sich an meiner Flasche. Er hatte die Schulter verbunden. Schüttete das erste Glas Whiskey in sich hinein und schenkte sich nach.

»Wird Zeit, dass ich hier wegkomme. In zwei Tagen geht mein, nein, *unser* Flugzeug. Erst nach Bangkok. Dann nach Hause.«

Eine schwarze Pranke legte sich auf meine Schulter. Brian Eppstein nickte nur und grinste. Stieg auf den Hocker zu meiner Linken. Bediente sich auch aus meiner Flasche. »Cheers. Auf deinen Ausflug ins Mekong-Delta ... hast ja einigen Ärger hinterlassen.«

»Ärger? Welchen Ärger? Ich war bei der Familie von Kleiner Drache.«

Brian wackelte mit dem Kopf. »Da liegen mir aber andere Aussagen von fünf GIs von der Chau Doc Base vor.«

Die fünf betrunkenen Typen, die dem Mönch die Bettelschale mit der Bierdose aus der Hand getreten hatten, um sich nachher mit der Schlangensuppe von mir fotografieren zu lassen.

»Und. Was behaupten sie?«

»Dass du sie betrunken gemacht und beim Poker um ihren ganzen Monatssold von mehr als tausend Dollar betrogen hättest.«

»Das ist gelogen. Und außerdem kannten die meinen Namen doch nicht«, protestierte ich. Brian schob das Kinn vor.

»Nein, den kannten sie nicht. Aber dass du Journalist bei der *Washington Post* und weiß bist, das wussten sie wohl. Damit hast du uns keinen Gefallen getan.«

Schikowski lachte laut. »Das ist doch immer die gleiche Scheiße mit euch verfluchten Amis. Die Brüder waren betrunken und hatten Disziplinarmaßnahmen zu befürchten, als sie in ihre Bunker zurücktorkelten. Vermutlich noch über die Sperrzeit hinaus. Da muss eben mal wieder einer von uns herhalten. Ihr Scheiß-Okkupatoren und diese Vietcong, ihr seid euch so ähnlich, dass ihr am besten unter eine Bettdecke kriecht. Leckt mich doch alle! Ich gehe jetzt baden und zu meiner Chinesin.«

Schikowski torkelte aus der Bar. Die Kollegen sahen nur kurz von ihren Schreibmaschinen auf und hackten weiter auf den Tasten herum.

»Was soll der Schwachsinn?«, grunzte ich Brian an. »Macht ihr das immer so, wenn ihr verloren habt, dass ein Schuldiger gesucht wird, der für euren Mist geradesteht?«

Brian kaute auf seiner wulstigen Unterlippe herum. Wir tranken. Ich rauchte. Wir schwiegen. Unsere Blicke trafen sich nur im Barspiegel hinter den Gläsern.

Das Klappern der Schreibmaschinen ließ langsam nach. Die Kollegen sammelten sich an der Bar und ersetzten den mechanischen Geräuschpegel durch Gemurmel und gelegentliches Lachen. Aber Letzteres erklang selten.

»Das Problem ist«, setzte Brian an, »dass die *Washington Post* vorläufig auf Anweisung der Armeeführung von allen Einsätzen ausgeschlossen ist.«

»Na, und?«, murrte ich zurück. »Erstens habe ich hier die Filme, die beweisen, dass es anders war. Und zweitens arbeitest du doch für den Staat. Du kannst doch als CIA-Mitarbeiter überall hin. Du suchst doch Maulwürfe in unseren Reihen. Wo ist da das Problem? Die Berichte kauft ihr eben mal über Associated Press dazu.«

Brian schüttelte den Kopf und nahm ein Zigarillo von mir.

»Die *Washington Post* ist meine Tarnung. Das geht so nicht. Ich muss als Journalist akkreditiert bleiben.«

Langsam verstand ich das Zusammenspiel zwischen eigentlichem Auftrag, Tarnung und dem Willen, seinen Sohn wiederzufinden. Ein Wutschwall stieg in mir hoch.

»Dann arbeitest du eben für meinen Auftraggeber. Basta.«

Warum musste das hier alles so kompliziert sein? Ich junger Mann schien wesentlich flexibler in manchen Lebenslagen zu sein als dieser erfahrene schwarze Riese. Oder war es meine Unbedarftheit, dich mich so vorpreschen ließ?

Egal. Mein Angebot stand.

»Wenn das so einfach wäre«, sagte Brian grübelnd. »Wie lange bist du schon aus Europa weg?«

Ich überlegte und rechnete zurück. Es mussten über zwei Jahre sein, die ich nach dem Abitur und einer zweijährigen Ausbildung als Journalist auf eigene Faust in die Welt hinausgezogen war. Der Sohn des Verlegers, für den ich nun arbeitete, war die treibende Kraft gewesen. Er hatte den Kreditbrief seines Vaters für uns weidlich ausgenutzt. In Rio de Janeiro war dann Schluss mit lustig gewesen. Der Vater hatte sich geweigert, das Kreditlimit zu erhöhen, wenn nicht einer von uns »Saukerlen«, wie er uns in einem Telex bezeichnet hatte, seinen Arsch als Kriegsreporter in Bewegung setzen würde. In Nicaragua war Bürgerkrieg. Dort sammelten wir unsere ersten Erfahrungen. Ich mit dem wahren Leben. Mein Freund mit Drogen. Das war es dann für ihn, und ich war allein auf mich gestellt.

Nun war ich hier. In diesem verfluchten Land, das sich mir nicht öffnen wollte. Angewiesen auf die Streitkräfte der USA und der südvietnamesischen Nationalarmee. Wer hier wen bekämpfte und aus welchen Gründen, wurde immer schwerer zu durchschauen. Die Amerikaner schienen sich mehr und mehr auf den Luftraum zu konzentrieren. Die Drecksarbeit am Boden und im Dschungel überließen sie zunehmend den Südvietnamesen.

»Was ist daran kompliziert?«, nahm ich Brians Einwand auf.

Der stützte den Kopf zwischen seine Pranken. Nuckelte an dem Zigarillo, den er von einem Mundwinkel in den anderen schob. »Du gehörst der falschen Generation an. Es bleibt völlig egal, ob du mit deinen Fotos deine Unschuld beweist oder nicht. Dann heißt es eben, keine amerikanischen Militäreinsätze mehr mit Journalisten, die ihre internationale Macht dazu missbrauchen, die Ausrutscher einiger weniger GIs zu dokumentieren. Du wirst dich mit den vietnamesischen Truppen begnügen müssen. Daher kann ich dein Angebot nicht annehmen.«

Was war in der Welt da draußen los? Wir gingen unserem Job nach, die Welt über einen Krieg zu informieren, an dessen Sinn selbst ich langsam zweifelte. Und ich hatte noch nicht viel gesehen.

»Was soll das heißen, der falschen Generation?« Mir war das so laut entfahren, dass die Kollegen an der Bar aufhorchten. Der Barkeeper hatte Schikowski auf der Tafel wieder ausgewischt. Ihn aber wieder hingemalt, nachdem er gegangen war. Aber mit einem »SHI $ 650« verschlüsselt.

Brian ließ sich von den Kollegen nicht beeindrucken. Er fixierte die Traube von diskutierenden und saufenden Kollegen wie ein Bär, der angesichts seiner Kraft nur kurz einschätzte, wer und wie weit jemand in der Lage sein konnte, seine Ruhe zu stören. Seine Augen rollten kurz. Sie sagten alles, was er von meiner Generation hielt. Nicht viel. Er trank seinen Whiskey und rauchte meine Zigarillos.

»Die allzu freizügige Berichterstattung von euch Jungspunden hat in den Staaten eine Wirkung, die ernsthafte Folgen haben kann.« Meine nächstes Zigarillo war fällig, und Brian war dabei, eine ganze Flasche allein zu vernichten.

Der Barkeeper grinste und polierte Gläser. So, wie er es immer tat, wenn es etwas mitzuhören gab. Im Moment schienen wir beide ihn mehr zu interessieren, als die Gruppe am anderen Ende der Bar.

»Was für Folgen? Bewirkt unsere Berichterstattung etwas? Das würde mir meine Aufgabe sehr versüßen.«

Den letzten Satz hätte ich mir besser verkniffen. Brian grollte. Es hörte sich wie der Abgang einer Steinlawine an.

»Ja. Es bewirkt etwas. Aber nicht das, was du dir erhoffst. In den Staaten verbrennen die jungen Männer ihre Einberufungsbefehle. Notfalls sogar ihre Pässe. Die Studenten revoltieren gegen den Krieg hier. Es kommt zu Massenschlachten mit der Polizei.« Er schwieg. Aber er wartete auf eine Antwort von mir. Das sah ich seinen mahlenden Kaumuskeln an. Ich wäre an seiner Stelle aufgestanden und gegangen.

»Was willst du hören? Dass es mir leidtut? Nein. Tut es nicht. Besser eine Klopperei gegen einen unsinnigen Krieg mit der heimischen Polizei als Tausende von Toten in einem fremden Land. Wofür sterben denn eure Soldaten hier? Für eine blödsinnige Doktrin und eure panische Angst vor dem Kommunismus, mit dem wir schon seit 1945 leben müssen. Aber führen wir deswegen einen offenen Krieg mit den Russen? Und sag jetzt ja nicht, das würden wir, wenn wir dazu in der Lage wären. Sonst zerschlage ich dir hier eine volle Flasche auf deinem CIA-Schädel.«

Der Barkeeper polierte die Gläser doch lieber am anderen Ende der Bar. Hier wurde es ihm zu gefährlich.

Meine Kollegen rückten auf. Die betrunkene Meute witterte Streit.

Brian stand vom Barhocker auf. Besah sich den Haufen, der nur in der Menge stark war.

»Ich gehe besser, bevor es noch einen Krieg gibt. Tut mir leid für dich. Aber jetzt musst du sehen, wie du allein weiterkommst. Vielleicht kreuzen sich unsere Wege wieder. Und ... denk dran, wann der Helm wohin gehört.« Er drehte sich noch einmal um. »Vertraue diesen Khmer nicht zu sehr. Sie wollen ihr Land befreit sehen. Nur wissen sie noch nicht, von wem. Die haben genauso wenig Ahnung wie eure und unsere Studenten, die ›Ho Chi Minh‹ skandieren, was der Kommunismus für sie bedeuten wird. Dann können sie ihre Reisfelder nicht mehr für sich bestellen. Dann müssen sie es für andere tun. *So long.*«

Er zahlte und steckte sich die Flasche in eine der unendlichen Taschen seines Kampfanzugs.

Die sechs Kollegen schwankten auf mich zu. Es war ein langer Weg. Die Theke im Hotel gehörte zu den längsten der Welt. Fünfunddreißig Meter von einem Ende zum anderen. Hier hatten einige hundert Gäste Platz. Aber wie Thieus Abschusstafel verdeutlichte, wurden wir auch immer weniger.

Es war ein gemischter Haufen von Kollegen, der sich am Bargeländer entlanghangelte.

»Du bist der Neue? Hat sich schon herumgesprochen, dass du jetzt kastriert bist.« Alle lachten.

»Ich bin Ronald von der *Daily Mail*«, stellte sich der Wortführer grinsend vor. Er war kaum älter als ich. Mit Sommersprossen, die verzweifelt gegen einen Sonnenbrand ankämpften.

»Die anderen sind Yato Sumin, oder so ähnlich, von der *Ashai Shimbun*. Tokio.« Ronald lachte, bis ihm die Tränen kamen. »*Shimbun* ... wie kann man eine Zeitung nur so nennen. Hört sich nach dem Knall einer Bombe an. *Shiii ... bumm!*«, imitierte er ein einschlagendes Geschoss.

Der kleine Japaner verbeugte sich nur kurz und verzog keine Miene.

»Hier sind unsere Agenten aus dem Kommunismus«, stellte er die Nächsten vor. »Die Amis kämpfen gegen sie. Und was tun die hier? Sie berichten brav alles an ihre Geheimdienste. So wollen die Gummischuhsoldaten hier einen Krieg gewinnen.« Wieder lachte er, bis er sich verschluckte.

»Fjodor von der *Prawda*. Ich bin auch Fotoreporter.« Wie ein russischer Bär wirkte er nicht. Eher wie ein schlauer Fuchs. Mit einem schwarzen Schnauzbart wie Stalin. Hager. Wache blaue Augen, die mich abtasteten.

»Und das ist Wan. Wie man sieht, ein waschechter Chinese.« Ronald schob einen mittelgroßen Mann vor. Dichtes schwarzes Haar. Fast schwarze Augen. Er hatte hohe Backenknochen. Fast einen mongolischen Einschlag.

»Er schreibt angeblich für die *Hongkong Times*. Aber ich glaube, er schickt jedes Mal Kopien nach Peking an die Parteizeitung *Renmin Ribao*. Ist es so, Wan?«

»Wie du meinst. Aber ich bin Hongkong-Chinese und somit englischer Staatsbürger.« Wan entwand sich der Umarmung des Engländers. Es war ihm unangenehm, mit Rotchinesen in Verbindung gebracht zu werden.

»Und trara! Großer Auftritt für zwei ganz exotische Kollegen.« Ronald ließ sich in der Vorführung seiner internationalen Kollegen nicht bremsen. Hakte sich bei beiden unter.

»Der hier links, der kleine Dicke, das ist Vesuv. Italiener mit unaussprechlichem Namen. Aber genauso cholerisch wie sein Vulkan, der ihn mal ausgespuckt haben muss. Auswanderer nach Neuseeland und arbeitet dort für den *New Zealand Herald*. Vorsicht vor ihm. Beim Pokern darf er nur nackt mit dir spielen. Und dann hat er immer noch ein fünftes Ass in der Arschfalte.« Wieder Geschmunzel.

»Oder noch eines unter der Vorhaut«, fügte Vesuv mit verschmitztem Grinsen hinzu. Gelächter.

»Und bei diesem Kollegen zu meiner Rechten brauchst du

beim Pokern an der Stelle nicht zu suchen. Das ist Ali el... was weiß ich. Auf jeden Fall ein Kerl, auf den du dich hundertprozentig verlassen kannst. Algerier. War bei der französischen Fremdenlegion während des Befreiungskrieges. Wurde mehrfach für seine Tapferkeit ausgezeichnet. Der einzige wirkliche Soldat unter uns. Und bei *Le Monde*.«

Ali war der Einzige, der nicht betrunken zu sein schien. Dass er Nordafrikaner war, war nicht zu übersehen. Nur aus einer Bauernfamilie schien er nicht zu stammen. Hochgewachsen und feingliedrig. Mit fast aristokratischen Zügen. Er gab mir die Hand. *»Parlez-vous français?«*

Ich nickte. Sonst hätte ich mich nicht mit Kleiner Drache verständigen können.

»Très bien. Je suis Ali Ben Ali el Sharif. Bien venue.« Der französische Algerier oder umgekehrt, war der Einzige, der mir auf Anhieb sympathisch war.

»Na, klasse Jungs. Dann brauchen wir nur noch eine Einladung von unserem deutschen Küken. Da kann er sich uns prima vorstellen«, grölte Ronald und winkte den Barkeeper herbei.

»Nichts da. Das könnt ihr morgen machen. Ich gebe heute meinen Ausstand.«

Klaus Schikowski hatte sich rasiert und in Zivilkleidung geworfen.

Die Meute bestellte. Klaus zog mich auf die Seite.

»Du solltest dir hier zwei Dinge angewöhnen. Erstens, kümmere dich um deine Telexe. Denn ab sofort bist du meine Ablösung. Das habe ich der Redaktion schon mitgeteilt, als du zu spät kamst. Zweitens, lege deinen Kleinen Drachen an die Kette. Du bekommst hier den größten Ärger. Sie hat einer der Chinesinnen, die das Bad verteidigten, einen Finger abgehackt.«

Damit ließ er mich stehen und mischte sich unter die grölende Menge.

Der Flur war seltsam still. Keine Frauen, die sich um irgendetwas zankten. Hier stimmte was nicht. Kleiner Drache war nicht im Zimmer. Ich drückte die Klinke an der Badezimmertür. Sie war verschlossen. Ich klopfte.

Nur ein wütendes Gebrüll in Vietnamesisch kam von der anderen Seite.

»Kleiner Drache. Bist du da drin? Hier ist Großer Drache.«

Eine halbe Minute verging. Wasser schwappte. Der Schlüssel drehte sich. Die Tür öffnete sich einen Spalt. Ich sah in eine Revolvermündung.

»Ach, du bist es. Los. Mach, dass du in die Wanne kommst, bevor das Wasser kalt wird. Ich wasche dir den Rücken. Danach brauche ich die Brühe, um unsere Wäsche sauber zu bekommen.«

Als hinge man so ganz beiläufig in einem englischen Pub seinen Regenschirm an die Garderobe, hängte sie den Revolver am Abzugsbügel an einen Kleiderhaken und widmete sich mir.

»Was war hier los? Du hast jemand den Finger abgehackt und läufst nackt mit einer Pistole hier herum?«

Sie schrubbte mich, bis es zur Qual für mein Schmerzempfinden wurde. Sagte kein Wort. Half mir aus der Badewanne.

»Du fragst zu viel. Das sind interne Dinge, die euch Langnasen nichts angehen. Spielt ihr eure Spiele an der Bar oder im Dschungel. Den Rest überlasst uns Frauen. Und ich bin eine Frau. Oder bestreitest du das, nur weil du für mich ein Riese bist, der mir beim Geschlechtsverkehr weh tut? Aber das halte ich aus. So wie ich diese verdammte Chinesennutten, die uns die Arbeitsplätze streitig machen, auch noch aushalte. Nur weil sie geschickter und geschäftstüchtiger sind als wir. Ach … was rede ich? Geh zu deinen Kumpels an die Bar oder besser aufs Dach. Da kannst du mir wenigstens beim Wäscheaufhängen helfen. Raus jetzt. Deine frischen Sachen liegen auf dem Bett.«

Irritiert schlich ich nackt über den Gang. Kleiner Drache hörte sich an wie meine Mutter, wenn Vater mal eben zum Stammtisch gegangen war und nicht pünktlich zum Essen zurückkam. Und wenn, dann war er so betrunken, dass Mutter das Essen warm stellen musste, um es danach absichtlich anbrennen zu lassen. Vater hatte nie gemurrt. Er hatte es als eine Art Buße klaglos hinuntergewürgt. Danach war ihm nach einem bis mehreren Schnäpsen. Mutter hatte gegrinst und genickt. Es war ein Spiel, das jedes Mal mit einem freundlichen Kuss endete. Bis zum nächsten Stammtisch, der so sicher war wie verbranntes Essen.

»Du hast ja wirklich eine wehrhafte Konkubine«, grinste Ali. Wir saßen auf dem Dach des Hotels und sahen dem Sonnenuntergang zu. Er war rot. Aber keine Abendröte. Es gab demnach keinen Regen. Ali hatte Whiskey und Bier mitgebracht. Wir rauchten seine Zigarren.

»Wie meinst du das?«

Er wiegte den Kopf auf den Schultern.

»Na ja. Ich hatte die Schnauze voll von den betrunkenen Kollegen. Französisch ist nun mal meine beste Fremdsprache. Englisch ist für mich mühsam. Und da habe ich dich in deinem Zimmer gesucht und ...«

»Sie hat dir gleich die Pistole in die Eier gedrückt«, vollendete ich seine Aussage.

Ali nickte und grinste. »Ja. Bei ihrer Größe stimmt die Höhe ja auch.«

Dann schwiegen wir. Tranken, rauchten und hingen unseren Gedanken nach. Unter uns knatterten Mopeds. Autos hupten.

Über uns dröhnten die Turbinen von Flugzeugen, die nach Westen flogen. Bomber. Am Horizont wurde die untergehende Sonne kurz vom weißen, aufflackernden Licht der Phosphorbomben verschluckt. Leuchtspurgeschosse tackerten ihr Strickmuster in den Himmel. Dann war wieder Ruhe. Bis auf ein paar Salven aus Maschinenpistolen ganz in der Nähe.

»Die Militärpolizei macht Jagd auf Plünderer. Die knallt sie gnadenlos ab«, kommentierte Ali. »Kenne ich alles aus Algerien. Hast du schon mal an einem Dschungeleinsatz teilgenommen?«

Was sollte ich dazu sagen? Das Bad hatte meiner Wunde nicht gutgetan. Sie schmerzte.

»Nein. Nicht hier. Ich suche noch einen Einsatz. Meine Redaktion wird langsam sauer, wenn ich keine brauchbaren Ergebnisse liefere.«

Ali nickte. »Kenne ich. Aber ich bin ja nur Schreiber. Die Fotos kannst du wohl nicht vom Schreibtisch aus machen. Ich kann was zusammenklauben und es als meins verkaufen. Aber du? Du kannst schlecht die Fotos anderer für deine ausgeben.«

Nein. Das konnte ich nicht. Und die Telexe vom Verlag setzten mich unter Druck, etwas Brauchbares zu liefern. Der Chefredakteur hatte mir unverhohlen gedroht, mich angesichts der Vorschüsse von nunmehr zwanzigtausend Dollar fristlos zu feuern, wenn ich die nächsten zwei Wochen nicht geeignetes Bildmaterial lieferte.

»Verstehe«, meinte Ali nickend. »Deine Hoffnung, Brian Eppstein, kann dich in seiner Eigenschaft als Sonderbeauftragter des US-Regierung nicht mehr unterstützen.«

»Woher weißt du das?«

Ali wiegte den Kopf. »Woher ich das weiß? Ich wäre ein schlechter Journalist, wenn mir das nicht aufgefallen wäre. Du ziehst in das Zimmer seines Sohnes Mike, das vom Foreign

Office bezahlt wird. Und der ist seit Wochen verschwunden. Ein Vater, ein sehr hohes Tier, sucht seinen Sohn und versucht gleichzeitig herauszufinden, wer die Einsätze der Nationalarmee an die Vietcong verrät. Die Bodentruppen der ARVN laufen regelmäßig in vorher gelegte Fallen und werden darin aufgerieben. Die Vietcong-Soldaten brennen ein Dorf nieder und warten, bis die Amis oder die Südvietnamesen eingreifen. Dann schlagen sie kurz und erbarmungslos zu und verschwinden wieder. Sie nehmen noch nicht einmal ihre Verletzten mit. Die töten sie an Ort und Stelle, damit sie nichts sagen können. Kenne ich noch aus Algerien. Da wurden die, die ihre verwundeten Kameraden bergen wollten, auch abgeschossen. Wir mussten sie dann liegen lassen, um nicht selbst in Gefahr zu geraten. Sie haben die ganze Nacht geschrien. Wir konnten ihnen nicht mehr helfen. Wir mussten sie aus der Deckung erschießen. Unsere eigenen Kameraden. Ein furchtbarer Tod ... für uns, die das tun mussten.«

»Wenn ihr mit euren Kriegsspielen mal fertig seid, könnte mir dann vielleicht mal einer der Messieurs bei meinem Kampf helfen, die Wäsche über die Leine zu bekommen?«

Kleiner Drache hatte sich, ohne dass wir es bemerkt hatten, mit einem viel zu großen Korb Wäsche auf das Dach geschlichen und kämpfte mit den nassen, schweren Armeeklamotten und einer Leine, die für sie viel zu hoch angebracht war.

Mit *»merci bien«* bedankte sie sich für meine Hilfe, die Wäsche auf die Leine zu hängen und mit geschlitzten Bambusrohrklammern zu befestigen.

»In einer Stunde gibt es Essen. Im *L'Étoile*. Kommt mir ja keiner von euch betrunken dorthin.« Dann war sie weg. Die Wäsche bewegte sich leicht im Abendwind.

Ali grinste. »Da hast du dir was angelacht. Die übernimmt

noch die ganzen Weiber hier und macht eine eigenen Truppe auf.« Er schwieg einen Moment, als kämpfte er mit etwas. Seine Kiefer mahlten. Sein Lippen formten Worte. Sprachen sie aber nicht aus.

»Was heißt hier angelacht? Sie ist eben wegen ihrer Größe äußerst wehrhaft«, versuchte ich eine Verteidigung.

»Ja, eben«, murmelte Ali. »Man sagt, dass der von Zimmer 125 von ihr in die Luft gesprengt wurde. Der war dein Vorgänger bei ihr. Aber bewiesen ist das nicht«, fügte er gleich hinzu, als täte es ihm leid, das überhaupt erwähnt zu haben.

»Wer verrät die militärischen Bewegungen der Truppen hier?«, lenkte ich von einem Thema ab, das mir nicht geheuer war.

Ali zuckte mit den Schultern. »Ein Militär kann es nicht sein. Er würde sich selbst in Gefahr bringen. Außerdem kann die Gegenseite nichts zahlen. Es muss ein Reporter sein. Denn wenige Tage später tauchen in der internationalen Presse Fotos von diesen Gemetzeln auf, an denen aber offiziell kein Kriegsberichterstatter beteiligt war. Zumindest keiner, der nicht zur Armee gehört. Und die scheinen sie alle schon auf den Kopf gestellt zu haben. Es muss jemand von außen sein. Das macht die sehr nervös und erschwert uns unsere Arbeit ungemein.«

Die Bomber flogen einen neuen Angriff. Nun war die Sonne untergegangen. Die explodierenden Bomben hatten den Nachthimmel für sich.

Wir folgten dem Befehl von Kleiner Drache. Essen in einer Stunde. Durchquerten die Hotelhalle. Die Kollegen waren bester Stimmung. Es war Komasaufen angesagt.

»Komm.« Ali zog mich hinaus. »Wenn du denen in ihrem Zustand in die Finger fällst, machen sie dich fertig.«

Wir überquerten den Platz mit dem Springbrunnen.

»Warum sollten die mich fertig machen? Nur weil ich meinen Einstand noch nicht gegeben habe?«

Ali schüttelte den Kopf. »Nein, weil die Chinesin mit dem abgehackten Finger die Nutte von Fjodor ist. Mit dem Russen legst du dich besser nicht an. Ein sehr unangenehmer Mensch. Für ihn ist ein Krieg die richtige Spielwiese. Er ist ein sehr erfolgreicher Fotograf. Er liebt es, zerstückelte Köper zu fotografieren. Und das kommt offensichtlich an. Aber er ist privat genauso gewalttätig wie im Einsatz. Der fotografiert dich noch, wie er dir sein Messer in den Bauch rammt. Gehe ihm einfach aus dem Weg.«

»Ich tue mein Bestes«, knurrte ich.

Überall nur Warnungen und Drohungen. Der Verlag drohte, die Kollegen warnten, als müssten sie ihr Revier verteidigen. Kleiner Drache schien mir auch einiges zu verschweigen. Zum Teufel, so kompliziert hatte ich mir einen Krieg nicht vorgestellt. Vor allem nicht in der sogenannten Etappe. Die schien es hier nicht zu geben. Hier war überall vorne und überall hinten. Und dazwischen die Unabwägbarkeiten, wo der Vietcong plötzlich wieder aus seinen Löchern kam, Unheil anrichtete und wieder verschwand.

Vor dem *L'Étoile* hatte sich eine Menschentraube gebildet. Zivilisten. Soldaten. Jemand pries hinter dieser Leiberfront auf Vietnamesisch seine Waren an. Kochdampf stieg über die Köpfe der Schaulustigen und fing sich unter der Markise.

Wer etwas ergattert hatte, suchte schnell das Freie und den Rand des Springbrunnens. Hier aßen Männlein und Weiblein den Inhalt mit den Fingern. Die Verpackung war eine zur Spitztüte gedrehte Zeitung, durch die sich das Fett ihren Weg von Blatt zu Blatt in Richtung Erdschwerkraft suchte.

Ali grinste. Fragte einen der essenden Kunden, was das sei. Er sprach Vietnamesisch. Der Mann wurde mir unheimlich.

»Wir sollten auch etwas essen«, sagte Ali, als er zurückkam.

»Dein Kampfdrache hat hier heute eine Garküche eröffnet. Habe zwar keine Ahnung, was sie da frittiert. Aber es schmeckt gut.«

»Ihr seid nüchtern? Dann bekommt ihr es umsonst«, verkündete sie strahlend. »Die Geschäfte laufen gut.«

Wir beiden machten wohl ein etwas fassungsloses Gesicht. Diese Geschäftstüchtigkeit sagte man landläufig nur den Chinesen nach.

»Ich mache nur Großer Drache nach, der mir auf dem Markt von Chau Doc gezeigt hat, dass wir alles viel zu billig verkaufen«, fuhr sie Ali über den Mund, der dabei war etwas zu sagen. Er klappte ihn wieder zu. Schüttelte den Kopf. Ich schmunzelte. Wir bekamen jeder zwei Tageszeitungen mit einem dampfenden Inhalt.

»Kannst du mir mal sagen, was das ist?« Es schmeckte wirklich gut. Knackig. Schlange oder Ratte war es nicht. Die waren zäher.

Ali schüttelte den Kopf. »In diesem Land frage ich schon lange nicht mehr, was ich esse. Corned Beef ist es jedenfalls nicht.« Wir kauten weiter.

»Kennst du einen La Troux?«

Ali hielt inne. Überlegte. Kaute weiter. Nickte. »Willst du mir das Essen versauen? Also frag mich das später. Ja, ich kenne ihn – leider. Aber erst nach ein paar Whiskey. Der ist nüchtern nicht zu ertragen.«

»Was war in deinem Essen? Was war die Nachspeise?«

Kleiner Drache lag auf mir wie ein auf einem Flugzeugträger notgelandetes Flugzeug. Sie streichelte mich. Tastete meine Weichteile ab.

»Die Nachspeise war passiertes Krabbenfleisch in Mango«, murmelte sie und streichelte weiter.

»Und das Essen in der Zeitung?« Es wurde Zeit, dass ich das erfuhr, bevor sie mich verrückt machte.

»Seetang«, küsste sie mich in der Bauchgegend. »Heuschrecken.« Ihre Lippen wanderten tiefer. »Kakerlaken«. Sie drang tiefer vor. »Küchenschaben«. Sie hatte bald den Punkt erreicht, der mich willenlos machte. »Würmer. Viele Würmer aus den Reisfeldern. Sie steigern die Potenz.« Dann war es mit mir vorbei.

FÜNFTES KAPITEL

OSTBERLIN, 28. DEZEMBER 1989

Meine Träume verhakten sich ineinander. Wurden wirr. Versuchten sich zu entknoten. Es gelang ihnen nicht. Jemand schüttelte mich wie einen Pflaumenbaum.

»Werd mal langsam wach. Sonst wird das Badewasser kalt. Dann gibt es Frühstück.«

Ewald öffnete das Fenster. Eiskalte Luft strömte herein.

»Hier stinkt es wie in einer Opiumhöhle. Hast du das Zeug etwa geraucht?«

Hatte ich? Ich konnte mich nicht daran erinnern. Die Pfeife roch noch frisch. Dann hatte ich. Mein trockener Hals schrie nach Flüssigkeit.

Der Wecker zeigte kurz nach acht Uhr. Es schneite schon wieder. Ich schloss das Fenster und machte mich mit meiner Reisetasche barfuß auf den Weg, um ein Bad zu nehmen. Es stank wirklich alles nach Opium. Mein Kopf wollte nicht klar werden. Eine tonnenschwere Spinne hatte sich in all meine Gehirnwindungen verkrallt und wollte nicht weichen.

Nach dem heißen Bad hatte dieses Vieh wenigstens ein paar Beine eingezogen. Warum hatte ich dieses Zeug geraucht? Mit Bewusstseinserweiterung hatten mir die alten Vietnamesen ihre Sucht begründet. Wollte ich meine Tochter verstehen? Oder hatte ich mir etwas anderes erhofft? Ich wusste es nicht. Und gab dem ganzen Vorgang einen Namen: Verzweiflung.

»Bei deinem Zustand isst du das besser zum Frühstück.« Ewald hatte Bratkartoffeln, Brathering und saure Gurken zubereitet.

»Wie kann man nur so bescheuert sein? Nur weil das Zeug im Haus ist? Ihr seid doch alle kaputt«, grollte er und putzte die Badewanne. Räumte das Geschirr ab und stellte eine Flasche Bier hin. »Damit du mal wieder nüchtern wirst. Ich muss mit dir reden.«

»Du bist doch kein Hotel. Denke ich.«

Ewald lachte. »Nein. Bin ich nicht. Aber langsam werde ich zum Obdachlosenheim, wenn du so weitermachst. Hier sind deine Autoschlüssel. Der Wagen steht vor der Tür.« Er zog seine Hosenträger hoch, knöpfte sich die Hose und die Uniform zu, schnallte das Koppel um.

»Und? Habt ihr was gefunden?«

Ewald grinste. »Ja. Dein Todesurteil. Mickrige zehntausend Dollar. Die Ware, die du rübergeschleppt hast, war mindestens eine Million wert. Das ist nur Bestechungsgeld für unsere Leute. Eine Verarschung ohnegleichen.«

»Was habt ihr damit gemacht?«

»Behalten natürlich.«

»Also seid ihr doch bestechlich.«

Ewald stemmte die Fäuste auf den Küchentisch. »Nein, mein Lieber. So nicht. Das Geld ist ordnungsgemäß beschlagnahmt. Aber wie würdest du denn aussehen, wenn es noch da wäre? Diese Unbekannten würden dir sofort vorhalten, dass du mit uns gemeinsame Sache machst, um ihnen auf die Schliche zu kommen. Damit wärst du für sie unglaubhaft. Sie wussten, dass wir das finden würden. Nun glauben sie, dass wir bestechlich sind und Fehler machen werden. Wir müssen nur warten. Also schwing deinen Hintern ans Autotelefon. Ich muss zum Dienst.«

Ordnungsgemäß beschlagnahmt. Wie sich das anhörte! Was

war in diesem Chaos noch in Ordnung? Das Geld hatten sich die Grenzer aufgeteilt. Wahrscheinlich hatten sie auch noch eine Bescheinigung ausgestellt, die niemand mehr haben wollte. Der Spender garantiert nicht. Er hatte die Grenzen und ihre Kontrollen geschickt getestet. Und das hatte ihn gerade mal zehntausend Dollar gekostet. Wenn mein Päckchen Opium schon hunderttausend Westmark wert war, was hatte dann alles in dem Wagen gesteckt, den ich in den Westen gefahren hatte? Wirklich nur Streusalz?

Wer war dieser Mann? Oder war es eine Sie? Die Stimme im *Sans Soucis* war anfänglich männlich gewesen. Am Telefon war ein Zerhacker dazwischengeschaltet worden. Ob männlich oder weiblich, war nicht mehr zu unterscheiden. Wie eine Kunststimme hatte es geklungen.

»Du machst dich ganz gut«, schnarrte die Stimme.

Ich hatte den Motor laufen und kaute auf einer Bulette, die ich mir in der Kneipe geholt hatte.

»Du hast sicher schon mitbekommen, dass wir die Sicherheitslücken im Grenzbereich abgetastet haben. Alles nur zu deinem Besten.«

»Ich will meine Tochter sprechen. Und zwar sofort. Sonst könnt ihr mich vergessen«.

»Ich weiß«, kam es mechanisch zurück. »Dann bist du unsere Sicherheitslücke. Daher wirst du weder mit deiner Tochter noch mit Kleiner Drache sprechen. Ich rufe in einer Stunde wieder an.«

Meine Hand zitterte. Der Schweiß drang mir aus allen Poren. Sie hatten nicht nur The-Maria, sondern auch ihre Mutter? Was, zum Teufel, machte Kleiner Drache hier?

Oder war das alles nur ein Bluff?

»Sie sehn aber janich glücklich aus. Mit was kann ik Sie aufheitern?« Mollie, die Wirtin der Kneipe *Zum Jahnstadion* setzte sich zu mir an den Tisch. Sie hatte grüne Augen. War nicht mehr jung, aber mit einem ansprechenden Äußeren, das ihre freche Klappe geschickt zu übertünchen verstand.

»Helfen? Ich weiß auch nicht«, murmelte ich. »Ich blicke in der Situation nicht mehr durch. Kann ich ein Gedeck haben?« Mir war übel. Hatte ich zu viel Opium geraucht? Oder schlug mir diese undurchschaubare Situation auf den Magen?

»Mollie, was wissen Sie über ein Etablissement mit Namen *Sans Soucis?*«

Mollie hatte sich die dritte Zigarette angezündet. Sah mich an. Blies wie ein Drache den Rauch aus den Nasenlöchern.

»Darum jeht et also. Det *Sangssussi.*« Sie überlegte einen Moment und ließ den Blick über die Gäste gleiten, die sich ihren Frühschoppen gönnten. Wie mein Vater. Ob sie dann auch ein verbranntes Mittagessen bekamen?

»He, Paule«, schreckte sie einen älteren Mann auf, der in sein Bier stierte. »Komm ma bei mich.« Paule reagierte ziemlich langsam. Ein hagerer Mann. Die siebzig durfte er längst überschritten haben. »Der Mann aus dem Westen will nur 'ne Auskunft von dir.«

»Wer zahlt?«, kam es knurrend zurück. Ich hob die Hand.

Mollie lächelte. »Das wird aber teuer. Der hat hier einen Deckel von über hundert Mark.«

Dass Informationen Geld kosteten – und meistens mehr, als sie wert waren –, hatte ich schmerzhaft lernen müssen. Mein ganzes berufliches Leben als Journalist waren Brian Eppsteins Worte in mir haften geblieben.

»Ich übernehm den Deckel und zahle noch die Hälfte für nächsten Monat. Und für jeden, der mir glaubhafte Informationen über dieses *Sans Soucis* liefern kann.«

Mollie und Paule sahen sich an. »Das Angebot hätte ich besser nicht gemacht«, knurrte Paule. »Für mich hätte es gereicht. Aber jetzt weiß plötzlich jeder was drüber, obwohl er das Wort nicht aussprechen kann.«

»Halt die Klappe«, fuhr ihm Mollie über den Mund. »Willste mir den Umsatz kaputtmachen? Wenn ik schon son generösen Herrn aussem Westen hab, dann will ik auch mal watt vadienen.«

Paule winkte ab. Mollie schwang ihre Hüften hinter den Tresen.

»Danke für die Begleichung meiner Schulden. Ich bin ein Säufer. Ich weiß. Meine Frau ist vor einem Jahr gestorben. Da bin ich etwas auf die schiefe Bahn geraten. Meine Rente reicht leider nicht für Wohnen und Alleinsein. Man wird so einsam. Und bevor ich verrückt werde, besauf ich mich lieber unter Menschen. Habe meine Wohnung aufgegeben und hause in einem Kellerloch, das nüchtern nicht zu ertragen ist. Was wollen Sie wissen?«

»Na, hast du es dir überlegt?« Die verzerrte Stimme hatte mich pünktlich nach sechzig Minuten angerufen.

»Ja. Ich opfere meine Familie. Behalt sie.« Ich legte auf und wartete. Dieses Spiel beherrschte ich besser. Das hatte ich in Vietnam gelernt. Ich musste nur warten, um aktiv werden zu können. Paule hatte ich für zwei Monate freigehalten. Er hatte sich als der Schlüssel zum *Sans Soucis* herausgestellt. Er war dort drei Jahre nach seiner Rente Hausmeister gewesen.

Das Autotelefon piepte nach ein paar Minuten. Wenn die Gegenseite jetzt nicht auf meine Sturheit einging, hatte sie verloren.

»Hör zu. Wir haben alles getan, dass du und deine Familie ungeschoren davonkommen. Du musst nur noch ein paar Mal über die Grenze hin- und herfahren. Dieses Mal liegen zehntausend Dollar im Handschuhfach. Die deklarierst du nicht. Lass sie das Geld beschlagnahmen. Dir wird nichts geschehen. Du nimmst wieder die Chausseestraße und reist über die Bornholmer ein. Bei der Ausreise wird nichts passieren. Der hat seine zehntausend schon. Nur mit deinem Hauswirt, diesem Ewald, sind wir noch nicht ganz klar. Aber wir haben einen schwachen Punkt in seiner Vergangenheit gefunden. Seinen jüngeren Bruder. Also warte auf meinen Anruf um Punkt achtzehn Uhr. Dann ist unser Mann wieder an der Chausseestraße zuständig.« Die mechanische Stimme räusperte sich. »Ach ja. Da ist uns ein kleiner Fehler unterlaufen. Brich doch bitte den Mercedesstern ab. Die anderen Wagen haben ab sofort auch keinen mehr.«

Irritiert. Ja, ich war irritiert. Das war der einzig mögliche Begriff für meinen Zustand. Der oder die Unbekannten kannten mich und meine Gewohnheiten sehr genau. Sie wussten um meine Vergangenheit in Vietnam mehr, als mir lieb war. Sie hatten The-Maria. Das Opium war ein nicht abstreitbarer Fakt. Ich war ihm die letzte Nacht auch erlegen. Und es war keine Touristenversion. Aber Kleiner Drache? Kleiner Drache in Berlin? Hier schien mir ein Schwachpunkt zu sein. Um Kleiner Drache zu etwas zu bewegen, war schon mehr als eine einfache Erpressung nötig. Aber womit konnte jemand sie erpressen? Da passte etwas nicht zusammen.

Ich öffnete das Handschuhfach. Ein DIN-A5-Umschlag. Er enthielt tatsächlich zehntausend Dollar in kleinen Scheinen. Wie war der hier hereingekommen? Die Grenzer hatten in der Nacht den Wagen zerlegt und die zehntausend, die sie irgendwo gefunden hatten, beschlagnahmt. Oder nicht? Jemand log hier. Und wenn es Ewald war.

Eine Stunde war ich durch Ostberlin gefahren. Irgendwie musste ich die Zeit bis um sechs totschlagen. Telefonierte mit meinem Verlag. Beruhigte den Chefredakteur, dass ich mit einer gigantischen Geschichte über den Mauerfall zurückkommen würde. Atmete durch. Der war wenigstens beruhigt. Gute Storys machten ihn schnell gewogen. »Brauchst du noch Geld?«, hatte er gefragt. Wie es mir ging, hatte ihn nicht interessiert. Dabei ging es mir beschissen. Gerne hätte ich mal mit jemand darüber gesprochen. Aber mit wem?

»Ik werd nich mehr. Für de Jemüsesuppe is' et leider zu spät.«

Olga umarmte mich. Wie ich den Wurststand wiedergefunden hatte, wusste ich nicht. Vielleicht hat der verzweifelte Mensch einen Sensor, um liebgewordene Menschen aufzuspüren.

»Jupp schläft noch. Der hat erst um siebzehn Uhr Dienst. Trinkst du was? Heute gibt es nur Bratkartoffeln mit Spreekraut und Würstchen.« Olga bemühte sich, ohne ihren Berliner Dialekt zu sprechen. Ich kam mir plötzlich so fremd vor. Aber sie duzte mich. Immerhin. Ich hatte ihr Vertrauen.

»Geht aufs Haus«, sagte sie und stellte mir eine Portion hin, die mein angegriffener Magen- und Darmtrakt kaum bewältigen würde. Aber beleidigen wollte ich sie auch nicht. Heuschrecken, Kakerlaken und Würmer waren leichter verdaulich.

Die letzten Rentner waren gegangen, um ihren Mittagsschlaf zu halten. Der Schneefall hatte aufgehört. Die Sonne kam heraus.

Olga drehte den Gasbrenner herunter. »Das ist alles so scheißteuer geworden«, schimpfte sie und stützte sich auf den Stehtisch. »Seit Phong nicht mehr ist, muss ich jedes Salatblatt in Westmark bezahlen. Ich weiß auch nicht, wo das hinführt.«

»Wie viel brauchst du?«

Olga wischte sich die Hände an einem Handtuch ab, das Kleiner Drache nicht hätte durchgehen lassen.

»Wie meinst du das?« Sie sah mich misstrauisch an, klapperte mit der Wurstzange wie mit dem Maul eines schwimmenden Drachen.

»Wie viel Westmark brauchst du, um hier die nächsten Monate einkaufen zu können?«

Olga kam näher und schenkte mir einen Wodka ein.

»Was willst du dafür?«

»Eine Auskunft. Mehr nicht.«

»So, so. Nur eine Auskunft. Warum suchst du dann nicht in der Bendlerstraße? Da ist alles über uns gesammelt.«

»Die Details will ich nicht wissen. Nur wie das Verhältnis von Jupp, deinem Mann, zu Ewald ist. Beide tun doch an zwei Übergängen Dienst. Sie sind Kollegen. Wie stehen sie zueinander?«

Olga verzog das Gesicht und schenkte sich selbst ein. »Ist das alles?« Ich nickte.

»Die Auskunft kannst du für zweihundert Westmark haben. Oder ist das zu viel?«

Ich schob zwei Fünfziger über die verklebte Tischplatte. Sie verschwanden sofort in ihrem Kittel.

»Kommt drauf an, ob ich die Information interessant finde. Wenn ja, dann zahle ich noch einmal.«

Olga lief rot an. Ihr Blutdruck trieb ihr D-Mark-Zeichen in die Augen.

»Wie soll ich das sagen?«, suchte sie plötzlich nach Worten. »Jupp und Ewald waren mal befreundet. Seit ihrer Zeit als junge Pioniere waren sie unzertrennlich. Haben gemeinsam Fußball gespielt und jeden Scheiß gemacht, den junge Männer eben so machen.« Sie hustete. »Kann ich mal eines von deinen Zigarillos haben? Ich darf ja eigentlich nicht mehr rauchen. Aber der Fettdampf den ganzen Tag ist noch schlimmer.«

Ein paar Knirpse holten Bratkartoffeln im Pappbecher und eilten davon, bevor sie kalt wurden.

»Siehst ja selbst, in welcher Scheiße wir stecken. Die Leute können sich nur noch das leisten, was sie mit ihren ollen Ostmark kaufen können. Dann kaufen sie sich sogar die Kartoffeln in Scheiben. Ach ja. Wo war ich stehen geblieben? Ewald und Jupp.«

Sie bestieg wieder ihren Würstchenthron im Wohnwagen und kratzte den Grill mit einer Stahlbürste frei.

»Jupp hat sich von der Volksarmee über die Vopo hochgearbeitet. Weiter hat er es nicht gebracht. Ewald kam aus einem besseren Haus. Der hatte zwar anfangs den gleichen Ausbildungsweg. Wurde aber schnell ein hohes Tier bei der Stasi. Bis ihm die Flucht seines älteren Bruders das Genick gebrochen hat. Dann wurde er degradiert und zu den Grenzern gesteckt. Dass man ihn nicht in die Ecke der Volksfeinde gesteckt hat, hatte er seinem jüngeren Bruder zu verdanken. Der ist ...«, sie überlegte, »nee, der *war* ein hohes Tier bei der NVA. Der hat die Hand über Ewald gehalten. Bis er als Berater nach Asien ging. Seither hat man von dem nichts mehr gehört. Ewald hat brav Dienst an der Grenze geschoben und alles denunziert, was nur den Anschein erweckte, in den Westen rüberzumachen. Kameradenschweine waren die Steigers alle. Unter Ewalds Kommando wurden mehr Flüchtlinge gefasst oder erschossen als unter jedem anderen Stasi-Mann der Grenzbataillone. Sind dir weitere Auskünfte vielleicht noch einen Fünfziger wert?«

Sie waren mir den Schein wert.

Grenzübergang Chausseestraße. 18.30 Uhr.

Ein junger Grenzer hielt mich an. »Moment bitte. Der Schichtleiter möchte Sie sprechen. Fahren Sie rechts ran und bleiben Sie im Wagen.« Er ging mit vorgehaltener Maschinenpistole um den Wagen.

»Schon gut. Das übernehme ich.« Jupp schob seinen Kollegen beiseite.

»Ich kann wohl machen, was ich will. Ich werde ständig in Ihrer Schuld bleiben. Das kann ich doch nie zurückzahlen.« Jupp beugte sich in den Wagen. »Tut mir leid wegen der Fahrzeugdurchsuchung. Aber Ewald ist nun mal mein Vorgesetzter. Sagen Sie mir, was ich tun kann.«

Ich deutete nach hinten. »Könnt ihr mal den weißen Golf für eine Stunde festnageln? Der verfolgt mich, seit ich hier bin.«

Jupp pfiff den jungen Kollegen herbei. Gab ihm Anweisungen.

»Schon erledigt. Das ist aber doch nicht alles, was ich für Sie tun kann?«

Jetzt begann mein Gehirn einen Zwischenspurt. Wem von den beiden konnte ich trauen? Jupp oder Ewald? Wer hatte das Geld aus der Fahrzeuguntersuchung behalten? Wenn ich den Umschlag jetzt Jupp anbot, konnte das genauso falsch sein, wie ihn Ewald zu geben. Weg musste das Geld auf jeden Fall. Eine bescheuerte Situation. Ich hatte für DDR-Verhältnisse ein Vermögen im Handschuhfach und wurde es vor lauter Misstrauen nicht los.

»Nein. Schon gut. Ich helfe, wo es mir möglich ist. Und Olga ist 'ne tolle Frau und Köchin. Wir sehen uns noch.«

Jupp klopfte aufs Dach und wünschte eine gute Fahrt. Der Golf wurde auseinandergenommen. Der würde mir die nächsten Stunden nicht folgen.

Ja, es wurden Stunden. Ich wusste nichts mit mir anzufangen. Den Umschlag mit den zehntausend Dollar hatte ich an mich genommen. Sollte ich ihn behalten, damit er für den Geldgeber weg war? Das verwarf ich. Er war im Wagen deponiert worden und hatte einen Empfänger. Aber wen? Jupp? Er hatte mir unter Aufsicht der Vopos den Wagen kurzfristig beschlagnahmt. Ewald? Was sprach für ihn? Da war nicht viel. Er war verbittert. Hatte er das Geld aus dem Wagen genommen? Und wie viel war es wirklich gewesen?

Drei Stunden hatte ich mich in Westberlin getummelt. Hier war ein leichteres Leben. Die Straßen waren vom Schnee geräumt. Die Menschen lachten und plauderten in den Cafés auf dem Kudamm. Im Kaufhaus des Westens, besser als KaDeWe bekannt, hatte ich mich mit frischer Wäsche eingedeckt. Und mit einer Riesenportion Spaghetti mit Meeresfrüchten und einem Tiramisu als Nachspeise. Begleitet von einem köstlichen Grappa.

Jemand folgte mir durch das Kaufhaus. Ich spürte es. Vorbei an Unterwäsche, Damenoberbekleidung. Ich nahm mehrere Rolltreppen rauf und runter. Sah mich ständig so unauffällig um, wie ich es vermochte. Es war ein kleiner Mann. Einen kurzen Moment konnte ich sein Gesicht sehen. Sein bunter Wollschal, den er bis über die Nase gezogen hatte, verrutschte. Auf dem Kopf trug er eine gleichfarbige Wollmütze, die nur die Augen freiließ.

Er war Asiate. Der Mann zupfte seine Vermummung zurecht. Er hatte gesehen, dass ich ihn bemerkt hatte, und bog in der Parfümerieabteilung ab.

Im Tabakshop deckte ich mich mit Zigarillos und Einwegfeuerzeugen ein. Kaugummi war auch nicht schlecht. Und die neueste Ausgabe meiner Zeitung. Die Lautsprecher baten die Kunden das Haus zu verlassen. In fünfzehn Minuten war Ladenschluss.

Ich fluchte. Mir war die Zeit davongelaufen. In einer Stunde hatte ich die Verabredung mit Paule, dem ehemaligen Hausmeister des *Sans Soucis*. Hoffentlich war das nicht eine Finte, um sich noch mehr von mir aushalten zu lassen.

Aber um das festzustellen, musste ich erst einmal wieder in den Osten.

Langsam rollte ich auf den Grenzübergang Bornholmer Straße zu. Im Licht der Strahler, die die Nacht gleißend hell ausleuchteten, sah alles anders aus. Noch weniger freundlich. Aber nicht so desolat.

»Was wollen Sie denn schon wieder hier?«, schnauzte mein junger Lieblingsgrenzer. »Fahren Sie weiter.«

Nein. Das tat ich nicht. Jemandem mussten die zehntausend Dollar zugedacht sein. Und die wollte ich jetzt loswerden.

»Ich habe aber Devisen anzumelden ...«

»Weiterfahren habe ich gesagt«, fauchte er.

»Ich will aber eine ordnungsgemäße Einfuhrbestätigung. Sonst bekomme ich wieder Ärger«, stellte ich mich jetzt extra stur.

»Mann, Sie nerven. Machen Sie doch damit, was Sie wollen. Aber verschwinden Sie endlich, bevor ich ungemütlich werde.«

»Ich möchte Hauptwachtmeister Ewald Steiger sprechen und ein ordentliches Dokument haben«, beharrte ich.

Der Grenzer rollte mit den Augen. »Sie müssen sie doch nicht alle haben. Der Hauptwachtmeister hat seinen Dienst nicht angetreten. Und wenn Sie mich fragen ... der hat rübergemacht. Ist auch besser für ihn. Sonst hätten sie ihn hier hoppgenommen. Also los. Weiterfahren.«

Ich fuhr weiter. Das Autotelefon wollte sich nicht melden. War meine Mission beendet, ohne dass ich es wusste? War mein Rauschgifttransfer schon alles oder auch nur ein Ablenkungsmanöver gewesen? Wenn ja, dann von was? Wo war The-Maria? Hatten die Unbekannten Kleiner Drache wirklich? Die Tochter, das konnte ich mir vorstellen. Aber die Mutter? Das absolut nicht. Wer steckte hinter allem? Fragen über Fragen. Und je mehr ich mich quälte, umso nebulöser wurde alles.

Ich suchte mir eine Funkverbindung und rief im Verlag an. Die Nachtredaktion musste noch besetzt sein. Schnell stellte ich meine Fragen zusammen und bat um Rückruf um Punkt zwölf Uhr morgen Mittag.

Mein Kollege bestätigte. »Hast du heute schon den Lokalteil unserer Berliner Ausgabe gelesen? Vielleicht hilft dir das schon mal weiter.«

Nein. Das hatte ich noch nicht. Ich holte es an der Haltestelle der Linie 25 nach und fluchte. »So eine Scheiße. Warum weiß ich das nicht früher?« Der Artikel war kein Eigenprodukt des Verlages. Als Urheber war die DPA, die Deutsche Presseagentur, ausgewiesen.

Im Berliner Lokalteil stand auf der ersten Seite in fetten Lettern:

RÄUMT DIE VIETNAM-MAFIA IN BERLIN AUF?

Darunter der Text.

Seit der Maueröffnung scheint die vietnamesische Mafia ihre Aktivitäten von Ost- nach Westberlin verlagert zu haben. Was bisher Hoheitsgebiete der türkischen, italienischen und russischen Mafia gewesen waren, wird mit einer bisher noch nicht da gewesenen Brutalität durchgesetzt. Die Polizei scheint hilflos zu sein. Bisher gab es fünf Ermordete asiatischer Herkunft. Zwei italienische Barbesitzer und drei Bodyguards russischer Herkunft. Allen wurde der Kopf abgetrennt und vor die Türen bestimmter Bürger gelegt. Diese wurden inzwischen unter Polizeischutz gestellt. Es wurde eine Sonderkommission gebildet …

Ich rief wieder im Verlag an.

»Findet heraus, wer der Urheber dieser Meldung ist. Ich muss es wissen.«

Der Bus hupte hinter mir. Blendete auf. Ich sah auf die Borduhr. Ich war spät dran. Vielleicht zu spät für alles. Gab dem Mercedes die Sporen. Ich parkte ihn direkt vor der Kneipe mit ihren langsam ausgehenden Lichtern an der Fassade. Nun brannten nur noch die Birnen »… ion« Mehr war bei Dunkelheit nicht zu entziffern.

»Männeken, das wird aber auch Zeit«, empfing mich Mollie. »Paule ist fast schon wieder sturzbetrunken. Ich gebe ihm seit einer Stunde nur noch Wasser als Schnaps. Und was redet der für einen Quatsch? Das kann für euch gefährlich werden. Nimm den Kerl endlich mit.«

»War Ewald heute schon hier?«

Mollie schüttelte den Kopf. »Nee. Der müsste schon längst Dienstschluss haben. Vielleicht müssen sie Überstunden schieben. Es folgen momentan zu viele dem Ruf des Westens. Dagegen sind die Grenzer auch nicht immun. Vor allem nicht, wenn sie Verwandte im Westen haben.« Sie grinste und polierte Gläser.

»Dann steck Paule für 'ne halbe Stunde in den Schnee. Oder gib ihm einen Koffeineinlauf, damit er wieder nüchtern wird. Ich muss in Ewalds Wohnung. Bin gleich zurück.«

Ich hetzte die Straße entlang. Eine Ahnung. Es war nur eine böse Ahnung, die ich seit Vietnam als ständigen Wegbegleiter hatte. Sie hatte keinen Namen. Aber sie hatte sich irgendwie als Berater an meinen Instinkt angedockt.

Ewalds Wohnung war nicht verschlossen. Überall brannte Licht. Ich war zu spät. Die Wohnung war durchwühlt und systematisch auf den Kopf gestellt worden. Stiefelspuren. Überall waren Stiefelspuren auf dem Holzboden. Salz und Schneegemisch verrieten die Eindringlinge. Es war das Profil von Armeestiefeln. Vorsichtig umrundete ich die Abdrücke. Wischte meine Spuren mit einer alten Zeitung weg.

Im Eilschritt keuchte ich in den vierten Stock. The-Marias Zimmer sah so aus, wie ich es befürchtet hatte. Es war total verwüstet. Selbst die Bettwäsche war zerschnitten. Meine Tasche mit den Kleidern hatte jemand angezündet. Die Fotos auf dem Familienschrein waren zertreten.

Machtlos lehnte ich im Türrahmen und besah mir das Chaos. Atmete tief durch und nahm den Schrein unter den Arm. Das war alles, was ich als Andenken an eine längst vergangene Zukunft noch hatte.

Die anderen Wohnungstüren im Haus öffneten sich nicht. Nicht so wie in meinem Mietshaus in der Kölner Südstadt. Da war es ein Spießrutenlauf von einer Etage zur anderen. Jede und jeder würde etwas wissen, was hier passiert war. Auch wenn es nicht stimmte. »Ich habe gehört ... ich habe gesehen ... ich meine ... was meinen Sie? Nun sagen Sie schon endlich, sonst können wir der Polizei nicht ... keine Polizei. Damit will ich nichts zu tun haben.«

Hier tat sich nichts. Nicht einmal das Geräusch eines lebenden Menschen hinter den Türen. Totenstille. Selbst den kläffenden Köter auf der zweiten Etage schienen die Bewohner eingeschläfert zu haben, damit er ja die Schnauze hielt.

Der Schrein war schwer. Ich wuchtete ihn auf den Rücksitz.

»Sag mir jetzt nicht, dass du auch nichts mitbekommen hast«, knurrte ich Mollie an. Sie zuckte mit den Schultern.

»Muss ich? Ich kann nicht überall sein. Stimmt was mit Ewald nicht?«

Tief durchatmen war angesagt. »Nein.« Ich schüttelte den Kopf. Es hatte keinen Sinn. Hier wusste niemand etwas. Ein Rheinländer wäre an seinen Informationen geplatzt. Die hier erstickten lieber daran.

»Wo ist Paule?«

Mollie grinste kurz. »Wo wohl? Auf dem Klo. Kotzen. Anders ist der nicht nüchtern zu bekommen. Habe ihm ordentlich Salz und Pfeffer in die Bulette getan. Das wirkt immer. Kannst ihn da aufsammeln und dann schnell weg mit euch. Ihr vermasselt mir das ganze Geschäft. Scheiß Vopos.«

Es war sinnlos zu fragen, was sie damit meinte. Was hatte der junge Grenzer gesagt? *Hat wohl rübergemacht. Sonst hätten sie ihn ohnehin hoppgenommen.*

Ewald hatte etwas verschwiegen. Und da schien der Schlüssel zu liegen. Nur war mir nicht klar, was der Schlüssel sein konnte und wo das dazu passende Schloss war. Mir war eigentlich überhaupt nichts klar. Am wenigsten, was ich hier machte. Meine Tochter war das Ziel gewesen. Nun schienen sich immer mehr Rätsel aufzutun, um The-Maria wiederzubekommen. Der oder die Unbekannten schraubten die Ansprüche an mich höher. Es wurde zu einem Irrgarten. Und die Erfinder von Irrgärten waren schlaue Menschen. Sie hatten sie sich ausgedacht. Der Besucher musste sich durch sie hindurchwinden und wurde nach einem genauen Plan der Erbauer in die Irre geführt. Die modernen Irrgärten waren aber kein Spaß mehr, an dessen glücklichen Enden ein Page mit einem Glas Champagner stand und der Fürst Beifall klatschte. Sich bei seinen Gästen für dieses kleine Amüsement noch höflich bedankte. Diese Zeiten waren lange vorbei. Hier wurde ein anderes Spiel getrieben.

Anstatt eines Glases Schaumwein schien hier die Enthauptung zu warten. Der Irrgarten wurde nicht mehr als Aufforderung gehandhabt, aus ihm herauszufinden. Genau das Gegenteil war der Fall.

So kompliziert dachte kein Deutscher. Und schon gar nicht ein Ostdeutscher. Das war asiatisches Denken. Doch die Vietnam-Mafia? Dann hatte ich ein dickes Problem.

Kamikaze kam mir in den Sinn, wie er mit dem Peugeot 404 über den Damm der Reisfelder getobt war. Erst dreizehn. Aber nicht zu bremsen. Das war jetzt ... ja, wie lange her?

»Ich will nur sterben«, maulte Paule. »Mollie will mich umbringen. Ja, sie ersäuft mich mit Schnaps. Sie ist 'ne Russin. Die bringen alle mit Schnaps um.« Es folgte ein debiles Lachen. Ich zog ihn von der Kloschüssel und seine Hosen hoch. Er stank nach Erbrochenem, Fusel und Tabak.

»Du erinnerst dich noch, was wir heute vorhaben?«

Paule hing unter meinem Arm wie ein nasser Sack. Ich ließ ihn in den Schnee fallen. Das Gesicht voran. Rauchte ein Zigarillo und wartete. Aber er bewegte sich nicht mehr. Machte keinen Versuch, sich wieder aufzurichten. Ich drehte ihn auf den Rücken. Es war zu spät. Schnell untersuchte ich ihn. Das war kein natürlicher Tod eines Alkoholikers. Er hatte eine klaffende Wunde in der rechten Nierengegend. Ein Messerstich.

»Scheiße«, fluchte ich und durchsuchte seine Taschen. Zigaretten. Ein wenig Geld, ein schmutziges Taschentuch. Einen Schlüsselbund. Da waren mehr Schlüssel dran, als man für eine Kellerwohnung brauchte. Sollte ich ihn hier liegen lassen? Es war kein würdiger Tod. Auch nicht für einen verzweifelten Menschen. So ging das nicht.

Ich sagte Mollie Bescheid. Sie sollte sich um den Leichnam

kümmern. Mir stand noch ein Ziel bevor, das ich jetzt ohne den ehemaligen Hausmeister angehen musste. Und das hieß *Sans Soucis*.

Doch vorher war noch etwas zu klären.

»Ist Jupp schon vom Dienst zurück?«

Olga stand in ihrem Bratwursttempel. Es waren die üblichen Saufkumpane anwesend, die sich an Wodka, dem Gasbrenner und ihren heißen Sprüchen wärmten.

Olga schüttelte den Kopf. »Bei denen geht momentan alles drunter und drüber. Mehr drunter. Aber du hast doch einen großen Wagen mit einem großen Kofferraum. Ich könnte deine Hilfe brauchen. Helft mir mal, Jungs.«

Ohne meine Zustimmung abzuwarten, wuchteten die angetrunkenen Stammgäste einen Stehtisch heran, bei dem die Tischplatte aus der Verankerung gerissen war.

»Wenn du mir den eben zwei Straßen weiter fahren würdest. Da kann ihn jemand reparieren. Einer der Typen zeigt dir, wo das ist. Kriegst auch ein extra knuspriges Hähnchen mit Pommes.«

»Das darf doch alles nicht wahr sein.« Jupp kratzte sich am Kopf. Fummelte nervös an seinem Koppel.

Was war passiert?

Ich hatte den Schlüsselbund von Paule. Was ich damit anfangen sollte und wollte, war mir noch nicht klar. Also war es kein Aufschub, den zerbrochenen Stehtisch mal eben ein paar Straßen weiter zu fahren.

Der Kofferraumdeckel öffnete sich. Die Beleuchtung war schwach. Aber hell genug, um den Inhalt halbwegs orten zu können.

Und der bestand aus einem großen Plastiksack, der sich bewegte. Ein Mensch, der am Leben zu bleiben versuchte.

Zwei Schritte und ich hatte ein Messer vom Grill in der Hand. Schlitzte den Sack auf. Die Gestalt war weiblich und mit Klebebändern stillgestellt. Hände, Füße, Mund. Alles war verklebt.

Jupps Trabbi knatterte herbei. Er half mir, den Körper aus dem Kofferraum zu bergen. Er fragte nicht viel. Er tat es einfach.

Die Frau im Kofferraum war jung, schwarzhaarig und völlig erschöpft. Ich erkannte sie sofort, obwohl ich sie nur ein einziges Mal in meinem Leben gesehen hatte, als sie noch ein winziges Bündel war.

Es war meine Tochter.

The-Marias Tränenstrom war nicht zu stoppen. Sie stand unter Schock, fror erbärmlich in meinen Armen und schrie die ganze Nachbarschaft zusammen. Ich war wie gelähmt, wusste nicht, wie ich sie beruhigen konnte.

Die angetrunkenen Gäste wurden schlagartig nüchtern, als sie uns sahen, und … schwiegen. Olgas Hähnchen rochen wie süßes, verbranntes Menschenfleisch.

Olga stürzte aus dem Wohnwagen. »Komm Mädchen. Hier biste in Sicherheit. Ik mach dir ’n heißet Bad und viel Kamillentee. Lass die Männer ma machen.« Sie fiel vor lauter Aufregung in ihren Dialekt zurück. Die Männer zuckten hilflos mit den Schultern. Jupp hatte die Hände in den Hosentaschen versenkt und knurrte etwas, was sich wie »Das bezahlt er mir teuer« anhörte.

Olga war mit The-Maria in der Wohnung verschwunden. Einer der Stammgäste hatte ihren Platz eingenommen und sich erst einmal einen ordentlichen Wodka eingeschenkt.

Wie lange hatte The-Maria im Kofferraum gelegen? Das Kind musste paralysiert sein. Und ich hatte sie im Kofferraum spazieren gefahren. Sie hätte erstickt sein können, wenn sie sich nicht so diszipliniert benommen hätte. Wenig bewegen. Wie eine Vietcong. Keine Luft verbrauchen. Abwarten und flach atmen. Jede Bewegung, sich bemerkbar zu machen, konnte das eigene Leben kosten. Sie konnte nicht wissen, wer den Wagen fuhr. Dieses Mal hätte diese Strategie gründlich danebengehen können. Jetzt brauchte ich auch einen Wodka.

»Was meinst du mit … das bezahlt er mir teuer?«.

Jupp zog nur kurz die Augenbrauen hoch. »Nicht hier«, murmelte er. »Können wir eben den Tisch zur Reparatur fahren? Sonst ist Olga sauer.«

Wohl war mir nicht dabei. Lieber wäre ich bei meiner Tochter geblieben. Sie war in einem jämmerlichen körperlichen und seelischen Zustand. Am liebsten hätte ich sie ins Auto gepackt und wäre mit ihr gen Westen gefahren. Aber ich hatte zu viel getrunken. Und außerdem war ich mir nun nicht mehr sicher, ob die verstellte Stimme nicht doch Kleiner Drache statt The-Maria als Faustpfand in der Hand hatte.

Ich hatte den Fehler begangen, meine Familie in Vietnam nur als Jugendsünde abzutun. Nun holte mich meine Vergangenheit mit Rauschgift und Toten ein. Langsam ging mir nicht nur die moralische, sondern auch die journalistische Puste aus. Das Leben schien nichts zu vergessen. Und mein Konto davon war offensichtlich überzogen. Die Lebensbank forderte eine sofortige Rückzahlung.

Wir hievten den Stehtisch in den Kofferraum. Der Deckel ging nicht mehr zu. Lieferten das Teil in einer Art Baracke ab. Auf dem Hof stapelten sich alte Autos. Reifen. Kotflügel. Ein Schrottplatz. Jupp sprach kurz mit einem Mann. Ich konnte ihn im Dunkel nicht erkennen. Der Tisch wurde ausgeladen. Jupp stieg wieder ein.

»Was jetzt?«

»Du wolltest doch wohin. Also fahren wir dahin.«

»Zum *Sans Soucis*?«

Jupp nickte. »Was sonst?«

»Woher weißt du vom *Sans Soucis*?«, fragte ich misstrauisch. Ich hatte nur mit Phong und Ewald darüber gesprochen. Nicht mit Jupp oder Olga.

Jupp knurrte. »Erstens hast du es mir gerade selbst gesagt ... entschuldige. Ein alter Verhörtrick. Und zweitens von der Linie 25. Der Fahrer ist mein Schwager.«

Ich hatte überhaupt keine Lust mehr, dieses Etablissement aufzusuchen. Ich wollte lieber mit The-Maria sprechen. Wenn sie denn ansprechbar war. Irgendwie fühlte ich mich elend schuldig an ihrer Situation. Ich hatte komplett versagt. Als Vater und Beschützer einer Familie.

»Was ist? Wir sind gleich da. Du hast die Schlüssel und ich die Uniform und eine Waffe. Gehen wir da mal rein. Würde mich schon interessieren, was daran so geheimnisvoll ist, dass dort nur Bonzen verkehren können.«

Wir hielten vor dem Eingang. Es brannte kein Licht. Es waren auch keine Spuren im Schnee zu sehen. Der Eingang war seit einigen Stunden nicht benutzt worden.

Jupp musste pinkeln. Hatte dieser Ehemann, Schichtführer eines Grenzübergangs, an dem nach Lust und Laune drangsaliert wurde, nichts anderes zu tun, als an seine Blase zu denken? Es standen genug Bäume und verschneite Hecken herum, an oder hinter die er pinkeln konnte.

Wer war mein Widersacher? Er schien mich zu kennen. Aber er zeigte sich nicht. Sein Spiel war trickreich und brutal. Ich versuchte mir alle in Erinnerung zurückzurufen, die ich aus der Zeit in Vietnam kannte. Wer von den Menschen aus jener Zeit hatte solche hochkriminellen Fähigkeiten gehabt? Ich war mir langsam sicher, dass ich in diesem Haus nichts mehr finden würde. Die Lösung konnte mir nur The-Maria bieten.

Wenn sie ihn überhaupt kannte. Die Person, ob männlich oder weiblich, spielte mit mir und der Situation der sich auflösenden DDR. Ein Schachspieler. Er hatte seine Dame geopfert, meine Tochter, mit der er mich erpresst hatte hierherzukommen. Sie mir zurückgegeben. Damit war sie aus dem Spiel. Aber er hatte sicher noch andere Figuren auf dem Brett und musste sich in einer komfortablen Stellung fühlen. Kleiner Drache? Was war sie dann? Der König, den es auf jeden Fall auf dem Brett zu schützen galt. Welche Figur würde als nächste gezogen? War das Spiel des Gegners auf Angriff oder Verteidigung gerichtet?

Den Schneemengen nach war Weiß am Zug. Und das war garantiert nicht ich.

»Du atmest schwer. Stimmt was nicht?« Jupp überprüfte seine Makarow. Lud sie durch.

»Doch. Alles okay«, log ich.

»Dann lass uns endlich reingehen. Ich will wissen, was sich da drin versteckt. Es muss etwas sein, in das wir Fußvolk nie hineindurften. Komm endlich.« Jupp stieg aus und entleerte seine Blase auf dem Weg. Wie ein Hund, der sein Revier markiert.

Das Autotelefon meldete sich. Die verzerrte Stimme klang heute freundlicher. Der Verzerrer hatte sich geändert.

»Du hast deine Tochter wieder. Ich hoffe, sie hat keinen Schaden genommen.«

»Was willst du? Gegen wen hast du sie ausgetauscht?«, fauchte ich ins Mikrofon.

»Mach langsam. Du bekommst auch Kleiner Drache unversehrt zurück. Du musst nur noch einmal tun, was ich dir sage.«

»Wer bist du? Verdammt noch mal. Und wenn ich es nicht tue und nur noch dir nachstelle?«

Es war eine müde Drohung. Genauso klang das Lachen des Unbekannten.

»Du überschätzt dich und unterschätzt andere. Vor allem diesen Jupp, der gerade auf den Gehweg pinkelt. Ich gebe dir einen guten Rat: Hol deine Tochter. Bei deinem Kumpel Ewald bist du sicherer. Und verbarrikadiere dich mit ihr in der Wohnung. Gehe nicht mehr in die Kneipe.«

»Warum sollte ich mich da sicher fühlen? Ich fahre mit The-Maria heute Nacht in den Westen zurück. Und du kannst mich mal.«

Auch das Atmen des Anrufers wurde verzerrt. Es klang wie das Rasseln eines Schlossgeistes mit seinen Ketten.

»Ewald hat für mich gearbeitet, und ... um mich zu finden, musst du wirklich in den Westen kommen. Ich bin nicht in der DDR. Nur meine Augen und Ohren. Also geht schon in das Haus. Aber achte auf deinen Begleiter. Er ist garantiert nicht dein Freund. Morgen um zwölf Uhr melde ich mich mit den Anweisungen für deinen letzten Auftrag. Dann kannst du deine vernachlässigte Familie wieder komplett mitnehmen.«

Die Verbindung brach ab.

Ein weißer Golf fuhr an mir vorbei. Mir war, als winke der Fahrer mir zu. Dann gab er Gas. Verschwand in einer Schneewolke.

»Willst du nun endlich da rein oder nicht?« Jupp öffnete die Beifahrertür. »Deinen Schlüsselbund brauchen wir nicht. Es war nicht verschlossen. Ich war schon drin. Das Ding ist seit Monaten nicht mehr benutzt worden.«

»Nein danke. Mir ist die Laune vergangen. Ich fahr dich nach Hause. Kannst deine Waffe wieder sichern.«

Jupp zog das Gesicht in Falten. »Oh, oh. Ich ahne schon. Das Autotelefon. Hat er sich wieder gemeldet?«

Ich sagte nichts und fuhr zum Wurstgrill zurück. Auch das konnte Jupp nicht wissen, dass ich an der dornenbewehrten

Leine eines Unbekannten hing. Das hatte nur Ewald gewusst. Das Spiel wurde immer undurchsichtiger. Der Golf folgte uns schon wieder. War er nun Aufpasser, Informant oder Täter? Auf jeden Fall schien der Fahrer eines der Augen und Ohren von Herrn oder Frau Unbekannt zu sein.

»Du kanntest doch Ewald seit der Schule?«

Jupp nickte.

»Ja, warum?«

»Wie viele Brüder hatte er?«

Jupp überlegte. Mir war ein Gedanke gekommen, den ich hoffte morgen durch den Verlag bestätigt zu bekommen.

»Einen. Und der hat rübergemacht. Wohnt seit Jahren irgendwo bei Köln. War Bauingenieur. Müsste aber längst in Rente sein. Wenn er noch lebt. Warum willst du das wissen?«

»Nur so«, murmelte ich und dachte an das Familienalbum von Ewald Steiger. Der hatte von zwei Brüdern gesprochen. Einem im Westen und einem vermissten in Vietnam.

»Ist dir im Keller etwas Besonderes aufgefallen?« Ich suchte einen Sender im Autoradio. *»Für die nächsten Stunden wird mit nachlassendem Schneefall gerechnet. Und nun die neueste Meldung über die heutige Parteisitzung des obersten Staatsrates.«* Ich schaltete weiter. Elvis Presley.

»Ja. Da war eine besonders exquisite Folterkammer der Stasi. Aber die gibt es zu Hunderten in der DDR. Im Gefängnis sind sie nicht ganz so komfortabel. Aber wirken tun sie alle. Ob mit Leder oder Seilen Verhöre durchgeführt werden, ist doch letztendlich egal. Es kommt immer was dabei heraus. Und wenn es nur Schreie und Geständnisse sind. Verreckt sind sie alle.«

Ich zog es vor zu schweigen. Sonst beging ich noch einen Mord. Nur Jupps Makarow hielt mich davon ab. Wer war der Mann neben mir? Wer war die künstlich verzerrte Stimme, die mit mir und meiner Familie spielte? Wie hing das zusammen?

Es musste einen Anfang geben. Wo waren die Leichen im Keller, die sich wieder regten? Die Gegenseite schien nichts zu verlieren, aber alles zu gewinnen zu haben.

Ich fuhr und grübelte. Wenn es das war, was sich wie ein Gift langsam durch mein Gehirn schlich, hatte ich eine ganz, ganz leise Ahnung, worum es letztendlich ging. Posttraumatische Anfälle ehemaliger Soldaten des Vietnamkriegs. Viele hatten im Privatleben Selbstmord begangen. Manche waren aus dem Sumpf der Prostitution und die wenigsten aus Drogen und Verzweiflung aus eigener Kraft herausgekommen. Gekümmert hatte sich niemand um sie. Bein ab. Arm ab. Auge weg. Verminderte Atemfunktion. Unfruchtbarkeit durch Orange Red, das Entlaubungsmittel der amerikanischen Streitkräfte. Das wurde gerade noch mit ein paar tausend Dollar vergütet. Es war mehr eine Scham des Übertünchens als eine wirkliche Entschädigung. Aber der psychische Schaden, der war nicht sichtbar. Also wollte ihn auch niemand wissen. Er war schleichend und somit unkalkulierbar. So unkalkulierbar wie jeder Krieg. Und der Vietnamkrieg hatte die, die ihn physisch überlebt hatten, zu unkalkulierbaren lebenden Leichen gemacht. Sie gingen einer halbwegs geregelten Arbeit nach. Wenn sie es noch konnten. Und warum? Um ihre Schmerzmittel wie Alkohol und Drogen bezahlen zu können.

Und ich musste mir eingestehen, dass sich bei mir auch irgendwo in den Erinnerungen ein Schwelbrand im Gehirn eingenistet hatte.

Die Saufkumpane hingen immer noch in der Wurstbude herum.

»Na, wie war es in der Stasi-Bumsburg?«, empfingen sie Jupp. Der schüttelte nur den Kopf. Olga trank mit und war reichlich mit Wodka abgefüllt.

»Hallo, Jast ausem Westen«, lallte sie. »Kannste mal dafür sorjen, dett ik wieda in meine Wohnung kann? Deene Mieze randaliert oben und wirft mit de Küchenmesser. Ik trau mich da nich mehr hoch. Aba de Bullen wollte ik ooch nich holen. Wees ja nich, watt de mir noch dafür zahlen wills.«

Die Meute lachte. »Kann sie es denn? Dann mach doch noch einen Zirkus für Bratwurstwerfen auf.« Die Betrunkenen krümmten sich vor Lachen.

Ich eilte die Stufen hinauf. Jupp folgte. Die Wohnungstür war verschlossen. Ich klopfte.

»The-Maria. Mach sofort auf.«

Jupp lehnte sich ans Treppengeländer und machte keine Anstalten, mir zu helfen oder in seine Wohnung zu kommen.

»The-Maria. Mach sofort die Tür auf.«

Jupp lächelte und verschränkte die Arme vor der Brust.

»Da hast du dir ein Früchtchen als Tochter ausgesucht. Ist wohl besser, ich erschieße sie, und kein Hahn wird in diesen Zeiten mehr danach krähen. Du hast deine Ruhe. Brauchst keine Kurierfahrten als Drogendealer mehr zu machen, und ich habe auch langsam die Schnauze voll von diesen Spielen. Der Wurststand kotzt mich an. Ich will eine eigene Kneipe. Nicht dieses Provisorium vor der Tür, für das wir monatlich noch zahlen müssen, damit uns die Vopos das nicht verbieten. Jetzt kommt ihr Wessis. Da will ich mal richtig absahnen.«

»The-Maria, mach auf. Sonst gibt es Ärger mit der Polizei.« Ich hämmerte an die Tür.

Tock machte es. Eine Messerspitze durchdrang die Sperrholztür. Jupp lächelte.

»Sehr wehrhaft, deine asiatische Tochter.«

»The-Maria. Hör mit dem Mist auf. Du bist nur Gast in diesem Land. Ich nehme dich mit nach Westdeutschland.«

Wieder machte es nur *Tock*. Eine neue Messerspitze.

»So, so. Nach Westdeutschland willst du sie mitnehmen.«

Jupp fummelte an der Pistole herum. »Und wie willst du das machen? Du kannst ja hinfahren, wohin du willst. Aber sie ist keine Deutsche. Sie hat nur eine befristete Aufenthaltsgenehmigung für die DDR. Die werden die westdeutschen Kollegen kaum ins Land lassen. Und dann? Dann haben wir diese Chinesenscheiße wieder im Land.«

»Sie ist Vietnamesin«, wies ich ihn zurecht.

»Wo ist da der Unterschied? Sind alles nur Schlitzaugen. Blutsauger und Kriegsgewinnler.«

Er atmete tief ein, hob die Waffe und drückte ab. Der morsche Putz des Hausgangs rieselte leise auf uns herab. Er roch feucht. Moderparfüm.

»Ich meine es ernst. Du kommst ohne mich nicht in den Westen.« Ein zweiter Schuss folgte.

»Wir wollen dieses Pack hier nicht und eure Leute drüben schon dreimal nicht. Wir sind schon lange pleite. Die saugen euch auch nur aus. Aber eure sind schlauer. Keinen deutschen Stammbaum, keine Einreise. So einfach macht ihr euch das im Westen.«

Jupp sah nach oben. Aus den Schusslöchern im Putz hingen Strohhalme. Er wurde wütend.

»Ewald, dieses Schwein. *Sans Soucis*. Dicker Mercedes. All das könnt ihr euch leisten. Und ich? Wir leben praktisch nur auf der Straße. Am Kontrollpunkt oder in der Würstchenbude. Hast ja gesehen, in welchen Verhältnissen wir hier wohnen! Alles nur Schrott.«

Wieder schoss er. Dieses Mal durch die Tür. Feuerte das ganze Magazin in seine Wohnung. Lud nach.

»Ich lass mich doch nicht von so einem Bastard aus meiner Wohnung vertreiben. Das geht mir jetzt zu weit.«

Jupp nahm einen kurzen Anlauf und trat die zerschossene Tür ein. Schrie auf und fluchte. Irritiert sah er an sich entlang. Dann fiel er einfach um. Das Fleischermesser war bis zum

Heft genau unterhalb des Brustbeins in seinen Bauch gedrungen.

The-Maria verzog keine Miene, kniff nur die Lippen zusammen und sortierte weitere Messer. Sah die Pistole, stürzte sich auf sie, steckte sie ein und zog mich die Treppe runter.

Die Uhr am Armaturenbrett zeigte 23:45 Uhr an. Längst war es stockfinster geworden.

The-Maria hatte seit unserer Flucht aus Ostberlin nicht gesprochen. Sie lag einfach auf dem Rücksitz, die Unterschenkel auf dem Familienschrein, und schlief. Sie schnarchte noch nicht einmal. Ließ sich auch durch Tankstopps nicht stören.

Mir dröhnten die Parolen der betrunkenen Wurststandgäste beim Verlassen des Hauses in den Ohren.

»Na, hat Jupp es euch mal ordentlich gezeigt? Ihr Scheißwestler mit diesem Schlitzaugenpack? Könnt froh sein, dass er euch nicht umgelegt hat. Das ist heute endlich mal die Zeit, dass wir euch zeigen können, was wir von euch halten. Kräht jetzt kein Hahn mehr nach, wenn von euch einer mehr fehlt. Macht, dass ihr wegkommt.«

Olga hatte nur mit triefenden Augen debil gelächelt und sich an einem Tisch festgehalten.

Der Grenzübertritt über die Chausseestraße war ohne Probleme verlaufen. Ich war einfach durchgewunken worden. In Westberlin hatte ich Snacks und Getränke am Bahnhof Zoo gekauft, den Wagen voll getankt und war weitergefahren. Ich musste Köln erreichen. Egal wie.

Hier waren die Autobahnen geräumt und abgestreut. Ich konnte den Mercedes ausfahren. Das Klebeschild am Lenkrad, dass die Winterreifen nur bis 210 Kilometer pro Stunde zugelassen waren, interessierte mich nicht. Wer mir folgen wollte, musste schon einen Rennwagen haben. Mit der Lichthupe scheuchte ich Trabbis und Wartburgs auf die Seite. Ich hörte förmlich das Fluchen der Fahrer, die sich mit achtzig Stundenkilometern gen Westen kämpften. *Verschwindet. Euch und eure Schlitzaugen wollen wir hier nicht.* Das blieb mir als hasserfüllte Erinnerung hängen. Also jagte ich Trabbis.

Warst du nicht auch einmal ein verhasster Ausländer in einem fremden Land?, murrte mein Gehirn. Ich nickte. Gab mir aber sogleich eine Entschuldigung. *Ich war nur Beobachter.*

So, so, Beobachter. Und was ist das da auf dem Rücksitz? Auch nur eine Beobachtung?

Ich schüttelte die Gedanken ab. Aber sie klebten wie ein alter Kaugummi irgendwo in meinem Gehirn. Wo war der Unterschied zwischen einer Opiumspinne und einem Kaugummi? Das Opium verlor bald an Wirkung und verlangte nach mehr. Der Kaugummi war nicht mehr zu entfernen. Er hinterließ immer eine Restspur. Und die lag auf dem Rücksitz.

»Ich muss mal«, kam es vom Rücksitz. Es war das erste verständliche Wort meiner Tochter, seit ich sie im Kofferraum gefunden hatte.

Wir waren kurz vor Hannover. Im Westen. Ich steuerte die nächste Raststätte an. Wartete. Es war 12.00 Uhr. Das Telefon gab keinen Laut von sich. Weder mein Kollege aus dem Verlag noch der Unbekannte meldeten sich. Ich überprüfte die Empfangsqualität. Sie war optimal.

»Ohne mich gehst du nirgendwo hin«, pfiff ich The-Maria zurück.

Sie drehte sich um. Öffnete kurz ihre Jeansjacke. Im Hosenbund steckte die Makarow von Jupp. Winkte kurz und deutete auf das Restaurant. Hob zwei Finger. In zwei Minuten bedeutete das. Sie beherrschte die Zeichensprache ihrer Mutter. Sie *war* ihre Mutter. Feingliedrig. Schlank. Entschlossen. Eigenwillig. Sie war eine weibliche Schönheit. Den Körperbau hatte sie von mir. Unverhältnismäßig groß für eine Asiatin. Etwa einen halben Drachen größer als Kleiner Drache.

»Warum musstest du ihn umbringen? Du weißt, dass wir jetzt auf der Flucht sind. Du darfst nicht hier sein. Warum bist du überhaupt in Ostberlin gelandet?«

Der Gastraum war mäßig mit müden Fernfahrern besetzt. The-Maria kaute ein Salat-Sandwich. Nuckelte an einer Cola. Sah an mir vorbei zum Fenster hinaus. Kaute und trank weiter.

Minuten vergingen. Leute kamen und gingen.

»Du hast nicht das Recht, mich das zu fragen. Du hast mich nur einmal in deinem Leben gesehen, nach meiner Geburt.«

Sie bestellte noch ein Sandwich. Noch eine Cola.

Das stimmte. Ich hatte mich um Kind und Mutter recht wenig gekümmert. Wenn ich ehrlich war, überhaupt nicht. Das schlechte Gewissen war bei mir.

»Deswegen bringt man doch keinen Menschen um. Die wollten dir, mir doch nur helfen.«

The-Maria bestellte nach. Noch ein Sandwich, eine Cola.

»Die wollten weder dir noch mir helfen. Die sind froh, wenn sie sich selbst helfen können. Und wer auf mich schießt, der muss sterben. Oder erinnerst du dich nicht mehr an die Zeit, als du auch so gedacht hast?«

Das sollte meine Tochter sein? Einen Moment begann ich zu zweifeln. Diese junge Frau sah aus wie eine junge Frau. Nur ihre harte deutsche Aussage klang wie die einer fünfzigjährigen Reisbäuerin, die schon alles Elend des Vietnamkriegs erlebt hatte. Abgeklärt. Angriffslustig. Verzweifelt.

»Wir sind nicht mehr im Krieg. Kannst du das nicht vergessen?« Ich hatte unwillkürlich die Stimme gehoben. Die Fernfahrer blickten nur kurz auf.

»Genau das ist euer Problem hier. Wir sind immer im Krieg. Aber ihr wollt es nicht wahrhaben. Wohin fahren wir?«

»Nach Hause«, knurrte ich schlecht gelaunt und ahnte, was nun kommen würde.

»In *dein* Zuhause. Das ist nicht meins. Lass mich einfach in Ruhe. Ich komme schon allein zurecht. Was soll ich hier? Ich bin Stipendiatin der Volksoper von Saigon. Höher kann ich nicht kommen. Und das Stipendium gilt nur für die DDR.«

Sie beobachtete den Verkehr auf dem Parkplatz vor der Raststätte und wurde unruhig.

»Da ist der schwarze Wagen, der Monsieur Steigers Tochter, meine Freundin, und mich entführt hat.«

»Steck die Waffe weg«, fauchte ich hinter vorgehaltener Hand. The-Maria deutete mit dem Lauf auf einen schwarzen Lincoln, der langsam an den parkenden Autos entlangfuhr. Ein amerikanischer Wagen, der seit Jahrzehnten nicht mehr gebaut wurde. So schnell wie sie vom Tisch aufgesprungen war, konnte ich nicht reagieren. Konnte nur noch hilflos zusehen, wie sie beidhändig die Waffe in Anschlag brachte. Es fiel nur ein einziger Schuss. Der Wagen rollte führerlos gegen einen geparkten LKW.

The-Maria hatte den Schrein in den Kofferraum verfrachtet. Nun schlief sie wieder. Asiaten konnten immer und überall schlafen. In der Bahn hakten sie sich mit den Handgelenken in die Halteschlaufen und schliefen. So konnten sie nicht umfallen. Die Beine schienen sie vom Rest des Körpers abzukoppeln. Die knickten nicht ein. Sie standen und schliefen.

Es hatte mich einige Mühe gekostet, meiner Tochter die Pistole abzunehmen. So ging das nicht weiter. Der Tote am Lenkrad des schwarzen Wagens war der Grobian, der mich beim Besuch des *Sans Soucis* gefilzt und Phong die Pistole abgenommen hatte. Kopfschuss durch das Seitenfenster. The-Maria verstand es mit Waffen umzugehen.

»Was, verflucht noch mal, ist mit meinen Informationen los?«

Ich näherte mich dem Ruhrgebiet. The-Maria sah ohne Regung zum Fenster hinaus. Hier regnete es und das Wetter war nicht dazu angetan, meine Stimmung zu heben.

»Tut mir leid, Peter«, murmelte die Stimme meines Kollegen in der Redaktion. »Aber wir können keinen Bruder dieses Ewald Steiger im Kölner Raum auftreiben. Wir haben alles versucht. Aber den gibt es nicht. Da muss dich jemand gelinkt haben. Ich soll dich vom Chef fragen, ob das jetzt Urlaub, Dienstverweigerung oder eine Kündigung von dir ist, was du zurzeit machst.«

»Arbeit, ihr Armleuchter«, fauchte ich zurück. »Ich bin in zwei Stunden im Verlag und will Personenschutz.«

Ich hatte eine Killerin als Tochter. Zwei Tote in wenigen Stunden. Messer. Pistole. Und sie sah nur in die verregnete Landschaft, als ginge sie das alles nichts an. Sprach kein Wort. Spielte unablässig mit einem vielfarbigen Gürtel aus Stoffresten. Zurrte Knoten hinein und löste sie wieder.

Mir war nicht wohl. Der Unbekannte rief nicht an. Hatte The-Maria seine Augen und Ohren im Lincoln eliminiert? War er nun blind und taub?

»Du solltest schneller fahren«, sagte The-Maria und wies in die Wassergischt hinter uns.

Ein Blick in den Rückspiegel. Ein weißer Golf war hinter uns. War es der aus Ostberlin oder ein anderer, der sich nur auf dem Weg von A nach B befand? Ich beschleunigte.

Bis 210 Stundenkilometer hielt der Golf mit. Er war es also. Und die Augen und Ohren des Unbekannten waren nicht blind und taub geworden.

The-Maria verstellte den Rückspiegel so, dass sie den Wagen beobachten konnte.

»Die Pistole.« Sie schnippte mit den Fingern.

»Willst du noch jemand umbringen? Das reicht jetzt. Wir sind im Goldenen und nicht im Wilden Westen.«

»Die Waffe. Sonst legt der uns um. Das ist Notwehr. Auch im Westen.«

»Und wer ist der? Wer zum Teufel hat dich entführt? Das hast du mir immer noch nicht gesagt. Du, ich meine wir, können doch nicht jeden umlegen, der uns auf den Fersen ist.«

The-Maria kroch auf den Rücksitz.

»Doch. Müssen wir sogar. Sonst geben sie keine Ruhe. Eure Gesetze interessieren die nicht. Die leben nach dem Gesetz des Dschungels. Und das kennst du ja ausreichend. Also, die Waffe bitte. Und fahr langsamer. Nicht bremsen. Er muss näher kommen«, kommandierte The-Maria. »Und wenn er nah genug ist, dann trittst du voll auf die Bremse und lenkst auf den Standstreifen.«

Mir war mehr nach einem Whiskey und einer guten Zigarre an einer gemütlichen Bar, als hier ein Gangsterrennen zu veranstalten. Aber ich wusste, was meine Tochter mit Dschungelkrieg meinte. Da gab es nur ein Entweder-Oder. Dazwischen war nichts. Nicht einmal ein Standstreifen.

Ich verminderte die Geschwindigkeit. 200, 180, 140 Stundenkilometer.

The-Maria kurbelte die linke hintere Scheibe herunter.

»Jetzt. Voll bremsen«, schrie sie in den Wind und Regen, der in den Wagen drang.

Der weiße Golf hatte keine Chance gehabt. Er hatte zu spät reagiert. In dem Moment, in dem er an uns vorbeischoss, hatte meine Tochter das komplette Magazin auf ihn abgefeuert. Leitplanke links. Leitplanke rechts. Überschlag und Abflug in ein Feld.

Ich kam auf dem Standstreifen zum Stehen. The-Maria sprang aus dem Wagen, lud nach und lief zurück zur Unfallstelle. Woher sie die Munition hatte, wollte ich nicht wissen.

Noch einmal sechs Schüsse, die sie in das Wrack feuerte. Im Laufschritt kam sie zurück und ließ sich wieder auf den Rücksitz fallen.

»War das jemand, den ich kennen sollte?« Eine makaberere Frage fiel mir nicht ein. Zwei Tote auf den paar hundert Kilometern von Berlin nach Köln. Entsprach das den normalen Unfallzahlen der Autobahnmeisterei?

»Weiß ich doch nicht, wer dir alles an den Hals will«, fauchte sie.

»Wieso mir? Dich hat man doch entführt und mich in den Osten gelockt, um dich zu befreien. Hat mich zum Rauschgiftkurier gemacht. Wer spinnt denn jetzt hier? Wenn der Kerl mich nicht angelogen hat, bist du im Austausch für deine Mutter freigekommen, und er hat sie jetzt als Geisel. Wir sind hier nicht im Dschungel. Nicht in Saigon und nicht in Chau Doc. Ich stecke hier in der Scheiße mit dir. Drei Morde an der Backe und keine gültigen Papiere: Was soll ich denn jetzt mit dir machen?«

The-Maria bog sich den Rückspiegel zurecht.

»Auf jeden Fall machen, dass wir hier wegkommen.« The-Maria kramte in ihrer Umhängetasche. »Weil es mehrere weiße Golfs gibt. Gib Gas.«

Wie ein Soldat setzte sie die Einzelteile einer Kalaschnikow zusammen. Nur der Kolben fehlte.

»Du willst doch nicht etwa jeden weißen Golf abschießen? Da spiele ich nicht mit.«

»Es wird dir nichts anderes übrig bleiben. Wir hier sind die Ware, die es zu transportieren gilt. Und wenn die Verfolger uns bekommen, dann sind unsere Chancen äußerst gering. Also fahr.«

Meine Tochter. Ich konnte es nicht glauben. Beobachtete im Rückspiegel, wie sie aus dem Wagen eine Festung machte. Maschinenpistole. Handgranaten. Ladestreifen, als müssten wir einen Sturmangriff abwehren. Langsam bekam ich Verfolgungswahn.

Der Tacho kletterte auf 250 km/h.

»Was meinst du damit, dass wir die Ware sind?« Ich konzentrierte mich auf die Straße. Die Golfs konnten nicht mehr folgen.

The-Maria kauerte auf dem Rücksitz und beobachtete den Verkehr. Wie eine Vietcong im Reisfeld.

»Ich wurde nicht entführt. Es ist alles ein Plan.« Sie lud leere Magazine. »Mutter, die Frau, die du Kleiner Drache nennst, hat noch eine ganze Menge gut bei dir. Und das will sie jetzt vergütet haben.«

»Und wie?« Einen Moment schwankte ich zwischen 250 Stundenkilometern und dem Gedanken, diese Geschwindigkeit auszunutzen, um gegen den nächsten Brückenpfeiler zu rauschen. Meine Vergangenheit hatte mich nicht nur eingeholt. Sie saß auch noch auf dem Rücksitz und zielte spielerisch mit einer Waffe auf mich.

Drückte ab. Es machte nur »Klick«. Sie hatte nicht durchgeladen. Noch nicht.

Ich ging mit der Geschwindigkeit herunter. Einen Reifenplatzer konnte ich mir mit dieser Amazone auf dem Rücksitz nicht leisten. Der ADAC und die folgenden Golfs würden auch kein Verständnis für dieses sonderbare Bordwerkzeug in Gestalt einer Waffensammlung haben.

Was hatte Kleiner Drache bei mir gut, dass sie und die Tochter vor keinem Mord zurückschreckten? Waren neue Wasserbüffel nötig? Oder ein neuer Wagen, um auf den Markt zu kommen? Oder …?

SECHSTES KAPITEL

SAIGON, 31. DEZEMBER 1968

Ein kurzer Blick in die Bar hatte genügt. Meine Kollegen waren sturzbetrunken. Ali winkte einer Bedienung. Wir gingen in den Garten des Innenhofs.

Ein heißer Nachtwind wehte, der einem die Seele austrocknete. In meinem Zimmer brannte Licht. Kleiner Drache war in dem, was man hier Zuhause nennen konnte. Wäsche flatterte im Fenster. Ali schmunzelte. Wir tranken Whiskey und rauchten Havannas. Hörten den Zikaden zu, deren Zirpen nur vom gelegentlichen Geschnatter von Hubschrauberrotoren unmelodisch unterbrochen wurden.

Ali legte die Beine auf einen Stuhl. Blies den Zigarrenrauch in die Nacht und klimperte mit den Eiswürfeln im Glas.

»Du hast mich nach La Troux gefragt«, hob er nach einer halben Stunde an.

Ich zog die Brauen hoch. Ich hatte es fast schon vergessen.

»Ich kann dir«, fuhr er fort, »wie wohl niemand hier, eine vernünftige Erklärung geben. Er ist eine journalistische Institution und macht mit seinen Kenntnissen, was asiatische Sprachen betrifft, beim Fernsehen ein Vermögen. Manchmal könnte man glauben, er hat all diese Kriege angezettelt, um darüber berichten und damit reich werden zu können.«

Ali schwieg einen Moment. Die Lichter im Garten wurden gelöscht. Eine Bedienung brachte Kerzen.

»Wieder mal kein elektrischer Strom mehr«, murmelte Ali. »Dieses ganze Land ist ein einziger Schrotthaufen. Ich weiß nicht, warum man sich darum seit dreißig Jahren kloppt. Keine Bodenschätze. Der Reis reicht hinten und vorne nicht. Die Anbauflächen verkommen, weil es an Bauern fehlt. Und die paar, die noch überlebt haben, sind zu alt oder bauen das pflegeleichtere Opium an.« Er zuckte mit den Schultern. »Was soll's? Wozu brauche ich Reis, wenn ich den ganzen Tag zugedröhnt sein kann? Die Amis gehen daran auch kaputt. So wie die Franzosen vor ihnen. Der Krieg gegen Rauschgift ist nicht zu gewinnen. Und das weiß die Not. Sie ist ein böser Berater. Gewinnt aber immer. Komisch. Oder?«

So hatte ich das noch nie gesehen. Aber widersprechen konnte ich ihm nicht. Wozu brauchte ich feste Nahrung, wenn ich den Hunger einfach wegrauchen konnte? Irgendwer aus der Familie würde mich schon mit dem nötigen Stoff versorgen, wenn ich als zusätzlicher Esser nicht an ihre Reisrationen ging. Die brauchten sie, um arbeiten zu können. Abgeschrieben war ich als Opiumraucher ohnehin. Ich war für die Familie nichts mehr wert. Dann lieber ein paar Gramm Sucht als ein Kilo Reis in der Woche, für das ich keine Leistung mehr erbringen konnte. Hier nannte man es Familie. Und bei uns? Ich dachte besser nicht darüber nach.

»Und La Troux?«, nahm ich den Faden wieder auf. »Mein Kleiner Drache nennt ihn den ›Sampan‹. Ist er einer?«

Ali lachte verhalten.

»Ein Sampan ist so was wie ein Pate. Davon gibt es Dutzende in der Stadt. Sie versuchen sich gegen die sehr streitbaren Chinesen in Cholon zu behaupten. Nein. Ein Sampan ist La Troux sicher nicht. Aber er scheint unter einem besonderen Schutz zu stehen oder eine Sondervollmacht von jemandem zu haben. Das macht ihn nahezu unangreifbar. Aber dahinter bin ich auch noch nicht gekommen.«

»Handelt er mit Opium?«, versuchte ich es aus einer anderen Richtung. Irgendwo musste doch der Zugang zu diesem undurchschaubaren Franzosen vietnamesischer Herkunft sein.

Ali atmete schwer.

»Woher soll ich das wissen? In diesem Land ist alles möglich.«

Das Licht im Garten und dem Hotel flackerte wieder auf. Eine Explosion donnerte durch die Stadt. Das Licht verlosch wieder.

Ali seufzte.

»Da ist wieder eine der maroden Umspannstationen in die Luft gegangen. Schade. Dann gibt es kein Eis mehr in den Whiskey. Und die Pumpen für die Wasserversorgung werden auch nicht mehr funktionieren. Also mach dich auf eine dreckige Woche gefasst.«

Ali sagte das alles so beiläufig, als kommentiere er für seine Zeitung einen Zustand, der ihn nicht betraf.

»Was glaubst du, warum Brian Eppstein bei seiner Schwiegermutter auf einem Boot wohnt? Er kennt die Scheiße hier.«

Wieder ein tiefes Durchatmen.

»Aber deswegen kann ich doch nicht ’ne Vietnamesin vom Fluss heiraten, nur um fließendes Wasser zu haben. Ich kann auch keinen Reis oder Opium in Algerien anbauen. Unter dem Eiffelturm geht das schon gar nicht. Nein, La Troux verdient an einer leichter zu transportierenden Ware. Informationen. Das ist sein Spezialgebiet.«

Irgendwo wurde geschossen. Es knatterte wie Feuerwerk zum chinesischen Neujahr.

»Monsieur. Da möchte Sie jemand sprechen.« Der Ober schob lautlos ein Tablett auf den Tisch. Ali rückte die Kerze zurecht. Nahm etwas, das wie eine Visitenkarte aussah, und nickte.

»Du kannst ab sofort kein Wort Französisch mehr. Wir kommen deinen Fragen näher. Hör einfach zu und halt die Klappe. Oder rede nur Englisch. Verstanden?«

Ich verstand zwar kein Wort. Jetzt auch nicht in Französisch. Aber es war besser meinen Mund zu halten. So weit hatte sich mein Instinkt in diesem Land schon verfeinert. Ali nahm die Füße vom Stuhl und erhob sich. Winkte mir sitzen zu bleiben.

Ein kleiner Mann, bei Kerzenlicht von unbestimmbarem Alter, verbeugte sich kurz. Lüpfte kurz den Leinenhut und plapperte auf Ali in Französisch ein. Hakte sich bei ihm unter und zog ihn in den Garten.

»Wer ist der Kerl?«, verstand ich.

»Deutscher. Spricht aber nur Englisch.«

»Sind Sie sicher?«

»Ganz sicher.« Dann verstand ich die beiden nicht mehr und besah mir die Karte, die langsam in der Feuchtigkeit der Nacht den Zustand eines nassen Toilettenpapiers anzunehmen drohte.

Eugene Guibaud. Directeur International. Paris. France.

Mehr gab dieses Stückchen Papier nicht her. Keine Telefonnummer. Keine Adresse. Nur Paris.

»Ich habe Hunger«, flötete Kleiner Drache aus dem Fenster. Und das ausgerechnet auf Französisch.

Der kleine Mann drehte sich um und sah in die Richtung meines Zimmers. Es war zu dunkel, um es lokalisieren zu können.

»Ich komme gleich«, antwortete ich betont laut auf deutsch.

Die beiden Männer verabschiedeten sich sehr schnell.

»Du hättest das Maul halten sollen. Du verstehst kein Französisch, aber antwortest auf das Gemeckere deiner Kampfmieze. Es ist nicht zu fassen.«

Ali warf sich in den Stuhl und pfiff den Ober herbei. »Noch eine Flasche. Aber die geht auf diesen deutschen Idioten.«

Angespanntes Schweigen. Ali knirschte mit den Zähnen. Kleiner Drache rief lauter, dass sie Hunger habe und Geld brauche.

»Schaff dir dieses Weib vom Hals«, knurrte Ali. »Such dir eine Chinesin in Cholon. Die sind schlauer. Machen dir die gleiche Drecksarbeit, aber sie halten wenigstens den Mund. Sie haben keine Reisfelder hier. Sie bestellen den Sumpf der Militärs, indem sie die Beine breit machen. Da frisst du hinterher keine Würmer im Teigmantel.«

Ali rauchte. Er war sauer. Stinksauer. Das war am Ein- und Ausatmen des Rauchs zu hören.

»Deine Kampfbraut ist gerade dabei, uns einen Riesenauftrag zu versauen. Scheißviets. Die verstehen nichts außer Französisch und sich einen Liebhaber mit Folklore zu angeln. Der ist dann auch noch so dumm, ihnen die Wasserbüffel zu kaufen, die sie, wenn Opium mehr bringt, in den Suppentopf wandern lassen. Und sonst? Sonst laufen sie zu den Kommunisten über und machen sich einen Spaß daraus, einen teuflischen Kleinkrieg zu führen. Als Ablenkung von den Mohnfeldern, die sich allmählich bis Kambodscha erstrecken.«

Ali hatte sich in Wut getrunken. Er redete so laut, dass Kleiner Drache jedes Wort verstehen musste.

»Wer war der Mann?« Ich klebte ihm die nasse Visitenkarte an die Flasche.

Ali hielt kurz die Luft an und blies sie dann lautstark aus.

»Ja. Schon gut. Ich bin zu weit gegangen. Aber in diesem Land weiß ich bald nicht mehr, in welcher Sprache ich reden soll, ohne nicht in irgendeine Falle zu laufen. Hol deinen Drachen. Wir gehen im *L'Étoile* noch etwas essen. Ich geh schon mal vor.«

Er wankte aus dem Garten und ich aufs Zimmer.

Kleiner Drache saß weinend auf dem Bett. Sie hatte Alis Ausbruch mitbekommen.

»Du hast Hunger? Ich auch. Weißt du ein besseres Lokal?« Ich nahm ihre Hand und streichelte sie.

Das Zimmer sah wie ein Kirchenaltar aus. Überall brannten Kerzen. Der Ventilator lief nicht. Der Wasserhahn über dem Waschbecken spuckte röchelnd seine letzte Flüssigkeit aus. Kleiner Drache zog sich um.

»Was soll das denn werden?« Ich beobachtete sie. Vom Kampfanzug in ein chinesisches Schlitzkleid.

»Du willst doch eine chinesische Hure. Ab sofort bin ich eine. Und wir gehen chinesisch essen. Steck das ein. Ich habe keine Taschen mehr.« Sie gab mir den Revolver und ihr Schminkzeug.

»Ich denke nicht daran, hier mit einer Waffe herumzulaufen«, protestierte ich. »Und warum ausgerechnet nach Cholon? Das soll ein ziemlich verrufener Stadtteil sein.«

»Genau deswegen. Damit du mal selbst siehst, was wir von den Chinesen halten.« Sie streifte sich Seidenstrümpfe mit Nähten über. So sah sie wirklich wie eine Nutte aus.

»Du solltest mal Viet lernen. Dann kann uns nicht jeder Idiot aus Europa oder Amerika verstehen«, maulte sie.

»Habe nicht vor, hier länger als nötig zu bleiben. Und was soll ich mit eurer Sprache? Ihr habt so viele Dialekte, dass man mich in Da Nang wahrscheinlich nicht mehr versteht. Nein danke.«

»Ignorante Langnase.« Es klang wie das Fauchen eines Drachen. »So, ich bin fertig.« Sie blies die Kerzen aus und leuchtete uns mit einer Armeelampe den Weg durch die Hotelgänge.

Cholon, eine Stunde später.

Ein Cyclo, auch als Rikscha in Asien bekannt, hatte uns in diesen Stadtteil gebracht. Kleiner Drache hatte sich unentwegt mit unserem Fahrer unterhalten. Der schwitzte und trat in die Pedale. Hier brannte Licht. Dass irgendwo Krieg tobte, war nur an den Soldaten zu sehen, die betrunken jedem Weiberrock hinterherrannten. Argwöhnisch von Jeeps der Militärpolizei beobachtet. Einer fuhr im Schritttempo durch die Gassen. Zwei mit Pistolen und Schlagstöcken bewaffnete Polizisten flankierten den Wagen. Der Fahrer stand mit der Einsatzzentrale in ständiger Sprechfunkverbindung.

Kleiner Drache lächelte. »Das ist nicht wegen der betrunkenen GIs. Das Chinesenviertel hier ist der Unterschlupf der Vietcong. So glauben sie wenigstens. Aber wie willst du bei den Tausenden hier jede Nacht unterscheiden, wer zu wem gehört?«

Mir war überhaupt nicht danach, hier jemanden von irgendwas unterscheiden zu wollen.

Schwitzende Leiber schoben sich durch die Gassen. Es roch nach Essen aus den Garküchen, Alkohol, Tabak und Opium.

Grell geschminkte Frauen buhlten um jeden, der nicht nach Asiate aussah. Zerrten an ihm, bis er nachgab oder sich losriss. Rote, grüne, gelbe Papierlaternen mit Schriftzeichen und Fransen tauchten die Umgebung in ein unwirkliches Licht. Der Lärm aus Kofferradios wurde noch durch das Gemurmel und Kreischen der Prostituierten übertönt. Ein startender Hubschrauber konnte nicht lauter sein. Lange hielt ich das hier nicht aus.

Kleiner Drache hakte sich bei mir unter und zog mich zielsicher durch das Gewirr von Straßen. Ich hielt dagegen. Ein beleuchtetes Schild wies eine kleine Ecknische als »Steakhouse« aus. Mir war nach dem ausgebackenen Ungeziefer nach einem Steak und einem Bier.

»Das geht nicht«, wehrte Kleiner Drache ab und zerrte an mir. »Die mögen da keine Viets.«

»Das wollen wir doch mal sehen.« Ich hob sie hoch, trug sie über die Straße und setzte sie im Lokal ab. Der Raum war blau gestrichen. Etwa fünf mal fünf Meter groß. Zwei Deckenventilatoren. Eine kleine Bar aus Rattan. Einige GIs kauten auf

T-Bone-Steaks. Tranken. Rauchten und beobachteten uns misstrauisch.

»No, no«, rief die Frau hinter der Bar und wedelte mit den Händen. »Kein Zutritt für Viets.«

»Ich bin deutscher Journalist«, protestierte ich.

»Wir gehen besser«, murmelte Kleiner Drache und zog an mir.

»Ein doppelter Grund, hier zu verschwinden. Journalisten mögen wir auch nicht.« Die Stimme kam von einem Mann, der nach uns hereingekommen war. Er trug die Uniform der amerikanischen Militärpolizei und fuchtelte mit dem Schlagstock. Seine Kollegen grinsten.

»Du bist hier genauso ein Ausländer wie ich.« Kleiner Drache lächelte. »Das ist alles in chinesischer und amerikanischer Hand. Da wundert es keinen Viet, wenn seine Leute immer mehr zu den Vietcong überlaufen. Sollen sie doch an unseren alten Wasserbüffeln verrecken.« Aber sie bebte am ganzen Körper. Sie war wütend. Ich war wütend.

»Und jetzt?« Mein Magen knurrte.

»Jetzt essen wir da, wo wir willkommen sind.«

Kleiner Drache zog mich weiter durch das Gewimmel.

Wie ich das bei der Dunkelheit und meinem halbwegs funktionierenden Orientierungssinn orten konnte, befand sich das Lokal am Rand von Cholon. Es war mit Edelhölzern, niedrigen Tischen, vor denen der Gast nur in der Hocke Platz nehmen konnte, und Klimaanlage ausgestattet.

Das Publikum hier gehörte zur oberen Schicht. Männer in Anzügen und Seidenkrawatten. Lackschuhen. Goldene Uhren. Amerikanische Straßenkreuzer vor der Tür. Die wenigen Frauen rauchten Zigaretten mit silbernem Mundstück.

»Wo sind wir hier?«, flüsterte ich.

»Im Restaurant ›Kleiner Drache‹. Es gehört einem Onkel von mir. Dem Bruder meiner Mutter.«

Mir drängte sich sofort eine Frage auf: Warum half er dann seiner Familie nicht finanziell? Warum musste ich herhalten? Hier schien mehr Geld zu stecken, als meine Kreditbriefe hergaben. Die Frage sprach ich besser nicht aus. Ich würde hier allein nie wieder herausfinden. Vielleicht sollte ich doch die Sprache lernen ...

Die Gäste blickten nur kurz auf und widmeten sich wieder ihren eigenen Angelegenheiten.

Eine kleine weibliche Person in einem Silberkleid eilte auf Kleiner Drache zu und umarmte sie. Ich verstand kein Wort.

»Das ist die Tochter meines Onkels. Sie leitet das Geschäft hier«, stellte sie mir das Mädchen mit einem unausprechlichen Namen vor.

»Du nimmst Bier und Whiskey?«, übersetzte Kleiner Drache, und sie wies uns einen Tisch zu. Geplapper zwischen den Frauen. Ein Lächeln. Ein Nicken. Zufrieden ließ sie sich neben mir nieder. »Du zahlst natürlich.«

»Natürlich«, sagte ich und erschrak. Tastete mich ab. Meine Brieftasche war weg. Mit Pass und allen Papieren. Der Schweiß drang mir aus allen Poren. Nur das Schminkzeug und der Revolver waren noch an seinem Platz. Das war eine Katastrophe. Ich konnte mich nicht mehr ausweisen. Hatte kein Geld und auch keinen Kreditbrief mehr. Wer Pass und Brief hatte, konnte in jedem Hotel Geld abheben.

Kleiner Drache beobachtete meine hektischen Versuche, doch noch etwas an mir zu finden. Aber da war nichts mehr. Weg.

»Suchst du das hier?«

»Verflucht. Wie kommst du daran?«

Lächelnd schob sie mir die Brieftasche zu.

»Wenn ich es nicht getan hätte, wärst du auf dem Weg hierher mindestens vier Mal von den chinesischen Nutten bestohlen worden. Und du hättest es nicht einmal bemerkt. Also sei froh, dass ich keine echte chinesische Nutte bin, von denen ihr Europäer immer träumt. Die reden nicht viel. Die klauen.«

»Und dafür hackst du ihnen die Finger ab?«

»Ja.«

Ich schluckte. Das war wirklich ein Kampfdrache, den ich mir da angelacht hatte.

»Wer sind diese Menschen hier?«

Kleiner Drache bestellte. Ich protestierte. Sie lächelte.

»Keine Angst. Wir sind hier nicht auf dem Markt. Du bekommst Fisch.«

»Und die reichen Herren hier?«

Sie studierte die leise plaudernde Gästeschar.

»Alles Parasiten des Krieges. Sie machen ihr Geld damit, alles zu beschaffen, was jemand braucht. Egal, ob es Viets, Chinesen, Khmer oder Vietcong sind. Waffen, Textilien, Funkgeräte, Panzer, Flugzeuge. Sie sind Sampans.«

»Also Mafiosi?«, hakte ich nach.

Kleiner Drache überlegte einen Moment. »Ich weiß von der Mafia zu wenig. Gehört habe ich davon. Aber so ehrenwert und gleichzeitig brutal wie die Leute hier kann sie nicht sein.«

Die Getränke kamen. Kleiner Drache trank Tee. Wir knabberten Gebäck. Es sah wie zu schmal geratene Kartoffelchips aus. Rötlich, mit Paprika. Sie knackten auch so, wenn man darauf biss. Ich stopfte mir eine Hand voll in den Mund, kaute und spuckte alles aus. Es brannte wie Feuer auf der Zunge.

»Was zur Hölle ist das denn?«, keuchte ich nach Luft ringend.

Die Gäste lachten. Kleiner Drache lachte.

»Das sind Reischips, im Gift der Feuerraupen gebacken. Eine Delikatesse. Es regt die Verdauung an.«

»Wie teuer?«, würgte ich. Kleiner Drache fragte die Dame in Silber, die sich mühsam das Lachen verbiss.

»Das geht aufs Haus. Das ist der Begrüßungscocktail für neue Gäste.«

Ich versuchte es noch einmal, um mich nicht völlig lächerlich zu machen. Die Gäste nickten bewundernd und gaben sich wieder ihren Gesprächen hin. Es schmeckte nach dem ersten Schock nicht einmal schlecht. Zusammen mit Bier und Whiskey konnte man sich daran gewöhnen.

»Jede Mafia der Welt hat nur ein Ziel, mögliche Widersacher möglichst schnell und unauffällig aus dem Weg zu räumen. Aber die hier?«, fuhr Kleiner Drache fort. »Diese Menschen hier lieben es, ihren Widersachern noch eine zusätzliche Schlappe zuzufügen. Der Tote wird enthäutet, enthauptet und der Gegenseite zugeschickt. Damit alle sehen, mit wem sie es zu tun haben.«

Mir war bei der Vorstellung nicht wohl, hier etwas essen zu müssen. Was bekam ich? War das der Gegner eines anderen? Enthäutet und gekocht?

Die Vorspeise kam. Sie war ausgebacken. Wieder nicht erkennbar, was der Eierteig enthielt. Kleiner Drache grinste.

»Es ist nur Seetang mit Krabben.«

»Ganz sicher? Sonst zahle ich nicht.«

Sie nickte und biss ein Stück an. Hielt es mir unter die Nase.

»Hier bekommst du keine Speise für arme Leute.«

Das war zwar beruhigend, aber der Preis würde auch nicht für einen armen Journalisten gedacht sein, der eine Bauernfamilie, zwei Wasserbüffel und eine Konkubine zu unterhalten hatte. Mir musste etwas einfallen, um einen haarsträubenden Einsatz zu bekommen. Sonst war Schluss mit lustig. Der Verlag würde mir keine weitere Verlängerung des Kreditbriefes genehmigen.

Das Essen war köstlich. Kleiner Drache hatte sich in dieser Gesellschaft richtig wohl gefühlt und daraus keinen Hehl gemacht, dass ich ihr Gönner war. Sie trank weiter Tee. Ich Bier und Whiskey. Ich aß immer noch diese Chips. Sie strahlten ein wohliges Gefühl in der Magengegend aus. Als stürze sich ihr Gift auf alles, was zur Verdauung von oben kam.

»Kannst du mal jemandem sagen, dass ich bezahlen will?«, flüsterte ich Kleiner Drache zu. Mir war plötzlich nicht wohl, dass ich Ali im *L'Étoile* versetzt hatte. Ich vergnügte mich hier und hatte noch nicht das geringste Ergebnis an meinen Brötchengeber geliefert.

Die Frau in Silber reichte Kleiner Drache einen Zettel, der wie ein Kassenbon aussah. Sie las ihn und reichte ihn mir.

»Der untere Teil ist in Viet. Der obere ist wohl nur für dich bestimmt.«

Ich las. Es war handschriftlich in Englisch und Viet.

»Das Dinner geht auf das Haus. Wir bleiben in Kontakt.«

»Steht da in eurer Sprache etwas anderes?«, fragte ich.

Kleiner Drache nickte. »Ja, dass uns in fünf Minuten ein Taxi ins Hotel bringen wird. Entschuldige. Bin gleich wieder da. Darf ich die Pistole und mein Schminkzeug haben?«

Ich schob ihr beides unter dem Tisch zu, froh, dieses Ding aus meiner Tasche zu haben. Da kamen nun meine Papiere hinein. Sie war mit zwei Knöpfen gesichert. Aber mit meiner allgemeinen Sicherung musste ich mir noch etwas einfallen lassen. Jeans, Polohemd und eine Sportjacke waren nicht die angebrachte Kleidung. Hier fiel ich damit auf, wie Hemingway in Unterhosen auf einer Safari. Uniformen, Kampfanzüge bestimmten das nächtliche Cholon. Wer anders aussah, war Geschäftsmann und somit Freiwild für Nutten und Taschendiebe.

Kleiner Drache schien für das Schminken genauso lange zu brauchen wie jede Frau, die ich bisher näher kennengelernt hatte. Sie kam und kam nicht wieder.

Ein kleiner dürrer Mann in weißem Seidenanzug an einem der anderen Tische beobachtete mich. Sein Begleiter und zwei Frauen kicherten. Tuschelten hinter vorgehaltenen Händen. Er bestellte etwas. Die Frau in Silber nickte. Sie brachte mir gleich die ganze Flasche Whiskey und neue Feuerchips. Verbeugte sich kurz und deutete auf den dürren Mann. Ich verstand es so, dass ich sein Gast war, der auch das Essen bezahlt hatte.

Wie bedankte man sich hier in der erlauchten Gesellschaft der Obermafiosi? Kleiner Drache kam einfach nicht zurück, um mich aus der Situation zu retten, ohne dass irgendjemand sein Gesicht verlor.

Es half nichts. Improvisieren war angesagt. Ich nickte dankend und prostete meinem Gönner zu. Er verstand und nickte gnädig. Sprach kurz mit seinen Tischnachbarn. Er erhob sich und kam auf unseren Tisch zu.

»Sie gestatten, dass ich mich kurz setze?« Er sprach akzentfreies Englisch. Die goldenen Ringe an seinen Händen fielen mir sofort ins Auge.

»Darf ich Sie um einen Gefallen bitten? Ich bin hier in Cholon für die Sicherheit unserer ausländischen Gäste zuständig.« Er zeigte mir einen Ausweis, den ich nicht lesen konnte. Nur das Foto stimmte mit ihm überein.

»Ich bin in diesem Distrikt stellvertretender Polizeichef. Aber, Sie haben ja selbst gesehen … das ist nicht einfach mit den Chinesen. Ich habe fünfzigtausend Schlitzaugen mit nur zweihundert Polizisten zu kontrollieren.«

»Ja. Habe ich selbst erlebt. Jemand hat versucht mich zu bestehlen. Um was geht es?«

Polizisten in fremden Ländern, Ausweise, die ich nicht lesen konnte und goldberingte Finger hatte ich nicht so gerne.

»Darf ich einmal Ihren Pass sehen?« Mir trat der Schweiß auf die Stirn. Waren es wieder diese verdammten Feuerchips, oder die Vorstellung, dass ich ohne Kleiner Drache keinerlei Ausweismöglichkeit gehabt hätte?

»Sie sind Deutscher. Ein fleißiges Volk. Ein sympathisches Volk. Würden Sie mir bitte dieses Dokument unterschreiben? Dann sind Sie mich sofort los und meines persönlichen Schutzes gewiss.«

Ich faltete das Papier auseinander.

»Das kann ich nicht lesen. Warum sollte ich es unterschreiben?«, protestierte ich. Wohl war mir nicht dabei.

»Es ist nur eine Bestätigung, dass Sie sich hier sicher fühlen und Ihnen nichts abhandengekommen ist. Mehr nicht.«

Mangels Erfahrung hob mein Instinkt den Finger. *Nicht unterschreiben. Du kannst es nicht lesen.*

»Ich unterschreibe nichts, was ich nicht verstehe.«

Der Mann nickte andeutungsweise.

»Verstehe. Würde ich auch nicht tun. Ich beschaffe Ihnen bis morgen Mittag einen Übersetzer. So lange behalte ich Ihren Pass. Wir können uns um die Mittagszeit in der Polizeistation dieses Distrikts treffen. Einverstanden?« Er erhob sich und steckte meinen Pass ein. Das fehlte mir noch. Ohne den war ich hier Freiwild.

»Geben Sie dieses Schreiben schon her. Ich unterschreibe, wenn Sie mir sagen, wozu das nötig ist.«

Er setzte sich wieder. Legte aber nur das Schreiben hin.

»Pass gegen Unterschrift«, schaltete ich auf stur. Es gab genug Gäste, die das beobachtet hatten. Aber den Gedanken, dass sie mir notfalls gegen einen Polizeichef helfen würden, verwarf ich gleich wieder.

»Jedes Schreiben eines zufriedenen Ausländers hilft mir, um allmählich die Position des obersten Polizeichefs zu erklimmen. Den hat die Regierung an die Front versetzt. Und die

Stelle hätte ich gerne. Ist das so schwer zu verstehen? Ich bekäme das doppelte Gehalt.«

Ich sagte besser nichts. Jetzt schon Goldringe, eine goldene Uhr, ein teures Lokal. Ich unterschrieb. Mein Dokument war wichtiger als ein Fetzen Papier, den nur der Aussteller lesen konnte.

»Da bin ich wieder«, trällerte Kleiner Drache. Sie hatte eine Armeeumhängetasche mit dem Aufdruck US ARMY BAT. 342 über der Schulter.

»Wo warst du die ganze Zeit?«, fluchte ich. »Ich unterschreibe hier Papiere, die ich nicht lesen kann, und habe keinen Dolmetscher.«

»Oh, oh, mein Sampan ist sauer. Ich war einkaufen. Aber dir scheint es auch nicht schlecht gegangen zu sein.« Sie deutete auf die Flasche. Es war sinnlos ihr zu erklären, dass der angehende Polizeichef das Meiste davon getrunken und sich von seinen Begleitern hatte hinausschleppen lassen.

»Nennst du das fünf Minuten? Das war fast eine Stunde. Was hast du die ganze Zeit gemacht?«, schmollte ich. Sie lächelte.

»Sagte ich doch. Eingekauft.«

»Wegen so einer blöden Armeetasche brauchst du eine Stunde und lässt mich hier unter die Sampans fallen? Wie kommen wir jetzt ins Hotel?«

Kleiner Drache verzog nur ganz kurz die rot geschminkten Lippen. »Mit dem Taxi. Es wartet am Hintereingang.«

Der Innenraum des Wagens sah aus wie ein Basar. Tüten. Nichts als Tüten. Plastik, Papier, Pappe. Kleiner Drache erklärte dem Fahrer den Weg.

»Was, zur Hölle, ist das alles? Und wovon hast du das bezahlt?« Ich tastete nach meiner Brieftasche. Sie war an ihrem Platz. Nur ich war ein Narr. Die Papiere hatten mich mehr interessiert als das Geld, das ich darin hatte. Oder jetzt vielleicht gehabt hatte.

»Du beleidigst mich.«

Kleiner Drache hatte meine Handbewegung richtig gedeutet.

»Du hattest genau 210 Dollar und 1000 Dong in deiner Brieftasche. Und die sind noch genauso darin.«

Durchatmen war angesagt. Meinen Wunsch, das zu überprüfen, musste ich unterdrücken, sonst schlief ich nicht nur mit einem Kampfdrachen. Ich würde auch einen Killerdrachen neben mir liegen haben. Mit meinem für sie prahlerischen Erfolg hatte ich sie schon auf dem Markt zutiefst beleidigt, wie mir der Mönch Gnong Duc unmissverständlich erklärt hatte. Es ging um die Ehre.

»Entschuldigung. Ich bin nervös und brauche dringend einen Auftrag. Sonst holen sie mich in wenigen Wochen nach Deutschland zurück.« Es war der Versuch, mein Misstrauen irgendwie abzubauen. Aber ein schlechter, wie ich selbst einsah. Aber welche Möglichkeiten hatte ich, die Mentalität dieser Menschen zu verstehen? Wenn ich ehrlich war, hatte ich sie alle als veramerikanisierte Wilde betrachtet. Von den Kommunisten aus dem Norden, ihrem abtrünnigen Volksstamm, bedroht. Sie rauchten Opium, spielten mit Holzdrachen. Verkauften unmögliches Essen und hegten ihre Sampans. Meine Kollegen hatten mir eingeredet eine weibliche Hilfe im Hotel haben zu müssen. Und wie es aussah, war ich genau das Greenhorn gewesen, das sich das rabiateste Weib hatte andrehen lassen. Mistvieh, Hure sollte mein Vorgänger sie genannt haben. War er wirklich der von Zimmer 125 gewesen, der einfach an die Decke geblasen worden war? Kleiner Drache war auf meine Frage nur damit ausgewichen, dass er es verdient gehabt hätte. Hätte ... das ließ die Interpretation zu, dass sie es selbst gerne getan hätte, aber nicht gewesen war.

Dieses Land und seine vielen Gesichter konnten einen unbedarften Journalisten zur Verzweiflung und in den Alkohol treiben. War dann Rauschgift die Steigerung, wenn man bedarft war? Das konnte ein Himmelfahrtskommando werden. Mit oder ohne Auftrag. Entweder litt meine Psyche oder meine Leber. Vielleicht beides. Langsam ahnte ich, warum wir so gut bezahlt wurden. Die Verlage setzten auf den vollen Erfolg ihrer Reporter vor Ort. Junge Leute wie ich hatten den Ehrgeiz, dem gerecht zu werden. Setzten alles aufs Spiel, um ihr Geld wert zu sein. Wofür? Für das Danach. Als verschlissener Kriegsreporter einer der ganz großen zu sein und jeden ruhigeren Job an jedem Verlagsschreibtisch der Welt bekommen zu können. Bewundert zu werden und neue junge Leute dafür zu begeistern, es auch so zu machen. Seht her, ich habe es überlebt und bin ein reicher Mann. Das könnt ihr auch. Ab in den nächsten Krieg. Die Ausfallquote von achtzig Prozent verschwiegen wir dann. Genauso wie die Armeen ihre Verluste schönten. Wir waren auch nicht besser. Nur noch brutaler zu uns selbst. Für uns galt nicht so ein Blödsinn von Volk, Vaterland, Ehre und Kameradschaft. Wir waren Einzelkämpfer, die sich nur notgedrungen mit Kollegen zusammentaten. Hier der Auftrag. Da das Ziel. Sieh zu, dass du durchkommst. Und wenn nicht, dann versucht es der Nächste. Der Selbsterhaltungstrieb würde schon dafür sorgen, das Maximum zu erreichen. Und das lag bestenfalls bei fünfzig Prozent der erreichbaren Möglichkeit. Wie ich langsam wusste, eher bei zwanzig Prozent. Tendenz gegen null, je länger sich die Gegner aufeinander eingeschossen hatten und ihre gegenseitigen Taktiken kannten.

»Ich bringe das schon selbst aufs Zimmer«, hatte Kleiner Drache gemurmelt. Ich hatte die ganzen Verpackungen in die Hotelhalle geschleppt und sie dort hingeworfen. Ich war wütend. Wütend auf mich und auf sie. Gleichzeitig mahnte mich mein Instinkt zur Vernunft.

»Danke. Ich habe es gekauft und bringe es auch selbst aufs Zimmer. Geh du zu deinen Kollegen an die Bar. Vielleicht haben die den Auftrag, den wir beide brauchen.« Mehr hatte sie nicht gesagt.

Die Bar war leer. Meine Kollegen waren im Einsatz. Nur Ali plauderte mit dem Barkeeper Thieu.

»Du hast nur einen Vorzug«, sagte er und sah kurz an mir hinab. »Ich brauche um fünf Uhr deinen Peugeot. Wenn du willst, kannst du mitkommen. Das ist deine letzte Chance, noch einen Einsatz zu bekommen. Die Amis haben für Journalisten, die nicht aus ihren Reihen kommen, dichtgemacht. Willst du oder willst du nicht? Aber komm mir nicht damit, dass du auch noch Geld dafür haben willst. Das verdienst du dir selbst.«

Der Barkeeper wusste oder spürte zumindest, dass zwischen uns eine gewisse Spannung herrschte. Hier mein schlechtes Gewissen, einer Frau den Vorzug gegeben zu haben, dort der Druck des Verlages, in kürzester Zeit Ergebnisse zu liefern. Ich musste härter werden. Noch härter, als ich zu sein glaubte. Aber das schien in der Welt der Profis nur jugendlicher Trotz von mir zu sein. Sie lachten über mich. Alles was ich für sie vorzuweisen hatte, war ein fahrbarer Untersatz. Was hatte ich ansonsten schon vorzuweisen? Erst einen einzigen Einsatz, in dem ich den Helm an der falschen Stelle platziert hatte, und einen Kampfdrachen.

»Ich fahre. Du sagst wohin«, versuchte ich mich aus der Falle ihrer Erfahrungen zu retten.

Ali nickte. »Gut. Ich brauche einen Fotografen. Aber das

kann ich dir gleich sagen, den Artikel schreibe ich. Also, fünf Uhr.«

Es gab wieder elektrischen Strom. Der Ventilator zerteilte wie gewohnt die stickige Luft. Kleiner Drache hatte zusätzlich alle Kerzen angezündet und das Zimmer wie einen Weihnachtsbaum dekoriert. Überall hingen Kleidungsstücke. Am Schrank. Über dem Waschbecken, über den geöffneten Fenstern, oder sie lagen auf dem Bett. Rote, blaue, gelbe Blusen und Röcke. Teils mit, teils ohne Drachenmuster.

»Was soll das denn?« Mir war heute nicht nach Modenschau.

»Das ist nur das Vorspiel«, lachte sie. »Jetzt kommt das, was ich dir mitgebracht habe. Du hast kein christliches Weihnachten gehabt. Und da beschenkt man doch seine Familie, nicht wahr?«

Sie setzte sich auf meine Knie und sah mich mit ihren braunen Augen an. Was sollte ich darauf sagen?

»Ja, man beschenkt einander zu Weihnachten. Aber das ist doch längst vorbei. Ich will auch nichts.«

Kleiner Drache vergewaltigte mich geradezu mit ihren Küssen. Dann bewarf sie mich mit Tüten und lachte. Sie lachte, als habe sie eine Geheimwaffe für mich gefunden.

»Du bist ein Dummkopf. Aber ein lieber. Ich schenke dir nichts was du willst, sondern das, was du brauchst. Pack aus.«

»Na gut«, seufzte ich. Packte die Tüten aus. Je mehr zum Vorschein kam, umso mehr drängte sich mir die Frage auf, woher sie das Geld hatte. Ich konnte einfach nicht anders, als mir vorzustellen, dass sie in der Zeit ihrer Abwesenheit mal eben mit jemandem ins Bett gegangen war. Das Zeug kostete mindestens 500 Dollar. Zwei komplette Kampfanzüge. Hemden. Unterwäsche. Zwei Paar neue Armeestiefel, wie sie die Soldaten trugen. Socken. Verbandszeug. Koppel und …

»Spinnst du jetzt? Du weißt, dass das für Journalisten verboten ist.«

Ich wog zwei Gegenstände in den Händen. Links war eine Beretta Automatik. Rechts zehn Magazine. Das waren achtzig Schuss. Die durfte ich als Journalist nicht besitzen. Ich war kein Soldat.

Kleiner Drache nahm mir das Kriegsspielzeug ab.

»Weiß ich. Dient nur unserer Verteidigung. Ich habe sie gegen den Revolver eingetauscht. Der ist den Sampans lieber. Er hinterlässt keine Hülsen. Aber diese kleine Waffe ist für mich leichter und schneller zu laden.«

Ich hatte es wirklich mit einem Kampfdrachen zu tun, der dabei war, mich zu seinem Komplizen zu machen. Zu unserer Verteidigung. Wer war damit gemeint? Ich ahnte, dass ich von der Familie in Beschlag genommen worden war. Zwei Wasserbüffel hatten gereicht, um unwissentlich adoptiert zu werden.

»Aber das darfst und musst du mitnehmen.« Sie hielt mir etwas hin, das wie der Griff eines abgebrochenen Messers aussah. Hölzerne Griffschalen. Nur die Klinge fehlte. Sie drückte auf eine Stelle am Schaft. Die Klinge schnappte heraus. Ein Klappmesser. Noch ein Druck und die Klinge verschwand wieder.

»Das ist aber noch nicht alles.« Sie spielte mit dem Mordwerkzeug. Drückte auf den hinteren Schaft. Ein Dorn schoss heraus. Etwa zwanzig Zentimeter lang.

»Das dürfte die beste Waffe für dich sein, wenn du dich verteidigen musst. Messer sind für Journalisten nicht verboten und Klingen schwer zu handhaben. Auch zum Dosenöffnen dieses amerikanischen Corned-Beef-Fraßes geeignet. Aber der Dorn … den nimmt keiner richtig wahr, bis er ihn im Bauch hat. Außerdem bleibt er nicht zwischen den Rippen stecken wie eine flache Klinge, die nicht richtig geführt wird. Musst nur kraftvoll zustechen.«

Zustechen. Wir schwitzten. Es war eine leidenschaftliche und heftige Stunde gewesen. Ich hatte mich mit diesem Mordwerkzeug für Dosen und Bauchhöhlen vertraut gemacht. Wer mehr von uns schwitzte, war nicht festzustellen. Das Bett triefte. Kleiner Drache lag wieder auf meinem Flugdeck und atmete sanft und gleichmäßig.

»Woher hast du das Geld?«, flüsterte ich.

»Von dir«, kam es schläfrig zurück.« Tiefes Durchatmen. »Ich habe die vier beklaut, die dich beklauen wollten. Dabei kamen mehr als 1000 Dollar zusammen. Bist du jetzt zufrieden?«

Oberst Nguen war übelster Laune. Ich auch. Der Peugeot blies seine Abgase nur noch durch den Krümmer. Der Rest lag in irgendeinem Bombenkrater.

Nur Ali schien zufrieden zu sein.

»Ihr Geheimdienstler geht mir auf die Nerven«, polterte Nguen. Zündete sich eine Zigarette an. Die vorherige kokelte im Aschenbecher vor sich hin.

»Immer wenn ihr ein Problem habt, dann taucht ihr aus der Versenkung auf und wir können es ausbaden. Wissen Sie, Colonel Sharif, wie viele Verluste ich pro Tag habe?«

Colonel Sharif? Etwas musste mir entgangen sein. Ali hatte Oberst Nguen nur ein Dokument übergeben. Woraufhin der wütend geworden war.

»Mir fehlen inzwischen jeden Tag mehr als fünfzig Leute. Und da soll ich eine Hubschrauberstaffel opfern, nur um eure beiden Idioten zu finden und zu befreien? Was wollten die überhaupt in Kambodscha?«

Ali lächelte süffisant.

»Geheime Kommandosache, Oberst Nguen. Sie sehen, dass es um wichtige Leute geht. Wann kann ich über die Truppe verfügen?«

Nguen spielte mit einem Messer. Wippte mit seinem Stuhl. Dachte nach. Griff zum Sprechfunkgerät und bellte Befehle ins Mikrofon. Ein Unteroffizier stand wie eine Salzsäule neben der Tür der Baracke und wartete auf weitere Befehle.

»Na geht doch«, meinte Ali grinsend. »Diese Typen brauchen nur Druck und das nötige Schreiben.«

Ich trabte in meiner neuen Kampfuniform, den neuen Stiefeln und mit meinen Kameras neben ihm her.

»Kannst du mir mal sagen, was wir hier wollen und warum der Oberst so sauer ist? Und wieso nennt er dich Colonel? Das ist auch ein Oberst. Ich denke du bist bei *Le Monde?*«

»Nichts ist, wie es aussieht. Verlass dich lieber auf deine Fotos. Die sind ehrlicher.« Ali steuerte eine Baracke an, die sich mit einem kleinen Schild als Einsatzzentrale auswies.

»Was macht dein süßer weißer Arsch?«, empfing uns Leutnant Oliver. Er strahlte. Seine Wunde war noch verpflastert wie meine am anderen Ende.

»Die schwarze Schwester schwärmt richtig von dir. Seither halte ich meinen Hintern auch nicht mehr in die Sonne. Vielleicht finde ich auf diese Weise mal eine vernünftige Frau.« Er lachte. Ali besprach sich mit einem Major in ... Viet.

Was für ein Spiel trieb er? Englisch war ihm zu anstrengend. Wir unterhielten uns auf Französisch. Nun war er auch noch Colonel und sprach die Landessprache. Die Visitenkarte dieses Eugene Guibaud, Directeur, geisterte durch meinen Kopf. Die unpassende Aufforderung auf Französisch von Kleiner Drache, dass sie Hunger hatte. Meine noch unpassendere Antwort, die mich als Kenner der Sprache entlarvt hatte. Alis wütende Reaktion darauf.

Oliver schob mich zur Tür hinaus. Wir suchten uns einen schattigen Platz. Es war schwül. Ein Gewitter und Milliarden von Mücken lagen in der Luft.

»Kannst du mir mal sagen, was wir hier tun?«

Wir rauchten meine Zigarillos, die Kleiner Drache wohl wieder irgendwo gestohlen hatte. Hubschrauber starteten und landeten.

»Gegenfrage«, hob Oliver an. »Was machst du überhaupt hier? Du scheinst von nichts eine Ahnung zu haben.«

»Habe ich auch nicht«, antwortete ich, ohne lügen zu müssen.

»Und so etwas schimpft sich Journalist«, knurrte Oliver.

»Vor drei Tagen habe ich Colonel Brian Eppstein und so einen fiesen französischen Journalisten mit seinem Kamerateam nach Kambodscha geflogen. Sie hatten eine Spur, wo sie den Sohn von Colonel Eppstein finden könnten. Wir hatten acht Stunden ausgemacht, bis ich sie an einem ausgemachten Treffpunkt wieder an Bord nehmen sollte.«

Dann schwieg er.

Das Gewitter kam näher. Es donnerte anders als Bomben und Raketen, die irgendwo einschlugen. Es war ein menschlicheres Donnern.

»Ja und?«, drang ich auf eine Erklärung.

»Nichts ja und. Wir haben den Treffpunkt alle acht Stunden angeflogen. Dabei habe ich eine Maschine verloren. Hier geht man inzwischen davon aus, dass die Leute den Charlies in die Hände gefallen sind. Und ...«

Ein Soldat unterbrach ihn. Salutierte kurz. »Leutnant, zur Lage bitte.«

Oliver trat das Zigarillo aus und nickte. »Ich komme.« Und zu mir: »Es geht los. Das Oberkommando lässt sich nicht mal einfach einen CIA-Agenten stehlen. Da werden die komisch. Das kann morgen ein lustiger Tag werden. Hab's geahnt. Geh du in die Offiziersmesse. Wir treffen uns dort. Dann zeige ich dir, wo du schlafen kannst. Vielleicht kann ich deine schwarze Schwester begeistern. Dann kümmert die sich um deinen Heilungsprozess.«

Er lächelte. Aber es war ein aufgesetztes Lächeln. Er war mit seinen Gedanken woanders. Hatte mich nur abgelenkt, damit ich bei dem Gespräch von Ali Ben Ali el Sharif und den anwesenden Einsatzleitern nicht dabei war. Colonel Sharif. Wie sich das anhörte. Wie ein Kamel im Generalsrang. Hatte er mich nur wegen des fahrbaren Untersatzes mitgenommen und ließ mich hier schmoren, bis er seine Story für seine Zeitung zusammenhatte? Oder war er auch, wie Brian, hinter etwas anderem her?

Mir war nicht nach guter Laune. Das Gewitter kam näher. Die Moskitos wurden aggressiver. Die Soldaten schoben die Hubschrauber in die Wellblechhangars, die wie halb eingegrabene Öltonnen aussahen.

Ich durchstreifte die Barackenreihen auf der Suche nach der Offiziersmesse. Es waren primitive Holzbauten, die sich im Schatten von Bäumen duckten. Es waren keine Palmen, wie man sie sich gewöhnlich vorstellte. Solche Palmen hatte ich bisher nicht gesehen. Es waren Laubbäume. Sie hatten die Eigenschaft, ein Blatt erst abzuwerfen, wenn ein entsprechendes nachgewachsen war. Daher waren sie immer grün. Das Leben bestimmte, wann der Tod eintrat. Ein nahtloser Übergang. Irgendetwas stimmte in der menschlichen Evolution nicht. Wir verwelkten und schieden aus. Der Platz blieb dann meistens leer. Dafür sorgten schon die Kriege, die die grünen Blätter schneller schluckten, als sie nachwachsen konnten.

»Ich sollte ein Baum werden«, murmelte ich und stieß mit etwas sehr Weichem zusammen.

»Hoppla«, grinste mich ein schwarzes Gesicht an. »Mein weißer Arsch ... dass ich das noch einmal erlebe. Komm. Du hast jetzt die Wahl, dass ich mir deine Stelle noch einmal ansehe, danach gehen wir einen trinken. Ich habe nämlich frei. Oder magst du es andersherum? Mir wäre nach beidem zugleich.«

Eine Antwort war nicht möglich. Meine schwarze Schwester war in Ausgehuniform. Die Abzeichen wiesen sie als Sergeant aus. Eine seltene Kombination. Ein weiblicher Unteroffizier und dazu noch farbig.

»Komm, Junge. Was stehst du hier noch herum? Du suchst bestimmt die Offiziersmesse. Da darf ich nicht mit rein. Aber mit dir schon. Würde mich interessieren, ob das auch so ein Saustall wie in unserer Messe ist. Man hört da so viel über wilde Orgien. Wow, da möchte ich auch mal dabei sein. Aber ...«, sie schob die Lippen vor und verdrehte die braunen Augen, »ich denke, dass dafür mein Arsch nicht weiß genug ist. Die nehmen sich lieber die Miezen aus dem Stab.«

Die Frau gefiel mir. Sie war umwerfend. Ein wenig korpulent, nicht unbedingt als weibliche Schönheit zu bezeichnen, aber menschlich.

»Jack, nun mach schon. Ich möchte eine Cola und mein weißer Freund hier ... was trinkst du?«

Der Barkeeper, ein schwarzer Sergeant, schüttelte den Kopf. Wir waren allein in dem, was Kasino genannt wurde. Einige Fotos und sonstige Trophäen an den Wänden. Billiardtische mit zerschlissenem Filz. Dartboards. Girlanden, Papierrüschen, Kerzen. Es war der Tag vor Silvester.

»Du weißt genau, dass das nicht geht«, sagte der Kellner und beugte sich über die Theke. »Ich darf hier Unteroffizieren nichts ausschenken. Ich bekomme den größten Ärger.«

»Dann geben Sie mir einen Bourbon ohne Eis und Wasser und eine Cola. Ist das so schwer zu verstehen?« Nun wurde ich ungemütlich. Diese verdammte Hierarchie des Militärs war mir schon immer zuwider gewesen. Ich war vor dem Wehrdienst in Deutschland nach Berlin verschwunden. Und wo war ich nun? Im Krieg. Mein Schicksal meinte es nicht besonders gut mit mir. Es bestand darauf, dass ich keinerlei Chancen hatte, mich vor der Gewalt zu drücken.

Der schwarze Sergeant sah mich nachdenklich an.

»Sir, Sie sind Zivilist. Hier wird nicht bezahlt. Es geht alles auf das Konto dessen, der Sie einlädt. Auf wessen Einladung sind Sie also hier?«

»Leutnant Oliver. Ich erwarte ihn hier.« Ich kämpfte mit meinem Zorn. Ein Unteroffizier tat im Offizierskasino Dienst. Sofort hatte er sich in die Reihe der Elite eingefügt. Das war Krieg im Krieg. Und was machten diese Unterschiede im Kampf? Geh du vor, Nigger. Teste mal, ob geschossen wird? Geht alles auf mein Konto im Kasino.

»Tut mir leid, Sir. Leutnant Oliver hat sein Konto diesen Monat schon überzogen. Da darf ich nichts mehr eintragen.«

Die Krankenschwester beobachtete uns. Sie schmunzelte. Lächelte sogar. Sagte aber nichts. Rauchte nur.

»Dann nehmen Sie das Konto von ...« Einen Moment lang überlegte ich. Oberst Nguen anzugeben war wohl nicht das passende Konto. Das konnte wirklich Ärger geben. »Dann nehmen Sie das Konto von Major Brian Eppstein.«

Der Barmann ging die Listen durch und nickte.

»Er ist hier als Colonel geführt. Aber egal. Das Konto ist noch nicht belastet. Nehmen wir den.«

Die schwarze Krankenschwester lächelte. Prostete mir zu.

Nickte nur auffordernd. Ich verstand es als Ankündigung, die Grenzen dieses Mannes zu erkunden. Ab wann würde er seine Befugnisse überschreiten? Das Spiel gefiel mir.

»Dürfen wir uns auch an einen Tisch setzen?« Der Barmann nickte.

»Natürlich, Sir. Colonel Eppstein lädt ein. Fühlen Sie sich wie zu Hause.«

Die Schwester kicherte hinter vorgehaltener Hand.

»Dann bring uns mal eine ganze Flasche Whiskey, Jack. Geht alles auf Colonel Eppstein. Wir setzen uns dort in die Ecke und warten auf unseren spendablen Gastgeber. Und Erdnüsse auch gleich.«

»Ihr könnt mich alle mal«, knurrte der Barmann. »Ich bin hier ...«

»Rede nicht so einen Scheiß«, fiel ihm die Schwester ins Wort. »Wenn hier jemand für etwas verantwortlich ist, dann sind es Colonel Eppstein und ich. Eppstein für die Getränke und ich für deinen Tripper. Entweder Whiskey oder keine Behandlung mehr. Dann muss ich Meldung machen.«

Ihr Gesicht verwandelte sich in einen einzigen süffisant lächelnden Schokoladenpudding.

»Miststück, verdammtes. Ich kann nur hoffen, dass noch ein Offizier kommt, der das bestätigt, was ich hier aufschreibe«, fluchte der Barmann.

»Deinen tropfenden Wasserkran kann und muss ich dir bestätigen. Also mach hier keinen Zirkus.«

Der Barmann polierte Gläser. Er war in seiner männlichen Ehre gekränkt und schmollte.

»Tut mir leid, Sir. Ich habe mich noch nicht vorgestellt. Ihre Krankenakte kenne ich.« Sie goss sich das Glas randvoll. Zündete eine neue Zigarette an.

»Ich bin Sergeant Major des Lazaretts hier. In meinem Pass steht Michelle Bloomberg, aber alle nennen mich Micky ...

nicht Mouse.« Sie lachte herzhaft. »Dritte Generation eines alten Handelshauses in Missouri. Abtrünnige Tochter mit einem abgebrochenen Medizinstudium, die nie Lust hatte, Kauffrau zu werden. Und da suchte die Army entsprechende Fachkräfte für Auslandseinsätze. Und siehe da, wo bin ich gelandet? Hier. Ist das nicht eine Karriere? Von einem behüteten Elternhaus in diesen Sumpf? Das ist doch ein Scheißjob, hier jeden Tag diese Krieg spielenden Kinder zusammenzuflicken. *Cheers.*«

Ich sah mich zwischen zwei Welten. Hier mein kleiner Kampfdrache, der sich bis an die Zähne bewaffnete und nicht die geringsten Skrupel zu kennen schien, seinen Kopf durchzusetzen. Und wenn es mit Mord und Diebstahl war. Dort eine Schwarze aus dem geächteten Süden Amerikas, die es immerhin zu einem Posten in der Armee gebracht hatte und sich redlich darum bemühte, Einsatztruppen wieder zusammenzuflicken. Zwei völlig verschiedene Charaktere. Wenn Micky zwanzig bis dreißig Kilo weniger hätte, ich wüsste nicht, für wen ich mich entscheiden sollte. Ihre deftig herzliche Art lag mir mehr. Wenn ich ehrlich war. Aber wollte ich das? Ich brauchte einen Auftrag und keine Frau.

Nein. Micky war einfach nur lieb. Zu lieb. Dass sie mich wieder mit Begeisterung zusammenflicken würde, dessen war ich mir sicher. Aber sonst? Sonst war sie mir doch zu ungewohnt. Ich war auf Angriff aus. Und dieser Einstellung kam Kleiner Drache näher.

»Hier steckt ihr.« Leutnant Oliver zog sich einen Stuhl heran und bestellte.

Micky grinste. »Geht nicht, Leutnant. Ihr Konto ist voll. Wir saufen auf Colonel Eppstein. Trinkst du mit? Er hat uns eingeladen. Du als Offizier musst nur abzeichnen. Sonst macht sich unser Jack wirklich noch in die Hosen. Und ich muss es nur wieder bestätigen. Und ihn für den nächsten Einsatz krankmelden. Dieser alte Drückeberger!«

Der Schokoladenpudding bebte vor Lachen. Es war ansteckend. Selbst Jack wieherte hinter seinem Tresen.

»Find ich gar nicht lustig«, murrte Leutnant Oliver, zündete sich eines meiner Zigarillos an und nahm einen großen Schluck gleich aus der Flasche.

»Oh, oh, das sieht aber nicht gut aus«, murmelte Micky und verdrehte die Augen zum Himmel. »Wie viele?« Sie zündete sich auch ein Zigarillo an und ersparte sich den Umweg über ein Glas, um an den Whiskey zu kommen.

»3. Kompanie. I. Zug. Du hast die Materialanforderungen auf deinem Tisch. Sieh zu, dass sie vorschriftsmäßig ausgestattet werden. Und nun geh. Du hast hier nichts zu suchen.«

»Zu Befehl, Sir.« Micky deutete lässig eine Ehrenbezeugung an. Machte aber keine Anstalten, sich zu erheben. »Also Sonderkommando? Ohne Sanitäter?«

»Ja, verdammt, warum fragst du das? Mach endlich. Drei Uhr ist Abflug.«

Micky erhob sich kopfschüttelnd. »Ihr müsst doch alle spinnen. Von der Dritten sind nur noch die Hälfte übrig, und der Rest hat einen Dachschaden. Und mit denen wollt ihr auf einen Sondereinsatz?«

»Sergeant Major, das ist ein Befehl! Ich weiß um den Zustand der Kompanie. Wer fehlt, wird ersetzt. Und bringen Sie mir den Scout auf Vordermann. Der muss mit. Abtreten.«

Micky zwängte sich aus dem Stuhl und nahm leidlich Haltung an. Ihr war anzusehen, dass hier die Befehlsgewalt ihre Meinung brach.

»Und Micky«, rief ihr der Leutnant hinterher, »haben Sie noch einen Schlafplatz für diesen Journalisten?«

Micky nickte. »Ja, es sind noch ein paar Särge frei. Soll sich bei mir melden. Er weiß ja, wo ich zu finden bin.«

Oliver lehnte sich zurück und rieb sich die Nasenwurzel. Er sah alt aus. Ich schwieg besser und bestellte noch eine Flasche auf Eppsteins Kosten.

»Hör zu«, Oliver beugte sich über den Tisch, »du darfst eigentlich nicht mit. Journalisten sind bei dem Einsatz nicht erwünscht.«

»Aber?« Hier standen ein Aber und ein Entweder-Oder im Raum.

Oliver atmete tief durch. Putzte sich die Nase.

»Das ›Aber‹ ist, dass dieser Sharif darauf besteht, dass er einen unabhängigen Fotografen dabeihaben will.«

Sollte ich jetzt darüber jubeln? Ich hatte meinen Einsatz. Und wie es schien noch einen, bei dem ich die Konkurrenzpresse nicht ausstechen musste. Einen Sonderbericht der Extraklasse. Das würde mein Durchbruch im Geschäft sein.

»Ich bin nicht glücklich darüber. Du bist mir zu sympathisch, um gleich dabei draufzugehen«, fuhr Oliver fort.

»Meine Staffel bringt euch über die Grenze. Dann habt ihr etwa fünfundzwanzig Kilometer unwegsames Gebiet vor euch, durch das ihr euch kämpfen müsst, um an den Ort zu kommen, an dem wir Colonel Eppstein und La Troux vermuten. Das Überraschungsmoment ist auf eurer Seite. Statistisch gesehen gehen bis dahin zehn Prozent der Leute drauf. Aber dann müsst ihr euch den gleichen Weg zurückkämpfen. Und dann kommt in aller Regel nur noch die Hälfte des Restes durch. Wir können euch nicht helfen. Kambodscha ist nicht im Krieg mit Vietnam. Ihr müsst euch auf jeden Fall allein bis zu den Hubschraubern zurück durchschlagen.«

Schweigen. Das Gewitter kam näher. Die Ventilatoren surrten. Die Messe füllte sich mit Piloten. Die Hitze wurde unerträglich. Jack war voll beschäftigt.

»Wenn du meine Meinung hören willst ... lass es. Du bist zu unerfahren. Und von den GIs wird sich keiner um dich kümmern, wenn du dir nur den Fuß vertrittst. Das sind alles Soldaten, die eigentlich hier ihre Gefängnisstrafe abarbeiten. Von denen hast du nicht das Geringste zu erwarten. Die haben einen Befehl. Mehr nicht. Sie sind allesamt Killer und Mörder. Und du kommst in ihrem Sozialkatalog nicht vor.«

Das waren harte Worte, die ich mir so noch nicht überlegt hatte. Mörder in Sondereinsätzen. Was hatten diese Männer zu verlieren? Nichts. Sie konnten nur gewinnen. Ihre Rehabilitation, eine erlassene Strafe und ein Leben, um in Freiheit zu sterben. Jemand würde ihre Namen sicher in eine Gedenktafel für Volk und Vaterland auf irgendeinem Friedhof meißeln. Dann waren sie makellos und ohne Vergangenheit. Der Passierschein zur Hölle in Stein.

»Wer ist dieser Sharif, der auf meine Anwesenheit besteht?«

Oliver verzog das Gesicht und hob kurz die Schultern.

»Das ist geheime Kommandosache. Darf ich dir nicht sagen. Nur so viel, dass das Oberkommando einen von den Vermissten für den Maulwurf hält, der unsere Operationen an die Gegenseite verrät.«

Meine Synapsen, leicht vom Alkohol umspült, fuhren wieder hoch.

»Das heißt, ihr wollt die da gar nicht herausholen. Ihr legt sie beide um. Tötet sie, ohne festzustellen, ob es überhaupt jemand von den beiden ist?«

Oliver erhob sich. »Das ist deine Version. Gute Nacht. Drei Uhr bei Hangar eins. Und überlege es dir. Ich würde nicht mitmachen, wenn das nicht mein Job wäre.«

Jack rief durch den ansteigenden Lärm der Piloten noch etwas, das klang wie: »... und wer unterschreibt mir das alles hier?«

Das Gewitter nahm apokalyptische Ausmaße an. Windböen fegten über das Gelände. Peitschten Wassermassen vor sich her, die wie die knöchernen Finger des Todes milliardenfach an die Baracken hämmerten. Der elektrische Strom fiel teilweise aus. Die Notaggregate sprangen an. Leere Kanister kullerten über die Fläche. Blieben irgendwo hängen, um von der nächsten Sturmfront in Baumhöhe katapultiert zu werden. Irgendwo gingen sie dann scheppernd zu Boden.

»Da können Sie momentan nicht hinaus. Würden Sie für Colonel Eppstein unterschreiben?«

Jack rollte treuherzig mit den Augen. Ich versuchte Eppsteins Unterschrift nachzumachen, so gut es ging. Auch ein betrunkener Colonol, Major oder was er nun wirklich war, änderte von Bar-Zustand zu Bar-Zustand seine Signatur. Wer würde das kontrollieren? Hauptsache es war irgendwo einer Vorschrift Genüge getan.

Micky sortierte beim Licht einer nackten Glühbirne Verbandspäckchen auf einem Behandlungstisch. Sie fluchte. Ich verstand es nicht. Es war Südstaatendialekt. Ein Gemisch aus Englisch, Französisch und Mexikanisch.

»Weiß-Arsch, kannst gleich darauf schlafen, wenn ich hier fertig bin.« Sie fluchte weiter und drehte sich kurz um. »Du musst lebensmüde sein, bei diesem Einsatz mitzumachen. Das ist als Selbstmordkommando angelegt. Da kommt keiner zurück.«

Sie sortierte weiter und hakte Listen ab. »Du bist nass. Zieh die Klamotten und die Stiefel aus. Hast du wenigstens noch ein trockenes Zigarillo? Whiskey habe ich selbst hier«, murmelte sie beiläufig und sortierte und sortierte. Stopfte Päckchen für Päckchen in Gürtel, die etwas breiter und dicker als ein Militärkoppel waren. Ich zählte fünfundzwanzig, die über die Behandlungsliege hingen.

Ich zog mich aus. Alles klebte an mir. Das Wasser war in die Stiefel gedrungen. Die Socken konnte ich wegwerfen. Was war noch Regen, was Schweiß? Nach dem Gewitter hatte es nicht abgekühlt. Es war nur noch feuchter geworden.

»Gibt es ein Handtuch?«

Micky schüttelte den Kopf. »Besser, du gewöhnst dich gleich daran, im Einsatz nicht mehr trocken zu werden. Irgendwann beginnt alles Leder zu schimmeln. Du glaubst, am eigenen Körper zu verfaulen. Pinkel in deine Stiefel. Die sind zu neu und überstehen keine zehn Meilen. Aber vorher sind deine Füße so geschwollen, dass du nur noch mit einer Amputation da rauskommst. Also mach schon. Ich weiß, wie dein Piepmatz aussieht.« Sie rauchte. Nahm einen Schluck nach dem anderen aus der Whiskeyflasche und sortierte weiter.

Selbstmordkommando? Erste-Hilfe-Gürtel? In meine eigenen Stiefel pinkeln? Was war abschreckender?

Dass ich in Gefahr kommen könnte, das hatte mir schon die Ausfallquote meiner Kollegen mehr als deutlich gemacht. Aber im eigenen Urin herumzulaufen? Das hatte mir bisher noch niemand geraten.

»Und, was soll das, wenn ich da reinpinkle?« Ich hielt die nassen Stiefel hoch.

Micky seufzte. »Du bist wirklich ein Greenhorn. Durch deinen Schweiß verhärtet sich das Leder und schabt dir mit jedem Schritt das bisschen Fleisch von den Füßen. Bis auf die Knochen. Irgendwann betest du vor Schmerzen darum, dass dir jemand die Kugel gibt. Der Urin gerbt das Leder nachträglich. Hält es geschmeidig. Ich werde die Stiefel nachher noch mit einem Pulver ausreiben. Das beugt Ekzemen vor.

Also piss endlich. Ich bin sofort fertig mit diesem Schwachsinn.«

Ich tat wie gewünscht. Oder war es befohlen? In die eigenen Schuhe zu urinieren widerstrebte mir.

»Den ganzen Inhalt?«, versuchte ich ein Maß zu erfahren. Das würde niemals mehr trocken.

»Je mehr, desto besser.« Sie beschäftigte sich mit Papieren.

Wie viel Liter fasste eine männliche Blase?

»Was heißt Schwachsinn?« Ich versuchte mich von dem Leder abzuwenden, in dem kurzfristig einige Molche hätten Schwimmen lernen können.

»Weil diese Gürtel nicht normal sind. Pflaster, Verbandspäckchen, Skalpell, Puder, Salben, Nahtzeug für Wunden sind normal, wenn kein Sanitäter dabei ist. Jeder Soldat ist in erster Hilfe ausgebildet. Aber das hier übersteigt meine Erfahrungen.«

Micky zündete sich eine Zigarette an. Trank aus der Whiskeyflasche. Mir bot sie nichts an.

»Gibt es denn hier keine Ärzte? Ich meine, warum musst du das alles als Schwester machen?« Ihre offensichtliche Unruhe steckte mich an.

»Eben deswegen. Es gibt keinen amerikanischen Arzt mehr auf der Basis. Die haben sich alle verdrückt. Jetzt bleibt alles an einem Halbarzt der Nationalarmee hängen. Aber der ist total überfordert und ständig noch betrunkener als ich.«

Sollte ich jetzt über diesen trockenen Humor lachen oder weinen? Der Urin war in den Stiefeln versickert. Ohne eine Pfütze zu hinterlassen. Das Leder hatte ihn einfach gesoffen.

»Seltsam«, murmelte ich. »Funktioniert tatsächlich.«

Mickys Busen bebte vor Lachen.

»Was denkst du denn? Da kommt jetzt etwas Backpulver rein, dann kannst du deine Füße essen.«

Sie streute die Stiefel mit einer Hand voll Pulver aus und verrieb alles im Innenleder. Lachte und lachte, bis ihr Doppelkinn einen Muskelkater bekam. Für sie war ich ein Spielzeug, um das man sich noch Sorgen machen musste. Sie ahnte, dass jemand ihr dieses Spielzeug kaputtmachen konnte.

»Was meinst du mit Schwachsinn an diesem Einsatz?«, versuchte ich eine vernünftige Aussage zu ihrer Bemerkung zu bekommen. Das Pulver half. Es roch nicht mehr nach Urin aus den Stiefeln.

Micky blies die Backen auf. Nun sah sie wie ein Schokoladen-Doughnut aus.

»So viel Morphin, wie ich in die Gürtel packen muss, ist unüblich. So, als wollte jemand euch alle fünfundzwanzig in einen schmerzfreien Tod schicken.«

»Seid ihr so weit? Warum ist Peter noch nicht geschminkt?«

Oliver stand im Raum. Ich hatte ihn nicht kommen hören.

»Es ist aber erst dreiundzwanzig Uhr. Die Rede war von drei Uhr«, protestierte ich. Ein wenig Schlaf wäre schon angebracht. Wenigstens die paar Stunden.

»Der Einsatz ist vorverlegt worden. Also, in fünfzehn Minuten am Hangar eins.« Und zu Micky, die nichts sagte, nur dumpfe Laute aus ihrem Brustbereich hervorzauberte: »Schminken. Der Weißarsch muss wie die anderen aussehen.«

Dann war er wieder weg.

Drei Tage später.

»Du sagst nichts. Was quält dich? Bist du mit deiner Fotoausbeute nicht zufrieden? Mann, das ist doch dein Durchbruch. Freu dich, dass du überlebt hast.«

Oliver prostete mir im Offizierskasino zu. Er lächelte. Ich nicht. Er war geflogen. Ich gelaufen. Micky hatte mich erst wieder von der grünen Tarnfarbe im Gesicht befreit und auf »Gebrauchtspuren«, wie sie Verletzungen nannte, untersucht.

Wir waren alle so geschminkt. Jetzt, nach dem Einsatz, wusste ich warum. Es war nicht nur, um im diffusen Licht des Urwalds möglichst unauffällig zu bleiben. Weiße Haut war hier verräterisch. Nein, es war wirkliche Tarnung gewesen. Eine Camouflage der Sinnlosigkeit. Und ich hatte sie auf fast dreißig Filmen dokumentiert.

Warum? Warum hatte man mich geradezu genötigt, diesen Einsatz zu dokumentieren? Es war kein anderer Journalist zugegen gewesen. Wir hatten weder einen Colonel Eppstein noch einen La Troux befreien können. Die hatte es in diesem armseligen Dorf niemals gegeben. Dafür waren wir Stunde um Stunde durch den Urwald gelaufen. Waren ohne eigene Verluste zum Sammelpunkt zurückgekehrt und von Oliver wieder aufgesammelt worden. Der Einsatz war völkerrechtlich illegal. Weit im Land der offiziell am Krieg nicht beteiligten Nation Kambodscha. Ich verstand den Sinn dieses mörderischen Einsatzes nicht.

»Du denkst zu viel«, riss mich Oliver aus meinen Gedanken. »Es hätte auch anders ausgehen können. Es ist nun mal so. Was die sich in Saigon ausdenken, ist nicht unser Problem. Ich fliege, du berichtest. Frage besser nicht nach mehr.«

»Es wurde ein ganzes Dorf mit wehrlosen Menschen niedergemacht. Die Schweine haben selbst Hühner erschossen. Was soll der Schwachsinn?«, wütete ich. Die Bilder gingen mir nicht aus dem Kopf. Selbst wenn ich sie verdrängte, ich hatte sie fotografiert. Wie ein Voyeur hatte ich mit den Kameras draufgehalten.

Oliver zuckte mit den Schultern.

»Sagte ich doch. Von denen, die diesen Einsatz machen, darfst du kein soziales Gefühl erwarten. Befehl ist Befehl. Alles, um sich ein paar Jahre Knast zu ersparen. Sie sind Killer und machen alles nieder, was man ihnen befiehlt. Da wird ihr Frust zielgerecht eingesetzt.«

Ich verstand es dennoch nicht, dass fünfundzwanzig Männer ein Dorf von mehr als hundert Menschen mit allem Leben niedermachen konnten.

»Wo ist dieser Ali Sharif?«

Ali hatte den Einsatz mit einem Funkgerät begleitet. Ohne Tarnfarbe im Gesicht. Hatte anhand von Karte und Kompass regelmäßig Koordinaten an eine Zentrale weitergegeben. Nach dem Einsatz war er wie vom Erdboden verschluckt.

»Woher soll ich das wissen? Er war hier im Auftrag des Generalstabs. Solche Leute frage ich als kleiner Leutnant nicht.« Oliver drehte sich einen Joint und legte die Beine auf den Tisch. Die Messe füllte sich.

»Na, ihr beiden. Erholt ihr euch für den nächsten Einsatz?«

Oliver hob den Kopf. »Micky, du weißt doch, dies ist die Offiziersmesse. Was willst du?«

Micky brachte ihre Pfunde in einem Sessel unter und grinste. Deutete auf ihre Schulterstücke.

»Hallo Leutnant. Schau mal. Ich bin seit heute Offizier und mache jetzt mein eigenes Konto hier auf. Du bekommst natürlich nichts von mir. Aber mein Weiß-Arsch wird von mir heute freigehalten.«

»Warrant«, stöhnte Oliver. »Offiziersanwärter. Es ist nicht zu glauben! Reicht es nicht, dass wir schon Nigger als Piloten haben? Jetzt machen die auch noch schwarze Weiber zu Offizieren. Diesen Krieg haben wir verloren.«

»Ja, weil ihr Bleichgesichter so arrogant seid, dass die Basis keinen ordentlichen Arzt mehr bekommt. Die sind wie immer schlauer als wir Nigger, wie sich der Leutnant auszudrücken beliebt. Die machen lieber auf Kriegsdienstverweigerer, als ihren Arsch hier für ihre weißen Kollegen zu riskieren. Und so führt ihr Krieg und wollt den Schlitzaugen ein Vorbild sein? Wir befinden uns hier in einem von den Nordstaaten angezettelten Krieg. Erinnert mich verdammt an den Sezessionskrieg.«

Micky kämpfte mit der Fassung. Ihre Augen wurden feucht. Der schwarze Doughnut glich einer Voodoomaske.

»Der Befehl lautet Vietnamisierung des Krieges. Raus aus diesem Scheißland«, meinte Oliver gähnend und gesellte sich zu seinen Piloten an der Bar, bevor Micky zu einem weiteren verbalen Rundumschlag ausholen konnte.

»Das ist doch immer die gleiche Brut«, knurrte Micky. »Sie können es nicht leiden, wenn ein Nicht-Weißer Kompetenzen erhält. Die Bodentruppen sind inzwischen den Schlitzaugen unterstellt. Die weißen Herren Amerikaner fungieren, gnädigerweise, als Berater. Wie sich das anhört ... Berater. Was wollen die denn hier beraten? Wie man Syphilis mit der gelben Rasse vermeidet? Dazu haben sie noch nicht einmal mehr genug Ärzte. Diese Scheiß-Weltverbesserer. Waffen haben sie. Aber ihr Gehirn wurde auf das Maß des Militärhandbuchs reduziert.«

Micky war wütend. Den letzten Satz hatte sie in die Messe geschrien. Die Piloten waren nicht darauf eingegangen. Der Barkeeper hatte das Radio mit AFVN, American Forces Vietnam Network, lauter gestellt. Er brachte New-Orleans-Jazz.

»Komm mit. Ich kenne einen freundlicheren Ort.«

»Sergeant, kannst du meinem deutschen Freund hier helfen?«

Der schwarze Unteroffizier sah an Micky hoch und grinste.

»Gratuliere zur Beförderung, Warrant. Muss ich jetzt Sir oder Madam zu dir sagen?« Die anderen Unteroffiziere grinsten. Brachen in Gelächter aus.

»Eine Runde für alle. Auf mich.« Micky strahlte wieder ihren wohlwollenden Humor aus. In der Messe der mittleren Dienstgrade fühlte sie sich wohler. Die Arroganz der Offiziere war ihr fremd. Noch.

»Nein. Ich bin eine von euch.« Micky lächelte in die Runde. Der Applaus blieb aus. Sie war keine mehr von denen. Sie war kein Unteroffizier mehr. Aber auch noch kein vollwertiger Offizier. Aber sie hatte jetzt Zugang zu den höheren Kreisen der Hackordnung.

»Hör zu, Patrick«, sie packte den Sergeant am Revers, »wie oft habe ich deine Leute mit Stoff versorgt?«

Der junge Mann rollte mit den Augen. Wedelte hilflos mit den Armen.

»Ich brauche jetzt mal deine Hilfe. Du bist doch im Luftbildzentrum.«

Patrick nickte gehorsam.

»Dann wirst du die Filme, die mein deutscher Freund vom letzten Einsatz gemacht hat, entwickeln, bevor sie in die falschen Hände geraten.«

Patrick überlegte und entschied sich für Mickys Erpressung.

»Hatte ich gesagt, dass ich das will?« Ich folgte den beiden durch die Nacht.

»Nein«, knurrte Micky zurück. »Aber mit dem Einsatz ist etwas schiefgelaufen. Die legen dich sofort um, wenn du aus den Fotos in der Presse etwas machst. Daher halte ich es für besser, wenn du Kopien hast, bevor man dir die Originale abnimmt.«

Nach dem Warum zu fragen, ersparte ich mir. Alles, womit man mich in diesen irrwitzigen Einsatz geködert hatte, war nicht eingetreten. Wir hatten einfach ein harmloses Dorf mitsamt seinem lebenden Inhalt dem Erdboden gleichgemacht. Und dafür war ich zwei Tage hin- und zwei Tage zurückmarschiert. In nassen Klamotten. Attackiert von Moskitos und scharfen Laubblättern, die mir die Kleidung zerrissen. Schlaf auf einem modrigen Boden. Wenige Stunden. Aber auch nur aus Erschöpfung. Nur meine Füße hatten durchgehalten. Sie blieben trocken. Ich wollte, ich wäre meine Füße. Micky war ein Schatz.

Wir verschwanden in einem Erdbunker. Zwei Sergeants taten Dienst. Patrick grüßte kurz mit »Weitermachen!«. Er war der Chef hier. Schloss einen Raum an der Rückseite auf und hinter uns wieder zu. Überall hingen Luftbildaufnahmen an Leinen im Raum zum Trocknen.

»Welche Filme soll ich entwickeln?«

Ich kramte meine Filmpatronen aus den Taschen. Hoffentlich hatten sie nicht unter meinem Schweiß gelitten.

»Achthundert-ASA-Farbfilme.« Patrick begutachtete die Patronen. »Und wie belichtet?«

»Mit sechzehnhundert«, gab ich die total überzogene Belichtungszeit an. Das ersparte mir jeden Blitz. Kostete aber auch Qualität in den Endergebnissen.

»Sehr mutig«, murmelte Patrick. »Muss ich nur wissen, um den Entwickler darauf einzustellen. Dreißig Filme ... in zwei Stunden habt ihr sie mit je einem Abzug. Und jetzt verschwindet. Ich habe eigentlich keinen Dienst mehr. Stellt mir mal einen Whiskey in der Messe kalt.«

Micky und ich saßen auf einem gefällten Baumstamm. Der Himmel war sternenklar. Irgendwo in der Ferne flackerten Bombenblitze auf. Die Moskitos waren unerträglich. Sie bevorzugten weiße Haut. Ich schlug um mich. Micky grinste nur und schüttete den Inhalt eines Flachmanns über mich. Es stank bestialisch.

»Was ist das denn, zum Teufel? Willst du mich vergiften?«

»Nein«, erwiderte sie lächelnd. »Aber rauchen solltest du die nächsten Minuten nicht. Das ist Kerosin. Flugbenzin. Das mögen die Biester nicht. Und Duschen musst du ohnehin irgendwann mal. Du stinkst nämlich.«

Ich stank weiter vor mich hin. Wie ein geborstener Tank eines notgelandeten Flugzeugs. Aber die Biester ließen mich in Ruhe.

»Wie kommst du darauf, dass man mich in eine Falle gelockt hat?«

»Nicht in eine Falle.« Micky zündete zwei Zigarillos an. Gab mir eines davon. »Kannst jetzt rauchen. Die Explosionsgefahr ist vorbei. Nur bei direkter Flamme würdest du noch hochgehen.«

Sehr beruhigend war das alles nicht. Ich rauchte und sah zum Himmel. Sternschnuppen fegten den Zenit entlang. Ein seltenes Schauspiel in diesen Breitengraden. Die buddhistischen Mönche würden daraus sofort ein Omen machen. Ich dachte an Gnong Duc, den Bettelmönch aus dem Kloster jenseits der Grenze, und an seine Zurechtweisung, dass es nicht um den Gewinn gehe, sondern um die Ehre, der Beste auf seinem Gebiet zu sein.

»Die Morphine haben mich stutzig gemacht«, fuhr Micky leise fort. »Diese Menge ist absolut unüblich. Als hätte das Kommando einen Totalausfall ins Kalkül gezogen. Und was kommt zurück? Kein Einziger, der nur einen Kratzer abbekommen hat. So was nenne ich einen totalen Fehlschlag. Jemand hat das ganze Kommando in die Irre gelockt. Und jemand ist darauf reingefallen.«

»Reingefallen? Was ist mit hundert toten Zivilisten? Unzähligen Schweinen und Hühnern?«, knurrte ich.

Micky nickte.

»Genau da ist das Problem. Sie wollten als die Sieger über Was-weiß-ich dastehen. Alles schön brav von einem unabhängigen deutschen Fotografen dokumentiert. Und dann mussten sie nur noch die Zeugen ihres Versagens killen. Bauern,

Schweine, Hühner. Jetzt bist du ihr letzter Zeuge und stehst ganz weit oben auf ihrer Liste. In deiner Haut möchte ich nicht stecken. Obwohl ... weiß würde mir auch stehen.«

Acht Stunden später.

Mit einem seit zehn Kilometer defekten Hinterreifen rollte ich vor den Hoteleingang. Der Peugeot machte nur noch Krach und ließ sich nur mit Gewalt in der Spur halten. Ich war es leid, stank nach Benzin und war dreckig. Alle meine Hoffnungen ruhten auf Kleiner Drache. Dass das Bad und das Bett frei waren. Waschen und schlafen. Mehr Bedürfnisse hatte ich momentan nicht.

»Magst du etwas trinken, bevor du dir den Dreck abkratzt?«

Ali fing mich in der Lobby ab. Er lächelte süffisant. Oder kam es mir nur so vor? Meine müden Augen begannen langsam falsche Signale ans Gehirn zu senden.

»Nein, danke. Ich muss erst schlafen. Mir reicht es«, wehrte ich ab. »Aber was machst du denn schon hier? Was sollte der ganze Scheiß überhaupt?« Ich drehte mich auf der Treppe um.

Ali lächelte jetzt wirklich.

»Ich wusste, dass du das fragst. Komm. Wir haben zu reden. Dein Kleiner Drache wird schon informiert, dass du da bist.« Er hakte sich ungeachtet meines sehr strengen Geruches bei mir unter und zog mich in den Garten. Hier wartete die nächste Überraschung.

»*Bon soir*, Monsieur Stösser. Sie haben gute Arbeit geleistet, wie mir Colonel Sharif mitteilt. Dürfte ich die Filme haben?«

Dieser Mann hatte seine Visitenkarte hinterlassen. Ali hatte sich aufgeregt, dass er einen großen Auftrag verloren haben könnte, da ich mich als des Französischen mächtig gezeigt hatte. Eugene Guibaud. Directeur. Paris. Im flackernden Kerzenlicht war er nicht einzuschätzen. Den Panamahut hatte er tief ins Gesicht gezogen. Eine Zigarre kokelte in seinem linken Mundwinkel. Er war ein Schleimer. Mein Instinkt warnte mich.

»Aber entschuldigen Sie. Ich bin unhöflich. Sie kommen gerade aus dem Einsatz. Dem Einsatz Ihres Lebens. Nehmen Sie doch erst einmal Platz. Sie sind mein Gast.«

Kleiner Drache war wirklich informiert worden. Sie quiekte aus dem Fenster. »Bin sofort bei dir.«

Guibaud lächelte. Ali stierte abwechselnd in die Palmwedel oder versuchte mit einem Taschenmesser seine Fingernägel zu säubern. Lange konnte auch er noch nicht hier sein.

»Warum sollte ich Ihnen die Filme geben? Der Einsatz beweist doch nur, dass es Völkermord und ein völlig sinnloser Einsatz war.«

Guibaud rief den Ober und bestellte für vier Personen.

»Nicht so ganz, Monsieur Stösser. Der Einsatz hatte schon seinen Sinn. Und dass wir ausgerechnet Sie als einzigen Fotografen mitgenommen haben, auch. Also, darf ich um die Filme bitten?«

Was hatte Micky gewusst, dass sie darauf bestanden hatte, dass Sergeant Patrik von der Luftbildabteilung sofort Abzüge und Kopien der Negative für mich machen musste? Hier lief ein taktisches Spiel, das sich mir verschloss. Ich war nur der Bauer im Vorfeld eines Schachspiels. Wem half es, diesen Massenmord an Zivilisten zu vermarkten? Jeder vernünftige Mensch würde dieses Massaker vertuschen. Ein Irrtum, liebe Leser. Da ist bei uns etwas schiefgelaufen. Vergesst es möglichst schnell wieder. Wir sind nach wie vor die Guten, die euch vor den bösen Kommunisten schützen. Bitte, bitte lieber US-Senat, wir bräuchten da noch ein paar hundert Millionen für neue Munition. Sonst ist der amerikanische Staat in Gefahr, von ein paar Reisbauern überrannt zu werden.

»Wer sind Sie?«

Ali verbarg sein Gesicht kurzfristig hinter einer Serviette. Er wischte sich den Schweiß ab.

Kleiner Drache fiel mir um den Hals und rümpfte die Nase. »Oje. Ich glaube, ich muss das Bad freikämpfen. Bin gleich zurück.« Weg war sie.

Der Ober brachte eine Platte mit Köstlichkeiten. Von Tintenfisch bis zu Krebsschwänzen war alles dabei. Auf dampfendem, mit Seetang belegtem Reis.

»Wer ich bin?« Guibaud aß mit den Fingern. Ali versuchte es mit Stäbchen. Gab es aber sofort auf. Reiskörner mit Stäbchen zu essen, war schon die höchste Kunst. Ich bevorzugte Fingerfood.

»Ich bin für den asiatischen Bereich des GCMA, von den Amerikanern auch MACG genannt, zuständig. Kurz, den französischen Geheimdienst. Wir haben uns auf den Guerillakrieg spezialisiert und beraten die Amerikaner und die Südvietnamesen in entsprechender Form. Das muss genügen. Bedienen Sie sich.«

»Und ich arbeite für einen deutschen Verlag. Warum sollte ich Ihnen die Filme geben?«, stellte ich mich störrisch. Diese verdammte Herrenrasse machte mich wütend. Ich berichtete. Das war schwer genug. Aber benutzen lassen, wollte ich mich nicht.

Ali futterte. Inzwischen mit der Handfläche als Teller.

»Deswegen.« Guibaud schob mir einen Umschlag über den Tisch. Der Inhalt waren Reiseschecks im Wert von fünftausend Dollar. Die brauchte ich nur zu signieren, und niemand außer mir könnte mehr etwas mit ihnen anfangen. Das war besser als Bargeld. Damit konnte noch nicht einmal mein Taschendieb Kleiner Drache etwas anfangen. Fünftausend Dollar. Das waren in Deutschland zwanzigtausend Mark. Mein ganzes Jahresgehalt.

»Es ist noch einmal so viel drin«, versuchte Guibaud mich zu ködern. »Also bitte, die Filme. Die sind doch schon längst entwickelt, und Sie haben Kopien davon, die Sie Ihrem Verlag auch noch anbieten können. Wo sehen Sie da ein Problem? Ist ein faires Geschäft. Wir machen mit Ihrer Arbeit ein Geschäft und Sie auch.«

Ich zögerte. Sie waren wirklich dabei, mich zu kaufen. Das Angebot war verlockend. Ich konnte meine Fotos doppelt vermarkten. Für dreißig belichtete Filme zwei Jahresgehälter. Das war ein Geschäft. Aber woher wusste der Franzose, dass ich Kopien von den Filmen hatte?

»Na schön. Gegen weitere fünftausend bekommen Sie die Filme.«

Ali verschluckte sich und hustete. Guibaud ließ das kalt.

»Kriegen Sie. Aber erst, wenn ich die Filme gesichtet und Sie diesen Text dazu an United Press mit ihrem Telexcode versehen haben. Bewahren Sie den Lochstreifen auf und schicken Sie ihn erst ab, wenn Sie meine Freigabe haben. *Bon soir.*«

Ein weiterer Umschlag neben der Fischplatte und ein stinkender Zigarrenstumpen am Boden waren alles, was von diesem dubiosen Menschen übrig blieb.

Ich betrachtete die Palmwedel, die leicht im Nachtwind raschelten. Es war seltsam still. Stiller als im Urwald, der nachts erst zum Leben erwachte. Fiepen, Singen, Knurren, Grunzen, Flattern, Rascheln, Plätschern. Das waren Nächte, die ich nie vergessen würde. Und die fiesen Anfluggeräusche von Moskitos. Das war nur mit totaler körperlicher Erschöpfung zu ertragen, die einen schon im Stehen in den Schlaf zwang.

»Ist das alles für mich? Das Bad ist in einer halben Stunde

fertig.« Kleiner Drache fiel wie ein Derwisch über die Reste der Reisplatte her. Wenn sie mehr als zwei Hände gehabt hätte, sie hätte sie alle benutzt. Es war mir peinlich. Es sah so aus, als könne ich sie nicht ernähren. So weit war ich schon gekommen, dass ich einen Beschützerinstinkt für eine völlig fremde Frau entwickelte.

Ali erhob sich. »Nimm das Angebot an. Wir brauchen dich. Du brauchst uns. Ein besseres wirst du von der CIA nicht bekommen. Die legen dich höchstens um. Wir sehen uns an der Bar.«

Ali hatte es in Englisch gesagt. Kleiner Drache verstand die Köder-Drohung nicht.

Ich studierte den Inhalt des zweiten Umschlags. Fluchte in mich hinein. Ich war wirklich nur ein Werkzeug. Ein Spielball für die Geheimdienste, die sich gegenseitig einen Krieg lieferten.

»So eine Scheiße!«, fluchte ich jetzt laut. Kleiner Drache sah kurz auf und leckte den letzten Reiskrümel von der Platte. Ich schwieg jetzt besser. Für heute hatte ich wirklich genug von den Problemen dieses Wahnsinnsspiels. Mehr als hundert Bauern sinnlos niedergemacht. Und meine Konkubine leckte die Platte eines Hotels ab. Der französische Geheimdienst bezahlte mich dafür, dass ich das Massaker als neutraler deutscher Journalist der nordvietnamesischen Armee zuschob.

Alles sehr schön ausgedacht. Die Geheimdienste provozierten für die Vietcong einen Zweifrontenkrieg, indem sie kambodschanische Dörfer mit Killern der US-Truppen niedermachten. Dadurch würde Kambodscha die sogenannten Ho-Chi-Minh-Pfade nicht mehr dulden. Hofften die Geheimdienste. Diese Wege, die bis ins Mekong-Delta zu führen schienen, waren aus der Luft nicht auszumachen. Die Air Force bemühte sich mit Tausenden von Tonnen Bomben, sie unschädlich zu machen. Dann war zwei Tage Ruhe, und der

Vietcong hatte sich für seinen Nachschub an Menschen und Material einen neuen Weg in das Unterholz geschlagen. Alles auf den neutralen Gebieten von Kambodscha und Laos.

»Ich brauche das Bad eine Stunde länger. Kannst du das machen?«

Kleiner Drache wiegte den Kopf. Zuckte mit den Schultern.

»Wenn du es länger brauchst, dann bekommst du es. Muss nur ein paar Chinesinnen erschießen und vorher selbst putzen. Kein Problem.« Sie schwirrte davon.

Ich versuchte die Albträume der letzten Tage in ein logisches Raster zu bekommen. Es gelang mir nicht. Alles war zu wirr. Nicht wirklich greifbar und doch so nah. Mir war danach, mir ein Messer in den Arm zu stoßen, um festzustellen, ob ich noch lebte.

Sie lächelten alle an der Bar. So, als hätte Ali sie über meinen Einsatz informiert.

Yato der Japaner, Wan der Hongkong-Chinese, Fjodor von der *Prawda*, Ronald von der *Daily Mail* und Vesuv. Der Neuseeland-Italiener.

»Jetzt ist aber ein Einstand fällig«, grölte Fjodor. Ali schmunzelte nur und schwenkte einen Whiskey mit Eis.

»Du hast deine Feuertaufe überlebt«, schmunzelte Vesuv.

»Dazu suchen sich die Militärs immer Neulinge aus. Wir Alten machen bei diesen Spielchen nicht mehr mit«, brummte Yato. »Die Welt entwickelt sich von Tag zu Tag. Mit ihr der Krieg, der schon lange keine Fronten mehr hat. Da brauchen sie solche Idioten wie uns, die mit dem Geld ihre Familien ernähren müssen.«

»Halt die Klappe«, fiel der Russe dem Japaner ins Wort.

»Ihr habt dieses Land doch nach den Chinesen ausgebeutet. Und wir verdienen mit unserem Job hier nur Geld.«

»Wenn wir es überleben«, fügte Ronald hinzu.

Ali lächelte. Nippte an seinem Glas. Rauchte.

»Dazwischen waren noch die Franzosen. Vorher und nachher. Sonst hätten wir den ganzen Zirkus hier nicht.«

Fjodor war ein Hitzkopf. »Du bist doch ein Araber. Was weißt du von den Franzosen? Die haben wir schon unter Napoleon vertrieben. Da gab es euch Moslems noch nicht. Euch braucht man genauso wenig wie die Schlitzaugen hier.«

Ali nickte und erhob sich. »Wie du meinst. Dann geht der Krieg an einer anderen Stelle weiter. Vielleicht einmal in deinem Land, du Kommunist.«

Fjodor fluchte etwas. Die anderen verstanden ihn nicht. Lachten aber. Er war der Platzhirsch.

»Pass auf diesen Russen auf. Der Mann ist vom KGB bezahlt. Und nun geh dich gründlich putzen.«

Ali hatte mich vor einer Diskussion mit Fjodor gerettet, die unweigerlich in einem neuen Krieg ausgeartet wäre. Hatte mich vom Hocker gezogen und die Treppe hinaufgeschubst. »Lass das. Alle deine Kollegen sind von ihren Geheimdiensten gekauft. Solche Diskussionen führen zu nichts. Du bist und bleibst einsam. Also, willkommen im Club. Wir sehen uns morgen im Cafe *L'Étoile* zum Brunch.«

Ich hatte zwei Stunden lang im Bad versucht, mich vom Dreck zu befreien. Er ging nicht weg. Er saß in meinem Kopf fest. Und der war so nicht zu reinigen. Dann hatte ich die Filme auf den Weg gebracht und den vom französischen Geheimdienst vorgegebenen Text zu den Fotos auf den Lochstreifen des Telex verfasst. Meine Schwarzweißfilme, die ich während des Massakers mit einer kleinen Leica zwischendurch gemacht hatte, hatte ich im Bad selbst entwickelt. Was ich damit bezwecken konnte oder wollte, war mir nicht klar. Es war einfach nur ein Instinkt gewesen, mit einer Zusatzkamera zu fotografieren.

Kleiner Drache hatte mein Tun aufmerksam beobachtet und alle Versuche der Chinesinnen abgewehrt, dass deren Brötchengeber das Bad betraten. Aber nicht verstanden, was ich tat. Diese Filme waren meine Lebensversicherung. Sie waren nicht durch das Luftbildlabor der Basis gegangen.

Danach waren wir eingeschlafen.

»Du bist nicht normal«, waren ihre letzten Worte auf meiner Brust gewesen.

Nächster Tag, elf Uhr. Brunch im *L'Étoile*.

Kleiner Drache kümmerte sich um einen Ersatzreifen für den Peugeot. Ali war allein im Lokal. Ich legte ihm die gewünschte Telexmitteilung zu den Fotos vor. Er las und nickte.

»Dann kommen wir ins Geschäft. Wenn die so von allen Presseagenturen übernommen wird, bekommst du die restlichen fünftausend Dollar.«

Der Brunch bestand aus Baguette mit Seetang und geräuchertem Fisch. Passend zu meiner Laune. Und die war im Keller.

»Was bezweckt ihr damit? Das entspricht doch nicht der Wahrheit«, versuchte ich meine Opposition möglichst ruhig zu vermitteln. Das war mit vollem Mund einfacher als mit knurrendem Magen. »Wo sind Brian Eppstein und La Troux? Um die sollte es doch gehen?«

Ali kaute. Verzog das Gesicht nicht. Wischte sich bedächtig Mund und Hände ab.

»Eppstein ist abberufen worden, nachdem wir ihm die Leiche seines Sohns übergeben haben. Und La Troux ... der ist ein schlauer Fuchs. Niemand weiß, wo er ist. Verschwunden. Von der Bildfläche verschwunden. Aber das heißt bei dem nichts.«

Ali kaute weiter und trank grünen Tee.

Gerne hätte ich ihn gefragt, was dann mein Einsatz im großen Spiel der Politik bedeutet hatte. Ich tat es nicht. Ich war, wenn alles so lief, wie die Geheimdienste es wollten, der kleine Gewinner. Wenn auch ein Urkundenfälscher. Aber wer würde das in den nächsten Jahren noch wissen wollen? Dieser Krieg konnte nicht ewig dauern. Keiner schien noch an ihn zu glauben. Das Gesicht zu wahren, sich möglichst nicht als Verlierer aus diesem Desaster zu verabschieden, war offensichtlich das einzige Bestreben der größten Militärmacht der Welt. Und dazu war ihr jedes Mittel recht. Vor allem junge, unerfahrene Journalisten wie ich. Ich war in eine Maschinerie geraten, die mich gnadenlos vereinnahmt, nein, gekauft hatte.

»Der Reifen ist fertig. Können wir fahren?« Kleiner Drache hatte sich mit einer Mini-Kampfuniform getarnt. Etwas war geschehen. Sie hatte schlechte Laune. Sie war angespannt wie ein Bogen.

Ali taxierte sie und nickte. »Wir sind eigentlich auch fertig. Es bleibt so wie besprochen. Nach Veröffentlichung in der Weltpresse sprechen wir uns wieder.«

Kleiner Drache ballte die Fäuste. Wir hatten Französisch gesprochen.

»Eins von euren Baguettes war persönlich von mir vergiftet. Darauf kann sich Colonel Sharif verlassen. Können wir endlich losfahren?«

»Was sollte das denn? Wohin fahren wir? Du kannst doch Ali nicht so beleidigen. Wenn ich das bei euch Vietnamesen machen würde, dann hätte ich sofort ein Messer am Hals.« Ich fluchte die ganze Fahrt lang weiter vor mich hin. Kleiner Drache hatte die Füße auf den Sitz gezogen und schwieg. Sie dirigierte mich nur mit dem Finger. Die Gegend kam mir bekannt vor. Der abgestürzte Hubschrauber lag nun links von uns im Reisfeld. Wir waren auf dem Weg nach Chau Doc. Zu ihren Eltern. Ihre Kaumuskeln spielten. Mit jedem Kilometer wirkte sie angespannter.

»Was ist los?« Ich bog auf den Damm zum Hause der Eltern ein. Fast taub durch den Lärm des fehlenden Auspuffs. Irgendwo in dieser Autoschrottsammlung musste ich einen neuen Auspuff herbekommen.

»Das ist los.« Kleiner Drache deutete auf die umliegenden Reisfelder. Ich sah nichts. Nur ein paar braune, dürre Blätter, die sich auf die Wasseroberfläche gelegt hatten, als seien sie des Daseins müde. Sie schliefen wie eine auf dem Wasser treibende Leiche.

»Unsere Befreier mit den Hubschraubern haben uns die ganze Ernte vernichtet. Das ist los. Sie haben uns jede Lebensgrundlage entzogen.«

In einer Staubwolke hielt ich vor der Hütte.

»Frag deine Eltern, was hier los ist. Ich bringe es in die Presse.«

Die beiden alten Leute sahen müde aus. Sie saßen Hand in Hand vor ihrem wackeligen Häuschen. Die Mutter weinte. Nahm ihre Tochter in den Arm. Der Alte rauchte Opium und stierte in die Landschaft. Er war teilnahmslos. Apathisch.

Mutter und Tochter schnatterten. Ich stand nur hilflos in der Landschaft herum.

»Die Flugzeuge haben vor ein paar Tagen ein orangenes Pulver über die Felder versprüht. Seither geht alles ein. Die Büffel werden krank. Auch die Nachbarn habe ihre gesamte Ernte verloren. Was machen die mit uns?«

Orangenes Pulver? Was hatten sich die Militärs nun wieder einfallen lassen? Damit konnte ich wenig anfangen.

Nur einer der GIs bei unserem mehr als fragwürdigen Einsatz hatte etwas von einem Gift gesagt. Er war einer der späteren Killer. Ein sympathischer Kerl eigentlich. Wir waren zusammen Stunde um Stunde durch das Unterholz gekrochen. Seinen Namen hatte er mir nicht genannt. Ich hatte auch nicht danach gefragt. Wir sahen alle gleich aus. Grüne, geschminkte Marsmännchen. Aber er hatte in Yale studiert und keinen Job als Biologe gefunden. Da war die Armee die letzte Alternative, um etwas Geld für seine Heirat aufzutreiben. Der Namenlose trabte neben mir her. Redete und redete. Half mir über Hindernisse. Er war älter als ich.

»Ja, fotografiere diese Wildnis. Es wird sie bald nicht mehr geben«, hatte er meine blödsinnigen Versuche kommentiert, eine bildliche Stimmung des Urwalds einzufangen. »Die Armee ist dabei, jedes verdammte Blatt mit einem neuen Mittel von den Bäumen zu holen. Dann stehen die Charlies nackt da. Nichts mehr mit Ho-Chi-Minh-Pfaden. Die finden sie dann selbst nicht mehr.«

Sein halblautes Lachen wurde mit einem Verweis geahndet. »Ruhe im Glied«, fauchte ein Sergeant.

»Und nun?« Es war eine der hilflosesten Fragen, die ich in meinem Leben gestellt hatte. Kleiner Drache schnatterte auf ihre Mutter ein. Ich suchte mir einen alten Kotflügel als Sitzplatz und rauchte. Möwen kreisten über den Reisfeldern. Sie stießen nicht hinab, um einen Molch oder etwas anderes Fressbares zu fangen. Sie drehten in Richtung Mekong ab. Das war kein gutes Zeichen. Der Instinkt der Tiere war unserem weit überlegen. Hier war alles vergiftet, um den Vietcong jegliche Nahrungsgrundlage zu entziehen.

»Sie lassen uns in Ruhe, sonst bekommen sie nichts zu essen«, hatte mir Kleiner Drache vor Wochen erklärt, wie die

Symbiose zwischen Bevölkerung und den Guerillas funktionierte. Jetzt beraubten die Besatzungs-Befreier noch die Ärmsten der Armen. Die Landbevölkerung.

»Meine Eltern sind stur wie Wasserbüffel. Sie wollen hier nicht weg.«

Kleiner Drache setzte sich auf meine Knie. Der Kotflügel brach unter uns zusammen.

»Ich habe ihnen angeboten, mit nach Saigon zu kommen. Ich gehe auch in Cholon für sie arbeiten. Aber sie wollen lieber hier verhungern. Die Stadt kennen sie nicht. Und es sei alles zu teuer.«

Wir saßen aufeinander im Staub. Auf dem Rost eines französischen Kotflügels.

»Gib ihnen das. Bis sie das verbraucht haben, dürfte der Krieg vorbei sein.« Ich trennte mich schweren Herzens vom Kuvert, das ich als Anzahlung erhalten hatte. Als Judaslohn. Alles was mich noch daran interessierte war, ob die weltweiten Agenturen auf diesen Artikel anspringen würden oder ob nicht doch jemandem bei den Fotos Zweifel kamen, dass die Bilder mit dem Text nicht übereinstimmen konnten.

Kleiner Drache inspizierte den Umschlag mit fünftausend Dollar. Reichte ihn mir zurück und schüttelte den Kopf.

»Das ist ein Vermögen. Das geht so nicht. Mein Vater würde es sofort in Opium umsetzen. Meine Mutter müsste verhungern.« Sie atmete tief durch und sah einer Formation Pelikane nach.

»Seit mein Bruder zu denen übergelaufen ist, stimmt hier nichts mehr. Der Mönch hat allen ins Gewissen geredet, sich nicht an der Gewalt zu beteiligen und ihrer Arbeit nachzugehen. Aber du siehst ja selbst … was soll man hier denn noch arbeiten? Es gibt keine Zukunft mehr, außer alle Langnasen endlich aus dem Land zu jagen. Egal, was es kostet.«

Das waren böse, wütende und zugleich verzweifelte Worte.

Ich fühlte mich schuldig. Schuldig, ein weiteres Massaker dokumentiert zu haben, aber mit diesen Beweisen nichts, aber auch gar nichts erreicht zu haben, als um ein paar Tausend Dollar reicher zu werden.

Eine Entscheidung musste her. Irgendetwas musste ich tun, um wenigstens diese Schuld loszuwerden.

Ich gab ihr das Kuvert zurück.

»*C'est ma dot.*« Meine Mitgift.

Kleiner Drache rollte mit den Augen. Schlug die Hände vors Gesicht.

»Du, du willst mich heiraten? Ich muss nicht in Cholon arbeiten gehen? Ich kann dieses Land mit dir verlassen, wann immer du gehst?«

So weit hatte ich noch nicht gedacht. Aber ich hatte ihr einen Heiratsantrag gemacht. Dem konnte ich nicht mehr entkommen. Kleiner Drache, mit Familienname »Chu«, würde mich umlegen, bevor ich das Wort Nein aussprach. Ich war ein Idiot. Ein junger Idiot.

»Gut, dann lerne ich Deutsch und du meine Sprache. Abgemacht?«

Sie sprang ihre Eltern an. Küsste und umarmte sie. Schnatterte. Der Vater ließ seine Pfeife fallen. Die Mutter weinte.

Der Vater hatte aus den herumliegenden Einzelteilen einen neuen Auspuff für den Peugeot gebastelt und die Zündkerzen ausgewechselt. Die Mutter war mit dem Karren und den Ochsen stundenlang in den umliegenden Dörfern unterwegs gewesen. Mir war nicht wohl in meiner Haut und ich hatte erst einmal geschlafen. Im Hühnermist des Kastenwagens. Ich war Ehemann einer Partisanin. Oder doch noch nicht. Das Zeremoniell, wie das hier ablief, kannte ich nicht. Na ja. Deutschland war weit weg, tröstete ich mich.

»Aufstehen!«, rief Kleiner Drache Chu und rüttelte mich. »Die Dorfältesten kommen gleich, um unsere Hochzeit zu besprechen. Hier ist dein Geld zurück. Ich habe nur hundert Dollar genommen, um damit Essen und Getränke zu kaufen. Komm. Du musst dich schön machen.«

»Moment ...«, rief ich sie zurück. »Wie läuft das denn jetzt ab? Warum wollt ihr das Geld nicht?«

»Komm du Langnase. Das werde ich dir Stück für Stück erklären. Das Geld wird der Brautmutter erst bei der Heirat überreicht. Dann, wenn alle es sehen. Vorher nicht.«

»Aha«, knurrte ich verschlafen. Es war heiß wie immer. Die Luft flimmerte über den verseuchten Reisfeldern. Aber Mücken wollten sich auch nicht mehr daran wagen. Wenigstens die waren wir los. Oder waren die Insekten inzwischen auch schon schlauer als wir?

»Und jetzt?« Kleiner Drache badete mit mir in einer alten Zinkwanne. Der Vater hatte Holz von irgendwo beschafft. Die Mutter briet und kochte auf der offenen Feuerstelle, was die Glut hergab.

»In einer Stunde kommt der Rat der alten Männer zusammen, um dich zu begutachten. Wenn er dich für gut befindet, wird der Mönch gerufen und der Termin der Hochzeit festgelegt. Gib jedem von ihnen zehn Dollar. Das reicht.«

»Zehn Dollar? Wie viele sind das denn?«

Kleiner Drache zählte laut durch. »Etwa zwanzig. Du darfst jetzt nicht geizig sein. Das gehört einfach dazu.«

Es gehörte einfach dazu. Das konnte ja gut werden.

In meinem jugendlichen Leichtsinn wurde mir langsam, ganz langsam, klar, dass ich irgendwo ein mit dem Schwanz denkender Idiot sein musste. Ich hatte nicht nur ein paar Büffel gekauft. Ich hatte gleich eine Familie mit den Dorfältesten als Mitgift hinzubekommen. Nun konnte ich nur noch zum Zeitungsgott beten, dass die Massakerszenen samt Text genommen wurden. Meine Kreditbriefe würden nicht für so viele Menschen, Büffel, Setzlinge, defekte Autos und meine persönlichen Bedürfnisse reichen.

Ich ahnte, dass ich einen Fehler begangen hatte.

»Warum bist du weggelaufen? Du kannst dein Angebot jetzt nicht mehr zurückziehen. Meine Familie würde ihr Gesicht verlieren.«

Ich hatte mich auf einen Reisfelddamm zurückgezogen. Beobachtete das langsame Verenden der Pflanzen. Beobachtete, dass die Vögel immer weniger wurden, die hier nach Nahrung suchten, und rauchte. Der blaue Dunst sollte zwar auch nicht gesund sein, aber wann der aufstieg, bestimmte immer noch ich. Und nicht irgendwelche Gifte, die sich die Amerikaner ausgedacht hatten.

Bald ist alles Grün weg und die Vietcong werden ihren eigenen Ho Chi Minh Pfad nicht mehr finden, hatte mein Wegbegleiter zum Massaker gesagt.

»Ich werde dir auch eine gute Frau sein. Das verspreche ich.« Kleiner Drache umarmte mich. »Und wenn das Geld nicht reicht, gehe ich nach Cholon. Ein paar Stunden Arbeit, und wir können gut leben.«

Unwillig schüttelte ich den Kopf. Meine zukünftige Frau, auch wenn sie es nur nach buddhistischem Recht sein würde, nach Cholon zur Arbeit schicken? Als Diebin und Nutte?

»Kommt nicht in Frage. Ich bleibe bei meinem Wort. Ich muss nur nachdenken. Lass mich bitte allein.«

Kleiner Drache nickte. Stand auf, sah Richtung Westen zur kambodschanischen Grenze. »Runter, sofort runter!« Sie warf mich den Damm hinunter in das schlammige Reisfeld.

Sie rutschte hinterher und atmete tief. »Sag jetzt keinen Ton.

Und ich habe meine Pistole vergessen«, fluchte sie leise vor sich hin und spähte über die Kuppe. Krallte sich in den Schlamm, riss ein paar Grasbüschel aus und steckte sie sich ins Haar. Sie sah wie ein kleiner brauner Drachenkrieger auf der Lauer aus.

Ich war wie betäubt. Fuhr wie im Vollrausch zurück nach Saigon.

Kleiner Drache lag auf dem Rücksitz. Verbiss sich in ihre Kleider, um Schreie zu unterdrücken.

Alles, was wir hatten mitnehmen können, war eine Truhe, die wir vor den Flammen retten konnten. Darauf hatte Kleiner Drache bestanden. Der Familienschrein. Die Toten mussten wir liegen lassen.

War das die Rache der Vietcong gewesen, den Ältestenrat, Vater und Mutter gnadenlos niederzumachen und die Büffel als Wegzehrung mitzunehmen? Alles niederzubrennen?

Das hatte ich doch alles schon mal fotografiert. Auf der anderen Seite der Grenze. Nur, ohne Kamera sah das anders aus. Ich fühlte mich wie die hundert Dorfbewohner, deren Exekutierung jetzt irgendwo in der Weltpresse unterwegs war. Auf meinen Filmen.

Kleiner Drache hatte sich nach vier Stunden wieder gefangen. Mir war schlecht. Sie kroch auf den Vordersitz und spielte mit dem Grasbündel vom Reisdamm. Flocht Zöpfe hinein und warf es zum Fenster hinaus.

»Was sollte das bedeuten?«, wagte ich zu fragen.

»Vietcong. Sie wollten nur etwas Lebensmittel.«

»Dafür bringt man doch nicht zwanzig Leute und deine Eltern um. Spinnt ihr denn alle?« Diese Vietnamesen sollte verstehen, wer wollte. Ich würde mich lieber wieder hinter meinen Kameras verstecken. Nur dokumentieren. Mehr nicht.

»Nein. Sie waren nur überrascht. Da waren zu viele Zeugen. Und die mussten weg. Sie hatten nur mit meinen Eltern gerechnet. Es waren alles Söhne aus dem Dorf. Das haben deren Anführer nicht gerne, wenn ihre Leute identifiziert werden können. Dann muss eben eine Seite sterben. Mehr gibt das Gesetz nicht her.«

Mehr gab das Gesetz des Dschungels nicht her. Das hatte ich zu verdrängen versucht. Aber die Reisfelder um Chau Doc waren kein Dschungel. Was dachten sich die Kommandierenden noch bei diesem Krieg?

Zwei Wochen später.

Das Telex stand nicht mehr still. Meine Fotos und der getürkte Artikel waren von mehreren Zeitungen gekauft worden. Mein Verlag hatte mir einen neuen, noch höheren Kreditbrief zugesagt. Den hatte ich auch nötig. Meine Kollegen ließen auf mich anschreiben.

Kleiner Drache war schweigsam. Sie ging ihren Aufgaben nach. Wurde immer aggressiver, wenn es um die Verteidigung des Bades ging. Wenn das so weiterging, war der Mord an einer Chinesin der nächste Schritt. Ihre Pistole und ein Wurfmesser trug sie im Hotel so, dass jeder es sehen konnte. Sie war von einer Drachenpuppenspielerin zu einem Kampfdrachen mutiert.

Meine Kollegen interessierte der Kampf unter den Frauen nicht. Für sie hatte ein Bad frei zu sein, wenn sie aus dem Einsatz zurückkamen. Egal wie. Es war nur eine Frage der Zeit, wann sich die Chinesinnen zusammentaten und mir die Leiche von Kleiner Drache vor die Tür legten.

Kleiner Drache saß auf dem Zimmerboden und malte etwas. Bei näherem Hinsehen waren es Wochenlisten.

»Chu, so geht das nicht.« Ich ließ mich aufs Bett fallen. »Die anderen Frauen legen dich noch um. Und dann? Dann haben wir den Krieg hier noch auf der Etage. Reicht der Scheiß da draußen im Urwald und in den Reisfeldern nicht?«

»Aha. Du bist böse? Du nennst mich mit Namen. Das ist kein gutes Zeichen.« Die kleine Frau erhob sich wie ein Kung-Fu-Kämpfer aus dem Lotossitz. »Das weiß ich selbst, dass es so nicht weitergeht. Daher habe ich für die beiden Bäder auf der Etage Benutzerlisten angefertigt. Da trägt jede der Frauen ein, wann ihr Kämpfer das Bad benutzen will. Daran haben sich alle zu halten. Jeder ist jeden zweiten Tag für zwei Stunden an der Reihe.«

Die Idee, da Ordnung hineinzubekommen, war schon mal nicht schlecht. Sie hatte nur einen gewaltigen Haken.

»Du weißt doch, dass das bei Einsätzen nicht planbar ist, wer wann zurückkommt. Und dann?«

Kleiner Drache zeigte so etwas wie Belustigung. Sie verzog kurz die Mundwinkel zu einem sehr flüchtigen Lächeln.

»Darauf hoffe ich. Das ist das Geschäft. Ruhe gegen Bezahlung.«

»Wie bitte stellst du dir das vor? Bei Geld geht es immer um Kriege. Das funktioniert nicht.«

»Doch. Genau das geht.« Kleiner Drache schenkte mir einen Whiskey ein und stützte sich mit den Unterarmen auf der Bettkante ab. »Jede der Chinesinnen trägt für die Woche den Badeplan ihres Kriegers ein. Das habe ich auf vier Wochen im Voraus aufgezeichnet. Da sie nicht Viet können, führe ich die Pläne.«

»Die sind doch nicht blöd«, knurrte ich. »Die legen dich eines Tages doch um.«

»Nein. Tun sie nicht. Denn wir verdienen alle daran.«

Einen Moment ließ ich den Schluck Whiskey im Mund kreisen.

Seit wann waren Vietnamesen den Chinesen im Geschäft überlegen?

»Hier. Ich habe diese Woche schon sechzig Dollar verdient.« Strahlend blätterte sie die Scheine auf meinen Bauch. Ich verstand das System nicht, das sie erfunden hatte.

»Ganz einfach«, erklärte sie. Mein Blick war so fragend, dass ich meine Dackelfalten auf der Stirn selbst spürte.

»Jede Frau auf der Etage trägt den Termin im Voraus für ihren Soldaten ein. Kommt er nicht pünktlich aus dem Einsatz zurück, muss sie einen neuen Termin für das Bad beantragen. Das kostet zwanzig Dollar. Und die teilen wir uns, da keiner meine Termine lesen kann. So verdient jede Frau mit. Den Weibern ist das dann völlig egal. Sie bekommen das Geld von ihm für die Umbuchung. Einen schnellen Termin, und der Soldat hat seine Ruhe. Er will kein Weibergekeife und nur baden.«

»Du spinnst wirklich«, knurrte ich. »Wir Soldaten, wie du uns nennst, zahlen schon genug für das Hotel. Da ist das Bad mit drin. Kapierst du das nicht?«

Kleiner Drache fauchte wie eine Kobra vor dem Angriff.

»Das Bad ja, du Idiot. Aber nicht der Service. Oder willst du mit mir in den Dreck deines Vorgängers steigen? Dann stell dich lieber in den Regen aufs Dach. Ich wasche dir dann aber nicht mehr den Rücken.«

Das war einleuchtend und plastisch, nachdem ich meinen Dreck nach nur einem Einsatz als schwarzen, perlenden Rand hinterlassen hatte.

»Du putzt also auch noch das Bad für zehn Dollar?« Die Frage hätte ich mir besser erspart.

Die Antwort kam prompt. »Nein, die Weiber, mit denen ich teile.«

»Na dann bin ich ja zufrieden.« Ich lehnte mich zurück um gleich wieder hochzuschießen. »Dann ist der Kampf hier im Hotel beendet?«

Kleiner Drache nickte. Sie sah zufrieden aus. Spielte mit der Bettumrandung aus Kokosmatten. Flocht Zöpfe hinein.

»Dann brauchst du die Pistole nicht mehr. Chu, gib mir das Ding oder verkauf es wieder. Ich will hier keine Waffen im Zimmer.«

Chus Augen funkelten einen Moment im trüben Licht einer müden Deckenbeleuchtung und eines Dutzends Kerzen. Sie liebte Kerzen. Mir war es schon warm genug, auch ohne offenes Feuer. Aber die Flammen gaben wohl ihr und mir eine Art von Vertrautheit. Der Vertrautheit, derer wir in diesem Land langsam alle verlustig zu gehen schienen.

»Na gut. Hier hast du das Ding.« Sie legte die Beretta aufs Bett. »Ich hoffe für dich und mich, dass du damit genauso gut umgehen kannst wie mit deinen Kameras. Sonst leben wir nicht mehr lange.«

Das verstand ich nicht. Nahm die Waffe und entlud sie. Chu schüttelte den Kopf.

»Ich muss jetzt Wäsche waschen. Wie willst du mich mit einer entladenen Waffe beschützen?«

»Warum muss ich dich hier im Hotel beschützen? Und das noch beim Wäschewaschen? Das ging doch bisher auch ohne Waffe. Was ist an diesem Ding so wichtig? Bist du seit dem Tod deiner Eltern komplett verrückt? Siehst du überall nur noch Feinde? Dann bringe ich dich zu einem Arzt. Der wird dich mit euren Heilmitteln schon wieder hinkriegen. Und wenn es Schlangenherzen sind, die du schluckst.«

Kleiner Drache hatte sich verändert. Sie wurde mir unheimlich. Sie ging ihrer Arbeit nach, die sie sich selbst ausgesucht hatte. Ich redete ihr nicht hinein. Aber mit dem Wunsch nach der Waffe hatte ich etwas bei ihr losgetreten, das ich nicht verstand. Eine dumme italienische Automatik mit mehreren Magazinen drängte sich zwischen uns. Drohte unser mühsam aufgebautes Vertrauen zu zerstören. Hatte sie doch die Handgranaten auf Zimmer 125 gezündet?

Meinen Versuch, sie in die Arme zu nehmen, wehrte sie ab.

»Du lädst die Waffe jetzt und begleitest mich zum Wäschewaschen. Sonst such dir dafür eine Chinesin.«

Wie sie jetzt vor mir stand, war sie ein zorniger Kampfdrache. Die Fäuste in die Hüften gestemmt. Den Fuß auf einem Berg dreckiger Wäsche. Wie Napoleon auf einem uneinnehmbaren Feldherrenhügel, der sich sicher war, dass jeder Angriff auf seine Position nur mit hohen Verlusten für den Gegner enden konnte.

Es war sinnlos, mit ihr darüber zu diskutieren. Ich hatte die nutzlose Waffe, sie die Wäsche, die ich brauchte. Und nach Waschküche im Untergeschoss war mir auch nicht. Heißer Dampf. Warm wie in einer Sauna und schnatternde, schwitzende Frauen, die ich nicht verstand.

»Wenn du mir sagst, warum das Ding so wichtig für dich ist, kannst du es zurückhaben. Aber nenn mir einen vernünftigen Grund. Es darf hier im Hotel keine Toten geben. Nicht durch uns Gäste. Verstehst du das?«

Kleiner Drache überlegte und nahm den Fuß vom Feldherrenwäschehügel.

»Na schön. Es geht dich eigentlich nichts an. Aber du erinnerst dich an die Toten durch die Vietcong, als sie nur etwas zu essen haben wollten und auf den Ältestenrat trafen, der über unsere Heirat beriet?«

Ja, ich erinnerte mich an das Massaker mehr, als mir lieb war. Nur die Büffel hatten sie verschont. Den Rest niedergebrannt. Die Kampfmethoden auf beiden Seiten schienen sich angepasst zu haben. Auge um Auge, Zahn um Zahn.

»Meine Eltern kannten diese jungen Kämpfer. Sie haben versucht zu vermitteln. Es war ihre Pflicht, ihre und meine Gäste zu schützen.«

Hilflos ruderte ich mit den Armen. Der Versuch zweier alter Menschen war genauso verunglückt wie meine Dokumentation über das Massaker irgendwo in einem kambodschanischen Dorf. Nur war es damals ein rein politisches Kalkül gewesen. Mord nach Plan. Hier schien es eine Affekthandlung junger Krieger gewesen zu sein, die sich plötzlich ihren Dorfältesten gegenübergesehen hatten. Das Ergebnis war das Gleiche. Vernichtung von Zeugen.

Kleiner Drache sah mir ruhig zu, wie ich durch das Zimmer wanderte. Sie stand über der Wäsche und rührte sich nicht.

Ich ging die Situation im Reisfeld durch. Spulte das, was ich gesehen hatte, noch einmal ab. Und lud die Waffe wieder.

»Verstehe. Die Vietcong haben als Einziges den Peugeot nicht zerstört. Sie wussten, dass du irgendwo in den Feldern sein musstest. Aber sie hatten keine Zeit, dich zu suchen. Also war dein Bruder Kamikaze dabei. Ist das so?«

Kleiner Drache zuckte mit den Schultern, steckte die Waffe ein und verließ mit der Wäsche in einem Strohkorb das Zimmer.

Das musste ich erst einmal verdauen. Alles Spekulation, wehrte ich die sich jetzt überschlagenden Gedanken ab. Kamikaze hatte den Wagen erkannt, den er einmal gefahren hatte, und seine Kollegen davon abgehalten, ihn ebenfalls zu zerstören. Er hatte seiner Schwester ihre einzige Fluchtmöglichkeit gelassen. Dass die Vorgesetzten es nicht dulden würden, dass noch ein Zeuge am Leben war, das war es, was Kleiner Drache zu einer allzeit angespannten Kampfmaschine machte. Die Vietcong hatten sie auf ihre Todesliste gesetzt. Und mich damit auch, fiel mir siedend heiß ein. Und jetzt? Ich konnte mich nicht auch noch bewaffnen oder auf einer Basis der Amerikaner verkriechen. Solch eine Situation hatte ich mir nicht einmal in den schlimmsten Albträumen ausmalen können.

Aufträge ausführen. In die Einsätze mitgenommen werden. Dafür gegebenenfalls auch bezahlen. Fotografieren. Kommentare dazu ins Telex hauen, und das war es. Dass man dabei auch schlimmstenfalls als Krüppel überleben musste, davon zeugte eine Narbe an meinem »süßen weißen Arsch«. Dann war es doch besser, gleich ins Jenseits zu segeln. Ich hatte mir das alles ein wenig schmeichelhafter vorgestellt. Heldenhafter. Ins Fernsehen kamen nur heroische Bilder. Kurzes Kampfgetümmel. Wieder Hunderte von vietnamesischen Kommunisten vernichtet. Es lebe die freie Welt! Schlaft gut, Amerika verteidigt euch.

War das alles Schwachsinn, was wir hier berichteten? Oder berichteten wir über den Schwachsinn und wurden in der abschließenden Berichterstattung für den werten Zuschauer nur weich gewaschen? Faltenfrei gebügelt? Alles was an Knitterfalten übrig bleiben durfte, war im Papier der Zeitungen, wenn sie in den Abfall wanderten. Weg damit. Das war gestern.

»Guten Abend, Sir. Darf ich Ihnen zu Ihrem Erfolg gratulieren?«

Der Barkeeper Thieu meinte das ernst, was er sagte. Die Bar, die sich mit fünfdreißig Metern als die längste der Welt brüstete, war spärlich mit ein paar Kollegen besetzt, die ich nicht kannte. Jemand saß in den Sitzgruppen an den vernagelten Fenstern und vergrub sich hinter einer *New York Times*, auf der eines meiner Fotos auf der Titelseite prangte. Ich hatte keine Lust, mich mit fremden Leuten zu unterhalten. Eine Flasche Bourbon und ein paar Zigarillos. Nach mehr war mir heute nicht.

Ich nickte Thieu ein Danke zu und versenkte mich samt einem Paket von schwarzen Gedanken in meinem Glas.

»Ihre Kollegen sind alle noch nicht zurück, leider«, versuchte er mich entweder aufzumuntern, wie es Barkeeper für ihre Pflicht zu halten schienen, oder er hatte etwas auf dem Herzen.

Seine Augen sahen mich treuherzig an. So treuherzig, wie braune Augen in einem braunen Gesicht eben auf uns Langnasen wirken konnten. Er polierte das Glas nun schon einige Minuten. Es war eine mechanische Bewegung. So wie mein im Raum Auf- und Abgehen, wenn ich nachdachte. Er war nervös. Etwas quälte ihn.

Ich trank und rauchte weiter. Prostete mir im Barspiegel zu. »Mit dir, alter Kumpel, saufe ich am liebsten. Du gehst mir nur im Traum auf die Nerven.«

Die Männer an der Bar unterhielten sich für Kollegen seltsam leise. Die *New York Times* wurde geräuschvoll umgeblättert, gab aber die Person dahinter nicht frei.

Etwas kroch mir kribbelnd den Nacken hoch und ließ meine Kopfhaut brennen. Irgendwas stimmte hier nicht.

Du bist überreizt. Das ist alles, versuchte meine Logik mich zu beruhigen.

Nein, hier stinkt es. Da bin ich mir sicher, hielt mein Instinkt dagegen.

Meine Hand suchte die Jacke ab. Das Messer war da. Ich steckte es hinter den Gürtel.

»Thieu, bring meinen vier Kollegen da drüben auch eine Flasche. Ich will heute feiern.«

Thieu wurde unruhig. »Whiskey, Sir?«

»Ja, verdammt. Journalisten saufen alle. Also mach schon. Ich will mit ihnen anstoßen.«

Thieu beugte sich über den Tresen, soweit das seine Größe zuließ. »Sir, die sind nicht aus dem Hotel und trinken nur Ginger Ale. Ich glaube nicht, dass die Ihr Angebot annehmen. Sie sprechen Viet.«

»So. Vietnamesisch. Seit wann verkehren hier einheimische Journalisten?«

»Ist mir auch neu, Sir. Aber sie bezahlen sofort. Da kann ich sie nicht hinausscheuchen. Gegessen haben sie auch schon.« Thieu nahm die Gestalt eines hilflosen Häufchen Elends an.

»Dann gib mir die Flasche. Ich lade sie persönlich ein. Und du übersetzt.«

Wir wanderten parallel auf die Gruppe zu. Thieu hinter, ich vor der Bar.

Die vier Männer waren in Straßenkleidung. Leicht zerknittert, so wie ich. Nichts Besonderes. Sie rauchten und redeten. Nur einer von ihnen war kein Viet. Er sah, obwohl braun gebrannt, eher wie ein Europäer aus.

»Darf ich die Herren Kollegen auf eine Flasche einladen?« Ich näherte mich auf fünf Meter.

»Das hätte verdammt schiefgehen können.« Ali und Kleiner Drache halfen mir unter den Barhockern hervor. Ich blutete an der Schulter und am Kopf.

Ali durchsuchte die vier vermutlichen Kollegen, die von Kugeln durchsiebt auf dem Boden lagen. Meine Flasche war zerschossen. Thieu wimmerte. Das Hotelpersonal umringte uns schnatternd. Kleiner Drache lud ihre Beretta neu.

Mir fehlte für ein paar Sekunden der Film. Zwei kurze Schläge am Kopf und an der Schulter hatten mich zu Boden gerissen.

»Vietcong mit einem deutschen Ausbilder. Dachte ich mir doch.« Ali legte vier Makarows und einen deutschen Militärausweis der NVA auf den Tresen. Kleiner Drache inspizierte meine Wunden. »Nur Streifschüsse. Kannst froh sein, dass wir auf dich aufgepasst haben. Ich habe es geahnt. Die legen uns beide um. Wir müssen für die als Zeugen weg. Jetzt erst recht. Ein ostdeutscher Ausbilder. Wenn das in die Presse kommt.«

Ali nickte. »Ja, es war gut, dass mir Kleiner Drache von eurem privaten Familiendrama erzählt hat. Dass die aber so dreist sind, sich hier in das Hotel zu wagen, das gibt mir zu denken.«

Meine Hand zitterte. Ali gab mir Feuer. Thieu vertrieb das gaffende Personal, rief nach Verbandszeug und der Militärpolizei.

»Wir gehen besser aufs Dach. Da kannst du verbunden werden. Du brauchst frische Luft.« Ali hakte sich auf meiner gesunden Seite unter und führte mich die Treppen hinauf. Seine Browning im Gürtel stank nach frischem Schmauch. Kleiner Drache hatte sich das Verbandszeug und zwei Flaschen unter die Arme geklemmt. Ihre Pistole im Hosenbund wirkte viel zu groß. Sie sah wie eine übergroße Sicherheitsnadel aus, die Kleider und Frau zusammenhielt.

»Hier sind die versprochenen fünftausend«, sagte Ali und steckte mir einen Umschlag in die Jacke. Kleiner Drache umrundete mich mit Mullbinden. Klebte sie mit Pflaster fest.

»Dein Bericht hat sich gelohnt«, hob Ali an. »Wir vermuten schon lange, dass Ausbilder der ostdeutschen Volksarmee hinter den Guerillas stecken. Anfangs dachten wir an Russen oder Chinesen. Aber die sind nur an der Verbreitung ihrer Art von kommunistischem Dogma interessiert. Liefern nur die Waffen und Munition. Warten einfach ab, welche Art von Kommunismus hier siegen wird. Stalin oder Mao. Ihr Vasallenstaat DDR hat, wie immer bei euch Deutschen, die besseren Ausbilder. Also, eine reine Arbeitsteilung.«

Ali sah über die Brüstung und rauchte. Unter uns knatterte der Verkehr, als sei nichts geschehen. Der Wind war eingeschlafen. Meine Wäsche hing müde auf den Leinen.

»Du wirst über das Attentat auf dich noch einen Artikel schreiben. Die Fotos machen gerade meine Leute. Du kommst mit deinen Mullbinden auch auf die Titelseite und wirst genau berichten, was ich dir jetzt gesagt habe. Zeig mir den Bericht, bevor er rausgeht. Du bekommst das gleiche Geld noch einmal.«

»Ich bin doch nicht lebensmüde«, knurrte ich. »Dann ist das nächste Mal Kleiner Drache dran und ich traue mich in keinen Einsatz mehr. Vergiss das. Nur um ein paar blöde deutsche Ausbilder ausfindig zu machen, werden Menschen umgebracht? Ihr spinnt doch alle.«

Wir hatten uns auf Französisch unterhalten. Kleiner Drache saß im Lotossitz und hörte schweigend zu.

»Nein. Auf dich wird sich kein Anschlag wiederholen. Wir spielen das Spiel jetzt weiter wie geplant. Es wird eine neue Zielperson geben, um die Drahtzieher aus dem Urwald zu locken.« Ali nahm einen Schluck aus der Flasche und schüttelte sich. Im Westen flackerte es kurz auf. Dann immer schneller und immer mehr. Der Himmel brannte. Die amerikanischen Bomber machten den Urwald dem Boden gleich.

Ali nickte und grunzte etwas, was sich wie »Was machen wir hier überhaupt?« anhörte.

»Das frage ich mich auch: Was habt ihr hier zu suchen?«, murmelte Kleiner Drache aus der Sitzstellung.

Ali ging auf die Bemerkung nicht ein. Es war zu dunkel, um eine Regung in seinem Gesicht abzulesen.

»Egal. Wir gehen nach Plan vor. Um Schlangen hochzuscheuchen, muss man auf die Büsche schlagen. Ihr beiden könnt nicht hier bleiben. Ihr werdet morgen an einen sicheren Ort gebracht, bis die Aktion beendet ist. Ich lasse euch für die Nacht zwei

Militärpolizisten hier. Morgen gibst du der Pressekompanie am Tatort ein Interview vor laufender Kamera. Und ...«, er deutete auf seine Pistole, »komm ja nicht auf die Idee, mehr über deine Fotos und Berichte zu sagen, als in der Presse steht. Jedes falsche Wort wird sofort herausgeschnitten. Gute Nacht.«

»Dafür bekommen wir aber noch einmal zehntausend.« Kleiner Drache hielt die Beretta im Anschlag. Ihre Sitzposition hatte sie nicht verändert.

Ali hielt auf dem oberen Treppenabsatz inne. »Habe ich das richtig verstanden? Noch mal Geld?«

»Ja, Monsieur Ali Sharif. Sie wissen, dass Sie in der Bar zu langsam hinter Ihrer Zeitung waren. Vielleicht wollten Sie das auch so. Ich habe die vier Terroristen umgelegt, bevor sie schießen konnten. Die Verletzung von Großer Drache geht auf Ihre Schüsse zurück. Sie haben nur noch in die von mir getöteten Vietcong gefeuert. Also, was ist? Noch einmal zehntausend. Sonst rede ich morgen mit meinen Leuten vor der Kamera.«

Ali versuchte an seine Pistole zu kommen, die nur wenige Zentimeter weiter im Gürtel steckte. Ein Schuss und die Hand erreichte die Browning nicht mehr. Kleiner Drache hatte auf die Schulter gezielt; der Arm zuckte kraftlos.

»Was ist, Monsieur Sharif? Soll ich weitermachen? Oder bekommen wir das Geld?«

Die Beretta zielte auf seinen Kopf.

»Dann stehen Sie nicht mehr als Versager da, der nicht schießen kann. Oder wollten Sie, dass Großer Drache dabei umkommt? Ich hoffe nicht.«

Kleiner Drache sprang wie eine gespannte Feder aus ihrem Sitz hoch und schoss. Ali fasste sich an den Kopf, mit der Linken. Sah ungläubig auf seine blutende Hand.

»Jetzt haben Sie bei dem Schusswechsel in der Bar selbst

etwas abbekommen und können das Interview schön authentisch allein geben. Ihnen wird schon etwas einfallen, um als Held dazustehen. Und Ihre MPs können Sie behalten. Also, was ist mit dem Geld? Oder soll ich Sie jetzt umlegen? Dann sind Sie als Doppelagent enttarnt. Sie Schwein arbeiten nämlich für beide Seiten. Zusammen mit diesem La Troux.«

Ali griff sich an die Stirn, an der der Streifschuss nicht nur eine Wunde, sondern mindestens eine Gehirnerschütterung hinterlassen hatte. Wie bei mir. Ich hatte Kopfschmerzen.

»Du machst morgen das Interview und den Bericht wie besprochen. Danach können wir beide noch einmal über alles reden. Ohne dieses Mistvieh von Vietcong.«

Ali verschwand im Treppenabgang. Er hätte als ehemaliger Fremdenlegionär auch mit der gesunden Hand zurückschießen können. Dafür waren diese Männer ausgebildet, sich bis zum letzten Atemzug zu wehren. Er hatte es nicht getan.

Ich war verwirrt. Kleiner Drache hatte vier ausgebildete Männer erschossen. Wo war sie überhaupt so schnell hergekommen? Durch die Lobby und die Bar sicher nicht. Ali hatte hinter der *New York Times* gesteckt. Hatte er überhaupt geschossen? Ja, das hatte er. Seine Pistole roch nach frischem Pulver. Aber, von dem Platz hinter der *Times* konnte er mich unmöglich auf der linken Seite erwischt haben. Die war der Bar zugewandt. Die Streifschüsse waren von seinem Sitzplatz unmöglich. Sie wurden mir von vorne beigebracht. Nur wer das getan hatte, daran fehlte mir die Erinnerung. Vier vermeintliche Kollegen hatten plötzlich Pistolen in den Händen gehabt. Dann war bei mir der Blackout eingetreten.

»Bist du dir sicher, dass du nicht auf mich geschossen hast?«

Kleiner Drache lud die zwei verschossenen Patronen im Magazin nach.

Wer log von den beiden? Oder waren alle Lügner und ich

der Mittelpunkt eines Spiels? Eines Spiels, in dem man uns unabhängige Journalisten dazu nutzte, auch eine vordergründig unabhängige Berichterstattung abzuliefern?

»Hast du Kleiner Drache gesehen?«

Sie war irgendwann in der Nacht auf die Toilette gegangen. Ich war darüber wieder eingeschlafen. Die Augen zu öffnen war mir bei Tagesanbruch schwergefallen. Zwei Streifschüsse und zwei Flaschen Whiskey. Eines von beiden war zu viel gewesen. Mein linkes Auge war zugeschwollen wie nach einem Volltreffer von Max Schmeling.

Ali sah auch nicht besser aus. Die Wunde an seiner Stirn war genäht worden und mit einem breiten Mullpflaster bedeckt. Er trug den rechten Arm in der Schlinge. »Deine Vietcong meinst du? Nein. Wenn du es nicht weißt, wer dann? Komm, die Kameras warten. Am Tatort ist nichts verändert worden. Weder das Blut, noch die Geschosshülsen wurden entfernt. Auch die Leichen liegen noch an ihrem Platz.«

Vier Kameras, vier Tonbänder verfolgten unseren Auftritt.

Bewacht wurde der Tatort von einem Dutzend Militärpolizisten.

»Komm.« Ali zog mich an seinen gestrigen Sitzplatz in der Sitzgruppe. »Wie viele Hülsen zählst du?«

Es waren acht Neun-Millimeter-Hülsen, die um den Sessel herumlagen. Das Kaliber seiner Browning.

»Und hier?« Die Kameras surrten. Sie nahmen jeden Schritt von uns auf.

»Fünf Schritte von dieser Tür, die aus dem Vorratskeller in den Barraum führt, liegen wie viele Hülsen?«

Ich zählte. Es waren auch acht. Aber Kaliber 7.65. Das der Beretta.

»Und hier, bei den Leichen?«, gab Ali keine Ruhe. Die Kameras schwenkten auf die Körper.

Da lagen zwölf Hülsen. Nur vier davon waren vom Kaliber Neun Millimeter. Aber ein russisches Fabrikat. Der Rest war wieder Kaliber 7.65.

Ali wandte sich den Kameras zu. »Wir schließen daraus, dass diese Vietcong mit ihrem Ostdeutschen Berater nur vier Schüsse abgeben konnten, bevor sie von einer Person hingerichtet wurden, die dort aus dem Keller gekommen sein muss.«

»War Ihnen die Person bekannt, Sir?«, fragte ein Presseoffizier im Leutnantsrang.

Ali versuchte den Kopf zu schütteln. Die Kameras surrten.

»Nein. Habe ich vorher nie gesehen. Sie war klein. Vielleicht weiblich. Ich weiß nicht. Es ging alles so schnell.«

»Sir, Sie haben aber auch auf diese Terroristen geschossen, wie die Hülsen beweisen. Wie kamen Sie darauf, dass es sich um einen Anschlag handeln könnte? Und wer von den vieren hat Ihnen die Verletzungen beigebracht?«

Der Presseoffizier stellte die Frage, als würde ich mich beiläufig nach dem Wetter erkundigen und schon bis zu den Knöcheln im Schlamm stehen. Es interessierte ihn überhaupt nicht. Es musste nur eine Tonspur her, die Interesse heuchelte. Er war Amerikaner. Die auf dem Boden waren Vietcong. Ein paar Vietnamesen weniger. Und wenn noch ein deutscher Ausbilder dabei war, umso besser.

»Ich habe die vier schon eine Weile hinter meiner Zeitung beobachtet. Vietnamesen verkehren hier sonst nicht als Gäste. Das machte mich misstrauisch. Als dann mein deutscher Kollege auf sie zuging, um sie einzuladen, zogen sie die Waffen. Dann fielen Schüsse. Ich hielt auch auf die Gruppe. Aber tiefer. Ich wollte sie nur kampfunfähig machen. Wir brauchen von solchen Leuten Aussagen. Tot nützen sie nichts.«

Der Leutnant hieß die Kameras auf die Leichen zu halten.

Alle vier wiesen Kopfschüsse von hinten auf. Die anderen Verletzungen waren in einem Klumpen Blut untergegangen.

»Das heißt, Sir, diese unbekannte Person, die dort aus dem Keller kam, hat Ihnen beiden das Leben gerettet. Sie hat sofort auf die richtige Stelle gezielt.« Der Leutnant schrieb mit.

»Und wer von den Leuten hat auf Sie geschossen? War es dieser Mann?« Der Leutnant hielt den Ausweis des DDR-Mannes in die Kameras. »Ein gewisser Georg Steiger. Leutnant der NVA ... egal was das auch heißt.«

Ali nickte. »Kann sein. Er zog am schnellsten und stand in meiner Richtung. Beschwören kann ich das nicht. Ich habe einfach zurückgeschossen.«

Der Presseleutnant notierte etwas. Eine letzte Totale vom Tatort.

Ali deutete ein Schulterzucken an. In mir gärte es.

»Danke. Das war es. Die MPs können den Tatort räumen.« Der Presse-Leutnant salutierte kurz. Die Kameras und Tonbandgeräte rückten ab.

Die Militärpolizisten schleiften die Leichen an den Beinen hinaus. Ihre Blutspur zog sich durch die Bar und die Lobby.

Eine Putzkolonne wischte hinterher und fegte die Hülsen zusammen. Mehr interessierte niemanden. Mit den Spuren war auch der gestrige Abend weggewischt. Außer zwei bandagierten Männern zeugte nichts mehr von einem Schusswechsel.

»Sag jetzt keinen Ton«, grunzte Ali und bediente sich im Schnapsregal selbst. Da jeder von uns nur eine Hand freihatte, entkorkte er den Bourbon mit den Zähnen und schenkte zwei Gläser randvoll.

Es war erst zehn Uhr. Aber meine Katerstimmung schrie geradezu nach einem Whiskey.

»Warum hast du Kleiner Drache geschützt? Sie hat dir doch zwei Kugeln verpasst. Und wo ist sie überhaupt?«

Wir sahen uns mangels Bewegungsfreiheit über den Barspiegel an. Die Wunden unter meinem Verband begannen zu jucken. Erste Kratzversuche ließen keine gute Nacht erwarten.

Ali hatte sein Glas in einem Schluck geleert. Nickte mit schmerzverzerrtem Gesicht in den Spiegel.

»Mein Kopf hat nur einen Streifschuss abbekommen. Die Schulter einen glatten Durchschuss. Wird schon wieder. Dein weiblicher Vietcong schießt verdammt gut. Vier Kopfschüsse in weniger als zwei Sekunden, das habe ich auch noch nicht erlebt. Und was hast du gefragt?«

»Ob du weißt, wo sie ist. Verdammt noch mal. Ist das mit einem Streifschuss so schwer zu begreifen?«

Ali rauchte und sah in den Barspiegel.

»Nein. Ich weiß es nicht. Zwei, drei Sekunden. Dann hatte sie alles so erledigt, als sei das alles im Voraus geplant gewesen. Ich frage mich, wer hier wem eine Falle gestellt hat. Aber nun ist das auch egal. Sie hat vier Vietcong ausgeschaltet. Es ist gefilmt und somit offiziell. Halt jetzt einfach die Klappe. Mach von mir aus noch einen Bericht darüber. Aber dann verschwindest du mal so lange, bis du wieder einsatzfähig bist.«

»Du musst sie suchen. Sie richtet noch mehr Unheil an, wenn sie kein Zuhause hat. Sie kann nicht allein sein.«

Ali atmete tief durch. Blies die Backen auf und ließ die Luft wie Wasser über ein Katarakt entweichen.

»Und wo bitte soll ich sie suchen lassen? Ich weiß, dass ihr kleiner Bruder zum Vietcong übergelaufen ist. Das hat sie mir auch erzählt. Ich habe selbst erlebt und gespürt, dass diese kleine Person ihre Kraft daraus schöpft, dass niemand sie ernst nimmt. Aber suchen? Nein. Dazu bräuchte ich eine Armee. Und so wichtig ist sie auch nicht. Noch nicht«, setzte er leise hinzu.

Ali war nicht ehrlich. Er schützte Kleiner Drache. Hatte alles gesehen, aber gegenüber der Militärpresse gelogen. Ihm glaubte man. Und ich? Wem sollte ich hier noch glauben? Brian Eppstein war nicht wieder aufgetaucht. Ein verkappter Colonel und CIA-Mann. Der sympathische Ali Sharif entpuppte sich als Berater für Guerillaeinsätze, war auch Colonel und sprach Viet. Befehligte Einsätze der völkerrechtswidrigen Art. Und ich war …

»Warum sollte ich hier weg? Ich kann auch hier zu einem Arzt. Und der Barkeeper wird mich schon wieder auf die Beine bringen und mir zu meiner Selbstachtung verhelfen.«

Ali versuchte ein Lächeln. Schenkte zwei Gläser voll.

»Thieu? Der Barkeeper? Von was träumst du? Der war noch vor dem Eintreffen der Militärpolizei weg. Sein Zimmer ist leer. Der hat den Congs gesagt, wann die Bar nur mit dir besetzt ist. Er hat hier alle Informationen, die ihr Journalisten an der Bar in eurem Suff ausgetauscht habt, sofort weitergegeben.«

Daran hatte niemand von uns gedacht. Wir hatten munter über unser Wissen geplaudert, wenn wir von den Einsätzen zurückkamen. Wir hatten mehr verraten, als wir ahnten. Militärbasen, von denen aus wir in den Einsatz gegangen waren. Namen von zuständigen Offizieren der US-Truppen und der südvietnamesischen Armee. Mir wurde heiß. Daher die ostdeutschen Militärberater. Sie sprachen zumindest Deutsch, Englisch und … Russisch.

»Hast du eine Ahnung, wo meine Kollegen sind?« Eine böse Ahnung kroch in mir hoch.

Ali sah in seinen im Glas kreisenden Whiskey.

»Genau weiß ich das nicht. Aber ich hörte, dass sie in ein Kloster auf der kambodschanischen Seite wollten. Da sollen sich die Viets hinter den Mönchen verschanzt haben.« Er überlegte. »Mir fällt der Name nicht ein. Aber deine Kollegen begleiten ein Sonderkommando der Green Berets. Mehr weiß ich auch nicht. Das liegt in der Hand der Amis.«

Der Mönch Gnong Duc, der Onkel von Kleiner Drache, drängte sich sofort in meinen Erinnerungen vor. Er hatte mir den Namen seines Klosters gesagt. Sanmonorom.

»Kann sein«, murmelte Ali. »Dieser La Troux soll auch mit seinem Kamerateam dabei sein. Das ist eine völlig neue Art der Kriegführung, dass Mönche, die als unantastbar gelten, als Geiseln genommen werden. Sie gehen sonst ihren Geschäften und Bedürfnissen nach, ohne sich an Grenzen halten zu müssen.« Seine gesunde Faust donnerte auf den Tresen. »Aber hier stimmt hinten und vorne nichts mehr. Der Krieg ist für die Amis nicht zu gewinnen. Seit Nixon der neue Präsident in den Staaten ist, werden ohnehin die Gelder für alle Einsätze amerikanischer Truppen zusammengestrichen. Vietnamisierung des Krieges lautet sein Zauberwort, um sich mit viel Bombenlärm aus den Bodenkriegen zurückzuziehen. Sollen sich die Brüder mit dem Wissen und den Waffen des Westens gegenseitig umbringen. Wer überlebt, hat gewonnen. Der Kapitalismus oder der Kommunismus.«

Er zündete sich eine Zigarre an, die er hinter dem Tresen in einer versteckten Kiste mit der Aufschrift »Special Guests Only« gefunden hatte.

»Das war im Algerienkrieg genauso. Sobald sich die Armen und Hungernden zusammenschließen, dann ist Schluss mit lustig. Sonst würde es den Kommunismus heute nicht geben.«

Mir brummte der Schädel. Die Wunden juckten mit jedem Grad mehr, das die Temperatur zulegte. Es versprach ein sehr heißer Tag zu werden. Irgendwer musste sich um die Verbände kümmern. Sonst bekam ich eine Infektion.

Ali sah mir ruhig im Barspiegel zu, wie ich mich kratzte, und blies blaue Wolken von sich. Ihn schienen seine Schusswunden nicht zu quälen.

»Kapierst du langsam, was hier los ist?«, knurrte er. »Die Killerkommandos werden nicht aufgeben, bis du mundtot gemacht bist. Der Barkeeper hat denen von dem missglückten Anschlag erzählt. Demnächst legt dich eine Köchin, ein Zimmermädchen oder eine der Chinesinnen um. Für Geld tun die alles. Ohne deinen persönlichen Drachen bist du hier wehrlos. Und ich habe keine Leute, die ich zu deinem Schutz abstellen könnte. Also, was ist? In einer Stunde bist du mit deinen Klamotten am Jeep, der vor der Tür auf dich wartet.«

»Moment«, hielt ich Ali zurück. Der Name La Troux und das Gespräch vor Wochen im *L'Étoile* mit Brian, der viel Geld für die Suche nach seinem Sohn geboten hatte, setzte sich als Art eines wegweisenden Monolithen in meinen düsteren Betrachtungen gegen alle anderen Überlegung durch und fest. »Was hat dieser La Troux schon wieder bei solch einem Auftrag zu suchen? Wie kommt der an bessere Informationen als ich? Und gleich mit Filmkameras? Das ist viel aufwendiger als mit meiner Spiegelreflex. Wie bekommt der das hin?«

Ali streifte meine gesunde Hand mit seiner ab. Schüttelte den Kopf.

»Kennst du seine Vorgeschichte?«

Ich schüttelte den Kopf. Nein. Woher sollte ich die kennen?

»Er ist das, was man in deiner Sprache ›Kriegsgewinnler‹ nennt. Deine Kollegen werden in diesem kambodschanischen Kloster in eine böse Falle laufen. Über den Rest mach dir keine Sorgen. Du bekommst deine Story. Aber dazu brauche ich dich in bester Verfassung. Also. In einer Stunde.«

»Und wenn ich nicht mitmache?«, hielt ich Ali in seinem Abgang auf. Mir war das alles zu konstruiert. So, als wolle eine Krähe der anderen ein Auge, oder besser gleich beide aushacken.

Ali versuchte sein Gesicht zu verziehen. Es sollte ein Lächeln werden. Es wurde nur eine schmerzverzerrte Fratze.

»Dann bringt dich La Troux um, wenn er da lebend wieder rauskommt.« Ali stand für einen Moment unschlüssig in der Bar. Wir hatten viel getrunken. Zu viel, um ein vernünftiges Gespräch zu führen, und zu viel für die Tageszeit. Alles war unter dem Vorbehalt des nüchternen Widerrufs zu betrachten.

»La Troux hat bei deinem Verlag dafür gesorgt, dass du überhaupt hier bist. Ich weiß nicht, was er mit so einem Greenhorn will. Aber du lebst noch. Also bist du für diesen undurchsichtigen, aber erfolgreichen Mann beste Qualität.« Ali rieb sich den Schulterverband, der durchzubluten begann. »Oder ein dummes Kanonenfutter für seine weitere Karriere. Bis gleich. Eine Stunde. Mehr gebe ich dir nicht.«

Kanonenfutter. Die Bemerkung hätte er sich sparen können. Eine Stunde. Eine lange Zeit, wenn ich sie mir vor Augen hielt. Aber zu wenig, um mir eine Entscheidung abzuringen. Hier war ein Komplott zwischen den Geheimdiensten und den Journalisten im Gange. Oder war es ein Komplott gegen die Journalisten? Das Kanonenfutter, das jemand mit gesteuerten Informationen so lange bei der Stange hielt, bis ein bestimmtes Ziel erreicht war?

Von wem und für oder gegen wen?

Missmutig schüttelte ich den Kopf und trank den Rest der Flasche. Wir waren wirklich Kanonenfutter. Die politisch gesteuerten Militärs nutzen den Druck der Verlage und der Presseagenturen, um uns Abenteuer-Journalisten, etwas anderes traute sich nicht aus seiner Lokalzeitung hierher, als Waffe zu nutzen. Waffen waren dazu da, um jemand zu töten. Nur, wir waren Menschen und kein Magazin in einer Waffe, das sich selbst nachlud. Wir waren für unsere Aufgabe der einzige Schuss.

Ich stieg die Treppe hinunter, die Kleiner Drache gekommen sein musste, ohne gesehen zu werden.

Es war ein Vorratsraum. Fässer. Flaschen. Kartons mit Gläsern. Kühlschränke. Leergut.

Eine Tür führte in den Nebenraum. Es war die Küche, in der ein einzelner Chinese mit einer überdimensionalen Kochmütze die Stellung hielt. Es roch gut nach Speckeiern. Mein Alkoholpegel schrie nach Speckeiern.

»Hast du so eine kleine Frau hier durchgehen gesehen?«

Ich deutete in etwa Kleiner Draches Größe an.

Der Koch, ein Chinese, war nicht unglücklich über ein wenig Abwechslung und tobte sich für mich an der Pfanne aus. Eieromelette mit Krabben, Tintenfischarmen und Sojakeimlingen. Alles mit Tofu überbacken.

»Das macht nüchtern, Mister«, verständigte er sich in gebrochenem Englisch mit mir. »Ja, Mister. Kleiner Drache habe ich gesehen. Sie kommt von Waschküche und sagt, ich soll den Mund halten. Sie ist hier durch, dann nach oben und in wenigen Minuten wieder hier. Sie ist über Waschküche hinaus. Mehr weiß ich leider nicht.«

Dieses Omelette schmeckte wirklich und brachte meine Lebensgeister zurück. Der Koch strahlte. Er vermisste den Restaurantbetrieb. Kochte nur noch auf Bestellung und nicht mehr Menus und à la carte. Der Krieg hatte sein Können amputiert.

»Kennst du Kleiner Drache näher?«

Der Koch grinste. »Oh ja. Wenn ich etwas brauchte, dann hat sie es sofort beschafft. Gar nicht teuer. Sie ist billiger als die anderen.«

»Und was?« Die Frage hätte ich mir sparen können. Ich ahnte, was Chu besorgte. Opium.

Der Koch schmunzelte. »Mister, das ist in diesem Eierteig. Das macht Sie sofort wieder gesund. Mein Kochgeheimnis. Es muss alles zueinander passen. Mal mehr, mal weniger. Als hier noch viele reiche Leute verkehrten …«, er dachte nach, zählte an den Fingern ab, »bis Anfang der sechziger Jahre, ja, da verlangten alle, dass nur ich Speisen zubereite. Alle hinterher glücklich und Hotel auch. Was wollte ich mehr? Die längste Bar. Hunderte von Gästen und zwanzig Barkeeper. Und ich machte Snacks. Alle waren bester Laune. Aber jetzt?«

Sein Arm machte ein Rundumbewegung, deutete in die kaum noch beleuchtete Großküche. Hier standen Arbeitsplätze für wenigstens zehn Köche. Der alte Koch hielt die Stellung. Das war sein Zuhause. Auch wenn er keine wirkliche Aufgabe mehr hatte.

Der Jeep wartete auf mich. Der Fahrer war Angehöriger der südvietnamesischen Armee. Er sprach kein Wort Englisch oder Französisch. Nickte nur freundlich und hupte sich lautstark den Weg frei.

Ich hatte mir das Nötigste in den Seesack gestopft. Die Kampfanzüge waren noch nass. Bei dieser Luftfeuchtigkeit dauerte das Trocknen auf der Leine länger als am Körper. Gehofft hatte ich, dass Kleiner Drache noch im Hotel herumlungerte. Die Antworten der Chinesinnen, soweit ich sie verstand, waren nur Gift und Galle gewesen. Mir klangen die Worte des Kochs nach: »Sagen Sie Ihren Kollegen, dass ich heute Abend Reispudding mit Pflaumen mache. Ich werde ihn besonders würzen.«

Besonders würzen. Mit was würzen? Seit wann wurde Reispudding gewürzt? Dazu gab es einen Mangosirup, den man untermischte. Mehr nicht. Oder mischte er da auch Opium hinein? Und mein Kleiner Drache mischte bei allem mit, was Geld versprach. Es war nicht wirklich nachvollziehbar. Und wenn ich ehrlich war, dann verstand ich in diesem Land nichts. Weder die Mentalität noch die Sprache und den Krieg, über den ich hier berichten sollte, schon überhaupt nicht.

Was wollten, was sollten wir hier alle? Den Kommunismus bekämpfen? Als sei er ein Virus, den man nur durch Töten bekämpfen konnte. Ausrotten hieß die offensichtliche Devise. Mir kam es langsam vor, als versuchte eine gigantische Militärmaschinerie, sich dadurch zu rechtfertigen, dass sie ein ungeliebtes Dogma nur noch mit Napalm und der chemischen Keule bekämpfen konnte.

Warum setzten sie hier nicht gleich ein paar Atombomben rein? Ach nein. Das ging auch nicht. Das Land war wirtschaftlich für niemanden von Wert. Der Einsatz von Nuklearwaffen würde einer Kapitulation, dem Eingeständnis von Ohnmacht gegenüber dem Kommunismus gleichkommen.

Also nahm man lieber in Kauf, dass diejenigen, die von den US-Truppen und ihren Verbündeten überlebten, physisch und psychisch gestört in den Schoß ihrer Familien zurückkehren würden.

Rauschgiftpudding. Das war die Waffe des Gegners, die nicht zu bekämpfen war.

Ali hatte sich nur kurz blicken lassen und dem Fahrer Anweisungen auf Viet gegeben. Dann hatte er sich mit einem »Wir sehen uns in ein paar Tagen« verabschiedet.

Ich verfluchte meine Nachlässigkeit. Mir entging zu viel. War immer auf ein schlechtes Englisch oder Französisch angewiesen. Ich musste diese Sprache lernen. Das konnte nicht so schwer sein. Die Viets benutzten keine asiatische Lautmalerei. Ihre Schriftsprache basierte auf lateinischen Lettern mit einigen Sonderzeichen. Wie es aussah, hatte ich ein paar Tage Ruhe. Irgendwo musste ich etwas auftreiben, was mir beim

Erlernen der Sprache half. Beim Verlag hatte ich mich noch zu einem Sondereinsatz per Telex abgemeldet und einen Artikel über den Anschlag im Hotel beigefügt.

»Reporter entgeht knapp Mordanschlag in Saigoner Hotel«, hatte ich den Bericht überschrieben. Das musste vorerst genügen. Die Redaktion würde sich schon die nötigen Zusatzinformationen besorgen.

Der Zugang zu Colonel Nguens Kampfbasis erfolgte schnell. So schnell, als habe uns jemand angekündigt. Ein Soldat war in den Jeep gesprungen und dirigierte uns in den Sanitätsbereich.

Micky sah von einem Verletzten hoch. Legte ihr Schokoladenpuddinggesicht kurz in Falten und wischte sich die Hände ab. Sie lächelte. Es war ein müdes Lächeln.

»Ich hatte mir so gewünscht, dass du mal auf einen Drink vorbeischaust. Und jetzt?«

Sie besah sich meine Verbände und schüttelte den Kopf.

»Wenn das die einzige Verbindung zwischen uns sein wird, dann gebe ich es auf, einen Mann zu finden. Komm, ich kümmere mich um deine Wunden.«

Sie sah aus wie ein Metzger, der eine Herde geschlachtet hatte. Blut. Überall Blut. Ihre Schritte waren müde. Ihre Haut wirkte wie gebleichte Kakaobohnen. Ein fahles, weiß bestäubtes Braun.

»Ich mache das nicht mehr mit«, murmelte sie. Säuberte meine Wunden. Desinfizierte und verband sie neu.

»Was heißt, du machst das nicht mehr mit?«

Micky versorgte uns mit Whiskey in Reagenzgläsern aus ihrem Giftschrank.

»Ich habe um meine Entlassung aus der Armee gebeten. Daraufhin haben sie mich schnell noch zum Leutnant befördert. Völlig außer der Reihe. Jetzt habe ich nur noch Feinde. Eine Niggerin wird vorzeitig zum Offizier. Das geht nicht.«

Wir rauchten und tranken. Sahen zum Fenster der Baracke hinaus. Hubschrauber starteten und landeten. Das übliche Kommen und Gehen.

»Und was willst du dann machen?« Micky war mir ans Herz gewachsen. Ehrlich, herzlich, aber zu direkt für diesen Betrieb. Und leider mit der falschen Hautfarbe ausgestattet. Die Natur war grausam.

»Ich werde in meine Heimat zurückgehen und mein Medizinstudium beenden. Das internationale Rote Kreuz sucht weltweit Ärzte mit Kriegserfahrung. Aber eben Ärzte. Und das bin ich nicht«, setzte sie leise hinzu.

»Du musst jetzt gehen. Ich bekomme neue Kunden.« Micky deutete auf ein gutes Dutzend Sanitäter, die sich im Laufschritt der Baracke näherten.

»Ich muss mich umziehen. Sonst sterben mir die Verletzten schon vor Schreck unter den Fingern weg.«

Sie stützte sich auf den kleinen Schreibtisch mit der kleinen Leuchte auf einen Berg von Papier. Blätterte kurz den Papierwust durch und seufzte. »Diesen Scheiß muss ich heute auch noch ordnen. Jeder Tote braucht sein Krankenblatt. Alles muss seine Ordnung haben. So ein Schwachsinn. Wie dies hier alles ein totaler Schwachsinn ist.« Sie zündete sich eine Zigarette an, nahm noch einen Schluck aus dem Reagenzglas. Musterte mich mit tränenden Augen. Schluckte die Tränen hinunter.

Mir war danach. Ich musste sie in die Arme nehmen. So gut das mit meinem verbliebenen Flügel ging.

»Der vietnamesische Arzt ist desertiert. Die Hälfte unserer Jungs sind abgezogen. Es sind nur noch die Piloten, das technische Personal und ein paar Tausend vietnamesische Hosenscheißer hier. Und die werden auch jede Nacht weniger. Ein paar Hiwis bei den nötigsten Operationen. Mehr habe ich nicht mehr. Ich halte das nicht mehr länger aus. Ich kann nicht mehr.«

Ihre unterdrückten Tränen suchten sich ihren Weg. Wie ein Dammbruch. Ich hatte einen bitterlich weinenden Schokoladenpudding im Arm.

»Und die Piloten ...«, schluchzte sie in kurzen Atemstößen, »steigen nicht mehr in ihre Kisten, ohne von mir vorher mit irgendwelchen Mitteln versorgt zu werden. Sie fliegen schlecht. Machen viel Bruch, und ich habe hier langsam mehr mit Rauschgiftsüchtigen als mit Soldaten zu tun. Ich muss hier weg, sonst werde ich wie die.«

Micky putzte sich die Nase. Wusch sich die Hände und das Gesicht. Zog sich ohne Rücksicht auf meine Blicke um.

»Was ist? Hast du noch nie eine nackte Niggerin gesehen? Ist an mir was anders als bei anderen Frauen? Wir bekommen genauso Kinder wie ihr Weißen. Pimmel rein. Pimmel raus. Fertig. Ihr geht wieder euren Kriegsspielen nach. Den Rest brüten wir dann schon aus.«

Micky hatte sich einen weißen Kittel angezogen, der den Kontrast zu ihrer Hautfarbe noch verstärkte. Sie lächelte wieder. Aber das war rein dienstlich.

»Du musst jetzt gehen. Ich habe mich um die Überreste der glorreichen US-Armee zu kümmern, die gerade mal wieder von einem Einsatz zurückkommen.« Sie öffnete die Tür und brüllte über den Flur: »Sergeant. Wie viele?«

»Vierzehn der übelsten Art. Fast Totalausfall, Leutnant Bloomberg«, kam es aus einer anderen Ecke der Baracke.

Micky nickte stumm. Leerte das Reagenzglas und zerstampfte den Rest der Zigarette im Aschenbecher.

»Habe ich mir doch gedacht, dass das schiefgeht. Neue Taktik der Congs. Unsere bekiffte Heeresleitung bekommt das alles nur noch im Delirium mit. Ein Kloster als Geisel. Darauf muss man erst mal kommen. Hau jetzt ab. In Baracke 102 ist deine Kammer. Frauen sind nicht erlaubt. Wir sehen uns um achtzehn Uhr im Offizierskasino. Da können die weißen Leutnants wieder Gift spucken, dass eine Niggermammi ihnen ebenbürtig ist und noch einen weißen Knackarsch als Verehrer dabei hat. *So long.* Wir sehen uns.«

Baracke 102. Ein kleiner Raum. Vier Holzwände. Ein Fenster. Ein Feldbett mit Moskitonetz. Ein Stahlspind. Ein Hocker mit drei Beinen. Ein blinder Rasierspiegel und eine Blechschüssel mit einer Blechkanne, in der kein Wasser war.

Ich ließ mich auf dem Bett nieder. Hier sollte ich mich erholen? Von was eigentlich?

Ali war schwerer verwundet. Ein Durchschuss in der Schulter war nicht mal so eben wie ein Streifschuss mit einem Verband zu kurieren.

Hier stimmte etwas nicht. Aber was? Ich streckte mich auf dem Bett aus und rauchte. Der blaue Qualm kringelte sich in die Höhe. Waberte vor dem Fenster und entschied sich, durch die Ritzen der Wände zu verschwinden.

»Erholung. So ein Schwachsinn. Hier wird man nur noch kranker«, murmelte ich halblaut. Ich war hier nicht zur Erholung. Ich war eingesperrt. Jemand hatte mich nach meiner Dokumentation eines Massenmordes weggeschlossen. Auf einer Militäranlage, die es womöglich auf der Weltkarte gar nicht gab.

Mein Magen war das Einzige, das noch zu leben schien. Er knurrte. Dieses Organ hatte Hunger.

Vor kurzem noch ein halbes Kind, war aus mir ein Mann geworden. Ich fühlte es förmlich. Es waren nicht nur die Schmerzen, die mich daran erinnerten, dass noch Blut in mir zirkulierte. Nein, meine Seele kam mit dieser Veränderung nicht klar. Wir waren nicht mehr eins. Ich hatte Schmerzen. Sie hatte

Schmerzen. Wir hatten unsere gemeinsame Sprache verloren. Konnte eine Seele ohne Körper, ein Körper ohne Seele leben? Ich wusste es nicht. Aber es schien zu funktionieren. Sonst wäre ich nicht hier.

Zwei Wochen später.

Die Kämpfe irgendwo da draußen nahmen an Heftigkeit zu. Ich konnte tun und lassen, was ich wollte. Hatte den Flugbetrieb zweimal durchfotografiert. Nur eines war mir nicht erlaubt. Ich kam an den Wachen des Camps nicht vorbei. Oberst Nguen hatte es seinen Leuten untersagt, mich von der Basis zu lassen. Ich saß hier fest. Er war für mich nicht zu sprechen. Meine Versuche waren schon im Ansatz gescheitert.

Ich war gefangen. Gefangen auf einer Militärbasis, die sich rühmte, gegen den Kommunismus zu kämpfen.

Micky Bloomberg schien mir im Offizierskasino als Alleinunterhalterin zugeteilt worden zu sein. Wenn sie frei hatte, und das wurde immer seltener, aßen, tranken und rauchten wir in unserer Ecke, die der Barkeeper inzwischen für uns reserviert hatte.

Die amerikanischen Piloten wurden immer weniger. Ich musste Viet lernen. Sonst war ich hier bald von jeder Kommunikation abgeschnitten. Jemand wollte, dass ich hier zwischengeparkt wurde. Meine Fotos wurde ich nicht mehr los. Meine inzwischen zynischen Artikel wurde ich nicht mehr los. Der Verlag würde mich in einigen Tagen für vermisst erklären.

»Du machst kein glückliches Gesicht.«

Micky zerlegte ein T-Bone-Steak, aß Chips, Salat und eine undefinierbare Sauce.

Ich hatte keinen Appetit.

»Warum hält man mich hier fest?«, knurrte ich und legte die Füße auf den Tisch.

Micky zog den Teil ihres Schokoladenpuddings oberhalb der Augenbrauen in die Höhe.

»Man lässt dich also weiter im Dunkeln tappen. Habe ich mir gedacht«, murmelte sie mit vollen Backen.

»Was weißt du, das ich wissen sollte?«

»Du darfst eigentlich überhaupt nichts wissen. Dein Artikel in der Weltpresse hat dir Ruhm, Geld und vielleicht auch Ansehen gebracht.« Sie kaute weiter. »Nur, du hast dir damit letztendlich selbst keinen Gefallen getan. Irgendjemand hat es in die Weltpresse posaunt, dass es sich um GIs gehandelt hat, die dieses Massaker angerichtet haben. Und dein Name steht unter allen Berichten.«

Verräter. Wir haben einen Verräter unter uns, hatten Brian, der CIA-Mann, und Ali, der Terrorberater aus der französischen Fremdenlegion, gesagt. Und nun wusste das schon ein schwarzer, fetter Leutnant der Sanitätskompanie.

»Und jetzt?«

Micky reagierte auf meine Frage mit einem Lächeln und suchte in ihrem Umhängebeutel.

»Das ist alles, was dir von deinem Scheißerfolg übrig bleibt. Hier ...«

Es waren zwei abgegriffene Bücher, die sie neben das Steak legte.

Zwei Wörterbücher. Französisch–Vietnamesisch. Vietnamesisch–Französisch. Mehr nicht.

»Du solltest es so schnell wie möglich lernen. Denn in zwei Tagen bin ich nicht mehr hier. Die Basis wird von den Amerikanern aufgegeben. Und ich wechsele als Beraterin zum Roten Kreuz. Dessen Leute werden in wenigen Monaten die Letzten sein, die noch von uns Amis samt Niggern übrig geblieben sind. Der Krieg ist für uns vorbei. Verstehst du?«

Ja, ich verstand. Der neue US-Präsident hatte sich für die Vietnamisierung entschieden. Danke, liebe Vietnamesen. Aber ihr werdet uns zu teuer. Seht jetzt selbst zu, wie ihr mit dem von uns verhassten Kommunismus klarkommt.

»Und, was mache ich jetzt ohne einen Ansprechpartner? Ich komme nicht von der Basis weg.«

Micky pulte sich die Essensreste aus den weißen Zähnen und zuckte mit den Schultern.

»Keine Ahnung, Knackarsch. Ich werde erst einmal nach Bangkok verlegt. Ich habe meinen Job. Du hast deinen Job. Damit müssen wir uns abfinden.«

Sie überlegte einen Moment und legte ihre dicken Waden auch auf den Tisch.

»Gib mir einfach alles mit, was du hier rausbekommen willst. Filme, Berichte, Gedanken und Nachrichten an wen auch immer. Sonst gehst du hier kaputt, wenn die Vietnamesen das Kommando allein übernehmen.«

Ja, ich ahnte, dass ich hier vor die Hunde gehen würde, wenn ich es nicht schaffte, schnellstmöglich eine Kommunikationsebene auf der Basis der vietnamesischen Sprache aufzubauen. Die zwei Wochen mit Micky während meiner Genesung waren der reinste Erholungsurlaub gewesen. Der Kampfbetrieb war weitergegangen. Die Niggerin und die europäische Langnase hatten sich abends auf eine Bank gesetzt und geplaudert. So muss das Panoptikum vor Onkel Toms Hütte ausgesehen haben. Dem Wetter und den landenden Hubschraubern gelauscht. Dabei hatte ich ein Gehör entwickelt, dass ich schon im Anflug sagen konnte, welcher der Drehflügler glatt oder mit einem Crash, weil angeschossen, landen würde.

Die bösen Blicke und verbalen Seitenhiebe der Piloten im Kasino hatten wir uns nach und nach als abendlichen Spaß gegönnt. Wir hatten es geradezu als unsere Bühne erkoren. Nicht wir waren die Statisten. Es waren diese arroganten

Schnösel, die glaubten, den Krieg gewinnen zu können. Aber welchen Krieg? Hubschrauber kaputt? Ein neuer stand sofort bereit. Pilot kaputt? Der war nicht so leicht zu beschaffen. Den Amerikanern gingen langsam die Piloten aus. Und meinem Verlag die Journalisten, wenn ich nicht bald eine Möglichkeit fand, hier rauszukommen.

Drei Tage später.

Micky Bloomberg war tatsächlich abgereist. Sie hatte sich in die adrett gebügelte Uniform eines Leutnants der US-Army gezwängt. Sie sah gut aus. Hatte mich noch einmal mit ihren körperlichen Fleischbergen gedrückt. Mein Säckchen, das all das enthielt, was an den Verlag und die Außenwelt sollte, eingesteckt. Dann war ich meinen letzten Ansprechpartner los. Nun war ich auf Onkel Toms Bank und im Kasino ein Einzelgänger.

»Hast du keine Familie?«, hatte Micky am Abend vor ihrer Abreise gefragt.

Ich hatte mit der blöden Gegenfrage geantwortet, ob sie denn eine hätte. Wir hatten gelacht. Nein, wir hatten beide keine.

»Hast du Freunde oder ein Zuhause, wonach du dich nicht manchmal sehnst?«

Unser Lachen war erstorben. Auch das hatten wir nicht. Meine Familie war weit weg. Ich hasste sie und die überhebliche Arroganz meines Vaters. Wenn ich ehrlich war, hatte ich wegen dieses Despoten mit jungen achtzehn Jahren sofort nach dem Abitur das verlassen, was man landläufig als Zuhause bezeichnete. Das war nun fast fünf Jahre her. Seither geisterte ich in der Welt umher und berichtete über Kriege, die nicht in den häuslichen Wänden stattfanden. Ich hatte nur die Bühne gewechselt. Die Rolle war mir geblieben. Und nun saß ich fest.

Ein neues Engagement war nicht in Sicht. Gestrandet auf einer elenden Militärbasis. Jedes Kommunikationsmittels beraubt, wenn ich mich nicht schnellstens über die Wörterbücher hermachte. Übungsobjekte liefen inzwischen genug hier rum. Alles Schlitzaugen ... nein. Ich pfiff mich zurück. Sie waren Menschen. Nur ich verkam langsam zu einem verzweifelten Klumpen aus Fleisch und Blut, der hier völlig fehl am Platz war.

SIEBTES KAPITEL

BERLIN–KÖLN, 2. JANUAR 1990

Unsere Flucht, und etwas anderes war es inzwischen nicht mehr, hatte ein Ende. Das Ende war ein Stau auf der Autobahn A2, kurz vor Dortmund. The-Maria wurde nervös. Schritttempo war angesagt.

»Pack endlich diese verdammten Waffen ein. Wir sind hier nicht im Krieg. Wir sind nur auf einer westdeutschen Autobahn«, knurrte ich wütend. Diese Amazone von waffenstarrender Tochter ging mir auf die Nerven. Irgendwo waberte eine Erfahrung in ihr, von der ich nichts wusste. Es musste eine schlechte Erfahrung sein. So wie ich ihr ein schlechter Vater gewesen war.

»Jeder Wagen neben uns kann die Polizei rufen, wenn du hier mit den Waffen herumfuchtelst. Und die verfügt über Hubschrauber. Die interessiert ein Autostau nicht. Also, pack das Zeug endlich weg.«

The-Maria sah einen Moment den Fahrzeugen neben uns zu, als bewegten wir uns kriechend in einem Dino-Park, und schüttelte den Kopf.

»Wenn ihr das für erstrebenswert haltet, eure Freizeit auf der Autobahn zu verbringen? Warum fliegt ihr dann nicht alle gleich mit Hubschraubern?«

Sie zerlegte die Kalaschnikow und sammelte die übrigen Sprengmittel wieder vom Rücksitz. Stopfte sie in ihren grünen Armeebeutel.

Sie war unruhig. Diese Unruhe übertrug sie auf mich. Ich

rief mich zur Ruhe. Wir steckten im Stau fest. Da war nichts zu machen. The-Maria hängte sich ihren Kampfbeutel um und kletterte auf den Beifahrersitz. Zog die Beine an den Bauch und fixierte die Borduhr und im Schminkspiegel den nachfolgenden Verkehr. Der hatte Glück. Es war kein weißer Golf hinter und neben uns. Die Makarow hatte sie nicht in den Beutel gesteckt. Die lag griffbereit auf der Mittelkonsole. Der gespannte Schlagbolzen deutete daraufhin, dass sie schon eine zusätzliche Patrone im Lauf deponiert hatte. Nun waren neun Schuss in der Waffe.

Dreißig Minuten waren vergangen. Wir kamen nur mühsam vorwärts. Die Verkehrsnachrichten bereiteten uns auf weitere dreißig Minuten auf diesem Autobahnabschnitt vor. Mindestens.

»Wartest du auf etwas?« Der Stau wollte und wollte sich nicht auflösen. The-Maria spielte mit den Händen. Verknotete ihren bunten Gürtel. Ließ das Magazin aus der Pistole gleiten, um es gleich wieder lautstark einzusetzen. Sah ständig auf die Borduhr und fragte, ob sie richtig ging.

Wir hatten frühen Nachmittag. Stehenden Verkehr und leichten Regen. Mehr konnte ich ihr auch nicht sagen. Sie zu fragen, hatte ich inzwischen aufgegeben. Sie wollte nicht gefragt werden. Wie ihre Mutter, die nur geredet hatte, wenn sie es für sich für am Vorteilhaftesten gehalten hatte. Erklärungen für eine Langnase waren für sie reine Zeitverschwendung. Wir würden es ohnehin nicht verstehen. Dabei war es geblieben. Büffel, Saatgut, Auto. Das waren die für sie definierbaren Begriffe für ihren »Soldaten«. Daran wurde er gemessen. Mehr hatte und sollte er auch nicht verstehen.

Das Autotelefon dudelte. Wir waren die letzte Stunde kaum zwei Kilometer weitergekommen. The-Maria sah mich an. Ich sah sie an. Der Unbekannte rief an. Was wollte er oder sie jetzt noch? Wollte er uns nun mit Kleinem Drachen erpressen.

»Was ist? Warum gehst du nicht dran?« The-Maria spielte nervös mit der Waffe, als würde das etwas helfen.

»Willst du jetzt das Telefon erschießen? Geh gefälligst selbst ran. Für mich kann es nicht sein.«

»Und wenn doch?« The-Maria wurde gefährlich nervös. Ein kurzer Rundumblick im Verkehr. Es war kein weißer Golf, es war überhaupt kein weißer Wagen in unserer Nähe. Und was wäre, wenn der Unbekannte die Wagenfarbe gewechselt hatte?

»Ja?« Ich hatte den Anruf angenommen, nachdem sich meine Tochter geweigert hatte, den Hörer abzunehmen.

»Ich hätte gerne deine Beifahrerin gesprochen, die gerade vom Rücksitz nach vorne geklettert ist.«

Die Stimme klang verzerrt und schien sich einen Spaß daraus zu machen. Sie klang wie aus einem Zeichentrickfilm von Walt Disney. Dieses Mal imitierte sie Goofy.

»Wer bist du und wo steckst du?« Die Stimme musste uns folgen. Sonst hätte sie The-Marias Platzwechsel nicht sehen können.

»Du stellst immer die gleichen dummen Fragen, die ich dir jetzt noch nicht beantworten kann. Tu einfach das, was ich dir sage. Gib mir deine Tochter.« Es folgte ein quakendes Gelächter wie von Dagobert Duck.

»Für dich.« Ich reichte den Hörer an The-Maria weiter. Sie schmunzelte, als sei ein vorgefertigter Plan aufgegangen.

»Vuhng?« Ein fragendes Ja. Der Anrufer und The-Maria sprachen Viet. Sie hörte zu und schüttelte den Kopf. Ich fuhr drei Autolängen vor. Der Stau war zäher, als es die Verkehrsnachrichten meldeten. Hier war ich machtlos mit den zweihundertfünfzig PS des Wagens. Ich, wir saßen fest, wenn wieder ein Anschlag auf uns geplant war.

»Ya'a.« Ein zustimmendes Ja.

The-Maria nickte. *»Kohng.«* Nein. Die Diskussion war einseitig und begann an meinen Nerven zu zerren.

»Werdet ihr mal fertig?«, knurrte ich und scherte auf den Standstreifen aus. Im Rückspiegel sah ich einen Porsche, der es mir gleichtat. Ich beschleunigte.

»*Gam uhhn.*« Danke. The-Maria klemmte den Hörer in die Halterung. Sie schmunzelte.

»Du musst einen sechsten Sinn haben. So sagt man doch bei euch. Die nächste Ausfahrt raus. Dann bist du mich los.«

»Los? Wie denn? Sieh mal in den Rückspiegel. Wir haben die Polizei auf dem Hals.«

Der Porsche hielt meine Geschwindigkeit locker mit und hatte Blaulicht gesetzt. Maria griff zur Waffe.

»Untersteh dich, hier auf Beamte zu schießen. Du bist illegal hier und wirst für zehn Jahre eingesperrt, bevor man dich abschiebt.«

The-Maria spielte mit der Pistole. Schob die Unterlippe vor und ließ den bunten Gürtel durch die Finger gleiten. So wie ihre Mutter die Führungsfäden des Wasserdrachen beim Wettkampf in Chau Doc.

»Ich muss aber hier raus. Sonst sind wir alle tot.« Ich raste mit dem Polizei-Porsche im Nacken weiter über den Standstreifen. Mir rann der Schweiß den Rücken hinunter. Meine Gedanken spielten Pingpong. Kamen aber zu keiner Entscheidung, was ich jetzt tun sollte. Noch 500 Meter zur Ausfahrt einer Raststätte.

»Ihre Papiere bitte.« Der Polizist aus dem Porsche prüfte sie und gab sie an seinen Kollegen weiter.

»Darf meine Tochter wenigstens auf die Toilette? Ihr ist schlecht.« The-Maria spielte mir zu nervös mit der Makarow in ihrer Umhängetasche, als dass ich sie noch länger im Wagen halten konnte.

»Warum nicht? Sie sind der Verkehrssünder«, nickte der Mann. Strich um den Mercedes.

»Würden Sie bitte einmal den Kofferraum öffnen.« Seine Hand lag auf dem Knauf der Dienstwaffe.

»Weshalb? Ich habe gegen die Straßenverkehrsordnung verstoßen. Mehr nicht. Sie haben kein Recht, den Wagen zu durchsuchen.«

»Das Geld«, flüsterte The-Maria.

»Welches Geld?«

»Die zehntausend, die für mich gedacht waren. Dann bin ich weg.«

Der Kollege aus dem Porsche kam mit meinen Papieren zurück. Tuschelte kurz mit dem Kollegen, der nur nickte und meine Papiere einsteckte.

»Tut mir leid, Herr Stösser. Wir müssen Sie mitnehmen. Dieser Wagen ist als gestohlen gemeldet. Würden Sie bitte aussteigen!«

»Kriege ich nun das Geld oder muss ich die beiden Polizisten umlegen?«, fauchte The-Maria. Sie war ausgestiegen. Hatte die Hand in der Umhängetasche, die auf die beiden Beamten zielte.

»Im Handschuhfach. Werde glücklich damit.«

Ich war es leid. Sollte sie mit dem Geld, das ich bei keinem Grenzer losgeworden war, machen, was sie wollte. Irgendwer spielte mit mir. Nur die Regeln verriet er mir nicht. Es war mir inzwischen schon egal, wer oder was die Gegenseite war. Die letzten Tage steckten mir in den Knochen. Diese wohltuende Lethargie, die ich schon einmal als Schutz meiner Seele kennengelernt hatte, bemächtigte sich meiner.

Die Polizisten fragten und fragten. Nahmen mir die Autoschlüssel ab. Ich musste mir das Video ansehen, das sie von meinem Parforceritt über die Standspur gemacht hatten, und zugeben, dass ich der Sünder war.

Dann sammelte mich ein Streifenwagen ein und brachte mich in die Stadt, die ich eigentlich selbst zu erreichen gehofft hatte. Köln.

Nur hatte mein Schicksal einen Fehler gemacht. Die Stadt stimmte schon. Nur das war nicht meine Wohnung in der Südstadt. Es war ein Polizeirevier.

Und in dem saß ich schon zwei Stunden und schaute dem Betrieb zu. Penner, Alkoholiker, Autofahrer zum Alkoholtest. Mal lallend, mal schwitzend, mal fluchend. In mir kroch die Wut hoch.

»Warum hält man mich hier fest? Ich will sofort meine Papiere zurückhaben und nach Hause gebracht werden.«

Zwei Polizisten hinter der Sperre sahen mich nur milde an.

»Herr Stösser. Sie wissen, warum Sie hier sind. Der Wagen gilt als gestohlen. Das ist kein kleines Delikt. Also bitte setzen Sie sich wieder. Es wird sich gleich jemand um Sie kümmern.«

»Der Wagen ist ordnungsgemäß in Köln von mir gemietet worden. Wer behauptet, dass der Mercedes gestohlen ist?«, wütete ich nun herum. »Sie brauchen doch nur die Fahrgestellnummer mit dem KFZ-Schein zu vergleichen und die Autovermietung anzurufen. Ist das denn so schwer zu begreifen?«

»Ja, das ist schwer zu begreifen«, knurrte eine männliche Stimme hinter mir.

Ich drehte mich um.

»Ja, mein Lieber, so sieht man sich wieder. Darf ich bitten?«, und zu den Polizisten gewandt: »Die Papiere dieses Herrn und die Autoschlüssel bitte. Wir übernehmen jetzt.«

Schikowski lachte herzhaft. Klaus Schikowski, den ich 1968 in Saigon als Journalist abgelöst hatte, weil er seelisch ausgebrannt war.

Er war alt geworden. Die wenigen Haare, die er schon vor Jahren gehabt hatte, waren noch weniger und schlohweiß geworden. Dafür hatte seine Figur sich im Hosenbund mehr Raum geschaffen. Er trug einen Trauring.

Die Polizisten schienen vorinformiert worden zu sein. Sie händigten dem Mann das Gewünschte ohne Quittung oder weitere Diskussionen, wie es Beamte sonst taten, aus.

»Handschellen muss ich dir ja wohl nicht anlegen. Steig ein.«

»Wohin fahren wir?«

»Wohin wohl? Wir müssen dich verhören. Was sonst. Darfst auch rauchen. Nur Whiskey ist im Etat nicht drin.«

Nun steuerte Schikowski seelenruhig einen grauen Passat, und ich saß neben ihm. Auf der Fahrt zu einem Verhör. Meinem Verhör.

»Es ist alles verdammt lange her«, sagte ich, der alten Zeiten gedenkend, die für mich mit einem Mal wieder so präsent geworden waren. Eine vereinzelte Erinnerung brach sich Bahn, vermutlich hervorgerufen durch den Ehering, den er trug. »Hast du damals deine Chinesin mitgenommen? Wie hieß sie doch gleich?«

Klaus nickte. »Du erinnerst dich anscheinend noch gut. Hoffentlich gleich auch noch, wenn ich dir ein paar Fragen stellen werde. Ja, ich habe Chi geheiratet. Mein ältester Sohn ist inzwischen neunzehn, die beiden anderen sind zwölf und neun. War eine gute Entscheidung von mir. Und was macht dein Kleiner Drache? Hast du sie nicht geheiratet?«

Darüber schwieg ich lieber und sah in eine verregnete Landschaft. Doch, ich hatte sie geheiratet. Aber nicht nach international gültigem Recht.

»Nein.«

Klaus nickte. »War wohl doch etwas zu gewalttätig. Stimmt's? Aber ich hatte dich damals schon gewarnt. Lass dich nicht mit einer Viet ein. Nimm dir eine Chinesin. Aber du wolltest ja nicht hören. Du warst und bleibst ein Sturkopf.«

Er bog auf das Gelände einer verlassenen Fabrik ein, das im Begriff war, von der Natur zurückerobert zu werden. Hielt vor einem halb geöffneten Stahltor.

»Wir sind da. Geh schon mal hinein. Ich komme gleich nach. Dann können wir reden.«

Das hatte sich nicht nach einer Einladung angehört. Den letzten Satz hatte Klaus anders moduliert. Es war ein Befehl und eine Drohung zugleich.

Das Tor fiel hinter mir quietschend ins Schloss. Zwei Männer in Jeansanzügen mit deutlich sichtbaren Pistolen unter ihren Jacketts nahmen mich in Empfang. Es war eine alte Werkshalle. Hoch. Schmutzig. Fundamente zeugten davon, dass mal vor langer Zeit Maschinen auf ihnen etwas Sinnvolles produziert hatten. Der Mercedes stand wie eine moderne Skulptur inmitten dieser maroden Zeugen der Industrialisierung.

»Würdest du bitte mal den Wagen aufschließen? Wir wollen keinen Kratzer an einem Leihwagen hinterlassen.«

Ich dachte an den Familienschrein, der im Kofferraum lag. Schikowski wusste um solche Familienangewohnheiten der Vietnamesen. Und er hatte mich verdächtig schnell auf Kleiner Drache angesprochen.

»Habt ihr einen Durchsuchungsbefehl oder wie man das heute nennt? Wer seid ihr überhaupt?« Ich dachte nicht daran den Wagen zu öffnen.

Schikowski schüttelte den Kopf.

»Dir ist wirklich nicht zu helfen. Also, Männer, macht ihn auf.« Er warf einem den Autoschlüssel zu.

»Damit du eines weißt. Ich habe nur einen Chef über mir. Und das ist der Innenminister und ich habe jedes Recht, etwas zu tun, das ich für richtig halte. Haben wir uns verstanden?«

»Nein. Haben wir nicht«, lehnte ich mich auf. Wusste aber sofort, dass es sinnlos war. Der Innenminister als Chef. Schikowski war vom Journalisten zum Agenten des BND oder eines anderen Geheimdienstes mutiert.

Der Kofferraumdeckel sprang auf. Schikowski sah hinein und nickte. »Kennen wir doch alles. Oder nicht? Nur Vietnamesen trennen sich nicht von ihrem Schrein.« Zu den Männern gewandt: »Durchsucht den Wagen wie besprochen. Und du kommst mal mit.«

Schikoswki hakte sich bei mir unter. »Stell jetzt keine Fragen. Ich könnte sie dir momentan nicht beantworten. Ich stelle die Fragen, sonst wanderst du für viele Monate in Untersuchungshaft. Verstehen wir uns?«

»Nein. Ich verstehe überhaupt nichts«, versuchte ich den empörten auf frischer Tat erwischten Verbrecher ein wenig herunterzuspielen. Klaus sah mich nur kurz an. Schob mich in etwas, das früher mal ein Meisterbüro gewesen sein musste. Industriescheiben, die in Kopfhöhe begannen. Ein Glaskasten, dem die Scheiben fehlten. Alte Schreibtische, deren hellbrauner Ton von vielen ölverschmierten Händen an den Ecken abgewetzt war. Alte Rollschränke mit aufgebrochenen Schlössern. Zwei hölzerne Drehstühle. Ein Uralttelefon und ein Kalender, dessen roter Reiter als letztes Zeitdokument auf dem 26. 12. 1968 ruhte. Eine Winterlandschaft als Foto auf dem oberen Teil verdeutlichte auch dem größten Analphabeten, dass es zu dieser Jahreszeit mal Winter gewesen sein musste.

»Nimm Platz und rauch erst einmal eine Zigarette.« Seine Hand deutete auf einen der Stühle. Das passte mir nicht. Das war keine offizielle Aktion. Auch nicht, wenn Klaus dem BND angehören sollte. Alte Erinnerungen suchten sich den Weg durch meine Synapsen. Erinnerungen, die ich erfolgreich zwanzig Jahre lang verdrängt hatte.

»Was soll der Scheiß hier? Wenn ihr, oder wer auch immer, etwas gegen mich vorzubringen habt, außer, dass ich eine Verkehrswidrigkeit begangen habe, dann kommt mir das hier alles sehr komisch vor. Hätten wir das nicht auf der Polizeiwache regeln können?«

Klaus setzte sich auf die Schreibtischkante, rauchte, schlenkerte mit den Beinen und sah in die leere Werkshalle. Mir war kalt. Er wartete auf etwas. Kniff die Lippen zu einem Strich zusammen. So kannte ich ihn schon als damaligen Kollegen. Bei diesem Gesichtsausdruck ließ ich ihn besser in Ruhe. Er war ein Choleriker, der sich schnell vergaß, wenn nicht alles nach seinem Willen geschah. Ich rauchte auch. Ein Aschenbecher war bei diesem Schrott von Halle nicht nötig.

»Du hast als Journalist mehr erreicht als ich«, begann er unvermittelt. Mit jedem Wort kondensierte sein Atem in der kalten Luft.

»Das habe ich dir damals angekreidet. Du musst Verbindungen gehabt haben, hinter denen ich vergebens Jahre hergesucht habe.« Er schwieg einen Moment und rauchte.

»Aber, hast du dir mal überlegt, dass diese Verbindungen, die dich damals zu einem Starreporter gemacht haben, heute ihren Lohn fordern? Den Lohn von dir?«

Ich nickte. Auf den Gedanken war ich auch schon gekommen. Hatte ihn aber immer weit von mir geschoben.

»Warum hast du nicht auch in deinem alten Job als Journalist weitergemacht? Schlechter als ich warst du auch nicht.«

Klaus zuckte mit den Schultern. »Weiß auch nicht. Ich sah in Kriegen keinen Sinn mehr. War plötzlich Familienvater mit Verantwortung. Dann kamen die da oben auf mich zu und boten mir einen sicheren Job an. Sie kauften meine Asienkenntnisse. Und seither bin ich dabei. Und glaub mir, es ist weniger gefährlich als das, was wir damals in Vietnam gemacht haben.«

Die Bürotür, die ohne Glas keine mehr war, öffnete sich. Einer der Männer, die mich in Empfang genommen hatten, nickte und reichte Klaus zwei Plastikbeutel.

»Wir sind fertig mit dem Mercedes. Außer der Kiste haben

wir nur das gefunden. Sollen wir weitermachen wie besprochen?«

Klaus hielt eine Tüte gegen das Licht und nickte. »Ja. Wie besprochen. Ich brauche euch nicht mehr. Danke.«

»Muss ich dich jetzt fragen, wie drei Neun-Millimeter-Geschosshülsen russischer Fertigung in den Mercedes kommen? Wir unterhalten uns jetzt besser mal privat darüber. Komm. Ich fahre dich nach Hause.«

The-Maria hatte aus dem geöffneten Fenster den weißen Golf abgeschossen. Dabei mussten drei Hülsen aus dem Auswurf der Makarow im Wagen gelandet sein. Blöd von mir, nicht daran zu denken. Aber es war alles zu schnell gegangen.

Köln. Südstadt.

»Du wohnst ja immer noch in dieser alten Bruchbude.« Klaus sah sich kurz im Treppenhaus um. »Langsam dürftest du dir etwas Besseres leisten können.« Er schüttelte den Kopf. »Na ja, das ist dein Problem. Können wir nun das andere besprechen? Am besten wie in alten Zeiten mit einem Whiskey und einer guten Zigarre?«

Die Plastiktüten mit den Hülsen und dem Familienalbum hatte er in einer Ledertasche verstaut, in der auch eine Waffe steckte, wie ich kurz sehen konnte.

Zweiter Stock.

»Was passiert mit dem Mercedes? Ich muss ihn der Vermietung zurückgeben.«

»Du meldest ihn als gestohlen. Mehr nicht. Den Rest machen wir. Geht es noch viel höher?«

Dritter Stock.

»Und der Familienschrein im Kofferraum?«

»Brauchst du den? Oder stimmt meine Vermutung, dass Kleiner Drache im Land ist?«

»Wozu brauchst du Kleiner Drache? Sucht ihr sie?«

Vierter Stock.

Klaus keuchte. »Mensch, wie bekommt man da jeden Tag seine Einkäufe hoch? Du musst ja topfit sein. Ja, wir suchen jemanden. Aber muss das hier im Treppenhaus sein?«

Ja es musste. Und ich hoffte auf die Neugier meiner Nachbarin zur Linken. Eine ältere Dame mit Dackel. Eisenbahnerwitwe. Eine ausgezeichnete Köchin, die sich seit dem Tod ihres Mannes wie eine Henne über mein Privatleben gesetzt hatte. Anfangs war es störend gewesen, bis ich sie in allerlei Geschichten, die ich meist erfand, die aber dann doch irgendwo in meiner Zeitung von ihr als Leserbriefe auftauchten, eingespannt hatte. Nun war eine Agatha Christie aus ihr geworden. Nichts entging ihr im Haus. Und ich war der Erste, der alles erfuhr.

Ihr entging auch nicht, dass ich jemanden mitbrachte.

»Herr Stösser. Ich habe Sie über die Feiertage vermisst. Habe extra einen Kuchen für Sie gebacken. Warten Sie. Den Rest müssen Sie jetzt aber mitnehmen. Sie haben bestimmt nichts im Kühlschrank.«

Der Dackel beschnüffelte die Beine von Klaus, nieste und kläffte. Klaus schlug hilflos mit den Armen. »Muss das sein? Wir wollten reden«, flüsterte er.

»Du wolltest mit hochkommen. Das ist nun mal Nachbarschaft.«

Die Nachbarin hatte den Kuchen, Marzipankuchen, den sie aus Kartoffelteig machte, mit einer Kerze dekoriert. Meine Lieblingsverführung, von der ich ihr einmal erzählt hatte, dass Marzipan von meiner Mutter nach dem Krieg aus Kartoffeln hergestellt wurde.

»Lassen Sie es sich gut schmecken ... und, ach herrje, Ihre Post! Die hätte ich beinahe vergessen. In den Zeitungen steht aber auch nichts von mir, wenn Sie nicht in der Redaktion sind.

Wann müssen Sie wieder in den Verlag? Ich habe schon drei Leserbriefe geschickt. Was meinen Sie? Könnte ich daraus nicht langsam einen Roman machen?«

Klaus lehnte an der Wand und verdrehte die Augen. »Können wir nicht mal langsam zur Sache kommen. Ich habe meine Zeit nicht gestohlen«, knurrte er und steckte sich eine Zigarette an.

»Junger Mann, im Hausflur wird nicht geraucht«, wies ihn die Nachbarin zurecht.

»Dachte ich mir. Dann gehen wir am besten rein. Sie entschuldigen, Frau Nachbarin. Aber ich habe mit Herrn Stösser noch zu reden.« Klaus rüttelte energisch mit der Tasche.

»Redet die immer so viel?« Klaus ließ sich aufs Sofa fallen und legte die Tasche auf den Couchtisch. »Ich hasse diese plappernden Nachbarinnen. Die stiften mehr Unheil, als dass sie helfen.«

Ich grinste und machte eine Flasche Whiskey auf. »Mach es dir gemütlich. Ich muss erst einmal aus meinen Sachen und eine Dusche nehmen. Ich stinke mir langsam selbst. Die Fernbedienungen für Fernsehen und Radio liegen auf dem Tisch. Kannst ja vom Kuchen naschen. Bin gleich zurück.«

Seit Berlin war ich nicht mehr aus meinen Kleidern gekommen, die ich mehrfach durchgeschwitzt und wieder durchgefroren hatte. Ich stank wie eine Nassmülltonne in der Sonne. Ich brauchte Zeit zum Nachdenken. Und das ging unter der Dusche am besten. Klaus hatte den Familienschrein sofort mit der Anwesenheit von Kleiner Drache in Verbindung gebracht. Dass The-Maria hier war und dass es sie überhaupt gab, schien der BND nicht zu wissen. Das war ein Vorteil für mich und meine Tochter. Wenn sie nicht noch mehr Unheil anrichtete, als sie es bisher schon getan hatte.

Nur die Kerze auf dem Marzipankuchen störte etwas mein leidliches Wohlbefinden. Dieses Zeichen hatte ich mit der Nachbarin, eigentlich nur als Spiel für ihre Krimivorstellungen, ausgemacht, wenn in meiner Abwesenheit etwas vorgefallen war, das ich wissen sollte.

»Schmeckt lecker, dieser Kuchen.« Klaus kaute mit vollen Backen den Kartoffelmarzipankuchen.

»Was, zum Teufel, willst du?« Ich ließ mich im Bademantel in meinen Fernsehsessel fallen. Mein einziger Gedanke war, endlich in meiner Stammkneipe ein paar Bier zu trinken und mir von der Wirtin ein Riesensteak mit Zwiebeln braten zu lassen. Aber vorher musste ich Klaus loswerden.

»Ich will mit Kleiner Drache sprechen. Mehr nicht. Dann halte ich dich und sie aus allem heraus.«

»Warum willst du mit ihr sprechen?«

Klaus schenkte sich Whiskey nach. Verzog das Gesicht. Ein Ausdruck von Amüsement am oder über ein Spiel huschte durch seine Mimik.

»Hör zu ...«

»Tue ich schon die ganze Zeit. Aber du spielst hier den geheimnisvollen Sampan. Und Kleiner Drache kann ich dir nicht liefern. Ich weiß nicht, wo sie ist.«

»Aber sie weiß, wo du bist. Warum sonst bist du nach Ostberlin gefahren und bringst einen Familienschrein mit, von dem sich kein Vietnamese jemals trennen würde?«

Dieser verdammte Schrein trieb mich in die Enge. Hätte ich ihn nur damals in Chau Doc verbrennen lassen. Damals, als die Vietcong das kleine Haus auf dem Damm angezündet, ihre Eltern und den Ältestenrat ausgelöscht hatten.

»Komm zur Sache«, schaltete ich auf stur.

Klaus kramte eine Mappe aus der Ledertasche und breitete Fotos auf dem Tisch aus. Es waren Farbfotos, in die Datumsangaben einkopiert waren.

»Ich verstehe, dass du diese kleine Kampfmaschine schützen willst. Würde ich auch. Aber die wird ein Problem, wie damals in Saigon. Sieh dir das an.«

Es waren Fotos von Ostberliner Grenzübergängen.

Mit Datum, Uhrzeit und wo sie aufgenommen worden waren.

13.30 Uhr Chausseestraße
13.28 Uhr Warschauer Straße
13.30 Uhr Invalidenstraße
13.31 Uhr Heinrich-Heine-Straße
13.34 Uhr Friedrichstraße
13.28 Uhr Glienicker Brücke
13.25 Uhr Bornholmer Straße

Ich verstand langsam und verglich die Fotos mit den Wagen, die abgebildet waren. Alle auf dem Weg in den Westen. Sieben metallicgrüne Mercedes der S-Klasse. Nahezu alle zur gleichen Zeit. Und der von der Chausseestraße war meiner. Das war am abgebrochenen Stern zu erkennen.

»Du erinnerst dich? Dann schau dir mal dieses Foto an.« Klaus schien noch mehr davon in der Mappe zu haben.

Das war auch wieder ich. Auf dem Rückweg über die Bornholmer Straße. Der Mercedes hatte wieder seinen Stern.

»Und nun vergleichst du mal alle Autonummern.« Er deutete auf die Stoßstangen der sieben Fahrzeuge.

»Ausreisen tun sie alle mit völlig identischen Wagen und völlig identischen Nummernschildern. Nämlich mit dem, unter dem du deinen Wagen in Köln gemietet hast. Und mit was kommst du zurück? Mit einem anderen Nummernschild. Die anderen Mercedes sind seither nicht wieder in den Ostteil zurückgekehrt. Nur du Idiot fährst mit einem gestohlenen Wagen hier herum. Also verkauf mich nicht für blöd. Was ist dazwischen passiert?«

»Ich habe einen Anruf bekommen, dass Kleiner Drache in Ostberlin entführt wurde. Was dazwischen passierte, davon habe ich keine Ahnung.«

Du lügst. Und das verdammt schlecht, murmelte mein Selbsterhaltungstrieb. War er enttäuscht von mir oder von sich selbst, dass er mir nicht vorher einen besseren Ratschlag gegeben hatte? Klaus war dabei, mich in die Enge zu treiben. Und das machte er sehr geschickt. Sich auf Kameradschaft berufen. Freundschaft aufbauen. Drohungen fallen lassen. Schutz bieten. Die üblichen Methoden aller, die zwar Macht, aber kein Wissen hatten. Aber die genau dieses Wissen brauchten, um ihre Macht zu manifestieren. Wer war nun stärker? Wer war schwächer? Der unwissende Machthaber oder der wissende Machtlose?

»Ich kann dir nichts dazu sagen. Ich habe Kleiner Drache nicht gefunden. Würdest du jetzt bitte gehen!«

Ich zog mich um. Endlich frische Kleider. Klaus blieb sitzen.

»Sieh dir bitte noch diese Fotos an. Dann bist du mich los.«

Er hatte sich die letzte Foltermethode für den Abgang aufgespart. Es waren nur Polizeifotos. Statisch. Beweisträchtig. Ohne jeden künstlerischen Bezug. Tatortdokumente. Mehr nicht.

Die Leiche eines Fahrers in einem schwarzen Lincoln. Ein weißer Golf mit einem durchlöcherten Fahrer, der kopfunter im Sicherheitsgurt hing.

»Überlege es dir. Hier ist meine Telefonnummer, wenn dir einfällt, wer damals in Saigon der Verräter war. Er ist es heute wieder und macht uns gewaltige Probleme, seit die Mauer offen ist. Und Kleiner Drache muss ihn als einziger Mensch identifizieren können. Vielleicht ist sie wirklich in Gefahr, wie du sagst. Überleg mal lieber, wer von unseren ehemaligen Kollegen es sein könnte. Es muss bei euch im Lager stattgefunden haben. Aber da war ich nicht mehr dabei. Zum Glück.« Klaus packte seine Tasche und drehte sich kurz in der Tür um. »Betrachte dich ab sofort als ständig überwacht. Und danke für den Whiskey und … den Kuchen.«

»Moment«, hielt ich ihn zurück. »Wie kommst du ausgerechnet auf das Lager?«

Klaus schüttelte meine Hand ab. »Denk nach und lass mich dein Ergebnis wissen. Sonst kann ich dich nicht mehr schützen. Denk an die Patronen. Ich verwahre sie so lange, bis du mir beweist, dass sie nur zufällig in den Mercedes gelangt sind.«

Er drehte sich auf dem Treppenabsatz noch einmal um. Die Nachbarin öffnete die Tür.

»Ach so. Das hätte ich fast vergessen. Hier haben wir einen Brief an dich abgefangen. Du solltest die Situation ernst nehmen. Man sieht und hört sich.« Klaus legte das Kuvert auf die Treppe. Dann war er weg.

»Herr Stösser, haben Sie meine Kerze verstanden?« Die Nachbarin sah mich fast verzweifelt an. Ich wog den Brief, der keinen Absender trug, in der Hand.

»Nein. Ich habe den Hinweis noch nicht verstehen können. Schreiben Sie mir bitte einen Leserbrief. Ich nehme ihn morgen gleich mit«, wimmelte ich die Frau ab. Mir war heute nicht nach nachbarschaftlichem Smalltalk. Mir war nur noch nach normalen Menschen. Menschen, für die dieser Wahnsinn, der mich einholte, ganz weit weg war.

»Herr Stösser«, rief mir die Nachbarin nach. »Herr Stösser, wir haben seit gestern einen neuen Hausmeister. Und der ist aus dem Osten. Das gibt mir sehr zu denken ...«

Die Haustür fiel hinter mir ins Schloss. Ich wollte und konnte nichts mehr hören. Hausmeister aus dem Osten! Ein Brief an mich knisterte in meiner Tasche. Überwachung. Kontrolle. Kleiner Drache finden, der wieder irgendwem Ärger machte. Und The-Maria war verschwunden. Klaus hatte die Geschosshülsen mitgenommen. Eine beschissenere Situation konnte ich mir nicht vorstellen. Ich war zu Hause und doch wieder zwanzig Jahre in die Vergangenheit zurückversetzt. Ließ einen das frühere Leben nie in Ruhe? Nein. Alles war unter Erfahrungen in unserem Arbeitsspeicher abgelegt. Es hingen Zettel daran. Gute Erfahrungen. Schlechte Erfahrungen. Wie in einem Archiv. Das Sprichwort, dass die Zeit alle Wunden heilt, musste wohl jemand erfunden haben, der entweder alle Zeit der Welt oder niemals Wunden gehabt hatte.

»Du siehst ganz schön übel aus. Ich glaube, du brauchst ein Steak mit Zwiebeln und Bratkartoffeln«, hatte mich die Stammwirtin empfangen. Sie hatte die Bestellung an ihren Mann gegeben, der hier mehr brutzelte als kochte. Gutbürgerlich. Satt werden war alles.

»Da fragt seit zwei Tagen ein Mann nach dir.« Die Wirtin hatte mir gleich zwei Kölsch hingestellt. Ich stand kurz vor dem Verdursten.

»Wie alt. Wie sieht er aus und was will er?«

Die Wirtin setzte sich neben mich. »Wie alt? Schwer zu schätzen. Er ist bestimmt über siebzig. Und wie er aussieht?« Sie zuckte mit den Schultern. »Wie eben jeder über siebzig aussieht. Und gewollt hat er nichts. Er hat nur ein paar Bier getrunken, gefragt, ob und wo er dich finden kann, und ist dann wieder gegangen.«

Langsam begann Paranoia in mir aufzusteigen. Setzte Klaus Schikowski bereits Rentner ein, um mich zu überwachen?

Der Brief. Nein. Ich würde ihn erst nach dem Steak öffnen. Denn er war schon einmal geöffnet worden. Der Selbstklebeverschluss haftete nicht mehr an allen Stellen. Der Inhalt bestand aus mehr als einem Blatt Papier. Das fühlte ich. Kein Absender. Aber der Stempel des Postamts zeigte noch schwach, dass er in Köln aufgegeben worden war. Vor drei Tagen.

Die erste Seite war von Kleiner Drache handschriftlich verfasst. Der Text war Französisch. Ihre weiche, runde Handschrift kannte ich aus einem Brief, den sie mir kurz vor dem Desaster durch Ali hatte zukommen lassen.

Das zweite Schreiben war in Viet und nur an meiner Unterschrift zu identifizieren. Cholon holte mich ein.

ACHTES KAPITEL

VIETNAM, MÄRZ 1969

Seit Wochen saß ich auf dieser Kampfbasis fest. Abgeschoben unter dem Vorwand, dass man mich nicht anders schützen könne. Oberst Nguen war für mich nicht zu sprechen. Die Amerikaner waren abgezogen. Ich beschäftigte mich intensiv mit der Sprache der neuen Kampftruppen.

Viet war nicht so schwer zu erlernen. Sie benutzten lateinische Schrift. Die meisten Wörter waren einsilbig, Nomen und Adjektive besaßen kein Geschlecht, und Verben wurden nicht konjugiert. Nur ein Problem gab es: die Aussprache. Viet war eine tonale Sprache. Die Zusatzzeichen über den einzelnen Buchstaben bestimmten die Tonhöhe, wie das Wort auszusprechen war. Und da gab es bis zu sechs verschiedene Wortmelodien. Traf man nicht die richtige, dann hatte das Wort eine andere Bedeutung. Und die konnte bis in die Beleidigung abgleiten. Und ich würde immer ein Problem haben. Für meine Bassbariton-Stimmlage war nichts dabei. Ich würde immer beleidigen.

»Siehst wie ein Urlauber auf einem Flugplatz aus.«

Die Stimme kannte ich.

»Schön braun. Wirklich. Ich sehe, du hast dich erholt. Und Viet lernst du auch noch. Sehr vernünftig.«

Ali Ben Ali el Sharif setzte sich auf die Bank vor meiner Onkel Tom-Hütte.

Ich sagte nichts. Ich war wütend, für Wochen von der Außenwelt abgeschnitten worden zu sein. Deswegen war ich nicht hier, um mich in Ermanglung anderer Aktivitäten, die mein Beruf sein sollten, mit dem Lärm einer startenden und landenden Kriegsmaschinerie herumzuschlagen.

»Ich habe eine Botschaft und eine gute Nachricht für dich.« Ali wedelte mit einem Brief und grinste. »Was willst du zuerst, hören oder lesen?«

»Und die schlechte Nachricht?«, knurrte ich. »Keine gute Botschaft ist ohne Schatten.«

Ali schmunzelte und kratzte sich am Kopf. »Für dein Alter bist du ganz schön misstrauisch. Komm. Wir gehen im Kasino etwas essen. Ich lade dich ein.«

Das Kasino war inzwischen von der südvietnamesischen Armee übernommen worden. Amerikaner gab es keine mehr. Bis auf einen. Oliver lächelte. Ali lächelte.

»Scheint ja mal wieder ein besonderer Scheißjob am Himmel zu hängen, dass man mich anfordert.«

Oliver prostete uns zu. Er war inzwischen zum Hauptmann befördert worden, wie seine Schulterklappen auswiesen. Die Viets schnatterten an der Bar und gaben sich mit Reisschnaps die Kante wie vor Wochen noch die Amerikaner mit Whiskey.

Ali gab mir den Umschlag und fiel seufzend in den Sitz.

»Ja, es gibt ein Problem. Und dazu habe ich dich, Oliver, und Brian Eppstein angefordert.« Er machte eine Pause und bestellte Reisfleisch für uns.

»Ich bin eigentlich nicht mehr im Dienst. Nächste Woche geht es ab in die Heimat«, erklärte Oliver und verzog unwillig das Gesicht.

»Aber du bist noch im Dienst. Das reicht«, wies ihn Ali zurecht. »Wir brauchen den besten Piloten. Sonst klappt nicht, was wir vorhaben.«

»Schon wieder so ein illegales Kommando, bei dem die

Überlebenschance nahe null liegt?«, sagte ich mit einem Mund voller Reisfleisch. Huhn mit viel Reis, Gemüse und einer undefinierbaren Sauce. Armeefraß.

»Du kannst dich über den letzten Einsatz nicht beschweren«, erwiderte Ali ungehalten. »Du hast daraus doch Ruhm und Geld gemacht. Den Anschlag im Hotel hast du auch sofort für dich vergoldet. Also halte dich mit blöden Bemerkungen zurück. Ich habe hier das Kommando. Aber wer nicht mitmachen will, der kann es lassen.«

Oliver lehnte sich zurück.

»Was hast du denn für ein Kommando? Du schwebst doch zwischen allen Fronten. Hast zwar den Rang eines Colonels. Aber was für einen? Den der französischen Fremdenlegion? Das ist nur ein Sammelbecken für Verbrecher. Und wir baden das hier aus, was ihr hier versaubeutelt habt. Ihr Araber macht doch nur Probleme. Unter deinem Kommando führe ich nichts ohne einen ordentlichen Befehl aus.«

Alis Kaumuskeln arbeiteten. Oliver hatte recht. Das musste ich zugeben. Ali war nicht einzuschätzen. Auch wenn er ein Kollege war. Nur Oliver war einer der besten Piloten. Auch wenn er Rassist war. Ich war gespannt, wie Ali diese Ablehnung parieren würde.

Er bestellte noch eine Runde in Viet. Seine Kaumuskeln mahlten. Oliver gab keine Ruhe.

»Mich hat man eine Woche vor meinem Heimflug hierherbeordert. Na gut. Das ist mein Job. Aber wer steckt dahinter? Ich will wissen, warum ich jetzt noch Kopf und Kragen riskieren soll.«

»Weil du bei deinem letzten Auftrag Mist gebaut hast.«

Brian Eppstein setzte sich zu uns. Er hatte seine lässige Kleidung als Journalist gegen die eines Colonels der US Army eingetauscht. Ali schmunzelte. Oliver wurde unsicher, ob er nun weiter den aufmüpfigen Hauptmann spielen konnte oder vor dem Ranghöheren salutieren sollte. Und der war schwarzer Hautfarbe.

Brian winkte Olivers Zwiespalt ab. »Bleiben Sie sitzen Hauptmann. Ich habe hier das Kommando mit Colonel Sharif. Sie werden nur fliegen. Dann können Sie nach Hause, wenn Sie uns wieder aufgesammelt haben.«

Das konnte was werden. Zwei Leute von zwei Geheimdiensten planten einen Einsatz.

»Und was soll ich dabei?«, versuchte ich meine Situation zu definieren.

Ali und Brian schienen sich zu verstehen oder hatten sich abgesprochen.

»Wir sind die letzten der Mohikaner. Wenn wir es nicht schaffen, Yato, Wan, Fjodor und Vesuv wieder rauszuhauen, die unser Hauptmann Oliver an den falschen Koordinaten abgesetzt hat, dann haben wir ein Problem.«

Oliver verschränkte die Arme vor der Brust. »Das war nicht mein Fehler. Seit diese Schlitzaugen das Kommando übernommen haben, klappt keine Kommunikation mehr.«

Brian winkte ab. »Dass Journalisten in diesem Krieg abhandenkommen, ist nicht neu. Nur ist diesmal dieser La Troux mit seinem Kamerateam dabei. Und das könnte größte Probleme geben.«

Oliver schwieg. Ich schwieg. Was hatte dieser undurchsichtige Halb-Franzose und Halb-Vietnamese damit zu tun, dass sich zwei Geheimdienstler zu einem Kommando hinreißen ließen und den angeblich besten Piloten der Armee dazu anforderten? La Troux schien mehr als ein Fernsehjournalist zu sein. Meine Kameraden aus dem Hotel waren offensichtlich Nebensache. Der übliche Schwund, wenn jemand nicht zurückkam. Warum hatte man mich so lange auf dieser Kampfstation festgenagelt?

Irgendetwas war faul an der Sache.

Die drei stritten sich weiter über Sinn und Unsinn. Über Strategien und Nichtstrategien. Ich hörte nicht mehr zu und öffnete den Brief.

Er war von Kleiner Drache. Sie hatte eine dünne, feine und runde Handschrift.

Sie hatte ihn in Französisch geschrieben.

»Großer Drache. Ich weiß nicht, wo du bist. Mr. Sharif hat mir versprochen, dir diesen Brief zu geben. In ein paar Tagen muss ich das Hotel verlassen. Ich werde in Cholon arbeiten gehen, solange ich kann. Ich erwarte ein Kind. Töte La Troux. Komm zurück und halte dein Versprechen. Du findest mich ...«

Es folgte die Anschrift eines Bordells.

Ich brauchte einen Moment, um diese Informationen zu verdauen. Kleiner Drache war allein im Hotel. Und das seit Wochen. Sie war in dieser Männergesellschaft nur stark, wenn ein Mann dahinterstand. Das begriff ich erst jetzt. Ihre Kampflust und die Waffen waren auf Dauer gegen die Waffen der anderen Frauen keine Garantie auf unbestimmte Zeit. Ich presste die Lippen zusammen. Den Fluch, den ich am liebsten ausgestoßen hätte, verkniff ich mir. Der Brief hatte kein Datum.

Die drei diskutierten immer noch.

»Wann hat sie dir das gegeben?«

Ali unterbrach die Diskussion. Kratzte sich am Kopf.

»Weiß nicht mehr. Vor ein paar Wochen. Seither ist sie aus dem Hotel verschwunden. Gibt es Probleme? Dann vergiss sie schnell. Sei froh, wenn du diese Kampfmaschine auf diese Weise loswirst.«

Brian räusperte sich.

»Darf ich mal daran erinnern, dass ich meine Frau auch so

wie Peter kennengelernt und einen meiner Söhne in diesem beschissenen Krieg verloren habe? Darf ich mal sehen?«

Er las den Brief und schüttelte den Kopf. Gab ihn an Ali weiter. Der las und grinste.

»Junge, da wirst du aber ein Problem bekommen. Dein Kleiner Drache war auch ein paar Monate mit La Troux zusammen. Wie willst du denn nun beweisen, wessen Kind das ist? Du bist der Letzte in der Kette und wirst zahlen dürfen.«

Brian verzog missmutig das Gesicht. Oliver lachte, Ali schmunzelte und ich war sauer.

»Kinderkram. Das fehlt uns jetzt noch«, knurrte Brian, der missmutig eine Zigarre rauchte. Dabei wollte er dieses Laster aufgeben.

»Können wir mal wieder zum Geschäft kommen?« Ali und Oliver nickten. Ich steckte das Schreiben ein. Lieber wäre es mir gewesen, ich hätte den Mut gehabt, es im Aschenbecher zu verbrennen.

»Oliver. Wann ist deine Truppe einsatzbereit?«

»Morgen Nachmittag habe ich die Hubschrauber hier. Nur, ich sollte wissen, wohin ich euch bringen soll. Das kann mir hier kein Mensch sagen.«

Brian und Ali wechselten einen vielsagenden Blick. Nickten.

»Es geht zum Kloster Senmonorom. Dort sollen Mönche als Geiseln gefangen gehalten werden. Dahin, wohin unsere Kollegen wollten, die du fälschlich 50 Meilen nördlich abgesetzt hast. Also informiere dich bitte dieses Mal vorher.«

Oliver blies die Backen auf und zog die Stirn in Falten.

»Dieses Scheißkloster ist aber auf keiner Karte verzeichnet. Wie, zum Teufel, sollen wir das finden? Den Ort gibt es. Aber nicht das Kloster. Das ist doch wieder ein total schwachsinniger Einsatz.« Oliver ruderte mit den Armen und schob seinen Teller beiseite.

»Wir sind mit den Nordvietnamesen in Waffenstillstandsverhandlungen. Wir können nicht mal so eben nach Kambodscha fliegen. Uns gibt es eigentlich nicht mehr. Was soll dieser Einsatz?«

Brian zog die Augenbrauen hoch und beugte sich vor.

»Junge, ich habe schon einen Weltkrieg hinter mir. Du willst nach Hause. Verstehe ich. Mich hat man wieder von dort geholt. Und du tust deine Pflicht. Ich dulde keine weiteren Fragen. Also. Wann können wir starten?«

Ich lag auf dem Bett. Das Moskitonetz flatterte über mir im Wind des Ventilators. Waffenstillstandsverhandlungen. Das war ein massives Wort. Die Amerikaner gaben auf. Sie gaben die Verteidigung des Bodens an ihre südvietnamesischen Partner ab. Sie schwebten nur noch. Die B-52-Bomber zogen jede Nacht ihre Bahn und hinterließen weit sichtbare Brandspuren. Das war alles, was von den ehemaligen Befreiern zu sehen war. Die Congs hatten gewonnen. Und ich hatte verloren.

Der Brief von Kleiner Drache und die Bemerkung von Ali hatten mir weh getan. Mehr, als ich mir eingestehen wollte. Und ich hatte mich für einen harten Brocken gehalten. Nichts war! Ich weinte wie ein verlassenes Kind in mein durchschwitztes Reistrohkissen. Der Ventilator drehte sich. *Wusch … wusch … wusch.*

»Morgen ist wieder Maskerade angesagt«, hatte Brian befohlen. »Keine Uniformen. Die bekommt ihr von mir. Keinerlei Ausweispapiere. Ihr kriegt Erkennungsmarken. Uhren oder sonstiger Schmuck bleiben hier«, und zu mir gewandt: »Du nimmst nur deine kleine Leica mit. Der restliche Fotokram ist hinderlich und passt nicht zum Einsatz, wenn etwas schiefgehen sollte.«

Ich war kaum eingeschlafen, als es klopfte. Ein südvietnamesischer Offizier stand am Bett und schnatterte auf mich ein. Ich verstand nur so viel, dass ein Anruf im Funkraum auf mich wartete. Ich folgte ihm schlaftrunken so wie ich war. In Unterhose und Schlafshirt. Die Einzigen, die sich freuten, waren die Moskitos, die sich über meine Beine hermachten.

»Ja?«

»Du hast meinen Brief bekommen?«

»Ja. Was soll das mit dem Kind und woher hast du diese Telefonnummer?«

Kleiner Drache atmete schwer. Sie hustete und keuchte.

»Die Telefonnummer habe ich von dem, den ich gerade umgebracht habe. Ein Offizier, der glaubte, mich mit seinen Würgespielen zum Orgasmus zwingen zu können. Nun liegt er auf dem Bett. Hat einen stehen. Aber davon bekommt er nichts mehr mit.« Sie hustete weiter. Verschluckte sich.

»Hör zu. Das Kind ist von dir. Es ist unser Kind. Lass dir von niemand anderem etwas einreden. Die hatte ich schon alle im Bett. Aber du bist der Einzige, der mir etwas versprochen hat. Halte dich daran. Dann sorge ich dafür, dass du überlebst.«

Nun musste ich husten. Dass ich eine nicht durchschaubare weibliche Hilfe im Hotel hatte, darauf hatte mich ausgerechnet La Troux hingewiesen. Damals am Brunnen vor dem Hotel. Seither schienen mich beide zu verfolgen. La Troux und Kleiner Drache. Sie war eine Nutte. Ich hatte es nicht wahrhaben wollen. Aber es war so.

»Und wie willst du mir helfen, wenn etwas schiefgeht?«

Es war ein einfacher Reflex eines Menschen, der nicht wusste, wie es weitergehen sollte. Jemand befahl. Mein Instinkt als Journalist setzte nach. Ob das nun sinnvoll oder sinnlos war? Ich wusste es nicht.

»Sag mir nur, wo du bist und die nächsten Tage sein wirst.

Dann beweise ich dir, dass ich helfen kann.« Sie lachte. Es war ein trockenes Lachen. »Ich beweise dir, dass ich eine Khmer bin. Also, sag schon.«

Wir flogen in das Khmer-Gebiet. Richtung Kloster, das in Kambodscha lag. Aber sagen? Das durfte ich eigentlich nicht. Das konnte unseren Tod bedeuten.

Das Gespräch brach ab. Die Moskitos hatten mich wieder.

Kleiner Drache war im Bordell. So, wie sie es angekündigt hatte. Und dort brachte sie mal so ganz nebenbei Soldaten um, um an Informationen zu kommen. Ich schüttelte den Kopf. Auf was hatte ich mich mit ihr eingelassen? Sie würde für mein Überleben sorgen? War ich in Gefahr? Natürlich war ich hier ständig in einer Gefahr. Aber wie wollte sie das anstellen, wenn es wirklich knapp für mich wurde?

Ich kroch besser wieder unter das Moskitonetz. Brian hatte den Appell auf neun Uhr angesetzt. Er schlief selbst gerne länger. Und Ali? Der schien nach außen gleichberechtigt neben ihm zu sein. Nur Brian war der Wortführer. Und das Kloster in Senmonorom? Da war Kleiner Draches Onkel Gnong Duc Abt. Und der hatte mich beim Wasserpuppenspiel in Chau Doc eingeladen, ihn zu besuchen.

»Vergiss es. Du wirst es noch früh genug erfahren«, mahnte mein Ich zum Schlaf.

Wir hatten neue Kleidung bekommen. Die Hubschrauber sahen auch anders aus als sonst. Wie von Brian angekündigt, hatten alle Ausweispapiere, Schmuck, Uhren und was uns sonst noch lieb und teuer war, im Camp zu bleiben. Jeder von uns bekam das, was man in allen Armeen der Welt »Hundemarke« nannte: ein ovales Blechstück an einer billigen Stahlkette. Eine Blechmarke mit einer Sollbruchstelle. Auf beiden

Hälften waren die gleichen Nummern eingeprägt. Das war unsere einzige Identifikation. Das Stück an der Kette verblieb im Todesfall bei der Leiche. Das andere diente dazu, von irgendwem an irgendwen überbracht zu werden, um irgendeine Liste zu führen. Nummer soundso gilt als getötet. Anbei Marke als Identifikation, würde in der Akte stehen.

»Leute«, hob Oliver an. »Wir sind keine Kampftruppe. Wir sind Sanitäter. Wir können uns auf dem Flug nicht wehren. Der Flug ist mit Pnom Pen abgesprochen. Wie haben eine befristete Genehmigung, nach Kambodscha einzufliegen, Der Flugraum ist auf zwanzig Meilen begrenzt. Also kommen wir nicht ganz ans Kloster heran. Wir bringen Hilfsgüter ins Land. Die Hubschrauber sind ohne Bewaffnung und als Rettungsmaschinen gekennzeichnet. Eine Staffel von Hawks wird uns begleiten. Die ist bewaffnet. Aber nur bis zur Grenze, um die Charlies in Schach zu halten. Wie gesagt. Uns gibt es hier eigentlich nicht mehr. Der Einsatz ist nicht ganz legal. Ich habe ihn dem Roten Kreuz gemeldet. Das ist unsere einzige Legitimation. Aber ...« Er atmete kurz durch und zündete sich eine Zigarette an. Ali, Brian und ich standen wie Schüler in einer Reihe. Oliver hatte das Kommando in der Luft. Da galt kein Colonel am Boden. »Also, sollten wir beschossen werden ...«, fuhr Oliver fort, »dann ist jeder auf sich gestellt, wenn wir notlanden müssen. Da haut euch niemand mehr raus. Haben wir uns verstanden?«

Brian und Ali nickten. Ich nicht. Das war mir etwas zu viel Einsatz auf einmal. Alles, was ich an Waffen hatte, war das Messer, das mir Kleiner Drache gegeben hatte und meine kleine Leica. Mir war mehr als mulmig. Oliver schien in Betracht zu ziehen, dass wir abgeschossen werden konnten, obwohl auf den vier Hubschraubern ein großes rotes Kreuz auf weißem Grund prangte. Warum eigentlich vier Hubschrauber für uns paar Leute?

Oliver sah meinen fragenden Blick. Brian antwortete für ihn. »Ablenkung. Wir müssen deren Abwehr aufsplitten. Daher fliegt jeder von uns in einem anderen Hubschrauber. Wir können uns nicht leisten, dass wir alle zur gleichen Zeit verloren gehen. Also, danke, Hauptmann Oliver. Darf ich jetzt zur Lagebesprechung bitten?«

»Ist das nicht ein Schwachsinn?«, hielt ich Brian zurück. »Wir bringen Hilfsgüter mit Maschinen, die unter dem Roten Kreuz fliegen und wollen gleichzeitig ein paar Kameraden aus irgendetwas raushauen, von dem wir nicht wissen, was und wo es ist?«

Brian schüttelte meine Hand ab. Lehnte sich an einen Baum, der kaum noch Blätter hatte.

»Magst du?« Er hielt mir einen in Stanniol verpackten Kaugummi hin. Ich lehnte ab.

»Na schön. Der Einsatz ist bestens vorbereitet. Aber wirklich nicht ganz normal. Wir müssen La Troux finden. Er weiß einfach zu viel. Wenn ihn jemand foltert und er redet, dann gibt es politische Verwicklungen, die die Friedensverhandlungen in Paris und auf Hawaii massiv beeinträchtigen können.«

Er kaute sein Kaugummi. Stieß sich vom Baum ab. »Du musst nicht mit. Aber du weißt auch zu viel. Der Einsatz, der dich zum ernsthaften Journalisten gemacht hat. Du weißt wovon ich spreche. Also mache keine Probleme. Komm. Wir müssen bei der Lage über die Details sprechen.«

»So. Ich weiß zu viel? So, wie La Troux, für den ihr diesen ganzen Aufwand treibt? Wollt ihr ihn so oder so kaltstellen und mich gleich dazu?«

Brian erzeugte mit seinem Kaugummi ein lautes Schmatzen. Ich rauchte.

»Wir haben einen neuen Präsidenten. Die Windrichtung hat

sich geändert. Aber ich sagte schon, du musst nicht mit, wenn du lieber hier im Lager bleiben willst und darauf hoffst, dass deine Zeitung dich irgendwann hier rausholt. Das ist deine Entscheidung.«

Wenn meine Zeitung mich hier rausholte? Brian wusste genau, dass das Interesse der Zeitung nie weiter reichen würde als bis zum nächsten erfolgreichen Einsatz, mit dem der Verlag Geld verdienen konnte. Verschenken taten nur wir Idioten etwas. Minimal unsere Gesundheit. Maximal unser Leben. Ich trottete ihm hinterher. Sonst kam ich womöglich vor Kriegsende, egal, wie das aussehen würde, nicht mehr zu einem Auftrag.

Der Einsatz war wirklich bestens vorbereitet. Die Propellermaschinen schirmten uns ab. Sie griffen alles an, was uns aus den Wäldern beschoss.

Den Helm mit dem Roten Kreuz hatte ich auf dem Kopf. Von unten wurde ich durch Holzkisten geschützt, die mit der Aufschrift »Medical Care« als medizinische Hilfsgüter gekennzeichnet waren.

»Wir überfliegen jetzt die Grenze«, übertönte der Pilot den Lärm. Ich sah keine Grenze. Verdorrte oder verbrannte Bäume, die wie um Hilfe bittende Gespenster ihre Äste in den Himmel reckten.

»In fünfzehn Minuten sind wir am Zielpunkt.« Die Propellermaschinen drehten ab.

Soldaten der kambodschanischen Garde hatten uns im Empfang genommen. Die Ladungen der Maschinen auf zwei LKWs verladen. Die Hubschrauber folgten ihrem Zeitplan. »In vier Tagen sind wir wieder hier«, hatte Oliver gesagt.

Nun rumpelten wir seit Stunden auf der Ladefläche der Wagen durch ein grünes Gestrüpp. Das Gelände war weglos. Ali und ich klammerten uns an die Bordwand. Brian hatte den vorausfahrenden LKW genommen. Vier bewaffnete Jeeps eskortierten uns. Bis hierher schien die Organisation wirklich perfekt vorbereitet zu sein. Doch irgendetwas stimmte nicht. Wenn die Kisten zu unseren Füßen Medikamente enthielten, waren sicher auch Ampullen dabei. Und die waren aus Glas. Die konnten verpackt sein, wie sie wollten. Das Gerumpel und Gehoppel des Wagens konnten sie nicht überstehen. Dazu klapperte es aus einer Kiste metallisch.

»Wir transportieren doch nicht nur Medikamente?«, weckte ich Ali, dem die Stöße des Fahrgestells wohl den Trab eines Kamels vorgaukelten. Und Araber konnten im Galopp schlafen.

»Woher soll ich das wissen? Das hat Brian organisiert. Er ist der Chef hier. Du solltest nicht so viel fragen. Schlaf lieber auch.«

Ali zog sich den Helm in die Stirn und schlief weiter. Wie konnte man in der Situation nur schlafen? Mein Puls klopfte bis zum Hals. Ich klammerte mich am Dach des Fahrerhauses fest. Duckte mich, wenn Äste über den Wagen peitschten und am Heck wieder in Warteposition schwangen. Der Wald war dichter, dunkler und schwüler geworden. Brian auf dem vorausrumpelnden LKW schien sich auch hingelegt zu haben. Ich sah ihn nicht mehr. Bald würde es dunkel werden. Mit meinem Messer öffnete ich eine der Kisten. Meine Angst war größer, als die Neugier. Aber beide zusammen brachten mich um, wenn ich nicht eine von beiden besiegte oder befriedigte.

»Das hättest du besser nicht wissen sollen«, knurrte Ali, schob sich den Helm in den Nacken. Rieb sich die Augen und zündete sich eine Zigarette an. Ich schob den Deckel in seine Position zurück und drückte mit der Klinge die Nägel zurück an ihre Positionen.

»Das nennt ihr Hilfsgüter?«, fragte ich und ließ mich neben ihm nieder.

Ali nickte schwach. »Muss ich dir das jetzt erklären? Du würdest es ohnehin nicht verstehen.«

»Und wenn ich es verstehen will?«, begehrte ich auf.

»Dann kapierst du es dennoch nicht. Ich begreife es selbst nicht. Aber es ist so. Befehl ist Befehl.«

Ali rauchte weiter und zog die Knie an die Brust. Blies den Qualm in den Innenraum des Wagens. Die Äste strichen immer lauter über das Wagendach. Es wurde enger. Der LKW stoppte. Die Jeeps stoppten. Befehle ertönten.

»Nachtlager ist angesagt«, murmelte Ali und sprang vom Wagen.

Es konnte kein Feuer angezündet werden. Das würde uns verraten. Wir aßen Corned Beef aus Dosen, die wir im schwachen Schein eines Sturmfeuerzeugs mit dem Messer öffneten und dann aus dem Behälter schabten. Es schmeckte widerlich.

»Warum deklariert ihr Waffen als medizinische Hilfsgüter?«, versuchte ich von Brian eine Antwort zu bekommen.

»Junge, du nervst«, versuchte Ali die Frage abzuwimmeln.

»Und, warum nehmt ihr mich dann überhaupt mit, wenn ihr wisst, dass es mein Job als Journalist ist, zu nerven?«, kläffte ich zurück.

»Weil das ein Politikum ist«, grunzte Brian. Er hatte keine Lust zu einem Gespräch.

»Wir sind *auch* Journalisten«, grummelte Ali. Die Betonung hatte er auf den Zusatz gelegt. Er rollte sich auf dem feuchten, modrigen Boden zusammen und schlief sofort ein. Er schien es als ehemaliger Legionär gewohnt zu sein, in jeder Lage zu schlafen.

»Deine Frage ist berechtigt«, flüsterte Brian. »Aber wir sind nicht befugt, sie dir zu beantworten.« Er zündete uns zwei Zigaretten in der hohlen Hand an, damit die Glut kein sichtbares Licht abgab. So rauchten wir auch. Hinter vorgehaltener Hand.

»Trink das.«

In der Dunkelheit tastete ich nach seiner Hand. Mit seiner Hautfarbe war er perfekt im nächtlichen Dschungel getarnt. Es war eine Feldflasche. Ich roch daran. Whiskey.

»Die politische Situation hier ist so verfranst«, erklärte er im Flüsterton, »dass es keine andere Möglichkeit mehr gibt, sich zurückzuziehen und den Boden so mit Guerillagruppen zu verminen, dass die USA nicht das Gesicht verlieren und die sich gegenseitig so lange abschlachten, bis keiner mehr Lust auf den Kommunismus hat. Daher schleppen wir Waffen für die mit, die uns an das Kloster heranbringen sollen.«

Wir tranken und rauchten. Der Urwald erwachte zu seinem nächtlichen Konzert. Diese Nacht hörte es sich wie ein kanonischer Gesang an. Schwer, düster, aber gleichmäßig.

»Wir müssen unter allen Umständen die außer Landes bringen, mit denen uns die Congs erpressen können.«

»Oder sie mundtot machen«, fügte ich hinzu.

Brian sagte nichts dazu. Ob er nickte, war nicht zu erkennen. Sein Atem verfiel in einen langsamen, flachen Rhythmus. Er schlief im Sitzen. Ich war mit der Feldflasche allein. Von den Soldaten bei den Fahrzeugen drang leises Gemurmel herüber.

»Mit Guerillaeinheiten verminen. Die USA hinterlassen menschliche Minen.«

Damit schlief ich ein.

»Du scheinst gut geschlafen zu haben?« Brian und Ali grinsten. Ich schlug auf mich ein. Tanzte wie bei einem Beschwörungstanz von Zulus.

Brian hielt die Feldflasche nach unten. Sie war leer.

»Wenn man sich mit einem halben Liter Whiskey neben ein Waldameisennest zum Schlafen legt ...«

»... der braucht sich nicht zu wundern«, vollendete Ali den Satz und krümmte sich vor Lachen.

Mir war nicht danach. Ich klopfte mich hektisch ab. Jede Ameise, die sich irgendwo in meinen Kleidern verkrochen hatte, quittierte ihren Tod mit einem Biss.

»Können wir endlich? Wir müssen weiter.«

»Wo sind die Jeeps?«

Ali half mir auf die Ladefläche. »Sind schon vor Stunden voraus gefahren, um die Strecke zu sichern.«

Einige Kisten waren leer. Waffen hatten die paar Soldaten nun genug. Mir war nach einer Dusche und neuen Kleidern. Es juckte. Meine Haut blühte an jeder zugänglichen Stelle.

Ali riss im Vorbeifahren Blätter von bestimmten Bäumen.

»Kau sie und dann legst du sie auf die entzündeten Stellen. Sie lindern den Juckreiz und desinfizieren sofort.«

Meinen Fluch quittierte er mit einem breiten Grinsen. »Bist eben ein Greenhorn. Nur durch Erfahrung wird man klug.«

Die Blätter schmeckten mit meinem Speichel vermischt wie Galle. Aber die Paste auf der von Ameisen geschundenen Haut wirkte sofort.

Ali ging den Bestand der verbliebenen Kisten durch. Öffnete die geschlossenen mit seinem Messer.

»Sie haben nicht mehr mitgenommen, als sie tragen konnten. Nimm das ...« Er lud eine automatische Waffe und warf sie mir zu. Selbst setzte er mit wenigen Griffen ein Maschinengewehr zusammen, führte einen Patronengurt, den er aus einer anderen Kiste genommen hatte, in das Schloss ein und verriegelte es.

»Was wird das, wenn es fertig ist?« Hilflos wendete ich die Kalaschnikow in den Händen.

Ali verdrehte die Augen. »Jetzt sag bloß, du kannst mit so einem Ding nicht umgehen?«

Können würde ich das schon. Das hatte ich inzwischen oft genug gesehen. »Wozu sollte ich damit umgehen? Ich bin Journalist. Fotograf. Und kein Kämpfer.« Angewidert legte ich das Blechding auf den stampfenden und rüttelnden Boden der Ladefläche.

Ali verlor kurz das Gleichgewicht. Strauchelte. Fing sich auf dem Deckel einer der Kisten. Er sah aus, als sitze er auf seinem eigenen Sarg.

»Sag mal, kapierst du nicht, was hier läuft?« Ich schüttelte den Kopf. Ali hatte sich den MG-Gurt wie eine messingfarbene Schlange um den Hals gewunden. Die Waffe hatte er quer über die Oberschenkel gelegt.

»Bist du so blöd, oder tust du nur so? Aus euch Deutschen bin ich ohnehin noch nie schlau geworden.« Er zündete uns zwei Zigaretten an. Gab mir eine. »Die Jeeps hatten einen vereinbarten Vorsprung von maximal vier Stunden. Dann sollte wenigstens einer auf uns warten, damit die Funkgeräte nicht benutzt werden müssen. Und? Wie viele Stunden sind wir nun unterwegs?«

Ohne Uhr hatte ich kein Zeitgefühl.

»Da stimmt was nicht«, quittierte Ali meinen fragenden Blick. »Die Jeeps haben sich selbst in die Büsche geschlagen. Da fährt keiner mehr voraus. Und Brian ist so verbohrt, dass er nur noch eines sieht ... sich an La Troux zu rächen, von dem er glaubt, dass er seinen Sohn auf dem Gewissen hat.«

»Warum unterbindest du das nicht? Du bist doch auch Colonel?« Die Frage war unpassend. Das fiel mir im selben

Moment ein. Brian war CIA und Ali der französische Geheimdienst. Beide waren Kämpfer mit höchster militärischer Erfahrung. Aber Brian war der Höherrangige. Vom Alter, der Erfahrung und dem Stellenwert der Geheimdienste her. Mir war mulmig. Irgendwo waren mir menschliche Anhaltspunkte abhandengekommen. Punkte, an denen ich noch den Sinn meines Einsatzes festmachen konnte. Nur rein, dokumentieren und möglichst unbeschadet wieder rauskommen, schien hier nicht möglich zu sein.

Jemand benutze mich. Aber wozu?

»Warum bin ich hier?«

Ali schmunzelte auf seiner Kiste und versuchte das Gleichgewicht zu halten.

»Woher soll ich das wissen? Frag Brian oder La Troux oder den nächsten vorbeikommenden Baum. Einer wird es schon wissen. Nur, ob er es dir vor dem dir zugedachten Ziel sagen wird ... das bezweifle ich.«

Er nahm meine Kalaschnikow und feuerte einen Schuss ab.

Der LKW mit Brian hielt.

»Spinnst du jetzt komplett?« Brian schwang sich auf die Ladefläche. »Wer hat hier den Schuss abgegeben?«

»Ist das wichtig? Anders bist du in deinem Wahn nicht mehr zu stoppen. Wo sind die Jeeps?«

Ali nahm Brian mit einem schnellen Griff das Messer aus dem Gürtel. Brian konnte nicht reagieren. Ein Schlag an die Halsschlagader. Brian fiel wie mit einer Axt gefällt auf mich. Sein Kopf sank in meinen Schoß. Ein Colonel schlug den anderen K.o.

»Sorry«, entschuldigte sich Ali nur kurz und sprang vom LKW. »Ihr fahrt jetzt besser den gleichen Weg zurück. Ich nehme den vorderen Wagen. Ihr müsst nur eure eigene Spur zurückfolgen. Dann seid ihr in genau der vorgegeben Zeit bei den Helikoptern, die euch in die Zivilisation zurückbringen. Brian weiß schon, wie das geht. Viel Glück.«

Er zerrte den Fahrer hinter dem Lenkrad weg und drehte sich kurz um.

»Tut mir leid. Sag das bitte Brian. Aber diese Art der Kriegführung kann nur schiefgehen. Er soll das besser den Jüngeren überlassen. Auch die CIA macht ihn nicht jünger. Nur verbohrter.«

Brian war schwer. Er stank wie ich nach Schweiß. Jeder Faden klebte an unseren Körpern und hatte sich längst von der trockenen Originalfarbe in ein Schlammschwarz verwandelt. Er hatte mehr graue Haare, als ich bisher wahrgenommen hatte. Was machte ich jetzt mit einem schwarzen, stinkenden Colonel, Weltkrieg-II-Veteran, der mein Vater sein konnte? Er war gegen den jüngeren Ali nicht mehr schnell genug gewesen. Ich zog die Beine auseinander und ließ Brians Kopf auf die Planken fallen. Hoffentlich hatte dieser alte Mann noch genug Erfahrung, um mich Greenhorn richtig eingeplant zu haben. Denn eine andere Chance hier herauszukommen sah ich nicht.

»Schnell ist Ali ja.« Brian rieb sich den schmerzenden Punkt. Er saß auf der Kiste mit den Maschinengewehren. »Für diese Art der Kriegführung bin ich langsam zu alt. Trotzdem ... er ist ein Idiot. Wir sind hier nicht in der Wüste und auch nicht mehr in dem Krieg, den die Franzosen schon verloren haben. Er ist hier völlig fehl am Platz. Er begreift die Mentalität der Viets nicht. Oder will es nicht. Hast du mal eine Zigarette oder was Ähnliches?«

Brian entlud die Kalaschnikow, die zu meinen Füßen lag. und legte sie an ihren Platz zurück.

»Wir sind keine Kampftruppe. Wir sind Journalisten im sanitären Auftrag. Hilf mir die Kisten wieder zuzumachen. Die gehen uns nichts an. Dann werfen wir sie in den Wald.«

»Wie bitte?« Ich sah in wohl sehr entgeistert an. »Warum schleppen wir sie dann überhaupt hierher, wenn wir sie jetzt wegwerfen?«

Brian holte Luft und wischte sich den Schweiß aus dem Kragen.

»Weil diese Idioten die Ladung falsch verstaut haben. Die Waffen unter den Medikamenten. Nun sind leider die Waffen oben. Also transportieren wir jetzt nur noch Medikamente. Los. Pack an. Pech für die Empfänger. Aber wir beiden wollen doch mal wieder nach Hause. Oder nicht?«

Es war bestimmt schon eine Stunde vergangen. Wir hatten eine Tonne Kriegsgerät, die mühsam für irgendeinen kriegerischen Schwachsinn herangeschafft worden war, der Natur übergeben.

»Lass mich fahren.« Mit diesen Worten hatte Brian mich nach drei vergeblichen Versuchen, den LKW einen Schritt zu bewegen, vom Lenkrad verdrängt.

»Die Karre hat schon den zweiten Weltkrieg mitgemacht. Ist ein Wunder, dass solch ein Schrott noch läuft. Ich kenne mich damit aus. Sind zwei Getriebe. Damit muss man sich auskennen.«

Die singenden Getriebe hatten uns weiter vorwärts getrieben, hinter Ali her. Dass er diesen Weg gefahren war, entging selbst mir nicht. Die Spur war eng. Abgerissene Äste, umgeknickte Sträucher.

»Wo sind die Soldaten mit den Jeeps?«

Brian zuckte mit den Schultern.

»Was weiß ich? Wahrscheinlich desertiert oder zu den Viets übergelaufen. In diesem Teil der Welt sieht jeder nur noch zu, dass er seine Haut retten kann. Ohne unsere Hubschrauber und Luftwaffe ist jeder Freund der Staaten nur ein kriechender Wurm im Urwald. Aber es ist nicht mehr zu ändern. Befehl von oben. Ein letzter Auftrag. Und dann ist endlich Ruhe für mich.«

Endlich Ruhe für ihn? An diesem Mann strahlte alles Ruhe aus und stand völlig gegen die Aussagen von Ali, dass er nur unterwegs war, um sich an La Troux für den Tod seines Sohnes zu rächen. Ich schwieg lieber. Obwohl mir die Klärung der Frage auf der Seele brannte.

Tropfen klopften auf die verschmutzte Frontscheibe. Brian versuchte durch die Baumwipfel einen Blick auf den Himmel zu finden.

»Scheiße«, knurrte er. »Der Monsun setzt dieses Jahr sehr früh ein. Wir können uns auf einiges gefasst machen.«

Die Tropfen wurden zahlreicher. Die Baumkronen hielten viel ab. Noch. Aber nicht mehr lange. Dann schlug die Wucht der Wassermassen durch. Die Scheibenwischer bewegten sich zu müde, um uns noch eine Sicht zu ermöglichen. Es trommelte auf das Führerhaus. Brian schaltete den Motor aus.

»Hat momentan keinen Sinn weiterzufahren. Bald haben wir nur noch Schlammlöcher, die wir nicht sehen. Halte die Helme raus. Wir brauchen Trinkwasser. In einer halben Stunde hol ich uns etwas zu essen.«

Etwas zu essen holen. Er sagte das so, als wolle er mal eben an einen Kiosk, der hier im Urwald herumstand.

»Wir haben doch die Dosen.«, erinnerten ich und mein Magen sich an dieses eingemachte Fleisch.

»Haben wir nicht. Die sind auf dem Wagen, den Ali fährt«, murmelte Brian. »Und merke dir: In der Wüste verdurstest du.

Im Urwald nicht. Aber im Urwald verhungerst du, wenn du nicht weißt, was du essen und nicht essen kannst. Also muss ich warten, bis der Boden aufgeweicht ist. Dann gibt es reichlich Nahrung.«

Die Fenster beschlugen. Wir rauchten. Der Regen trommelte weiter auf das Blech ein.

»Könnte so weit sein. Ich gehe Futter sammeln und du lässt die Helme vollllaufen. Bin gleich zurück.« Er startete den Motor und grinste. »Nicht ausmachen. Den brauchen wir zum Essen.«

Wie zur Hölle sollte ich die beiden Helme voll Regenwasser bekommen? Sie einfach aus dem Fenster zu halten war auch nicht die Lösung. Wohin sollte ich dann mit den kugeligen Gefäßen, ohne dass sie auf die Seite rollten und ihren Inhalt wieder von sich gaben? Es half nichts. Ich musste auch in den Regen hinaus. Die Sicht betrug keine fünf Meter. Die Sintflut hatte nicht schlimmer sein können. Mit Wucht rammte ich die Helme in den aufgeweichten Boden und verkroch mich wieder im Führerhaus. Das Wasser quoll mir aus den Stiefeln. Die Stoffreste waren eins mit meinem Körper geworden. Sie klebten wie warmes Wachs an mir. Wie und was gedachte Brian da draußen zu finden? Schlangen? Mich schüttelte es bei dem Gedanken. Der Markt von Chau Doc und Kleiner Draches Schnellimbiss kamen mir hoch.

»Halt mal.« Brian reichte mir sein Unterhemd. Es war voll mit etwas, das noch lebte. Mit dem nackten Oberkörper, auf dem die Wassertropfen abprallten, sah er wie ein Urwaldmensch aus. Weiße Augäpfel. Weißes Gebiss. Muskulös.

»Jetzt hältst du mal einen Helm. Unsere Mahlzeit muss erst einmal gebadet werden. Dreck fressen müssen wir ja wirklich noch nicht.«

Er leerte den Inhalt des Hemdes in den Helm. Lieber würde ich noch eine Woche hungern, bevor ich das aß.

Es wimmelte und krabbelte. Würmer, Raupen, Käfer und was sonst noch herumkroch. Brian schwenkte den Helm. Goss alles in das Unterhemd zurück und wiederholte den Vorgang im nächsten Helm.

»So, jetzt dürfte das Essen sauber sein.« Er hielt das Bündel in den Regen. Stapfte mit quietschenden Stiefeln um den Wagen herum. Öffnete die Motorhaube, die an jeder Seite nur mit einem Spannverschluss fixiert wurde. Ich folgte. Nasser konnte ich nicht werden.

Brian hielt das Hemd mit Inhalt kurz auf den Auspuffkrümmer. Es zischte. Drehte das Bündel noch einmal. Die gleiche Prozedur. Es zischte wieder.

»Magst du es medium oder durch?«

Was würde er sagen, wenn ich lieber ganz verzichtete? Wieder Greenhorn?

»Durch«, schluckte ich einen Würgereiz hinunter. Brian nickte. Hielt das Bündel ein paar Sekunden in den Regen und wiederholte die Prozedur.

»Darf ich zum Essen bitten? Wie unser Greenhorn wünscht. Der Urwald einmal durch. Sollte Salz fehlen, einfach den eigenen Schweiß dazugeben. Dann ist es perfekt gewürzt.«

Er füllte die gedünstete Masse zu gleichen Teilen in die Helme und aß mit den Fingern.

»Mmmmh. Ist mir gut gelungen.« Er nickte zufrieden und stopfte sich das Ergebnis seiner Auspuffkochkunst in den Mund. »Die Schärfe darin geben die Feuerraupen ab. Ist eine vietnamesische Nationalkost, die du als Chips im Hotel bekommst. Nur sind sie da getrocknet. Aber diese Mahlzeit reicht proteinmäßig für zwei Tage. Das bekommst du aus Pflanzen nie heraus. Also iss endlich. Blödes Greenhorn.«

Er murmelte noch etwas wie: Was schickt man heute nur für Idioten als Reporter? Das kann ja nichts werden …

Ich aß. Es schmeckte sogar, wenn man den Originalzustand

nicht kannte. Ich versuchte mir das in Öl gebraten mit Gemüsereis vorzustellen. Eine scharfe Sauce war nicht nötig. Für den Geschmack sorgten die Feuerraupen. Eine Hand voll in den Mund stecken. Nicht einzeln kauen. Dann wurde jedes einzelne Gewürm zu einem Würgereiz. Wie zerkochte Spaghetti. Alles zwischen Zunge und Gaumen zerdrücken. Einspeicheln und schlucken.

Irgendwann später.

Brian hatte sein Unterhemd im Regen ausgewaschen und es nass angezogen.

»Noch nasser geht nicht«, hatte er meinen fragenden Blick beantwortet. »Außerdem, unsere Haut ist wärmer als der Regen. Verdunstungskälte bringt Kühlung auf die Haut.«

»Und warum stehen wir hier noch herum?«, meckerte ich. Seine besserwisserische Art ging mir auf die Nerven. »Sollen wir noch eine Nacht hier verbringen und zum Frühstück gibt es dann wieder gedünsteten Urwald?«

Brian beugte sich über das Lenkrad und verschränkte die Arme darüber. Er blähte die Backen auf und blies die Luft wie ein blubbernder Fisch aus. Der Regen ließ nach. Die Sicht wurde besser.

»Warum fährst du nicht? Alis Vorsprung wird immer größer. Weißt du überhaupt, wohin wir wollen? Ich mache das jedenfalls nicht länger mit. Sonst fahre ich.«

Brian legte den Kopf auf die Arme und sah mich an. Zog die Stirn in Falten.

»So ein Hitzkopf war ich auch einmal. Ist aber schon lange her.« Er sah in den Wald, als erwartete er von den triefenden Blättern eine Antwort, und schüttelte den Kopf. »Ich habe ein schlechtes Gefühl. Ein sehr schlechtes Gefühl.«

Minuten vergingen. Worauf wartete er? Es gab für uns keinen Weg zurück. Den LKW auf diesem matschigen Weg zu wenden und die Rückfahrt anzutreten, wie Ali es empfohlen hatte, war sinnlos. Wir würden uns hilflos festfahren. Brian blickte weiter in den Wald.

»Wartest du auf eine Eingebung deiner Voodoo-Vorfahren oder bist du nur zu feige?«

Brian blieb, wie er war. Über das Lenkrad gebeugt.

»Es ist das Vorrecht der Jugend, Mist zu machen und Mist zu reden. Aber du bist kein Jugendlicher mehr. Du willst Kriegsreporter sein. Aber du bist es noch lange nicht. Du bildest es dir nur ein.«

Er zündete sich eine Zigarette an und spielte mit den Kaumuskeln. Blies den Rauch in die Natur.

»Dass man dir deinen Arsch zerschossen hat, war deine eigene Dummheit. Reiner Lernprozess. Dass du mit deinem Artikel über das Massaker Erfolg hattest, hast du mir zu verdanken. Also glaube ja nicht, dass du jetzt der große Profi bist, nur weil du gelernt hast, wie man hier von Ungeziefer überlebt. Nein. Noch lange nicht. Du musst noch durch eine harte Schule gehen. Und nenne mich nie wieder Feigling ...«

Alles, was ich noch mitbekam, war ein Arm, der mich traf. Dann wurde mir schwarz vor Augen.

Ich hatte von Kleiner Drache geträumt. Etwas schüttelte mich von einem Baum.

»Wach werden. Dies ist kein Taxi.« Die Stimme verdrängte meine Träume und übernahm das zurückkehrende Bewusstsein. Mein Kopf schmerzte. Brians Ellenbogen hatte mich genau an dem Punkt getroffen, der jeden Boxer auf die Bretter schickte.

»Ich sehe nichts.« War ich blind geworden? Um mich war alles weiß mit vereinzelten dunklen Punkten.

»Ich auch nicht«, knurrte Brian. »Das ist der Nebel, der sich manchmal nach Unwettern auch im Urwald bildet. Also steig aus und gehe in Sichtweite vor dem Wagen her. Und lauf ein wenig schneller. Sonst hängen wir die, die du meine Voodoo-Geister genannt hast, nicht ab. Los. Mach schon.«

»Was soll das denn heißen?«, versuchte ich einen Protest. Ich hatte wenig Lust, als Pfadfinder vor dem röhrenden und im Schlamm schlingernden LKW herzulaufen. »Uns folgt jemand? Seit wann?«

Brian nickte. »Schon eine ganze Weile. Ich kann nur hoffen, dass es Einheimische sind. Also gib Gas. Im Dauerlauf, wenn ich bitten darf. Dann kann ich in den nächsten Gang schalten und wir können sie abhängen. Vielleicht ...«, setzte er murmelnd hinzu.

Und ich lief. Die Luft im Urwald war mit der in einer Sauna nach einem Aufguss vergleichbar. Mein Kopf schmerzte. Die Stiefel schmatzten durch knöcheltiefe Pfützen. Die Lungen pfiffen. Atmeten heißen Nebel ein und Kohlenmonoxid aus.

Hinter mir röhrte der Motor. Brian fuhr so dicht auf, dass er mich bei einem Sturz unweigerlich überrollen musste.

Denk an deine Zeit, als du noch Hochleistungssportler warst, versuchte ich mich zu motivieren. Ich war nie schnell gewesen. Für die kurzen Distanzen war ich zu behäbig. Meine Distanz waren die zehntausend Meter. Darin hatte ich es sogar einmal zur Landesmeisterschaft gebracht. Aber die wurden nicht in einer Sauna mitten im Sumpf gelaufen.

Brian schaltete in den dritten Gang von welchem Getriebe auch immer. Der Nebel wollte nicht nachlassen. Der LKW dröhnte hinter mir. Der heiße Atem des Motors erzeugte Spukerscheinungen in meinem Gehirn. Ich malte mir aus, von einem Drachen verfolgt zu werden.

»Stopp. Verdammt noch mal, halt an.« Ich gestikulierte wild mit den Armen. Brian bremste und rutschte auf mich zu.

»So eine Scheiße.« Er umrundete die Grube, in der Alis LKW über die Vorderachse eingebrochen war. Hier war kein Durchkommen mehr. Die Ladefläche war leer. Waffen und Medikamente waren weg. Zwei Tonnen Waffen und Medikamente. Einfach so. Im Urwald verschwunden.

»Sagte ich nicht was von einer bösen Vorahnung?« Brian schwitzte und rieb sich das Kinn. Sah sich um. Es war nichts zu sehen. Keine zwanzig Meter Sicht. Geräusche verschluckte dieses wabernde weiße Nichts.

In der Grube lagen zwei Körper. Auf Pfählen aufgespießt. Sie trugen kambodschanische Uniform. Es waren unsere beiden LKW-Fahrer.

»Diese Fallgrube ist typisch für den Vietcong. Wegesbreite. Zwei Meter tief und mit Dutzenden von angespitzten Bambusstäben gespickt. Dass die so tief in Kambodscha operieren, hat keiner von uns geahnt. Oder?« Brian schob das Kinn vor und kratzte sich am Kopf. »Oder es gibt wirklich einen Verräter unter uns, der mit den Vietcong zusammenarbeitet. Anders kann ich mir nicht erklären, dass sie uns ausgerechnet hier abfangen. Auf so einem Dschungelpfad, den nur die Kambodschaner kennen und gelegentlich nutzen.«

»Und jetzt? Wo ist Ali?«

Brian zuckte mit den Schultern. »Woher soll ich das wissen? Vielleicht schützt ihn das Rote Kreuz und sie haben ihn nur mitgenommen. Vielleicht auch nicht. Nur die beiden sind bestimmt nicht freiwillig in die Grube gesprungen. Hol ihre Erkennungsmarken raus. Ich kümmere mich darum, wie wir den LKW hier wegbekommen.«

Das Zeichen der Roten Kreuzes und uns schützen? Wie sollte das gehen? Die, die uns eine Falle gestellt hatten, erkannten doch anhand der gestohlenen Ladung, dass wir unter falscher Flagge fuhren. Das sah nicht gut aus, stellte ich widerwillig fest. Wir saßen in einer Falle. Ali ... vielleicht war er mit seiner Ausbildung entkommen. Vielleicht auch nicht. So perfekt konnte niemand sein, jemandem zu entkommen, der solch eine Falle baute, die sich nicht in wenigen Stunden von Hand ausheben ließ. Das war vorbereitet. Und der Fallensteller erhoffte sich Beute. Wer immer sie waren, sie beobachteten uns. Ihre Beute.

Es dauerte eine Weile, bis ich an die Hundemarken der beiden Fahrer herangekommen war. Durch jeden Körper waren drei angespitzte Bambuspfähle gedrungen. Sie lagen mit der Brust nach unten. Ich zerriss die Ketten um ihre Hälse. Mehr konnte ich nicht tun, ohne selbst in diese Falle zu stürzen. Noch länger dauerte es, bis Brian den abgesackten LKW aus der Grube befreit hatte. Da halfen auch zwei Getriebe und vier angetriebene Räder wenig. Sie drehten im aufgeweichten Untergrund alle zur gleichen Zeit durch. Ich legte jeweils einen Knüppeldamm aus herumliegenden Ästen, damit die Mechanik wenigstens für ein paar Meter Griff hatte. Dafür bekam ich den aufspritzenden Schlamm ab. Ich sah in Kleidung aus wie Brian nackt. Schlammschwarz.

»Und jetzt. Wie soll es weitergehen?«, keuchte ich außer Atem.

Brian drückte mir eine Axt in die Hand und nahm sich die vom vorderen LKW.

»Wir werden zu Holzhackern. Wir müssen nur die Bäume links und rechts der Grube so fällen, dass sie genau darüberfallen. Das dürfte halten, um einen LKW darüber hinwegzulenken. Dann schieben wir den vorderen in den Wald und können wenigstens mit unserer Ladung das Ziel erreichen. Anders geht es nicht.«

Er machte sich sofort an die Arbeit. Ich wog unschlüssig die Axt in der Hand.

»Was ist? Du schlägst auf der anderen Seite. Mach zu.«

Ich zögerte und sah seinen Hieben auf einen Stamm zu. Er richtete sich auf.

»Jetzt sage mir nur nicht, dass du noch nie einen Baum gefällt hast.«

Doch, ich hatte schon einen Baum gefällt. Sogar mehr als einen, aber ...

»Würdest du dich bitte mal umsehen«, zischte ich. »Ich glaube, wir bekommen Hilfe.«

Brian ließ die Axt fallen. Ich auch. Es war besser so. Sechs Maschinenwaffen zeigten auf uns. Dahinter waren sechs schwarz gekleidete kleine Männer mit den typischen Reisstrohhüten der Mekong-Bewohner.

Brian hob die Hände über den Kopf. Ich folgte seinem Beispiel. Verschränkte die Arme über dem Kopf. Mir war nicht wohl. Lebten die Würmer in meinem Magen noch? Mein Brechreiz ließ es befürchten.

»Sag jetzt keinen Ton, bevor ich nicht weiß, ob das Congs oder Khmer sind«, zischte Brian mit halbgeöffneten Lippen.

»Sie haben M16 und keine Kalaschnikows.«

»Eben. Sie haben die Ladung des LKWs erbeutet. Vielleicht sind sie nur Räuber. Mit denen lässt sich verhandeln.«

Es ließ sich *nicht* mit den kleinen Männern verhandeln. Brian fluchte.

»So eine verdammte Scheiße. Das sind Vietcong. Wer ist dieser verfluchte Kerl, der uns verraten hat?«

Das waren seine letzten Worte. Ein Gewehrkolben in die Magengrube fällte ihn wie einen Baum.

Stunden später.

Aus den sechs Vietcong waren schnell dreißig geworden. Wie aus dem Nichts hatten sie eine vorgefertigte Brücke aus zusammengebundenen Bambusrohren unter dem Laub hervorgezaubert und die LKWs über den Graben gefahren. Ihn sorgsam wieder abgedeckt. Die beiden Leichen hatten sie auf den Pfählen stecken lassen.

Brian keuchte und hielt sich den Magen.

»Die haben mir eine Rippe gebrochen.«

Unsere persönlichen Gegenstände waren in ihren Taschen verschwunden. Unsere Feuerzeuge, meine Leica und Zigaretten, die unsere Bewacher jetzt rauchten.

Wie saßen an der Rückwand des ersten LKWs. Acht M16-Mündungen zielten auf uns. Wir rumpelten durch den Urwald. Das Wetter hatte sich gebessert. Die Soldaten redeten und redeten. Sie sprachen über ihre Familien. So viel verstand ich inzwischen von der Sprache. Aber die Mündungen blieben auf uns gerichtet.

Wenigsten war die Sonne wieder durch die Baumkronen zu sehen. Brian pflückte sich Blätter aus den über den Wagen streichenden Ästen, kaute und schluckte sie.

»Was siehst du mich so blöd an? Ich bin ein Nigger aus den Slums und habe früh lernen müssen, wie man Schmerzen kostenlos lindert. Diese Blätter sind ein reines Rauschmittel. Antibiotikum, wenn du so willst. Schmerzstillend. Solltest dich mal damit befassen.« Er atmete schwer und hustete schmerzverzerrt. »Was glaubst du, warum diese Kindersoldaten, die uns hier in Schach halten, so mutig sind? Die kennen ihre Vegetation. Die wissen, was gegen Angst und Schmerzen hilft. Hast du schon mal erlebt, was mit einem Vietcong beim Verhör passiert?«

Nein, das hatte ich nicht. Und legte auch keinen Wert drauf.

»Die verrecken dir unter den Fingern. Als hätte es sie nie gegeben.« Brian atmete immer rasselnder. Blut lief über seine Lippen. Die gebrochene Rippe hatte seine Lunge verletzt.

»Von denen ist keiner über fünfzehn Jahre alt«, fuhr er fort. »Kindersoldaten. Brutal und rücksichtslos gegen sich und ihre Umwelt. Wer achtzehn ist, befehligt schon ein Heer von einigen tausend Kindern. Die kommen aus den ärmsten Verhältnissen. Gib ihnen was zu fressen und eine Waffe, dann toben die ihre ganze Pubertät an ihren verfluchten Versagern von Eltern aus.« Er gähnte. »Nur, sie haben alle keine Eltern mehr. Wir sind ihr Ziel. Wir Eindringlinge … kann, muss man das verstehen?«

Brian lehnte den Kopf an die rüttelnde Bordwand.

»Es ist wie überall auf der Welt. Eltern Versager, Kinder Versager. Eine bessere Brut für eine Revolution findest du nicht. Dagegen hilft keine Atombombe, kein Kommunismus, und letztendlich auch kein Kapitalismus. Die Religionen kannst du sowieso vergessen. Also, was hilft noch gegen diesen Schwachsinn?«

Er rutschte auf die Ladefläche. Die Kindersoldaten lachten über den großen schwarzen Mann, der sich vor Schmerzen zu ihren Füßen krümmte, dann einschlief.

Brian schnarchte. Presste sich die Hand auf die schmerzende Stelle und wimmerte.

Die Kindersoldaten – etwas anderes waren sie für mich nun auch nicht mehr – pflückten sich Blätter von den Bäumen und taten es so wie Brian. Sie wurden immer aufgedrehter. Entleerten ihre Magazine in die Luft und diskutierten durcheinander. Strauchelten wie betrunkene Seeleute, die gerade ihre Heuer versoffen hatten und vom Wirt auf die Straße gesetzt worden waren. Mir war nicht wohl.

Einer der Kindersoldaten wankte auf mich zu und drückte mir die Mündung der M16 an den Hals.

»Du verstehst unsere Sprache?«

»Kohng.« Nein.

Es war ein Reflex auf Viet zu antworten. Und ein Fehler, der sofortige Folgen hatte. Der Kolben der M16 traf mich an der Schulter. Ich unterschätzte diese Kinder. Sie lachten.

»Du verstehst uns sehr gut. Sonst hättest du nicht antworten können.«

Der junge Mann ging neben mir in die Hocke. Entlud seinen Trommelrevolver und steckte eine Patrone in die Kammer zurück. Drehte sie und hielt sie mir hin.

»Wir haben gewettet«, grinste er mit schweißnassem Gesicht.

»Einer von uns dreien wird jetzt sterben.« Die anderen lachten und klatschten Beifall.

»Wie heißt du?«, fragte ich, indem ich versuchte eine Eskalation zu vermeiden.

Der Junge lachte. »Du verstehst uns also doch. Aber das ändert nichts am Spiel.« Wieder Beifall von seinen Kollegen.

Ich nahm den Revolver. Er war schwer und warm.

»Wie sind die Regeln?«

»Ich bin Wau aus Hanoi. Freiheitskämpfer und Sohn eines Arztes, den eure Bomber mitsamt dem Krankenhaus dem Boden gleichgemacht haben. Können wir spielen?«

Spielen? Diese Kinder wollten spielen?

»Um was wollen wir spielen?« Alle lachten. Sie hatten mich überführt, dass ich ihre Sprache verstand und leidlich sprach.

»Um unser Leben. Eine Patrone ist jetzt in der Trommel. Und ich habe zehn Dong gewettet, dass bei der ersten Runde jeder von uns …«, er deutete auf sich, mich und den röchelnden Brian, »am Leben bleibt.«

Ich wog den Revolver in der Hand. Ein Schuss war darin.

»Vergiss, was du gerade denkst. Du kannst auf mich schießen …« Wau nahm mir die Pistole ab und drehte die Trommel neu. »Meine Kollegen legen dich sofort um. Also, was ist? Dein schwarzer Kollege stirbt in spätestens einer Stunde. Spielen wir darum, ob wir uns gegenseitig erschießen können. Oder ...«

Er rief seine Kollegen auf, den Einsatz zu verdoppeln. Brian war der Jackpot und wer ihn erschießen durfte. Erschießen konnte, wenn er das russische Roulette überlebte.

Scheine wechselten den Besitzer. Der LKW rumpelte weiter über die schlammige Piste. Das war keine gute Plattform für eine tödliche Wette.

»Können wir?« Wau setzte sich den Revolver an die Schläfe. Es klickte nur. Diese Kammer der Trommel war leer.

»Du bist dran. Dann gibst du ihn an deinen Freund weiter.«

Wieder wechselten Scheine die Besitzer. Wie hoch die Wetten auf uns inzwischen standen, wollte ich nicht wissen.

Wir waren wahnsinnig. Warum taten wir das? Ich steckte den Lauf in den Mund und nahm ihn wieder raus.

»Wau. Wie alt bist du?«

Wau hatte das Kinn auf die Mündung der M16 gestützt.

»Hilft dir das, wenn du stirbst? Ich bin zwanzig und Kompanieführer.« Die anderen lachten. »Was ist? Schieß endlich. Oder bist du ein Feigling? Solche Menschen mag ich nicht. Dann erledige ich dich lieber selbst. Los mach schon. Sonst verliere ich viel Geld.«

Die Mündung des Gewehrs drückte sich in meinen Nacken. Ich schob den Revolver wieder in den Mund. Mir war schon alles egal. Drückte ab. Es machte nur »Klick«. Auch diese Kammer war leer.

Wie viel Liter Flüssigkeit speicherte der menschliche Körper? Ich wusste es nicht. Aber ein Monsunregen konnte nicht mehr auf meiner Haut hinterlassen, als ich ausschwitzte. Und es hörte nicht auf. Ich hatte Angst. Nackte Angst. Das Bedürfnis den Revolver auf diesen Vietcong abzufeuern. Ich brauchte nur vier Mal abzudrücken. Dann würde ihn die einzige Kugel treffen, die diese Waffe enthielt. Ich ließ sie sinken. Es war sinnlos. Die Wettkameraden lauerten geradezu darauf, dass ich einen Fehler machte. Dann hatten sie ihren Einsatz womöglich vervielfacht.

Ich gab die Waffe an Brian weiter, der halbwegs bei Bewusstsein war. Er hustete und wischte sich das Blut aus dem Gesicht. Besah sich seine Hände und nickte.

»Meinen Sohn habe ich hier verloren. Nun bin ich dran. Mein Sohn braucht mich. Er ruft aus dem Jenseits. Seht ihr? Das ist unser gemeinsames Blut.«

Brian nahm den Revolver und meine Hand. »Greenhorn, versprich mir, dass du dich um meine Familie kümmerst. Sag ihnen, dass ich meine Pflicht als Soldat erfüllt habe. Als Vater habe ich versagt.«

Er schob sich die Waffe auch in den Mund und drückte ohne zu zögern ab.

»Klick«.

Die Kammer war auch leer. Brian sank erschöpft auf die Ladefläche. »Er will mich noch nicht. Dann kann es um ihn ja nicht so schlecht stehen.«

Waus Kollegen diskutierten heftig. Sie wollten ein neues Spiel. Wieder wechselten Geldscheine den Besitzer.

Wau fing auch an zu schwitzen. Er gab dem Druck seiner Kollegen nach. Lud die Waffe neu. Dieses Mal mit zwei Kugeln. Ließ die Trommel laufen.

Das Spiel war für einen von uns nicht zu gewinnen.

Wau wog den Revolver in der Hand und lächelte.

»Dieses Mal geht es nur um euch beide. Dein Freund wird die Fahrt nicht überleben. Und wenn du die falsche Kammer in der Waffe erwischt, du auch nicht.«

Geld wechselte die Besitzer. Wau drückte mir die Pistole in die Hand.

Brian hatte sich aufgerichtet. Er spuckte Blut.

»Du fängst mit mir an«, lallte er mit schwerer Zunge. Egal wohin diese Fahrt ging, er würde keine Stunde mehr überleben.

»Ich werde dieses Spiel beenden. Aber nicht, wie diese Bastarde sich das vorstellen. Du wirst mich erschießen. Los, die Waffe her!«

Wau war überrascht. Die Einsätze verdoppelten sich.

Brian reicht mir den Revolver. Nickte kurz und legte sich wieder hin. »Schieß einfach hinter mein Ohr. Durch diese Congs will ich nicht sterben. Selbst will ich mich nicht umbringen. Das wäre Verrat an meiner Ehre. Dann soll mich ein ehemaliger Feind umbringen. Ihr habt es in der Normandie nicht geschafft, dann macht es jetzt. Los schieß. Oder muss ich dich jetzt einen Feigling nennen?«

Drei Tage später.

Die Vietcong waren zu Salzsäulen erstarrt. Ich hatte Brian erschossen. Wau hatte mir die Waffe abgenommen und wieder geladen.

»Aus welchem Land kommst du?«

»Deutschland.«

Wau nickte nur. »Auch ein zweigeteiltes Land. Dann verstehst du uns.«

Brian hatte ein ordentliches Grab bekommen. Seine Hundemarke hatte ich an mich genommen. Dann waren wir weitergefahren. Niemand sprach mehr mit mir. Ich aß Corned Beef. Die Restbestände unserer weißen Zivilisation, die ich nun für mich allein hatte. Die Viets verabscheuten diesen Fraß. Sie wussten, oder ahnten zumindest, warum. Ich bekam Durchfall.

Der wieder einsetzende Monsunregen bewahrte mich vor

der Selbstbeschmutzung. Die Kindersoldaten taten mir fast leid. Sie bemühten sich, die LKWs nicht im Morast versinken zu lassen. Und ich thronte auf der Ladefläche.

Die Orientierung hatte ich verloren. Das Wasser verhinderte jede Ortsbestimmung. Wie spät es war, konnte ich nur anhand des spärlichen Tageslichts erahnen. Wohin wir fuhren? Ich hatte keine Ahnung. Meine Fragen wurden nicht beantwortet.

Wau schien irgendetwas von seiner Autorität eingebüßt zu haben. Hätte er Brian erschießen sollen, und diese Kids nahmen ihm das übel, dass ich, ein Gefangener, das getan hatte?

»Ach nein. Schaut mal, wer da kommt. Unseren Starreporter hat man auch eingefangen.«

Fjodor wischte sich die schmutzigen Hände an seiner noch schmutzigeren Hose ab. Vesuv hob müde den Arm. Ronald von der *Daily Mail* zog nur kurz die Stirn hoch und sagte »Hi«.

»Bist du auch auf diesen blöden Trick mit diesem Kloster hereingefallen? Komm, setz dich und erzähl.«

Der Russe zog mich unter eine Zeltplane. Sie half gegen den Regen. Gegen den Schlamm, der sich darunter breitmachte, war sie sinnlos.

Es war warm. Die Luftfeuchtigkeit hoch und kam in prasselndem Regen von oben. Ich sah mich um. Viel gab es nicht zu sehen. Bäume, Bäume und Sträucher. Und ein menschliches Produkt. Stacheldrahtrollen. Dies war ein Lager mitten im kambodschanischen Urwald. Außerhalb des Zauns ein paar Strohhütten. Bewaffnete Gestalten, die sich mehr durch ihre übergroßen Strohhüte als durch Wachsamkeit auszeichneten. Stacheldraht. Wozu brauchten sie auch mehr? Wer wollte von hier fliehen? Wohin auch? Ich wusste nicht, wo ich war und die anderen sicher auch nicht. Die Natur war unsere wirkliche Gefangenschaft. Der Zaun nur ein Symbol mit bösen kleinen Pocken.

»Wir bauen Gulags«, knurrte Fjodor. »Die rollen einfach Draht aus und hängen Minen hinein. Das war es. So einfach kann Krieg sein.« Er deutete auf einen Punkt.

»Siehst du das?«

Ein paar Stofffetzen hingen in einer Rolle. Mehr konnte ich nicht erkennen.

Fjodor nickte. »Das war unser japanischer Freund Yato. Er wollte nicht glauben, dass die Minen scharf sind. Seither kriegen wir nur noch Reis zu fressen.«

»Kannst du mal dein Maul halten?«, knurrte Vesuv. »Ich habe Hunger. Verrat mir lieber, wo Ali und Brian sind. War es nicht Ali, der uns auf das Kloster verrückt gemacht hat?«

»Eine Falle. Es war eine Falle«, murmelte Ronald. »Jemand hat uns verraten. Und noch jemand will, dass wir Journalisten hier unseren Lebensabend verbringen. Oder seht ihr noch jemanden außer uns? Wo ist der Chinese von der *Hongkong Times*? Wo ist dieser dubiose La Troux mit seinem Team? Da steckt doch System dahinter.«

Ja. Irgendein System steckte wirklich dahinter. Aber welches? Es war Ali gewesen, der das Kloster für Journalisten als begehrenswerten Ort ins Gespräch gebracht hatte. Sowohl er als auch Brian waren auf der Suche nach einem Verräter in den eigenen Reihen gewesen. Auch wenn Ali seither verschwunden war ... ich verwarf die weiteren Gedanken.

»Ich tippe auf Ali«, murmelte Fjodor. »Diesen Arabern traue ich noch weniger als den Charlies.«

»Es ist La Troux«, grunzte Ronald. »Franzosen haben noch nie was getaugt. Schon gar nicht die, die aus den Kolonien kommen.«

»Nix da«, echauffierte sich Vesuv. »Das ist dieser stinkige

Nigger Brian ... Eppstein, oder wie der heißt. Ist auch egal. Ein schwarzer Affe eben. Von denen ist nichts Gutes zu erwarten. He, Starreporter, warst du nicht mit dem verbandelt? Du hast doch das Zimmer von seinem Sohn übernommen. Wo steckt der Kerl? Pflückt er gerade Kokosnüsse über uns?«

No. 80261220 stand jeweils spiegelverkehrt auf der Blechmarke.

»Da hast du deinen Kokosnuss pflückenden Affen.« Ich warf Vesuv Brians Marke vor die dreckigen Füße und ging das Lager inspizieren. Besser der warme Regen als diese rassistischen Verdrehungen meiner Kollegen. Sie suchten einen Schuldigen für ihre Situation. Ich auch, wenn ich ehrlich war. Musste mir aber gleich eingestehen, dass ich selbst schuld war.

Ich schritt das eingezäunte Terrain ab. Es waren vielleicht fünfzig mal fünfzig Meter. Ronald hatte recht. Für ein paar Journalisten machten sich die Vietcong nicht eine solche Mühe, hier Tonnen von Stacheldraht und Minen heranzukarren. Dazu brauchten sie LKWs. Unsere und die der Kambodschaner. Waffen und Medikamente. Einhundertzwanzig Minen zählte ich.

Eine fiel mir besonders auf. Sie hatte einen gelben Farbflecken und war die Nummer einundneunzig in meiner Zählfolge.

»Rauchst du noch?«

Ich sah von Mine einundneunzig hoch. Auf der anderen Seite des Zauns stand ein kleiner dürrer Mensch in einer viel zu großen, schlotternden, schwarzen Hose. Mit einem viel zu großen Strohhut und einer viel zu großen Kalaschnikow.

»Kamikaze? Was, zum Teufel, machst du hier?«

Der junge Mann kniff nur kurz die Lippen zusammen.

»Ich bin Soldat und werde mein Land befreien.« Er fuchtelte mit der Waffe. Ich trat vom Zaun zurück und hob die Hände. »Schon gut. Ich breche nicht aus. Ich will nur wissen, warum ich hier bin.«

Kamikaze warf mir Zigaretten und ein Feuerzeug über den Zaun. Es war mein Feuerzeug.

»Das weiß ich nicht. Nur, dass du einen Fehler gemacht hast. Du hast für die Degradierung von Wau gesorgt, indem du den wichtigsten Mann erschossen hast, den meine Soldaten haben wollten. Mehr kann ich dir nicht sagen. Ich bin hier Soldat und diene mich in der Partei hoch.« Er wandte sich zum Gehen.

»Willst du denn nicht wissen, wie es deiner Schwester geht?« Irgendwie musste ich den kleinen Mann festhalten. Es war nur eine Idee. Aber er musste zum Reden gebracht werden. Kamikaze war meine einzige Verbindung zur Außenwelt. Auch wenn sie nur aus Vegetation bestand. Aber wir, ich hatte Bedürfnisse. Körperliche – und wenn es nur darum ging, wo wir unseren Stuhlgang hinterlassen konnten – und informative. So sinnlos kam mir das Lager nicht vor. Die Lage in Kambodscha, einem nahezu neutralen Staat, und die martialische Aufmachung mit Sprengkörpern verfolgten einen bestimmten Zweck.

Kamikaze kam zurück. Ich setzte mich auf den schlammigen Boden. Tastete ihn ab. Die Feuchtigkeit war gut. Der Regen hatte alles Essbare aus seinen überfluteten Löchern getrieben. So, wie Brian es mir gezeigt hatte. Würmer und andere Proteine, die einen Fuß breit unter uns ihr Leben fristeten, drangen an die Oberfläche. Ich musste sie nur einsammeln.

»Wie geht es meiner Schwester? Sie soll Leute von uns umgebracht haben.« Der kleine Mann schob den Strohhut in den Nacken. Ging auf der anderen Seite des Zauns in die Hocke und stütze sich mit der Kalaschnikow ab. Er trug keine Schuhe.

Ich nickte. »Ja, diese Leute haben versucht, mich umzubringen. Deine Schwester hat mir das Leben gerettet. Was hast du damit zu tun? Woher weißt du das?«

Kamikaze knabberte an den Fingernägeln der freien Hand. Sie waren fast noch schmutziger als seine Füße. Seine Mutter hätte das nicht zugelassen.

»Ich weiß nichts. Ich bin noch zu jung, damit die mir etwas sagen«, murmelte er. »Ich bin als Wache eingeteilt. Mehr nicht.«

Er stemmte sich am Gewehr hoch und setzte den Hut wieder auf.

»Morgen um die gleiche Zeit habe ich wieder Dienst. Mal sehen, ob ich dir noch Zigaretten besorgen kann.«

Ein Kind mit einer Waffe verschwand zwischen den Hütten außerhalb des Lagers. Es wurde dunkel und Zeit, dass ich das Geziefer einsammelte. Das »Un-« davor hatte dieses kriechende und wimmelnde Getier für mich als Nahrungsmittel verloren. Es war essbar.

Vesuv, Ronald und Fjodor sahen mir angewidert zu.

Meine Beute wusch ich kurz in einer Pfütze aus, nahm sie zwischen zwei dünne Äste, so wie Asiaten aßen, hielt sie kurz über die Flamme meines Feuerzeugs bis sie knisterten und schluckte sie ohne zu kauen.

»Das kann ja wohl nicht wahr sein, dass du das isst«, stöhnte Vesuv.

»Jetzt hätte ich gerne einen doppelten Scotch.« Ronald verdrehte die Augen und rollte sich in die trockenere Ecke unserer Überdachung aus einer Armeeplane.

Fjodor hatte mir zugesehen und nichts gesagt. Er nickte nur. Ich verteilte Zigaretten.

»Du bist bestens für einen Ausbruch vorbereitet«, murmelte der Russe. »Du weißt, wie man sich aus dem Boden ernährt und bekommst sofort Zigaretten von einer Wache. Ich habe euch beobachtet. Ich mache sofort mit.«

Nächster Tag. Gleiche Zeit. Die Mine mit dem freundlich lächelnden gelben Punkt.

Kamikaze hatte sich gewaschen. Er warf mir eine Schachtel Zigaretten zu. Eine Marke, die nur die Amerikaner rauchten.

»Ihr habt Gefangene gemacht?« Eine düstere Ahnung stieg in mir auf. Kamikaze nickte und forderte mich unmissverständlich auf, nicht stehen zu bleiben, sondern ihn auf seinem Rundgang zu begleiten. Ich hier. Er draußen.

»Meine Vorgesetzten werden misstrauisch, wenn ich nur mit dir spreche. Ja. Es sollen einige Dutzend neue Leute kommen. Das Lager wird erweitert. Morgen bekommt ihr Baumaterial. Ihr werdet es errichten. Dann kommt ihr nicht auf dumme Gedanken ... sagt mein Vorgesetzter.«

Ich trabte innerhalb des Stacheldrahts neben ihm her. Fjodor beobachte uns. Vesuv versuchte sich an meiner Methode etwas Essbares zu produzieren. Bald würde mein Feuerzeug leer sein. Dann mussten wir das Geziefer roh essen.

»Kamikaze. Ich muss hier raus«, versuchte ich eine andere Methode. Er war noch ein Kind. Vielleicht fiel er darauf herein. Die Waffe war seine einzige Erfahrung und Stärke. »Deine Schwester bekommt ein Kind von mir. Du wirst Onkel. Ich kann sie nicht allein lassen.«

Kamikaze hielt in seinem Rundgang inne. Lud die Waffe durch.

»So. Meine Schwester bekommt ein Kind von dir.« Einen Moment war er unschlüssig. Nahm das Magazin heraus und überprüfte den Ladezustand. Rastete es wieder ein.

»Dann ersetzt meine Schwester ihr Wasserpuppenspiel durch eine neue Puppe?«

Kamikaze feuerte das Magazin in die Bäume. Andere bewaffnete Kindersoldaten kamen angelaufen.

»Der bekommt die nächsten Tage nichts zu essen«, herrschte er seine Kameraden an. »Ich mache Meldung.«

Von nun an gingen gleich zwei Bewacher Streife um den Stacheldrahtzaun. Und die machten nicht den geringsten Eindruck, dass man sich mit ihnen unterhalten konnte.

Zu spät. Viel zu spät, tobte es in mir. Kamikaze hatte sich dem Widerstand angeschlossen, weil er von seinem Vater in der Familientradition des Wasserpuppenspiels nie ernst genommen worden war. Seine Schwester war ihm vorgezogen worden. Schlimmeres konnte einem jungen Viet nicht passieren. Er war in den Reisfeldern der Mann und Ernährer. Knochenarbeit von Sonnenaufgang bis zum Sonnenuntergang. Aber in der künstlerischen Tradition des Clans war er ein Versager. Ein Nichts. Ein Schandfleck, der sich geweigert hatte, diese seit Jahrhunderten in der Familie gewachsene Tradition als nächstes Glied in der Kette weiterzuführen. Meine gekauften Wasserbüffel hatten ihn von allen Verpflichtungen als Mitglied der Familie befreit. Die Vietcong hatten ihm, einem Kind, das Selbstbewusstsein gegeben, das ihm die Familie versagt hatte.

Eine Kalaschnikow gegen einen geschnitzten Drachen.

»Kann es sein, dass du irgendwie Scheiße gebaut hast?«, grollte Fjodor.

»Nein. Wir bauen ab morgen Toiletten. Mehr war nicht rauszuholen«, wehrte ich ab.

»Na, prächtig«, maulte Ronald. »Hochbezahlte Journalisten der Weltpresse bauen Toiletten. Wo bin ich hier nur gelandet?«

»Ist doch klasse«, schimpfte Vesuv, der immer noch mit Würmern über der Flamme kämpfte. Er versuchte sie einfach nur zu versengen, aber nicht zu rösten. »Dann kommen alle Fliegen der Welt, legen ihre Eier hinein und nach wenigen Stunden haben wir Maden ohne Ende und unser Starreporter aus Deutschland macht hier eine Garküche mit dem Zeug auf. Oder ist es nicht so?«

»Du musst den Wurm erst in der Mitte töten. Nicht am Ende.«

Ich nahm ihm das glühende Feuerzeug ab und ließ es in einer Pfütze abkühlen. Vielleicht reichte das Benzin noch für die Packung Lucky Strike. Sonst mussten wir Kette rauchen.

»Und wo ist bei so einem Vieh vorne und hinten?«

»Mensch, bist du blöd«, fauchte Fjodor. »Warst wohl noch nie angeln? Kein Wunder, dass man dich in die ehemalige Strafkolonie Neuseeland geschickt hat. Wo es kackt, ist hinten.«

»Das kann er nicht wissen«, schaltete sich Ronald ein. »Bei ihm kommt das alles vorne raus.«

Wir rauchten und schwiegen. Hingen unseren Gedanken nach.

Fjodor hatte die Armeeplane von den beiden Stöcken genommen und so umgedreht, dass wir uns in die trockene Unterseite einrollen konnten. So waren wir vor dem Matsch von unten und den Attacken der Moskitos halbwegs geschützt.

Hier lagen wir, wie die Sardinen in einer Konservendose. Eine Pelle für alle. Ein widerliches Gefühl. Vier Männer schliefen in einem fremden Land unter einer fremden Plane unter einem noch ferneren Himmel.

Fjodor hatte sich sofort neben mich in die Plane gewickelt. Ich konnte so nicht schlafen. Einen Moment lauschte ich den Geräuschen des schlafenden Dschungels. Sie waren laut wie jede Nacht. Am Tag übertönten unsere Gedanken den Lärm der Natur. Wenn wir schlafen wollten, übernahmen sie die Kulisse. Eine furchterregende Kulisse. Es quiekte, schrie, kreischte und flatterte.

Ein Arm tastete mich ab. Ich versuchte ihn loszuwerden. Das fehlte mir noch, dass der Russe schwul war. Er fuhr an meinen Beinen entlang. Meine Versuche ihn loszuwerden unterdrückte der Arm mit Gewalt. Er drückte meine Hoden. Es schmerzte. Ein Ruck. Dann ließ der Arm los.

»Wenn du jetzt nur einen Laut von dir gibst, bringe ich dich um«, flüsterte Fjodor. Die anderen schnarchten. Ich blieb ruhig liegen und schwitzte.

»Woher hast du die Uniform?« Fjodor biss mir ins Ohr.

Ich wusste es nicht, woher gerade diese Uniform kam, die ich trug. Wozu sollte ich mir Gedanken machen, was ich gerade anzog? Es musste zum Einsatz passen. Mehr nicht.

»Keine Ahnung. Ich ziehe das an, was auf dem Bett liegt.«

Fjodor biss fester zu. Ich schrie. Vesuv und Ronald wurden wach.

»Spinnt ihr jetzt komplett oder gibt es was zum Essen?«

Vesuv richtete sich auf. Der Himmel war sternenklar. Morgen würde es keinen Regen geben und das Geziefer wieder in seinen Löchern verschwinden.

»Nein«, grunzte Fjodor. »Ich habe gerade den Verräter entlarvt, der uns diesen Mist eingebrockt hat.« Er wedelte mit der Hand. Was er darin hielt, war kaum zu erkennen. Im schwachen Mondlicht sah es wie ein langer Bindfaden aus.

Ronald hob leicht den Kopf und griff danach. »Na schön. Und was beweist das? Unser Germane hat eben eine Nahkampfhose an. Die tragen so etwas in den Hosennähten herum. Ist doch eine schöne Waffe im Nahkampf. Eine dünne Drahtschlinge in der Hose. Damit kann man Bäume fällen … oder Kehlen durchschneiden. Möchte wissen, ob die Russen das nicht auch in ihren Hosennähten haben. Peter … kannst ja mal Fjodor abtasten. Der hat so etwas bestimmt auch bei sich. Musst nur an diesen nutzlosen Knöpfen an den Seitentaschen ziehen. Dann ist dieses Mordwerkzeug aus der Hosennaht. Fjodor hat einige nutzlose Knöpfe …« Er gähnte. »Jetzt will ich schlafen. Hatte gerade so einen schönen Traum mit meiner Verlobten. Hoffentlich hat sie auf mich gewartet … das muss ich jetzt sofort weiterträumen. Also haltet die Schnauze.« Er drehte sich um und nahm Vesuv in den Arm. Schnarchte sofort wieder.

Fjodor knurrte etwas auf Russisch. Ich verstand es nicht. Es klang nicht freundlich.

Hier konnte ich nicht bleiben. Ich brauchte einen anderen Schlafplatz. Sechs Laubbäume standen innerhalb des Lagers. Alle weit genug von den minenbewehrten Zäunen. Aber dicht genug, um Luftbildaufnahmen zu verhindern. Dafür würden sie auch die Sonneneinstrahlung filtern. Es hatte alles Vor- und Nachteile. Wenn es trocken wurde, hatte ich ein Problem, noch Nahrung zu finden. Aber ich fühlte mich inzwischen von jeder Repressalie befreit. Ich konnte mich selbst ernähren mit dem, was der Boden hergab. Brian hatte mich mehr gelehrt als eine ganze Generation von Lehrern. Ich war frei. Eingesperrt, aber frei. In dieser Welt zählte nur fressen und gefressen werden. Wer Ekel hatte, verlor sein Spiel.

Müde, aber zufrieden mit mir, lehnte ich mich an den größten Baum. Hier war es weniger nass, und ich rauchte. Jetzt noch eine Flasche Whiskey, und ich wäre der glücklichste Mensch der Erde.

Ich sah auf die Uhr, die ich nicht mehr trug, und lächelte. Reine Gewohnheit. Ich war jetzt zeitlos und noch im Besitz von zehn Zigaretten. Wie lange dauerte es, eine davon zu rauchen? Fünf Minuten, zehn oder gar nur zwei? Wo war ich hier und warum? Meine Gehirnhälften wimmelten ab. Diese Frage wollte die eine nicht beantworten. Die andere konnte es nicht.

»Dann nicht. Verschieben wir es bis morgen«, murmelte ich.

»Hast du noch eine Zigarette für mich?«

Ich war gerade eingeschlafen. Schreckte hoch.

»Was zum Teufel willst du jetzt hier? Ich denke, du bist die Wärmflasche für Ronald.«

Vesuv lehnte sich in der Hocke an den Baumstamm und seufzte. Ich gab ihm eine Zigarette.

»Als Journalisten verfolgen wir alle ein Ziel. Die Berichterstattung. Aber als Gefangene passen wir nicht zusammen. Das gibt mir zu denken. Da sind wir, was wir eigentlich sind, Hyänen, die dem Kollegen nichts gönnen.«

»War das jetzt die Predigt zum Sonntag?«, knurrte ich zurück. Von Moralpredigten hatte ich die Schnauze voll.

»Du bist noch nicht lange dabei«, fuhr Vesuv fort. »Du hast deinen Kollegen Schikowski abgelöst. Der Typ war nicht ausgebrannt. Der stand nur kurz davor, hier erledigt zu werden. Sein Rauschgift hat er im Diplomatengepäck nach Europa geschickt. Dabei hat ihm Fjodor geholfen, der das alles über Moskau nach Ostberlin weitergeleitet hat.«

Meine Gehirnhälften schlossen sich doch noch einmal zu einer kurzfristigen Zusammenarbeit zusammen.

»Und, was hilft uns das Wissen hier?«

Vesuv murmelte etwas auf Italienisch.

»Fjodor ist ein Kommunist. Die Vietcong werden von Moskau und nicht, wie man auf Grund der Grenznähe vermuten könnte, von China unterstützt. Wir sind hier in einem kommunistischen Umerziehungslager. Warte ab, bis die einen Dolmetscher gefunden haben, der dich in die Zange nimmt. Wir haben das schon hinter uns.«

In die Zange nehmen. Das war ein Ausdruck, der mich an die Foltermethoden des Mittelalters erinnerten.

»Und was hat man mit euch gemacht?«

Vesuv schüttelte den Kopf. »Nur, wenn ich noch eine Zigarette bekomme.«

Jetzt waren es nur noch sechs Glimmstängel. Das Benzin im Feuerzeug würde für keinen Wurm mehr reichen.

»Sie wollen wissen, was die Amerikaner als Spione und Berater hinterlassen, wenn sie abziehen.«

»Mehr nicht? Woher sollen wir Journalisten das wissen?«

Vesuv machte einen tiefen Atemzug und knirschte mit den Zähnen.

»Weil sie uns für die Spione halten. Brian ist tot. Ali wird gesucht, genauso wie La Troux. Dieses Kloster war eine Falle, um alle dorthinzulocken, die über irgendwelche Informationskanäle verfügen. Wir Rindviecher sind darauf hereingefallen. Man brauchte uns nur einzusammeln. Und ... du bist mit einer von diesen Kollaborateurinnen, wie sie das nennen, liiert. Das hat Fjodor denen gesteckt. Mach dich auf etwas gefasst.«

Vesuv versuchte seinen nassen Hosenboden zu säubern. Er fluchte.

»Kaum ist man aus den Windeln, hat man wieder einen Job, der Windeln erfordert. Wenn ich nach Hause komme, suche ich mir einen Platz in der Redaktion. Da kriegt mich niemand mehr von einem trockenen Stuhl hoch.«

»Moment mal«, sagte ich und bot ihm noch eine Zigarette an. »Wenn ich dich richtig verstehe, wurde Fjodor als Spion für die Kommunisten auf uns angesetzt.«

Vesuv zuckte mit den Schultern. »Finde es selbst heraus. Das sind nur meine Vermutungen. Warte dein Verhör ab. Dann entscheide selbst, wer hier was ist. Kommunist ist nicht gleich Kommunist. Es gibt Kommunisten, Sozialkommunisten, Bolschewiken, Stalinisten, Maoisten, Ho-Chi-Minhisten. Kurz, genauso viele wie Religionen. Ich halte mich da raus. Ich will hier nur überleben. Mehr nicht.«

Vesuv trottete davon. Ein Mann mit hängenden Schultern und in den nassen Hosentaschen versenkten Händen.

Zwei Tage später.

Der Regen hatte sich verzogen. Der Wald um uns dampfte.

Es war eine Luft wie nach einem Saunaaufguss. Ich hatte an meinem Baum geschlafen. Er vermittelte mir ein Gefühl von Sicherheit.

Ernährt hatte ich mich, ohne es zu rösten, von dem, was der Boden hergab, der schnell trockener wurde. Mein potenzieller Lebensmittelvorrat würde sich nun in seine vertrauten Behausungen verziehen. Dann hätte ich ein Verpflegungsproblem.

Außerhalb unseres Stacheldrahts tat sich etwas. LKW-Motoren dröhnten. Stimmen wechselten sich mit Schüssen ab. Ich streichelte die Rinde des Baums. Er reagierte nicht. Gerne hätte ich ihn gefragt, zu welcher Gattung er gehörte. Er blieb stumm und rauschte noch nicht einmal mit den Blättern. Hunger und Durst quälten mich.

»Hast du noch die zweite Schlinge in der Hosennaht? Dann entferne sie. Und zwar sofort.«

Vesuv ließ sich neben mir nieder und reichte mir eine Schüssel Reis mit nichts als Beilage außer einer blutigen Drahtschlinge, die er wie einen Wurm darüber drapiert hatte.

»Beste Grüße von Wan, unserem chinesischen Kollegen. Er hat heute Nacht Fjodor damit umgebracht. Fjodor war ein Verräter. Sagt Wan.«

»Wan? Ich denke der ist mit La Troux unterwegs. Wo kommt der denn plötzlich her?«

Vesuv hob die Schultern. »Frag ihn selbst. Seine Geschichte ist nicht so recht glaubhaft. Nur das Ergebnis.«

Wan sah übel aus. Er kam auf uns zugewankt. Er war gefoltert worden. Platzwunden am Kopf. Zwei gebrochene Finger, die wie Fremdkörper von seiner Hand abstanden.

»Ein Baum ist doch ein Lebenselixier«, keuchte er und sank neben mir zu Boden. Er lehnte sich an die feuchte Rinde, stöhnte und erbrach sich.

Vesuv nahm den Chinesen in den Arm. Ich besah mir seine

Finger und betete, nein, schrie nach Micky Bloomberg, meiner schwarzen Schwester aus dem Camp. Was machte man mit gebrochenen Fingern? Ich bekam keine Antwort. Sie mussten irgendwie ruhig gestellt werden. Nur womit?

Der Baum und die Schlinge, antwortete jemand in meinem Kopf. Micky hatte meinen Ruf doch gehört.

Ich kratzte die Rinde des Baums auf, bis ich einen ausreichend großen Streifen abziehen konnte. Er war feucht genug, um sich um Wans Finger wickeln zu lassen. Der brüllte vor Schmerzen. Vesuv hielt ihn fest in den Armen. Mit der Drahtschlinge befestigte ich die Behelfsschiene und band die Hand hoch. Wan wurde ohnmächtig. Vesuv nickte zufrieden und bettete Wan vorsichtig auf dem Boden.

»Schöne Scheiße«, knurrte er. »Hör zu. Wan hat man offensichtlich schon ausgiebig verhört. Jetzt weißt du, was dich erwartet. Du bist der Nächste, mit dem sie sich befassen werden. Dich hat man noch nicht geholt. Kann aber nicht mehr lange dauern, dann nehmen sie dich in die Mangel. Mit ihren eigentlichen Gesinnungsgenossen scheinen sie noch härter umzugehen als mit uns Kapitalisten.«

Vesuv wischte mit seinem dreckigen Ärmel den Schweiß von Wans Gesicht.

»Hast du eine Ahnung, was die von mir wissen wollen?«

Vesuv schüttelte den Kopf. »Nein, wie sollte ich. Beruf dich einfach auf die Genfer Konvention. Die kennen sie sehr genau. Sie wollen auch nicht, dass ihre Gefangenen anders behandelt werden. Aber …« Er stockte und streichelte Wan. »Aber so genau nehmen die Vietcong das nicht. Aber behalte möglichst einen klaren Kopf und hoffe. Mehr kannst du nicht tun.«

»Doch. Er muss mehr tun«, stöhnte Wan. »Auf Peter wartet eine ganz üble Überraschung. Sie haben auch schon den geeigneten Dolmetscher für Deutsch im Lager.« Dann schlief der

Chinese ein. Vesuv hatte ihn mit einem kräftigen Schlag gegen den Hals in die Bewusstlosigkeit geschickt. Der zuckte mit den Schultern. »Wo es keinen Arzt und keine Hilfe gibt, muss man seinen Kameraden helfen, ihre Schmerzen auszuschlafen. Wan hat anscheinend viel durchgemacht. So schlimm war es bei uns nicht. Hast du noch eine Zigarette?«

Einen weiteren Tag später.

Wir hatten unter dem Baum geschlafen. Fjodors Leiche war von den Kindersoldaten abgeholt worden. Ronald hatte die Plane für sich allein gehabt. Wir waren nass vom Morgentau.

Wan wimmerte. Seine Finger wurden schwarz bis zur Handwurzel. Das sah aus wie eine Blutvergiftung. Wir brauchten für ihn dringend ärztliche Hilfe. Nur, woher sollten wir die nehmen?

»Was hat Fjodor verraten, dass du ihn umbringen musstest?«, fragte Vesuv.

Wan besah sich seine Hand. Der Wundbrand war nicht mehr weit. Vielleicht noch ein paar Stunden. Mehr hatte er nicht.

»Fjodor hat alles verraten. Den Anschlag auf Peter, wann man ihn an der Bar trifft. Wie man ihn schnell und kompromisslos umlegt. Wer seine Mieze auf dem Zimmer ist. Er hat Ali auch das Kloster als Zielort angegeben. So konnten die Vietcong uns in einem Aufwasch alle einsammeln. Fjodor war ein hohes KGB-Tier. Er war nur nebenberuflich Journalist. Wie so einige andere auch.«

Wan schloss die Augen.

»Großer Drache?« Kamikaze stand mit der Kalaschnikow im Anschlag und zehn Soldaten über mir.

»Jetzt bist du dran. Komm mit. Der Chinese stirbt ohnehin.

Du kannst ihm nicht helfen. Hilf dir lieber selbst. Lass die anderen die Scheißhäuser bauen. Es kommen mehr als hundert Gefangene. Die können euch helfen.«

Ich blieb sitzen und hielt dem Kind Wans Hand hin. »Wir brauchen einen Arzt. Vorher gehe ich hier nicht weg.«

Kamikaze hob nur kurz die Waffe. Ein Schuss fiel.

»Jetzt braucht ihr keinen Arzt mehr. Ärzte können wir uns nicht leisten.«

Vesuv wurde wütend. Sprang auf und wurde von Gewehrkolben niedergeprügelt. Ich bekam Handschellen angelegt.

»Dieser Chinese war ein Verräter, so wie ihr alle Verräter an unserer Idee seid. Los, vorwärts! Du hast doch meine Schwester geschwängert. Jetzt will ich sehen und hören, ob du zu unserer Idee stehst. Sonst gehst du den Weg des Chinesen.«

Kamikaze zündete eine Zigarette an und schob sie mir zwischen die Lippen.

Das Lager war größer, als es vom umzäunten Gebiet zu sehen gewesen war. Unter den Bäumen schmiegte sich eine Hütte an die andere.

Hier waren einige hundert Vietcong, die sich eigentlich illegal auf kambodschanischem Gebiet aufhielten. Die Hälfte davon war noch nicht einmal in der Pubertät. Pickel im Gesicht. Hasserfüllte Augen. Einige spuckten mich im Vorbeigehen an. Die Kalaschnikow war ihre Mutter. Das gab ihnen Halt. Die Handschellen schmerzten. Kamikaze hatte sie zu eng geschlossen.

»Kannst du mir die Dinger nicht abnehmen? Ich kann hier sowieso nicht weglaufen.«

Er schüttelte den Kopf. »Nein. Es sieht für mich besser aus, wenn ich dich quäle. Du hast bereits verloren. Ich will noch gewinnen.«

»Gewinnen?« Das entfuhr mir, weil ich mich über solch

einen indoktrinierten Spruch ärgerte. »Was willst du noch gewinnen? Hier gibt es nichts mehr zu gewinnen.«

Kamikaze sah mich an, als verstünde er meinen Einwand. Er kaute auf seinen Lippen herum.

»Ich werde deine Schwester mit dem Kind außer Landes mitnehmen. Raus aus diesem Elend. Und was passiert dann mit dir hier? Eines Tages werden die neuen Machthaber dir das Gewehr abnehmen, weil du ihnen damit zu gefährlich wirst. Und dann? Was willst du dann tun? Du hast keine Chance. Kapier das endlich.«

Kamikaze war ein Trotzkopf. Er schloss die Handschellen noch enger. Das Blut sickerte durch meine Haut. Sein Gewehrkolben traf mich in den Kniebeugen. Ich fiel in den Dreck.

»Sage bei der Befragung nur das, was die Genfer Konvention vorschreibt. Lass dich nicht provozieren. Wiederhole es einfach. Immer wieder. So lange, bis sie aus der Haut fahren. Dann erst kannst du taktieren ...«, hatte Vesuv gesagt.

Wan hatte dem müde zugestimmt. Dann hatte seine körpereigene Abwehr versagt, bevor Kamikazes Kugel ihn traf. Er war schlimmer gefoltert worden, als es äußerlich sichtbar gewesen war.

Kamikaze schlug wieder und wieder zu.

»Du fragst noch nicht einmal, wie ich wirklich heiße, und willst mir Ratschläge geben? Gibst mir einfach einen Namen. Wie einem Hund, den man auf der Straße aufliest. Nein, Langnase, so geht ihr mit uns nicht um!«

Wieder traf mich der Gewehrkolben. Ich wurde ohnmächtig. Hände zogen mich aus dem Dreck und trugen mich irgendwohin.

Ein Wasserstrahl weckte mich. Er roch und schmeckte nach Urin. Meine Muskeln brannten. Meine Knochen und Gelenke schmerzten.

Ein Gesicht sah mich an. Befahl jemandem, mir die Fesseln

abzunehmen. Ich wollte nur schlafen. Das Gesicht gab keine Ruhe. Es sah aus wie Trotzki in seinen wilden Jahren. Weißer Kinnbart. Wenig Haare und eine starke Brille, die wie ein doppeltes Vergrößerungsglas wirkte und die Augen unnatürlich groß erscheinen ließ. Es lächelte.

»Scheintote lassen wir hier nicht gelten. Können wir uns nicht leisten. Richtet ihn auf.« Der Mann sprach Deutsch mit einem starken sächsischen Akzent. Fäuste hievten mich auf einen Stuhl. Ich rieb mir die blutenden Handgelenke.

»Verbindet ihn. Ich hasse die Brutalität dieser Vietcong.« Zwei Männer, die auch keine Viets waren, verbanden meine Handgelenke.

»Sie rauchen?« Der Mann hielt mir eine Schachtel Zigaretten hin. Ich nahm eine. Meine Hand zitterte. Eine andere Hand gab mir Feuer. Man ließ mich rauchen. Ich war in einer Hütte. Rohe Balken. Roher Fußboden. Strohdach. Tisch und Stühle. Mehr war nicht.

Der Mann trug die Uniform der regulären nordvietnamesischen Armee. Aber keinerlei Rangabzeichen.

»Fühlen Sie sich besser?«

Ich schüttelte den Kopf und rieb mir die verbundenen Handgelenke.

»Sollten Sie aber. Denn dies ist ein Verhör. Meine Kollegen sind Zeugen, dass Sie bestätigten, freiwillig und ohne Druck ausgesagt zu haben.«

»Ich sage nicht mehr, als die Genfer Konvention vorschreibt«, murmelte ich schwerfällig und versuchte meine geplatzten Lippen abzuwischen. Die Verbände färbten sich von hell bis schwarzrot.

Das Gesicht lächelte noch mehr und nickte.

»Na schön, dann sagen Sie wenigstens das. Namen, Rang, Kompanie.«

»Peter Stösser. 3. Sanitätskompanie der US Army in Saigon.

Meine Kennnummer steht auf meiner Marke, die ich um den Hals trage.«

Der Mann grinste und trommelte mit den Fingern der linken Hand auf die Holzplatte.

»Peter Stösser. So, so. Das ist aber kein amerikanischer Name. Und Sie sprechen verdächtig gut Deutsch.« Die Finger trommelten weiter. Er presste die Lippen zu einem schmalen Strich zusammen und winkte mit einem angedeuteten Kopfnicken einen seiner Leute näher.

»Sie, Peter Stösser, wollen nach den Regeln der Genfer Konvention spielen?«

Ich nickte.

»Nehmt ihm die Erkennungsmarke ab. Tragt sie in die Liste ein und lasst ihn unterschreiben. Und dann eine Nacht in den Bunker. Mal sehen, ob unser deutscher Freund morgen immer noch auf der Einhaltung irgendwelcher Regeln besteht.«

»Bunker? Das sind unerlaubte Foltermethoden.«

Der Mann ohne Namen grinste.

»Aber in der Genfer Konvention verankert, wenn sie den Gefangenen nicht umbringen und kein mutwilliger Zwang auf ihn ausgeübt wird.«

Er lächelte weiter und wartete. Ich schwieg. Die Situation war mehr als angespannt. Er hatte ein Ass mehr als ich. Das ließ er mich fühlen.

»Ich möchte wissen, wer und was Sie sind. Sonst sage ich nichts mehr«, erklärte ich trotzig. Der Mann hatte ein eingefrorenes Lächeln, das mich weiter durch seine Vergrößerungsgläser anstarrte. Eine Maske. Genau, der Kerl war eine einzige Maske.

»Stösser, darf ich Ihren Kenntnissen über die Kriegskonventionen ein wenig auf die Sprünge helfen?« Er spielte mit meiner Erkennungsmarke. Sie baumelte zwischen seinen Fingern hin und her. »Als Berater der nordvietnamesichen Regierung kann ich Sie als Spion sofort erschießen lassen. Sie sind kein Mitglied einer der kriegführenden Parteien. Sie sind Journalist und geben sich mit dieser Blechmarke nur als Amerikaner aus. Na gut. Würde ich in Ihrem Beruf auch versuchen.« Er lehnte sich zurück und spielte weiter mit meiner Marke.

Mir wurde heiß. Der Mann war besser informiert als ich. Ich hätte diese Erkennungsmarke niemals annehmen dürfen.

»Hinzu kommt, dass wir einen LKW des 3. Sanitätscorps Saigon voll mit Waffen abgefangen haben. Also, eine Operation, die absolut nichts mit der Genfer Konvention zu tun hat. Und somit illegal. Und da wollen Sie sich noch auf irgendwelche Regeln berufen?«

Seine Hand schob mir wieder die Zigarettenschachtel über die Planke.

»Und wenn doch?«, blieb ich trotzig.

Der Mann lächelte. Seine Zähne waren gelb. Er bevorzugte Kautabak. Dieses jämmerliche Zeug, das die Schleimhäute und die Zähne zerstörte, aber zuließ, dass das Nikotin umgehend seine Wirkung entfaltete. Keine Flamme eines Feuerzeugs. Kein Rauch. Unsichtbar, aber wirksam.

»Noch rede ich Sie mit ›Herr Stösser‹ an. Morgen nicht mehr. Dann werde ich Sie hinrichten lassen. Und daran wird mich keine Konvention der Welt hindern.«

»Und wer sind Sie? Darf ich wenigstens den Namen meines Henkers erfahren?«

Halt die Schnauze, pfiff mich eine Gehirnhälfte zurück. *Der Kerl hat doch gesagt, dass er Berater der nordvietnamesischen Armee ist. Und die ist regulär. Es muss sich nicht ausweisen. Du bist hier das Rindvieh. Hör mit der Genfer Konvention auf. Die ist auf seiner Seite. Deinen Part hast du verspielt. Er weiß, dass du Journalist bist. Er weiß alles. Du nichts.*

Ich tastete meine schmerzenden Stellen ab. Mir war nur nach einem Bad und Schlaf.

»Was wollen Sie von mir? Sie und die Viets sind auch illegal in Kambodscha. Ihr tretet das Völkerrecht mit Füßen. Ich berichte nur darüber. Das ist mein Beruf.«

Der Mann ließ das Lächeln aus seinem Gesicht sickern. Biss ein Stück Kautabak ab. Schmatzte darauf herum. Brauner Speichel troff aus den Mundwinkeln. Er stand auf und schlich um mich herum. Sein Atem stank nach Moder.

»Herr Stösser, Sie sind gar nicht schlecht. Sie wiegen beide Vergehen gegeneinander auf. Na gut.«

Er reichte mir eine Feldflasche. Ich roch kurz daran. Es war Whiskey, und ich nahm einen großen Schluck.

»Trinken Sie ruhig aus. Wir haben noch mehr davon.« Die beiden Bewacher grinsten. Das war ein Trick, um mich weich zu klopfen. Eine Verhörmethode, von der mir ältere Kollegen erzählt hatten.

»Was wollen Sie?«

Das Gesicht setzte wieder sein maskenhaftes Lächeln auf. Seine Hände putzten umständlich die Brillengläser. Die Lippen wurden schmal und verrieten, dass sein Gehirn krampfhaft nach einer Antwort suchte.

»Sagen wir mal so«, fuhr er stockend fort. »Sagen wir mal, ein deutscher Journalist mit Namen Peter Stösser berichtet in der Weltpresse über ein Massaker, das er den Vietnamesen zuschiebt. Die westliche Presse klatscht Beifall. Er verdient damit eine Menge Geld. Jetzt wird er ein Problem. Er muss weg, bevor er noch mehr von diesem Zeug von sich gibt, um die amerikanischen Steuerzahler davon zu überzeugen, dass die Regierung mehr Geld für ihren ebenfalls illegalen Krieg hier bewilligt. Nicht schlecht gedacht.« Das Gesicht schmunzelte. »Bitte trinken Sie weiter. Ich lasse noch Nachschub kommen, wenn Sie es wünschen. Sie werden es nötig haben.«

Das Gesicht stand wieder auf und nahm seine Wanderung in diesem kleinen stickigen Raum auf. Verschränkte die Hände hinter dem Rücken.

»Dann geschieht etwas, was eigentlich nicht schiefgehen konnte und durfte. Das Kommando, das auf ihn angesetzt wurde, um ihn im Hotel auszuschalten, wird selbst erledigt.« Er umrundete mich weiter und weiter. »Absolut kein Ruhmesblatt für uns. Aber ...«

Er stockte und biss von seinem Kautabak ab. Spuckte den vorhergegangenen Priem, der wie Kot aussah, auf den Boden.

»Aber wir sollten als Europäer, als Deutsche zusammenhalten«, fuhr er fort. »Dieser ganze Krieg bringt weder uns noch den Amerikanern etwas. Darüber sollten wir uns einig werden.«

Er umrundete mich weiter. Ich grübelte und rief mir die Situation im Hotel in Erinnerung.

»Dieser NVA-Mann war auf mich angesetzt. Wurde aber mit den drei Viets erledigt, bevor er seinen Auftrag ausführen konnte. Oder sehe ich das falsch?«

Das Gesicht lächelte. »Sie sind kein Dummkopf. Die Frage stimmt schon mal. Es bleibt für uns nur herauszufinden, wer diesen Auftrag verraten hat.«

Mein Gehirn fuhr Sonderschichten. Der Anschlag auf mich war verraten worden. Unser Einsatz auf das Kloster auch.

Hier spielten mindestens zwei Geheimdienste falsch. Wenn nicht sogar mehr.

»Sie haben also einen Verräter in Ihren Reihen?«

Das Gesicht nickte. »Ihr Journalisten aber auch. Sonst hätten wir euch nicht abfangen können.«

Ali, Kleiner Drache und Brian kamen auf meiner Seite in Frage. Die anderen Kollegen, mit deren Rest ich im Lager saß? Brian hatte ich selbst getötet. Ali war offensichtlich im Urwald untergetaucht. Kleiner Drache war im Dschungel Saigons verschwunden. War diese Person, die beide Seiten köderte und gleichzeitig verriet, ein und dieselbe Person?

»Dann fehlen uns ja schon zwei Verräter. Wir hätten unseren gerne. Der muss dann von euch bezahlt worden sein«, murmelte ich mehr gedankenverloren vor mich hin. »Wer ist es?«

Das Gesicht nahm selbst einen Schluck aus der Feldflasche und sah mich an. Nickte.

»Eine gute Frage, die ich an Sie zurückgebe. Wer verrät euch Journalisten und wer unsere Aktionen in Saigon?«

»Das ist die makaberste Frage, die ich jemals gehört habe«, brummte ich. »Hier spielen offensichtlich zwei Seiten gegeneinander. Woher soll ich wissen, ob eure Seite mit eurem Agenten in unseren Reihen nicht mit unserem Agenten in euren Reihen zusammenarbeitet oder sogar identisch ist?«

Das Gesicht biss sich auf die Lippen und spuckte wieder einen Priem auf den Boden. Danach war Schweigen angesagt. Wir redeten einfach nicht miteinander. Ich besah mir meine Finger. Sie sahen grauenhaft aus. Schrundig mit abgebrochenen Fingernägeln. Ich dachte an Saigon und den Schwachsinn, den ich begangen hatte, um hierherzukommen.

»Herr Stösser«, riss mich das kauende Gesicht in einer ranglosen Uniform aus meinen schmerzlichen Betrachtungen. »Wo sind Ali el Sharif und La Troux? Eppstein können wir leider nicht mehr fragen. Den haben Sie ja umgelegt. Und das werden wir auf jedem Fall bezeugen können. Sie sind der Mörder eines ranghohen CIA-Colonels. Ich weiß nicht, ob das Ihrer Karriere dienlich sein wird. Von wegen Völkerrecht und Genfer Konvention.«

Dieser Mensch war mir schon seit dem ersten Moment unsympathisch. Nun konnte ich ihn mir nur noch als Ratte vorstellen, um mich nicht auf ihn zu stürzen. Reingelegt, jemand hatte mich benutzt und reingelegt. Und das gewaltig. Oder ...

jemand benutzte mich für eine Aufgabe, die schon länger geplant worden sein musste. Die Frage war dann nur, wer war das und wozu? Der sich die weitere Frage anschloss: Was war irgendwo schiefgegangen, das dieser Jemand nun unbedingt ausbügeln musste?

»Ich habe keine Ahnung, wo Ali oder La Troux sind oder sein könnten.«

Das Gesicht nickte. »Dass diese Antwort kommt, habe ich mir gedacht. Ich habe Ihnen eine Hand gereicht. Sie haben sie abgelehnt. Na schön. Wir werden den Verräter noch finden. Ich dachte, dass es mit Ihrer Hilfe leichter sein würde. Gehen Sie mal im Bunker eine Nacht nachdenken. Abführen. Ich brauche den Mann aber morgen wieder.«

Die beiden Schergen nickten. Sie hatten seinen Befehl verstanden. Ich nicht. Sie hakten sich bei mir unter. Zerrten mich vom Stuhl. Für Handschellen waren meine bandagierten Handgelenke zu dick. Dafür waren ihre Griffe fester.

»Stösser, Sie sind der dümmste Mensch in diesem Land«, knurrte einer meiner Begleiter. »Sie hätten sich mit Minsky einigen können. Dann wäre Ihnen der Bunker erspart geblieben und Sie könnten morgen wieder im Hotel schlafen.«

»Übermorgen. So schnell sind unsere Verkehrsverbindungen nicht«, knurrte der andere. Ein Rotschopf, dessen Sommersprossen mit dem Sonnenbrand auf dem Gesicht um die Wette stritten. »Aber Ihre Sturheit hilft Ihnen hier überhaupt nichts.«

»Nein, das hilft ihm überhaupt nichts. Morgen wird er froh sein, nur noch geduzt zu werden«, knurrte der Mann zu meiner Rechten. Ein Schwarzhaariger, dem die Sonne nichts auszumachen schien.

»War ziemlich dumm«, meinte der andere, »hier mit einer Erkennungsmarke der Amis herumzulaufen.«

»Vorspiegelung falscher Tatsachen. Ein Spion. Die legen wir

sofort um. Wie in jeder Armee der Welt«, setzte Schwarzhaar hinzu. Beide hatten einen sächsischen Tonfall.

Sie schoben mich vorwärts und plauderten weiter über mein Verbrechen, als unterhielten sie sich über den Durchfall des Nachbarhundes. Ich hatte Durst. Mir war schlecht.

»Ich glaube, unser Ami-Spion sitzt jetzt ganz schön in der Scheiße.« Sommersprosse lachte.

»Aber er bekommt nur die schwache Version. Minsky will ihn morgen wiederhaben.«

»Dann müssen wir ihn auch noch waschen? Wer wird hier bestraft? Er oder wir? Den Gestank hält doch kein Mensch aus.«

Beide sahen sich an und zuckten mit den Schultern.

Sommersprosse grinste. Gab mir eine Zigarette.

Schwarzhaar das Feuer dazu.

»Danach rauchst du nie wieder. Halt jetzt still. Heb die Arme über den Kopf. Wir retten dir jetzt das Leben.«

»Jawoll. Befehl ist Befehl«, schmunzelte Sommersprosse.

»Ich würde dich umlegen. Dann müssten wir uns nicht dreckig machen«, brummte Schwarzhaar und winkte ein paar Kindersoldaten herbei. Sprach kurz mit ihnen. Sie stoben davon. Kamen mit einer Art Schiffstau zurück. Fast armdick.

Sommersprosse band es mir um die Brust, als sei er ewig auf Segelschiffen gefahren.

»Das gibt es auch in dünnerer Version. Aber dann schläfst du schlecht. Und das will unser Chef nicht.«

»Eben«, setzte Schwarzhaar hinzu. »Außerdem wirst du nicht allein sein. Sind wir nicht nett zu dir? Wir sorgen noch für Unterhaltung. Wenn du noch mal auf die Genfer Konvention pochst, dann wird das Seil dünner.«

Beide grinsten. Es wurde dunkler. Der Urwald erwachte. Die B-52 Bomber zogen ihre Kondensstreifen gen Osten. Sie hatten ihre Basen inzwischen in Thailand und bombardierten eine grenzenlose Landschaft unter sich. Befehl war Befehl.

»Minsky heißt euer Chef? Was hat er hier zu suchen. Warum stellt er sich nicht vor?«

Die beiden sahen sich kurz an, als wolle einer dem anderen die Schuld zuschieben, den Namen ihres Chefs verraten zu haben, den dieser partout nicht hatte nennen wollen.

»Vergiss das schnell wieder, Stösser. Unser Chef ist Berater. Mehr nicht. Und jetzt ab in den Bunker. Kriegst gleich Besuch.«

Gefühlsmäßig mochten es an die vier Stunden sein, die ich in dem, was dieser Minsky »Bunker« genannt hatte, an einem Tau in der Scheiße hing. Das Tau um die Brust hinderte mich daran im Schlaf zusammenzusacken und in einer halben Meter hohen Kotschicht zu ersticken. Ich befand mich in der Kloake des Lagers. Das war ihr Bunker. Die Gärungsgase raubten mir den Verstand. Meine Hände brauchte ich, um Fliegen davon abzuhalten, Eier in meine Körperöffnungen zu legen. Mir war nur noch schlecht. Es hier rauszukotzen war kein Dilemma. Es passte eines zum anderen. Mein Gesprächspartner war Fjodors Leiche, den sie mit einem Strick um den Hals herabgelassen hatten. Sein Verwesungsprozess zog einen Großteil der Fliegen von mir ab.

Ich würgte mir den Magen aus dem Leib. Es kam nur noch Galle, die mir die Speiseröhre verätzte.

Ein Lichtkegel vom Rand der Grube tastete mich und meinen ehemaligen Kollegen ab.

»Na. Können wir jetzt vernünftig reden? Sonst bleiben Sie noch bis zum Frühstück hier drin, Herr Peter Stösser.«

Ich sah ihn nicht. Hörte nur diese Stimme. Ich würde sie mein Leben lang nicht vergessen. Minsky. Das Gesicht.

Die Faulgase würden mich in wenigen Stunden umgebracht haben. Da nutzte mir auch das Tau nichts.

»Was wollen Sie, Minsky?«

Meine Stimme klang jämmerlich. So jämmerlich, dass ich mich langsam selbst verfluchte.

»So, so. Meinen Namen kennen Sie also auch schon. Schlecht für meine Leute«, kam es von oben. »Aber Kompliment. Ihre Kollegen haben schon nach wenigen Minuten geredet. Zieht ihn hoch und stellt dem Russen eine Bescheinigung aus. Im Kampf für was auch immer gefallen. Den üblichen Kram eben. Wascht Stösser und bringt ihn mir.«

Das Licht erlosch. Ich wurde aus dem Loch gezogen. Die Fliegen schienen nie zu schlafen. Ich fühlte mich wie eine Leimrute, wie sie bei uns früher an der Lampe hing, damit dieses Viehzeug daran kleben blieb.

Drei Stunden später.

»Stösser«, das ›Herr‹ hatte Minsky, wie angekündigt, fallen gelassen, »Stösser, ich brauche Sie. Das ist Ihre einzige Chance, sonst folgen Sie dem Russen.«

Ich saß wieder auf dem Stuhl in der Baracke vor dem Tisch aus unbehandeltem Holz. Die Zigarettenschachtel lag wieder auf dem Tisch. Nur ich hatte mich verändert. Meine Uniform war nicht mehr zu reinigen. Das hatte auch niemand versucht. Ich steckte in dem weiten schwarzen Kittel und der weiten schwarzen Schlabberhose eines Reisbauern, wie man es von den Vietcong kannte.

»Sie könnten eine Sonderbehandlung bekommen und in wenigen Tagen das Lager verlassen. Wir übergeben Sie an der Grenze einer Abordnung des Roten Kreuzes.«

Minsky trommelte wieder mit den Fingern auf die Platte und schmatzte Kautabak.

Vorsicht. Das ist wieder eine Falle, tobte es in mir.

»Wenn was?«

Minsky lehnte sich zurück. Schaukelte auf den hinteren Stuhlbeinen und putzte seine starken Brillengläser zum x-ten Mal.

»Und was, wenn nicht?«

Minskys Maske lächelte. Kippte den Stuhl vor.

»Die Mappe«, herrschte er den Rotschopf an, der wie ein Wachhund hinter mir lauerte.

»Wenn nicht, dann gehen Ihre Kollegen Ronald vom *Daily Mail*, der unter dem Rufnamen bekannte Vesuv vom *New Zealand Herald* und …« er grinste jetzt wirklich ohne Maske, nein, er freute sich sogar, »La Troux in den Bunker, bis die unterschreiben, was ich Ihnen jetzt vorlege.«

Minsky prüfte meinen zweifelnden Blick.

»Ja. Wir haben La Troux. Ihr Journalisten seid einfach nur informationsgeil. Von Kriegsführung habt ihr keine Ahnung. Diesen Sharif bekommen wir auch noch. Aber das ist unser Problem. Also, unterschreiben Sie?«

Er schob mir eine Mappe über die Tischplanken. Legte einen Füllfederhalter daneben.

Ich las. Der Text war in Deutsch. Leicht verständlich. Ich überlegte einen Moment. Es war eine glatte Erpressung.

»Was ist mit den Vergünstigungen?« Mehr fiel mir in dieser Situation nicht ein.

»Sie bekommen regelmäßig einmal am Tag Essen. Einmal die Woche dürfen Sie duschen und die Kleider wechseln. Sie können Briefe schreiben. Mehr ist nicht drin.«

Briefe schreiben. Das fehlte noch. Darauf wartete er nur, um Informationen zu sammeln. Mir musste eine weitere Forderung einfallen. Und das schnell. So einfach setzte ich meine Unterschrift nicht unter dieses Schreiben.

»Ich verlange für meine Kollegen das gleiche Recht und dass

sie auch am Tag meiner Entlassung ebenfalls dem Roten Kreuz übergeben werden.« Ich schob die Mappe und den Füller von mir und verschränkte die Arme vor der Brust. Ein Zeichen der Naturvölker, dass mit mir nicht weiter zu verhandeln war.

Minsky wurde unsicher. Wiegte den Kopf. Schürzte die Lippen. Der braune Saft des Kautabaks rann ihm aus den Mundwinkeln. Er wischte ihn mit den Ärmeln ab, die jetzt aussahen, als habe er in Kot gewühlt.

»Na schön. Wie Sie wünschen. Unterschreiben Sie endlich. Ich bin müde.«

Jetzt war es an mir zu lächeln. Ich stand auf.

»Na klar, wenn wir dem Roten Kreuz übergeben wurden. Dann unterschreibe ich. Vorher können Sie jeden von uns zu Tode foltern. Dann ist das Stück Papier für niemanden etwas wert. Und es wird Sie sogar den Kopf kosten, wenn Sie das in Moskau nicht vorweisen können. Kann ich jetzt ins Lager oder in den Bunker zurück? Ich bin müde.«

In der Baracke waberte Hitze und Anspannung. Die Fliegen sorgten auch nicht für Kühlung.

Minsky nickte. »Wissen Sie, was mein Fehler ist?« Er nickte fast zufrieden. »Ich verfüge über eine gute Menschenkenntnis. Nur manchmal bin ich nicht brutal genug, wie meine Vorgesetzten meinen.«

Er umrundete mich wieder wie ein lauernder Schäferhund. Bewegst du dich innerhalb meines Beuteschemas, passiert dir nichts. Aber wehe, du hältst meine Vorstellung von Ordnung nicht ein. Dann zwicke ich dich erst einmal als Warnung. Eine zweite Warnung gibt es nicht.

»Was halten Sie von der Meinung meiner Vorgesetzten, Stösser?«

Ich zuckte mit den schmerzenden Schultern. Die Faulgase der Kloake schienen sich bis in mein Gehirn durchgefressen zu haben. Alles schmeckte und roch nach Exkrementen.

»Sie haben keine Meinung? Also haben Sie auch keine Vorgesetzten. Hm ... ein interessanter Job.«

Minsky umkreiste mich weiter und nickte. Die Hände auf dem Rücken verschränkt. »Ein äußerst interessanter Job«, murmelte er unablässig.

»Ich habe es nur zum Soldaten gebracht. Und da hat man immer einen Vorgesetzten.« Er setzte sich wieder. Sah mich durch seine Brille an. Presste die Lippen zusammen und nickte.

»Schlafen wollen Sie? Wissen Sie, dass ich das verhindern kann? In sieben Tagen sind Sie wahnsinnig und unterschreiben alles, was ich Ihnen vorlegen werde. Wollen Sie das?«

»Dann werde ich das widerrufen, dass es der Genfer ...«

»Hören Sie mit Ihrer Scheiß-Genfer-Konvention auf! Die gilt hier nicht«, brauste Minsky auf und hieb auf den Tisch. »Hier herrscht das Gesetz des Dschungels. Das Recht des Stärkeren. Mehr nicht. Die Amis verseuchen die Gebiete, die ihnen nicht gehören. Rotten unter dem Deckmantel des Vietcongs Dörfer aus. Verbrennen die Erde mit Napalm. Also, unterschreiben Sie gefälligst sofort, sonst lasse ich Sie im Bunker vergammeln. Dann hänge ich Ihnen als Unterhaltung noch Ihre derzeit lebenden Kollegen dazu. Dürfte ja für einen Skat reichen. Sie überleben das keine weitere Nacht.«

Nein, das unterschrieb ich nicht. Das wäre irgendwann einmal mein Todesurteil. Dann wollte ich lieber hier und sofort sterben.

Minsky gab dem Schwarzhaar, der bisher kein Wort gesagt und ruhig auf einem Stuhl zugehört hatte, mit der Hand ein Zeichen.

»Nehmt ihm die Binden von den Handgelenken. Damit die Fliegen richtig viel zu tun haben. Und sollten die Wunden verheilt sein, schneidet sie wieder auf. Und dann ab in den Bunker. Gute Nacht, Stösser.«

Jemand schlug mir ins Gesicht. Eine anderer brüllte mich an. Ein dritter trat mich.

»Peter! Wach werden! Los Mann, komm hoch, sonst verreckst du uns hier. Wo bleibt das Wasser, verdammt noch mal?«

Das war Vesuvs Stimme.

»Lass ihn doch verrecken. Der ist doch zu den Vietcong übergelaufen.«

Das war Ronalds Stimme.

»Der verreckt mir nicht, bevor er nicht geredet hat. Also. Los, Wasser her!«

Das war die Stimme von La Troux. Ich schlief wieder ein und träumte schlecht.

Es war warm. Es stank nach Kot. Die Fliegen hatten sich in meinen Wunden festgesetzt. Minsky hatte alle paar Stunden nach mir gesehen und geschimpft, dass ich ein unverbesserlicher Dickschädel sei. Ich bräuchte nur zu unterschreiben. Mehr nicht. Und wenn nicht bald, dann würde ich direkt unter den Aborten angebunden. »Dann scheißen Ihnen die Soldaten direkt ins Gesicht«, hatte er gedroht.

»Halt ja das Maul. Du bist doch hier der Verräter, du elender Franzosen-Vietcong.«

Das war Vesuvs Stimme.

Dann holte mich wieder der Schlaf ein, den ich achtundvierzig Stunden nicht mehr gehabt hatte. Ich halluzinierte. Mir war übel. Ich schloss die Augen. Feurige Ringe tanzten in meinem Gehirn. Ich öffnete die Augen wieder. Die Ringe wurden zu

Prismen, die vom Sonnenlicht verstärkt wurden. Ich entkam diesem Spektakel nicht. War ich nun wahnsinnig? Zwei Blätter Papier flatterten an mir vorbei. Eine Vereinbarung zwischen mir und jemandem, den ich nicht kannte. Danach würde ich sofort aus dem Lager entlassen. Die Vision faltete sich vor meinen fiebernden Augen zu einem Papierflieger. So wie ich ihn in den langweiligen Mathestunden im Gymnasium angefertigt und durch den wilhelminischen Klassenraum hatte flattern lassen. Das Ergebnis war immer das gleiche gewesen. Der Flieger war nicht perfekt. Seine Flugeigenschaften katastrophal. Dafür war der Klassenbucheintrag perfekt. Hatte ich das Ding nun unterschrieben oder nicht? Ich wusste es nicht. Der Flieger war abgestürzt und vom Lehrer zertreten worden.

Zeitlos.

Ich war zeitlos geworden. Nahm mein Umfeld nur noch bruchstückhaft wahr. Es war heiß. Ich fror. Bebte am ganzen Leib. Jemand nahm mich in den Arm. Jemand sagte: »Der verreckt uns.«

Ein anderer: »Der darf uns nicht verrecken. Ich weiß nicht, ob er etwas unterschrieben hat. Bis er das nicht ausspuckt, muss er am Leben bleiben.«

Gemurmel. Rauschen. Baulärm.

»Wir brauchen einen Arzt. Peter hat hohes Fieber. Der hat nichts unterschrieben. Sonst wäre er nicht in solch einem Zustand.« Jemand lachte.

»Ich habe auch nichts unterschrieben und bin nicht so zugerichtet worden. Oder habt ihr etwas unterschrieben?«

»Wie meinst du das? Dich nennt man in Saigon den ›Sampan‹. Niemand traut dir, und trotzdem hast du den größten Erfolg von uns.«

»Stimmt. Erzähl uns mal, was du alles bei wem unterschrieben hast. Du bist einer von denen, die uns eingefangen haben. Du bist der Verräter, den Brian gesucht hat. Wenn Peter noch seine Hose hätte, dann würde ich dich mit der verbliebenen Schlinge hier auf der Stelle erwürgen.«

Jemand lachte trocken. Das musste La Troux sein.

»Dann hättet ihr sehr schlechte Karten. Also vergesst es. Es ist eine Hütte fertig. Bringt ihn aus der Sonne. Ich suche jemanden, der medizinische Kenntnisse hat. Unter den zweihundert Neuankömmlingen wird sich ja wohl einer damit auskennen.«

Dann fehlte mir wieder eine unbestimmte Länge Film.

Eine Plane knatterte über mir im Wind. Sie war grün. Bänder, mit denen sie am Gestänge befestigt war, flatterten. Wie die Segel an der Rah eines Segelschiffs. Fliegen krabbelten suchend auf mir herum. Stimmen, nein, *eine* Stimme, die ich kannte, sprach. Meine Hände tasteten und fühlten einen Schlauch, der irgendwo in mir steckte. Pflaster. Ein Feldbett.

Zwei große Augen sahen mich an.

»Das war aber knapp, Knackarsch. Dich kann man auch keinen Monat aus den Augen lassen.«

Micky lächelte und wischte mir den Schweiß ab.

»Wo ... wo bin ich hier?« Mein Mund war trocken. Die Schleimhäute entzündet. Die Zunge fühlte sich an, als sei sie zu einem Aal geschwollen.

»In Vietnam. Da wo du schon immer hinwolltest.« Sie lächelte und maß meinen Blutdruck.

»Und wo in Vietnam?«

Micky lächelte. Sie trug die Uniform des Roten Kreuzes. Weißes Leinen auf schwarzer Haut. Es stand ihr besser als der grüne Drillich der Armee.

»Da, wo alles angefangen hat. Auf der Basis von Oberst Ngnuen. Da, wo ich dir die Splitter aus dem Arsch geholt habe. Aber nun schlaf einfach weiter. Ich hol dir noch einen Ventilator. Gegen die Fliegen. Sonst entzünden sich deine Wunden noch mehr.«

»Wie … wie bin ich … hierhergekommen?«, lallte ich. Mir fehlte das komplette Bewusstsein seit der Kloake. Meine Kollegen hatten noch etwas gesagt. Dann waren bei mir die Lichter ausgegangen.

Micky verzog ihr Schokoladenpuddinggesicht. Es sah wehmütig aus.

»Deine Erkennungsmarke hat dich gerettet. Irgendwer hat dich diesseits der Grenze in den Graben gekippt. Eine Militärpatrouille hat dich entdeckt. Eigentlich wollten sie dich als Vietcong erschlagen.« Micky hielt mir meine Hundemarke hin. Sie baumelte kurz über meinem Kopf.

Minsky hatte sich an die Genfer Konvention gehalten. Ich hatte unterschrieben. Das konnte erneut mein Todesurteil werden.

Nur, sie hatten alle Zeit der Welt. Wenn es nicht Minsky war, dann würden seine Nachfolger es vollstrecken. Papier ging nicht verloren.

»Da bleibt sie, bis du wieder auf den Beinen bist.« Micky hängte die Hundemarke ans Bett. Überprüfte wieder meinen Puls. Den Blutdruck. Wechselte den Tropf und schüttelte den Kopf. »Wie kann man nur so ein Arschloch sein?«

Drei Wochen später.

Ich saß vor meiner Onkel-Tom-Hütte, in der meine Odyssee begonnen hatte. Meine Sachen waren noch da. Jetzt trug ich wieder Zivil und beobachtete das Treiben auf der Basis. Irgendetwas war politisch vorgefallen. Es starteten keine Hubschrauber mehr. Das Anwesen zeigte deutliche Auflösungserscheinungen.

Mickys Augen sahen mich prüfend an.

»Wie geht es dir? Hat mich einige Mühe gekostet, dich am Leben zu halten.« Sie prüfte meine Verbände und nickte zufrieden. Wir blickten in die untergehende Sonne. Nur dass Onkel Tom vor der Hütte jetzt Micky Bloomberg hieß.

»Sag nichts«, bog sie meinen Versuch ab, auf ihre Frage zu antworten.

»Ich will von diesem Scheißkrieg nichts mehr wissen. Jeden Tag kommen mehr Krüppel zurück.« Wir schwiegen und rauchten. Der Urwald erwachte langsam wieder. Wir zogen ins Kasino um. Mir war nach einem Drink.

»Jetzt musst du zahlen. Ich bin nicht mehr bei der Armee«, meinte die dicke, fette und liebe Negernanny lächelnd.

Ich zahlte. Es war kein einziger Amerikaner mehr im Kasino.

»In zwei Wochen geht es zurück in die Heimat. Und dann studiere ich.«

Micky füllte mit ihrer Leibesfülle einen ganzen Sessel aus und lächelte versonnen in ihren Whiskey.

»Weißt du, Knackarsch, ich habe dir jetzt schon zweimal das Leben gerettet. Irgendwann wirst du mich retten müssen. So sind die Regeln. Ich bin ab morgen auf eine andere Basis verlegt. Und du kannst auch wieder nach Saigon zurück. Dein Zustand ist stabil.«

Sie zuckte mit den Schultern und wackelte mit ihrem Puddinggesicht.

»Na ja. Zumindest oberflächlich betrachtet. In deine Psyche kann ich nicht hineinsehen. Aber eine Malaria hast du dir mindestens eingefangen. Dein Blutbild gefällt mir nicht. Geh nach Europa zurück und lass dich dort gründlich untersuchen. Hier haben wir die Mittel nicht.«

Mit einem dicken Kuss und einem »*So long*, Baby Knackarsch!« verabschiedete sie sich. Ließ mich mit dem Rest der Flasche allein.

»Wo ist mein Kleiner Drache?«

Der Barkeeper im Hotel zuckte mit den Schultern und polierte Gläser.

»Thieu, du hast einige von uns verraten. Ich weiß das. Rede, sonst bringe ich dich hier auf der Stelle um.«

Der Barkeeper lächelte und polierte weiter.

»Mr. Stösser, sehen Sie sich doch mal um. Es sind kaum noch Militärs und Journalisten im Hotel. Der Krieg neigt sich dem Ende zu. Für euch werden wir langsam uninteressant. Keine ausländischen Kunden, kein Trinkgeld. Kein Arbeitsplatz mehr. Und da beschweren Sie sich? Die meisten Journalisten sind weg. Damit auch ihre Mädels. Da suchen Sie noch nach einer Viet? Ich kann Ihnen ein paar hundert neue besorgen. Woher soll ich wissen, wo diese schießwütige Amazone ist? Suchen Sie die selbst. Wahrscheinlich in Cholon, im Nuttenviertel. Da, wo sie alle landen. Möchten Sie noch einen Whiskey?«

Es wurde langsam teuer, Kleiner Drache zu suchen. Die Telexe vom Verlag mahnten mich zu einem neuen Einsatz. Meine Story über das Gefangenenlager hatte mir und ihnen wieder den Umsatz erhöht. Ich war im Geschäft. Aber irgendwie in einer Falle, die sich nicht zeigen wollte. Noch nicht.

Tagelang durchstreifte ich Cholon zu den unmöglichsten Tageszeiten. Bezahlte jeden Informanten, der mich nur anhörte. Warum wollte ich dieses rabiate Weib wieder? *Setz dich in den Flieger und ab nach Hause*, mahnte meine logische

Gehirnhälfte. Die andere Gehirnhälfte war damit nicht ganz einverstanden. Sie tröstete mich, das ich nur Geduld haben müsse, um Kleiner Drache wiederzufinden.

Du hast jetzt genug Leute bestochen. Das spricht sich herum. Setzt dich in das Lokal in Cholon. Das Lokal, wo du etwas für den zweiten Polizeichef unterschrieben hast. Und warte. Die Zeit arbeitet für dich.

Ich gab diesem Rat nach. Und wartete. Seit zwei Wochen war ich nun der beste Stammgast in diesem Lokal. Abgerissen. Unrasiert. Verwahrlost. Der Wirt hatte Mitleid mit mir. Er tröstete mich. Nahm mich in seine Familie auf. Das Essen war inzwischen gratis. Dafür trank ich mehr. Was wollte ich hier eigentlich noch? Das Lager hatte mich aus der Bahn geworfen. Ich war nicht mehr ich selbst. Und wartete.

Und wartete.

Es waren bereits sechs Monate vergangen. Dazwischen hatte ich noch kleinere Aufträge übernommen. Dazu musste ich kaum noch das Hotel verlassen. Die Vietcong fielen nachts in Saigon ein, wie es ihnen passte. Die Basis von Colonel Nguen war inzwischen überrannt worden. Die Nationalarmee zog sich auf einen Verteidigungsring um die Stadt zurück. Dem Vernehmen nach dezimierte sie sich täglich selbst durch Fahnenflucht. Die Reisfelder waren zu bestellen.

»Sie warten auf Chu, die Sie Kleiner Drache nennen?«

Mein müder Blick wanderte an dem Fragenden hoch. Er war es, auf den ich die ganze Zeit gewartet hatte. Goldene Ringe, weißer Seidenanzug. Der Kerl, dem ich etwas unterschrieben hatte, damit er Polizeichef wurde. Wie lange war das her?

Der Mann setzte sich ohne zu fragen. Winkte den Wirt herbei. »Alles, was dieser Mann verzehrt hat, geht auf meine Rechnung.«

Er hielt mir die Hand hin. Lächelte.

»Sie haben damals etwas unterschrieben, was nicht ganz legal war. Entschuldigen Sie.« Er bestellte neue Getränke und lächelte freundlich. »Aber ich verspreche Ihnen, es hat Ihnen nicht geschadet. Jedoch mir geholfen. Verzeihen Sie bitte meine Drohungen von damals. Ich habe es wiedergutgemacht. Ich bin seither Polizeichef dieses Viertels.« Er prostete mir zu. Nickte wohlwollend.

»Auf Ihre Tochter.«

Ich nahm noch einen Schluck. Irgendwie hatte ich mich verhört. Ich sollte mit der Sauferei aufhören.

»Meine Tochter?«

Der Mann nickte. »Haben Sie den Brief von Chu, ich meine Kleiner Drache nicht bekommen? Ja, Sie beide haben eine Tochter. Vorgestern geboren. Gesund und ungewöhnlich schwer.«

Der Mann lächelte. Ein verschmitztes Lächeln.

»Kennen Sie Gnong Duc? Den Mönch?«

Meine Erinnerungen quollen hoch. Dieses verfluchte Kloster, für das er als Bettelmönch unterwegs gewesen war. Das Kloster, das man uns Journalisten als Falle gestellt hatte. Der Bruder von Kleiner Draches Vater.

Ich nickte. »Was hat der damit zu tun?«

Der Mann nickte zufrieden.

»Ich bin auch ein Angehöriger der Familie in Chau Doc. Chu hat nach dem Anschlag im Hotel bei uns auf ihre Niederkunft gewartet. Können wir gehen? Ihr Kleiner Drache wartet auf Sie. Der Name der Tochter ist noch zu klären. Und dazu brauchen wir den Vater.«

Den Vater? Woher sollte ich wissen, ob ich der wirkliche Vater war?

»Und wenn ich nicht will? Ich weiß doch nicht, ob ich der Vater bin.«

Der Mann wiegte den Kopf. Lächelte. Rauchte und bestellte noch eine Flasche.

»Nein. Das können Sie natürlich nicht wissen. Das weiß ein Mann nie. Damit müssen wir leben.«

Eine lange Pause trat ein. Der Wirt brachte Knabbergebäck. Ihm war die Anwesenheit des lokalen Polizeichefs sichtlich unangenehm.

»Sie müssen es einfach glauben. Sie haben diese Erklärung unterschrieben, dass Sie für Chu und die Folgen haften und für Ihre, wie sagt man ... Konkubine, verantwortlich sind. Hier. Ist das Ihre Unterschrift oder nicht? Sonst muss ich Sie leider sofort verhaften.«

Er legte mir das Dokument vor, das meine Unterschrift trug. Inzwischen war mein Viet gut genug, um zu verstehen, was ich unterschrieben hatte. Ich hatte als vermeintlich zufriedener Besucher Cholons eine Heiratserklärung für Kleiner Drache unterschrieben. Und dieser Mann war nicht Polizeichef des Distrikts. Er war der Polizeichef von Saigon. Höher ging es nicht mehr.

Er hatte mich reingelegt. Mich mit seiner Nichte verkuppelt. Ein schneller Handgriff, meine Unterschrift unter dem Dokument abreißen, und sie verschwand in meinem Mund. Ohne zu kauen, schluckte ich das Papier und lächelte.

Er lächelte auch.

»Können wir nun gehen? Ist nicht weit von hier. Ich hätte noch mehr Kopien, die Sie runterschlucken könnten.«

Die Sonne verneigte sich langsam in ihrem Zenit.

Die Kurbel für das Beifahrerfenster war abgebrochen. Die Scheiben waren dreckig. Das Getriebe knirschte mit den Zähnen. Alles, was dieses Auto als Polizeifahrzeug auswies, waren die Signalleuchten auf dem Dach. Hier war langsam alles marode und schien sich, wie dieser Polizeichef, nur noch zu bereichern.

Eine weiße Mauer mit einem roten Tor. Wir waren irgendwo in Saigon. Nach Cholon oder ins Hotel würde ich allein nie wieder zurückfinden. Er wusste das und spielte es genüsslich aus.

»Wir sind da«, verkündete er und stellte den röhrenden Motor ab. »Kommen Sie. Ihre Frau und Ihre Tochter erwarten Sie.«

Wut kroch in mir hoch. Ich wollte etwas sagen. Ließ es aber. Ich war wieder gefangen. Gefangen in einem Gespinst von Unverständnis, Unwissenheit und meiner jugendlichen Dummheit.

Na ja, Peter, dann wollen wir mal, knurrte meine Logik.

Das geht schief, meckerte die rechte Gehirnhälfte dagegen. Dann schwieg sie.

Ein rotes Tor in einer gekalkten Ziegelmauer. Es zeichnete sich durch viele abblätternde Anstriche und eine Drachenkralle aus, die als Türöffner darauf prangte. Messing. Angelaufen. Mit Grünspan bedeckt.

»Hier?« Ich deutete auf den Eingang.

»Ja hier. Das ist das alte Viertel der Khmer aus dem 17. Jahrhundert. Heute wohnen alle die hier, die nirgendwo zu Hause sind. Die ethnischen Minderheiten wurden nach und nach von den Chinesen vertrieben. Seither gibt es den Volksstamm der Khmer offiziell nicht mehr in Saigon. Die Franzosen als Kolonialmacht konnten mit diesen unbequemen Bauern – Banditen, wie sie die nannten – überhaupt nichts mehr anfangen und haben sie seit 1890 ausgerottet, vertrieben oder als Sklaven an die Plantagenbesitzer verkauft. Seither haben sich diese ungebildeten Menschen neue Taktiken ausgedacht. So wie die chinesischen Wandermönche vor Hunderten von Jahren Kampftaktiken entwickelt haben, um sich selbst zu verteidigen.«

Er rauchte. Ich rauchte. Ich dachte nach, was ich Kleiner Drache sagen sollte, wie das mit uns weitergehen konnte. Mit einem Baby, von dem ich nicht einmal wusste, ob es von mir war.

»Welche Taktiken?«

Vielleicht war eine für mich dabei.

Der Polizeichef zog kurz die Mundwinkel hoch und schnippte die Zigarette auf die Straße.

»Selbstmordkommandos. Eine völlig neue Art der Kriegsführung.«

Er wischte sich mit dem roten Ziertuch aus der Brusttasche seiner Anzugjacke den Schweiß aus dem Gesicht, vom Nacken und vom Hutband.

»Was soll das heißen? Die sprengen sich selbst in die Luft?«

Er nickte nachdenklich. Reichte mir eine Zigarre. Eine Sumatra.

»Ja. Sie greifen nicht mit Waffen an, wie der Vietcong. Sie binden sich einfach ein paar Kilo Sprengstoff um den Bauch und gehen in Restaurants und Hotels. Und dann ... buff. Alles im Umkreis von zwanzig Metern ist platt.«

Fahrräder, beladen mit Hühnerkäfigen, rollten schwankend an uns vorbei. Mopeds knatterten in alle Richtungen. Eines hatte zwei gefesselte Schweine auf dem Gepäckträger. Ein anderes zog einen Büffel hinter sich her. Das nächste transportierte Ersatzteile für Autos.

Ich verstand nicht. War das jetzt ein Dreifrontenkrieg? Kambodscha war neutral. Ihr Staatspräsident, Prinz Sihanouk, taktierte klug zwischen den USA und Nordvietnam.

»Was haben die Khmer mit diesem Krieg zu tun?«

Der Polizeichef lächelte und rauchte.

»Die Khmer haben die älteren Rechte in diesem Teil Asiens. Eigentlich sind sie friedliche Bauern. Haben keine Armee.

Aber was würden Sie tun, wenn Ihr Land an der Grenze verfeindeter Staaten liegt, die sich auf Ihrer Saat, Ihrem Leben, Ihrer Familie austoben? Die Amis verwüsten ihre Wälder und Felder mit ihrem Entlaubungsgift. Die Vietcong nützen sie wie Räuber aus, um Nahrungsmittel zu bekommen. Da bindet sich schon so mancher verzweifelter Bauer Sprengstoff um den Bauch. Ihm ist es egal, wen er dabei mit in den Tod reißt. Hauptsache, er rächt sich. Ob an den ungeliebten Viets oder an sonst wem. Das ist ihm dann egal. Der Mensch hat nie kämpfen gelernt. Er fühlt sich hilf- und wehrlos. Jeder macht mit ihm, was ihm passt. Dann lieber sofort nach eigenem Willen tot oder langsam nach dem Willen anderer verhungern. Dazwischen hat er nichts mehr.«

Ich blies den Rauch durch sein Fenster hinaus. Meines ließ sich nicht bewegen. So hatte ich das noch nicht gesehen. Dass sich die Viets, Nord gegen Süd, bekämpften, die einen von den Sowjets, die anderen von den USA unterstützt, darüber zu berichten war mein Geschäft. Mein Job. Dass die Grenzbevölkerung ihre eigene Vorstellung von *ihrem* angestammten Gebiet hatte, darüber hatte ich frühestens seit den Reisfeldern in Chau Doc eine Ahnung erhalten. Mir aber weiter keine Gedanken darüber gemacht. Es war eben Krieg.

»Sie zählen sich zu den Khmer?«

Er nickte abwesend. »Ja, vielleicht. Ich weiß nicht, wohin ich gehöre. Unsere Vorfahren haben sich derart gemischt, dass jeder alles in sich tragen kann. Damals, als hier noch das Reich der Khmer friedlich herrschte. Aber seit die Franzosen kamen, haben sie die ganze Zivilisation, so wie wir sie kennen, auf den Kopf gestellt. Und die Amerikaner machen alles noch schlimmer. Noch aggressiver. Da waren die Japaner im letzten Krieg richtig nette Menschen. Und das waren schon Stinktiere.«

Er startete den Motor und nickte. Das Gespräch war für ihn beendet.

»Was erwartet mich da drinnen?«, fragte ich und legte ihm eine Hand auf die Schulter.

»Wenn Sie nicht hineingehen, werden Sie es nie erfahren. Ich lasse Sie gegen Mitternacht abholen und ins Hotel zurückbringen.«

Das Tor quietschte. Und nicht nur das Tor.

»Tür zu, sonst laufen mir die Hühner davon«, quiekte eine alte Frau und drohte mit ihrem Stock. Mit der freien Hand rührte sie in einem Kessel, der von einem Gasbrenner erhitzt wurde.

Es war ein Viereck. Zur Straße die Mauer. Drei geduckte Gebäude bildeten einen Innenhof. Ein Dattelbaum mit einer umlaufenden Holzbank in seinem Schatten. Hühner und grunzende Schweine liefen frei herum. Eines der Schweine hing am Baum und ließ sein Blut in den Kessel tropfen.

Eine Farm im Hinterhof einer Großstadt. Unwirklich. Draußen tobte der Straßenlärm, hier gab allerlei Viehzeug seine ländlichen Laute von sich. Mein Magen rebellierte. Es roch nach Gülle, ein Gestank, der nach meinem Aufenthalt im Gefangenenlager etwas Unwirkliches hatte. Und noch jemand wirkte hier unwirklich. Er saß mit gesenktem Kopf im Lotossitz im Schatten des Baumes und meditierte.

Ich setzte mich auf die Bank. Die alte Frau rührte weiter im Kessel.

»Das kannst nur du Deutscher sein. Du hast einen typischen Schritt und eine unverkennbare Art eine Tür zu schließen.«

Gnong Duc, der buddhistische Mönch, lächelte.

»Schön, dass du überlebt hast. Aber zu Kleiner Drache kannst du momentan nicht. Sie hat bei der Geburt viel Blut verloren. Jemand ist bei ihr, der sich damit auskennt. Also keine Sorge. Dein Kind ist wohlauf.«

Ich scharrte mit den Füßen im Boden. Sein Kopf wandte sich dem Geräusch zu und sah zu mir auf. Ich erschrak. Der Mönch hatte keine Augen mehr. Aber er lächelte.

»Wer hat dir das angetan?« Ich brauchte einige Zeit, um seinen Zustand zu begreifen.

Gnong Duc tastete nach der Bank. Ich half ihm einen Platz zu finden.

»Wie hast du in diesem Zustand hierhergefunden?« Eine dümmere Frage fiel mir nicht ein.

Der Mönch nahm meine Hand und lächelte in die Sonne, die er nicht mehr sah. Er fühlte sie nur noch.

»Du bist dünn geworden«, stellte er fest, während er meine Finger abtastete. »Und du stellst zu viele Fragen, deren Antworten nichts mehr bringen. Die Dinge sind, wie sie sind. Ich kann damit umgehen. Lerne du es auch. Dann ist dein Leben einfacher.«

»Knackarsch!«, brüllte eine Stimme über den Hof. Die Schweine und Hühner stoben auseinander. »Dass du noch hier bist ... ich fasse es nicht.«

Wie ein gewaltiges Rollkommando überfiel mich Micky. Erdrückte mich. Küsste mich ab. Zog mich auf die Bank.

Der Mönch lächelte jetzt nicht mehr. Er grinste.

»Ihr kennt euch, hat er mir gesagt«, plapperte sie los und war nicht mehr zu bremsen.

Es gab Blutsuppe aus dem Kessel und Whiskey aus ihrer Arzttasche. Auch Zigaretten hatte sie dabei.

Gnong Duc begab sich wieder in den Lotossitz. Er meditierte weiter.

Sie erzählte und erzählte.

Ali hatte recht gehabt. Das Kloster Sanmonorum war von Vietcong belagert und letztendlich niedergebrannt worden.

Amerikanische Aufklärungsflugzeuge hatten Alarm geschlagen und Truppen geschickt. Das Rote Kreuz hatte sich der wenigen Überlebenden angenommen. So war Gnong Duc wieder hier gelandet.

»Ach so, ich soll dir beste Grüße von Ali bestellen. Ihm haben wir das Überleben des Mönchs zu verdanken. Er hat ihn irgendwo aufgelesen, als er ziellos herumirrte, und bei der Polizei abgeliefert.«

»Ali? Was hat der damit zu tun? Wo steckt er jetzt?«

Micky zuckte mit den Schultern. »Keine Ahnung. Er war vor Wochen kurz hier, um nach dir und Brian zu fragen. Dann war er wieder weg.«

»Hat er irgendeine Nachricht hinterlassen?«

Micky verzog ihr Schokoladenpuddinggesicht und schüttelte die Kinnlappen.

»Nein. Nichts. Sollte er?« Sie sah auf ihre Uhr und sprang auf. »Himmel, ich muss die Infusion wechseln! Dann kannst du Mutter und Kind sehen. Moment noch. Ich rufe dich.«

Die alte Frau fütterte die Schweine mit den Innereien ihres Artgenossen, der im Kessel gelandet war.

»Du solltest vorsichtig gegenüber meinem Bruder, dem Polizeichef, sein«, murmelte Gnong Duc. »Wenn das hier so weitergeht, dann gewinnen die Vietcong. Dann hängt er am Galgen. Und das weiß er. Er ist korrupt. Er hat sein Geld und die Familie schon in die USA geschafft. Wenn die Amerikaner ihre letzten Truppen abziehen, bekommt er hier kein Bein mehr auf die Erde.«

Wenn die Amerikaner ihre letzten Truppen abziehen. Wie sich das anhörte. Das würde einer gigantischen Niederlage gleichkommen und der Geschichte recht geben. Kein Okkupator dieses Erdteils hatte sich hier lange halten können. Es gab keine definierbaren militärischen Strukturen, gegen die jemand mit moderner Technologie hätte wirksam kämpfen können.

»Welchen Tag haben wir?«, fragte der Mönch.

»Äh ... Februar 1970.«

Er nickte. »Verkauf einen Blinden nicht für dumm. Das Jahr und den Monat weiß ich. Ich will den Tag wissen.«

Da musste ich selbst rechnen. Was für ein Tag war heute? Irgendwie war mir seit dem Lager alles aus dem Ruder gelaufen. Ich war nahezu zeitlos geworden. »Sonntag.«

Gnong Duc nickte. Die Schweine balgten sich ums Futter.

»Dann muss ich euch bald trauen. Sonst verliert Kleiner Drache langsam ihr Gesicht. Sie ist kämpferisch. Aber ohne Trauung bleibt sie eine Nutte. Und das hat sie nicht verdient. Bist du mit nächster Woche einverstanden.«

Ich nickte. Er sah es nicht. Mir blieb angesichts meiner schriftlichen Einverständniserklärung keine andere Wahl. Mein Verlag zwang mich, weitere Berichte zu liefern oder sofort nach Hause zu kommen. Der Fluch des Erfolges hatte mich im Griff. Ich musste zurück an meine Kommunikationsmittel. Und die waren nur im Hotel.

Der Mönch nickte. »Gut. Du widersprichst nicht. Am Sonntag in der roten Pagode. Hilf mir mal hoch.«

Der Raum war stickig. Niedrig. Ich musste mich bücken. Mehrere Bettgestelle mit Reisstrohmatten. Ein paar roh gezimmerte Regale. Es sah wie eine billige Herberge aus.

Kleiner Drache lag unter einem Moskitonetz, das Neugeborene in einer Art Wiege, die mit Tüll abgedeckt war. Fliegen. Überall waren Fliegen.

Micky saß auf einem Bettgestell und rollte mit den Augen.

»Dein Kleiner Drache kann nicht hier bleiben. Sie und das Kind müssen in ein Krankenhaus. Da muss ein richtiger Arzt her. Nicht so ein Möchtegern wie ich.« Sie fuchtelte mit den Armen, um die Fliegen zu verscheuchen.

»Dann ist sie tot. Und das Kind auch«, kam es von der Tür.

»Hier aber auch«, konterte Micky. »Was sind denn das für sanitäre Umstände für solch ein zartes Wesen, das fast an der Erstgeburt verreckt ist? Sie wird nie wieder Kinder bekommen und muss sofort operiert werden.«

Der Mönch lehnte in der Tür und nickte. »Ja, ich rieche Blut. Aber Kleiner Drache steht auf der Liste. Man hat sie mir vorgehalten. Ich habe sie gelesen. Danach hat man mir das Augenlicht genommen.« Er tastete sich an der Wand entlang, bis er ein Bettgestell gefunden hatte. Er ließ sich fallen und atmete schwer.

»Welche Liste?« Mein Jagdinstinkt erwachte. Der Mönch lächelte mit leeren Augen.

»Du stehst auch drauf. Ali und viele andere, die als Staatsfeinde der Vietcong getötet werden müssen. Nein, nein, wir müssen uns mit Kleiner Drache etwas Besseres einfallen lassen. Hier sind wir noch sicher, da dieses Gelände zum Kloster gehört. Aber wie lange noch?« Er dachte einen Moment nach und suchte in seiner Kutte. Kramte einen Beutel hervor und warf ihn in den Raum.

Ich saß auf Kleiner Draches Bettkante und hielt ihre Hand. Die dünne, zerbrechliche Hand, die so zärtlich wie gewalttätig sein konnte, wenn sie eine Waffe hielt. Sie schwitzte. Atmete unregelmäßig. Jammerte im Schlaf.

»Das Geld müsste reichen, um nach Chau Doc zu kommen«, murmelte der Mönch. »Kleiner Drache muss aus dieser Stadtluft raus. Sie muss den Geruch der Reisfelder und des Mekong riechen. Sonst erlischt ihr Lebenswille.« Er wiegte den Kopf bedenklich und vertrieb Fliegen, die sich in seinen Augenhöhlen festsetzen wollten.

»Außerdem ist sie dort im Bereich der Khmer. Die haben auch keine schlechten Ärzte. Die kennen sich mit schweren

Geburten und der seit Generationen überlieferten Heiltechnik aus.«

»Heiltechnik?«, brüllte Micky und sprang auf.

»Bei einem massivem Dammriss brauchen wir keine Heiltechniken. Sie muss operiert werden. Und zwar schnell. Los, Knackarsch, besorg uns einen Wagen. Sonst läuft mehr Blut raus, als ich Serum reintropfen kann.«

Zwölf Stunden später.

Ort: 3. US-Sanitätskompanie nordwwestlich von Saigon.

Umgebung: Der Flughafen. Militärischer Teil. Eine Barackenstadt. *Hospital* stand über einem Gebäude.

Wartende: ein blinder Mönch, der ständig etwas von einem Dammbruch murmelte. »Wenn die Dämme am Mekong brechen, hat das schlimme Folgen. Dann ist die Ernte nicht mehr kontrolliert zu bewässern. Ein ganzes Jahr Arbeit umsonst.«

Ein müder Journalist, der sich strafbar gemacht und der noch nicht einmal seine kleine Tochter in seinen Armen gehalten hatte.

Ich hatte, um mit Kleiner Drache, dem Kind und Micky hierherzukommen, einfach einen Wagen gestohlen, der vor einer Garküche mitsamt Zündschlüssel geparkt war. Gnong Duc hatte sich mir aufgezwungen, ihn mitzunehmen. Er hatte sich unentbehrlich gemacht, indem er das Baby an sich genommen hatte und es nicht mehr hergab.

Micky ließ sich auf die Wartebank fallen. Zündete sich mit zitternden Händen eine Zigarette an. Atmete tief ein und wieder aus.

»Kleiner Drache hätte keine zwei Stunden mehr gehabt.« Sie rauchte.

»Dammbrüche sind schlimm am Mekong«, murmelte der Mönch.

»Sie wird durchkommen. Kann aber nicht stillen. Das Kind muss künstlich ernährt werden.«

»Wenn der Damm bricht, dann ist die ganze Arbeit für ein Jahr kaputt«, murmelte der Mönch.

Micky schüttelte den Kopf und wedelte mit der Hand vor dem Kopf.

»Ich glaube, den sollte sich mal der Chef ansehen. Der hat nicht nur die Augen verloren.«

Sie brüllte durch den Korridor nach einem Arzt. Der Mönch folgte willig.

»Dammbrüche müssen wir verhindern. Sonst hungert das Volk«, murmelte er gebetsmühlenartig vor sich hin.

Es wurde etwas ruhiger. Micky zauberte einen Flachmann mit Whiskey hervor. Wir tranken und schwitzten.

»Du wolltest doch schon längst in die USA zurück, um zu studieren.«

Micky nickte. »Ja. Will ich immer noch. Aber wir bekommen keine Leute mehr, die in Vietnam Dienst machen wollen. Die Studenten in den USA und Europa gehen auf die Straßen und rufen: ›Ho-Chi-Minh!‹.« Sie zauberte noch einen Flachmann aus ihrer Fülle hervor. »Also harre ich hier aus. Ich habe keine Lust, zu Hause auf die Straße zu gehen, nur um gegen etwas zu demonstrieren, das mir eh keiner glauben würde. ›He, du warst doch in Vietnam und eine von uns. Bestätige, dass wir uns anständig benommen und die Genfer Konventionen eingehalten haben.‹«

Unwillig schüttelte sie den Kopf.

»Nein. Die können mich alle mal. Nein, nein. Ich lasse mich für keine Seite mehr einspannen.« Sie seufzte. »Muss mal nach den Patienten sehen. Treffen wir uns in einer Stunde noch in der Messe? Dann zeige ich dir, wo du schlafen kannst.«

Ich zog die Augenbrauen hoch.

»Mach nicht so ein blödes Gesicht. Das steht dir nicht. Es

gibt nur noch eine Messe für alle. So viele Leute sind wir hier nicht mehr. Gerade noch genug, um die Basis vor Angriffen zu schützen. Auflösungserscheinungen an allen Ecken. Unsere Truppen müssen den Flugplatz freihalten, damit wir geordnet abrücken können. Was immer das auch heißt. Geordnet.« Micky blies die Backen auf und schüttelte den Kopf. »In meinem Saustall von Küche herrscht mehr Ordnung. Wird Zeit, dass ich nach Hause komme.«

Eine Stunde später.

Ich hatte noch eine Weile auf der Bank gesessen und versucht, meine Situation zu überdenken. War froh, dass ich keine Menschen um mich hatte. Mir war nach einer dicken Zigarre, einem vierfachen Whiskey und keinem Krieg mehr. Ich musste hier raus und einem zivileren Beruf nachgehen. Kleintierzuchtverein. Fußballclub, Karnevalsprinz oder von mir aus auch nur über die Kneipenkultur in Köln berichten. Nur raus hier.

»Kommst du mal mit?« Micky rüttelte mich aus den kleinkarierten Gedanken eines kleinbürgerlichen Lebens.

»Ist was mit Kleiner Drache und dem Kind?«

Micky trabte mit rudernden Armen durch die Gänge in der Baracke. Sie schwitzte. Ich schwitzte.

»Das Baby ist versorgt. Deinem kleinen Drachen haben die Ärzte das Leben gerettet.« Sie atmete tief durch. »Aber glaub ja nicht, dass dieses zierliche Wesen jemals wieder ein Kind bekommen wird. Außerdem sollte sie schnellstens in ein vernünftiges Krankenhaus. Sie braucht ’ne Scheidenplastik. Sie ist keine Frau mehr, wie ihr Männer euch das vorstellt.«

Micky rollte weiter wie ein Panzer durch Korridore vor mir her. Sie war sauer und ich schluckte trocken. Was, zum Teufel, war eine Scheidenplastik? Ersatzbeine, Ersatzarme kannte ich inzwischen. Aber dass es für Frauen auch solche Prothesen gab, war mir neu.

»Komm. Ein paar Leute haben ein dickes Problem mit dem Mönch.« Sie stieß eine Tür mit der Aufschrift *OP3 – Zutritt verboten* auf. Schob mich hinein und zog die Tür wieder zu.

Fünf Männer waren im Raum. Ein Arzt. Zwei Militärpolizisten, der Mönch – und Ali el Sharif, der an einem Besteckkasten lehnte. Gnong Duc war nackt und ... tot. Zwei kleine Löcher in seinem Kopf und seiner Herzgegend wiesen darauf hin, dass er erschossen worden war.

Ich hatte nichts von einem Schuss gehört.

»Ihr könnt gehen. Ich mache den Bericht.« Ali trieb die Männer aus dem Raum und wedelte mit einem Ledergürtel, der wie die Patronentasche eines Soldaten aus dem Ersten Weltkrieg aussah.

Er wandte sich an mich. »Ich hätte Brian und dich für klüger gehalten. Ich habe euch gesagt, ihr Idioten sollt umkehren. Du bist zu jung und Brian war zu alt für solch ein Kommando. Habe ich das gesagt?«

Ali wedelte weiter mit dem Gürtel. Ich nickte. Er hatte recht. Brians Verbohrtheit und mein jugendlicher Leichtsinn hatten einige Kollegen das Leben gekostet.

»In diesem Gürtel, den der Mönch unter seiner Kutte trug, sind zwanzig Pfund eines neuartigen Plastiksprengstoffes. Es ist eine tschechische Erfindung. Sie hat eine einhundert Mal höhere Sprengkraft als alle uns bisher bekannten Sprengstoffe. Woher hatte er das? Das hätte in dieser Barackensiedlung ein Blutbad ohnegleichen werden können.« Ali sah Micky an. »Du hast ihn doch in das Gehöft in der alten Khmer-Siedlung gebracht. Du hättest doch zumindest bei einem blinden Mönch erfühlen können, dass er etwas trug, was da nicht hingehörte.«

Alis Kaumuskeln spielten. Er knabberte an einem abgerissenen Fingernagel.

»Wer sagt das?«, knurrte Micky. »Ich kannte anfangs weder das Khmer-Gelände, noch habe ich den Mönch irgendwohin gebracht. Das war dieser Polizeichef. Ich habe nur erste Hilfe geleistet für die Überlebenden vom Kloster, mehr nicht.«

Der Streit, wer wen wohin gebracht hatte, ging mir auf die Nerven. Von irgendwoher hatten sich mein Gehirn, meine Seele, wenn ich denn eine hatte, und mein Mut zusammengetan.

»Du bist ein Lügner, Ali. Der Mönch war fast wahnsinnig. Du hast uns Kollegen auf das Kloster gehetzt, das sich danach als eine Falle für uns herausstellte. Und dann kommt dieser irre Mönch und erzählt davon, dass es jemand niedergebrannt hat. Was stimmt nun? Woher soll dieser friedliche Mann den Sprengstoff haben?«

Ali zuckte mit den Schultern und deutete auf den Leichnam.

»Er wird dir darauf keine Antwort mehr geben. Und meine ist die, die ich dir geben darf. Er wurde erschossen, weil er sich einer Leibesvisitation widersetzt hat. Da sind die Kontrollen inzwischen sehr sensibel. Die Khmer haben die Selbstopferung inzwischen zur Waffe gemacht. Und der Mönch ist ... *war* ein Khmer.«

»Wenn das Kloster wirklich niedergebrannt wurde, dann wieder mal von deinen Sonderkommandos. Ich will das Luftbild sehen. So lange bleibst du für mich ein Lügner.«

Ali lächelte.

»Kannst du dir vorstellen, dass ich deine Gedanken lesen kann?« Er zog ein Leinentuch aus dem Geräteschrank und deckte den Mönch zu.

Ich rührte mich nicht und zündete ein Zigarillo an. Micky hatte es mir zugesteckt.

»Ich höre«, sagte ich und blies Rauch in den Raum.

»Du denkst, ein Mönch versucht niemand umzubringen und ich hätte den Sprengstoff hier auf die Basis gebracht und ihn diesem armen Kerl aus politischen Gründen untergeschoben. Stimmt's?«

Ali sprach die Gedanken aus, die sich bei mir erst langsam formieren wollten. Ich war wirklich zu unerfahren gegen diesen Profi.

»Wie zündet man diesen Sprengstoff? Lunte? Feuerzeug? Handgranate?«

Ali wog den Gürtel in der Hand.

»Du bist wirklich nicht blöd. Nichts von allem. Er wird elektrisch gezündet. Sonst geht er nicht hoch.«

»Die Zündvorrichtung dazu hast du nicht auch noch zufällig bei diesem armen Mönch gefunden?«

Ali lachte herzhaft.

»Du könntest einer von uns sein. Gut kombiniert. Geh jetzt. Nimm deinen Kleinen Drachen und bringe sie nach Hongkong in ein Krankenhaus. Ich habe für euch eine der letzten Maschinen gebucht, die heute noch rausgehen. Das Kind bleibt hier und wird dem Bruder des Mönches, dem Polizeichef, übergeben.«

Zorn quoll in mir hoch. Dieser Colonel Ali Ben Ali el Sharif, Geheimdienstler von was auch immer, verstand es, mich, andere und Situationen zu manipulieren.

»Was will der mit unserer Tochter, die noch nicht mal einen Namen hat?«

Ali nickte. Er schien zufrieden zu sein.

»Wir haben den Sprengstoff, den wir schon lange suchen, und du bist ein lästiges Kind los. Ihren Namen können ihr die geben, die es annehmen. Ein Blankopapier sozusagen. Ist das ein Geschäft?«

Galle. Mir kam nur noch dieser bittere Saft hoch.

»Ihr habt dem Mönch den Sprengstoff umgebunden, damit der zur Analyse außer Landes kommt. Diesem armen Kerl, der von nichts eine Ahnung hatte? Nur damit das Zeug hier auf eine der letzten amerikanischen Basen kommt? Was habt ihr ihm versprochen?«

Ali versenkte die Hände in den Taschen und schob das Kinn vor.

»Eigentlich nichts. Er hat es für das Überleben von Kleiner Drache und für das Kind getan. Mehr nicht.«

»War es deine Idee, oder hatte La Troux das alles für die Weltpresse inszeniert?«

»Nachrichtenhändler wollen auch am Krieg verdienen, oder? Es wird weitere Kriege in der Welt geben ... und einen La Troux aufhalten, das schaffst du nicht!«

Meine Faust traf. Ali blutete aus dem Mund. Er zog betont langsam die Hände aus den Taschen und angelte sich ein Handtuch. Schüttelte den Kopf und versuchte zu grinsen.

»Peter, du musst noch viel lernen. Einen ehemaligen Legionär überrascht man nur einmal. Geh in die Messe. Besauf dich. Es ist beschlossene Sache, dass ihr, du und Kleiner Drache den nächsten Flieger nach Hongkong nehmt. Sonst ...« Er griff sich ein neues Handtuch. »Sonst kommt ihr hier ein paar Operationen in die Quere, die eurer Gesundheit nicht sonderlich zuträglich sind. Raus jetzt. Oder soll ich dir jetzt auch noch die Schnauze einschlagen?«

Dazu hatte ich keine Lust. Er war mir kampftechnisch überlegen und würde mir sehr schnell das Genick brechen.

»Na schön. Ich weiche der Gewalt und fliege nach Hongkong. Aber damit ist die Liste der Vietcong nicht ausgelöscht, die ausweist, wessen Leben in Gefahr ist.«

Ich schlug die Tür hinter mir zu und suchte den Ausgang. Mir war jetzt wirklich nur noch nach einem riesengroßen Whiskey.

»Welche Liste? Wo ist die?«, brüllte Ali hinter mir her.

Ich blieb stehen. Er hatte immer noch ein Handtuch vor dem Mund.

»Die ist im Kopf des Mönches. Er hat mir davon erzählt, bevor du ihn hast umbringen lassen. Und die geht jetzt mit mir auf die Reise.«

Ali fluchte etwas, das sich wie eine Drohung anhörte.

»Gib dir keine Mühe, an die Liste in meinem Kopf zu kommen. Die ist schon längst im Verlag.«

Lüge, alles Lüge, tobte es in mir. *Du kannst Ali nicht für blöd verkaufen. Der weiß doch, dass du inzwischen keinen Zugang zu irgendwelchen Kommunikationsmitteln gehabt haben kannst.*

Halt deine Klappe, beruhigte ich mich. *Das weiß ich. Aber nicht er.*

Bist du dir da sicher?

Nein. Das war ich mir absolut nicht. Raus. Nur noch raus aus diesem undurchschaubaren Irrenhaus, in dem jeder gegen jeden zu kämpfen schien.

Die Messe in der Barackenstadt.

Der Raum maß an die hundert Quadratmeter. Es war heiß und laut. Alle Ränge der US-Truppen drängten sich um Theke und Tische. Die Deckenventilatoren verteilten nur den Mief schneller, als er produziert werden konnte. Jeder der Anwesenden stank. Ein Gestank nach Schweiß und Angst. Die Gespräche drehten sich nur um ein Thema ... wann wer nach Hause kam.

»Das ist doch eine verfluchte Scheiße«, knurrte Micky.

Sie kaute Kaugummi. Hatte ein Zigarillo im Mundwinkel und eine Flasche Whiskey in der Hand.

»Dass Kleiner Drache sofort in ein anständiges Krankenhaus muss und man dich hier loswerden will, das sehe ich noch ein. Aber das Kind, nur weil es noch ohne Namen ist, zu dieser komischen Art von asiatischer Adoption freigeben ... wegen dieser Chu-Familienehre. Nein. Da mache ich nicht mit.«

Sie überlegte einen Moment und suchte in ihrer monströsen Umhängetasche.

»Ich kann es nicht verhindern«, wandte ich ein.

»Doch. Kannst du. Das Kind mit dem süßen Popo fliegt mit. Es gehört zu seiner Mutter ... und zu dir. Feierabend.«

Micky riss ein Blatt aus ihrem umfangreichen Notizbuch.

»Das ist eure Anlaufstelle in Hongkong. Die werden euch weiterhelfen. Und das hier ist deine Lebensversicherung.« Sie blätterte drei Schwarzweißfotos auf den Tisch und stellte zwei schwarze Filmdosen daneben.

»Woher hast du die?«

Micky zuckte mit den Schultern und rauchte ruhig weiter.

»Wurden mir zugespielt, oder wenn du so willst, sie sind mir an den Fingern kleben geblieben.« Sie grinste, als habe sie einen Krieg gewonnen.

Es waren Abzüge der Fotos, die ich während des von Ali geleiteten Massakers mit der Leica gemacht hatte. Meine Privatfotos, die nie in die Presse gelangt waren. Jemand hatte sie vergrößert und dabei Ali besonders herauskopiert. Ali, wie er eine Frau, die ein Kind im Arm hielt, mit einem Knüppel erschlug.

»Und da sind die Negative. Pass gut darauf auf. Ich habe sie von Kleiner Drache. Gibst du mir noch einen aus?« Sie nahm die Dosen wieder an sich, bevor ich die Filme begutachten konnte. »Die gehen über die Rote-Kreuz-Schiene nach Hongkong. Als Proben von Malariakranken. Da kannst du sie dir abholen. An wen du dich zu wenden hast, steht auf dem Zettel.«

»Mr. Stösser? Darf ich Sie bitten mitzukommen?«

Einen Moment war es im Raum ruhig geworden. Ich sah an der Stimme hoch, die mir die Hand auf die Schulter legte. Es war Oliver, der Pilot. Begleitet von zwei Militärpolizisten.

»Was machst du denn noch hier? Ich denke, du fliegst längst Ölbohrinseln an.«

Hauptmann Oliver schüttelte den Kopf. »Können wir gehen, ohne hier Aufsehen zu erregen?«

»Was habt ihr mit Mr. Stösser vor? So geht das nicht!«, protestierte Micky.

Sie erntete nur ein Kopfschütteln und die Antwort, dass sie als Ausgemusterte hier unter aktiven Soldaten der US-Truppen nichts zu suchen habe.

Mir blieb keine Wahl. Ich folgte. Die Stimmen im Raum setzten wieder ein. Die Musik wurde lauter gestellt.

Ein Gewitter kündigte sich an. Ob es nur ein Wetterleuchten oder wieder ein Bombardement war, war langsam nicht mehr zu unterscheiden. Ich trabte zwischen den MPs und hinter Oliver her.

Wieder eine Baracke. Ich begann diese Provisorien zu hassen. Sie waren feucht, speicherten jedes Klima und verbreiteten schnell den Duft der Verwesung. Der Inhalt war auch nicht sympathischer.

»Mr. Stösser, Sie haben von einer Todesliste gesprochen. Die hätten wir gerne.«

Ali lehnte mit verschränkten Armen an der Wand und verzog keine Miene.

Der Polizeipräsident Chu trug jetzt die Uniform eines Obersts der südvietnamesischen Armee. Die Ringe hatte er anbehalten. Es sah lächerlich aus. Uniform und Gold. Der Sprecher war ein Major der Amerikaner und bestand darauf, dass er hier der Chef im Ring war. Sozusagen der Kommandierende. Oliver blieb hinter mir stehen. Das machte mich nervös.

»Mr. Stösser. Bitte sagen Sie uns, was Ihnen der Mönch über diese Listen erzählt hat«, versuchte der Major es auf die entgegenkommende Art.

»Was ist dann für mich drin?«, fragte ich frech.

Die Anwesenden sahen sich kurz an. Sie hatten sich auf meine Frage vorbereitet und ich wusste, dass ich schon verloren hatte.

Der Major lächelte.

»Also, Mr. Stösser, wenn Sie uns sagen, was Ihnen der Mönch über die Liste gesagt hat, dann dürfen Sie, Ihr Kleiner Drache und Ihre Tochter ohne Namen nach Hongkong ausfliegen.«

Ich fluchte innerlich. Hatte zu hoch gepokert. Gnong Duc hatte mir zu wenig gesagt, um damit als Erpresser auftreten zu können.

»Und wenn nicht?«

Der Major fuhr sich mit einem Taschentuch am Hals entlang. Er schwitzte. Lächelte jedoch.

»Habe ich mir schon gedacht. Sie verdienen als Journalist mehr damit, es in die Welt zu posaunen. Dann unterschreiben Sie das bitte.« Er schob mir ein mehrseitiges Dokument hin.

Es war in Englisch und Viet und von irgendwelchen Stempeln beglaubigt.

Ich las. Es war der Entzug meiner Akkreditierung als Journalist. Sowohl von den US-Streitkräften als auch von der südvietnamesischen Regierung. Ich hatte das Land nach Kenntnisnahme der Dokumente unverzüglich zu verlassen. Vietnam war für den Rest meines Lebens tabu.

Der Polizeipräsident lächelte. »Aber das Kind bleibt natürlich hier. Die Kleine ist vietnamesische Staatsbürgerin, da von

Ihnen nicht offiziell anerkannt. Und als letzter verbliebener Verwandter bin ich nach unseren Gesetzen ihr Vormund.«

Er stemmte sich mit seinen beringten Händen auf die Tischplatte vor mir.

»Nehmen Sie Kleiner Drache mit. Sie kostet uns hier nur Geld und macht ständig Ärger. Wie ihr Onkel, mein Bruder, der Mönch. Wie kann man nur ins Kloster gehen?« Er schlug sich vor die schwitzende Stirn. »Diesen Schwachsinn hat keiner unserer Familie jemals verstanden. Wir waren immer eine arme Familie. Da muss man doch nicht noch ärmer werden. Sehen Sie mich an. Aus mir ist etwas geworden.«

Der Mann erinnerte mich an die Kloake im Lager. Er roch nur besser. Aber ich musste würgen. Gerne hätte ich ihn in ein Armeeunterhemd gesteckt und auf dem Auspuffkrümmer eines LKW zu Tode geröstet.

Ein Jeep brachte uns auf das Flugfeld. Regentropfen trommelten auf Olivers Helm und spritzten als Querschläger auf meinen nahezu haarlosen Kopf.

»Was sagst du nun?« Oliver befahl die Laderampe des Transportflugzeuges zu schließen.

Was sollte ich sagen? Ich war ausgewiesen und nass bis auf die Knochen. Eine Erlaubnis, meine persönliche Habe aus dem Hotel zu holen, hatte mir Chu verweigert. Ali hatte gegrinst.

Das Ladedeck der Maschine war mit defekten Hubschraubermotoren vollgestopft. Ein Dutzend verletzte GIs dämmerten auf Tragen vor sich hin. Andere saßen apathisch auf den Klappbänken an den Rumpfseiten.

»Du entschuldigst mich. Ich bin der Pilot. Komm nach dem Start zu mir ins Cockpit.«

»Hereinspaziert, Knackarsch.«

Micky saß zwischen den Verwundeten und dem reparaturbedürftigen Schrott wie ein weiblicher Buddha. Hielt ein Bündel im Arm, aus dem eine Babyflasche herausragte.

»Was, zum Teufel, machst du hier? Und woher hast du das Kind? Ich denke ...« Ich setzte mich zu ihr.

Micky grinste und fütterte weiter das Baby.

»Ich bin, wie du, heimatlos. Als Mitglied des Roten Kreuzes durfte ich mich nicht politisch einmischen. So hat man mich ausgewiesen. Ich fliege also einfach mit. Egal, wohin es geht.« Das Kind nuckelte an der Flasche. Micky grinste, die Maschine startete. Kleiner Drache schlief auf einer Trage. Zugedeckt mit einer Armeedecke.

»Sie muss schnellstens noch einmal operiert werden. Ich habe sie für ein paar Stunden ruhig gestellt. Die Ärzte haben gepfuscht.« Sie fütterte das Baby weiter. Zuckte mit den Schultern. »Na ja, sie sind auf Kriegsverletzungen spezialisiert. Nicht auf die Nachwirkungen einer schweren Geburt.«

Jetzt wurde ich neugierig.

»Und wie kommt das Kind hierher? Das wollte doch der Polizeipräsident?«

Micky kramte in ihren Taschen und gab mir zwei Filmdosen. Lächelte. Sie waren leer.

»Der Inhalt hat Ali überzeugt, sich doch für die bessere Seite zu entscheiden. Tut mir leid, dass ich deine Dokumente missbrauchen musste. Aber das Kind geht vor politischem Unsinn. Kannst du mal deine Tochter halten? Ich muss mal. Wo ist denn hier das Klo?«

»Die Tür unterhalb des Cockpits, Madam«, sagte ein Mann mit einem Kopfverband und deutete nach vorne. »Oder Sie machen einfach auf den Boden. So wie wir alle.«

Micky grunzte. »Ich denke nicht daran. Das könnte euch so passen.«

»Aber, Madam, seien Sie vorsichtig. Es ist sehr eng da

drin.« Wer lächeln konnte, amüsierte sich über den müden Witz.

»Werd es schon schaffen«, brummte Micky und zwängte sich durch die Tür.

Und ich saß da, hilflos, und wusste nicht, wie ich das kleine Mädchen halten sollte.

»Ach ja, da bist du«, murmelte Oliver. Die Motoren dröhnten. Die Beleuchtung im Cockpit bestand nur aus den blau leuchtenden Armaturen. Pilot. Copilot. Ein Flugingenieur, der die Mechanik und den Funkverkehr überwachte.

»Habe schlechte Nachrichten für dich«, murmelte Oliver.

»Wir können nicht nach Hongkong. Die Chinesen haben uns die Überfluggenehmigung verweigert. Wir fliegen jetzt nach Bangkok und die dortige Air Base an. Das Wetter ist miserabel und ich kann mit dieser Maschine nicht über viertausend Meter gehen. Wir haben keine Druckkabine. Mach dich also auf einiges gefasst. Sag das Micky. Die soll das den Männern schonend beibringen.«

Das verstand ich nicht ganz. Eine Flugplanänderung konnte ich noch nachvollziehen. Aber ... »Warum soll ausgerechnet Micky das den Männern beibringen? Die Niggerin, die du im Offizierskasino nicht haben wolltest? Das sagst du ihr mal schön selbst. Ich habe Probleme genug. Und warum ist das so problematisch, dass ein anderer Flughafen angeflogen werden muss?«

Der Copilot hüstelte. Der Ingenieur schnäuzte sich.

»Verdammt. Weil die Männer auf dem Heimweg in die Staaten sind. Der Umweg kostet sie mindestens eine Woche. Sie sind nicht mehr im Dienst. Das kann man doch verstehen. Und sie werden sauer, wenn das nicht klappt.«

»Ich denke nicht dran«, stellte ich mich stur. »Micky ist

nicht mehr beim Militär. Du bist hier der Chef an Bord. Das sagst du den Männern mal schön selbst.«

Der Copilot grunzte. »Unser Oliver hat Schiss vor Mrs. Bloomberg. Er ist zwar jedem Kampf, aber nicht der Niggerin ... sorry ... Mickys frecher Klappe gewachsen.«

»Halt dein dummes Maul und die Kiste gerade«, fauchte Oliver zurück. Das Flugzeug machte einen Schlenker. Kippte kurz über eine Tragfläche ab. Regen prasselte gegen die Scheiben.

»Ich werde Micky auf den Knien um Verzeihung bitten, wenn wir aus diesem Wetter raus sind. Also bitte. Tu mir den Gefallen.«

Micky rollte mit den Augen. Biss sich auf die Unterlippe und wiegte das Baby. Es wurde kalt im Flugzeug. Die Soldaten suchten sich Decken.

»Schöne Scheiße«, knurrte Micky. »Thailand. Das hat mir noch gefehlt. Halt mal dein Kind und denke dir mal ganz schnell einen Namen für deine Tochter aus. Ich muss mit Oliver reden.«

Sie drückte mir das Bündel in den Arm, prüfte kurz den Zustand von Kleiner Drache, warf ein paar Decken über sie und zwängte sich mit ihrem dicken Hintern durch die Cockpittür.

Einen Namen für diesen kleinen Menschen? Darüber hatte ich noch nicht nachgedacht. Wie nannte man einen Menschen, der zwischen allen Fronten geboren worden war? Mir fielen nur die christlichen Namen ein. Aber die passten alle irgendwie nicht, wenn ich an die Zukunft des Kindes dachte. Blaue Augen hatte sie ja. Die stachen besonders aus der braunen Haut hervor.

»Kannst du mir vielleicht sagen, wie du heißen möchtest? Das ist eine einzigartige Chance. Die hat sonst kein Baby.« Ich drückte die Kleine an mich. Küsste und streichelte sie. Das

Kind roch nach süßlicher Scheiße. Aber sie lächelte. Glaubte ich wenigstens.

»Wie wäre es mit Wurm? Damit kenne ich mich aus.«

Das Bündel quäkte. Ich steckte ihm meinen kleinen Finger in den Mund. Es nuckelte und schwieg.

»Mal herhören.« Micky baute sich auf einer Palette mit Motoren auf.

»Wir haben momentan ein paar Probleme. Der Kurs muss wegen des Wetters vorläufig nach Thailand geändert werden. Wir werden also drei Stunden weniger fliegen müssen.«

Die müden Krieger rafften sich auf. Einige fingen an zu protestieren, dass das für sie ein Umweg sein würde.

»Klappe halten«, wischte Micky jeden Kommentar beiseite.

»Entweder wollt ihr auf dem kürzesten Weg in einem Zyklon über dem Chinesischen Meer verrecken oder durch ein kleines Unwetter hindurch in den Puffs von Bangkok Zwischenstation machen.«

Gemurmel. Selbst die schwerer Verletzten besannen sich darauf, dass sie noch Männer waren.

»Na dann ist ja gut«, meinte Micky grinsend. »Aber wir haben noch ein Problem.« Sie kletterte von dem Maschinenhaufen.

»Gib mal her.« Sie nahm mir das Baby ab und hielt es hoch. »Seht ihr das?« Die Männer nickten oder zogen pflichtgemäß die Schultern hoch. Sie waren auf Mickys fürsorgliche Pflege während des Fluges angewiesen. In diesem engen Raum unterwarf sich jeder, der Schmerzen hatte, dem Gott, der die Medikamente ausgab. Und das war Micky, die das sehr geschickt nutzte.

»Das Kind hat noch keinen Namen. Der Vater steht neben mir. Die Mutter liegt vor mir. Der Vater hat Wochen in einem Lager der Vietcong gelitten und ist Deutscher. Die Mutter hat durch den Krieg ihre gesamte Familie verloren. Das Kind braucht legitimierte Eltern und einen Namen, bevor wir in Thailand sind. Sonst haben die drei riesige Probleme. Wollt ihr uns dabei helfen?«

Ein Raunen ging durch die Männer, die näher rückten.

Schnell hatten sie den Ranghöchsten unter sich als Sprecher ausgesucht. Einen Hauptmann, dem ein Arm fehlte.

»Was bekommen wir dafür, einen Deutschen und seinen Bastard zu retten, damit der mit seiner Viet weitervögeln kann?«

Micky schmunzelte. Sie kannte die harte Gangart der Soldaten. Sie kannte überhaupt alle Vorurteile der Welt.

»Wir machen etwas völlig Neues, aber auch Legitimes bei der Air Force. Wir trauen die beiden nach buddhistischem Recht und taufen das Kind nach christlichem Ritual. Und zwar hier an Bord einer amerikanischen Maschine. Damit hat das Kind die amerikanische Staatsbürgerschaft und die Eltern sind nach asiatischem Recht verheiratet, ohne eine andere Staatsbürgerschaft annehmen zu müssen. Einverstanden?«

»Was haben wir davon?«, beharrte der Hauptmann auf seiner Frage.

Das Flugzeug machte einen Satz. Micky fiel von ihrem Platz. Rieb sich den Rücken und fluchte halblaut. Das Baby schrie. Es war auf Mickys Atombusen sicher gelandet.

Jetzt war ich gefragt.

»Ich lade euch für die Woche in Bangkok ein. Ihr seid meine Gäste.«

Ich überflog kurz das, was mein Kreditbrief noch hergab. Es konnte reichen. Verletzte würden nicht so viel saufen und herumhuren.

Der Hauptmann besprach sich kurz mit den Kollegen, die das überhaupt mitbekommen hatten. »Nein. Was sollen wir Verletzten in den Puffs? Der Deal ist uns zu billig. Wir wollen

Dope, Stoff, damit wir über unsere Schmerzen, die uns das Vaterland zugefügt hat, hinwegkommen. Besorge uns das Zeug und wir unterschreiben jeden Dreck.«

Micky drückte mir den Wurm, meinen Wurm in die Arme. Er nuckelte diesmal an meinem Daumen und schlief. Micky sah mich kurz zweifelnd an. Blies die Backen auf, holte tief Luft und explodierte.

Wie auf dem Kasernenhof einer Ausbildungskompanie erfolgte eine Strafpredigt über Moral, Ehre und die Pflichten eines US-Soldaten, an Zivilisten begangenes Leid nicht mit Drogen aufwiegen zu wollen.

Die Retourkutsche kam prompt von den verletzten Soldaten. Selbst die Liegenden wurden bei dem Wort »Drogen« munter. Es schien einen Reizimpuls in ihrem Gehirn zu geben.

»Micky. Mach hier nicht auf Moralpredigt«, sagte ein Sergeant mit einer Brustwunde und hob müde einen Arm. »In den Lazaretten haben wir jede Droge bekommen. Warum soll uns die jetzt vorenthalten werden? Gebt uns das Zeug und wir unterschreiben jedes Stück Klopapier.« Die Soldaten nickten.

Es war kalt im Frachtraum. Micky schwitzte.

»Das darf nicht wahr sein«, sagte ich. »Wir befördern nicht nur körperliche Krüppel nach Hause. Wir fliegen Junkies in die Heimat. Die sind doch kaputt für ihr ganzes Leben.«

Micky stützte ihre Kinnlappen zwischen die Hände und knurrte. »Das ist ein tödlicher Kreislauf. Ohne Dope sind die Soldaten nicht mehr in den Einsatz zu kriegen. Ich musste es auch auf Anweisung von oben kiloweise ausgeben. Und im Einsatz machen sie dann so viel Mist, dass der Vietcong ein leichtes Spiel mit ihnen hat. Wer es überlebt, der braucht noch mehr Stoff, um nicht an seinen Verletzungen zu zerbrechen. Sieh dir doch diesen Haufen mal an. Bis zum Hauptmann alles dabei. Es ist zum Kotzen.« Mickys Kaumuskeln mahlten. Die Zähne knirschten. Mit den Fingern trommelte sie im Takt ihrer Gedanken auf die Sitzbank. Kletterte wieder auf einen Motor.

»Ich will eure Forderung überhört haben. Sonst erscheint die im Bordbuch. Also, helft ihr, das Kind zu legitimieren? Sonst gibt's für euch noch einen elenden Flug. Ohne Medikamente. Dope ist nicht. Aber ich kann euch eventuell mehr Morphium gegen eure Schmerzen geben.«

Dreißig Minuten später.

Mein Wurm hatte einen Namen, The-Maria, zwölf Taufpaten, Kleiner Drache und ich zwei Trauzeugen. Alles wurde im Bordbuch beglaubigt. Oliver und sein Copilot hatten es bestätigt und ich mit unterschrieben.

»Du bekommst noch eine beglaubigte Abschrift davon«, hatte Oliver hinzugefügt. Es klang wie eine Gratulation.

Der Wurm hatte endlich einen Namen. War vorläufig amerikanischer Staatsbürger und Kleiner Drache meine Frau. Hatte ich das so gewollt? Ich wusste es nicht. Mir war nur nach einer Bar mit vielen rauchenden, saufenden, lärmenden Menschen. Eine Hochzeit und Taufe zugleich hatte ich mir eigentlich anders, würdevoller, vorgestellt. Nicht in einem ständig im Unwetter durchsackenden Transportflugzeug der Air Force zwischen maschinellen und menschlichen Wracks durch die Bestechung einer Morphium verteilenden schwarzen Rotkreuzschwester legitimiert zu werden.

Ade Chau Doc. Die Hochzeit in den Reisfeldern hatte mir jemand vorenthalten. Es war mal wieder alles anders gekommen. Jemand, der für die Vorsehung meines Lebens, mein

Karma zuständig war, mochte mich nicht. Das Elend um mich herum war unbeschreiblich. Und das sollte der Beginn meines neuen Lebens werden? Gerade mal vierundzwanzig Jahre alt. Erfolgreicher Jungjournalist durch fremde Hilfe. Eine kranke Frau, ein wimmerndes Kind. Und das alles zwischen einer menschlichen Fracht, die zwar aus der Gefahrenzone befördert wurde, aber ihre eigene Gefahr und ihren eigenen Wahnsinn mit sich trug. Das konnte nicht gut gehen.

Meine Ahnung wurde zur Gewissheit. Ich hatte einige Dokumente zu viel unterschrieben. Ich war ein Dummkopf. Ein menschlicher Versager, dem langsam alles über den Kopf wuchs.

NEUNTES KAPITEL

KÖLN, 6. JANUAR 1990

Ich war vor dem Feiertag in die Redaktion geflohen. Zu Hause fiel mir die Decke auf den Kopf. The-Maria hatte sich nicht gemeldet. Schikowski auch nicht. Es kümmerte sich überhaupt seit meiner Rückkehr niemand mehr um mich. Der neue Hausmeister stierte mich nur an. Die Kuchen backende Nachbarin war zu ihren Kindern verreist. Es nieselte und war kalt. Ein paar Kollegen von der Lokalredaktion hingen vor ihren Computern herum. Auch sie sprachen kaum. So, als sei ich nicht vorhanden. Lustlos räumte ich meinen Schreibtisch um. Die letzten Tage und Stunden spukten mir im Kopf herum. Ich sortierte Gedanken, Bilder, Informationen und versuchte, irgendwo eine Antwort auf alles zu finden.

Wer, zur Hölle, steckte hinter meinem erzwungenen Ausflug nach Ostberlin?

»Melde den Wagen als gestohlen«, hatte Schikowski gesagt. Drei Geschosshülsen und ein kleiner Familienschrein waren alles, was er in der Hand hatte.

Vielleicht hat er mehr im Wagen gefunden und sagt es dir nicht, spekulierte meine logische Gehirnhälfte.

Du erinnerst dich, dass Schikowski schon in Saigon von deinen Kollegen als Rauschgiftdealer abgestempelt wurde.

Ich nickte unmerklich. Der Regen ging in Nassschnee über.

»Ja, und?«, murmelte ich in mich hinein. »Heute ist er beim Geheimdienst. Bewiesen wurde nie etwas.«

Eben. Aber er hat einen Fehler gemacht, knurrte mein

Gehirn. Ich bekam Kopfschmerzen vor lauter möglichen Konstellationen.

Welchen?

Du bist von der Polizei abgefangen worden, weil dein Leih-Mercedes als gestohlen gemeldet war. Damit hat er dich in die Hand bekommen. Und dann rät er dir, den gestohlenen Wagen nach der Durchsuchung bei der Verleihfirma als gestohlen zu melden? Das stinkt doch. Außer drei Geschosshülsen hat er doch nichts in der Hand. Wo ist der Mercedes überhaupt geblieben?

Das stimmte. Wo war der Wagen inzwischen? Der Verleiher hatte sich nicht gemeldet. Vielleicht rächte er sich mit einer gewaltigen Rechnung. Den Schrein hatte ich noch mitgenommen. Das war es dann gewesen.

Das stank allerdings, wenn ich es mir so überlegte. Klaus Schikowski hatte mich nach Hause gefahren. Der Leihwagen war in der Halle geblieben. Er hatte mich durch den Fund der Hülsen abgelenkt und geschockt. Ich war froh, keine weiteren Fragen mehr beantworten zu müssen. Die Fotos der Grenzübergänge hatten mich gefügig gemacht.

Ich sortierte meine Post nach Dringlichkeit. Etwas anderes konnte ich hier nicht machen, am Dreikönigstag. Ich war schließlich kein Lokalredakteur.

Zwei blaue Umschläge fielen mir sofort auf. Sie dufteten nach Zimt. Leserbriefe meiner Nachbarin. Wie sie es schaffte, ihre Briefe mit Duft zu markieren, war mir ein Rätsel. Aber sie verstand es, sich sofort wie ein Hund bemerkbar zu machen. Ablage. Zur weiteren Bearbeitung. Danach war mir nun wirklich nicht, mich mit den vermeintlichen Beobachtungen einer alten Dame zu beschäftigen.

Ein Umschlag stach heraus. Der Poststempel war überraschend deutlich. Am 26.12.89 in Berlin-Kreuzberg abgeschickt. Die Briefmarken waren ostdeutsch. Vor zehn Tagen aufgegeben. Sollten die Postwege zwischen Ost und West plötzlich so reibungslos funktionieren, wie es die Politiker nicht taten? Das war unwahrscheinlich. Meine Ahnung sagte mir, dass dieses Kuvert zwar nicht duftete, aber sein Inhalt nur stinken konnte.

Meine Ahnung hatte mich nicht getäuscht. Der Inhalt stank wirklich ... nach Vietnam und Kloake.

»Du machst ein Gesicht wie drei Tage Regenwetter. Was kann ich für dich tun?«

Mein Stammwirt sah mich prüfend an.

»Einen laufenden Meter Kölsch. Eine Flasche Bourbon und ein dickes Steak mit Bratkartoffeln.«

»Das hört sich schon mal nach Frust an. Aber hast du in ein paar Minuten«, meinte der rotbäckige Mann grinsend. »War deine letzte Reise nicht so doll?«

Nein, die war absolut nicht toll. Das Kuvert hatte ich eingesteckt und grußlos den Verlag verlassen. Meine Vergangenheit hatte mich eingeholt. Aber es war eine gefälschte Vergangenheit. Die Ur-Dokumente mochten zwar echt sein, aber die Ausstellungsdaten konnten nicht stimmen. Die waren nachträglich mit Schreibmaschine eingetragen worden. Und ich hielt nur miese Fotokopien in den Händen. Einfach zwei Kopien ohne Kommentar eines Absenders. Aber die waren gefährlich genug, wenn davon Originale vorhanden waren. Sie konnten mich die Existenz kosten. Wer war der Absender? Was bezweckte er damit, mich an einen Blackout in der Kloake des Lagers in Kambodscha zu erinnern? Ich hatte das Dokument wirklich unterschrieben, das mir damals von Major Minsky vorgelegt worden war. Ich hatte es vergessen und verdrängt, nur um nicht noch ein paar Tage leiden zu müssen.

Demnach war ich seit Dezember 1969 als Mitarbeiter der

Stasi in Diensten. Unterschrieben haben konnte ich aber erst 1970. Während meines Lageraufenthalts. Mein Deckname war »Großer Drache«. Ich las die Kopie der Akte weiter.

Stärken: Nun folgten meine Einsätze in allen von 1968 und 1974 geführten Kriegen. Bürgerkriege, über Jom Kippur, Irland und was es noch für Streitigkeiten auf der Welt gegeben hatte. Meine Aufenthalte in Japan und Russland.

Schwächen: Sehr eigenwillig. Schwer zu handhaben. Affinität zur asiatischen Kultur. Buddhistisch verheiratet, eine Tochter aus Vietnam.

Mögliches Einsatzgebiet: Bereich deutsche Außenpolitik in Bezug auf die Deutsche Demokratische Republik und die Sowjetrepublik.

Sprachen: Deutsch. Vietnamesisch. Spanisch. Englisch. Französisch. Russisch. Mehrere asiatische Dialekte.

Empfehlung: Eine seiner Frauen in die Deutsche Demokratische Republik holen. Dann ist er womöglich gewillt, uns die nötigen Informationen über die Drahtzieher im Westen zu beschaffen. Käuflich ist er nicht. Es hilft nur familiärer Druck. Also zuverlässig und billig.

Betreuer: Ewald Steiger. Hauptwachtmeister und degradierter Hauptmann der NVA. Ein zuverlässiger Genosse, der sich wieder hocharbeiten will.

Ich las nicht weiter. Die wussten alles von mir. Geburtsdatum. Wohnort. Meine Lieblingsgetränke. Meine Autonummer. Und die war die neueste. Ich hatte in den Jahren mehrfach die Marke gewechselt. Die Akte konnte noch nicht alt sein. Was bezweckte wer damit? Ewald Steiger, den gutmütigen Grenztrottel, als meinen Betreuer anzugeben, war schon eine Frechheit, hinter der sich ein böses Spiel verbarg. Oder verbarg sich ganz etwas anderes dahinter?

Und ich hatte mich im Lager unter dem Druck der nicht konventionsgerechten Foltermethoden dazu hinreißen lassen, einen Anheuerungsvertrag für die Stasi zu unterschreiben. Das hatte mir damals das Leben gerettet. Nun hatte sich mein Überlebensversuch zwanzig Jahre später in einen erneuten Überlebenskampf verwandelt. Ich, ein mehrfach ausgezeichneter Journalist, als Stasi-Spitzel? Wie sollte ich das wem erklären? Das war mein Todesurteil in der Branche.

Fragen über Fragen. Und keine Antwort. Was hatte dieser Ewald Steiger damit zu tun? Hatte er mich nach Ostberlin gelockt? The-Maria hatte bei ihm Unterschlupf gefunden.

Hatte sie etwas erzählt? Ich schüttelte unwillkürlich den Kopf. Sie wusste nicht genug von mir. Wer war es dann?

Minsky? Wo war er jetzt?

Schikowski? War er wirklich beim BND? Wie konnte ich das herausfinden? Wozu brauchte jemand in Europa überhaupt noch Opium? Das rauchte hier doch kein Mensch mehr. Kokain aus den Drogenkartellen Mittelamerikas war billiger zu beschaffen.

Je mehr ich nachdachte, umso mehr wurde mir klar, dass ich in einem Verwirrspiel steckte, das ich allein nicht lösen konnte. Also aß ich das Steak weiter und kämpfte mich durch die Getränke. Alle schmeckten irgendwie nach Würmern. Süßlich sauer. Nur der Biss fehlte ihnen.

»Hast du jetzt mal für *mich* ein Zimmer frei? Der Westen bekommt mir nicht.«

Eine Hand legte sich auf meine Schulter.

Nächster Morgen.

»Wie hast du mich gefunden?« Ich hatte Rührei mit viel Speck zubereitet.

»Du stehst im Telefonbuch. Den Rest haben deine nette Nachbarin, die mir deine Stammkneipe verraten hat, und der Taxifahrer erledigt. Mehr war nicht nötig.«

»Und was willst du hier? Du hast doch zu deinem Bruder rübergemacht, oder?«

Ewald Steiger nickte. Presste die Lippen zusammen. Zündete sich eine stinkende Papyrossi an. Atmete tief ein. Hustete und stieß den Rauch wieder aus.

»Ich hatte mir das auch einfacher vorgestellt. Mein Bruder ist seit drei Monaten tot. Herzinfarkt. Seine Wohnung war schon wieder vermietet. So irre ich seit einer Woche hier herum und wünsche mir fast, wieder in den Osten zurückkehren zu können.«

Ewald saß mir gegenüber. In einem Armeeunterhemd der DDR. Darüber die Hosenträger. Wie in seiner alten Küche in Ostberlin. Er hatte nur die Gegend gewechselt.

»Hier ist alles so verdammt teuer«, murmelte er. »Wie soll das jemals zusammenpassen? Ihr im Westen. Wir im Osten? Ihr schwelgt hier im Luxus. Und ich kriege an keiner Tankstelle Zweitaktgemisch für meinen Wartburg. Muss mir an der Moped-Zapfsäule mühsam Benzin zapfen. Das kann doch alles nur schiefgehen.«

Diese düsteren Betrachtungen eines alten Grenzers interessierten mich wenig, und ich schob ihm die Fotokopien über den Tisch. Er las. Und las noch einmal. Schob die Papiere von sich.

»Schöne Scheiße«, knurrte er. Erhob sich und räumte das Geschirr in die Spüle.

»Ich habe einen Geschirrspüler. Steck das ganze Zeug einfach da rein.«

Ewald schüttelte den Kopf. »Geschirrspüler. Wozu braucht ein einziger Mensch eine Spülmaschine? Für die paar Teller? Das kann nicht gut gehen zwischen West und Ost. Ich gehe mal duschen.«

Eine Woche später.

Ewalds Wartburg hatte ich bei einem befreundeten Autohändler zwischengeparkt und ihn neu eingekleidet. Wenn er jetzt noch ein freundlicheres Gesicht machen würde, konnte ihn kein Mensch mehr als Ossi erkennen. Auf die Schriftstücke hatte er nicht reagiert. Aber sie gärten in ihm. Mehrfach hatte er sie wiedergelesen und zurückgelegt. Seine Gesichtsmuskeln spielten. Er hatte Kaffee aufgebrüht und geraucht. Aber sagen wollte er nichts dazu. Er sprach überhaupt sehr wenig. Meine Fragen beantwortete er mit einem kurzen: »Das beantworte ich dir, wenn ich einiges geklärt habe. Vertrau mir einfach.«

So war ich meinen Geschäften nachgegangen. Ewald fuhr mich jeden Morgen in den Verlag und holte mich wieder ab. Er putzte die Wohnung, wusch das Geschirr von Hand. Bügelte und kochte. Wie bei einem alten Ehepaar. Sonst telefonierte er sehr viel und fuhr auch einige Kilometer mit meinem Auto. Ich stellte keine Fragen. Nur meine Spannung wuchs. Die Kopien lagen unberührt da, wo er sie zuletzt hingelegt hatte. Wie ein Mahnmahl. Mahnmahl für wen? Für mich oder ihn?

Der Unbekannte hatte sich nicht mehr gemeldet. Wo war The-Maria? Auch sie ließ nichts von sich hören. Trieb mich hier jemand in den Wahnsinn? Dieser ganze Ost-Ausflug durfte nicht umsonst gewesen sein. Als einzige Beute einen flüchtigen Grenzer von der Bornholmer Straße. Eine Tochter, die eine Mörderin war. Einen dubiosen BND-Mann im Nacken, der auch nur auf etwas wartete. Hier schien jeder auf alles zu lauern. Nur auf was?

Ich konnte mich nicht mehr auf meine Arbeit konzentrieren. Malte mir die größten Horrorgeschichten aus. Langsam wurde ich paranoid. Warum suchte ich Idiot überhaupt noch nach etwas, um das ich mich zwanzig Jahre nicht gekümmert hatte? Ewald musste weg. Egal wie. Der Mann ging mir langsam auf die Nerven. Er hatte meiner Tochter ein Zuhause gegeben. Na schön. Das galt ich hier ab. Er fuhr meinen alten Golf. Tankte auf meine Kosten. Telefonierte auf meine Kosten. Trank mein Bier. Aß mein Essen. Selbst seine Zigaretten kaufte ich inzwischen. Er machte nicht den geringsten Versuch, mir diese blöden Kopien meiner Akte zu erklären.

»Vertrau mir, bis ich mehr weiß«, hatte er mich weiter abgewimmelt. Langsam schwand das, was ich an Vertrauen in ihn investiert hatte. Es begann sich ins Gegenteil zu wandeln. Hass. Hilfloser Hass, solange die Kopien auf meinem Tisch lagen und nicht geklärt war, was sie zu bedeuten hatten. Warum Ewald Steiger, der bei mir wohnte, von der Stasi als mein Betreuer geführt wurde. Bevor ich das nicht wusste, musste ich ihn ertragen. Und er wusste etwas. Sonst hätte er anders reagiert. Wenigstens den Versuch gemacht, mir zu erklären, dass das alles so nicht stimmte, weil …

Aber das hatte er nicht. Die Dokumente lagen nach wie vor an ihrem Platz. Als seien sie mit der Tischplatte verwachsen. Langsam nahmen sie Gebrauchspuren von Tabak und Kaffeeflecken an.

Montag, im Verlag.

Meine Laune war auf dem Nullpunkt. Ich sichtete die Post auf meinem Schreibtisch. Es regnete. Ewald hatte mich, wie seit zwei Wochen, ins Büro gefahren und war dann ohne Angabe von Zielen wieder verschwunden.

Zwei Briefe zogen meine Aufmerksamkeit auf sich. Einer war blau und roch nach Zimt, der andere trug eine etwas umständliche Handschrift. Meine Ahnung sagte mir, dass beide miteinander etwas zu tun hatten. Ich wog sie in den Händen. Blau war meine Nachbarin. Der weiße mit einer unüblichen Handschrift … Es konnte eine Adaptation von Viet sein.

Mit wem sollte ich anfangen?

Mit beiden, du Idiot, meckerten meine Gehirnhälften gleichzeitig.

Der blaue Zimtumschlag. Ihn öffnete ich zuerst. Er war mir vertrauter.

»Mein lieber Herr Nachbar«, stand da in der steilen Handschrift meiner Nachbarin. »Ich will mich nicht beschweren, dass Sie seit zwei Wochen keinen Leserbrief mehr von mir veröffentlicht haben. Aber seit dieser komische Mann bei Ihnen zu Besuch ist, fühle ich mich verpflichtet, Sie über einige Vorgänge im Haus zu informieren.«

Es folgten ein paar Anmerkungen, die mir allerdings zu denken geben konnten. Ewald Steiger traf sich für die Hausbewohner verdächtig oft mit einem Mann in der Wohnung des Hausmeisters. Außerdem kümmerte er sich nicht um die Putzordnung für die Treppen.

Das zweite Kuvert enthielt weniger Informationen. Sie waren in vietnamesisch. Trugen aber keine Unterschrift.

»17.00 Uhr, heute. Kölner Dom. Eingang Nordseite. Lichterbank. Eine Kerze brennt nicht. Gegen brennende Kerze austauschen. Aufschrauben und Info entnehmen.«

Ich hatte den Verlag über die Lieferantenseite verlassen, um Ewald nicht zu begegnen, der mich um diese Zeit abholen wollte. Ein Taxi hatte mich am Roncalliplatz abgesetzt. Ich hatte mir die Kapuze meiner Winterjacke übergezogen und war bei strömendem Regen um den Dom herumgetrabt.

Der Wind pfiff mir auf der Domplatte entgegen. Es war fast eine Erholung, den Dom zu betreten. Hier herrschte Stille. Das wenige Tageslicht vermittelte eine Atmosphäre der Geborgenheit. Nur wenige Menschen waren zugegen. Die nicht brennende Kerze hatte ich schnell gefunden. Eine neue gekauft und sie brennend an ihren Platz gesteckt. Was machte ich jetzt damit? Sie fühlte sich nicht nach Wachs an und einer der Domwächter fixierte mich misstrauisch. Er schlich mir hinterher, seit ich den Kirchenraum betreten hatte. Das künstliche Gebilde einfach einstecken und gehen? Das schien mir die falscheste Version zu sein. Ich hatte etwas entnommen, das zwar nicht brannte, aber von jemand anderem bezahlt worden war. So sah es wenigstens für den Aufpasser aus.

Beten. Es gab keine andere Lösung. Das Gebilde schnell untersuchen und verschwinden. Kauernd sank ich in einer Bankreihe auf die Knie. Faltete die Hände und murmelte Flüche. Hauptsache meine Lippen bewegten sich. Der Bewacher ließ von mir ab. Schnell tastete ich die Kerze ab. Sie war aus Blech. Ein Rohr mit einem Schraubverschluss am unteren Ende. Und das enthielt einen Zettel ... mehr nicht.

Ich stellte die nicht brennbare Kerze zurück in die Lichterbank, lächelte den Aufpasser an.

»Können Sie sich erinnern, wer solch eine Kerze in die Bank gesteckt hat? Die brennt ja nicht einmal. Muss die Domverwaltung jetzt schon betrügen? Verkauft Blechkerzen. Dann macht sie wenigstens elektrisch.«

Dieses Gebilde aus Blech konnte nur Sekunden vor meinem Eintreffen platziert worden sein. Die Domwächter achteten darauf, dass alle gekauften Kerzen brannten. Verbrannte sofort ihren Platz für neue frei machten.

Der junge Mann lief rot an, dachte kurz nach und nickte. »Ich glaube, es war eine Frau. Sehr groß. Ganz in Schwarz gekleidet.« Er überlegte und kratze sich am Kinn, das höchstens alle drei Tage eine Rasur benötigte.

»Vielleicht war sie auch schwarz. Ich weiß es nicht. Sie war groß und ziemlich dick. Aber es ist nicht meine Aufgabe, auf die Menschen hier zu achten. Sie müsste noch im Kirchenschiff sein. Soll ich sie suchen?«

Ich winkte ab und warf Münzen in den Opferstock.

Sauer. Ich war stinksauer über alles und auf jeden. Eine große, schwarz gekleidete Frau. Dunkle Haufarbe. Womöglich etwas mollig. Und solch ein Mann passte auf den Kölner Dom auf. Er hatte nur Rituale im Kopf. Sonst nichts.

Groß, massig, dunkelhäutig. The-Maria konnte ich streichen. Groß und dunkelhäutig war sie. Aber dick? Dazu fehlten ihr ein Dutzend Kilo.

Ich schlug den Kragen hoch und stemmte mich draußen wieder gegen das Wetter auf der Domplatte. Wer war die Person, die mir diese Information in die Kerze gesteckt hatte? Dunkel, schwarz, dick? Ich grübelte. Verwarf aber alle Gedanken. Die einzige Person, die diesem Bild entsprach, war Micky Bloomberg. Aber mit der hatte ich seit Bangkok keinen Kontakt mehr gehabt. Kleiner Drache war dort nachoperiert worden. Eine Woche hatte ich mich noch um sie und das Kind kümmern können. Beiden ging es gut. Dann hatte mich der Verlag zu einem neuen Konflikt abberufen. Meine Versuche, einen Aufschub zu erwirken, waren abgelehnt worden. Ein Kollege war ausgefallen, der ersetzt werden musste. Und ich brauchte das Geld, um die Operation zu bezahlen. Das Krankenhaus verlangte Vorkasse. Damit war mein Kreditbrief von Tagen der Bar- und Puffbesuche meiner Taufpaten und Trauzeugen rapide geschmolzen. Es war noch nicht einmal so viel übrig geblieben, dass ich die Telefonkosten von Bangkok nach Deutschland bezahlen konnte. Micky hatte mir mit ihrer charmanten Rollkommando-Art finanziell geholfen.

»Du wirst mir das schon eines Tages zurückzahlen. Du schuldest mir ohnehin noch einiges«, hatte sie gesäuselt und mich in den Hintern gekniffen.

Zwei Stunden später. Meine Stammkneipe.

Bratkartoffeln mit Rührei und Shrimps. Die Spezialität des Hauses. Woher der Wirt die Shrimps hatte, war mir egal. Vielleicht waren sie künstlich. Auf jeden Fall schmeckte es mir.

»Warum hast du Idiot nicht auf mich gewartet?« Ewald zog sich einen Hocker heran und bestellte das Gleiche, was ich aß.

»Hatte was Besseres vor«, murmelte ich mit vollem Mund.

Ewald aß. Ich nuckelte an einem Bourbon.

»Du scheinst dir nicht klar darüber zu sein, dass du überwacht wirst.«

»Doch bin ich. Das ist mir schon eine Weile klar. Du ziehst bei mir zwangsweise ein, kommst aber mit den Dokumenten, die auf dem Esstisch hingammeln, nicht zu einer vernünftigen Aussage. Du ziehst morgen aus. Basta.«

Ewald nickte. Wischte sich den Mund ab.

»Du bist zu ungeduldig. Und ja, ich bin weitergekommen. Aber du blöder Hund musstest ja in den Dom, um einer Blechkerze etwas zu entnehmen.«

Es dauerte einen Moment, bis mein Gehirn den Verdauungstrakt abgekoppelt hatte.

»Du warst auch im Dom?«

Ewald nickte. »Ja. Die Kerze ist heute mehrfach in die Hand genommen worden.«

Jetzt brauchte ich einen doppelten Whiskey.

»Woher weißt du das?«

Ewald schmunzelte. »Du bist Journalist und bei der Stasi akkreditiert. Was dir noch verdammte Probleme machen kann. Ich *bin* bei der Stasi. Da unterscheiden sich unsere Vorstellungen von Vergangenheit und Zukunft. *Du* musst aus den Akten. *Ich* muss meine Akte nur den richtigen Leuten verkaufen. Dazu gehört eine andere Schulung, um am Leben zu bleiben.«

Ewald bestellte einen Kaffee. Alkohol trank er heute nicht. Dafür rauchte er mehr.

»Du verkaufst deine Informationen?«

Ewald nickte.

Kameradenschwein hatten ihn seine Kollegen genannt. Und er schien eines zu sein.

Er schlürfte seinen Kaffee und nickte unmerklich.

»Bleibt mir etwas anderes übrig? Dass dieser Miststaat von DDR voll gegen die Wand gefahren wurde, ist mein Leid und auch gleichzeitig meine Hoffnung. Ihr seid hier im Westen durchsetzt von Spitzeln. Und deren Identität verkaufe ich.«

Über diese Aussage grübelte ich einen Whiskey lang nach. Hatten wir in Vietnam nicht auch einen Verräter? Handelte nicht die gesamte Weltliteratur nur von Verrätern? War der Verrat nicht das Endergebnis von Schwäche und dem Hunger nach Macht?

»Dann kannst du mir jetzt endlich mal erklären, was es mit meiner Akte auf sich hat? Wer war dieser Minsky, der mich im Lager zu meiner Unterschrift gezwungen hat, und wo ist er eurem Drecksladen beigetreten? Gibt es ihn noch? Und warum hat man dich Grenztrottel zu meinem Kontaktmann gemacht? Das stinkt doch zum Himmel und dürfte wohl eine vernünftige Antwort wert sein.«

Ewald schob das Kinn vor. Pulte sich die Essensreste aus dem Gebiss. Schob mir einen Briefumschlag zu. Er war geöffnet. »Lies es und dann sagst du mir, was in deinem gestanden hat, um dich in den Dom zu locken.«

Es war der gleiche Inhalt wie bei mir. Nur in Deutsch und mit einer anderen Uhrzeit, sich die nicht brennende Kerze zu nehmen, den Inhalt herauszuholen und dem Termin zu folgen.

»Du sagtest, es waren noch andere? Woher weißt du das?«

Ewald zuckte mit den Schultern. »Nenne es Stasimethoden. Ich bin im Dom geblieben und habe dem Aufsichtspersonal, oder wie das bei euch heißt, etwas mehr Geld gegeben, als ein paar klimpernde Münzen in dieses Spenden-Dingsda.«

Ich grübelte. Irgendwie passte alles nicht zusammen. Mit seinen Ost-Mark konnte er niemanden hinter dem Ofen hervorlocken.

Mein Blick schien Bände zu sprechen. Ewald wurde nervös und wischte sich die schwitzenden Hände an der Serviette ab.

»Ja, ich weiß. Das klingt alles nicht glaubwürdig.«

Er zündete sich die zigste Zigarette an. Blies den Rauch zischend aus.

»Eines Tages, vor etwa eineinhalb Jahren, wurde mir vom Kulturministerium eine junge Vietnamesin als Logiergast zugewiesen. Was ich nicht wusste, war, dass sie deine Tochter war. Ich konnte mit deinem Namen nichts anfangen. Meine Tochter und diese Vietnamesin verstanden sich gut. Damit war ich zufrieden.«

»Und dann?«

Ewald bestellte jetzt doch ein Kölsch.

»Und dann? Weiß ich auch nicht so richtig. Ich war degradiert und zur Grenze abkommandiert worden, da sich mein Bruder hier im Westen als nicht sehr kooperativ erwiesen hatte. Er wollte mit der DDR nichts mehr zu tun haben. Dann war für ein paar Monate Ruhe. Ich schob meinen Dienst. Bis die Demonstrationen losgingen. Dann wurde es hektisch an der Grenze. Journalisten aus allen Ländern wollten plötzlich einreisen. Tausende Menschen waren nach Ungarn geflohen und hofften von dort in den Westen zu kommen. Es war Alarmstufe Rot angeordnet. Dienst rund um die Uhr.«

Wieder schwieg er ein Kölsch lang. Kaute seine Erinnerungen durch.

»Bis unser Chef auf die Idee kam, dass The-Maria einen bekannten Journalisten im Westen als Vater hatte. Seitdem war ich dir als Kontaktperson zugeteilt. Dass du Idiot dann auch noch einreisen wolltest, konnte ich ja nicht ahnen. Ich sollte meinen Bruder auf dich hier im Westen ansetzen. Mehr weiß ich nicht.«

»Wer war … *ist* dein Chef?« Mir kam eine Idee. Entweder war Ewald wirklich ein dummer Befehlsempfänger. Oder er war wirklich geschickt auf mich angesetzt.

»Minsky. Er war auch heute im Dom und hat seine Kerze untersucht.«

»Minsky? Was zur Hölle macht der im Westen?«, platzte ich heraus.

Ewald zog nur kurz die Schultern hoch und rauchte weiter.

»Woher soll ich das wissen? Der hängt womöglich mit Schikowski zusammen, der der Nächste im Dom war, um sich seine Kerze abzuholen. Die Geheimdienste arbeiten alle schon seit Jahren miteinander. Wahrscheinlich ist Minsky auch schon vom BND angeheuert. Wir müssen alle versuchen, aus dem baldigen Zusammenbruch der Volksrepublik Kapital zu schlagen.«

Wohl war mir bei dieser Aussage nicht. Aber Kapital aus einer Situation zu schlagen war jedermanns Recht. Minsky stand auf meiner Akte. Aber woher konnte Ewald Schikowski kennen?

»Du sagst, dass noch mehr Leute die Kerze in die Hand genommen haben. Wer waren sie? Und wer war es, der jedes Mal die Kerze mit einer Information bestückt hat? Den müsstest du dann auch gesehen haben.«

Ewald blickte versonnen dem Zigarettenrauch nach, der sich in der Thekenbeleuchtung verkroch.

Es folgten ein weiteres Kölsch und eine Hand voll Erdnüsse.

»Weiß ich nicht. Die anderen habe ich noch nie gesehen. Und die Kerze hat immer eine schwarz gekleidete Frau mit einem Schleier ausgetauscht. Sie sah aus wie eine trauernde Witwe.«

Dann schwieg er zwei Kölsch lang. Rauchte und knabberte Erdnüsse.

»Woher kennst du Schikowski?«, versuchte ich sein demonstratives Schweigen zu brechen. Ewald fühlte sich unwohl. Er schwitzte und schüttelte unwillig den Kopf.

»Schikowski hat auch eine Akte bei der Stasi. Das muss dir reichen. Mehr kann ich dir nicht sagen, ohne umgelegt zu werden.« Er sah hungrig die Erdnüsse an, ließ es dann aber sein. »Ich werde morgen abreisen. Wenn du morgen wach wirst, hast du alle deine Schlüssel wieder und bist mich los. Das ist hier kein Leben für mich.«

Schwerfällig stieg er vom Hocker. Nickte kurz.

»Nur eines solltest du wissen: Es geht um Opium. Um verdammt viel Opium, das du und deine Kollegen mit den diversen Mercedes über diverse Grenzübergänge in den Westen gebracht haben. Wer der Drahtzieher ist, das musst du selbst herausfinden. Aber ...«, er lächelte müde, »das wird dir schwerfallen. Dahinter steckt die Vietnam-Mafia. Die Russen sind zu blöde für solche ausgeklügelten Geschäfte. Mach's gut. Du hättest wirklich besser eine Chinesin genommen. Nun hast du ein dickes Problem.«

Ich bezahlte und wartete einen Moment. Folgte ihm in die Dunkelheit.

Schwerfällig schwankte seine Silhouette im Licht der Straßenbeleuchtung vor mir her. Hielt sich an parkenden Autos fest. Ging weiter. Hustete. Erbrach sich. Schleppte sich weiter. Sackte hinter einem Auto zusammen.

Ich kam zu spät.

Weißer Schaum im Mund. Offene und verdrehte Augen. Ewald war tot.

Ein zuverlässiger Mann. Nur für wen? Das würde ich jetzt nicht mehr herausfinden.

Ein Taxi hielt. Ich bat den Fahrer, einen Notarzt zu rufen. Nahm meine Schlüssel und alle Papiere, die ich in seiner Jacke finden konnte an mich. Seinen Pass steckte ich zurück. Wenn ich schon eine Leiche meldete, sollte die auch identifizierbar sein.

Mein Gehirn arbeitete auf Hochtouren. Mein einziger Informant war tot. Hatte ich Erdnüsse gegessen? Nein, hatte ich nicht. Das Zeug mochte ich nicht besonders, da es immer zwischen den Zähnen hängen blieb. Ich rannte und verfluchte mein Gewicht. Wo war meine Kondition von Vietnam geblieben? In den Speisekarten von Kneipen und Fast Food. Mit fliegenden Händen öffnete ich die Eingangstür und trieb den Hausmeister vor dem Fernseher weg.

»Haben Sie einen Fotoapparat?«

Der Mann nickte. »Ja. 'ne olle Zenith.«

»Ist da ein Film drin?«

»Jule, wo is meene Zenith? Is da nochn Film drin?«, rief er in die Wohnung.

»Wo wohl? Im Buffet. Wo se hinjehört. Und der Film is seit einem Jahr nich voll jeworden. Du wirs immer fauler.«

Ich musste mich beeilen, bevor der Notarzt Ewalds Leiche holte. Um an meine Kameras im Verlag zu kommen, war es zu spät, so hetzte ich mit der alten Russenkamera zurück und verdreifachte die Filmempfindlichkeit. Das musste ohne Blitz reichen.

Ich fotografierte Ewald unterhalb einer Stoßstange. Mein Journalistengehirn malte sich alle Szenarien aus, die möglich waren. Das Foto mit meinem Artikel musste morgen in der Zeitung stehen. Nur so konnte ich das Spiel, das jemand im Hintergrund dirigierte, unterbrechen oder es neu mischen. Ich musste jetzt alles versuchen, um den oder die Unbekannte zu einer Reaktion zu zwingen. Und das war nur über die Presse möglich. Die Polizei würde erst in Tagen reagieren, wenn der Leichnam obduziert worden war. Dann musste die Staatsanwaltschaft ihr Interesse bekunden. Das würde sich Woche um Woche hinziehen. Nein. Ich musste den Drahtzieher aufscheuchen. Ich war mir sicher, dass Ewald nicht der letzte Tote sein würde.

Opium. Viel Opium, hatte Ewald noch gesagt. Der alte ORWO-Film war schnell entwickelt. Seine Privatfotos konnte der Hausmeister mit meiner neuen Filmeinstellung vergessen. Sie waren nur noch schwarz. Im Verlag hackte ich meinen Artikel dazu in den Computer. In zwei Stunden gingen wir für die morgige Ausgabe in Druck.

»Hast du das schon gesehen?« Ein Kollege der Spätschicht hielt mir zwei Fotos hin, die gerade auf Druckformat bearbeitet worden waren.

»Du bist doch an so einem komischen Fall. Hilft dir das?«

»Woher hast du die? Wer hat die wo gemacht?«, war meine sofortige Reaktion. Der Kollege zuckte die Schultern. »Die sind am Empfang abgegeben worden. Du bist für den investigativen Bereich zuständig. Ich für den Sport. Mehr weiß ich nicht.«

Die Fotos zeigten zwei männliche Körper. Die Köpfe waren abgetrennt worden und lagen neben den Leibern. Die Fotos waren schlecht. Aber ich erkannte die Köpfe.

Schikowski war der eine.

Der andere musste Minsky sein.

Wer hatte diese Fotos wo und wann gemacht? Warum waren sie hier im Verlag abgegeben worden? Warum nicht gleich der ganze Film?

Es gab nur zwei Möglichkeiten. Freiberufliche Mitarbeiter,

meist Privatdetektive, waren auf eine Situation gestoßen. Dann waren die Fotos ein Anfüttern, um eine satte Provision zu bekommen. Oder der Mörder selbst hatte die Fotos abgeliefert. Dann bezweckte er etwas anderes.

Der Nachtportier gähnte und löste Kreuzworträtsel. Zuckte mit den Schultern.

»Weiß nicht. War irgendeine schwarze Frau, die hier einen Umschlag hinterlassen hat. Gesagt hat sie nichts und war sofort wieder weg. Kennen Sie ein Naturprodukt mit zwei Buchstaben? Öl passt nicht.«

Jetzt bekam ich mindestens zwei Probleme. Ich musste die Titelseite umwerfen, um alle drei Fotos darauf zu bekommen. Das würde mir morgen, nein, es war ja schon heute, einen dicken Anpfiff des Chefredakteurs einbringen. Diese Änderung war Chefsache. Das zweite Problem war damit auch sein Problem und somit wieder meins. Die Polizei würde wissen wollen, woher wir die Fotos hatten. Egal. Ich hackte meine Vermutungen zu den Fotos in den Computer. Die mussten auf Gedeih und Verderb heute auf der Titelseite stehen.

»Vietnam-Mafia aus dem Osten jetzt im Rheinland. Sind die Toten die ersten Opfer eines neuen Opiumkartells?«, so lautete die Headline.

In zwei Stunden waren die Zeitungen auf dem Weg zum Leser. Den Andruck wollte ich noch abwarten. Dann war ich bettreif. Ich packte die alte Kamera in einen gefütterten Umschlag und steckte noch eine alte Spiegelreflex mit hochwertigem Objektiv samt einigen Filmen dazu. Das musste als Danke an den Hausmeister genügen.

Draußen ging bald die Sonne auf. Auch wenn noch ein bleischwarzer Himmel über der Stadt hing. Es regnete mal wieder. Mich fror, ich war übernächtigt. Die Morgenausgabe der Zeitung knisterte in meiner Tasche. Bevor der Verlag wieder zum Leben erwachte und mich zur Rechenschaft zog, wollte ich ein paar Stunden schlafen.

Ich war zufrieden mit mir. Ich hatte zwar gegen jede Regel verstoßen. Fühlte mich aber um zwanzig Jahre jünger. Der Revoluzzer in mir war mal wieder für ein paar Stunden wach geworden. Das war der Journalismus, den ich liebte.

»Morgen, Herr Stösser. Sie sind heute aber spät dran. Nach Hause?«

Ich war immer spät dran. Der Taxifahrer kannte mich schon in- und auswendig. Er wusste alles über mich und ich über ihn. Einen anderen rief ich nach Mitternacht nicht.

»Haben Sie sich nicht mit dem Artikel verdammt in die Nesseln gesetzt?« Er hielt meine Titelseite kurz hoch. Was sollte ich darauf erwidern?

»Möglich. Ich muss die Täter aufscheuchen.«

Der Fahrer nickte. »Würde ich auch machen. Wenn ich noch jünger wäre. Aber mit Familie hat man da schon ein paar Sperren zwischen Wollen und Können. Na ja, ist Ihr Problem.«

Der Regen ging in Schnee über. Mich fror, ich wollte nur in mein Bett.

»Ach, Herr Stösser, ich hatte da gestern Nachmittag schon eine seltsame Fuhre vom Flughafen. Und dann zu Ihrer Anschrift. Vielleicht hilft Ihnen das weiter.«

Ich gähnte. »Ja und? Was hat das mit mir zu tun?«

Der Fahrer knurrte etwas über mangelnde Verkehrsdisziplin. Ein Lieferwagen wollte nicht Platz machen.

»Weiß ich nicht. Aber die Dame kam mir komisch vor. Als ich sie am Flughafen übernahm, trug sie eine Armeeuniform. Mit kleinem Handgepäck. Dann wollte sie zum Hauptbahnhof. Ich wartete fast eine halbe Stunde. Das Gepäck hatte sie im Wagen gelassen und mir hundert Mark im

Voraus gegeben. Als sie zurückkam, war sie wie eine Witwe gekleidet.«

Langsam kehrten meine Lebensgeister zurück. Ich kletterte auf den Vordersitz.

»Und dann?«

»Dann? Sie wollte zur Domplatte gebracht werden. Da habe ich wieder gewartet. Fast vier Stunden. Die Frau hatte wieder im Voraus gezahlt. War ein lukrativer Job. Ich konnte Zeitung lesen und Kreuzworträtsel lösen. Und vor mich hindösen.«

»Mann. Spannen Sie mich nicht so auf die Folter. Was war dann?«

Der Fahrer zuckte mit den Schultern. »Weiß ich auch nicht. Plötzlich kam die Frau zurück und brachte noch eine Frau mit. Und die wollten zu Ihrer Anschrift gebracht werden.«

»Wie sahen die Frauen aus?«

Der Fahrer zuckte mit den Schultern.

»Die, die sich umgezogen hatte, war eine Schwarze. Ein sehr hübsches Weib. Die andere eine ziemlich große mit Schlitzaugen. Zu jung für mich. Mehr weiß ich nicht.«

»Weiter«, drängte ich. »Was hat Sie alten Profi so misstrauisch gemacht? Was war plötzlich so auffällig?«

Der Fahrer fluchte. Es schneite stärker. Die Scheiben beschlugen.

»Die Uniformierte unterhielt sich mit der anderen Frau in einer anderen Sprache. So, als würden sie sich schon seit Jahren kennen. Das konnte ich nicht verstehen. Nur sehen konnte ich, dass eine Pistole den Besitzer wechselte.«

Er schwieg und kaute ein Drops.

»Und dann? Gackern reicht nicht. Ich will das Ei gelegt sehen. Ich zahle auch den doppelten Fahrpreis.«

Der Fahrer grinste und meldete sich über Funk bei der Zentrale ab. Er machte Feierabend.

»Und dann habe ich die Damen an der Ecke zu Ihrer Straße abgesetzt. Hineinfahren konnte ich nicht. Da war ein Umzugswagen im Weg. Habe ihnen gesagt, dass Ihr Haus nur einhundert Meter die Straße runter liegt. Das war es. Die Fuhre hat sich für mich gelohnt. Wann soll ich Sie wieder abholen?«

Den Haustürschlüssel konnte ich nicht so schnell einfädeln, wie die Tür aufgerissen wurde.

»Herr Stösser?« Ich nickte.

»Kripo Köln. Wir warten schon auf Sie.« Die beiden Männer wedelten mit meinem Titelblatt.

»Können wir Sie mal unauffällig ein paar Minuten sprechen? Am besten in Ihrer Wohnung? Es geht nur um ein paar grundsätzliche Fragen.«

»Das geht ja hier zu wie bei der Stasi«, sagte der Hausmeister, während er seine Wohnungstür aufriss. »Frühmorgens Bürger, die von der Arbeit kommen, belästigen und verhören.« Er sprach plötzlich hochdeutsch.

Ich drückte ihm den Umschlag mit den Kameras in die Hand.

»Ruhig Blut. Die Beamten machen nur ihren Dienst. Ist schon in Ordnung. Bitte, meine Herren. Vierter Stock.«

»Haben Sie Geburtstag?«, fragte einer der Beamten.

Ich lächelte. »Sie wissen, dass ich Sie freiwillig in meine Wohnung lasse? Ja, ich hatte Geburtstag.«

»Ja. Das ist keine Durchsuchung«, wiegelte der Ältere der beiden ab. »Wir wüssten nur gerne etwas über die Herkunft der Fotos. Das muss ja nicht auf dem Präsidium und nicht hier im Hausgang besprochen werden.«

Grinsend hob ich den kleinen Napfkuchen mit der brennenden Kerze von der Fußmatte. Er konnte noch nicht lange hier stehen. Die Kerze war frisch entzündet. Ein Zeichen meiner alten Nachbarin. Eine Warnung oder ein Hinweis, dass hier etwas vorgefallen war. Ich sollte mir doch mal wieder Gedanken über ihre Leserbriefe machen.

»Sie wissen doch, dass ein Journalist nichts über seine Informanten aussagt.« Ich bot den beiden keinen Sitzplatz an. Es war ein müder Versuch der lokalen Kripo, vor dem BKA, das mal wieder mit dem BND zusammenarbeitete, einen spektakulären Fall an sich zu ziehen. Diese Art Mord war neu in Köln. Kopf ab stand nicht auf ihrem Schulungsprogramm.

»Wir können Sie vorladen. In Beugehaft nehmen«, preschte der Jüngere vor.

»Dazu brauchen Sie einen richterlichen Beschluss. War es das? Dann darf ich Sie bitten zu gehen. Ich möchte schlafen.«

»Nichts für ungut, Herr Stösser. War nur ein Versuch. Aber wir haben schon unsere Mittel. Es gab da noch zwei weitere Tote. Erschossen auf der Autobahn mit russischem Kaliber. Das sieht verdammt nach der Vietnam-Mafia aus, die Sie ja in Ihrem Artikel verantwortlich machen. Waren Sie nicht in Vietnam? Wir werden Sie beobachten. Vielleicht kommen wir doch noch an unsere Informationen, wenn diese Leute Ihnen an den Kragen gehen. Wir sind für Sie da. Guten Schlaf.«

»Guten Schlaf. Wie soll das gehen?«, knurrte ich und durchsuchte den Kühlschrank nach etwas Essbaren. Da war nichts, was mir Ewald gelassen hatte. Dann musste eben der Kuchen herhalten, ohne die Kerze. Kaffee war wenigstens noch da. Der Ärger nahm seinen Lauf. Die Kripo hatte sehr schnell reagiert. Fast zu schnell. Wer rannte in Köln mit einer Waffe herum, mit der man so präzise Köpfe abtrennen konnte? Mir fiel nur das samuraiähnliche Schwert von Kleiner Drache ein. War die inzwischen auch in Köln? Das konnte heiter werden.

Geduscht, rasiert, aber atemlos klingelte ich bei der Nachbarin. Mit einer Tüte frischer Brötchen, Käse und Wurst, die ich um die Ecke gekauft hatte. Meine Neugier hatte mich zur Eile getrieben. Der Taxifahrer und der Kuchen ließen mich nichts Gutes ahnen.

Die Nachbarin schielte kurz durch den Türspalt und entfernte die Kette. Legte den Finger vor die Lippen. »Nicht so laut. Sie schlafen noch.« Sie nahm mir nickend die Tüte ab und flüsterte: »Die Frauen sind total erschöpft. Kommen Sie.«

Vorsichtig öffnete sie ihre Schlafzimmertür. Im Halbdunkel der zugezogenen Vorhänge schnarchten tatsächlich zwei Frauen Arm in Arm in einem alten Doppelbett.

»Wann sind die denn gekommen?«

Die alte Dame lächelte und machte Frühstück in der Küche.

»Irgendwann in der Nacht. Die beiden Frauen haben an Ihrer Tür geklingelt. Sie waren ja nicht da. Was sollte ich machen? Ich konnte sie doch nicht vor der Tür stehen lassen, bis der Hausmeister dumme Fragen stellt.« Sie schmunzelte und brühte Kaffee auf. »Und ich habe wie immer vor dem Fernseher geschlafen. Kein Problem für mich. Seit dem Tod meines Mannes schlafe ich nicht gerne im Bett.«

»Sie können doch nicht wildfremde Leute hier schlafen lassen. Sie sind leichtsinnig«, tadelte ich sie.

»Wieso wildfremd? Ich habe mir die Pässe zeigen lassen und sie einbehalten. Also hatte ich ein paar Stunden gute Unterhaltung. Sehr interessante Frauen. Mein Gott, was die schon alles erlebt haben.« Sie belegte weiter Brötchen und plapperte wie ein Wasserfall.

»Darf ich die Pässe mal sehen?«, unterbrach ich sie beim Butterschmieren.

»Klar. Liegen im Besteckkasten hinter Ihnen. Kommt Ihnen

da etwas komisch vor? Es fehlt aber nichts bei mir. Ich habe gleich nachgesehen.«

Ich griff hinter mich. Zog die quietschende Schublade auf. Das waren keine normalen Reisepässe. Sie waren vom Oberkommando der US-Brigade Berlin ausgestellt. Somit eher militärische Dokumente.

Major Micky Bloomberg, Medical Doctor, stand in einem. Der andere war schon verwunderlicher.

The-Maria Stoesser, Geburtsort: US Air Force, Flug X302. Es folgten die falschen Geburtsdaten, die wir auf dem Flug nach Bangkok dokumentiert hatten. The-Maria war demnach auf dem Hoheitsgebiet, besser *im* Hoheitsgebiet, der US Air Force geboren. Die heimfliegenden Soldaten hatten es bekundet.

Dass die Daten gefälscht waren, wusste ich. Aber was sollte der Militärpass? Da schien Micky getrickst zu haben. The-Maria hatte in Ostberlin einen vietnamesischen Pass gehabt. Sonst wäre ein Studium in der DDR nicht möglich gewesen. Lief Kleiner Drache inzwischen auch mit meinem Familiennamen durch die Landschaft und köpfte Menschen? Das konnte mehr als übel für mich werden.

»Ach, Knackarsch lässt sich nach zwanzig Jahren mal wieder sehen. Was treibt dich denn hierher? Die Sorge um deine Tochter wohl nicht.«

Micky ließ sich an den Frühstückstisch fallen und nahm die Pässe an sich. Sie hatte etwas abgenommen. Oder die Militäruniform mit den Rangabzeichen eines Majors war gut geschnitten.

»Bin ich froh, wenn ich mal wieder ein amerikanisches Frühstück bekomme. Immer diese Brötchen mit Käse und Wurst. Das verleidet mir den ganzen Tag.«

»Was willst du hier?«, antwortete ich in Viet.

Unsere Gastgeberin musste nicht alles verstehen. Sonst schrieb sie mir noch einen Leserbrief über und gegen mich.

»Du bist ein Rabenvater und ich immerhin die Patin deiner Tochter«, kam es in Englisch zurück. »Wenn du mal einen Blick über deinen Schreibtischrand geworfen hättest, müsstest du wissen, dass wir in Westberlin noch eine US-Brigade haben. Und bei der war ich vier Jahre leitende Ärztin. Reicht das?«

»Nein. Das reicht nicht«, konterte ich in Viet.

Micky mümmelte lustlos ein Brötchen.

»Frau Nachbarin. Haben Sie Eier und Speck im Kühlschrank? Entschuldigen Sie, wenn wir uns in verschiedenen Sprachen unterhalten. Die Majorin hat mir mal in Vietnam das Leben gerettet.«

Die alte Dame lächelte. »Das macht nichts. Ich weiß doch, dass diese reizende Dame perfekt Deutsch spricht. Sie versteht mich. Das ist wichtig. Plaudert nur in euren Sprachen weiter. Ja, ich habe Eier und Speck. Soll ich Speckeier machen? Ach, herrje, dann muss ich mir Eier aufschreiben. Sonst kann ich keinen Kuchen mehr backen. Man vergisst alles so schnell.«

Micky strahlte und schob die Brötchen von sich.

Mir war auch nach einer Portion. Es roch herrlich nach Erinnerungen. Aber Micky war unerbittlich. Sie aß die sechs Eier mit Speck direkt aus der Pfanne und allein. Grunzte zufrieden, legte ihre Doughnutbacken zufrieden auf den Kragen und zündete sich ein Zigarillo an.

»Du rauchst noch als Ärztin?«

Sie grinste. »Es reicht doch, wenn ich das meinen Patienten verbiete, oder? Irgendeinen Sinn müssen mein Studium und mein Rang doch haben.«

»Dürfen wir hier überhaupt rauchen?«

Die alte Dame lächelte verschmitzt. »Natürlich. Mein Mann hat bis zu seinem Lungenkrebs auch erfolgreich geraucht. Das riecht für mich so nach Familie, in der jeder nur das tut, was ihm passt. Bis Mama zu Tisch ruft. Dann folgen alle. Raucht nur.«

Ich zündete mir eines von Mickys Zigarillos an. Die alte Dame spürte die Spannung, die zwischen uns knisterte. Ich hatte Fragen über Fragen.

»Entweder gehe ich jetzt einkaufen und lasse euch zur Klärung eurer Probleme allein. Das dauert bei mir etwa zwei Stunden, bis ich mich mit den Nachbarinnen ausgequatscht habe. Oder ihr geht eine Tür weiter.« Sie überlegte einen Moment. »Würde ich euch aber nicht raten. Die alte Kuh von gegenüber redet mir mit dem Hausmeister zu viel. Also, wenn ihr gehen wollt, nicht alle auf einmal.« Sie zuckte mit den Schultern.

»Also, macht was ihr wollt. Zum Mittagessen gibt es Rinderrouladen mit Rotkraut und Kartoffelbrei. Ist schnell gemacht. Bier steht im Kühlschrank. Cognac im Wohnzimmerschrank. Erste Tür rechts.« Dann fiel die Wohnungstür ins Schloss.

Micky sah mich an. »Du hast Fragen über Fragen. Ich weiß. Aber du bist selbst schuld, wenn du dich zwanzig Jahre nicht um deine Tochter gekümmert hast. Also fangen wir mit The-Marias Pass an. Du warst auf dem Flug von Saigon nach Bangkok dabei. Ihre Geburt wurde bestätigt. Damit war sie eine vorläufige Bürgerin der Vereinigten Staaten. Dann verschwanden Mutter und Tochter spurlos für fast siebzehn Jahre. Jemand von der Chu-Familie hat herausgefunden, dass ich in Westberlin tätig war. Über unsere Kontaktpersonen im Osten nahmen wir Verbindung zu The-Maria auf und hielten ihn auch. Ewald hat uns sehr dabei geholfen. Das war es, bis sie vor ein paar Tagen im amerikanischen Generalkonsulat hier in Köln auftauchte und mich als einzige Vertrauensperson wünschte. Sie hatte ihre US-Geburtspapiere dabei. Somit hatte sie wieder Anspruch auf Schutz. Man rief mich aus Berlin hierher. Sie erzählte eine wirre Geschichte von Mord, Opium, von dir, einem Schikowski und Minsky. Da haben sich unsere Leute entschieden, sie zu einem vorläufigen Mitglied der Berlin-Brigade zu machen. Das ist unverfänglich und stellt sie, mal wieder vorläufig, unter diplomatischen Schutz, bis Washington entschieden hat. Bis dahin muss ich sie außer Landes geschmuggelt und in einer Militärakademie untergebracht haben. Dann ist sie endgültig außer Gefahr.«

Micky durchsuchte den Wohnzimmerschrank und kam strahlend mit einer Flasche Asbach Uralt zurück.

»Ist nie zu früh. Aber immer zu spät.«

Ich legte ihr das Titelblatt vor, das ich letzte Nacht verbrochen hatte.

Micky nickte und schmunzelte. »Jetzt wird man dich sicher fragen, woher du diese Fotos hast. Du bist wirklich verdammt gut und schnell in deinem Job.«

»Nein. Ich frage dich, woher *du* die Fotos der beiden enthaupteten Männer hast und was dieser Quatsch mit der Kerze im Dom sollte?«

Micky blies die Backen auf und ließ die Luft lautstark über bebende Lippen ausströmen. Rollte mit den Augen. »Ich glaube, das kann dir deine Tochter besser beantworten. Ich gehe sie mal wecken.«

»Nicht nötig. Ich habe mitgehört.« The-Maria lehnte in der Türöffnung.

Sie sah sich kurz die Fotos von Steiger, Schikowski und Minsky an. Las meinen Kommentar und frühstückte, als sei es das Normalste der Welt, dass Tote auf der Titelseite zwischen Kaffee und geschmierten Brötchen prangten.

»Wie ist Ewald Steiger gestorben? Bei den anderen sieht man es ja.«

Meine Tochter wurde mir mit ihrer Kaltschnäuzigkeit unheimlich.

»Er ist einfach umgefallen. Hatte Schaum vor dem Mund.«

The-Maria nickte und kaute weiter.

»Weißt du, was er vorher gegessen hatte?«

Ich erinnerte mich. Erdnüsse. Rührei mit Krabben. Ein paar Kölsch.

»Dann hat er sich selbst umgebracht«, sagte meine Tochter und trank von ihrem Kaffee. »Er wusste, dass Minsky ihm auf der Spur war. Sein letzter Zufluchtsort bei seinem Bruder war ihm verloren gegangen. Wie mir meiner ständig verloren geht. Ohne Familie ist es nämlich beschissen, sich durch die Welt zu schlagen.«

Micky hatte sich bisher herausgehalten und nur die Stirn in Falten gelegt.

»Was meinst du damit, dass sich dieser Ewald selbst umgebracht hat?«

»Eiweißallergie. Das hatte er schon einmal. Ist damals fast an ein paar Rühreiern verreckt. Aber Fischeiweiß zusätzlich, das brachte ihn um. Er wusste das.«

Micky nickte. »Ja, das war dann ein erfolgreicher Selbstmord, wenn er das gewusst hat.«

Einem Moment war nur das Schmatzen von The-Maria zu hören.

»Du warst mit deinem Bericht über Ewald etwas voreilig. Den wirst du widerrufen müssen, was die Vietnam-Mafia angeht.«

Einen Teufel würde ich tun. Ich hatte zwar keine Ahnung, wie Ewald versichert war. Weder im Osten noch im Westen. Bei Selbstmord machte jede Versicherung Probleme.

»Und was ist mit Minsky und Schikowksi. Kann ich die wenigstens so stehen lassen?«

The-Maria nickte und schmierte sich noch ein Brötchen.

»Ja, war auch so als Abschreckung gedacht. Mein Auftrag ist hiermit erfüllt.«

»Was heißt hier ›Auftrag‹? Hast du hinter alledem gesteckt? Der Entführung? Dem *Sans Soucis* und diesem ganzen Theater mit den Mercedes und den Grenzübergängen?«

Micky trommelte mit den Fingern auf dem Tisch. »Mädchen. Dein Vater ist Journalist. Halt den Mund. Ich rufe jetzt den Wagen. Pack deine Sachen. Wir müssen weg.«

The-Maria schüttelte den Kopf und wischte sich die Krümel von den Lippen.

»Nein. Allein war das nicht zu machen. Da musste die ganze verbliebene Familie Chu zusammenarbeiten. Wir brauchten nur einen zuverlässigen Fahrer. Das war doch das Mindeste, was du für uns tun konntest, nachdem du dich all die Jahre nicht um uns gekümmert hast. Meine Mutter, die du Kleiner Drache nennst, hat mich die ganze Zeit als Prostituierte durchgebracht. Ihr kleiner Bruder, Kamikaze, wie du ihn genannt hast, war ihr Beschützer.«

Unwillig schüttelte sie den Kopf. »Der eigene Bruder als Zuhälter seiner Schwester. Das glaubt mir hier niemand. Aber das habt ihr aus unserem Land gemacht. Du, der sich einen Scheiß um seine Familie in Fernost gekümmert hat, die Amis und diese verdammten Kommunisten. Ihr habt unser Land vergiftet. Zerbombt. Unseren Lebensraum zerstört. Unsere Kultur missbraucht. Jetzt, wo Mutter alt wird, will sie niemand mehr haben. Daher haben wir *unsere* Waffen eingesetzt. Eine halbe Tonne Opium schwirrt jetzt in Europa herum. Und Kleiner Drache ist endlich reich.«

»The-Maria! Halt die Klappe! Das reicht jetzt. Sonst kannst du zusehen, wie du in die USA kommst«, fauchte Micky. »Er ist immerhin dein Vater. Aber auch Journalist, der Probleme mit den Leichen bekommen wird. Wir brauchen ihn, damit wir schnellstens amerikanisches Hoheitsgebiet erreichen.«

The-Maria lächelte. »Du wirst mich schon mitnehmen. Das meiste Zeug ist an eure Offiziere in Europa gegangen. Und vergesst nicht: Ich bin keine Viet. Wir sind Khmer. Ein sehr stolzes Volk. *So long, Dad.* Du hast schlicht als Vater versagt. Aber als Drache, den man leicht führen kann, bist du super.«

Sie drehte sich noch einmal um. Eine schlanke, schöne, aber skrupellose Frau. »Du warst doch dabei, als Mutter als erste Frau in Chau Doc das Wasserpuppenspiel gewann. Was meinst du? Könnte ich das auch lernen? Dieses Jahr ist wieder Meisterschaft in Chau Doc.«

Bei der Erinnerung musste ich lächeln.

»Ja. Du kannst es jetzt schon. Hast mich ja als Übungsdrachen benutzt. Verschwinde endlich.«

The-Maria zögerte. Sie umarmte mich. Das war das erste Mal in meinem Leben, dass mich meine Tochter in den Arm nahm und weinte.

»Komm jetzt endlich«, drängte Micky ungehalten. »Peter wird uns schon die Zeit verschaffen, um zu verschwinden.«

Beide sammelten ihre wenigen Sachen ein.

»Moment«, hielt ich die Frauen auf.

»Wo ist die Pistole, die ihr im Taxi übergeben habt?«

Micky lächelte süffisant.

»So, so. Der Taxifahrer. Der war sehr neugierig. Aber was soll's. Die Makarow findet ihr in Einzelteile zerlegt irgendwo in eurer Kanalisation. Sucht mal schön.«

Es war sinnlos, in der Kölner Kanalisation nach Einzelteilen einer Waffe zu suchen.

»Und warum mussten der Student, Ewalds Tochter und die beiden auf der Autobahn sterben?«

The-Maria wischte sich die Tränen ab.

»Jeder, der uns bei diesem Geschäft, das nur unserer Alterssicherung dient, in die Quere kam, musste sterben. Anders geht das nicht.« Sie schnäuzte sich und gab mir eine Ohrfeige.

»Das ist dafür, dass du als Sampan, wie bei uns das männliche Familienoberhaupt heißt, eigentlich dafür zuständig gewesen wärst. Du bist ein Feigling.«

Die Tür fiel ein weiteres Mal ins Schloss. Dass es jetzt endgültig sein würde, war nur eine Ahnung, die ich nicht wahrhaben wollte.

Müde. Ich war nur müde, meldete mich beim Verlag krank und trank die Flasche Asbach leer.

Der Familienschrein. Den hatte The-Maria nicht mitgenommen. Auch das war ein übles Zeichen. Meine vietnamesische Familie hatte sich vom wichtigsten getrennt, das bei ihnen zum Zentrum des Erinnerns an die Vorfahren gehörte. Ich war ausgestoßen. Ich hatte als Drogenkurier meinen Dienst getan und war ab sofort nicht mehr für sie existent.

»Scheiß-Job«, knurrte ich. »Du bist ein Scheiß-Vater.« Dann ging ich schlafen.

Ein Geräusch weckte mich, das sich wie Trommelfeuer anhörte. Der Wecker zeigte siebzehn Uhr und noch etwas an. Jemand versuchte meine Wohnungstür einzuschlagen.

»Peter mach endlich auf«, brüllte eine Stimme im Hausgang.

Schlaftrunken öffnete ich.

»Warum gehst du nicht ans Telefon? Der Verlag steht Kopf. Die Chefs toben, und von der Kripo bis zum BKA geht inzwischen alles bei uns ein und aus.«

»Mir egal«, knurrte ich und suchte nach Wasser.

»Die wollen, dass du sofort in den Verlag kommst und die Herkunft der Fotos preisgibst.«

»Kennst du Armleuchter unsere Regeln, dass wir niemals

über unsere Informanten reden? Sieh zu, dass du Land gewinnst. Sag ihnen, dass ich einen Malariaanfall habe. Nun raus hier.«

Der Kollege von der Sportredaktion, der mir die Fotos gebracht hatte, machte ein dummes Gesicht.

Und ich überlegte mir, dass ich daraus etwas Besseres als Ablehnung machen konnte.

»Ach ja. Du kannst allen einen schönen Gruß bestellen. Um eine Presseerklärung abzugeben, brauche ich die Obduktionsbefunde der drei Leichen. Vorher gibt es keine Informationen von mir.«

Der junge Mann rieb sich nervös die Hände an den Jeans.

»Das meinst du doch nicht ernst? Die schmeißen dich glatt raus. Das ist Erpressung. Das gibt eine fristlose Kündigung.«

Ich sah an mir hinab. Als Drohgebärde war ich in Unterhosen wohl nicht geeignet.

»Sag ihnen das, so wie ich es dir aufgetragen habe. Sollen sie mir kündigen. Dann kriegt die Konkurrenz die Story. Geh endlich. Ich muss wieder ins Bett.«

»Und wovon willst du in der Zwischenzeit leben?«

»Von Rinderrouladen, Rotkraut und Kartoffelpüree. Raus jetzt. Und komm mir nicht ohne die Obduktionsbefunde oder meine fristlose Kündigung wieder.«

Zeit. Ich musste Zeit schinden, bis Micky und The-Maria außer Landes und auf amerikanischem Hoheitsgebiet waren. Die Obduktionen würden mindestens eine Woche dauern. Das musste genügen.

Ich lächelte. Das war mein Abschiedsgeschenk für meine Tochter. Ihr zur Flucht zu verhelfen. Micky würde schon wissen, wie sie was anzustellen hatte. Das hatte sie immer gewusst.

Eine Woche später.

Die Obduktionsbefunde der drei Leichen hatte man mir nicht gegeben. Dafür wurde ich mehr oder weniger freundlich von der Kripo in die Pathologie eingeladen. Man konnte es auch eine Vorladung nennen.

Der leitende Arzt zog die Leiche von Ewald Steiger aus der Kühlvorrichtung.

»Wir haben alle drei Toten einer DNA-Analyse unterzogen. Die dazugehörigen Ausweispapiere stimmen mit den Toten überein. Dieser hier ist an einem Eiweißschock gestorben. Mord scheidet somit aus.«

Er schob Ewald wieder in seine Kühlkammer.

»Diese beiden hier, ein gewisser Klaus Schikowski, ehemaliger Zeitungsreporter und später BND-Mitglied, und der hier, der als Oberst Minsky bei der Stasi geführt wurde, die bereiten mir Kopfzerbrechen.«

Videokameras an der Decke verfolgten uns. Das Gespräch wurde mitgeschnitten und auch mitgehört.

»Kopfzerbrechen?«, frotzelte ich. »Die beiden haben doch ihren verloren. Was gibt es da zu grübeln?«

Der Pathologe wiegte den Kopf. Es sah aus, als prüfe er, ob er noch fest auf den Schultern saß.

»Beide Köpfe wurden mit einem superscharfen Gegenstand am dritten Halswirbel abgetrennt. Und zwar so, dass keinerlei Zertrümmerung auftrat. Glatt durchtrennt. Das geht eigentlich nicht mit einer mir bekannten Waffe. Da treten immer irgendwelche Brüche auf, bevor der Schädel vom Rumpf fällt. Haben Sie eine Idee?«

Oh ja. Die hatte ich. »Ein Samuraischwert?«

»Ein Samuraischwert«, wiederholte der Pathologe, nickte und rieb sich das Kinn. »Davon habe ich gehört, dass es die schärfste Klinge der Welt sein soll. Werde mich damit beschäftigen.«

Er schob die beiden kopflosen Leichen in ihre Kühlfächer zurück.

»Aber da ist mir noch etwas aufgefallen. Kommen Sie.«

Er stieß zwei Röntgenbilder in die Halterung des Lichtkastens.

»Beide Leichen wurden im Abstand von einem Meter gefunden. Aber es kann nicht nur ein Mörder gewesen sein. Selbst mit solch einem scharfen Schwert nicht. Sehen Sie.«

Sein Finger fuhr über die Bilder.

»Der Vorteil eines solchen scharfen Schnitts ist der, dass man ohne Probleme die Schlagrichtung nachvollziehen kann.«

Ich sah nichts. Nur ein paar verbliebene Wirbel.

»Es müssen zwei Mörder zur selben Zeit gewesen sein. Einer war Linkshänder. Der andere Rechtshänder. Das sehen sie hier an der Schnittrichtung. Ein Schlag wurde von ...«

Ich hörte nicht mehr zu. Der Pathologe dachte falsch. Das Schwert wurde beidhändig geführt, links wie rechts. Es gab nur eine Person, die gleichzeitig zwei Köpfe vom Rumpf trennen konnte. The-Maria war fast genau so groß wie ich. Und sie war eine Khmer, wie ihre Mutter, Kleiner Drache. Gnadenlos in der Durchsetzung ihrer Ziele.

EPILOG

26. DEZEMBER 1995

Dieses unglücksbeladene Datum hatte mich die letzten Jahre verschont. So, als schöpfe es Luft für eine gewaltige Katastrophe. Ich fühlte, dass da noch etwas schlummerte. Meine Vergangenheit ließ nicht locker.

Die vergangenen Jahre war nicht viel passiert. Arbeit. Kneipe. Schlafen und das Ganze von vorne. The-Maria hatte mir regelmäßig Fotos geschickt, die ihr neues Leben zeigten. Auf der Rückseite hatte sie dazu kurze Kommentare gekritzelt.

1991 Sanitätshelferin in einem US-Militärcamp.

1992 Sanitäterin.

1993 Ausgebildete Krankenschwester.

1994 waren die Fotos zahlreicher geworden. Sie war im vietnamesischen Roten Kreuz. An Ihrer Seite Kleiner Drache, die eineinhalb Köpfe kleiner als The-Maria war, und Micky Bloomberg. Hintergrund der Markt von Chau Doc. Dabei waren Fotos vom neuen Haus zwischen den Reisfeldern. Ein Toyota-Pick-up. Fotos von den Feldern mit vier Büffeln. Ein fester Verkaufsstand auf dem Markt und … ein Foto von Kamikaze. Er hatte dieses Jahr das Wasserpuppenspiel als Meister gewonnen.

Und ich? Ich hatte die Feiertage mal wieder wie gehabt verbracht. Mit nichts außer schlechtem Wetter und schlechter Laune. Meine Nachbarin hatte das handgeschriebene Kochbuch ihrer Mutter rauf und runter gekocht und gebacken. Dabei wurde ich immer fetter.

Mein Gefrierschrank quoll mit Resten der letzten Weihnacht über. Die alte Dame dachte in ihrer Welt des Kochens nur in Großfamilienportionen.

Nun war ich auf dem Heimweg aus meiner Stammkneipe und hoffte, niemandem mehr im Treppenhaus zu begegnen.

Die Staatsmacht hatte 1990 nach der Obduktion von Minsky und Schikowski und meiner Aussage, wie ich an die Fotos gekommen war, von mir abgelassen.

Heute hatte sie mich wieder eingeholt. Der Verlag hatte mich mit sofortiger Wirkung freigestellt. Ich war faktisch arbeitslos. Von irgendwoher war das Original meines Vertrags als Stasi-Spitzel aufgetaucht. Ich war als Meinungsbildner nicht mehr tragbar für die Öffentlichkeit.

Müde schloss ich den Eingang auf.

»Herr Stösser. Das schleppe ich Ihnen aber nicht in den vierten Stock«, knurrte mich der Hausmeister an.

Vor mir stand eine Holzkiste. Mehr als einen Meter lang und fünfzig Zentimeter breit. Absender war eine Spedition in Vietnam.

Ich prüfte das Gebilde. Es war unhandlich, aber nicht zu schwer, um es allein die Treppe hinaufzuschaffen. Der Hausmeister sah amüsiert zu, wie ich das Monstrum die Treppen hinaufwuchtete.

Die Türen der Nachbarn öffneten sich. Gelächter auf jedem Stock. Ich schleppte die Kiste wie einen Sarg an meinem Abschleppseil Stufe für Stufe hoch. Oben keuchte ich und setzte mich erst einmal darauf. Versuchte mit zitternder Hand mein Schlüsselloch zu finden.

»Kann ich helfen?« Meine Nachbarin stand im Nachthemd über mir.

»Haben Sie noch einen Whiskey? Mein Cognac ist alle.«

Die Kiste stand mitten in meinem Wohnzimmer. Die Nachbarin hatte sich einen Morgenmantel übergeworfen und beobachtete gespannt, wie ich den Kasten öffnete. Der erste Eindruck war nur Reisstroh als Verpackungsmaterial. Ich wühlte darin herum. Bekam ein Gebilde zu fassen.

Es war der fünfzig Zentimeter messende Drache, mit dem Kleiner Drache bei unserer ersten Bekanntschaft vor dem Hotel in Saigon im Springbrunnen geübt hatte. Es folgten Fotos über Fotos. Alle in Goldrahmen gefasst. Der Familienschrein war wieder komplett und ich nicht ausgestoßen.

»Da ist aber noch etwas in der Kiste«, sagte meine Nachbarin und schenkte mir ein Bier ein. »Sie dürfen nicht so viel Schnaps trinken. Das tut Ihnen nicht gut.« Sie wühlte im Verpackungsmaterial und brachte einen Gegenstand zum Vorschein.

Er war länglich und in Ölpapier gewickelt, an dem ein Brief hing. Ich riss die Verpackung auf. Es war ein zerbrochenes Samuraischwert. Das von Kleiner Drache. Das war sofort am Griff zu erkennen, der einzigartig war.

Dann las ich den Brief.

»Hallo Dad!« Es war The-Marias Handschrift. »Mutter und ich hoffen, dass dir unser Geschenk gefällt. Komm bald wieder. Du bist unser Sampan.«

Mir kamen die Tränen. Ich weinte wie ein Kind. Die Nachbarin nahm meinen Kopf in ihren Schoß, und ich ließ meinen Gefühlen freien Lauf. Das hatte meine Mutter nie getan. Ein Mann weinte nicht.

Danksagung

Es ist mir noch nie so schwergefallen wie in diesem Roman, eine Danksagung zu formulieren.

Es ist eine doppelte. Also die einfachere vorweg.

Danke meinem Lektor Dr. Helmut Pesch, der mich in langen Gesprächen überzeugt hat, dass dieser Roman geschrieben werden muss. Er hat ihn, wie immer, in perfekte Form gebracht.

Danke meiner Frau Ulla, die mir beim Schreiben meine Post-Depressiva geheilt hat und mir bei den schwierigen Passagen geholfen hat.

Danke an Nico Stecher, Berlin, der mich perfekt mit allen Informationen zur Zeit des Mauerfalls in Berlin ausgestattet hat.

Und nun wird es kompliziert.

Ich danke den Veteranen und vor allem den Hinterbliebenen dieses Desasters. Lange Korrespondenzen mussten vorausgehen. Niemand wollte mehr darüber sprechen. Einige ließen sich überzeugen, dass es nötig war, doch endlich Tabus zu brechen. Ich danke den Soldaten der US Army und ihren Familien, die mich mit Material versorgt haben.

Ich danke den Hinterbliebenen meiner Journalistenkollegen, die nicht mehr zurückgekommen sind, mir das Material ihrer Männer zugänglich gemacht zu haben.

Ich danke einfach allen, die ihr Schweigen gebrochen haben, da sie nach langen Korrespondenzen auch der Meinung waren, dass all dies einfach mal niedergeschrieben werden muss.

Ein Mörder, der die Menschen liebt – und tötet, damit seine Opfer glücklich sind

Claus Cornelius Fischer
TOTENENGEL
Roman
400 Seiten
ISBN 978-3-404-16512-4

In Amsterdam werden mehrere Menschen ermordet aufgefunden. Ihnen allen gemeinsam ist, dass die Opfer keinen Sinn mehr im Leben sahen; der Tod kam als Erlösung zu ihnen. Die Ermittlungen führen Commissaris Bruno van Leeuwen in ein kleines Dorf im Norden Hollands, wo vor fast fünfzig Jahren ein schreckliches Verbrechen begangen wurde ...

»Das ist große Krimikunst, wie sie derzeit hierzulande nur wenige beherrschen.« Reinhard Jahn, WDR 5

Bastei Lübbe Taschenbuch